# ЗАМЫСЕЛ ВСЕДЕРЖИТЕЛЯ: БИБЛЕЙСКОЕ УЧЕНИЕ О БОЖЬЕЙ ВОЛЕ И ПРОВИДЕНИИ

Алексей Прокопенко

ОАО «Тверской
полиграфический комбинат»
Тверь, 2015

Прокопенко А. Замысел Вседержителя: Библейское учение о Божьей воле и провидении. Изд. 2-е. — Тверь: ТПК, 2015. — 552.
ISBN: 978-5-9905130-7-5

Книга посвящена одной из ключевых тем, занимавших богословов на протяжении многих веков христианской истории, – теме о взаимоотношении человеческой воли и Божьего промысла. Автор подробно рассматривает историю вопроса, систематизирует основные положения библейского учения о Божьей воле и провидении, дает обзор ветхозаветных и новозаветных терминов, описывающих Божью волю, а также анализирует некоторые наиболее яркие примеры Божьего провидения в Ветхом и Новом Завете.

В книге используется Синодальный перевод Библии, если не указано иное. Цитаты из источников, название которых в сноске дается с англоязычной графической основой, приводятся в переводе автора.

Дизайн обложки: Борисов А. С.
Корректор: Соколова Ю. А.
Верстка: Умеров П. В.

# ОТЗЫВЫ

Тема книги непростая, однако весьма интересная и актуальная. Ведь с ней связаны известные разномыслия и непрекращающиеся изыскания многих богословов как прошлого, так и настоящего времени. Данная работа открывает новую страницу в богословской дискуссии в среде русскоязычных христиан, переводит обсуждение на новый уровень, приглашает к честному диалогу и серьезному изучению. Я сам получил интеллектуальное и духовное удовольствие от чтения этой книги. Она несомненно заслуживает места не только в библиотеках семинарий или библейских школ, – ее потенциал намного больше. Она христоцентрична и полна библейского содержания. Рекомендую ее для серьезного читателя и пытливого исследователя, желающего разобраться в столь важном вопросе, как замысел Бога, чтобы лучше понять Божью любовь и мудрость и увидеть богатство практического применения этой истины в христианской жизни.

*Евгений Бахмутский,*
*1-й зам. председателя РС ЕХБ,*
*пастор Русской библейской церкви,*
*магистр пасторского служения (MDiv, НББС),*
*соискатель степени доктор служения (Baptist Bible Seminary)*

Книга «Замысел Вседержителя» представляет глубокий анализ одной из наиболее сложных сфер богопознания – вопроса отношения Божьего провидения и человеческой свободы. Алексей Прокопенко, с присущей ему академической скрупулезностью, соединил в одной книге детальное исследование различных позиций, выдвигавшихся по этим вопросам в истории, с детальным изучением того, как эта тема изложена в Писании. Автору удалось представить столь сложный вопрос доступно и понятно не только для специалистов, но и для широкого круга читателей. По уровню информативности, масштабности и глубине исследования книга, безусловно, – лучшее произведение, написанное на эту тему на русском языке. Уверен, что она станет важным ресурсом для многих, искренне стремящихся к познанию Бога.

*Алексей Коломийцев,*
*пастор-учитель,*
*церковь «Слово благодати» (г. Бэттл Граунд, США),*
*магистр богословия (The Master's Seminary)*

Приступая к чтению книги Алексея, не мог освободиться от ощущения, что меня будет трудно заинтересовать. Но в результате могу с уверенностью сказать: интересно! И притом очень основательно. У вас могут быть разные богословские предпочтения, вы можете в чем-то не согласиться с автором, но отказать ему в глубине рассмотрения темы вы не вправе. Поэтому не лишайте себя удовольствия прикоснуться к изучению тайн Божьих, ведь это лучшее, чему мы можем посвятить время.

*Игорь Шайфулин,*
*преподаватель систематического богословия*
*Новосибирской библейской богословской семинарии,*
*магистр богословия (НББС)*

Русскоязычного евангельского богословия в письменном виде нет. Оно живет только в устной форме. Иногда устная традиция попадает на бумагу. Но проповеди и на бумаге – лишь проповеди. Книга А. Прокопенко – это одна из первых попыток *богословствования*. Перед теми, кто ценит богословие, не стоит выбор: читать или не читать ее. Не только читать! Но и постараться понять; учиться у нее и на ее основе учить других. И главное, восприняв ее импульс, самим писать богословские тексты.

*Ярослав Вязовский,*
*директор издательства «Евангелие и Реформация»,*
*магистр богословия (Reformed Theological Seminary),*
*соискатель степени доктора философских наук (Aberdeen University)*

# СОДЕРЖАНИЕ

Список библиографических сокращений ........................................ 11
Список сокращений библейских книг ........................................ 14
Глоссарий ........................................ 15
**Введение** ........................................ 19
Суть проблемы ........................................ 20
Цель настоящей книги ........................................ 23
Ход рассуждений и содержание глав ........................................ 23
**Глава 1** ........................................ 27
История вопроса ........................................ 27
Доавгустиновская эпоха ........................................ 28
Иудаизм ........................................ 28
Ранее христианство и псевдохристианские ереси ........................................ 35
Августин и пелагианский спор ........................................ 55
Учение Пелагия и история спора ........................................ 55
Учение Августина ........................................ 58
Иоанн Кассиан и полупелагианство ........................................ 65
Средневековье ........................................ 71
Досхоластический период ........................................ 71
Схоластический период ........................................ 73
Период реформации ........................................ 85
Учение реформаторов ........................................ 85
Тридентский собор ........................................ 97
Арминий ........................................ 101
Ремонстрация ........................................ 107
Дортский синод ........................................ 107
Послереформационный период ........................................ 116
Дальнейшее развитие лютеранской и реформатской традиций ........................................ 116
Дальнейшее развитие арминианства ........................................ 133
Объединение кальвинизма и арминианства в рамках одной деноминации ........................................ 141
Теория среднего знания (молинизм) ........................................ 144
Социнианство ........................................ 146
Восточное православие ........................................ 147
Либерализм ........................................ 153
Неоортодоксия ........................................ 155
Учение об открытости Бога (open theism) ........................................ 158

Синтез и классификация взглядов ........ 163
**Глава 2 ........ 167**
Божья воля и провидение ........ 167
Воля промышляющая (Божий промысел) ........ 167
Воля предписывающая ........ 178
Взаимоотношение промышляющей и предписывающей воли ........ 179
Провидение ........ 182
**Глава 3 ........ 193**
Вечность и предопределение ........ 193
Определения понятий времени и вечности ........ 193
Время ........ 193
Вечность ........ 196
Вечность: временнáя или безвременная? ........ 199
Библейское учение о вечности: общие наблюдения ........ 199
Темпоральная вечность: за и против ........ 204
Атемпоральная вечность: за и против ........ 215
Избранные тексты Писания ........ 236
Безвременная вечность и предопределение ........ 257
Причинно-следственные связи ........ 262
Причина логической подчиненности ........ 270
Римлянам 9:11-16 ........ 272
Лексическое значение слова «предопределение» ........ 291
Необходимость или избыточность избрания ........ 294
**Глава 4 ........ 297**
Предопределение и предузнание: анализ Римлянам 8:29-30 ........ 297
Общие наблюдения ........ 297
Прославление ........ 301
Оправдание ........ 303
Призвание ........ 304
Предопределение и предузнание ........ 306
**Глава 5 ........ 315**
Ветхозаветные термины, обозначающие Божью волю ........ 315
Термины, обозначающие промышляющую волю ........ 315
(1) Управление ........ 316
(2) Мышление, планирование и желание ........ 318
(3) Устная и письменная речь ........ 323
(4) Разделение или разграничение ........ 331
(5) Ремесла ........ 332
(6) Органы тела ........ 334
(7) Другие ........ 335

Синтез и обобщение информации ........ 337
Термины, обозначающие предписывающую волю ........ 338
(1) Устная и письменная речь ........ 338
(2) Мышление и желание ........ 342
(3) Управление ........ 344
(4) Другое ........ 346
Синтез и обобщение информации ........ 348
**Глава 6 ........ 349**
Провидение Божье в Ветхом Завете: исход из Египта ........ 349
Безусловность постановления об исходе ........ 351
Основные вехи на пути к исполнению обещания ........ 353
Средства, назначенные Богом для исполнения Его промысла ........ 356
Сверхъестественное действие провидения ........ 356
Провидение, опосредованное людьми или природными факторами ........ 361
Провидение, опосредованное Божьими повелениями ........ 369
Ожесточение фараонова сердца ........ 373
Синтез ........ 392
**Глава 7 ........ 397**
Новозаветные термины, обозначающие Божью волю ........ 397
Термины, обозначающие промышляющую волю ........ 397
Цель, намерение, план ........ 397
Решение, вердикт, приказание ........ 411
Выбор, предпочтение ........ 415
Отделение, разграничение ........ 429
Знание (ведение) ........ 434
Зрение (видение) ........ 437
Жребий ........ 439
Синтез и обобщение информации ........ 443
Термины, обозначающие предписывающую волю ........ 444
Повеление ........ 444
Желание или предпочтение ........ 447
Устная или письменная речь ........ 450
Образ действия ........ 457
Синтез и обобщение информации ........ 458
**Глава 8 ........ 459**
Провидение Божье в Новом Завете: жизнь апостола Павла ........ 459
Жизнь Павла до обращения ........ 459
Сверхъестественное действие провидения ........ 470
Провидение, опосредованное природными факторами ........ 485

Провидение, опосредованное людьми ................................ 488
Провидение, опосредованное Божьими повелениями......... 502
Условность повеления и непреложность обетования.......... 506
Синтез ............................................................................... 509
**Заключение** ........................................................................ 513
Библиография.......................................................................... 519

# СПИСОК БИБЛИОГРАФИЧЕСКИХ СОКРАЩЕНИЙ

В данной книге следующие источники всегда обозначаются сокращенно:

*ANF* — *The Ante-Nicene Fathers*. Т. 1: The Apostolic Fathers with Justin Martyr and Irenaeus; Т. 2: Fathers of the Second Century: Hermas, Tatian, Athenagoras, Theophilus, and Clement of Alexandria (Entire); Т. 3: Latin Christianity: Its Founder, Tertullian; Т. 4: Fathers of the Third Century: Tertullian, Part Fourth; Minucius Felix; Commodian; Origen, Parts First and Second; Т. 5: Hippolytus, Cyprian, Caius, Novatian, Appendix; Т. 8: The Twelve Patriarchs, Excerpts and Epistles, The Clementia, Apocrypha, Decretals, Memoirs of Edessa and Syriac Documents, Remains of the First Ages / Под ред. Roberts A., Donaldson J. и Coxe A. New York: Christian Literature Publishing Company, 1885; репр., Grand Rapids: Eerdmans, 1973–1976.

BDAG — *A Greek-English Lexicon of the New Testament and Other Early Christian Literature*. 3-е изд. / Под ред. Dunker F., Bauer W., Arndt W. и Gingrich F. Chicago: University of Chicago Press, 2000.

BDB — *The New Brown-Driver-Briggs-Gesenius Hebrew and English Lexicon: With an Appendix Containing the Biblical Aramaic* / Под ред. Brown F., Driver S. и Briggs C. Peabody, MA: Hendrickson Publishers, Inc., 1979.

*BibSac* — *Bibliotheca Sacra* (журнал Далласской богословской семинарии).

*HALOT* — *The Hebrew and Aramaic Lexicon of the Old Testament*: В 5 т. / Под ред. Koehler L. и Baumgartner W.; Перераб. Baumgartner W. и Stamm J.; Пер. на англ. и ред. Richardson M. Leiden, The Netherlands: E. J. Brill, 1994.

*HCD* — Klotsche E. и Mueller J. *The History of Christian Doctrine*. Burlington, IA: Lutheran Literary Board, 1945.

*JETS* — *Journal of the Evangelical Theological Society* (журнал Евангельского богословского сообщества).

| | |
|---|---|
| K-D | Keil C. и Delitzsch F. *Commentary on the Old Testament*: В 10 т. Edinburgh: T. and T. Clark, 1866–1891; репр., Peabody, MA: Hendrickson Publishers, 1996. |
| L-D | Lewis G. и Demarest B. *Integrative Theology*: В 3 т. Grand Rapids: Zondervan, 1996. |
| NAC | The New American Commentary / Под ред. Dockery D., Bush L., Garrett D. et alt. |
| *NIDNTT* | *New International Dictionary of New Testament Theology*: В 4 т. / Под ред. Brown C. Grand Rapids: Zondervan Publishing House, 1986. |
| *NIDOTTE* | *The New International Dictionary of Old Testament Theology and Exegesis*: В 5 т. / Под ред. VanGemeren W. Grand Rapids: Zondervan, 1997. |
| *NPNF-1* | *The Nicene and Post-Nicene Fathers, First Series*. Т. 1: St. Augustin: Confessions, Letters; Т. 5: Saint Augustin: Anti-Pelagian Writings; Т. 11. Saint Chrysostom: Homilies on the Acts of the Apostles and the Epistle to the Romans; Т. 13: Saint Chrysostom: Homilies on Galatians, Ephesians, Philippians, Colossians, Thessalonians, Timothy, Titus, and Philemon; Т. 14: Saint Chrysostom: Homilies on the Gospel of St. John and Epistle to the Hebrews / Под ред. Schaff P. New York: Christian Literature Publishing Company, 1886; репр., Peabody, MA: Hendrickson Publishers, 1995. |
| *NPNF*-2 | *Nicene and Post-Nicene Fathers, Second Series*. Т. 11: Sulpitius Severus, Vincent of Lerins, John Cassian / Под ред. Schaff P. New York: Christian Literature Publishing Company, 1887; репр., Peabody, MA: Hendrickson Publishers, 1995. |
| *TDNT* | *Theological Dictionary of the New Testament*: В 10 т. / Под ред. Friedrich G., Kittel G. и Bromiley G. Grand Rapids: Eerdmans, 1964–1976. |
| *TDOT* | *Theological Dictionary of the Old Testament*: В 17 т. / Т. 1–2: Ред. Botterweck G. и Ringgren H.; Пер. на англ. Willis J.; Т. 4–6: Ред. Botterweck G. и Ringgren H.; Пер. на англ. Green D.; Т. 8–9, 12, 14–15: Botterweck G., Ringgren H. и Fabry H.; Пер. на англ. Stott D. Grand Rapids: Eerdmans, 1974–. |

*TMSJ* — *The Master's Seminary Journal* (журнал семинарии «Мастерс»)

*TWOT* — *Theological Wordbook of the Old Testament*: В 2 т. / Под ред. Harris R., Archer G. и Waltke B. Chicago: Moody Press, 1980.

WBC — Word Biblical Commentary / Под ред. Metzger B., Hubbard D., Barker G. et alt.

*WWCH* — *Who's Who in Christian History* / Под ред. Douglas J., Comfort P. и Mitchell D. Wheaton, IL: Tyndale House, 1992.

# СПИСОК СОКРАЩЕНИЙ БИБЛЕЙСКИХ КНИГ

В данной книге приняты следующие названия и сокращения библейских книг:

Быт. – Бытие
Исх. – Исход
Лев. – Левит
Втор. – Второзаконие
И.Нав. – Книга Иисуса Навина
Суд. – Книга судей
Руф. – Книга Руфь
1 Цар. – Первая книга царств
2 Цар. – Вторая книга царств
3 Цар. – Третья книга царств
4 Цар. – Четвертая книга царств
1 Пар. – Первая книга Паралипоменон
2 Пар. – Вторая книга Паралипоменон
Езд. – Книга Ездры
Неем. – Книга Неемии
Есф. – Книга Есфирь
Иов. – Книга Иова
Пс. – Псалтирь
Прит. – Книга Притчей
Еккл. – Книга Екклесиаста
Песн.П. – Песнь Песней
Ис. – Книга пророка Исаии
Иер. – Книга пророка Иеремии
Пл.Иер. – Плач Иеремии
Иез. – Книга пророка Иезекииля
Дан. – Книга пророка Даниила
Ос. – Книга пророка Осии
Иоил. – Книга пророка Иоиля
Ам. – Книга пророка Амоса
Авд. – Книга пророка Авдия
Ион. – Книга пророка Ионы
Мих. – Книга пророка Михея
Наум. – Книга пророка Наума
Авв. – Книга пророка Аввакума
Соф. – Книга пророка Софонии
Агг. – Книга пророка Аггея
Зах. – Книга пророка Захарии
Мал. – Книга пророка Малахии

Матф. – Евангелие от Матфея
Марк. – Евангелие от Марка
Лук. – Евангелие от Луки
Иоан. – Евангелие от Иоанна
Деян. – Деяния апостолов
Иак. – Послание Иакова
1 Пет. – Первое послание Петра
2 Пет. – Второе послание Петра
1 Иоан. – Первое послание Иоанна
2 Иоан. – Второе послание Иоанна
3 Иоан. – Третье послание Иоанна
Иуд. – Послание Иуды
Рим. – Послание римлянам
1 Кор. – Первое послание коринфянам
2 Кор. – Второе послание коринфянам
Гал. – Послание галатам
Еф. – Послание ефесянам
Флп. – Послание филиппийцам
Кол. – Послание колоссянам
1 Фес. – Первое послание фессалоникийцам
2 Фес. – Второе послание фессалоникийцам
1 Тим. – Первое послание Тимофею
2 Тим. – Второе послание Тимофею
Тит. – Послание Титу
Флм. – Послание Филимону
Евр. – Послание евреям
Откр. – Откровение

# ГЛОССАРИЙ

Детерминизм – вера в то, что все события предопределены Божьим промыслом, либо напрямую производящим, либо допускающим действие тех или иных факторов. Различают фатализм, жесткий детерминизм и мягкий детерминизм. Мягкий детерминизм не исключает подлинной свободы человеческой воли, считая ее *совместимой* с Божьим промыслом. (См. Компатибилизм.)

Избрание – решение Бога, которым некоторые люди предназначены ко спасению. Различают *условное* избрание – решение Бога спасти тех, кто будет соответствовать каким-либо условиям (уверует, сохранит веру и/или не совершит смертных грехов); *безусловное* избрание – решение Бога спасти некоторых людей, не основанное ни на каких условиях; *индивидуальное* избрание – решение спасти конкретных людей поименно; *коллективное* избрание – решение спасти Божий народ (Израиль или Церковь), в который люди могут войти и из которого могут выйти по собственному желанию; *ограниченное* избрание – решение спасти некоторое количество людей из числа всего человечества; *универсальное* избрание – избрание всего человечества во Христе; и др.

Инфралапсарианство – гипотетическая схема Божьих решений, в которой решение спасти избранных идет ниже (лат. *infra*) решения допустить грехопадение (лат. *lapsus*). Согласно этой схеме, Бог сначала решил допустить грехопадение всех людей, а потом – некоторых из них избрать ко спасению. В результате получается, что Бог из предузнанного Им состояния погибели совершил одностороннее избрание – ко спасению. Доктрина двойного предопределения таким образом исключается. (См. также Супралапсарианство.)

Компатибилизм – представление о совместимости человеческой воли и Божьего предопределения. В отличие от либертарианства, человеческая воля представляется ограниченной такими факторами, как греховная природа, несовершенство знания, ранее сформированные наклонности и др. (См. также Детерминизм и Либертарианство.)

Либертарианство – такое представление о свободе воли, согласно которому человеческая воля ничем не связана; человек свободен с одинаковой легкостью выбирать между любыми альтернативами.Такое представление о человеческой воле несовместимо с предопределением человеческих действий или решений Богом. (См. также Компатибилизм.)

Монергия (монергизм) – учение о том, что Божья благодать производит возрождение самостоятельно, без участия человеческой воли. После возрождения человеческая воля может содействовать благодати в процессе освящения. (См. также Синергия.)

Провидение – Божий контроль над всеми предметами, событиями и явлениями в мире, посредством которого осуществляется Божий предвечный план.

Промысел – Божий предвечный план, согласно которому происходят события земной истории.

Репробация – оставление Богом некоторых людей на их греховных путях, которые приведут их к осуждению.

Синергия (синергизм) – учение о том, что Божья благодать действует совместно с человеческой волей в процессе возрождения. (См. также Монергия.)

Супралапсарианство – гипотетическая схема Божьих решений, в которой решение спасти избранных идет выше (лат. *supra*) решения допустить грехопадение (лат. *lapsus*). Согласно этой схеме, Бог сначала решил спасти одних и осудить других, а потом – допустить грехопадение. Из такой схемы Божьих решений логически вытекает доктрина двойного предопределения, поскольку Бог из нейтрального состояния одних безусловно предопределил ко спасению, а других – безусловно предопределил к погибели. (См. также Инфралапсарианство.)

# ВВЕДЕНИЕ

«История церкви показывает, – пишет историк и богослов Уильям Каннингхем, – что живость и искренность веры у прихожан напрямую зависит от того, какую сторону они занимают в пелагианском споре, – зависит даже в большей степени, чем от их взгляда на сущность Троицы или природу личности Христа»[1]. Хотя это утверждение на первый взгляд может показаться несколько преувеличенным, нужно признать, что оно не лишено доли справедливости. Действительно, на протяжении веков многие церкви сохраняли правильное учение о Троице и о природе Христа, однако при этом практическое благочестие у них было в упадке[2]. С другой стороны, многие пробуждения – не последнее место среди них занимают протестантская Реформация в Европе и Первое и Второе великие пробуждения в Америке – были непосредственно связаны с возвращением к теме Божьего промысла и человеческой воли[3].

Книга, которую читатель держит в руках, касается одного из ключевых вопросов, фигурирующих в пелагианском споре, – вопроса

---

[1] Cunningham W. *Historical Theology: A Review of the Principal Doctrinal Discussions in the Christian Church since the Apostolic Age* : В 2 т. Edinburgh: T. and T. Clark, 1882; репр., Edmonton, Canada: Still Waters Revival Books, 1991. Т. 1. С. 321.

[2] Примером может служить средневековая Католическая церковь. Ср. Гонсалес Х. *История христианства*: В 2 т. СПб.: Библия для всех, 2003. Т. 1. С. 300–318.

[3] Ср. Piper J. *Contending for Our All: Defending Truth and Treasuring Christ in the Lives of Athanasius, John Owen, and J. Gresham Machen*. Wheaton, IL: Crossway Books, 2006. С. 23–29. При помощи нескольких исторических примеров Пайпер демонстрирует, что серьезные богословские дискуссии не угашают живости церкви, а, напротив, возвращают истине должный статус и оживляют церковь (Там же. С. 22).

о взаимоотношении человеческой и божественной воли. Хотя об этом уже написано множество статей и книг, было бы ошибкой полагать, что тема исчерпана. В современной литературе продолжаются оживленные дебаты по этому поводу.

Как правило, христиане не отрицают двух очевидных фактов: с одной стороны, человек наделен волей, с другой, Библия говорит о Божьем предопределении. Споры возникают при попытке описать, как соотносятся между собой человеческая воля и предопределение. Спектр высказываемых точек зрения достаточно широк. У одного края спектра находятся авторы, которые делают столь сильный акцент на суверенности Божьего решения, что человеческая воля становится иллюзорной, не влияющей сколько-нибудь реальным образом на жизнь, поступки и судьбу человека. У другого края стоят те, кто в попытке примирить человеческую волю с Божьим предопределением предлагают такое понимание предопределения, что оно теряет решающее значение и превращается в простое согласие с предузнанными человеческими решениями. Немногим авторам удается сохранить как реальность человеческой воли, так и определяющий характер Божьего промысла.

## Суть проблемы

Суть проблемы нам видится двоякой. Во-первых, некоторые не вполне верные идеи о Божьем замысле обусловлены, на наш взгляд, чересчур узким взглядом на провидение Божье, то есть на то, как Бог осуществляет Свои цели в земной истории. Как пишут Льюис и Демарест, «начиная знакомство с этой доктриной, многие сталкиваются с непреодолимыми трудностями, потому что их разум находится в плену у ошибочного представления, будто Бог достигает Своих целей совершенно в отрыве от каких-либо средств или процессов»[4]. Иными словами, некоторые люди рисуют себе не вполне корректную картину Божьего провидения. Вольно или невольно в их рассуждениях возникает

---

[4] L-D. Т. 1. С. 312. В продолжение своих слов авторы приводят хорошую иллюстрацию: «У футбольной команды есть цель – победить. Однако цель – это одно, а стратегия для достижения этой цели – другое. Как первое, так и второе совершенно необходимо. <…> Цель – это поставленная перед командой задача, а стратегия – это набор тактических приемов, направленных на достижение цели. Божий промысел включает в себя не только цели, но и стратегии» (Там же).

простая, но неверная логическая связка: если Бог что-либо постановил, то Он всегда исполняет это Сам, сверхъестественным способом. Действие всевозможных опосредующих факторов не принимается во внимание.

Подобный способ рассуждений был достаточно распространен в разные периоды христианской истории. Примером могут служить монахи Адрумета в Северной Африке нач. V в., которые после знакомства со взглядами Августина на предопределение отказались принимать порицание в случае согрешения. Они сделали вывод, что если все зависит от Бога, то нужно не обличать человека, а молиться, чтобы Божья благодать исправила согрешающего[5]. Однако кто сказал, что Божье исправление не действует *через человеческое обличение*?

Такую же логическую ошибку допускает Джон Уэсли, который отрицает предопределение ко спасению по следующей причине: «Если это [предопределение] так, то проповедь напрасна. Избранным она не нужна, ибо они непременно спасутся – с проповедью или без нее»[6]. Однако почему проповедь не может быть *средством*, через которое действует божественное провидение?

Многие авторы выступают против учения о безусловном предопределении на основании серьезных предупреждений об опасности отпадения, которые Писание обращает к верующим[7]. Суть этих доводов хорошо обобщает Дэниел Корнер: «…истолкования сторонников теории о раз и навсегда полученном спасении *лишают смысла серьезные предупреждения*, сделанные сначала Самим Господом, а затем апостолом Павлом…»[8] Однако почему серьезные предупреждения не мо-

---

[5] Уивер Р. *Божественная благодать и человеческое действие: Исследование полупелагианских споров*. М.: Центр библейско-патрологических исследований, 2006. С. 39, 44.

[6] Wesley J. *The Works of John Wesley*: В 14 т. 3-е изд. London: Wesleyan Methodist Book Room, 1872; репр., Grand Rapids: Baker Book House, 1978. Т. 7. С. 376.

[7] Напр., Дьюэл У. *Великое спасение*. СПб.: Библия для всех, 1999. С. 293; Picirilli R. *Grace, Faith, Free Will: Contrasting Views of Salvation—Calvinism and Arminianism*. Nashville: Randall House, 2002. С. 199–200 (русский перевод этой книги см.: Пикирилли Р. *Кальвинизм, арминианство и богословие спасения*. СПб.: Библия для всех, 2002); Прохоров К. *Тайна предопределения*. Idar-Oberstein, Germany: Titel Verlag, 2003. С. 197.

[8] Корнер Д. *Вечное спасение на условии веры*. Idar-Oberstein, Germany: Titel Verlag, 2003. С. 118. Курсив наш. – *А. П.* Сходный аргумент отталкивается от библейских повелений, которые тоже обращены к человеческой воле. Поскольку Бог «…обращает Свой призыв к воле человека» (Каргель И. *Закон Духа жизни: Толкова-*

гут быть тем *средством*, через которое провидение Божье сохраняет избранных от отпадения?

Итак, первая проблема, возникающая при обсуждении темы Божьего промысла и человеческой воли, заключается в зауженном представлении о Божьем провидении – представлении, которое не учитывает широкого многообразия средств, которыми располагает Бог и которыми Он оперирует в этом мире.

Вторая проблема, на наш взгляд, связана с тем, что многие авторы подходят к богословию не с экзегетической, а с философской стороны. Отправной точкой для них является не подробный анализ всех библейских текстов, говорящих на данную тему, а философские концепции. Однако существенный недостаток философского богословия заключается в том, что каждый автор, рассуждающий в отрыве от экзегезы, рискует наделить ту или иную концепцию содержанием, которое не продиктовано Библией, а привнесено извне. Как правило, это содержание берется из ранее сформированных мировоззренческих предпосылок самого автора.

Среди концепций, нередко фигурирующих в пелагианском споре, находятся понятия справедливости, милости и любви[9]. Мы, безусловно, согласны с тем, что Божьи решения основаны на Его природе, а поскольку Божья природа справедлива, милостива и добра, Его решения тоже справедливые, милостивые и добрые. Но за этим утверждением кроется один подводный камень: кто определяет, что является спра-

---

*ние глав 5, 6, 7, 8 Послания святого апостола Павла к римлянам*. СПб.: Библия для всех, 2003. С. 194), то Его решение о спасении должно логически следовать за решением человека откликнуться на этот призыв (ср. Его же. *Собрание сочинений*. СПб.: Библия для всех, 1997. С. 674).

[9] К примеру, Ребекка Уивер, обсуждая учение Августина, апеллирует к понятию справедливости: «Божественный Суд является гарантией того, что Бог справедлив, вознаграждая или наказывая в соответствии с действительным характером человеческих действий, а не с критериями, которые совершенно непостижимы» (Уивер. *Божественная благодать и человеческое действие*. С. 13). Дэйв Хант, дискутируя с Джеймсом Уайтом о кальвинизме, ссылается на фундаментальное понятие любви: «Любовь – это не просто качество Бога, но и сама сущность Его естества: “Бог есть любовь” (1 Иоан. 4:8)» (Hunt D. Response to James White’s “God’s Eternal Decree” // *Debating Calvinism* / Под ред. Hunt D. и White J. Sisters, OR: Multnomah Publishers, 2004. С. 48). Отталкиваясь от этого понятия, Хант задает риторический вопрос: «Как мог Бог, Который есть любовь, погубить миллиарды людей, которых мог бы спасти?» (Там же. С. 47; в той же книге он посвящает данному аргументу целую главу: Hunt D. The Central Issue: God’s Love and Character // *Debating Calvinism* / Под ред. Hunt D. и White J. Sisters, OR: Multnomah Publishers, 2004. С. 255–264).

ведливым, милостивым и добрым в каждом конкретном случае? Если определять эти понятия не библейскими, а гуманистическими (то есть, по сути, человекоцентричными) мерками, то есть риск незаметно для себя отклониться от истины Писания. Даже если получившееся богословское строение будет скреплено добротным логическим цементом, трещины ненадежного фундамента будут угрожать всему зданию крушением.

## Цель настоящей книги

Отталкиваясь от всего вышесказанного, мы ставим перед собой цель шире взглянуть на Божье провидение с библейских позиций, чтобы увидеть, какими средствами Господь пользуется для исполнения Своих безусловных обетований. Особое внимание мы уделим вопросу о том, может ли человеческая воля задействоваться Богом как одно из средств, при помощи которых Он исполняет Свою безусловную волю. Автор надеется, что данная книга поможет обрисовать более верную в библейском отношении картину многообразных путей Божьего провидения – картину, в которой Бог не является причиной греха, а серьезные предостережения Писания не становятся бессмысленными.

## Ход рассуждений и содержание глав

В **главе 1** будет сделан обзор истории споров о взаимоотношении Божьей и человеческой воли. Эта глава преследует по меньшей мере четыре цели: (1) проследить развитие дебатов о человеческой воле в исторической перспективе, (2) во всех основных мнениях по данному вопросу подчеркнуть ключевые моменты, имеющие отношение к подходу данной книги, (3) обозначить богословскую систему координат для последующей дискуссии и (4) составить приемлемую классификацию взглядов, в рамках которой станет более понятной собственная позиция автора. В этой главе будут обсуждаться лишь те учения и взгляды, которые рассматривают Библию в качестве авторитетного источника информации. Поэтому никакие другие религии, кроме христианства, в этом обзоре фигурировать не будут. Иудаизм будет включен в обсуждение лишь как предшественник христианства, поэтому мы рассмотрим, в основном, лишь дохристианские стадии его развития. Точно так же, в этот обзор не войдут никакие философские учения, кроме христианской мысли. И даже христианская философия будет затронута лишь в той мере, в какой она претендует быть основанной главным образом на Библии. Учитывая то, что многие из рассматриваемых источников недоступны на русском языке, а те, которые доступны, требуется искать в библиотеках, мы решили уделить историческому обзору достаточно места ради пользы и удобства читателей.

В **главе 2** будут обсуждаться ключевые понятия, фигурирующие в данной теме, – Божья воля и Божье провидение. Понимание этих богословских категорий чрезвычайно важно для разговора о соотношении Божьего предопределения и человеческой воли. В этой главе не только будут даны определения терминов, но и будут систематизированы основные положения библейского учения о Божьей воле и провидении.

**Глава 3** рассмотрит одну из популярных попыток решения парадокса свободы воли и предопределения, а именно теорию, основанную на определенном философском представлении о природе времени, – «вечное сейчас». Мы постараемся продемонстрировать, что данный подход нельзя признать удовлетворительным ни с точки зрения философии, ни с точки зрения систематического богословия, ни с точки зрения здравой экзегезы Писания.

**Глава 4** посвящена анализу одного из ключевых текстов, относящихся к обсуждаемой теме, – Римлянам 8:29-30. В этом тексте бок о бок встречаются термины «предопределение» и «предузнание», поэтому он часто фигурирует в дискуссиях о характере Божьего предопределения. В связи с этим очень важно рассмотреть данный отрывок более подробно.

В **главе 5** будет сделан краткий обзор ветхозаветных терминов, описывающих промышляющую и предписывающую воли Господа. Мы рассмотрим лишь те термины и понятия из темы Божьего промысла, которые имеют отношение к содержанию и общему направлению данной книги. Этот обзор поможет шире взглянуть на библейское учение о Божьей воле и увидеть взаимосвязь между библейскими терминами.

В **6-й главе** мы рассмотрим ветхозаветный пример Божьего провидения. Чтобы подробнее познакомиться с тем, что Библия говорит о характере и механизмах Божьего действия в истории, мы возьмем за основу исход израильтян из Египта. Особое внимание будет обращено на то, какие средства Господь задействовал для осуществления Своего замысла по освобождению израильтян.

В **7-й главе** будет представлен обзор новозаветного лексикона, связанного с Божьей промышляющей и предписывающей волей. Как и в случае с ветхозаветным лексиконом, объем и задачи настоящей книги позволят нам рассмотреть лишь основные термины и библейские тексты. В каждом случае мы постараемся показать, какой вклад данный термин вносит в учение о Божьем промысле.

**Глава 8** будет посвящена новозаветному примеру Божьего провидения. За основу мы возьмем жизнь апостола Павла как она описана в Деяниях апостолов и в его собственных посланиях. Как и в главе 6, мы обратим внимание на то, какие средства Господь задействовал для осуществления Своих целей.

Краткое **заключение** подведет итог результатам исследования и обозначит некоторые богословские выводы. Наверное, излишним будет упоминать, что содержание книги «Замысел Вседержителя» не сводится к той информации, которая нашла отражение в заключении. Читателю рекомендуется не ограничиваться знакомством с заключением, чтобы составить впечатление о доводах автора.

# ГЛАВА 1

# ИСТОРИЯ ВОПРОСА

Хотя вопрос о Божьем промысле и человеческой воле интересовал верующих во все обозримые времена, в христианской истории выделяются два основных спора, связанных с этой темой: пелагианский спор V века н. э., в котором ключевую роль сыграл Августин, и спор между кальвинизмом и арминианством в XVI веке[10]. Именно они и послужат главными вехами в нашей дискуссии. В связи с этим развитие богословского учения о Божьем промысле мы удобства ради разделим на пять периодов: (1) доавгустиновский период, (2) спор между Пелагием и Августином, (3) средневековый период, (4) протестантская Реформация с последовавшей за ней арминианской Ремонстрацией и (5) послереформационный период. В каждом периоде мы рассмотрим лишь ключевые действующие лица и идеи.

С самого начала необходимо заметить, что разговор о Божьем промысле включает в себя несколько тем, теснейшим образом переплетающихся друг с другом. То, какую позицию мы изберем в отношении любой из этих тем, непременно повлияет на наше мнение об остальных темах. Поскольку Божий промысел – это продукт Его воли, вопрос о Божьем промысле непременно связан с разговором о Божьей воле. Если отношение вышнего промысла к неодушевленным предметам не вызывает особых проблем, то взаимодействие этого промысла с другими разумными существами, наделенными волей – людьми – по-

---

[10] Cf. Cunningham. *Historical Theology*. T. 1. C. 326, 477.

рождает много сложных вопросов, поэтому данная дискуссия обязательно включает в себя тему человеческой воли. Наконец, наша точка зрения на Божий промысел приобретает решающее значение в учении о спасении, поэтому наш разговор связан с темами о грехопадении, предопределении и благодати[11].

## Доавгустиновская эпоха

### Иудаизм

История споров о том, чтó библейское откровение говорит о Божьем промысле и человеческой воле, восходит не к Августину и Пелагию, и даже не к ранним Отцам Церкви, а к дохристианскому иудаизму. Хотя в иудейском богословии этот вопрос выступил на передний план лишь к X в. н. э.[12], потому подробного и систематичного его рассмотрения в ранних источниках ждать не следует, тем не менее, с самых ранних времен уже можно выделить несколько разных точек зрения. Свой взгляд на предопределение был у каждой из трех основных иудейских религиозных групп хасмонейского и римского периодов: ессеев, фарисеев и саддукеев. Более того, описывая богословие этих групп, Иосиф Флавий отводит вопросу о предопределении главенствующее место[13]. Хотя этот вопрос был отнюдь не единственной точкой разногласий между ессеями, фарисеями и саддукеями, он был настолько заметным и значимым, что его можно было поставить во главу угла как один из ключевых критериев, по которому различались эти три течения иудаизма.

Самой фаталистической группой в иудаизме были **ессеи**. По свидетельству Иосифа Флавия, который некоторое время был связан с этой сектой (до того как примкнул к фарисеям)[14], ессеи верили, что все события предопределены Божьей волей, и «ничто не происходит с людьми, что не было бы предопределено»[15]. Рассказ Иосифа Флавия подкрепляется некоторыми документами кумранской общины, которую современные исследователи считают либо целиком ессейской[16],

---

[11] Как справедливо указывает Каннингхэм, «пелагианский спор… включает самые важные и сложные темы, которые обычно обсуждаются в систематическом богословии под заголовками *De peccato*, *De gratia*, *De vocatione* и *De praedestinatione*» (лат.: «о грехе, о благодати, о призвании и о предопределении». Там же. Т. 1. С. 321).

либо смешанной группой с заметным ессейским влиянием[17]. К примеру, в кумранской рукописи 1QH-a, называемой הודיות (*Hodayot*, или «Гимн благодарения»), неоднократно подчеркивается, что Бог управляет поступками всех людей (многоточия в цитате обозначают неразборчивый текст или лакуны в оригинальном манускрипте):

> Я постановил не отвращаться от всего, что Ты заповедал. Я буду держаться общины… чтобы не оставлять твоих законов. <…> Однако я знаю, по Твоему разумению, что не во власти плоти… и не человеку принадлежит путь, и что не может муж сделать определенным [להכין] свой шаг. Я знаю, что в руке Твоей устремление [יצר] всякого духа, и всякое дело его Ты сделал определенным [הכינותה] прежде, чем сотворить его. И как может кто-либо изменить Твои постановления? Только Ты Сам сотворил праведника и от утробы предопределил его [הכינותו] на время благоприятное, чтобы сделать его соблюдающим [להשמר] Твой завет и чтобы он ходил по всем (Твоим путям)… на него множество щедрот Твоих и чтобы облегчить всякую скорбь души его для вечного спасения и бесконечного мира без недостатка. Ты вознес над плотью славу его. <…> Нечестивых же Ты сотворил на конец гнева Твоего, и от утробы Ты освятил их [הקדשתם] для дня заклания. Ибо[18] они пошли путем недобрым и отвергли Твой

---

[12] Moore G. *Judaism in the First Centuries of the Christian Era: The Age of Tannaim*: В 3 т. Cambridge: Harvard University Press, 1927–30; репр. Peabody, MA: Hendrickson Publishers, 1960. Т. 1. С. 454.

[13] Josephus Flavius. Jewish Antiquities, XIII. 5. 9 (172) // *The New Complete Works of Josephus: Revised and Expanded Edition* / Пер. на англ. Whiston W. Grand Rapids: Kregel Publications, 1999. С. 429.

[14] Josephus Flavius. The Life of Flavius Josephus, 1 (10–11) // Там же. С. 17.

[15] Josephus Flavius. Jewish Antiquities, XIII. 5. 9 (172) // Там же. С. 429.

[16] Magness J. *The Archaeology of Qumran and the Dead Sea Scrolls*. Grand Rapids: Eerdmans, 2002. С. 40–43; Kaiser W. *Toward an Exegetical Theology: Biblical Exegesis for Preaching and Teaching*. Grand Rapids: Baker Books, 2005. С. 55; Murphy F. *Early Judaism: The Exile to the Time of Jesus*. Peabody, MA: Hendrickson Publishers, 2002. С. 173.

[17] Wise M., Abegg M. и Cook E. *The Dead Sea Scrolls: A New Translation*. New York, NY: Harper San-Francisco, 2005. С. 33–34.

[18] Слово כִּי в этом предложении не следует автоматически воспринимать как союз причины, поскольку это не согласовалось бы ни с предыдущим, ни с после-

завет. …Презрела их душа, и они не захотели всего, что Ты приказал, но избрали то, что Ты ненавидишь. …Ты предопределил их [הכינותם] к тому, чтобы совершить над ними великие суды пред очами всего Твоего творения, чтобы они были знаком и знамением в роды вечные, чтобы все познали Твою славу и великую силу. Что же такое плоть, чтобы оценить Твои тайны? И прах – как сможет сделать определенным [להכין] свой шаг? <…> Ты сформировал дух и предопределил [הכינותה] его дела от вечности. От Тебя путь всякого живого существа[19].

Стоит отметить, что слово הכין (*эхин*), основное значение которого – «делать твердым, определенным», в контексте Божьего промысла относится к предопределению[20]. Позже в этом документе также говорится о том, что все живые существа исполняют Божье определение, установленное для них еще от вечности: «И согласно мудрости Твоего ведения Ты предопределил [הכינותה] их курс прежде их появления. И по Твоему изволению будет происходить все, и без Тебя не случится»[21]. Автор признает, что и сам ничего не может сделать без Божьего изволения:

Я прах и пепел, что я запланирую, если Ты не восхотел? И что я задумаю, если нет Твоего благоволения? Как укреплюсь, если Ты не поставил меня? Как пойду, если Ты не уготовал мне? И что скажу, если Ты не открыл моих уст? И как отвечу, если Ты не умудрил меня? <…> Вот, Ты – князь богов и царь прославленных, господин всякого духа и правитель всякого творения. Без Тебя ничего не произойдет и ничто не может быть познано без Твоего благоволения[22].

---

дующим контекстом. כִּי в древнееврейском языке имеет достаточно широкий семантический спектр, от эмфатической частицы со значением «действительно», «на самом деле», до различных вариантов гипотаксиса (ср. *HALOT*. Т. 2. С. 470–471).

[19] 1QH-a, колонка VII, строчки 14–25. *The Dead Sea Scrolls: Study Edition*: В 2 т. / Под ред. Martinez F. и Tigchelaar E. Leiden: Brill, 1997–1998. Т. 1. С. 154–156. Здесь и далее перевод с евр. наш. – *А. П.*

[20] Ср. *HALOT*. Т. 2. С. 465.

[21] 1QH-a, колонка IX, строчки 19–20 (The Dead Sea Scrolls. Т. 1. С. 158).

[22] 1QH-a, колонка XVIII, строчки 5–9 (Там же. С. 186).

В «Гимне благодарения» часто упоминается идея избрания. В частности, там сказано, что Бог делает гладким путь того, кого избрал, чтобы сохранить его от согрешения[23]. Всякий избранный уразумеет тайный Божий замысел[24] и будет искать мудрости и стремиться к разуму[25]. Избранные обретают от Бога дух знания, делаясь способными любить истину и праведность и ненавидеть всякий путь нечестия[26]. Все, что Бог делает на земле, Он делает для Своей славы: «Я знаю, что для Себя Ты сделал это, Боже мой… и согласно замыслу Твоему, чтобы возвеличить и утвердить все для славы Твоей»[27].

Один из наиболее важных документов кумранской общины, так называемый *Дамасский документ* (4Q266–272), излагающий историю и богословие данной группы, так описывает учение о Божьем предопределении:

> Ибо Бог обошел их избранием до начала мира, и прежде их появления знал дела их и гнушался поколениями [людей] из-за крови, и сокрыл лицо Свое от этой земли до их уничтожения. Он знал годы их существования и число и продолжительность их времен – всех, кто были в веках и кто будут, доколе это не исполнится в их временах во все годы вечные. И из всех них Он воздвиг Себе призванных [הקים לו קריאים], чтобы сохранить остаток для этой земли и наполнить обитаемый мир от семени их. <…> И Он учил их через тех, кто был помазан Его Святым Духом, и через провидцев истины, и их имена точно определены. Тех же, кого Он возненавидел, Он ввел в заблуждение [ואת אשר שנא התעה][28].

Из этого текста видно, что составитель документа верил, во-первых, в индивидуальное избрание ко спасению («их имена точно определены»). Во-вторых, он верил в то, что избранные ко спасению не просто пассивно предузнаны, а активно воздвигнуты Богом («воздвиг Себе призванных»). В-третьих, автор документа не учил избранию к погибели. Напротив, он объяснял погибель оставлением людей в со-

---

[23] 1QH-a, колонка IV, строчки 21–22 (Там же. С. 148).
[24] 1QH-a, колонка V, строчки 5–6 (Там же. С. 150).
[25] 1QH-a, колонка VI, строчки 2–3 (Там же. С. 152).
[26] 1QH-a, колонка VI, строчки 25–26 (Там же. С. 154).
[27] 1QH-a, колонка XXI, строчки 6–7 (Там же. С. 192–194).
[28] 4Q266, фрагмент 2, колонка II, строчки 6–13 (Там же. С. 584).

стоянии неизбранности («обошел избранием», букв. «не избрал», לא בחר). Возможно, фразу «кого Он возненавидел» следует понимать как контрэквивалент избирающей любви (ср. Рим. 9:13: «Иакова Я возлюбил, а Исава возненавидел»). В таком случае речь идет не столько об эмоциональной ненависти, сколько об отсутствии избирающей любви, и фраза «кого Он возненавидел» является аналогом неизбрания. В-четвертых, у неизбранных еще до сотворения мира предузнаны греховные дела. В наказание за эти греховные дела они еще больше введены в заблуждение и оставлены на погибель. Таким образом, в этом документе просматривается идея одностороннего избрания ко спасению из общего состояния погибели – идея, которая получит полное и подробное развитие в вероисповедном кальвинизме протестантского богословия.

Сходная мысль звучит еще в одном кумранском документе, 1QS (условно называемом «Правилами общины»). В самом начале этой рукописи сказано, что данная книга написана, чтобы научить «…любить сынов света, каждого согласно его жребию в Божьем замысле [איש כגורלו בעצת אל], и ненавидеть всех сынов тьмы, каждого согласно его вине [איש כאשמתו] в Божьем отмщении»[29]. Любопытно заметить, что статус сынов света, то есть спасаемых, связывается с Божьим жребием, а статус сынов тьмы, то есть погибающих, – с их собственной греховностью. Таким образом, здесь тоже угадывается идея об одностороннем избрании ко спасению: грешники погибают заслуженно, по своей вине, а дети Божьи спасаются незаслуженно, по Божьему избранию.

Вдобавок к этому, в «Правилах общины» утверждается, что «от всеведущего Бога все, что есть и что будет. Прежде чем они появились, Он предопределил [הכין] все замыслы о них. Когда же они появляются в назначенное время, согласно Его славным замыслам они исполнят дела свои, ничего не изменив»[30]. Как же получается, что все люди исполняют определенный для них Божий замысел? По учению этого документа, каждому человеку Бог дал двух духов: духа истины и духа заблуждения. Все люди изначально находятся под влиянием духа заблуждения, который производит в них всякое беззаконие. То же самое

[29] 1QS, колонка I, строчки 10–11 (Там же. С. 70).
[30] 1QS, колонка III, строчки 15–16 (Там же. С. 74).

относится и к сынам света, которые подчиняются духу заблуждения вплоть до времени их посещения Богом[31]. Однако «Бог Израилев и ангел Его истины помогают всем сынам света»[32], приводя их на путь истины. Автор утверждает, что Бог сокрыл от всего человечества спасительную мудрость, знание, праведность и силу. Однако «тем, кого Он избрал, Он дал это в вечное владение и сделал их наследниками жребия святых»[33].

Итак, многие документы кумранской общины подтверждают, что ессеи верили в главенство Божьего промысла над всеми земными событиями, в том числе над поступками людей. Даже если взгляды ессеев на этот счет не были вполне одинаковыми, что вполне возможно в большой группе людей, среди них была популярна вера в абсолютное предопределение. Поэтому оценка их богословия Иосифом Флавием (см. выше) вполне закономерна.

Другое иудейское движение, **фарисеи**, отводили человеческой воле большую роль. Они считали, что «некоторые действия, но не все, определены судьбой, другие же находятся в нашей власти и, хотя подвержены влиянию судьбы, не определены ею»[34]. Впрочем, даже среди них, по-видимому, было разномыслие на этот счет, так как, несмотря на положительное восприятие ими человеческой свободной воли, в целом их секта считалась довольно фаталистичной[35].

Третья религиозная группа, о которой упоминает Иосиф Флавий, – **саддукеи**. Они настаивали на полной свободе человеческой воли вплоть до того, что совершенно отвергали судьбу и предопределение[36]. И если саддукеи просто отрицали божественное предопределение событий, но не сильно заботились об исполнении пророчеств[37], то другая религиозно-политическая партия, **зелоты**, пошли на шаг дальше. Полагая, что будущее зависит от человеческих решений, они активно

---

[31] 1QS, колонка III, строчки 17–23 (Там же. С. 74–76).

[32] 1QS, колонка III, строчки 24–25 (Там же. С. 76).

[33] 1QS, колонка XI, строчки 6–7 (Там же. С. 96).

[34] Josephus Flavius. Jewish Antiquities, XIII. 5. 9 (172) // *The New Complete Works of Josephus*. С. 429. Ср. Newman R. Breadmaking with Jesus // *JETS*. №40/1. 1997. С. 4.

[35] Whiston. *The New Complete Works of Josephus*. С. 430, примеч. 2. Ср.: Hagner D. Judaism // *New Bible Dictionary* / Под ред. Wood D., Marshall I. и др. Downers Grove, IL: InterVarsity Press, 1996. С. 623–624.

[36] Josephus Flavius. Jewish Antiquities, XIII. 5. 9 (173) // *The New Complete Works of Josephus*. С. 429.

[37] Ср. *Tyndale Bible Dictionary* / Под ред. Elwell W. и Comfort P. Tyndale Reference Library. Wheaton, IL: Tyndale House Publishers, 2001. С. 1150.

старались «исполнять» Божьи обещания, данные Израилю, силой меча и политических действий[38].

Интересно отметить, что с самых ранних времен в дохристианском иудаизме существовал примерно тот же диапазон мнений, что и в постреформационный период в христианстве: от элементов «гиперкальвинизма» у ессеев до крайнего «арминианства» саддукеев и зелотов. Несмотря на то, что вера в божественное предопределение событий была распространена достаточно широко, большинство иудеев в новозаветные времена – вероятно, включая даже фарисеев – не верили, что Бог вместе с тем предопределяет духовные достижения. В большинстве своем иудеи считали, что человек способен исполнить Божий закон силой своей собственной воли. На это указывает свидетельство евангелистов (напр., молитва фарисея в Лук. 18:11-12), свидетельство Павла в посланиях (напр., Рим. 10:3, «…усиливаясь поставить собственную праведность…»), а также некоторые ранние иудейские писания. В частности, в Книге премудрости Иисуса сына Сирахова, которая была написана ок. 180 г. до Р. Х. и дает много информации о характере иудаизма в период перед маккавейским восстанием[39], сказано: «Не говори: "Он ввел меня в заблуждение", ибо Он не имеет надобности в муже грешном. <…> Он от начала сотворил человека и *оставил его в руке произволения его* [то есть самого человека]» (15:12-14).

Более поздние раввинские писания в еще большей степени подчеркивают свободу воли человека, придавая особый вес его первоначальному выбору в пользу праведности или нечестия[40]. Как учил рабби Ханина (нач. III в. по Р. Х.), «все в руках Небес, кроме страха перед Небесами»[41]. Таким образом, что касается веры, духовной жизни и послушания закону, талмудический иудаизм утверждал полную свободу человеческой воли, почти совсем не оставляя места божественному определению. Известный исследователь и популяризатор иудаизма д-р Филип Бирнбаум (1904–1988) пишет по этому поводу:

> Учение о свободной воле, согласно которому человек свободен и способен выбирать между альтернативными вариантами поведе-

---

[38] Hagner. Judaism. C. 624.

[39] Suter D. Ecclesiasticus // *Harper's Bible Dictionary* / Под ред. Achtemeier P. San Francisco: Harper and Row, 1985. C. 237.

[40] Moore. *Judaism.* T. 1. C. 455–456.

[41] Berakoth 33b // *The Babylonian Talmud: Seder Zera'im* / Под ред. Epstein I. London, England: The Soncino Press, 1978. C. 210.

ния в соответствии со своими внутренними мотивами и идеалами, считается одним из основополагающих принципов иудаизма. Иудаизм предполагает, что Бог сказал человеку, что есть добро и что есть зло, и предоставил ему выбирать между тем и другим, зная о последствиях. <…> Предведение Божье не предопределяет человеческих действий – ни хороших, ни плохих. <…> В том же духе в Талмуде и мидрашах говорится, что Бог не предопределяет, будет ли человек праведным или нечестивым – это Он оставляет на выбор самого человека. Все в руках Божьих, кроме благоговения перед Богом (Tanhuma, *Pikkude* 3; Berakhoth 33b)[42].

**Ранее христианство и псевдохристианские ереси**

Одно из самых ранних христианских произведений вне новозаветного канона – так называемое **Первое послание Климента**. Хотя оно не подписано ничьим именем и составлено от лица всех римских христиан, традиционно считается, что его написал римский пресвитер Климент или другой представитель римской общины в конце I в. по Р. Х.[43] В этом послании подчеркивается, что Бог управляет всеми событиями земной истории:

> Словом величия Своего Он учредил все и словом может это разрушить. Кто скажет Ему: «Что Ты сделал?» Или кто воспротивится державной силе Его? Он сделает все, когда желает и как желает, и ничто из предопределенного Им не выпадет. Все пред Его очами, и ничто не избежало воли Его (27:4-6)[44].

Автор выражает веру в то, что Бог управляет не только внешними обстоятельствами, но и человеческой волей (от которой обстоятельства зависят в любом случае). Так, о земных правителях он молится: «Ибо Ты, Господи Небесный, Царь вечный, давший сынам человеческим славу, и честь, и власть над живущими на земле, Ты, Господи, направь

[42] Birnbaum P. *Encyclopedia of Jewish Concepts*. Brooklyn, NY: Hebrew Publishing Company, 1979. С. 76–77.

[43] Holmes M. First Clement: Introduction // *The Apostolic Fathers: Greek Texts and English Translations*. 3-е изд. / Под ред. Holmes M. Grand Rapids: Baker Academic, 2009. С. 34–36.

[44] *The Apostolic Fathers*. С. 82. Здесь и далее перевод с греч. наш. – *А. П.*

их волю [βουλήν], как хорошо и благоугодно пред Тобой, чтобы… они достигли милости Твоей» (61:2)[45]. Хотя Бог может направить ко спасению волю начальствующих, это не исключает участия самой человеческой воли, ибо «…от поколения к поколению Господь принимал покаяние *желающих* обратиться к Нему» (7:5)[46].

Увещая читателей вести святой образ жизни, автор призывает их войти в число избранных: «И опять в другом месте говорит: "С невиновным ты будешь невиновен, и с избранным ты будешь избранным, а с развращенным развратишься"[47]. Итак, будем прилепляться к невиновным и праведным, ибо они есть избранные Божьи» (46:3-4)[48]. В этих словах можно увидеть веру в коллективное избрание, то есть в то, что Бог избрал безличную группу (всех, кто уверует), и человек может войти в эту группу, став избранным, или выйти из нее, перестав быть избранным.

В то же время, в других местах автор подчеркивает, что человек спасается не по собственной инициативе, а по воле Божьей. Он даже противопоставляет самого человека и волю Божью как возможные источники спасения:

> Итак, все они были прославлены и возвеличены *не через себя*, не через свои дела или праведные поступки, которые совершили, *но по воле Божьей*. Итак, и мы, *по воле Его* во Христе Иисусе призванные, *не через себя* оправдываемся, и не через нашу мудрость

---

[45] Там же. С. 126.

[46] Там же. С. 54. Курсив наш. – *А. П.*

[47] Здесь автор цитирует Псалом 17:26-27, более-менее точно воспроизводя греческий Перевод семидесяти. Стоит отметить, что переводчики Септуагинты неудачно включили в текст идею избрания. Использованное в еврейском оригинале слово תָּמִים (*тамúм*) означает «совершенный, непорочный» (*HALOT*. Т. 4. С. 1748–1750); ср. Синодальный пер.: «…с мужем искренним – искренно…» Более того, субъектом этих слов следует считать не человека, а Бога, поскольку 28-й стих продолжается так: «…ибо Ты людей угнетенных спасаешь, а очи надменные унижаешь». Еврейский оригинал отнюдь не поддерживает идею о том, что кто-то может стать избранным путем пребывания рядом с избранными.

[48] *The Apostolic Fathers*. С. 106. В другом месте автор говорит о вхождении в число спасающихся: «…Кто в смиренномудрии с прилежной кротостью неизменно исполнил установления и повеления, данные Богом, тот зачислится и зачтется в число спасающихся через Иисуса Христа…» (58:2) (Там же. С. 122). Однако эти слова можно понять по-разному: и как приобщение к числу избранных, и как приобщение избранного к тем, кто уже начал процесс спасения, в момент его обращения.

или разумение, или благочестие, или дела, которые мы совершили бы в святости сердца, но через веру, через которую Бог Вседержитель оправдывал всех от века… (32:3-4)[49].

Продолжая ту же идею, автор ставит в зависимость от избрания Божье прощение: «Блаженны, чьи отпущены беззакония… Это блаженство исполнилось над теми, кто избран Богом, через Иисуса Христа, Господа нашего…» (50:6-7)[50]. В этих строчках избрание рассматривается уже не как результат, а как причина[51].

Он также пишет об определенном числе избранных, что указывает на индивидуальный характер избрания: «Вы подвизались днем и ночью ради всего братства, чтобы спаслось страхом и совестью определенное число [τὸν ἀριθμόν] избранных Его» (2:4)[52]. Заметим, что в этом тексте назван не только результат Божьего избрания: «…чтобы спаслось… определенное число…» – но и средство для достижения этого результата: «Вы подвизались…» Кроме того, автор выражает веру в сохранность спасения: «…мы будем просить… чтобы точное число избранных Своих во всем мире сохранил безопасным Творец всего через возлюбленного Сына Своего Иисуса Христа…» (59:2)[53].

Итак, возможно, автор Первого послания Климента признавал как индивидуальное, так и коллективное избрание. В рамках первого человек обретает спасение, а в рамках второго – присоединяется к избранному кругу для успешной духовной жизни. Похоже также, что он верил в предопределение не только результатов, но и средств, которые ведут к достижению этих результатов.

Вера в избрание как причину спасения прослеживается еще в одном раннем христианском документе – так называемом **Втором послании Климента**. Хотя традиционное название приписывает это послание Клименту Римскому, в настоящее время считается, что его на-

---

[49] Там же. С. 86. Курсив наш. – *А. П.*

[50] Там же. С. 112.

[51] Сходным образом, обсуждая заместительное искупление («кровь Свою отдал за нас Иисус Христос… и плоть за плоть нашу, и душу за душу нашу», 49:6), автор удивляется величию Божьей любви, не поддающейся описанию (50:1), а вслед за этим вопрошает: «Кто достоин найтись в ней [Божьей любви], кроме тех, кого Бог удостоит?» (50:2) (Там же. С. 110). Похоже, что принятие искупления автор здесь тоже связывает с Божьим избранием («кого Бог удостоит»).

[52] Там же. С. 46.

[53] Там же. С. 122.

писал неизвестный нам пресвитер, вероятно, из Коринфа где-то в конце I – начале II века[54]. Жизнь человека до обращения он описывает как состояние полной беспомощности, сравнимое со смертью: «Мы были слепы разумом, поклоняясь камням и деревьям, и золоту, и серебру, и меди, изделиям человеческим, и вся жизнь наша не иным чем была, как смертью»[55]. Однако духовных слепцов нашло прозрение, и причиной этого прозрения была воля Божья: «Будучи окружены помрачением и исполнены такой мглы во взоре, мы прозрели, отложив окружающее облако, *по Его воле*. Ибо Он помиловал нас и, умилосердившись, спас, увидев, что в нас большое обольщение и погибель и что мы никакой надежды не имеем на спасение, кроме той, которая от Него»[56]. Из-за того, что «вся жизнь наша не иным чем была, как смертью» (см. выше), мы были как не существующие. Однако «…Он призвал нас несущих и восхотел, чтобы из не-сущего появились мы»[57]. Это описание очень похоже на учение апостола Павла во 2-й главе Послания к ефесянам и, вероятно, выражает веру в полную испорченность и духовную недееспособность человека, а также в прозрение, которое Бог дает некоторым по Своей воле. Тех же, кто уже обратился ко Христу, автор Второго послания Климента призывает активно пользоваться своей волей для того, чтобы сохранять спасение: «Так что, братья, творя волю Отца нашего, Бога, будем принадлежать к первой церкви, духовной, сотворенной прежде солнца и луны. <…> Итак, давайте изберем [αἱρετισώμεθα] принадлежать к живой церкви, чтобы нам спастись»[58].

Еще один ранний христианский документ – **Дидахе**, или так называемое «Учение Господа через двенадцать апостолов для язычников». Это неканоническая книга, составленная, вероятно, ближе к концу I в. н. э.[59] Предполагают, что она была написана как циркулярное

[54] Holmes M. Second Clement: Introduction // *The Apostolic Fathers: Greek Texts and English Translations*. 3-е изд. / Под ред. Holmes M. Grand Rapids: Baker Academic, 2009. C. 132–135.

[55] 2 Климента 1:6 // *The Apostolic Fathers*. C. 138. Перевод с греч. наш. – *А. П.*

[56] 2 Климента 1:6-7 // Там же. Курсив наш. – *А. П.*

[57] 2 Климента 1:8 // Там же.

[58] 2 Клемента 14:1 // Там же. С. 154–156.

[59] Holmes M. The Didache: Introduction // *The Apostolic Fathers*. C. 337. Некоторые авторы предлагают еще более раннюю датировку – между 50 и 70 гг. н.э. (Varner W. *The Way of the Didache: The First Christian Handbook*. Lanham, ML: University Press of America, 2007. C. 4).

письмо для церквей римской провинции Сирии[60]. Ее основная тема – различие жизни праведников и грешников, пути жизни и пути смерти. Хотя Дидахе не так много говорит о Божьем промысле, в этой книге содержится следующее утверждение: «Происходящее с тобой воспринимай как благо, зная, что без Бога [ἄθερ θεοῦ] ничего не случается»[61]. Таким образом, составители документа верили, что даже злые и неприятные обстоятельства происходят по воле Божьей. Более того, на земле нет ничего, что могло бы случиться без Его изволения.

Суверенность Бога в спасении подчеркивает **Игнатий Антиохийский**, епископ Антиохии Сирийской, принявший мученическую кончину в Риме в начале II в. Направляясь под конвоем из Антиохии в Рим и проезжая мимо нескольких городов Малой Азии, он посылает в эти города письма[62]. В письмах он повествует о борьбе с лжеучителями, проникающими в церковь, о единстве церкви и структуре церковного устройства, а также о своей предстоящей кончине. В Послании к смирнянам он предупреждает церковь о лжеучителях, по-видимому, докетического толка[63] и призывает молиться о них: «Однако молитесь о них, не покаются ли, хотя и трудно. Но Иисус Христос, истинная жизнь наша, имеет власть [ἔχει ἐξουσίαν] над этим»[64]. В этих словах видна вера в суверенную власть Христа над процессом обращения человека, даже если последний погряз во тьме лжеучений. Игнатий также упоминает о том, что некоторые люди были оставлены Богом на погибель (в средневековом богословии это получит наименование *репробации*): «Которого [Христа] некоторые по неведению отвергают, вернее, они отвержены Им [ἠρνήθησαν ὑπ' αὐτοῦ], будучи защитниками [συνήγοροι] смерти, а не истины»[65]. Возможно, вера в суверенный промысел Божий отражена у Игнатия еще в одном пассаже. В своем По-

---

[60] Olson R. *The Story of Christian Theology: Twenty Centuries of Tradition and Reform*. Downers Grove, IL: Intervarsity Press, 1999. C. 44.

[61] Дидахе 3:10 // *The Apostolic Fathers*. C. 348. – Перевод с греч. наш. – *А. П.*

[62] Johnson S. Antioch, The Base of Operations // *Bible and Spade*. № 12/3–4. Лето–осень 1983. C. 107.

[63] Из некоторых фраз становится понятно, что автор ведет полемику с теми, кто считал страдания и смерть Христа лишь кажущимися: «Ибо если это было совершено нашим Господом лишь по видимости, то и я лишь по видимости связан» (4:2). Ср. Wright D. The Testimony of Blood: The Charisma of Martyrdom // *BibSac*. № 160/640. Октябрь 2003. C. 389.

[64] Послание Игнатия смирнянам 4:1 // *The Apostolic Fathers*. C. 250. Перевод с греч. наш. – *А. П.*

[65] Послание Игнатия смирнянам 5:1 // Там же. C. 252.

слании к римлянам он пишет: «…церкви, возлюбленной и просвещенной по желанию возжелавшего все, что существует [τὰ πάντα ἃ ἔστιν], по вере и любви Иисуса Христа Бога нашего…»[66] Если мы верно расценили смысл слов автора[67], то Игнатий Антиохийский выражает веру в то, что все обстоятельства земной истории (включая его собственное заключение и мученичество) были задуманы Божьим промыслом – «…возжелавшего все, что существует…»[68].

**Поликарп, епископ Смирнский**, которому его друг и наставник Игнатий Антиохийский адресовал одно из своих предсмертных посланий, тоже упоминает Божий промысел в спасении. В своем Послании к филиппийцам он пишет: «…зная, что благодатью вы спасены, не от дел, но волей Божьей через Иисуса Христа»[69]. Видно, что Поликарп ссылается на утверждение Павла в Послании к ефесянам 2:8-9. Однако он не просто цитирует слова апостола, но и сопровождает их комментарием. Добавляя фразу «…но волей Божьей через Иисуса Христа», он показывает, в каком ключе понимает противопоставление благодати и дел. Поликарп воспринимает его не просто как противопоставление человеческих дел – и человеческой же веры. Для него на противоположных чашах весов лежат не дела как человеческая заслуга и вера как человеческая же способность. Нет. На противоположных чашах весов для него лежат дела как человеческая инициатива и благодать как божественная инициатива. Спасение приходит не от желания человека, явленного в соблюдении дел закона, а от желания Бога, явленного в искуплении Христовом: «…не от дел, но волей Божьей через Иисуса Христа».

---

[66] Послание Игнатия к римлянам, приветственный раздел // Там же. С. 224.

[67] Мы переводим этот текст, руководствуясь пунктуацией, представленной в издании Хоумса. В переводе Преображенского данный раздел переведен так: «…по воле Того, Которому благоугодно все, совершившееся по любви Иисуса Христа…» (Писанія Мужей Апостольскихъ / Въ русскомъ переводѣ, со введеніями и примѣчаніями къ нимъ Протоіерея П. Преображенскаго. СПб.: Изданіе второе, книгопродавца И. Л. Тузова, 1895. С. 290. URL: http://tvorenia.russportal.ru/index.php?id=saeculum.i_iii.y_01_0004#001 [дата обращения: 14.08.2012]).

[68] О том, что мученичество происходит «по воле Божьей», говорит также Мученичество Поликарпа 2:1 (см. ниже).

[69] Послание Поликарпа к филиппийцам 1:3 // *The Apostolic Fathers*. С. 280. Перевод с греч. наш. – *А. П.*

Вскоре после мученической кончины Поликарпа ок. 155–160 гг. появился рассказ о связанных с этим событиях[70], написанный от лица смирнской церкви и адресованный церкви во фригийском городе Филомелии (**Мученичество Поликарпа**). Хотя некоторые детали мученичества представляются легендарными[71] и, возможно, являются позднейшими вставками[72], нас интересует богословское содержание этого документа, которое должно отражать веру христиан Смирны. В начале мартиролога авторы указывают, что абсолютно за всеми событиями стоит Божья воля. Это относится и к ужасным пыткам мученичества: «Итак, блаженно и благородно все мученичество, по воле Божьей происходящее. Ибо дóлжно нам, будучи богобоязненными, Богу приписывать власть над всем»[73].

Передавая молитву Поликарпа, авторы приводят его слова в отношении его собственной кончины: «…как Ты прежде приготовил [προητοίμασας] и открыл, так Ты и исполнил [ἐπλήρωσας]…»[74] Важно заметить, что составители мартиролога (и, вероятно, сам Поликарп, если его слова переданы верно) полагали, что Бог не только предсказал будущее, но и заранее подготовил его. Это подразумевает веру в то, что Бог должен был заранее спланировать обстоятельства ареста и убийства Поликарпа и подготовить участников этих событий. Они также считали, что Бог не только подготовил будущее, но и исполнил его. Это подразумевает веру в то, что Бог знает, как осуществлять Свой замысел.

Чуть позже авторы называют Иисуса Христа «кормчим тел наших»[75]. Слово «кормчий» (греч. κυβερνήτης) обозначает рулевого, который управляет движением корабля[76]. По-видимому, составители мартиролога полагали, что Христос знает, как направлять наши тела к Его целям. Таким образом, они верили, что Бог не только спланировал

---

[70] Holmes M. The Martyrdom of Polycarp: Introduction // *The Apostolic Fathers*. C. 298–302.

[71] Например, упоминание о том, что тело Поликарпа было не подвержено действию огня; что после того как он был заколот кинжалом, вылетел голубь и излилось такое количество крови, что затушило пламя костра (гл. 16).

[72] Holmes. The Martyrdom of Polycarp. C. 300–301.

[73] Мученичество Поликарпа 2:1 // Там же. С. 306. Перевод с греч. наш. – *А. П.*

[74] Мученичество Поликарпа 14:2 // Там же. С. 322.

[75] Мученичество Поликарпа 19:2 // Там же. С. 326.

[76] Вейсман А. *Греческо-русский словарь*. СПб.: Издание автора, 1899; репр., М.: Греко-латинский кабинет Шичалина, 2006. С. 737.

и подготовил будущее, но и использует человеческие средства для осуществления Его всеохватного плана.

Наконец, в последней из глав, считающихся аутентичными[77], авторы выражают веру в то, что Бог способен сохранить спасение для Своих избранных: «Могущему же всех нас ввести по Его благодати и дару в небесное Его царство через Сына Его, единородного Иисуса Христа, слава, честь, держава, величие во веки»[78]. Обратите внимание, что они пишут «всех нас». Таким образом, речь идет не просто о том, что Бог помогает своим детям на пути в небеса, а о том, что Он в состоянии всех Своих детей в безопасности довести до неба, не потеряв никого.

Некоторые другие ранние христианские произведения делают более сильный акцент на человеческой воле. В частности, это относится к Посланию Варнавы и Пастырю Ермы. **Послание Варнавы** представляет собой документ, весьма приблизительно датируемый временем от разрушения Иерусалима до его восстановления Адрианом (то есть 70–132 гг.)[79]. Ярко выраженная аллегорическая направленность толкования Ветхого Завета и отпечаток идей Филона позволяют ряду ученых предполагать, что его автором был некий иудей из Александрии[80]. Послание Варнавы ставит Божье предопределение в зависимость от предузнания человеческой реакции: «Итак, братья, Долготерпеливый, предвидев, как в чистоте уверует народ, который Он приготовил в возлюбленном Своем, открыл нам все наперед…»[81] Та же самая идея выражена в другом месте: «Вот, говорит Господь, возьму из них – то

---

[77] Главы 21–22 мартиролога считаются позднейшей припиской, поскольку они идут после первого прощания.

[78] Мученичество Поликарпа 20:2 // *The Apostolic Fathers*. С. 328.

[79] Holmes M. The Epistle of Barnabas: Introduction // *The Apostolic Fathers*. С. 373.

[80] Crutchfield L. Rudiments of Dispensationalism in the Ante-Nicene Period. Part 1: Israel and the Church in the Ante-Nicene Fathers // *BibSac*. № 144/575. Июль 1987. С. 258; ср. *New Bible Dictionary*. 3-е изд. / Под ред. Wood D., Marshall I. et alt. Downers Grove, IL: InterVarsity Press, 1996. С. 879. Связь этого послания с библейским Варнавой представляется маловероятной (Holmes. The Epistle of Barnabas: Introduction. С. 373). Возможно даже, что это послание является псевдоэпиграфом, то есть документом, приписанным какому-либо известному лицу в стремлении придать тексту большую авторитетность.

[81] Послание Варнавы 3:6 // *The Apostolic Fathers*. С. 386. Перевод с греч. наш. – *А. П.* Преображенский переводит это место с латинского перевода IX в.: «В этом, братья, открывается попечение и милосердие Божие, ибо Он людям, которых снискал для Возлюбленного Своего, определил веровать в простоте…» (URL: http://www.vehi.net/apokrify/varnava.html [дата обращения: 17.08.2012]; см. примеч. 1).

есть из тех, кого предвидел Дух Господень, – каменные сердца, и вложу плотяные…»[82] Хотя глагол προβλέπω в обоих случаях может означать «предусматривать»[83], кажется, к контексту больше подходит значение предвидения[84]. Автор рассматривает верующих как призванных в царство Господа. Являются ли они вдобавок к этому избранными, выяснится по их отношению к греху: «Чтобы мы не впали в спячку из-за наших грехов, успокаивая себя тем, что мы призванные, и злой владыка, взяв над нами власть, не лишил бы нас царства Господнего. <…> …Будем остерегаться, чтобы не стало с нами, как написано, “много званых, но мало избранных”»[85].

Еще одна книга, относящаяся к периоду мужей апостольских, – **Пастырь Ермы**. О ее авторстве и дате написания почти ничего не известно[86]. Согласно канону Муратори, Ерма был братом римского епископа Пия (ок. 140–154 гг.) и писал свою книгу из Рима[87]. Верно это свидетельство или нет, «Пастырь» должен был быть уже написан до 175 г., когда на него ссылается Ириней[88]. Автор книги упоминает, что в грядущем веке будут обитать те, кого Бог избрал к вечной жизни (24:5). Однако, судя по всему, речь идет об избрании условном, то есть зависящем от реакции человека. На условность Божьего обетования о спасении указывает одно из главных действующих лиц – Пастырь, являющийся Ерме: «Если, выслушав [эти заповеди и притчи], соблюдете их и будете поступать по ним и творить их с чистым сердцем, то получите от Господа, что Он обещал вам. Если же, услышав, не покаетесь, но будете прилагать к грехам своим, то получите от Господа противо-

[82] Послание Варнавы 6:14 // *The Apostolic Fathers*. С. 398.

[83] BDAG. С. 866; Вейсман. *Греческо-русский словарь*. С. 1049.

[84] Описывая процесс обращения в 16-й главе, автор делает акцент на человеческой реакции. Указывая на то, что Господь строит Свой духовный храм из верующих, он задается вопросом: «Как?» И отвечает: «Приняв прощение грехов и возложив надежду на [Его] имя, мы стали новыми, заново от начала сотворенными» (16:8).

[85] Послание Варнавы 4:13-14 // *The Apostolic Fathers*. С. 390.

[86] Некоторые исследователи предполагали, что эта книга была написана не одним автором, а несколькими. В самом крайнем виде теория множественного авторства предполагала шесть разных авторов (Osiek C. The Genre and Function of the Shepherd of Hermas // *Semeia. № 36: Early Christian Apocalypticism: Genre Social Setting* / Под ред. Collins A. Decatur, GA: Society of Biblical Literature, 1986. С. 114).

[87] Canon Muratorianus, гл. 4 // *ANF*. Т. 5. С. 604. Стоит отметить, что канон Муратори, приписываемый римскому пресвитеру Каию (Там же. С. 599), не включает «Пастыря Ермы» в число книг, читаемых в церкви, и не относит автора к пророкам, «число которых полно» (Там же. С. 604).

[88] Holmes M. The Shepherd of Hermas: Introduction // *The Apostolic Fathers*. С. 446.

положное»[89]. Книга жизни представлена не как заранее определенный Божий план, а как документ, в котором регистрируется покаяние человека: «Ибо я знаю, что если они покаются от всего сердца, то будут записаны в книги жизни вместе со святыми»[90]. Тем самым автор ясно определяет приоритетность событий: сначала нужно выполнить условие покаяния, потом, как логическое следствие, имя человека будет записано в книге жизни. Спасение поставлено в зависимость от своевременности человеческой реакции: «Намеревающиеся покаяться, если покаются, крепки будут в вере – если ныне покаются, пока еще строится башня. Если же закончится строительство, больше не найдется им места, но будут отброшены»[91]. Иисус представлен как помощник при покаянии, но не как инициатор и совершитель покаяния: «Я же, Ангел покаяния, говорю вам: не бойтесь диавола, ибо Я послан, – говорит, – чтобы быть с вами, кающимися от всего сердца вашего, и укреплять вас в вере»[92].

Поскольку столь сильный акцент сделан на человеческие усилия, логично ожидать, что мы увидим в «Пастыре» утверждения о зависимости спасения от человеческих дел. Действительно, это учение рассеяно по многим главам книги. Приведем всего несколько примеров. Услышав от Пастыря о Его заповедях, Ерма плачет, объясняя свои слезы тем, что не знает, сможет ли спастись. «Ибо, – продолжает он, – в своей жизни я не сказал истинного слова, но всегда поступал хитро со всеми, и ложь свою выдавал за правду перед всеми людьми…»[93] Пастырь отвечает ему: «Если соблюдешь [Мои слова] и отныне будешь говорить только правду, то сможешь приобрести себе жизнь. И всякий, кто услышит эту заповедь и отвергнет гнуснейшую ложь, оживет для Бога»[94]. Позднее Пастырь добавляет следующие утверждения на ту же тему: «Не воздерживающийся от этих [злых дел] не может ожить для Бога… <…> Итак, воздерживайся от всего этого, чтобы ты ожил для Бога и был вписан [в книгу] вместе с воздерживающимися…»[95]. Ерма в ответ на это просит: «Покажи мне силу добрых дел, Господи, чтобы я

---

[89] Пастырь Ермы 25:7 // *The Apostolic Fathers*. С. 502. Перевод с греч. наш. – *А. П.*
[90] Пастырь Ермы 3:2 // Там же. С. 460.
[91] Пастырь Ермы 13:5 // Там же. С. 478–480.
[92] Пастырь Ермы 49:1 // Там же. С. 554.
[93] Пастырь Ермы 28:3 // Там же. С. 506–508.
[94] Пастырь Ермы 28:5 // Там же. С. 508.
[95] Пастырь Ермы 38:4-6 // Там же. С. 528.

ходил в них и служил им, чтобы, творя их, смог спастись»[96]. Во всех этих цитатах видно, что спасение поставлено в зависимость от совершения добра и воздержания от зла, то есть от дел человека.

Учение о спасении делами естественным образом дополняется учением о том, что человек способен, если захочет, соблюсти все Божьи заповеди. В ответ на сомнение Ермы в том, что человек способен исполнить заповеди, Пастырь отвечает:

> Если решишь для себя, что они могут быть соблюдены, то легко их соблюдешь, и они не будут трудными. Если же тебе на сердце уже пришло, что они не могут быть соблюдены человеком, то не соблюдешь их. Ныне же говорю тебе: если их не соблюдешь, но пренебрежешь [ими], то не будешь иметь спасения…[97]

Пастырь подкрепляет свою мысль следующим доводом: «Ибо если… человек есть господин над всем творением Божьим и все покоряет [κατακυριεύει], то разве не может покорить и эти заповеди?»[98] Он уточняет, что покорить заповеди сможет человек, имеющий в своем сердце Господа. Однако тут же вновь переносит акцент на человеческие усилия: «Итак, поместите… Господа в ваше сердце…»[99]

По учению «Пастыря Ермы», христианин может потерять Духа Святого, который вытесняется из него злыми духами[100]. Более того, перед тем как покинуть человека, в котором ранее обитал, Дух Святой может молиться Богу *против* него[101].

Наряду с акцентированием человеческой воли, автор «Пастыря» частично перекладывает ответственность за поступки людей на действие ангелов или бесов. Решения людей зависят не только от них самих, но и от добрых и злых духов, которые могут оказывать непосредственное влияние на их сердца:

> Ибо если есть какой верующий, и желание [злого] ангела придет ему на сердце, то мужчина тот или женщина та обязательно согрешит хотя бы немного. Если же есть самый плохой мужчина

---

[96] Пастырь Ермы 38:8 // Там же.
[97] Пастырь Ермы 46:5-6 // Там же. С. 550.
[98] Пастырь Ермы 47:3 // Там же.
[99] Пастырь Ермы 47:5 // Там же.
[100] Пастырь Ермы 34:5-7 // Там же. С. 520.
[101] Пастырь Ермы 41:5 // Там же. С. 536.

> или женщина, и придут ему на сердце дела ангела праведности, то он непременно сделает что-нибудь доброе[102].

В этом угадываются отголоски тех же представлений о влиянии ангелов на человека, которые были распространены у кумранитов, хотя постулировать прямую зависимость невозможно.

Сильный акцент на свободной воле человека делают и некоторые другие христианские писания иудейского происхождения. В частности, это относится к документам под названием **«Беседы», «Воспоминания» и «Сокращение (бесед)»**, которые были первоначально приписываемы Клименту Римскому[103]. В этих книгах подчеркивается, что человек создан по образу Божьему и поэтому обладает свободной волей[104]. Сила свободной воли, по мнению псевдо-Климента, превозносится над человеческой природой:

> Если кто-либо, действительно услышав слово истинного Пророка[105], хочет или не хочет принять Его слово и взять на себя Его иго, то есть заповеди жизни, – *и то, и другое находится во власти человека, ибо мы свободны в воле своей.* <…> …Если бы никто из слушателей не мог принять его, это значило бы, что есть какая-то природная сила, заставляющая человека сделать что-то одно и не оставляющая места другому. Но поскольку разум свободен склоняться в своем суждении в любую сторону и избирать угодный ему путь, совершенно ясно, что человек обладает свободой выбора[106].

Похоже, что в этом аспекте псевдо-Клементины продолжают иудейскую традицию считать человеческую волю способной исполнить Божий закон и достичь духовного совершенства. Автор этих книг по-

---

[102] Пастырь Ермы 36:7-8 // Там же. С. 524.

[103] В настоящее время подлинными авторами псевдо-Клементин считают группу иудействующих христиан, называемую эбионитами (Riddle M. Introductory Notice to Pseudo-Clementine Literature // *ANF*. T. 8. C. 69) или просто какого-то христианина из Иудеи, жившего в III в. по Р. Х. (Van Houwelingen P. Fleeing Forward: The Departure of Christians from Jerusalem to Pella // *Westminster Theological Journal*. № 65/2. Осень 2003. С. 198–199).

[104] *HCD*. С. 29.

[105] Имеется в виду Христос.

[106] Pseudo-Clement. Recognitions of Clement, кн. V, гл. 6 // *ANF*. T. 8. C. 144.

лагает, что главная проблема человека заключается не в порочности его природы, а в недостатке знания: «...всякое зло происходит от невежества, само же невежество, мать всех зол, возникает от беспечности и лени и подпитывается, умножается и укореняется в чувствованиях людей посредством небрежения»[107]. Похоже также, что высказывания псевдо-Климента о свободе воли направлены против греческих астрологов и математиков, которые верили, что человек является лишь марионеткой в руках слепой судьбы, предопределенной звездами[108].

Многие еретические движения, с которыми приходилось бороться раннему христианству, исповедовали вполне определенные взгляды на человеческую волю и Божий промысел. Некоторые лжеучители первого века провозглашали полную свободу воли, утверждая, что воля духовного человека не связана ничем, даже нравственными предписаниями. Например, Ириней сообщает, что **Симон волхв**, считающийся предшественником более позднего гностического движения, проповедовал следующее: кто уверует в него и его спутницу Елену, могут уже не слушать ветхозаветных пророков и «жить, как им вздумается, ибо они свободны; люди спасаются его благодатью»[109].

Более поздняя и более зрелая в философском отношении форма гностицизма качнула маятник в противоположную сторону – в сторону жесткого детерминизма. При этом в практическом выражении она могла принимать самые разнообразные формы: от сурового аскетизма до распущенного антиномизма. К примеру, в **Валентиновой** системе гностического богословия утверждалось, что ὑλικοί (земные, материальные) люди обратятся в тление и будут уничтожены, тогда как πνευματικοί (духовные) и ψυχικοί (душевные) необратимо предопределены к вечной жизни. Вот как Ириней описывал взгляд валентиниан на предопределение: «Добрые [по природе] те, которые становятся спо-

---

[107] Там же. Кн. V, гл. 4.

[108] См. Там же. С. 195. Кн. X, гл. 12.

[109] Irenaeus. Against Heresies, кн. 1, гл. 23 // *ANF*. Т. 1. С. 348. Симон волхв также упоминается Лукой в Деяниях апостолов 8:9, Иустином Мучеником в его Первой апологии (гл. 26, 56) и в Разговоре с Трифоном иудеем (гл. 120), а также автором псевдо-Клементин (Recognitions of Clement, книга I, гл. 20).

собны принять [духовное] семя, а злые по природе – те, которые никогда не могут принять того семени»[110].

Подобного рода жесткий детерминизм царил также в популярных греческих учениях первых трех веков нашей эры. Значительное влияние на сознание неверующих греков оказывали астрология[111] и стоицизм[112]. Астрологи утверждали, что все действия людей управляются движением небесных тел, а стоики подчеркивали идею неотвратимости судьбы и предназначения. Стоики сравнивали судьбу с рекой, а человеческую волю – с маленькими водоворотами в этой реке. Река несет человека к совершенству; водоворот возникает тогда, когда человеческая воля противится реке, но река все равно унесет водоворот вниз по течению[113]. Иными словами, человек все равно придет к совершенству, независимо от того, хочет он этого или не хочет. Подобные взгляды приводили к духовной пассивности и преуменьшению человеческой ответственности.

Неудивительно, что на этом фоне языческого фатализма, астрологии и несгибаемого детерминизма гностиков и стоиков самые ранние греческие Отцы утверждали свободу и ответственность человека[114]. Апологеты второго века учили, что человек был создан свободным, поэтому он вполне способен исполнять закон Христов, и даже после грехопадения человек свободен через веру и покаяние избрать Бога[115]. Однако в то же время они не забывали подчеркивать необходимость благодати для спасения[116].

Христианские авторы конца второго – начала третьего веков в целом продолжают следовать тем же курсом. К примеру, **Климент**

---

[110] Irenaeus. Against Heresies, кн. 1, гл. 7.5 // *ANF*. Т. 1. С. 326. Оценку того, как Валентинова система представлена у Иринея, см.: González J. *A History of Christian Thought*. Nashville: Abingdon Press, 1970. Т. 1. С. 139.

Возможно, сходные взгляды послужили причиной для беспокойств апостола Павла по поводу колосской церкви (ср. House H. Doctrinal Issues in Colossians, Part 1: Heresies in the Colossian Church // *BibSac*. № 149/593. Январь 1992. С. 46–47, 51–53). Если это действительно так, то фаталистические представления могли быть неприятным врагом истинных христианских авторов уже с первого века нашей эры.

[111] Ср. *Tyndale Bible Dictionary*. С. 125.

[112] Там же. С. 1224.

[113] Ferguson E. *Backgrounds of Early Christianity*. 3-е изд. Grand Rapids: Eerdmans, 2003. С. 360.

[114] L-D. Т. 1. С. 298.

[115] *HCD*. С. 26.

[116] Там же. С. 27.

**Александрийский** (ок. 155–ок. 220) подчеркивал свободу человеческой воли и способность человека по собственной воле избирать добро: «Человек не может быть стабильно добрым, кроме как по собственному выбору. ...Ибо свобода каждого творит истинную благость и открывает подлинное нечестие»[117]. Однако в то же самое время у него видны и проблески учения о верховенстве Божьего промысла: «Ничто не происходит без воли Господа Вселенной. <...> ...Он не препятствует творящим [зло], но обращает к добру преступления Своих противников»[118]. Климент объясняет: «Многое в жизни является плодом человеческого разума, однако первоначальную искру получает от Бога. Так, здоровье от медицины, крепость тела от гимнастики, богатство от торговли – все это возникает и сохраняется благодаря Божьему провидению, однако не без участия человека»[119]. Таким образом, Климент Александрийский включает человеческую волю в число средств, которыми располагает божественное провидение.

**Ириней Лионский** (ум. ок. 195), выступая против гностической доктрины о «божественной необходимости», в основном умалчивает о действенной воле Бога в спасении грешников. Тем не менее, временами у него проявляется вера в суверенное изволение Господа в процессе спасения[120]. К примеру, в «Доказательстве апостольской проповеди» он пишет: «Духа же сообщает Сын, сообразно Своему служению, по благоволению Отца, тем, кому хочет и как хочет Отец»[121].

**Тертуллиан** (ок. 160–225) учил, что Бог отвергает лишь тех, кто этого заслуживает: «Не пристало благому Богу заранее выносить приговор тем, кто не заслужил еще приговора»[122]. Льюис и Демарест ука-

---

[117] Clement of Alexandria. Fragments of Other Lost Books, восстановлено из текста: Maximus. Sermon 55, 661 // *ANF*. Т. 2. С. 581.

[118] Clement of Alexandria. Stromata, кн. IV, гл. XII // *ANF*. Т. 2. С. 424.

[119] Clement of Alexandria. Stromata, кн. VI, гл. XVII // Там же. Т. 2. С. 517.

[120] L-D. Т. 1. С. 298.

[121] Ириней Лионский. Доказательство апостольской проповеди / Пер. Сагарды Н. СПб: Типография Меркушева, 1907 (§ 7). Приводится по электронной программе «Цитата из Библии». Ср. также его слова в трактате «Против ересей»: «Ибо мы ничего наперед не дали Ему, и Он ничего не требует от нас, как будто нуждающийся; мы, напротив, нуждаемся в общении с Ним, и потому Он благостно излил Себя Самого, чтобы нас собрать в недра Отца» (Ириней. Пять книг обличения и опровержения лжеименного знания // *Сочинения Св. Иринея, епископа Лионского* / Пер. Преображенского П. 2-е изд. СПб.: Издание книгопродавца И. Л. Тулузова, 1900 [V.2.1]. Электронная программа «Цитата из Библии»).

[122] Tertullian. The Five Books against Marcion, кн. II, гл. XXIII // *ANF*. Т. 3. С. 315.

зывают, что Тертуллиан «признавал у Бога эквивалент предписывающей и допускающей воли. Согласно первой, Бог дает человеку предписания, которые должны руководить его действиями. Согласно последней, Бог не лишил человека дара свободы»[123]. Вот что сам Тертуллиан пишет по поводу грехопадения человека: «[Бог] *не остановил того, что Ему было неугодно, чтобы произошло то, что Ему было угодно*. Ибо поскольку Он однажды и навсегда допустил… человеку свободу воли и способность распоряжаться собой, то, конечно же, собственной властью при сотворении Он разрешил ему пользоваться этими дарами»[124]. В этом объяснении великого карфагенца угадывается, что, по его мнению, Бог может использовать свободную волю человека как средство для достижения других, далеко идущих целей[125]. Таким образом, Тертуллиан, по-видимому, признавал, что Бог может исполнять Свой замысел посредством вторичных причин.

Есть у ранних апологетов христианства и высказывания об абсолютной суверенности Бога над всеми деталями человеческой жизни. К примеру, **Ориген** (185–254) писал:

> [Возвратившись ко Христу, он] …изучит также суд Божественного промысла о каждом отдельном существе; именно, он поймет, что происходящее с людьми происходит не случайно или нечаянно, но по некоторой причине, столь основательной и возвышенной, что даже число волос не только святых, но, может быть, и всех людей зависит от нее, – и этот промысел простирается даже на воробьев, которые продаются по динарию за пару и которых можно понимать как угодно – или духовно, или буквально[126].

В то же самое время Ориген далек от фатализма. Несмотря на Свой всеохватывающий промысел, Бог в представлении Оригена не подобен кукловоду, а люди – марионеткам, поскольку Божий промысел включает вторичные причины. На это философ указывает в своем сочинении против Цельса (которого сам Ориген причисляет к эпику-

---

[123] L-D. T. 1. C. 298.

[124] Tertullian. The Five Books against Marcion, кн. II, гл. VII // *ANF*. T. 3. C. 303.

[125] Слово «цель» часто звучит у Тертуллиана в данном контексте, хотя он и не поясняет, какие именно цели Божьи он имеет в виду.

[126] Ориген. *О началах*. Казанская духовная академия, 1899; репр., Самара: «РА», 1993 (книга II, гл. 11.5).

рейцам)[127]. Желая доказать абсурдность пророчеств Христа о предательстве Иуды и отречении Петра, Цельс приводит такой аргумент (в изложении Оригена):

> [Иисус] изрек это свое пророчество как Бог, и потому вполне надлежало исполниться Его предсказанию. Следовательно, по своему Божеству Он привел своих учеников и пророков, с которыми вместе ел и пил, в такое положение, что они сделались безбожниками и нечестивцами…[128]

В ответ на это Ориген пародирует взгляды Цельса:

> Если судьбой тебе суждено освободиться от болезни, то ты все равно выздоровеешь, независимо от того, призовешь ли ты врача или нет. Если же судьба предопределила тебе не выздороветь, то ты, хоть призывай врача, хоть не призывай, все равно не выздоровеешь. Словом, суждено ли тебе судьбою освободиться от болезни, суждено ли остаться больным – в том и другом случае ты напрасно будешь звать врача[129].

Как явствует из этих слов, Цельс не учитывал, что исполнение Божьего плана может включать вторичные причины (промежуточные средства). Такое упрощенное и, в общем-то, ущербное представление и позволяло ему обвинить Христа в том, что Он Своим пророчеством ввел учеников в грех. Ориген же, напротив, указывает на то, что осуществление плана может включать вторичные причины (в его примере – призвать врача), а значит, не исключает ни человеческого участия, ни человеческой ответственности.

В первой половине четвертого века взгляды на Божий промысел и человеческую свободу не претерпели серьезных изменений. Однако заслуживают упоминания несколько моментов. Во-первых, в этот период начало развиваться монашеское движение. Хотя ранние монахи не делали большого упора на богословии и даже неодобрительно относились к книгам[130], по-видимому, среди них начали формироваться

---

[127] Он же. *Против Цельса*. Книга I, гл. 8 / Пер. Л. Писарева. «Экуменический центр ап. Павла», 1996. Цит. по: электронная программа «Цитата из Библии».

[128] Там же. Книга 2, гл. 20.

[129] Там же.

[130] Гонсалес. *История христианства*. Т. 1. С. 133.

взгляды, сходные с теми, которые впоследствии высказывал монах Пелагий. Подвиг монахов требовал значительного усилия воли, чтобы строго следовать монашеской дисциплине и таким образом достичь единения с Богом[131]. Поэтому неудивительно, что в этой среде делался большой акцент на свободном изволении человека, которое может удостоиться награды от Бога. Один из влиятельнейших представителей раннего монашества, **Антоний Великий** (251–356), считал, что человеческая воля свободна не грешить и осуществлять правильный выбор. Его ученик и биограф Афанасий Александрийский так передает учение Антония:

> Поэтому добродетель имеет потребность в нашей только воле; потому что *добродетель в нас, и из нас образуется*. Она образуется в душе, у которой разумные силы действуют согласно с ее естеством. А сего достигает душа, когда пребывает, какою сотворена; *сотворена же она доброю и совершенно правою*. <…> Если бы добродетель была чем-либо приобретаемым отвне, то, без сомнения, трудно было бы стать добродетельным. Если же она в нас, то будем охранять себя от нечистых помыслов и соблюдем Господу душу, как приятый от Него залог, чтобы признал Он в ней творение Свое, когда душа точно такова, какою сотворил ее Бог[132].

Во-вторых, в этот период необходимо особо отметить еще две ключевые фигуры. Когда разгорелся пелагианский спор, Августин иногда апеллировал к Амвросию Медиоланскому, хотя есть основания сомневаться в том, что учение Амвросия на этот счет было единообразным[133]. Пелагиане же и полупелагиане в поддержку своего учения ссылались на Иоанна Златоуста.

**Иоанн Златоуст** (347–407) с юности интересовался монашеством и в двадцать шесть лет даже удалился в горы почти на десятилетие для уединенной учебы[134]. Затем он вернулся в свой родной город Антиохию, где был рукоположен в диаконы и пресвитеры, а в 398 г. стал епископом в Константинополе. За свою жизнь Златоуст написал мно-

---

[131] Ср. Уивер. *Божественная благодать и человеческое действие*. С. 11.

[132] Афанасий Александрийский. Житие Антония Великого, 20. Электронная программа «Цитата из Библии». Курсив наш. – *А. П.*

[133] Cunningham. *Historical Theology*. Т. 1. С. 325–326.

[134] Leid K. Chrysostom, John // *WWCH*. С. 159.

жество трактатов и проповедей, включая комментарии на Бытие, Псалтирь, Матфея, Иоанна, Деяния, Римлянам, 1 и 2 Коринфянам, Галатам, Ефесянам, Филиппийцам, Колоссянам, 1 и 2 Фессалоникийцам, 1 и 2 Тимофею, Титу, Филимону и Евреям. В своих гомилиях, которые составляют наибольшую часть его произведений, Златоуст делал большой акцент на свободе воле и синергическом действии божественной благодати. Утверждения на эту тему рассеяны по многим его проповедям, поэтому мы приведем всего несколько примеров. Так, комментируя фразу «…[праведность] Божия через веру в Иисуса Христа…» в Римлянам 3:22, он пишет:

> Чтобы никто не сказал: «Как же мы можем спасаться, не внеся в это абсолютно никакого вклада?» – он показывает, что мы тоже вносим немалый вклад в это дело – я имею в виду нашу веру[135].

В гомилиях на Послание к евреям он говорит, что спасение зависит не только от Бога, но и от человека:

> Действительно, все зависит от Бога, но не так, чтобы наша свободная воля была утрачена. <…> Все зависит и от нас, и от Него. Ибо сначала мы должны избрать добро, затем Он добавит недостающее. Он не предваряет нашего выбора, чтобы не нарушить нашей свободной воли. Но как только мы сделали выбор, великую помощь Он доставляет нам[136].

«Все зависит и от нас, и от Него» – это одна из ранних формулировок учения о синергии, то есть совместном действии человеческой воли и божественной благодати в процессе спасения. По-видимому, Златоусту уже приходилось сталкиваться с возражениями против этого учения, поскольку сразу же вслед за этим он, словно бы беседуя с воображаемым оппонентом, цитирует Римлянам 9:16: «Как же тогда Павел говорит: "не от желающего" – если это зависит и от нас также – "и не от бегущего, но от Бога милующего"?»[137] Чтобы ответить на это возражение, ему приходится предположить, что Павел сказал эти слова

---

[135] John Chrysostom. Homilies on the Epistle to Romans // *NPNF-1*. T. 11. C. 377.

[136] John Chrysostom. Homilies on the Epistle to the Hebrews // *NPNF-1*. T. 14. C. 425.

[137] Там же.

не от себя, а как бы повторяя аргумент собеседников: мол, если Писание говорит: «Кого миловать, помилую; кого жалеть, пожалею», – то отсюда следует, что спасение будто бы зависит не от желающего и бегущего, а от Бога милующего, – говорили оппоненты. То есть, на самом деле Павел с этими словами не был согласен. Второе предположение, которое высказывает Златоуст, заключается в том, что Павел говорит о Боге «по обычаю человеческому», то есть используя риторический прием преувеличения (гиперболу):

> Например, мы видим хорошо построенное здание и говорим, что все это сделал архитектор, хотя на самом деле трудился не только он, но и рабочие, и хозяин, доставлявший материалы, и многие другие. Тем не менее, [архитектор] внес наибольший вклад, поэтому мы все приписываем ему. Так и в этом случае. Опять же, когда собралось много народа, мы говорим «все», когда мало, [мы говорим] «нет никого». Так же и Павел говорит: «не от желающего и не от бегущего, но от Бога милующего»[138].

Итак, из всех приведенных выше свидетельств видно, что мнение ранней церкви о Божьем промысле и человеческой воле было неоднозначным. Как и в дохристианском иудаизме, в первые века христианства существовал достаточно широкий спектр мнений. Мы находим в этот период как веру в суверенное избрание Божье и сохранность святых, так и акцент на свободе воли, в некоторых случаях настолько сильный, что возникает учение о спасении делами. Однако важно понимать, что «в то время эти темы… еще не находились в центре масштабных богословских дискуссий…»[139]. Ереси другого плана терзали церковь и требовали пристального внимания богословов. Время пелагианского спора – и, как следствие, более точной формулировки учения о Божьем промысле и человеческой воле – еще не настало. Эти вопросы на тот момент еще не могли быть всесторонне продуманы. В

---

[138] Там же. Ср. похожий ход рассуждений в его комментарии на Филиппийцам 1:29: «Но поскольку даже здесь наибольшая часть принадлежит Богу, [Павел] приписывает это полностью Ему, – не отменяя нашей свободной воли, а смиряя нас и создавая правильное расположение духа» (John Chrysostom. Homilies on the Epistle to the Philippians // *NPNF-1*. T. 13. C. 200).

[139] Cunningham. *Historical Theology*. T. 1. C. 324.

связи с этим высказывания ранних Отцов церкви на эти темы довольно отрывочные и не всегда достаточно четкие[140].

В заключение нужно отметить, что Отцы церкви стремились подчеркнуть свободу человеческой воли, как правило, в контексте полемики с фатализмом гностиков, астрологов и некоторых философских учений. «На основании их слов о свободе воли, сказанных в опровержение фатализма, некоторые ошибочно утверждали, что в ранней церкви преобладали пелагианские взгляды»[141]. Однако говорить так значило бы не учитывать того контекста, в котором жила и развивалась христианская церковь в первые века после своего появления.

## Августин и пелагианский спор

Первой значимой вехой в истории нашего вопроса был знаменитый спор начала V в., ключевыми участниками которого стали Пелагий и Августин. Именно тогда взаимоотношение между Божьей и человеческой волей вышло на передний план в богословских диспутах, пожалуй, впервые в истории христианской мысли.

### Учение Пелагия и история спора

Пелагий (ок. 354–ок. 418) был британским монахом. Он был хорошо образован, обладал острым умом, придерживался строгих моральных взглядов и вел аскетический образ жизни[142]. Хотя Иероним (ок. 345–ок. 419) говорил о нем с полнейшим презрением, Августин (354–430) уважительно отзывался и о его талантах, и о его нравственном облике[143].

Пелагий пришел в Рим около 380 г., чтобы проповедовать там о покаянии, и в последующие три десятилетия считался вполне ортодоксальным[144]. Имея образование в области юриспруденции и богословия и свободно владея латынью и греческим, он вскоре приобрел большую популярность среди римской аристократии, так что даже многие из

[140] Там же.
[141] Там же. Т. 1. С. 325.
[142] Там же.
[143] Там же. Т. 1. С. 327.
[144] Douglas J. Pelagius // *WWCH*. С. 546.

высших кругов общества посвятили себя аскетической жизни под его надзором[145]. Он учил, что человек может вести благочестивую жизнь при помощи Божьей благодати, и поначалу казалось, что он преподает традиционное христианское учение. Однако впоследствии стало ясно, что благодать он понимал не так, как другие христианские авторы. По его определению, благодать – это *естественная* способность исполнять Божью волю, данная каждому человеку[146].

В принципе, не трудно понять причины, которые побудили его высказывать такие идеи. Призывая слушателей к строгому и воздержанному образу жизни, Пелагий часто слышал одни и те же отговорки: «Это слишком сложно! Простые смертные не могут так жить!» Эти отговорки вызывали в нем негодование. «О, слепое безумие, – восклицал он, – мы обвиняем Бога в двойном невежестве: что Он не ведал ни того, что сотворил, ни того, что заповедал – будто бы, забыв о человеческой слабости, которой Он Сам же и был Творцом, Он наложил на человека законы, которые тот не в силах исполнить!»[147] В противовес всем этим отговоркам окружавших его людей Пелагий утверждал, что человек свободен выбирать между добром и злом и способен исполнять все Божьи заповеди, иначе Бог не стал бы требовать их исполнения[148]. Он настаивал на том, что нравственный характер человека не пострадал от грехопадения. К примеру, в послании знатной христианке Деметриаде он пишет:

> После того как мы многое сказали о человеческой природе, мы показали и на примере благочестивых мужей доказали, что она добра. <…> Везде, где идет речь о хотении или нехотении, об избрании или отвержении, – всюду говорится не о силе природы, а о свободе воли (libertas voluntatis)[149].

---

[145] *Understanding Christian Theology* / Под ред. Swindoll C. и Zuck R. Nashville: Thomas Nelson, 2003. С. 741.

[146] Там же.

[147] Warfield B. Introductory Essay on Augustin and the Pelagian Controversy // *NPNF-1*. Т. 5. С. xiv.

[148] Ср. *HCD*. С. 85. Конечно, в каком-то смысле это высказывание Пелагия не лишено истины. Ср. аргументацию в статье Barrick W. Ancient Manuscripts and Biblical Exposition // *TMSJ*. № 9/1. Весна 1998. С. 28–29.

[149] Пелагий. Послание к Деметриаде, VII. Электронная программа «Цитата из Библии».

По мнению Пелагия, люди рождаются безгрешными, имея такую же способность повиноваться Богу, какая первоначально была у Адама. Поэтому человек может собственными силами достичь совершенной святости. Пелагий также учил, что Божья благодать лишь помогает человеку легче достичь того, что он и сам может стяжать по своей природе[150]. Его взгляды неизбежно вели к выводу, что если человек и нуждается в Спасителе, искуплении или Духе Святом, то нужда эта не непреодолима[151].

Учение Пелагия, скорее всего, не привлекло бы к себе такого внимания, если бы его не принял Целестий, бывший римский юрист, который обратился в христианство и стал ревностным последователем Пелагия[152]. В 411 г. два друга прибыли в Африку и повстречались с Августином. Вскоре после этого Пелагий отплыл в Палестину, тогда как Целестий остался в Карфагене дожидаться рукоположения в пресвитеры[153]. Однако вместо желаемого рукоположения он дождался того, что его обвинили в доктринальных заблуждениях – тех самых, которые он перенял у Пелагия – и даже отлучили от церкви[154].

Примерно в то же время Августин отправил в Палестину молодого испанского пресвитера по имени Оросий, чтобы предупредить Иеронима о Пелагии[155]. Хотя Иероним не вполне разделял взгляд Августина на предопределение (Иероним учил условному избранию), он быстро понял, какую большую опасность представляет учение Пелагия, и задался целью осудить и низложить последнего как еретика. Однако, как это нередко бывает, в дело вмешались некоторые непредвиденные факторы: оказалось, что Оросий отличался вспыльчивым характером и неважно владел греческим языком, а Пелагий умело находил остроумные объяснения и искусно планировал обстоятельства, при которых собирался синод[156]. Вероятно, какую-то роль сыграла также инерция, накопленная на востоке за несколько веков борьбы с гностическим фатализмом. В результате всех этих факторов даже Иерониму с его умом и влиянием не удалось добиться успеха. В 415 г. два синода

[150] Cunningham. *Historical Theology*. Т. 1. С. 329.

[151] Там же. Т. 1. С. 330.

[152] *HCD*. С. 84.

[153] Shelley B. *Church History in Plain Language*. 2-е изд. Dallas, TX: Word Publishing, 1995. С. 129.

[154] *HCD*. С. 84.

[155] Там же.

[156] Warfield. Introductory Essay on Augustin and the Pelagian Controversy. С. xviii.

подряд – один в Иерусалиме и другой в Диосполисе (Лидде) – объявили учение Пелагия ортодоксальным[157].

Церковь Северной Африки не согласилась с этими решениями и на следующий год отправила к папе Иннокентию I ходатайство от имени двух местных синодов. Он решил вопрос в их пользу, однако на этом спор не закончился. Следующий папа римский, Зосима (417–418), человек посредственных богословских знаний, оправдал и Пелагия, и Целестия от всех обвинений. Однако, видя твердость африканских епископов, которые прислали ему еще одно письмо, подписанное 200 епископами, он начал уступать и, наконец, написал знаменитое послание *Epistula Tractoria*, приглашающее всех епископов подписаться под осуждением пелагианского учения[158]. Восемнадцать итальянских епископов отказались это сделать, и среди них Юлиан Экланский, самый смелый и влиятельный в их партии, ставший впоследствии одним из основных защитников пелагианства[159]. Низложенные и изгнанные из Рима, они нашли поддержку у константинопольского патриарха Нестория, который даже написал от их имени письма следующему римскому епископу, Целестину I. Но, как ни парадоксально, их союз был обречен, так как на ближайшем Вселенском соборе (Эфесском 431 г.) Несторий и пелагиане разделили осуждение друг друга[160]. Итак, церковь – по крайней мере на то время – объявила взгляды Августина истинными и библейскими. Так во что же верил Августин и чему он учил по интересующему нас вопросу?

### Учение Августина

Литературное наследие Августина против пелагиан включает тринадцать книг и множество писем, датирующихся от 412 г. до конца его жизни. Эта тема была настолько для него важна, что даже смертный час застиг его за написанием работы против Юлиана Экланского[161]. В дебатах между Августином и его оппонентами фигурировало

---

[157] Там же.
[158] Там же. С. xx.
[159] Там же.
[160] Там же. С. xxi.
[161] Newton J. Augustine of Hippo // *WWCH*. C. 51.

около двадцати шести спорных вопросов[162], однако все они сводятся всего к нескольким основным темам.

Начиная с исходной посылки, что все добро – либо Бог, либо от Бога, Августин (1) говорил, что ни в ком не может быть нравственной доброты и праведности, кроме как от Бога, по Его благодати и святой любви. Поэтому любое доброе дело, которое человек мог бы сотворить, – это исключительно дар Божий. (2) Адам был сотворен свободным и бессмертным, однако после грехопадения утратил и свободу воли, и бессмертие. С того времени люди неспособны даже избирать добро по своей собственной воле, поскольку (3) от Адама им передается первородный грех. (4) От состояния полной испорченности человека может избавить исключительно благодать Божья. (5) Благодать всевластна, поэтому человеческая воля не может противиться воле Божьей. (6) Совершенства невозможно достичь в этой жизни; оно ожидает нас только на небесах[163].

Можно сказать, что провидение, о котором так любил говорить Августин, особым образом подготовило его к этому спору. Прежде своего обращения в христианство он несколько лет был последователем манихейства – религиозного течения, которое в учении о свободе воли представляло собой крайность, противоположную пелагианству. Манихеи утверждали, что все предопределено и что человек несвободен[164]. Тем самым они выражали идеи абсолютного детерминизма и фатализма. Приняв Христа, Августин с раскаяньем отверг учение Мани и впоследствии много писал против него. Таким образом, опровергая пелагианский взгляд на свободу воли, Августин был предостережен от впадения в противоположную крайность[165].

Разумеется, взгляды Августина на провидение и человеческую свободу формировались постепенно. Однако было бы большой ошибкой считать, что он так и не определился с этим вопросом[166]. О процессе формирования своих взглядов и о повлиявших на него факторах Ав-

---

[162] Cunningham. *Historical Theology*. T. 1. C. 333.

[163] Это обобщенное изложение взглядов Августина скомпилировано из: *HCD*. С. 89–90; и Newton. Augustine of Hippo. С. 51.

[164] Гонсалес. *История христианства*. Т. 1. С. 196.

[165] Cunningham. *Historical Theology*. T. 1. C. 326.

[166] Такой вывод можно сделать из настолько же саркастического, насколько некорректного замечания Константина Прохорова: «…Августин, не очень заботясь о согласовании своих учений, а оставив это хлопотное дело потомкам…» (Прохоров. *Тайна предопределения*. С. 71).

густин сам достаточно подробно рассказывает в трактате «О предопределении святых» (особенно гл. 3, § 7). В частности, он упоминает, что из учителей церкви на него особенное влияние оказал Киприан, а из текстов Писания – 1 Коринфянам 4:7; 7:25; 12:6; Римлянам 9:13 (цитата из Мал. 1:3),16, 18; 11:5 и Ефесянам 6:23[167].

В конечном итоге Августин опровергал обе крайности: и манихейский фатализм, и пелагианское либертарианство. Возражая манихеям, Августин отстаивал принцип свободы воли[168]. Он указывал, что наши решения свободны в том смысле, что они есть не результат внешних сил природы, а продукт самой воли[169]. Впрочем, это не означает, что на них никак не влияют обстоятельства или другие факторы. С другой стороны, возражая пелагианскому взгляду на неограниченную свободу воли, Августин подчеркивал учение о полной испорченности человека. В этой, и только в этой связи он настаивал на том, что человеческая воля находится в порабощении – связана грехом[170]. Таким образом, Августин старательно разграничивал предопределение и фатализм, утверждая психологическую свободу и ответственность человека[171]. Точно так же,

> …говоря о непобедимости или неодолимости благодати, [Августин] не имел в виду… что Бог принуждает человека творить добро или заставляет его раскаиваться и верить против его собственной воли… как эту доктрину повсеместно неправильно представляют; [Августин] учил лишь тому, что Бог производит в человеке хотение, эффективно обновляя его волю Своей силой…[172]

Августин постулировал наличие у Бога допускающей воли: Бог не желает греха, не творит его и не радуется ему, однако допускает Своему творению творить грех для того, чтобы исполнился Его предвечный промысел. Погибель нечестивых Августин тоже приписывал не декретивному установлению Бога, а Его предведению и допуще-

---

[167] Augustine. A Treatise on the Predestination of the Saints // *NPNF-1*. T. 5. C. 500–501.

[168] Гонсалес. *История христианства*. Т. 1. С. 196.

[169] Там же. Т. 1. С. 197.

[170] Cunningham. *Historical Theology*. T. 1. C. 344.

[171] L-D. T. 1. C. 298.

[172] Cunningham. *Historical Theology*. T. 1. C. 352.

нию[173]. Так, он писал: «…никто не спасается иначе, как по незаслуженной милости, и никто не осуждается иначе, как заслуженным судом»[174]. Сопоставляя вместе промышляющую и допускающую воли, Августин мог сказать, что «…ничего не было бы, если бы не восхотел Всемогущий, или соизволяя [то есть допуская], или прямо действуя»[175].

В трактате «О благодати и свободном произволении» Августин писал, что наличие у человека свободной воли «убедительно доказывается» множеством повелений или запретов в Священном Писании, которые в противном случае были бы бессмысленны[176]. Однако наличие свободной воли не означает, что человек не нуждается в благодати[177]. В духовной жизни есть место и «для дара Божьего, и для свободной воли»[178], потому что благодать помогает человеческой воле исполнять то, что заповедано[179]. В качестве примера Августин ссылается на апостола Павла, который сам подвизался и сам бежал (2 Тим. 4:7), однако Бог дал ему завершить бег и одержать победу (1 Кор. 15:57)[180]. Благодать Божья «…не упраздняет человеческую волю, а худую волю превращает в добрую и доброй помогает»[181].

В противоположность пелагианам Августин настаивал на том, что Божья благодать дается не за заслуги; напротив, любые духовные достижения появляются только посредством благодати[182]. Даже вера есть не естественная человеческая способность, а исключительно дар Божий. Для доказательства этого утверждения Августин ссылается на такие тексты, как: «…получивший от Господа милость быть Ему *верным*» (1 Кор. 7:25); «…по мере *веры*, какую каждому Бог уделил» (Рим. 12:3); «мир братиям и любовь с *верою* от Бога Отца и Господа Иисуса Христа» (Еф. 6:23); «…вам дано ради Христа не только *веровать* в Него, но и страдать за Него…» (Флп. 1:29); «…имея тот же Дух

---

[173] L-D. T. 1. C. 298.

[174] Августин. Энхиридион Лаврентию о вере, надежде и любви, § 94 // *Творения*: В 4 т. Т. 2: Теологические трактаты. СПб.: Алетейя, 2000. С. 56.

[175] Там же. С. 57 (§ 95).

[176] Augustine. A Treatise on Grace and Free Will, гл. 4 // *NPNF-1*. Т. 5. С. 445.

[177] Там же. С. 446 (гл. 6).

[178] Там же. С. 447 (гл. 7).

[179] Там же (гл. 9).

[180] Там же. С. 450 (гл. 16).

[181] Там же. С. 461 (гл. 41).

[182] Там же. С. 449 (гл. 13).

*веры…*» (2 Кор. 4:13)[183]. Августин подкрепляет свою мысль следующим доводом:

> Если вера происходит просто от свободной воли, а не дается Богом, то зачем же мы молимся о неверующих, чтобы они уверовали? Это было бы абсолютно бесполезно, если мы только не верим – как должно верить, – что Всемогущий Бог способен обратить к вере волю развращенную и вере противящуюся[184].

Однако это не значит, что воля человека никак не фигурирует в обращении к Богу. Августин пишет по поводу обращения: «Впрочем, чтобы никто не подумал, что люди в этом ничего не делают по своей свободной воле, в псалме сказано: "…не ожесточите сердца вашего…" (Пс. 94:8)»[185]. Уивер характеризует позицию Августина следующим образом: «Доказывая, что вера есть дар, который подготавливает волю, чтобы она могла верить, он также признавал, что верит именно воля. Более того, воля, которая верит, делает это не против собственного воления»[186].

Избрание, по Августину, – это одностороннее решение Бога. Ссылаясь на слова Христа в Иоанна 15:16, он говорит: «Они избрали Его потому, что были избраны Им, а не потому были избраны Им, что Его избрали. Люди не могли бы избрать Христа, если бы не были прежде избраны благодатью Божьей»[187].

По мнению Августина, Бог может эффективно управлять волей людей, как верующих, так и неверующих. Он приводит множество примеров из Писания, говорящих о том, что люди действуют по собственной воле, однако при этом исполняется Его вышняя воля[188]. В заключение Августин говорит:

> Из этих утверждений богодухновенного слова и других подобных текстов, которые недостало бы места цитировать, я полагаю, достаточно ясно, что Бог действует в сердцах людей, склоняя их волю куда Ему угодно, к добрым ли делам по Своей милости или к

---

[183] Там же. С. 455 (гл. 28).
[184] Там же (гл. 29).
[185] Там же. С. 456 (гл. 31).
[186] Уивер. *Божественная благодать и человеческое действие*. С. 73.
[187] Augustine. A Treatise on Grace and Free Will. C. 460 (гл. 38).
[188] Там же. С. 461–462 (гл. 41–42).

злым по их заслугам; при этом Его суды иногда явны, иногда тайны, но всегда праведны[189].

Взгляд Августина на *взаимоотношение* человеческой воли и предопределения яснее всего раскрывается в полемике против римского философа Цицерона, жившего в I в. до н. э. Цицерон отрицал возможность предведения будущего, поскольку в противном случае «существование судьбы будет следовать столь логически необходимо, что отрицать его не будет решительно никакой возможности»[190]. Если будущее можно достоверно предузнать, значит, его уже невозможно изменить – оно как бы фиксировано. Если будущее вдруг изменится, значит, оно не было предузнано достоверно. Чтобы его можно было точно предузнать, оно должно быть неизменяемым. А если будущее неизменяемо, то «в нашей власти нет ничего, и произвола свободной воли не существует»[191]. Если будущее уже заранее предузнано и не может быть изменено, – продолжаются рассуждения Цицерона, – «то напрасно издаются законы, напрасно употребляются порицания, похвалы, укоризны, увещания»[192] – ведь все эти законы, порицания и похвалы все равно ничего не изменят в заранее известном будущем. Таким образом, «если допустить предведение будущего, уничтожается свобода воли; если допустить свободу воли, уничтожается предведение будущего»[193].

Возражая Цицерону, Августин утверждал, что «религиозная душа выбирает [и свободу воли, и предведение будущего]; то и другое исповедует; то и другое по вере благочестия признает за истину»[194]. Каким же образом это возможно? Августин учил, что Божий промысел включает «...определенный порядок причин: ибо не может же случиться что-нибудь такое, чему не предшествовала бы какая-нибудь вызвавшая его причина...»[195] Так вот, по мнению Августина, «...и *сама наша воля*

---

[189] Там же. С. 463 (гл. 43).

[190] Августин. О граде Божием, кн. 5, гл. IX // *Творения*: В 4 т. Т. 3: О граде Божием: Книги I–XIII. СПб.: Алетейя, 1998. С. 204.

[191] Там же.

[192] Там же.

[193] Там же. С. 204–205. Надо заметить, что именно на этом основании сторонники современного учения об «открытости Бога» (open theism) отрицают, что Бог точно знает будущее во всех деталях. См. соответствующий раздел ниже.

[194] Там же. С. 205.

[195] Там же. С. 204. Ср. Там же. С. 206: «...все бывающее, бывает не иначе, как вследствие предшествующей ему причины. Ибо те причины, которые называются

*находится в порядке причин*, который, как порядок определенный, содержится в предведении Божием; потому что и человеческая воля представляет собою причину человеческих действий»[196]. Иными словами, человеческие действия имеют под собою множество сложно взаимодействующих причин, одна из которых – человеческая воля. Бог же как первопричина всего контролирует действие всех вторичных причин:

> В Его воле верховная власть, которая помогает добрым расположениям воли духов сотворенных, судит расположения злые, приводит в порядок всяческие, и некоторым дает власть, а некоторым не дает. Будучи Творцом всякой природы, Он также и Податель всякой власти, но не всякого расположения воли. Злые расположения воли не от Него, потому что они противны природе, которая получила бытие от Него[197].

Чтобы быть по-настоящему свободной, наша воля не обязательно должна быть всегда в состоянии достичь исполнения желаемого, то есть, по выражению Августина, иметь «власть». К примеру, когда сталкиваются противоположные интересы двух свободно волящих людей, ясно, что достичь желаемого может лишь один из них, но второй от этого не становится безвольным роботом. Августин пишет:

> …наша свободная воля существует, и она-то делает все то, что мы делаем по своему желанию и чего не делалось бы, если бы мы

---

случайными (fortuitae), – откуда получилось и само имя фортуны, – те причины мы не называем несуществующими, а только сокровенными…»

[196] Там же. С. 206. Курсив наш. – *А. П.* О том, что такое представление появилось у Августина не только в поздние годы, свидетельствует такое его раннее произведение, как «Исповедь», где он пишет, как Бог действовал на него через хороших и плохих людей и даже через его собственные наклонности: «Итак, в путях промысла Твоего мне было положено, чтобы я отправился в Рим… <…> Поэтому мне и захотелось отправиться туда… Но это был Ты… Который побудил меня ради спасения души моей оставить Карфаген; здесь ты стегал меня бичом, в Риме же расставлял приманки, действуя через людей… Ты втайне использовал и тех, кто, нарушая покой мой, были ослеплены мерзким безумием, и тех, кто звал меня к лучшему, будучи поплотски умными, и даже мою развращенность: ненавидя здесь подлинные страдания, я стремился к мнимому счастью» (Исповедь, кн. 5, гл. 8 // Августин. *Творения*. Т. 1. С. 534–535).

[197] Августин. О граде Божием, книга 5, гл. 9. С. 207.

не желали. Если же кто-либо вопреки своему желанию терпит что-либо по воле других людей, воля и в этом случае не теряет своего значения; хотя осуществляется воля не этого человека, а власть Божия. Ибо, если есть только воля [но нет власти], и она не может осуществить того, чего хочет, встречая препятствие со стороны более могущественной воли, то она и в этом случае не перестает быть волей, и волей не кого-нибудь другого, а именно того, кто хочет, хотя и не в состоянии исполнить желаемого[198].

Обратите внимание, что, подобно некоторым предшествовавшим богословам, Августин решает парадокс свободной воли и предопределения (а предузнание у него выступает эквивалентом предопределения, как это видно из его собственных слов) за счет того, что включает человеческую волю в число вторичных причин, которыми оперирует и которые учитывает божественное провидение. В результате и Божье предопределение владычествует над всем, и человек ответственен за свои поступки. Более того, если человеческая воля как одна из важнейших причин наших поступков способна реагировать на законы, порицания и похвалы, то «ненапрасны и законы, и порицания, и увещания, и похвалы, и укоризны: [Бог] знал наперед, что и они должны быть, и тем большую они имеют силу, что Он знал наперед, какую они будут иметь силу»[199].

## Иоанн Кассиан и полупелагианство

Впрочем, несмотря на одобрение взглядов Августина III-м Вселенским собором, было бы ошибкой полагать, что они повсеместно были встречены с одинаковым признанием. Примерно в то же время «…была разработана промежуточная богословская схема, получившая название полупелагианства, она-то… почти во все времена и преобладала в значительной части христианской церкви»[200]. Эти взгляды при-

---

[198] То же, книга 5, гл. X. Там же. С. 209–210.

[199] Там же. С. 210.

[200] Cunningham. *Historical Theology*. Т. 1. С. 330. Превалирование полупелагианской позиции в истории христианства отмечает также Уивер, указывая, что различные варианты учения полупелагиан на протяжении столетий «…являлись действительным богословием Церкви» (Уивер. *Божественная благодать и человеческое действие: исследование полупелагианских споров*. С. 8).

влекли внимание Августина в 428 г. благодаря обращенным к нему письмам двух друзей, Проспера и Илария, которые уведомили его о распространявшихся в Галлии новых воззрениях. Вдохновителем и крупнейшим представителем нового движения был Иоанн Кассиан (ок. 360–ок. 435), ученик Иоанна Златоуста[201].

Свои взгляды на природу благодати и ее отношение к человеческой воле Кассиан выразил в книге *Собеседования*, составленной в форме бесед, которые он и его спутник Герман вели с отшельниками в пустыне Скит. Подобная традиция передачи устных высказываний старцев, адресованных определенным людям, сложилась еще раньше на Востоке. По сути, это не столько богословские трактаты, сколько «…мудрость, извлеченная из совокупного опыта религиозной жизни»[202]. Двадцать четыре собеседования, составляющие данную книгу, были записаны Кассианом в 425–427 гг.[203] Вопрос о благодати и человеческой воле рассматривается в 13-м *Собеседовании*.

Кассиан признавал первородный грех и необходимость благодати, однако, подобно Пелагию, отрицал абсолютную испорченность человеческой природы. По его мнению, «*через совершенство природы*, дарованной по благости Творца, [у людей] иногда возникают начатки доброй воли, которые, впрочем, не могут достичь совершенства добродетели без помощи Господа…»[204]. Если Бог «видит в нас начальные проблески доброй воли, Он сразу просвещает и укрепляет ее и подвигает ее ко спасению, взращивая то, что *Он Сам насадил* или что, как Он увидел, возникло *благодаря нашим собственным стараниям*»[205].

Иоанн Кассиан считал, что при обращении людей Бог действует разными методами в зависимости от первоначального состояния человека. Он писал: «Бог приводит людей ко спасению бесчисленным множеством различных методов, путями непостижимыми; в тех, *кто уже желает* и жаждет спасения, Он пробуждает еще большую ревность, иных же Он принуждает *вопреки их воле*, хотя бы они и проти-

---

[201] *Христианство: Энциклопедический словарь*: В 3 т. / Под ред. Аверинцева С., Мешкова А. и Попова Ю. М.: Научное издательство «Большая Российская энциклопедия», 1993–1995. Т. 2. С. 363.

[202] Уивер. *Божественная благодать и человеческое действие: исследование полупелагианских споров*. С. 118.

[203] Там же.

[204] John Cassian. Conferences // *NPNF-2*. Т. 11. С. 427. Курсив наш. – *А. П.*

[205] Там же. С. 426 (гл. 8). Курсив наш. – *А. П.*

вились»[206]. Таким образом, по учению Кассиана, благодать как бы подхватывает человека на том уровне, на каком он находится, и оттуда возносит его ввысь. Если человек находится на самом дне, благодать помогает ему подняться со дна, если же он уже находится близко к вершине и ему недостает лишь чуть-чуть до спасения, то благодать восполняет этот малый недостаток.

У одних людей воля уже расположена искать Бога – таких Господь просто направляет и укрепляет; другие же совсем не ищут Бога или остыли в стремлении к добру – в таких Бог создает благую волю или обновляет ее[207]. Поясняя свою идею, Иоанн Кассиан ссылается на следующие библейские примеры:

> …Он избрал Андрея и Петра и других апостолов по свободному состраданию Своей благодати, когда они даже *не помышляли* об исцелении и спасении. Закхея, когда тот в своей верности *старался* увидеть Господа и из-за малого роста влез на сикомор… Павла даже *против его воли*, противящегося Он привлек к Себе[208].

Кассиан полагал, что у таких людей, как гонитель церкви Павел или мытарь Матфей, начатки благой воли не могут родиться иначе как силою Божьей благодати[209]. Однако он отрицал, что Бог выступает инициатором благой воли у всех спасающихся – и в этом аспекте его позиция приближается к пелагианству. Он пишет:

> Если же мы скажем, что начало свободной [доброй] воли всегда полагается по вдохновению благодати Божьей, то как насчет веры Закхея или благости разбойника на кресте, которые *своим*

---

[206] Там же. С. 433 (гл. 17). Курсив наш. – *А. П.*

[207] Там же. С. 428 (гл. 11).

[208] Там же. С. 432 (гл. 15). Курсив наш. – *А. П.* Эта идея повторяется у Иоанна Кассиана неоднократно. Ср. гл. 18: «Он вкладывает в нас самое начало спасения и дает каждому ревность свободной воли; порой Он дарует довершить труд и достичь совершенства благости, а порой спасает людей даже *против их воли и без их ведома*… помогает некоторым, которые *уже желают и подвизаются*, и привлекает других, нежелающих и противящихся, и *обращает их к благой воле*» (Там же. С. 434; курсив наш. – *А. П.*).

[209] Там же. С. 427 (гл. 11).

*собственным хотением* взяли силою Царство Небесное и тем *предварили* особое водительство призвания [Божьего]?[210]

По мнению Иоанна Кассиана, благодать всегда содействует нашей воле, однако в некоторых случаях она ищет проявлений благой воли и требует каких-то усилий со стороны самого человека[211]. Бог поступает именно так, чтобы не показалось, что Он дает благодатные дары тем, кто спит или расслабился в лености своей[212].

Впрочем, когда Кассиан пишет, что некоторых людей Бог приводит к Себе вопреки их воле, он не имеет в виду, что Бог нарушает принцип свободы воли. Бог может действовать против воли, но не против свободы. В заключительной части 13-го *Собеседования* Кассиан объясняет свой взгляд на то, как Бог взаимодействует с волей человека. По его мнению, сначала Бог пробуждает в человеке желание к добру, но не так чтобы не оставить человеку выбора: дорога открыта в обе стороны, человек может либо принять это побуждение, либо отвергнуть его[213]. На втором этапе благодать дает человеку способность проявлять добродетель, но, опять же, не нарушая его свободы. На третьем этапе благодать дает человеку возможность сохранить приобретенную на предыдущих этапах добродетель. Но и здесь свобода не исчезает и не заменяется рабством[214]. С общим направлением этих рассуждений, наверное, во многом согласился бы даже Августин, поскольку он тоже указывал, что роль свободной воли при обращении состоит в том, чтобы не воспротивиться благодати (см. выше). Однако в учении Иоанна Кассиана присутствует примесь идей, являющихся визитной карточкой пелагианства. По его мнению, некоторые люди сами по себе имеют благую волю, и благодать лишь помогает им эту волю развить[215]. Не-

---

[210] Там же. Курсив наш. – *А. П.*

[211] Там же. С. 430 (гл. 13).

[212] Там же.

[213] Там же. С. 434 (гл. 18).

[214] Там же.

[215] Уивер тоже подмечает этот момент, указывая, что «…Кассиан допускает возможность того, что человеческая добрая воля предшествует действию благодати» (Уивер. *Божественная благодать и человеческое действие: исследование полупелагианских споров*. С. 125). Схожесть взглядов между Кассианом и Пелагием в столь фундаментальном вопросе весьма парадоксальна, так как Иоанн Кассиан вовсе не симпатизировал учению Пелагия. Он одним из первых обратил внимание на связь несторианства с пелагианством и осудил и ту, и другую ересь (Gibson E. Prolegomena // *NPNF-2*. Т. 11. С. 190).

сомненно, что Августин посчитал своим долгом бороться с этим новым учением точно так же, как он боролся против пелагианских воззрений.

Хотя некоторые авторы представляют взгляды Иоанна Кассиана чуть ли не как золотую середину между Пелагием и Августином или даже как позицию «надспорную» и близкую к «апостольской вере»[216], из приведенных выше цитат видно, что это едва ли можно признать вполне справедливым. Скорее, Иоанн Кассиан применил два направления мысли: пелагианство и августинианство, – к разным группам людей. В отношении одних людей действуют пелагианские принципы, в отношении других – августинианские[217].

Впрочем, нужно отметить и положительную сторону в учении Кассиана. В отличие от многих авторов, которые рассуждали или рассуждают о Божьем провидении слишком упрощенно, он пишет, что Бог действует «…бесчисленным множеством различных методов, путями непостижимыми…»[218]. Иными словами, его подход стремится избежать однобокости, присущей некоторым подходам к данному вопросу.

Конечно, не все полупелагиане верили в точности так, как Иоанн Кассиан. Движение, получившее впоследствии такое название, объединяет попытка отмежеваться как от Пелагия, так и от Августина, найти промежуточную позицию между ними. Полупелагиане учили, что все люди грешники и что грех передается им от Адама, однако природа человека не настолько испорчена, чтобы он был не в состоянии творить добро. Человек не может спастись самостоятельно и нуждается в помощи Божьей благодати, но благодать лишь *содействует* его собственной благой воле. Благодать подается даром, то есть люди ее никак заслужить не могут, однако же не является неодолимой. Благодать даруется лишь тому, кто предварительно сам расположил свое сердце поверить Богу. Таким образом, хотя благодать дается не *за* заслуги,

---

[216] Напр., Прохоров. *Тайна предопределения*. С. 77.

[217] Сходное наблюдение делает Ребекка Уивер: «Кассиан кажется пелагианином в одних пунктах и августинианином – в других. <…> …Очевидная близость Кассиана то к Пелагию, то к Августину послужила препятствием для того, чтобы воздать должное и ему самому, и монашескому богословию, которое он представлял» (Уивер. *Божественная благодать и человеческое действие: исследование полупелагианских споров*. С. 145–146). Впрочем, она отмечает, что Иоанн Кассиан не был ни пелагианином, ни августинианином, а представлял собой нечто третье (Там же. С. 145).

[218] Cassian. The Conferences of John Cassian. С. 433 (гл. 17).

она посылается *в соответствии* с качествами человека, настоящими или предвиденными[219]. Согласно полупелагианству, человеческая воля первой обращается к Богу, и в ответ на стремление человека Бог посылает ему Свою помощь.

Попытка представить полупелагиан как «умеренных последователей Августина»[220], на наш взгляд, весьма неудачна. Во всяком случае, Августин бы с таким определением явно не согласился, поскольку он написал несколько трактатов в опровержение их взглядов. Если термин «умеренное августинианство» и имеет право на существование, то его можно применить, может быть, к постановлениям Второго оранжского собора (см. ниже), но никак не к полупелагианству.

Итак, Августин продолжил битву с новым врагом. Или же это был старый враг в новом обличье? Для Августина, скорее всего, верно последнее, поскольку против полупелагианства он использовал те же аргументы, что и в своих более ранних антипелагианских работах[221].

После смерти Августина его дело продолжили Проспер и Фульгенций, хотя и не столь искусно или авторитетно[222]. Наиболее заметной фигурой по другую сторону баррикад был весьма уважаемый епископ Фауст (ум. 495), которому удалось одержать победу над «гиперавгустинианским» пресвитером Люцидом на синоде в Арле в 475 г.[223] Полупелагианство приобрело популярность во многих уголках христианского мира и даже стало главенствующей доктриной в Галлии[224]. Несмотря на это, полупелагианство никогда не было официально одобрено церковью и было формально осуждено в 529 г. провинциальным собором Франции, Вторым оранжским собором (Concilium Arausicanum)[225].

---

[219] Warfield. Introductory Essay on Augustin and the Pelagian Controversy. C. lxiii–lxiv.

[220] Кайл Р. (R. Kyle). Умеренное пелагианство // *Теологический энциклопедический словарь* / Под ред. Элвелла У. М.: Ассоциация «Духовное возрождение», 2003. С. 1253.

[221] Cunningham. *Historical Theology*. Т. 1. С. 330.

[222] Там же.

[223] *HCD*. С. 95.

[224] Там же.

[225] Cunningham. *Historical Theology*. Т. 1. С. 330. В своих двадцати пяти канонах Оранжский синод отверг пелагианство, осудил некоторые доктрины полупелагианства и утвердил умеренную форму августинианства. Согласно решениям этого синода, первородный грех перешел на всех потомков Адама. В результате человек по своей природе сделался неспособным творить добро. Так синодом была подтверждена необходимость божественной благодати. 3-й Канон Оранжского синода утверждает: «Кто говорит, что благодать стяжается в результате молитвы, но не признает, что

## Средневековье

### Досхоластический период

В IX в. Августиново учение о предопределении было подхвачено высокообразованным монахом Готшальком из Орбэ[226]. Отталкиваясь от идеи о неизменности Бога, составившего Свой промысел от вечности, Готшальк пришел к вере в двойное предопределение[227], что он и стал проповедовать во время своих странствований по Италии[228]. Можно сказать, что Готшальк довел до крайности[229] концепцию Августина, который, как выше упоминалось, достаточно сдержанно выражался в отношении активного предопределения к смерти, приписывая погибель грешников Божьему допущению. Готшальк совершенно отвергал условное избрание, основанное на простом предузнании духовной реакции человека[230].

Если на Готшалька большое влияние оказали труды Августина, то у его оппонента, Рабана Мавра, архиепископа майнцского, был другой кумир в богословии – Григорий Великий[231]. Учение Готшалька казалось Рабану Мавру оскорбительным, и он написал против него два резких письма. Не обошлось и без искажения взглядов Готшалька. Например, Рабан Мавр обвинял Готшалька в том, что тот якобы учил, что Бог предопределяет ко греху и толкает человека к погибели, сколь сильно бы тот верой и добрыми делами ни показывал свое стремление ко спасению[232]. Учение самого Рабана в каких-то аспектах было уме-

---

именно благодать побуждает нас молиться Богу, тот противоречит пророку Исаии или апостолу, повторяющему то же самое: “Меня нашли не искавшие Меня; Я открылся не вопрошавшим о Мне”» (Рим. 10:20, где Павел цитирует Ис. 65:1). Каноны этого синода учат одностороннему предопределению – только ко спасению. Предопределение к злу или погибели (следовательно, доктрина двойного предопределения) ими в заключительной части анафематствуется (The Canons of the Council of Orange // *Creeds of the Church*. Albany, OR: Books for the Ages, 1997. AGES Software, version 1.0).

[226] *HCD*. С. 123.

[227] Там же.

[228] *Христианство*. Т. 1. С. 429.

[229] *HCD*. С. 123.

[230] Enns P. *The Moody Handbook of Theology*. Chicago: Moody Press, 1989. С. 434.

[231] *HCD*. С. 123.

[232] Там же.

ренно августинианским, а в каких-то стояло ближе к полупелагианству[233].

В 848 г. Рабан созвал синод в Майнце, где идеи Готшалька в присутствии короля Германии осудили как еретические[234]. Вердиктом синода он был приговорен к бичеванию и передан в ведение Гинкмара, архиепископа реймсского[235]. Заточенный в темницу в собственном монастыре, Готшальк перенес ужасные притеснения и нападки со стороны других священников и монахов[236]. На следующий год Гинкмар вызвал его на собор в Кьерси, где Готшальк отказался отречься от своих взглядов и был объявлен неисправимым еретиком. Его лишили священнического сана и подвергли публичному бичеванию за несгибаемое упрямство[237]. Ему удалось избежать смерти лишь благодаря тому, что он собственноручно бросил свою книгу в огонь[238]. Как ни парадоксально, позиция самого Гинкмара по вопросу о предопределении также была отвергнута[239].

Этот собор положил начало горячим спорам. Мнения разделились. Такие влиятельные богословы, как Пруденций, епископ города Труа, Ратрамн из Корби, Ремигий из Лиона и Люпий из Ферера, писали в защиту августинианства и благосклонно отзывались о Готшальке[240]. Их позиция была подкреплена синодами в Валенсии в 855 г. и в Лангре в 859 г.[241] С другой стороны, доктрину о свободе воли и условном предопределении защищали архиепископ майнцский Рабан Мавр, архиепископ реймсский Гинкмар и епископ лаонский Пардулий. Их позиция была одобрена синодом в Кьерси в 853 г. и, частично, в Савоньере близ Туля в 859 г.[242] Третья точка зрения была предложена Иоанном Скотом Эриугеной, который был приглашен Гинкмаром в качестве богословского авторитета. Однако он настолько отклонился от ортодок-

---

[233] Schaff P. и Schaff D. *History of the Christian Church*: В 8 т. Peabody, MA: Hendrickson Publishers, 2002. Т. 4. С. 526.

[234] Там же. Т. 4. С. 527.

[235] *HCD*. С. 123.

[236] Lincoln C. The Development of the Covenant Theology // *BibSac*. № 100/397. Январь 1943. С. 140.

[237] Schaff et alt. *History of the Christian Church*. Т. 4. С. 528.

[238] Lincoln. The Development of the Covenant Theology. С. 140.

[239] Bryer K. Hincmar // *WWCH*. С. 321.

[240] *HCD*. С. 124.

[241] Schaff et alt. *History of the Christian Church*. Т. 4. С. 530.

[242] Там же.

сальной позиции, что обе партии в конечном итоге его дезавуировали[243].

Разногласия продолжались до тех пор, пока синод в Тузи в 860 г. не разработал компромиссную формулу[244], которая, впрочем, едва ли кого-то удовлетворила. Последним событием в этом споре стала публикация Гинкмаром книги, написанной в защиту решений синода в Кьерси 853 г. Августинианство на тот момент проиграло сражение[245]. Что же касается самого Готшалька, он провел двадцать лет в темнице и умер в 869 г., так и не отказавшись от своего учения[246].

## Схоластический период

### Ансельм Кентерберийский

Ансельм Кентерберийский (1033–1109), которого называют отцом схоластики, симпатизировал августинианскому взгляду на предопределение[247]. Он «полагал различие между свободой – которую отвергал – и способностью к волевому выбору – которую признавал»[248]. Свобода для него – это непременно свобода *от греха*. Вот как он обосновывает эту идею в диалоге с воображаемым учеником:

> Разве тебе не кажется, что человек, который в такой степени владеет приличным и подобающим, что не может его утратить, свободнее владеющего этим же так, что может потерять и может быть приведен к тому, что неприлично и не подобает?
> <…>
> Также и то… не менее несомненно, что грешить всегда есть неподобающее и вред?
> <…>

---

[243] Там же. Ср.: *HCD*. С. 124.
[244] Bryer. Hincmar. С. 321.
[245] *HCD*. С. 124.
[246] *Христианство*. Т. 1. С. 429.
[247] Lincoln. The Development of the Covenant Theology. С. 140.
[248] Enns. *The Moody Handbook of Theology*. С. 436.

Значит, та воля свободнее, которая не может уклониться от прямизны несогрешения, чем та, что может ее покинуть[249].

Продолжая развивать эту мысль, Ансельм пишет: «…способность (potestas) грешить, которая, будучи прибавлена к воле, уменьшает ее свободу, а если отнимается – увеличивает, не есть ни свобода, ни часть свободы» [250]. Поэтому после грехопадения человек сохранил способность к волевому выбору, но утратил свободу.

Ансельм обстоятельно обосновывает, что «свободный выбор есть не что иное, как воля, способная *сохранять правильность воли* ради самой правильности»[251]. Однако человек не свободен взять правильность воли, если ее не имеет, поскольку это не в его власти:

…Как никакая воля до того, как обрела правильность, не может получить ее, пока Бог не даст, так, утрачивая полученную, не может обрести ее заново, если Бог не возвратит. И я считаю бóльшим чудом, когда Бог возвращает утраченную правильность, чем когда умершему возвращает утраченную жизнь[252].

С таким пониманием свободы выбора у Ансельма хорошо согласуется идея, что человек одновременно является и свободным, и рабом греха:

Он раб, поскольку не может уйти от греха; и он свободен, поскольку не может быть отторгнут от правильности. Но от греха и рабства его он может отвратиться только благодаря кому-то другому; от правильности же может быть совращен только сам со-

[249] Ансельм Кентерберийский. О свободном выборе // *Антология средневековой мысли: Теология и философия европейского средневековья*: В 2 т. СПб.: Издательство Русского христианского гуманитарного института, 2001. Т. 1. С. 232.

[250] Там же. Согласно пелагианскому пониманию свободы как равноудаленности и от добра, и от зла, способность грешить столь же необходима для свободы, сколь и способность поступать свято. Как пишет сам Пелагий в Послании к Деметриаде (3): «Если верно, что мы можем творить также и зло, – это благо. Благо, повторяю я, потому что это усиливает дело добра». Ансельм возражает подобному пониманию. Ср. Shedd W. *Dogmatic Theology*. 3-е изд. / Под ред. Gomes A. Phillipsburg, NJ: Presbyterian and Reformed Publishing Company, 2003. С. 546. Примеч. 4.4.2.

[251] Ансельм. О свободном выборе. С. 235. Курсив наш. – *А. П.* Ср. Там же. С. 234–235; 247–248.

[252] Там же. С. 245.

> бою, а свободы его ни сам он, ни другой не может лишить его. Ибо он всегда по природе своей свободен для сохранения правильности, если ее имеет, даже и тогда, когда не имеет [того, что нужно сохранять][253].

Говоря о взаимоотношении Божьего промысла и человеческой воли, Ансельм проводит следующую аналогию. Божья воля подобна небосводу, и люди всегда находятся под ним, куда бы они ни шли. Если они бегут от одного края небосклона, они лишь приближаются к другому краю. «Итак, – заключает Ансельм в трактате *Cur Deus Homo* («Почему Бог стал человеком»), – даже если бы человек или злой ангел отказался подчиняться Божьей воле и Его велению, избегнуть их он не в силах; ибо, желая убежать от воли заповедующей, он впадает в руки воли наказующей»[254]. Таким образом, похоже, что под зонтиком Божьего промысла Ансельм отводил какое-то место свободному человеческому выбору.

## Петр Ломбардский

Петр Ломбардский (ок. 1095–ок. 1164), отец систематического богословия, в своих взглядах на предопределение ближе всего подходит к Августину, которого он часто цитирует в своих «Сентенциях»[255]. Шафф описывает его взгляд следующим образом: «Предопределение Богом избранных есть источник всякого в них добра, а значит, не может быть основано на предвидении какого-либо добра, каким они могут обладать. Их число не может ни уменьшиться, ни увеличиться. Что же касается осуждения заблудших, первый шаг в этом принадлежит не Богу: их репробация [оставление] является следствием предузнанного в них зла»[256].

В то же время, в своей антропологии Петр Ломбардский далеко отошел от Августина. Он утверждал, что грехопадением человек «был испорчен и обеднен: испорчен в природных благих способностях, *ко-*

---

[253] Там же. С. 246.

[254] Anselm. Cur Deus Homo // *St. Anselm. Proslogium; Monologium; An Appendix in Behalf of the Fool by Gaunilon; and Cur Deus Homo* / Пер. на англ. Deane S. Eugene, OR: Wipf and Stock Publishers, 2003. С. 209.

[255] Masters D. Peter Lombard // *WWCH*. С. 556.

[256] Schaff et alt. *History of the Christian Church*. Т. 5. С. 634.

*торых он, впрочем, не лишился*, ибо в какой-то степени они могут быть восстановлены; лишился же он *благодатных даров*, которые благодатью были *добавлены* к дарам природным»[257]. В этом отношении взгляды Петра Ломбардского можно отнести к полупелагианству.

## Фома Аквинский

Фома Аквинский (1225–1274), вершина и венец схоластики, в области сотериологии следовал не августинианскому, а полупелагианскому взгляду[258]. Хотя на словах он поддерживал Августиново учение о том, что благодать Божья – единственная и исключительная причина обращения человека, на практике он допускал, что человек способен подготовить себя к восприятию благодати и к добрым делам[259]. Это вытекало из его представления о том, что после грехопадения человеческая природа не стала абсолютно испорченной, а лишь ослабла в духовном отношении, сохранив при этом способность к добру.

В то же время, рассуждения о предопределении у Аквината вполне соответствуют Августиновым. По его мнению, одни события (например, сотворение и предопределение к жизни) нужно отнести к Божьей безусловной, промышляющей воле, тогда как другие события (например, распространение греха и репробация [оставление] нечестивых) – к Его условной, допускающей воле[260]. Взаимоотношение между человеческой волей и божественным провидением Фома объяснял следующим образом:

> …поскольку сам акт свободного решения возводится к Богу как к причине, то необходимо, чтобы то, что происходит вследствие свободного решения, подлежало божественному провидению, ведь *[провидение] человека содержится в провидении Бога (providentia enim hominis continetur sub providentia Dei) как частная причина – в общей*. – Но Бог провидит о праведниках некоторым более совершенным образом, чем о нечестивых, поскольку *не допускает, чтобы против них происходило нечто, что в конце*

[257] Peter Lombard. *The Sentences of Peter Lombard*: В 4 т. / Пер. на англ. O'Brien R. Б. м.: Б. г. Т. 2. С. 464 (2.25.7). Курсив наш. – *А. П.*

[258] Lincoln. The Development of the Covenant Theology. С. 140.

[259] *HCD*. С. 144.

[260] L-D. Т. 1. С. 298.

*концов препятствовало бы их спасению*, поскольку «любящим Бога все содействует ко благу», как сказано в Писании (Рим. 8: 28)[261].

Сталкиваясь с очевидным вопросом – «Если Бог одних предопределил ко спасению, а других оставил к погибели, то какой смысл молиться о спасении грешников?» – Аквинат отвечает:

> …в предопределении [praedestinatio] надлежит рассматривать два аспекта, то есть само божественное предопределение [praeordinatio] и его следствие [effectus, что можно также перевести как «образ действия». – *А. П.*]. Что касается первого, то молитвы святых никоим образом не могут ему способствовать: ведь некто предопределяется Богом не благодаря молитвам святых. Что же касается второго, то предопределению могут способствовать как молитвы святых, так и другие добрые дела, поскольку *провидение, частью которого является предопределение, не устраняет вторичные причины*, но так провидит следствия, что и порядок вторичных причин также подлежит ему. …Точно так же Он предопределяет кого-либо к спасению таким образом, что под порядок предопределения подпадает все то, что способствует человеку в спасении (будь то молитвы – его собственные, или других, – или иные благие дела, или нечто подобное, без чего никто не может достичь спасения)[262].

Рассматривая вопрос, является ли предузнание человеческих заслуг (в самом широком смысле, в том числе и принятия благодати) причиной предопределения, Фома говорит:

---

[261] Фома Аквинский. *Сумма теологии: Часть первая, вопросы 1–64* / Под ред. Лобковица Н. и Апполонова А.; Пер. Апполонова А. М.: Издатель Савин С. А., 2006. С. 307 (часть I, вопр. 22, разд. 2). Курсив наш. – *А. П.* Обратите внимание, что первый курсив подчеркивает один из основных тезисов данной книги, а именно, что человеческая воля включается в число вторичных причин (средств), которыми располагает божественное провидение. Второй курсив подчеркивает учение о сохранности спасения у оправданных. Интересно отметить, что «ангельский доктор» Католической церкви высказал это учение задолго до протестантских реформаторов.

[262] Там же. С. 330–331 (часть I, вопр. 23, разд. 8). Курсив наш. – *А. П.*

> …Очевидно, что то, что относится к благодати, есть следствие предопределения; и таковое не может рассматриваться как основание предопределения, поскольку заключено в нем. <…>
> <…> Ибо все, что имеется в человеке направляющего его к спасению, целиком содержится *в следствии* предопределения, *даже сама готовность к принятию благодати*; и таковое имеет место только благодаря помощи со стороны Бога, согласно этому изречению (Пл. Иер. 5:21): «Обрати нас к Тебе, Господи, и мы обратимся»[263].

Подводя итог, нужно подчеркнуть, что предопределение, по Фоме Аквинскому, включает в себя человеческую волю, как общая причина включает в себя причины вторичные. Хотя характер и количество этих «вторичных причин» должны уточняться в соответствии со Священным Писанием и хотя нужно помнить ясное библейское учение о незаслуженной благодати, общее направление мысли Аквината заслуживает самого пристального внимания. По его учению, Божий предвечный промысел включает вторичные действующие причины. Другими словами, Бог предопределил не только результаты, но и средства, при помощи которых эти результаты должны быть достигнуты.

### Иоанн Дунс Скот

Иоанн Дунс (1266–1308), в силу своего шотландского происхождения получивший прозвище Скот и ставший широко известным именно под этим именем, делал большой акцент на заложенных Богом свободе и ценности индивидума[264]. Он считал, что все возводится к Богу как первопричине, однако не все предопределено с необходимостью (то есть так, что не может произойти иначе). Некоторые события остаются случайными и спонтанными. По мнению Дунса Скота, «единственный источник случайных действий – это либо воля, либо то, что сопутствует воле [concomitans voluntatem]. Всякая другая причина действует по необходимости в силу своей природы, а значит, не слу-

---

[263] Там же. С. 322 (часть I, вопр. 23, разд. 5). Курсив наш. – *А. П.*
[264] Holmes A. Duns Scotus, John // *WWCH*. С. 215.

чайно»[265]. Бог не движет нашей волей ни непосредственно, ни через посредничество вторичных причин, иначе воля не была бы свободной[266]. Те события, которые в тот же самый момент могли произойти по-другому, шотландец называет случайными[267]. Любой акт воли, по сути, случаен, поскольку человек может в любой момент времени принять любое из противоположных решений. Именно случайностью волеизъявления объясняется возникновение зла[268].

Как же может быть, что Бог называется первопричиной всего, однако в мире постоянно происходят случайные события? Дунс Скот поясняет: «Либо ничто не происходит случайно, то есть так, что этого можно было бы избежать (evitabiliter), либо элемент случайности присутствует в самом действии первой причины, которая могла бы и не вызывать следствия (posset non causare)»[269]. Таким образом, Бог ничего не предопределяет с неизбежностью. Все, причиной чего Он является, Он «причиняет» с элементом случайности (quidquid causat, contingenter causat)[270].

Дунс Скот считал, что Бог знает будущее не потому, что оно заключено в задуманном Им плане, а потому, что Он знает все взаимосвязи всех действующих причин. Философ пишет:

> Один и тот же акт знания может охватить несколько взаимосвязанных объектов, и чем совершеннее этот акт, тем больше может быть количество этих объектов. Следовательно, акт настолько совершенный, что к нему невозможно ничего прибавить, охватит все, что может быть узнано[271].

Дунс Скот также указывал, что знание будущего «через знание действующей причины совершеннее, чем знание самой вещи [то есть когда она появится]»[272]. Бог знает все, «что может быть познано»

[265] John Duns Scotus. *A Treatise on God as First Principle* / Пер. на англ. и ред. Wolter A. Chicago, IL: Forum Books, 1966. С. 82 (4.15).
[266] Там же. С. 84 (4.17).
[267] Там же. С. 84 (4.18).
[268] Там же. С. 86 (4.20).
[269] Там же. С. 84 (4.18).
[270] Там же. С. 91 (4.23).
[271] Там же. С. 98 (4.37).
[272] Там же. С. 108 (4.52).

(intelligibilis)[273], одновременно, в одном акте простого знания[274]. Надо заметить, что такую точку зрения на знание Богом будущего разделяют и многие арминиане[275].

В учении о спасении Иоанн Дунс Скот придерживался полупелагианской позиции. По его мнению, первородный грех оставил человеческую волю неповрежденной, поэтому человек может желать добра и тем самым заслужить спасительную благодать. Он писал:

> Наша воля всегда может любить и искать чего-то более великого, чем любая конечная цель, как и наш интеллект способен знать больше. И в нас, кажется, есть естественная наклонность в высшей степени любить бесконечное благо. Ибо таков признак естественной наклонности воли к чему-либо – что она сама по себе, без привычки, любит это с готовностью и наслаждением. Воля свободна…[276]

Хотя свободная воля играет важную роль в том, как человек заслуживает спасение, ее одной, без благодати, было бы недостаточно. По мнению философа, благодать не создает в человеке благо, а только увеличивает его[277].

Как видно из вышесказанного, учение Дунса Скота о провидении сильно отличается от взглядов его знаменитого предшественника, Фомы Аквинского. Однако едва ли можно сказать, что шотландец сделал шаг в более правильном направлении. Приводя множество изощренных аргументов в защиту отдельных положений своей теории, он, тем не менее, оставляет читателя с массой вопросов. Во-первых, он не объясняет, в каком смысле причина, не вызывающая следствия («posset non causare»[278]), остается причиной, если в таком случае причинно-следственная связь уже нарушена. Если причина могла бы «не причинять», это значит лишь то, что она могла бы не быть причиной. Во-вторых, Дунс Скот говорит только о прямом управлении волей

---

[273] Там же. С. 101 (4.42).

[274] Там же. С. 102 (4.48).

[275] Ср. рассуждения о знании будущего в Picirilli R. An Arminian Response To John Sanders's The God Who Risks: A Theology Of Providence // *JETS*. № 44/3. Сентябрь 2001. Особ. с. 473–475.

[276] Duns Scotus. *A Treatise on God as First Principle*. C. 124–125 (4.66).

[277] *HCD*. C. 144.

[278] Duns Scotus. *A Treatise on God as First Principle*. C. 84 (4.18).

(«necessario movebit voluntatem»[279]), не рассматривая опосредованное влияние, которое могло бы быть достаточно эффективным, но не было бы связано с принуждением. В-третьих, он не рассматривает *сочетание* всеведения и всемогущества в каузации («причинении») всех вещей, но, напротив, противопоставляет одно другому[280], из двух отдавая предпочтение именно всеведению. В-четвертых, он пишет, что Бог знает все, что *может быть познано*, но не объясняет, в силу чего еще не осуществившиеся случайные акты воли посторонних лиц являются сущностными (entitas) и познаваемыми (cognoscibilitas)[281]. В-пятых, он не объясняет, как от знания Богом всех миллионов *возможных* исходов развития событий (включая подлинно случайные события) он переходит к утверждению, что Бог знает, какой именно один единственный исход – повторимся, из миллионов *случайных* исходов – на самом деле состоится. В-шестых, его рассуждения о Божьем провидении в спасении неразрывно связаны с тем, что он не считает волю испорченной грехопадением, однако это предположение едва ли можно оправдать с библейской точки зрения (ср. Рим. 3:11).

### Другие

Как можно увидеть из сказанного выше, философские построения схоластов о Божьем промысле и человеческой воле нередко были весьма остроумными, однако когда дело доходило до сотериологии, они зачастую отводили слишком большую роль человеческим усилиям. Делая чересчур большой акцент на человеческих делах как средстве спасения, они отклонились от настоящего библейского Евангелия.

Поздняя схоластика сделала эту тенденцию еще более явной. В XIV–XV вв. большим влиянием в католицизме стала пользоваться богословская школа «Via moderna» («современный путь»), основными представителями которой были францисканец **Уильям Оккам** (1285–1349), доминиканец **Роберт Холкот** (1290–1349), кардинал **Пьер д'Альи** (1350–1420) и «последний схоласт» **Габриель Биль** (ок. 1420–1495). Отправным пунктом в сотериологии «Via moderna» был завет

[279] Там же. С. 84 (4.17).
[280] Там же. С. 128 (4.69).
[281] Там же. С. 108–109 (4.51).

между Богом и человечеством[282]. В рамках Своего завета Бог учредил условия, которые необходимо соблюсти для оправдания. Эти условия можно выразить латинским изречением «facere quod in se est»[283] («делать то, что можешь», «стараться изо всех сил»). Если человек выполняет эти условия, то есть старается изо всех сил, то Бог соглашается засчитать его несовершенные старания – «свинцовую монету»[284] – за нечто гораздо более ценное – за золото совершенной праведности. «Бог не откажет в благодати всякому, кто исполняет то, что… внутри него»[285] (то есть то, что может). Из этих примеров ясно, что богословы этого направления отрицали абсолютную испорченность человека, как отрицали и необходимость Божьей инициативы в спасении. К концу XV столетия идеи «Via moderna» были уже хорошо развиты в основных католических орденах: доминиканском (исповедующем идеи Фомы Аквинского) и францисканском (среди последователей Дунса Скота)[286]. О том, сколь большим влиянием пользовалась эта богословская школа, также свидетельствует тот факт, что труды Габриэля Биля часто привлекались в качестве авторитетного источника на Тридентском соборе[287] (см. ниже). Таким образом, в католической церкви периода поздней схоластики доминировали воззрения, близкие к пелагианству и полупелагианству.

Несмотря на это, некоторые священники и проповедники придерживались Августиновых взглядов на предопределение. Среди них нужно выделить **Томаса Брадвардина** (1290–1349), священника Римской католической церкви, умершего через несколько недель после посвящения в сан архиепископа кентерберийского[288]. Учась на философском факультете Оксфорда, он симпатизировал пелагианским идеям о свободной воле, которые казались ему простыми и понятными[289]. Однако чем больше он слушал в церкви чтение из посланий Павла, тем

---

[282] Маграт А. *Богословская мысль Реформации*. Одесса: Одесская библейская школа «Богомыслие», 1994. С. 99.

[283] Там же. С. 100.

[284] Там же. С. 101–102.

[285] Там же. С. 100.

[286] Там же. С. 111.

[287] Gabriel Biel // Wikipedia. URL: http://en.wikipedia.org/wiki/Gabriel_Biel (дата обращения: 8.06.2008).

[288] Lincoln. The Development of the Covenant Theology. С. 141.

[289] Oberman H. *Forerunners of the Reformation: The Shape of Late Medieval Thought*. Cambridge: James Clarke & Co., 2002. С. 135.

больше приходил к вере в первенство благодати, действующей через предопределение. В трактате «Божья тяжба против пелагиан» он рассматривает семь основных аргументов, выдвигавшихся его современниками против учения о предопределении. На каждый из них он отвечает, ссылаясь на Писание и богословов прошлого. По его мнению, вечное наказание неверующих оправдано по целому ряду причин[290]. Во-первых, каждый из них заслуживает такого наказания вследствие своих грехов. Во-вторых, никто не смеет упрекнуть Бога за то, что Он наказывает невинных животных и крещеных младенцев немалой физической болью, хотя это тоже кажется несправедливым. По аналогии с этим, никто не должен упрекать Бога за то, что Он наказывает виновных людей вечными страданиями. В-третьих, наказание неизбранных служит для усовершенствования избранных и для славы Самого Бога. Брадвардин заканчивает свой трактат цитатой из Послания к римлянам: «Не властен ли горшечник над глиною, чтобы из той же смеси сделать один сосуд для почетного употребления, а другой для низкого?» (Рим. 9:21).

Д-р богословия **Джон Уиклиф** (1324–1384), «утренняя звезда Реформации» и наиболее выдающийся богослов Оксфорда XIV в.[291], тоже неукоснительно отстаивал идею предопределения[292]. Церковь он определял как «сообщество избранных – живых, усопших и еще не родившихся, глава которого – Христос»[293]. Кто относится к этому сообществу избранных, никто на земле знать не может. Даже папа римский и кардиналы не могут с уверенностью сказать, избраны ли они, поэтому они не имеют права претендовать на власть над Церковью[294].

Уиклиф оказал огромное влияние на **Яна Гуса** (1369–1415), который преподавал в Пражском университете и дважды избирался его ректором (1402 и 1409). Гус считался последователем Уиклифа, труды которого он много читал, делая на полях пометки[295]. В прошлом даже предполагалось, что Гус просто пересказывал взгляды Уиклифа, одна-

[290] См. Bradwardine T. The Cause of God Against the Pelagians // *Forerunners of the Reformation*. С. 161–162.

[291] Bechtel M. и Comfort P. Wycliffe, John // *WWCH*. С. 736.

[292] Lincoln. The Development of the Covenant Theology. С. 141.

[293] Шафф Ф. и Шафф Д. *История христианской церкви*: В 8 т. СПб.: Библия для всех, 2009. Т. 6. С. 214.

[294] Там же.

[295] Лиардон Р. *Божьи генералы II: Пламенные реформаторы*. Киев: Кириченко, 2010. С. 56–57.

ко в дальнейшем было показано, что он выборочно подходил к аргументам оксфордского учителя, избегая наиболее крайних взглядов, за которые Уиклифа обвиняли в донатизме[296]. В своем трактате о Церкви Гус учил, что единство Вселенской (Католической) церкви покоится на предопределении, поскольку все члены духовной церкви предопределены Богом, и венчается блаженством, поскольку все ее истинные сыны в конечном итоге вместе будут пребывать на небесах[297]. В связи с этим отношение пилигримов к Церкви может принимать четыре разные формы. Одни принадлежат к Церкви и номинально, и реально – это предопределенные католики, послушные Христу. Другие не принадлежат к Церкви ни номинально, ни реально – это отверженные язычники. Третьи относятся к Церкви лишь номинально – это отверженные лицемеры. А четвертые принадлежат к Церкви в силу предопределения, однако номинально отлучены от нее сатрапами Антихриста (то есть теми иерархами от католичества, которые жили в смертных грехах)[298]. Членом Вселенской церкви человека не могут сделать никакие человеческие обряды и назначения, а только божественное предопределение[299].

Весьма любопытно представление Гуса о двух видах предопределения, в соответствии с которыми люди могут принадлежать к святой Матери-Церкви. Первый вид – это предопределение к вечной жизни. Те, кто отмечен таким предопределением, в конечном итоге пребудут верными и получат вечное наследство. Второй вид – это предопределение к временной праведности. Отмеченные таким предопределением будут временно находиться в Церкви, но в конечном итоге отпадут. К примеру, Иуда Искариот был предопределен к временной праведности, будучи избран Христом на роль апостола. Однако он не был предопределен к вечной жизни. Напротив, Петр, в один момент потерпев крушение в настоящей праведности, вернулся в лоно Церкви более закаленным, потому что был предопределен к вечной жизни[300].

---

[296] Fudge T. Hus, Jan // *The Oxford Encyclopedia of the Reformation* / Под ред. Hillerbrand H. Oxford: Oxford University Press, 1996. Т. 2. С. 277.

[297] Jan Hus. The Church (гл. 1) // Oberman H. *Forerunners of the Reformation*. С. 218.

[298] Jan Hus. The Church (гл. 3) // Там же. С. 219–220.

[299] Jan Hus. The Church (гл. 3) // Там же. С. 220.

[300] Jan Hus. The Church (гл. 3) // Там же. С. 220–222.

# Период Реформации

## Учение реформаторов

### Мартин Лютер

Труды реформаторов были в значительной степени направлены против пелагианских и полупелагианских взглядов, господствовавших в те времена как среди мирян, так и среди клира[301]. Наверное, не будет большим преувеличением сказать, что к началу XVI в. Римская католическая церковь под влиянием схоластики и гуманизма настолько близко подошла к пелагианству, насколько это было вообще возможно. Поэтому вполне можно утверждать, что «главной целью, задачей и главным достижением Лютера (1483–1546) было изобличение *пелагианских ересей*, извращающих путь спасения и искажающих божественную истину»[302].

В противовес подобным взглядам Лютер настаивал на абсолютном «рабстве воли», которое возникло после грехопадения как естественное следствие испорченности человеческой природы[303]. Поначалу он высказывался на этот счет достаточно резко – фактически резче, чем когда-либо говорил об этом Кальвин[304]. Из ранних утверждений Лютера и Меланхтона могло бы показаться, что они вовсе отказывают человеку в свободе воли в любом смысле этого слова. Однако впоследствии они выразили свои взгляды с большей осторожностью в Аугсбургском исповедании[305]:

> О свободной воле наши церкви учат, что человеческая воля обладает определенной свободой выбора в светской праведности и совершении дел, подвластных разуму. Но она не имеет силы без помощи Духа Святого производить праведность Божью, то есть праведность духовную[306].

---

[301] Cunningham. *Historical Theology*. T. 1. C. 477.

[302] Там же. Курсив наш. – *А. П.*

[303] *HCD*. C. 175.

[304] Cunningham. *Historical Theology*. T. 2. C. 371.

[305] Там же. T. 1. C. 575.

[306] Confession of Augsburg, Art. XVIII // *The Creeds of Christendom, with a History and Critical Notes* / Под ред. Schaff P. New York: Harper and Brothers, 1919. T. 3. C. 18.

Иными словами, если понимать свободу воли как способность принимать обыденные решения и быть ответственным за свои поступки, то в такой свободе Лютер человеку не отказывал. Что человеческая воля не может сделать, так это стяжать спасение. В этом аспекте наша воля искажена грехом и находится в рабстве у сатаны[307].

Лютер различал сокровенную и открытую волю Божью. Рассуждая о словах Христа в Матфея 23:37, «Иерусалим, Иерусалим… сколько раз хотел Я собрать детей твоих…», Лютер настаивал на том, что не нужно пытаться проникнуть в Божью сокровенную волю, «постигнуть котор[ую] невозможно»[308]. Вместо этого мы должны устремить взоры к «воплощенной» воле, открывшейся во Христе распятом. В свете этого Лютер писал: «И вот этому воплотившемуся Богу свойственно плакать, сокрушаться, стонать о погибели нечестивых, когда [тайная] воля величия Божьего по своему усмотрению некоторых оставляет и осуждает на погибель. А нам не должно спрашивать, почему Он так делает, а следует чтить Бога, Который может и хочет так делать»[309].

Великий реформатор избегал говорить о Божьем промысле как об обычном пассивном допущении. По его мнению, если и спасение, и осуждение целиком оставить на откуп одному только пассивному допущению, то…

> …дело дойдет до того, что люди окажутся спасены или осуждены без ведома Бога, Который не предопределяет точным Своим избранием, кому надлежит быть спасенным, а кому осужденным, но… предоставит самим людям спасаться или осуждаться по собственному желанию, а сам тем временем отправится, может быть, пировать к эфиопам, как говорит об этом Гомер.
>
> Такого Бога, который спит и дозволяет кому угодно пользоваться своей добротой или осуждением и злоупотреблять ими, рисует нам Аристотель[310].

Любопытно заметить, что, тогда как некоторые авторы, ловко жонглируя фактами, спешат приписать веру в избрание Божье влия-

---

[307] George T. *Theology of the Reformers*. Nashville, TN: Broadman and Holman Publishers, 1988. С. 76.

[308] Лютер М. О рабстве воли / Пер. Ю. Каган // *Избранные произведения*. СПб.: Фонд лютеранского наследия, 1994. С. 269.

[309] Там же.

[310] Там же. С. 288.

нию греческой философии[311], Лютер, напротив, относит к влиянию Гомера и Аристотеля веру в пассивное допущение без предопределения.

Впрочем, слова реформатора не должны быть поняты вне общего контекста его рассуждений. Активное изволение Божье не означает, что Бог всегда действует напрямую, без вторичных причин, или что Он совершает насилие над человеческой волей. К примеру, объясняя ожесточение сердца фараонова, Лютер весьма аккуратно поясняет, что ожесточение произошло в соответствии со злым характером фараона, без какого-либо насилия над волей:

> …Его воля была движима и влекома, впрочем, без какого бы то ни было насилия, поскольку он был не принуждаем извне, а движим естественным действием Божьим так, чтобы волить естественно, согласно своему характеру (который, впрочем, был злым), поэтому его воля не могла не воспротивиться слову и не быть ожесточена[312].

Таким образом, Лютер учил, что Божий промысел может действовать посредством вторичных причин – в данном случае через злой характер фараона. Известный исследователь творчества реформаторов Тимоти Джордж комментирует взгляд Лютера следующим образом: «Хотя наша вечная судьба в известном смысле определена Богом, никто не заставляет нас грешить. Мы грешим спонтанно, по собственному желанию. …Мы настолько замкнуты на себе, что, считая себя свободными, предаемся поступкам, которые только усиливают наше рабство»[313].

Мартин Лютер считал, что Божье предузнание равняется плану или решению. В связи с этим он одобрительно цитирует «Диатрибу» Эразма Роттердамского: «Воля и предведение – для Бога одно и то же»[314]. Иными словами, Бог не может желать чего-то, о чем Он не знал

---

[311] Напр., Константин Прохоров утверждает, что Августин якобы «возродил языческие суеверия о неумолимом роке» (Тайна предопределения. С. 73), а по сравнению с учением Кальвина «все другие примеры действия языческого рока несопоставимо мягче» (Там же. С. 112).

[312] Luther M. *Luther's Works*: В 56 т. / Под ред. Watson P. и Lehmann H. Philadelphia: Fortress Press, 1972. Т. 33. С. 184.

[313] George. *Theology of the Reformers*. С. 76.

[314] Luther. *Luther's Works*. Т. 33. С. 186.

бы заранее. Всемогущество Божье гарантирует, что Его предведение неизменно осуществится[315]. Сочетание непогрешимого предведения (плана) и абсолютного могущества делает Божий промысел абсолютно надежным и неизменным. Лютер заключает: «Как на свет мы появились не по собственной воле, а по необходимости, так и все остальное мы совершаем не по праву свободного выбора, а согласно тому, как Бог *предузнал* и как Он *ведет нас* Своим непогрешимым и неизменным советом и силой»[316]. Согласно Лютеру, предузнание предполагает необходимость и неизменность всех предузнанных событий, однако Бог по Своему всемогуществу может использовать разные способы воздействия, чтобы «привести» нас к осуществлению Его замысла.

## Ульрих Цвингли

Закончив университет и начиная пасторское служение, Ульрих Цвингли (1484–1531) разделял идеи гуманизма. Его героем в области богословия был Эразм Роттердамский[317], написавший трактат «О свободе воли», на который Лютер ответил своим самым знаменитым произведением «Рабство воли». Переломный момент для Цвингли наступил в тридцатидвухлетнем возрасте, когда он удалился на более спокойную должность в Эйнзидельне и имел возможность два года читать Новый Завет на греческом[318]. В этот период он осознал высшую роль Писания, и тогда же было заложено основание его воззрениям[319]. В скором времени его взгляды на библейское учение о спасении коренным образом поменялись. Определенное влияние на этот процесс оказали произведения Лютера. Впоследствии Цвингли отверг учение гуманистов и стал учить, что спасение полностью зависит от Божьего предвечного избрания, совершенно исключая заслуги и свободную волю человека.

Отправным пунктом в богословии Цвингли была идея, что все зависит от воли Божьей. Более того, он фактически высказал то, чего не говорили ни Августин, ни другие реформаторы. По его мнению, Бог не просто провидел грехопадение человека, но и был его автором и непо-

---

[315] Там же. Т. 33. С. 189–190.

[316] Там же. Т. 33. С. 191. Курсив наш. – *А. П.*

[317] Bromiley G. Zwingli, Huldrych // *WWCH*. С. 745.

[318] Там же.

[319] Лейн Т. *Христианские мыслители*. СПб.: Мирт, 1997. С. 172.

средственной причиной. Цвингли приписывал божественному провидению столь абсолютный характер, что совершенно отрицал вторичные причины, в том числе и спонтанные решения свободно волящих людей[320]. По его мнению, только такое представление о Боге и провидении исключает человеческие заслуги. В «Комментарии к истинной и ложной религии» он пишет:

> …если бы высшее благо было в состоянии все устанавливать, но не делало бы этого, то это было бы неподобающим, даже постыдным. Было бы ужасно считать Божество способным на подобное!
>
> Провидением Бога упраздняются одновременно свободная воля и заслуга. Ибо если оно устанавливает все, как могли бы мы верить в то, что способны что-либо сделать собственными силами? Если все происходит в силу действия провидения, как же мы можем добиться заслуги?[321]

Возникающую при этом нравственную проблему Цвингли фактически отметал, говоря, что Бог стоит выше закона[322]. Он говорил:

> Если нечто является неподобающим в наших глазах, это происходит от того, что мы подчинены закону. Но мы подчинены закону вследствие наших необузданных страстей. У Бога нет страстей, и поэтому Он не подчинен закону.
>
> <…> Оттого то, что неприлично у нас, не таково у Него[323].

Хотя на первый взгляд эти утверждения цюрихского реформатора могли бы показаться шокирующими, чтобы верно понять их смысл, нужно учитывать исторический контекст полемики, в которой участвовал Цвингли. Говоря так, он оспаривает основную идею своего бывшего учителя, Эразма Роттердамского, который в трактате «О свободной воле» утверждал, что «после Бога – Первопричины – человеческая воля должна рассматриваться как *вторая причина в достижении спа-*

---

[320] L-D. T. 2. C. 73.

[321] Цвинли У. *Богословские труды* / Пер. Шарвадзе Б.; Под ред. Джанумов А. М.: ИКАР, 2005. С. 351.

[322] *HCD*. С. 189.

[323] Цвинли. *Богословские труды*. С. 351.

*сения»*[324]. Небезосновательно опасаясь, что такое представление о вторичных причинах подрывает самые основы Евангелия, в сочинении «О провидении Бога» Цвингли настаивает на том, что «...вторичные причины неправильно называются причинами...»[325] Они – лишь «...орудия, через которые действует настоящая сила Божества»[326]. Таким образом, он все-таки говорил о том, что Божье провидение действует через определенные средства, хотя и избегал называть эти средства причинами.

## Филипп Меланхтон

Среди всех реформаторов Меланхтон (1497–1560) был наиболее склонен к резким поворотам в богословии. Поначалу он вместе с Лютером утверждал, что каждое событие предопределено и происходит с необходимостью. Он даже написал в раннем издании своего комментария на Послание к римлянам, что Бог творит как добро, так и зло – не только в силу Своего допущения, но и фактически. По его утверждению, предательство Иуды было ничуть не в меньшей степени Божьим делом, чем призвание Павла на служение. На эти слова Меланхтона ссылается анафематствующая формула Тридентского собора (сессия VI, канон VI)[327]. (Надо заметить, что Кальвин в своем трактате «Деяния Тридентского синода с противоядием» выразил неодобрение в связи с этим утверждением Меланхтона.) Однако постепенно, главным образом под влиянием Эразма, Меланхтон отошел от детерминистской позиции. В своих *Loci communes theologici* («Богословские общие места») 1535 года он высказал мнение, что в обращении человека участвуют три совместно действующие причины: человеческая воля (причина соглашающаяся), слово Божье (причина инструментальная) и Дух

---

[324] Там же. С. 26. Курсив наш. – *А. П.*

[325] Там же. С. 476.

[326] Там же. С. 477.

[327] Cunningham. *Historical Theology*. Т. 1. С. 628. Канон VI шестой сессии гласит: «Если кто-либо говорит, что... Бог совершает злое, точно так же, как Он совершает доброе, не только допуская его, но производя Сам, и что предательство Иуды такое же его деяние, как и призвание Павла, да будет анафема» (Хемниц М. *Исследование Тридентского собора: Часть I* / Пер. Генке В. Duncanville, USA: Фонд «Лютеранское наследие», 2005. С. 368).

Святой (причина творческая)[328]. Наконец, в *Loci* 1543 года Меланхтон объяснял разницу в конечной судьбе праведников и грешников решением человека за или против Бога[329].

## Жан Кальвин

Самой заметной фигурой в споре о Божьем промысле и человеческой свободе в период Реформации был, безусловно, Кальвин (1509–1564). Главенствующая тема в богословии Кальвина – это безграничное владычество Бога над всем[330]. В Своем всемогуществе Он властвует над всем миром, все контролируя и всем управляя: «Бог именуется всемогущим… потому, что Своим провидением Он управляет небом и землей, устрояя все таким образом, что каждое событие [происходит согласно божественному решению]»[331]. Тем не менее, Кальвин не пошел по пути своего швейцарского предшественника Цвингли. Его богословская система более гибкая и больше соответствует наследию предшествующих учителей Церкви.

Хотя Бог управляет всеми событиями, это не означает, что Он является непосредственным исполнителем всех событий. Это также не означает, что Он Сам движет всеми действующими лицами, дергая за ниточки подобно кукловоду, как нередко пытаются представить учение Кальвина[332]. Божье провидение часто действует через посредничество вторичных причин. Как Кальвин замечает в своем «Наставлении в христианской вере»: «…при все том [нельзя] не обращать внимания на причины низшего порядка…»[333] Когда кто-то сделал нам добро, – по-

---

[328] *HCD*. С. 204.

[329] Там же.

[330] Там же. С. 227.

[331] Кальвин Ж. *Наставление в христианской вере*: В 3 т. Grand Rapids: Издательство Российского государственного гуманитарного университета, 1997. Т. 1. С. 193 (1.16.3).

[332] Напр., Виктор Шленкин, думая, что излагает кальвинистский взгляд на промысел Божий, рисует человека в виде куклы на ниточках, которой управляет Бог (см. Шленкин В. Не малина, а Молина! [К вопросу о «знании Бога»] // Молодежная газета «Пальма». № 3/50. 2006. URL: http://www.e-palma.ru/showarticle.php?id=243 [дата обращения: 21.06.08]).

[333] Кальвин. *Наставление в христианской вере*. Т. 1. С. 215 (1.17.9). Кальвин отмечает, что Божье провидение «…сдерживает и направляет все сущее и происхо-

ясняет реформатор, – «…почтим Бога как первоисточник всякого блага, но почтим также и людей как посланцев и подателей божественных благодеяний… ибо *через них* Он явил Себя как наш Благодетель»[334]. Точно так же,

> если… мы потерпим какой-то урон по нашей собственной небрежности или недосмотру, подумаем, что так произошло по воле Божьей, но при этом не перестанем винить самих себя. <…> Если совершается обман или причиняется умышленное зло – например, убийство или кража, – мы тем более не должны оправдывать эти преступления, прикрываясь божественным провидением: увидим в них одновременно и суд Божий, и неправедность людей, ибо *и то, и другое* проявляется здесь со всей очевидностью.
>
> При рассмотрении событий будущего будем прежде всего опираться на те *причины низшего порядка*, о которых шла речь ранее. Ибо мы сочтем благословением Божьим, если Бог даст нам *человеческие средства* для самосохранения и заботы о себе, и тем не менее будем в меру своих способностей обдумывать то, что надлежит делать нам самим… Полагая, что именно Бог дает нам в руки всякие творения, способные оказаться нам полезными, воспользуемся ими как законными *средствами Его провидения*[335].

Иными словами, человеческая воля и человеческие решения – это средства, которые фигурируют в Божьем плане и участвуют в осуществлении последнего. В другой книге Кальвин останавливается на этой идее более подробно и объясняет ее следующим образом:

> Поскольку Бог являет Свою силу через средства и причины низшего порядка, Его силу не следует отделять от них. Было бы неразумно помышлять, что если Бог заранее объявил о будущем, то всякое старание и усилие с нашей стороны излишне. Он предписал то, что нам надлежит делать, и велел нам быть инструмента-

---

дящее таким образом, что в одних случаях нуждается в промежуточных средствах, а в других обходится без них» (Там же. С. 204 [1.17.1]).

[334] Там же. С. 215. Курсив наш. – *А. П.*

[335] Там же. Т. 1. С. 216. Курсив наш. – *А. П.*

ми Его силы. Что Он сочетал [то есть Свой промысел и действие вторичных причин], разлучать не следует. Вначале Он повелел, чтобы земля произвела всякие травы и плоды без человеческого искусства или культивации; теперь же Он приглашает человека к труду и действует через него. Если кто хвалится, что хлеб должен появиться сам собой, потому что земля дает плод по Божьему благословению, то не насмехается ли он над провидением Божьим, проповедуя такое понимание? Ибо говорить так – значит разделять то, что Бог соединил неразлучно[336].

Кальвин настаивал на том, что Божье провидение не упраздняет свободу и ответственность человека[337]. Возникающее при этом кажущееся противоречие он объясняет, вводя разграничение между внутренней необходимостью и внешним принуждением[338]. Внутренняя необходимость появляется вследствие греховной природы и не исключает процесса воления, то есть принятия самостоятельных решений и проявления воли. Тем не менее Кальвин предпочитает избегать выражения «свободная воля», потому что в его спорах с католиками-гуманистами (которых он называет «позднейшими софистами»[339]) этот термин нередко наделялся, по его мнению, абсурдным и противоречащим Писанию смыслом. Он объясняет:

> Таким образом, как мы видим, признается, что человек обладает свободной волей… потому, что он поступает по своей воле, а не по принуждению. Это безусловно верно. Но не глупо ли украшать столь незначительную вещь таким возвышенным именем? Хороша свобода – человека не принуждают служить греху, но он с такой готовностью отдается ему в добровольное рабство [ἐθελοδουλος], что узы греха накрепко связывают его волю! Мне отвратительны препирательства из-за терминов, которые только

---

[336] Calvin J. *Concerning the Eternal Predestination of God* / Пер. на англ. Reid J. London: James Clarke and Co., Ltd., 1961. С. 170–171.

[337] *HCD*. С. 228.

[338] Там же.

[339] То есть в отличие от более ранних и более здравых схоластов (Кальвин. *Наставление в христианской вере*. Т. 1. С. 260 [2.2.6]). В число «позднейших софистов» Кальвин зачисляет, по-видимому, Оккама, Биля и своих современников – теологов Сорбонны, то есть последователей вышеупомянутого богословского направления «Via moderna» (см. комментарии J. T. McNeill. Там же. С. 563. Примеч. 23).

> попусту сотрясают Церковь. Я однако считаю, что следует избегать выражений, содержащих бессмыслицу, особенно тогда, когда возникает опасность серьезных заблуждений[340].

Даже когда Бог использует нечестивых людей для совершения Своих высших целей, Он делает это без малейшей несправедливости или нечистоты с Его стороны[341]. Предопределение Кальвин понимает как двусторонний замысел Бога, «которым Бог одних предназначил к спасению, а других к вечному осуждению»[342]. Женевский богослов признает как предведение, так и предопределение, однако считает абсурдным подчинять последнее первому[343]. В частности, он отказывается приписывать грехопадение Адама или другие грехи людей простому предведению и допущению Бога. Критики нередко заостряют на этом внимание, полагая, что Кальвин намеревался сделать Бога автором как праведности, так и греха. Однако такое понимание едва ли соответствует действительным намерениям швейцарца. Вот как он сам объясняет, что он имеет в виду под «простым позволением»:

> Люди, подменяющие божественное провидение простым позволением, *как если бы Бог сидел сложа руки в ожидании того, что должно совершиться*, – эти люди говорят просто нелепость. Ибо в таком случае приговоры Бога зависели бы от человеческой воли[344].

Таким образом, отказываясь приписывать грехопадение простому предведению и допущению, Кальвин не делает Бога автором греха, а лишь сохраняет Его суверенный контроль над всеми событиями во вселенной. «…Что бы ни замышляли люди и даже сам дьявол, все равно бразды правления держит Бог, и Он направляет усилия замышляющих к совершению своего суда [то есть Своей воли]»[345]. Будучи дальновидным богословом, Кальвин уже в XVI в. противостоял тем идеям, которые несколько веков спустя расцветут под именем «учения об открытости Бога» (open theism; см. ниже).

---

[340] Кальвин. *Наставление в христианской вере*. Т. 1. С. 260 (2.2.7).
[341] Там же. Т. 1. С. 223–233 (1.18).
[342] Там же. Т. 2. С. 381 (3.21.5).
[343] Там же.
[344] Там же. Т. 1. С. 225 (1.18.1). Курсив наш. – *А. П.*
[345] Там же. Т. 1. С. 224.

Теодор Беза

Общепринято считать, что Теодор Беза (1519–1605), преемник Кальвина по женевской кафедре, довел учение своего предшественника до логической крайности, предложив супралапсарианскую схему «порядка спасения» и отстаивая «жесткое предопределение»[346]. Хотя отчасти это действительно так, его учение о Божьем промысле весьма элегантно. Беза утверждал, что все предопределено Богом от вечности, однако Его промысел не исключает вторичных причин. В трактате «Христианская вера» он пишет: «Ибо Бог, предопределив предвечным решением, что должно произойти в каждый момент времени (2 Цар. 12:11; 3 Цар. 12:24), определил также инструменты, посредством которых все должно произойти. Таким образом, даже если вторичная причина содержит в себе какое-то несовершенство, в предвечном изволении Божьем несовершенства нет»[347]. По учению Безы, хотя Бог предопределил спасение и осуждение, Его промысел осуществляется через вторичные средства: веру или неверие. В «Вопросах и ответах» он пишет:

> Ничто в целом мире не происходит без Божьей воли или знания. Все случается согласно тому, как Бог предопределил от вечности. Он расположил промежуточные причины настолько могущественно и эффективно, что они непременно приводят к назначенному результату, для которого Он их и предопределил[348].

Итак, Бог предопределил и результаты, и средства для достижения этих результатов. Таким образом супралапсарианин Беза поддерживал и Божье всевластие, и человеческую ответственность[349].

---

[346] Bromiley G. Beza, Theodore // *WWCH*. С. 83.

[347] Beza T. *The Christian Faith* / Пер. на англ. Clark J. East Sussex, U. K.: Focus Christian Ministries Trust, 1992. С. 6.

[348] Beza T. *Quaestiones et responsiones*. Geneva, 1570; цит. по: L-D. T. 1. С. 296.

[349] Ср. L-D. T. 1. С. 296.

Общие черты в учении реформаторов

Важной чертой учения всех реформаторов было то, что они, в отличие от поздних схоластов, приписывали человеку полную пассивность в возрождении. Под этим они подразумевали следующее. Во-первых, Божья благодать начинает свое действие в человеке без какой-либо помощи или соучастия со стороны последнего. Во-вторых, прежде чем человек сам сможет творить что-то духовно доброе, Божья благодать должна преобразить его внутреннюю сущность[350]. Дальнейшее освящение происходит при обязательном участии человека, однако первый шаг непременно принадлежит благодати.

Такой взгляд нашел отражение в одном из ключевых тезисов протестантской Реформации – *Sola Gratia*, то есть «только благодать». Этот тезис был противопоставлен католическому учению о том, что при обращении благодать *содействует* человеческой воле. Из католической догмы следовало, что обращение – и, как следствие, спасение – происходит и благодатью Божьей, и человеческой волей (вспомните Эразмово утверждение, что человеческая воля есть вторая причина спасения). Такое представление в богословии именуется *синергией* (то есть совместным действием) благодати и человеческой воли. В противовес этому реформаторы утверждали, что обращение происходит «только благодатью», то есть настаивали на *монергии*, единоличном действии благодати. Таким образом, понимание спасения, которое впоследствии стали называть «кальвинистским», было не просто периферийной доктриной протестантизма или досадной недоработкой реформаторов, а составляло самую суть движения, пробудившего к духовной жизни и реформировавшего значительную часть западной Церкви. На это указывал сам Мартин Лютер в своей книге «Рабство воли». Обращаясь к Эразму Роттердамскому, он хвалил его за то, что Эразм один из немногих понял, что суть Реформации состоит не в борьбе с папством и индульгенциями, а в учении о монергическом спасении:

> И я весьма превозношу и славлю тебя за то, что ты один из всех напал на главное, на самую суть спора. Ты не досаждаешь мне не имеющими к этому делу отношения вопросами о папстве, чисти-

---

[350] Cunningham. *Historical Theology*. T. 1. C. 616–617.

лище, об индульгенциях и тому подобных пустяках, за которые до сих пор почти все за мной напрасно охотились. Ты один-единственный увидел суть дела и схватил за горло – я тебе за это от души благодарен[351].

Реформаторы признавали за человеком свободу воли как психическую способность. Иными словами, они учили, что в своих поступках и решениях человек свободен от внешнего принуждения и никем не управляется извне[352]. Однако поскольку термин «свобода воли» в их время нередко наделялся иным значением, в смысле духовной способности самостоятельно творить добрые дела и проявлять спасительную веру, они предпочитали избегать этого термина либо отрицать такую свободу воли. В противоположность этому они заостряли внимание на том, что человеческая воля порабощена греху[353]. После грехопадения Адама никто из людей сам по себе не творит добро и не ищет Бога (Рим. 3:11; Пс. 13:2-3; 52:3-4).

## Тридентский собор

Реакция на протестантскую Реформацию не заставила себя долго ждать. После нескольких неудачных попыток диалога между католиками и протестантами папа Павел III созвал общий собор Римской католической церкви в городе Тренто (лат. Tridentum), в то время принадлежавшем Австрии. Собор претендовал на звание вселенского, хотя ни Восточная православная, ни Протестантская церкви на нем не присутствовали, да и католические епископы на две трети были представлены итальянцами[354]. Он состоял из двадцати пяти общих сессий, которые проводились, с длительными перерывами, в период с 1545 по 1563 гг.[355] Двоякая цель собора была сформулирована следующим образом: «искоренение ересей и реформирование обычаев» (de extirpandis hæresibus, et moribus reformandis)[356]. Решения этого собора доминиро-

[351] Лютер. Рабство воли. С. 381.

[352] Cunningham. *Historical Theology*. Т. 1. С. 572.

[353] Там же. Т. 1. С. 573–574.

[354] Лейн. *Христианские мыслители*. С. 220.

[355] *HCD*. С. 251.

[356] Каноны Тридентского собора: сессия III, декрет о символе веры // *The Creeds of Christendom*… Т. 2. С. 77.

вали в католической церкви почти 400 лет, вплоть до II Ватиканского собора[357].

Тема Божьего промысла и человеческой воли затрагивалась на шестой сессии Тридентского собора, посвященной учению об оправдании. Первые три канона этой сессии были направлены против пелагиан и, по сути, повторяли постановления Оранжского собора VI в. Что интересно, Кальвин в своем «Противоядии» встречает эти решения Тридента одобрительным «Аминь»[358]. Но, как оказалось, хотя католические богословы сделали несколько правильных заявлений, в последующих канонах они дали своим заявлениям такую трактовку, которая едва ли согласовывалась с их первоначальными утверждениями[359].

Тридентский собор утвердил, что, поскольку после грехопадения человек не утратил божественный образ, его природа подверглась лишь частичному развращению. Как следствие, падший человек попрежнему обладает свободой воли в отношении не только к делам гражданским, но и к духовным. В силу наличия у него свободной воли человек способен быть соучастником своего спасения[360].

Участники собора не стали давать формального определения или разъяснения тому, чтó каждый из них подразумевает под свободой воли. Таким образом они сохранили возможность последователям Августина оставаться в общении с Римской церковью[361]. Собор удовольствовался тем, что провозгласил анафему на тех, кто говорит, что человек утратил свободу воли после грехопадения:

> Если кто-либо говорит, что после грехопадения Адама свободная воля человека утрачена и угасла или что это всего лишь название, лишенное реального содержания, некий элемент, привнесенный в Церковь сатаною, да будет анафема[362].

Однако такая формулировка не могла удовлетворить протестантов. Через два года после окончания собора лютеранский богослов

---

[357] Лейн. *Христианские мыслители*. С. 222.
[358] Cunningham. *Historical Theology*. T. 1. C. 568.
[359] Там же.
[360] Там же. Т. 1. С. 571.
[361] Там же. Т. 1. С. 576.
[362] Каноны Тридентского собора: сессия VI, об оправдании, канон V // *The Creeds of Christendom*… T. 2. C. 111. Русский перевод приводится по изданию: Хемниц. *Исследование Тридентского собора*. С. 368.

Мартин Хемниц начал публиковать свои исследования по материалам этого собора (1565–1573 гг.), в которых он, в частности, пишет:

> В пятом каноне они анафематствовали полагающих, что свобода воли человека была утрачена и пропала после греха Адама, – однако что понимается под термином «свобода воли», не разъяснено. Ибо если здесь подразумевается сама сущность разума и воли, или свобода во внешних вопросах и дурных делах, то ясно, что свободная воля не угасла и не исчезла полностью. Но если здесь подразумевается способность или власть начинать и осуществлять духовные деяния, или свобода, обладающая равной силой в добре и зле, то выше мы уже показали, каков будет правильный ответ, основанный на свидетельствах Писания[363].

Участники Тридентского собора постулировали *синергию* между человеческой волей и благодатью Божьей в деле спасения. Иными словами, они утверждали, что в возрождении человека *соучаствуют* человеческая воля и благодать Божья:

> Если кто-либо говорит, что свободная воля человека, движимая и побуждаемая Богом, никоим образом не содействует своим согласием [Богу побуждающему и призывающему] (Deo excitanti atque vocanti), тем самым приуготовляя себя для обретения благодати оправдания, и что она не может воспротивиться, если пожелает (si velit), но подобно чему-то неодушевленному (inanime) ничего не предпринимает и остается совершенно пассивной, да будет анафема[364].

Этот анафематствующий канон был направлен против Лютера. Однако слова «не может воспротивиться, *если пожелает*» и «подобно чему-то *неодушевленному*» показывают, что противники реформатора неверно представляли его позицию, как это нередко случается и в настоящее время. Все тот же Хемниц их исправляет:

---

[363] Хемниц. *Исследование Тридентского собора.* С. 407.

[364] Каноны Тридентского собора: сессия VI, об оправдании, канон IV / *The Creeds of Christendom…* Т. 2. С. 111. Русский перевод приводится по: Хемниц. *Исследование Тридентского собора.* С. 368, с исправлениями по латинскому тексту.

> Также они неистово нападают на утверждение Лютера о том, что человек лишь пассивен… в отношении возрождения, обновления или обращения. …Будто бы смысл здесь был такой, что Святой Дух производит обращение таким образом, что в воле, которая начала обновляться, не возникает никаких новых побуждений, но что она остается полностью бездейственной, и ее понукают и подталкивают грубой силой. Лютер никогда не имел в виду ничего подобного[365].

И еще:

> Ибо мы не полагаем, что в обращении благодать воздействует на волю таким образом, что уже не имеет значения, желает человек или нет, и ему все равно приходится ее принять, подобно тому, как тело принимает раскаленное клеймо. Мы же говорим, что через дар и труды Святого Духа благодать принимается с желанием, удовольствием и радостью. Но если она отвергается, отбрасывается и утрачивается, то это совершается по извращенности и немощности нашей плотской воли[366].

Что касается учения об избрании, Тридентский собор не отрицал его явно, а только высказался за то, что верующие не могут быть уверены, принадлежат ли они к числу избранных. В связи с этим Каннингхэм считает, что «предметом разногласия между реформаторами и романистами в XVI в. был не столько промысел Божий, сколько осуществление этого промысла в божественном провидении»[367]. Интересно отметить, что позиция арминиан (см. ниже) по вопросу о свободной воле и Божьем промысле была близка к утверждениям католического собора.

Вместо смягчения спора, на которое многие поначалу надеялись, результатом Тридентского собора стало усугубление разногласий между католиками и протестантами и ужесточение доктринальной позиции католической церкви. Анафематствования этого собора поставили

---

[365] Хемниц. *Исследование Тридентского собора*. С. 412.
[366] Там же. С. 410.
[367] Cunningham. *Historical Theology*. Т. 1. С. 627.

Лютера и других реформаторов (а также их последователей) в разряд еретиков. Эти обвинения и по сей день остаются в силе[368].

## Арминий

Якоб Арминий (1560–1609) учился в Марбурге, Лейдене и Женеве. В Лейдене он перенял достаточно спорные философско-богословские взгляды Петера Рамуса. Среди его учителей в этот период был также Иоганн Колманн, который утверждал, что кальвинизм делает Бога тираном и палачом[369]. В 1582 г. Арминий учился в Женеве под началом Теодора Безы, преемника Жана Кальвина. Впрочем, из-за того что он защищал взгляды Рамуса, в 1583 г. Якобу пришлось покинуть Женевскую академию[370]. Но это не помешало Безе два года спустя (1585) написать письмо в Амстердам, в котором он отмечал способности и усердие молодого Арминия и рекомендовал бургомистрам продолжить спонсировать его образование[371]. В последние шесть лет своей жизни Якоб Арминий был профессором богословия в Лейденском университете.

Поначалу Арминий, по-видимому, придерживался традиционных кальвинистских воззрений[372], да и в дальнейшем он сохранил весьма уважительное отношение к Кальвину как богослову и толкователю Писания. Известный историк церкви Филип Шафф цитирует следующий отзыв Арминия о Кальвине:

> Вслед за изучением Священного Писания, которое я старательно прививаю, я увещаю своих учеников читать комментарии Кальвина, которые я превозношу даже больше, чем сам Хельмих [голландский богослов, 1551–1608]; ибо я подтверждаю, что никто не

---

[368] Olson. *The Story of Christian Theology*. С. 435.

[369] Jacobus Arminius // Online Encyclopedia; Originally appearing in Volume V02, Page 577 of the 1911 Encyclopedia Britannica. URL: http://encyclopedia.jrank.org/APO_ARN/ARMINIUS_JACOBUS_1560_1609_.html (дата обращения: 26.10.2012); см. также Jacobus Arminius // Theopedia: An Encyclopedia of Christianity. URL: http://www.theopedia.com/Jacobus_Arminius (дата обращения: 26.10.2012); Jacobus Arminius // Wikipedia. URL: http://en.wikipedia.org/wiki/Jacobus_Arminius (дата обращения: 7.07.2008).

[370] Douglas J. Arminius, Jacobus // *WWCH*. С. 36.

[371] Там же. С. 37.

[372] Lincoln. The Development of the Covenant Theology. С. 144.

сравнится с ним (incomparabilem esse) в толковании Писания, и что его комментарии должны цениться выше всего того, что нам было передано от отцов; итак, я признаю, что он обладал неким исключительным пророческим духом (spiritum aliquem prophetiae eximium) в большей степени, чем многие другие, или даже чем все люди. Его «Наставление [в христианской вере]» следует изучать вслед за Гейдельбергским катехизисом, ибо в нем содержится более полное объяснение – но с разборчивостью (cum delectu), как и творения всех людей[373].

В 1588 г. Арминий был рукоположен на пасторское служение, а год спустя случились события, которые подтолкнули его к изменению богословских взглядов. В 1589 г. был опубликован ответ некоторых голландских богословов на более ранний трактат Коорнхерта, который выступал против учения Кальвина и Безы о предопределении. Однако, вопреки ожиданиям, делфтские пасторы, опровергая взгляды Коорнхерта, выразили не супралапсарианскую точку зрения на порядок Божьих решений, которую сформулировал и отстаивал Теодор Беза[374], а инфралапсарианскую[375]. Арминия попросили ответить на этот памфлет и защитить позицию своего бывшего наставника. С усердием взявшись за дело, Арминий обнаружил, что и сам больше склоняется к инфралапсарианским взглядам[376]. Любопытно заметить, что именно эта позиция возобладала на Дортском синоде (см. ниже). Впоследствии Арминий склонился к иной теории предопределения, которая и была

---

[373] Schaff et alt. *History of the Christian Church*. T. 8. § 68.

[374] Термины «супралапсарианство» и «инфралапсарианство» иногда применяются в более свободном смысле и к более раннему периоду. Например, Льюис и Демарест говорят о супралапсарианских взглядах средневековья и об инфралапсарианстве некоторых отцов Церкви (L-D. T. 1. C. 295–299). Однако четкое и систематическое разграничение этих позиций относится ко времени Реформации (см. Berkhof L. *Systematic Theology*. Carlisle, PA: Banner of Truth Trust, 2003. C. 118). Если точнее, супралапсарианская теория появилась у «кальвинистов второго поколения». Некоторые авторы говорят о супралапсарианстве Кальвина, но большинство ученых сходятся в том, что ни сам Кальвин, ни другие реформаторы «первого поколения» не придерживались собственно супралапсарианского взгляда на порядок спасения (Daniel C. *The History and Theology of Calvinism*. Springfield, IL: Good Books, 2003. C. 68).

[375] См. объяснение этих терминов ниже, в разделе о Дортском синоде.

[376] Bagnall W. A Sketch of the Life of James Arminius // *The Writings of James Arminius*: В 3 т. Электронная версия Master Christian Library. Albany, OR: AGES Software, 1997. T. 1. C. 4–5 (электронной версии).

названа его именем. О своих взглядах он стал учить примерно с 1590 г., сначала осторожно, а потом все более открыто[377].

Заняв в 1603 г. профессорскую должность в Лейдене, Арминий столкнулся со старшим профессором, Франсисом Гомаром, под руководством которого он в этот же год получил докторскую степень[378]. Последний отстаивал супралапсарианский взгляд на предопределение. Арминий считал такой взгляд оскорбительным для христианского учения[379], а Гомар, по-видимому, расценил лекции нового профессора как попытку создать внутри университета новую богословскую школу, исповедующую «пелагианские взгляды»[380]. Между двумя профессорами завязалась полемика, поддерживаемая с каждой стороны последователями того и другого. Война идей несколько лет продолжалась без публичных диспутов[381], пока в 1608 г. Арминий не представил на рассмотрение государственным властям Голландии одно из самых известных своих произведений, систематически излагающее его богословские взгляды, – «Декларацию мнений».

В главе «Декларации», посвященной предопределению, Арминий рассматривает два варианта супралапсарианской схемы (которые он условно называет «первый и второй типы предопределения») и один вариант инфралапсарианской схемы («третий тип предопределения»). Против первого супралапсарианского варианта он выдвигает двадцать возражений. По его мнению, такое предопределение (1) не является фундаментом христианства или спасения, (2) не содержит Евангелия, (3) не было утверждено соборно в первые шесть веков христианства, (4) не звучало у известных богословов первых шести веков, (5) не согласуется с ранними протестантскими исповеданиями, (6) вряд ли согласуется с Бельгийским и Гейдельбергским катехизисами, (7) противно природе Бога, (8) противоречит природе человека, (9) противоположно творению, а также (10) природе вечной жизни и (11) вечной смерти, (12) не согласуется с природой и свойствами греха, (13) противно благодати, (14) губительно для славы Божьей, (15) бесчестит Иисуса Христа, (16) вредит спасению людей, (17) извращает порядок

---

[377] Там же. Т. 1. С. 5 (электронной версии).

[378] Daniel. *The History and Theology of Calvinism*. С. 36.

[379] *HCD*. С. 247–248.

[380] Franciscus Gomarus. URL: http://en.wikipedia.org/wiki/Franciscus_Gomarus (дата обращения: 07.07.2008). Ср. Bagnall. A Sketch of the Life of James Arminius. С. 6 (электронной версии).

[381] Bagnall. A Sketch of the Life of James Arminius. С. 6 (электронной версии).

благовествования Христова, (18) враждебно благовестию, (19) подрывает основание религии и, наконец, (20) отвергается большинством людей, исповедующих христианство[382]. Некоторые из этих возражений заслуживают внимания, однако многие из них попросту не учитывают того, что сам Беза, «главный супралапсарианин», говорил в отношении вторичных причин (см. выше).

Дальше Арминий кратко останавливается на «втором типе предопределения», обвиняя его во внутренней несогласованности и в том, что он, как и «первый тип», делает Бога автором греха[383]. Об инфралапсарианстве Арминий говорит совсем кратко, признавая, что «третья из этих схем предопределения гораздо удачнее избегает препон…»[384]. По сути, единственное его возражение против этой схемы сводится к тому, что она делает грехопадение Адама необходимым событием, которое должно было присутствовать в Божьей воле[385], что самому Арминию казалось неприемлемым. Затем он – на наш взгляд, несколько противоречиво – допускает, что неизбежность Адамова греха не обязательно выводится из последних двух схем. Но тут же парирует, говоря, что «…все предшествующие аргументы, приведенные против первого мнения, с небольшими изменениями, остаются в силе против последних двух мнений»[386]. Это заявление он оставляет без каких-либо доводов или подтверждений. По мнению методистского богослова арминианских убеждений Грайдера[387], возражения против супралапсарианства отнесены Арминием к инфралапсарианству «не совсем корректно»[388].

Якоб Арминий считал, что в результате грехопадения человек утратил Духа Божьего[389] и лишился благословений, однако он не рас-

---

[382] Arminius. A Declaration of the Sentiments of Arminius // *The Writings of James Arminius*: В 3 т. / Пер. на англ. Nichols J. и Bagnall W. Электронная версия Master Christian Library. Albany, OR: AGES Software, 1997. Т. 1. С. 194–217 (электронной версии).

[383] Там же. Т. 1. С. 221 (электронной версии).

[384] Там же.

[385] Там же. С. 222 (электронной версии).

[386] Там же.

[387] О конфессиональной принадлежности Грайдера см. URL: http://en.wikipedia.org/wiki/J._Kenneth_Grider (дата обращения: 07.07.2008).

[388] Grider J. Арминианство / Пер. Табак Ю. // *Теологический энциклопедический словарь* / Под ред. Элвелла У. М.: Ассоциация «Духовное возрождение», 2003. С. 87.

[389] Арминий. Диспут 31 («О результатах греха наших прародителей»), § 5 // *The Writings of James Arminius*. Т. 2. С. 84 (электронной версии).

сматривает последствия первородного греха с точки зрения изменения человеческой *природы*, ее духовной мертвости или испорченности. Он даже прибегает к термину «лишение образа Божьего», но и его отождествляет с утратой *внешнего* по отношению к самому человеку качества – утратой дара Святого Духа, то есть праведности[390].

Арминий подчеркивает человеческую свободу и отрицает, что Бог управляет деяниями людей[391]. Согласно его «Декларации мнений», Бог «…определил дать в достаточной и эффективной мере средства, необходимые для покаяния и веры…»[392]. Однако Бог не решает, кто воспользуется этими средствами, а кто – нет; это зависит в конечном итоге от самого человека. Предопределение основывается на предузнании Богом того, кто воспользуется средствами благодати и уверует, а кто отвергнет эти средства:

> Это решение [о предопределении] основывается на предузнании Бога, посредством которого Он узнал от вечности тех, кто через предваряющую благодать уверует и через последующую благодать сохранит веру, согласно описанному выше раздаянию средств, подходящих для обращения и веры; этим же предузнанием Он также узнал тех, кто не уверует и не сохранит веры[393].

Обратим внимание на один существенный момент. По мнению Арминия, в число тех вещей, которые Бог предузнает о спасаемых, входит не только вера человека в момент его обращения к Богу, но и сохранение веры до конца жизни. Это вполне логично, поскольку если человек может отпасть, то он может потерять спасение, а если он потеряет спасение, то он уже не может считаться избранным на основании предведения. Таким образом, избрание у Арминия поставлено в зависимость от всей жизни человека от момента обращения до смерти – от целой жизни (долгой или короткой), наполненной усилиями по борьбе с искушениями и сохранению веры. Несомненно, человек борется с искушениями и сохраняет веру при помощи «предваряющей благодати» и «последующей благодати», однако эта благодать не может быть

---

[390] Там же. Т. 2. С. 85 (электронной версии). § 9.

[391] Арминий. Диспут 28 («О Божьем провидении»), § 15 // Там же. Т. 2. С. 76 (электронной версии).

[392] Арминий. Декларация о мнениях Арминия // Там же. Т. 1. С. 223.

[393] Там же.

*действенной*, то есть безотказной, иначе она ничем не отличалась бы от кальвинистского понимания благодати. Эта благодать лишь *помогает* человеку проявить веру и сохранить ее в борьбе с искушениями до конца жизни, но усилия самого человека и не исключает, и не предопределяет. Таким образом, в число факторов, *логически* предшествующих избранию и спасению, вводится значительный элемент человеческих усилий.

Среди средств, через которые действует благодать Божья, Арминий упоминает проповедь Слова Божьего, призыв Духа Святого, а также хорошие и плохие ситуации в жизни[394]. Эти средства даются всем без исключения, но результат, повторимся, в конечном итоге определяется самим человеком и зависит от того, воспользуется он этими средствами или нет. В своих «Диспутах» Арминий пишет:

> Бог определяет эти средства не за заслуги и не в соответствии с заслугами людей, а только по благодати; но Он и *не отказывает в них никому*, разве что по справедливости, за прошлые прегрешения[395].

Таким образом, в богословской системе Якоба Арминия Бог предопределил средства, но не результаты. Результаты Бог не предопределил активным решением, а лишь пассивно предузнал их и заранее согласился с ними. В том, что касается спасения, это положение вполне явствует из прямых утверждений самого Арминия. Однако если учесть, что многие события в земной истории в значительной степени зависят от того, какие люди и когда обратятся или не обратятся к Богу, то с необходимостью следует вывод, что очень многие события в истории человечества – да, даже весь ее ход! – остаются не предопределенными, а лишь пассивно предузнанными Богом.

Философские последствия этой идеи огромные. В богословской схеме Арминия наряду с Богом от вечности существует идея будущего, которое не сформировано Самим Творцом, а лишь пассивно предузнано Им и от Него не зависит.

---

[394] Арминий. Диспут 41 («О предопределении средств, ведущих к достижению результата»), § 8 // *The Writings of James Arminius*. Т. 2. С. 114 (электронной версии).

[395] Там же. §10. Курсив наш. – *А. П.*

## Ремонстрация

Под руководством Арминия его последователи, в частности, Епископий и Уйтенбогаарт, составили «Пять артикулов Ремонстрации» (от лат. remonstratio – «возражение»), которые были направлены голландским властям вскоре после смерти самого Арминия, в 1610 г. Эти артикулы сводились к следующим положениям: (1) Божье предопределение обусловлено предузнанием человеческой веры и стойкости в вере; (2) Христос умер за всех людей, однако прощение грехов дается человеку на условии покаяния и веры; (3) человек не может достичь спасительной веры без возрождающего действия Святого Духа; (4) благодать необходима для спасения, но человек может ее отвергнуть; (5) возрожденные верующие могут при помощи благодати преодолеть все искушения и устоять в вере[396]. Что касается последнего пункта, нужно заметить, что ранние арминиане говорили лишь то, что возрожденные верующие *могут* преодолеть искушения и устоять в вере, а не то, что они *обязательно* устоят. В отношении стойкости святых они сохраняли нейтралитет: «Что же касается того, могут ли [верующие] по нерадению оставить начало жизни во Христе… то это нужно точнее исследовать в Священном Писании, прежде чем мы сможем учить этому с полной уверенностью нашей души (cum plerophoria animi nostri)»[397].

Как уже говорилось, Арминий и его последователи были разочарованы необдуманными утверждениями некоторых голландских реформатов, но предложили ли они сами верное решение? Для обсуждения взглядов арминиан и их возражений (ремонстраций) против реформатского учения был созван синод в голландском городе Дорте.

## Дортский синод

Синод был созван в городе Дорте (Дордрехте) 13 ноября 1618 г., и его заседания продолжались по 9 мая 1619 г.[398] На нем присутствова-

---

[396] *HCD*. С. 248.

[397] Пять пунктов арминиан, или Ремонстрации, § 5 // *The Creeds of Christendom*… Т. 3. С. 548–549.

[398] *HCD*. С. 248.

ли 84 делегата[399] от разных церквей, причем были представители не только Голландской реформатской церкви, но и почти всех протестантских церквей, за исключением лютеран[400]. Французские протестанты также отсутствовали, из-за того что французский король запретил их делегации отправиться в Голландию[401]. Однако на следующем национальном синоде Реформатская церковь Франции одобрила решения Дорта[402]. Поскольку делегаты избирались церквями, ремонстранты присутствовали на синоде не как делегаты, а как защитники обсуждаемого учения[403].

Напомним, что первоначальными инициаторами спора, охватившего всю голландскую церковь, были Арминий и Гомар. Однако события повернулись таким образом, что Дортский синод не поддержал в полной мере ни ту, ни другую сторону. Участники единодушно осудили «Ремонстрацию»[404], однако склонились не к супралапсарианству Гомара, а к инфралапсарианскому взгляду. Свое окончательное решение они сформулировали в форме канонов, которые были подписаны всеми участниками на последнем заседании.

Постановления Дорта отталкивались от первоначальных «Пяти артикулов Ремонстрации». На пять артикулов был дан ответ под пятью заглавиями, но поскольку третий пункт Ремонстрации посчитали ортодоксальным, третье и четвертое заглавия дортских канонов были объединены[405]. Основные положения дортских постановлений можно проиллюстрировать следующими выдержками из них.

(1) О безусловном избрании.

> Избрание есть Божие неизменное намерение, согласно которому прежде основания мира, по свободному изволению Своей воли и одной лишь благодати, Бог избрал из всего человечества, впадшего по собственной вине из [состояния] непорочности во грех и погибель, определенное число людей, – и они были не лучше и не хуже других, ибо так же пребывали в пагубном состоянии, – к

[399] Daniel. The History and Theology of Calvinism. С. 38.
[400] Там же. С. 37.
[401] Лейн. *Христианские мыслители*. С. 187.
[402] Cunningham. *Historical Theology*. T. 2. C. 379–380.
[403] Daniel. *The History and Theology of Calvinism*. C. 38.
[404] Лейн. *Христианские мыслители*. С. 187.
[405] Там же.

спасению во Христе, Которого еще от вечности определил быть Ходатаем, Главою всех избранных и основанием их спасения[406].

(2) О целях искупления.

Смерть Сына Божия есть единственная и в высшей степени совершенная жертва и удовлетворение за грехи; величайшая в своей ценности и значимости, *более чем достаточная для искупления грехов всего мира.*
<…>
…Таковы были всецело свободный совет и в высшей степени милостивая воля и намерение Бога Отца, *чтобы оживляющая и спасающая сила бесценной смерти Сына действовала во всех Его избранных*, с тем, чтобы *им одним* даровать оправдывающую веру и ею благоуспешно вести их ко спасению[407].

(3) О полной порочности.

Вот почему все люди зачаты в грехе и рождаются чадами гнева, непригодны для спасительного добра, склонны к злу, мертвы во грехах своих, рабы греха; и без благодати возрождающего Святого Духа они не желают и не способны обратиться к Богу, изменить свою испорченную природу или даже расположить себя к такому изменению[408].

(4) Об эффективности благодати.

Более того, когда Бог исполняет Свою благую волю в избранных, или соделывает в них истинное обращение, Он не только заботится о том, чтобы Евангелие было провозвещено им внешним образом… но мощным воздействием того же возрождающего Духа проникает в самую сущность человека, открывает закрытое сердце, смягчает его, необрезанное сердце делает обрезанным;

---

[406] Каноны Дортского синода / Пер. Каширского Е.; Под ред. Лоцманова В. Электронная программа «Цитата из Библии». Канон 1: Божие избрание и осуждение, § 7.

[407] Там же. Канон 2: О смерти Христовой и спасении через нее человека, §§ 3, 8. Курсив наш. – *А. П.*

[408] Там же. Канон 3/4: О человеческой порочности и обращении к Богу и о том, как это происходит, § 3.

Он *наделяет новыми качествами волю, делая мертвую живой, злую доброй, нежелающую желающей и упрямую послушной; подвигает и укрепляет ее*, чтобы подобно доброму дереву она была способна принести плоды добрых дел.

<…>

Божественная благодать возрождения действует в людях не так, точно они бревна или камни, *не отменяет волю и ее свойства и не принуждает ее силой*, но духовно оживляет, исцеляет, преображает и – одновременно желанно и мощно – направляет ее[409].

(5) О сохранении святых.

По причине остатков греха, обитающего в них, а также искушений мира и сатаны, обращенные не смогли бы твердо пребывать в благодати, если бы были предоставлены своим собственным силам. Но верен Бог, Который милостиво укрепляет их в некогда данной им благодати и надежно хранит в ней до конца[410].

Вполне понятно, что эти решения были враждебно встречены католиками и арминианами[411], однако они четко продолжали богословскую традицию реформаторов.

Нетрудно заметить, что не во всех пунктах разногласия между ортодоксальными реформатами и ремонстрантами носили одинаковый характер. В пункте о масштабах искупления обе стороны признавали достаточность жертвы Христовой для всего мира, однако арминиане делали акцент на условиях спасения – покаянии и вере, а кальвинисты – на Божьем избрании («чтобы избранным даровать оправдывающую веру»). В пункте о действии благодати арминиане сказали то, с чем согласился бы каждый кальвинист: «Благодать необходима для спасения, но человек может ее отвергнуть». Только кальвинист добавил бы: «…но избранные не могут отвергать благодать вечно – рано или поздно каждый избранный без исключения ее примет». Пятый пункт ремонстрантов первоначально был сформулирован так, что тоже оставлял место для кальвинистской трактовки: «Возрожденные верующие

---

409 То же, §§ 11, 16. Курсив наш. – *А. П.*

410 Там же. Канон 5: Неотступность святых. § 3.

411 Cunningham. *Historical Theology*. Т. 2. С. 380–382.

наделяются силой для противостояния сатане, греху, миру и своей плоти, а также для того, чтобы одержать победу…»

Таким образом получается, что четыре из пяти пунктов разногласий сводились к разной расстановке акцентов, и только в одном пункте позиции сторон были взаимоисключающими: в пункте об избрании. Арминиане утверждали, что избрание условно – основано на предузнании веры и стойкости человека, а кальвинисты настаивали на том, что избрание безусловно – не зависит от предузнания каких-либо человеческих качеств или способностей. Однако этот один пункт перевесил все остальные, поскольку именно от него зависит трактовка остальных четырех. От того, условно избрание или безусловно, зависит понимание и глубины человеческой испорченности, и применения искупления, и характера действия благодати, и стойкости святых.

Если избрание зависит от предузнания человеческой веры, то проблема человеческой испорченности будет выглядеть лишь гипотетической, – потому что у каждого человека без исключения эта проблема будет рано или поздно снята предваряющей благодатью. В связи с этим кальвинисты (возможно, не вполне корректно) говорят, что в арминианстве человек представляется не абсолютно испорченным. Если избрание зависит от предузнания человеческой веры, то в пункте о масштабах искупления акцент будет делаться, естественно, на условиях спасения – покаянии и вере: Христос умер для того, чтобы спаслись те, кто уверует. Тогда как если оно безусловно, то акцент будет делаться на избрании: Христос умер для того, чтобы спаслись все избранные. Если избрание зависит от предузнания веры, то действие благодати будет рассматриваться как сугубо синергичное: спасение зависит от совместного действия Божьей благодати и человеческой воли. Если человеческая воля не была бы наделена правом решающего голоса в вопросе спасения, то нечего было бы предузнавать. (Заметьте: я говорю не «равной силой», а правом решающего голоса.) Напротив, если избрание безусловное, то между благодатью и человеческой волей не может быть паритета, благодать должна хотя бы в какой-то момент времени действовать неодолимо, пробуждая омертвленную грехом духовную волю и давая человеку новое сердце, способное веровать и любить. Наконец, если избрание зависит от предузнания стойкости святых (а в арминианстве Бог предузнает не только один момент уверования, но и всю дальнейшую жизнь, иначе отпавшие оказались бы ложно предузнанными), – так вот, если избрание зависит от предузнания стойкости уверовавших, то, опять же, должна быть хотя бы теоретическая возможность отпадения и погибели возрожденных верующих –

иначе нечего было бы предузнавать. Напротив, если избрание безусловное, то та же благодать, которая спасла грешника, способна до самого конца сохранить его от отпадения.

Пять вышеозначенных пунктов стали считаться канонами ортодоксального кальвинизма. Впоследствии возникла традиция обозначать их аббревиатурой **TULIP** («тюльпан»), по первым буквам английских терминов: **T**otal depravity (полная порочность), **U**nconditional election (безусловное избрание), **L**imited atonement (ограниченное искупление), **I**rresistible grace (неодолимая благодать) и **P**erseverance of the saints (стойкость святых). Важно отметить, что данный акроним и включенные в него короткие формулировки не были частью первоначального кальвинистского наследия, да и не могли, поскольку акроним основан на английских терминах, а богословы Дорта писали на голландском и латыни. Хотя доподлинно установить, кто впервые придумал акроним «тюльпан», не представляется возможным, есть основания полагать, что он появился лишь в XX в. Ключевые кальвинистские богословы XVII–XIX вв. не употребляют таких формулировок и не обнаруживают знакомства с акронимом. Самый ранний известный нам случай появления «тюльпана» в литературе – книга Лорейна Боеттнера «Реформатская доктрина о предопределении» (Loraine Boettner. *Reformed Doctrine of Predestination*), опубликованная в 1932 г.[412] Поэтому короткие формулировки, входящие в состав данного акронима, нужно рассматривать не как точное выражение кальвинистской сотериологии, а как удобную мнемонику. Практически все кальвинистские богословы признают, что определения «тюльпана» легко могут быть неверно поняты и неправильно истолкованы, и многие выражают неудовлетворенность ими[413].

Подробное обсуждение пяти пунктов кальвинизма выходит за рамки нашей темы, однако их выдвижение на передний план, вызванное арминианской «Ремонстрацией», отмечает важную веху в развитии богословия протестантской Реформации. В связи с этим необходимо сделать несколько замечаний. Во-первых, поскольку как сторонники, так и противники учения реформаторов привычно называют эти пять пунктов «пунктами кальвинизма», нужно уточнить, что такое есть,

---

[412] Stewart K. The Points of Calvinism: Retrospect and Prospect // *Scottish Bulletin of Evangelical Theology*. № 26/2. Осень 2008. Примеч. 35. URL: http://www.covenant.edu/docs/faculty/Stewart_Ken/Points%20of%20Calvinism%20Retrospect%20and%20Prospect.pdf (дата обращения: 21.08.2012).

[413] Там же. С. 1–2.

собственно, «кальвинизм». Дело в том, что термин этот употребляется в разных смыслах, и для любого осмысленного диалога желательно не путаться в понятиях. В рамках данной книги достаточно будет выделить – несколько упрощенно – пять вариантов значения этого слова[414]. (1) Кальвинизм как учение Кальвина, во всех его аспектах и со всеми его особенностями. В этом смысле Кальвин был, пожалуй, единственным настоящим кальвинистом. (2) Реформатский кальвинизм. Это учение реформатской ветви протестантизма, некогда возглавлявшейся Кальвином. Среди современников Кальвина основные его взгляды разделяли такие столпы богословия и экзегетики, как Буцер, Вермигли, Буллингер и др. (3) Вероисповедный кальвинизм. Это определенное учение об избрании и спасении, в общем и целом соответствующее вышеозначенным «пяти пунктам», сформулированным Дортским синодом. Такое учение нашло отражение во многих реформатских и баптистских исповеданиях веры. В этом смысле кальвинистами могут быть баптисты, конгрегационалисты, пресвитериане, лютеране, англикане, методисты (последователи Уитфильда) и др. Даже среди римских католиков было течение, близкое к вероисповедному кальвинизму, – янсениты (XVII в.)[415]. (4) Высокий кальвинизм. Эта разновидность появилась в скором времени после Кальвина и включает в себя супралапсарианство, кальвинистское антиномианство и гиперкальвинизм. (5) Низкий кальвинизм. Это богословское ответвление характеризуется отклонением от дортского стандарта в каком-либо пункте. Оно включает в себя амиральдианство (см. ниже) и «четырехпунктовый» кальвинизм (как правило, отрицание ограниченного искупления).

Во-вторых, «пять пунктов кальвинизма» выражают не все учение кальвинистов, а лишь его отличия от учения арминиан. Необходимо помнить, что сами постановления Дортского синода были сформулированы именно в ответ на «Пять пунктов Ремонстрации» и имели целью дать оценку их возражениям. Эти пять пунктов ни в коем случае не исчерпывают всей кальвинистской проповеди и не выражают содержания кальвинистского благовестия. Хотя, конечно, они составляют важнейшую часть кальвинистского учения о спасении.

В-третьих, за «пятью пунктами кальвинизма» – по крайней мере, в их первоначальной, дортской, трактовке – стоит инфралапсарианская

---

[414] Более подробную классификацию см. в исследовании д-ра Курта Дэниела: Daniel. *The History and Theology of Calvinism*. С. 3–5.

[415] Там же. С. 5.

позиция[416]. Что это означает и на что влияет? Разница между супралапсариями и инфралапсариями заключается не во времени Божьего решения о предопределении, как неточно указывают некоторые авторы[417]. Как супра-, так и инфралапсарии верят, что предопределение произошло до сотворения мира. Речь идет исключительно о *логическом* порядке Божьих решений. Главное различие между этими двумя позициями сводится к вопросу о двойном предопределении.

Согласно супралапсарианству, Бог сначала решил спасти одних и осудить других, а потом – допустить грехопадение. Из такой схемы Божьих решений логически вытекает доктрина двойного безусловного предопределения, ведь в таком случае получается, что Бог из нейтрального состояния одних безусловно предопределил ко спасению, а других – безусловно же предопределил к погибели.

Согласно инфралапсарианской схеме, логический порядок (подчеркиваем, что речь идет именно о логическом, а не хронологическом порядке) Божьих решений иной. Бог сначала решил допустить грехопадение всех людей, а потом – некоторых из них избрать ко спасению. В результате получается, что Бог из предузнанного Им состояния погибели совершил одностороннее избрание – ко спасению. Доктрина двойного предопределения таким образом исключается.

Если говорить точнее, инфралапсарианский порядок Божьих решений исключает двойное *безусловное* предопределение. В инфралапсарианской схеме предопределение ко спасению – безусловное, не зависящее от предведения дел, веры, стойкости или каких-либо других способностей человека. Что же касается предопределения к погибели, то встречаются два подхода. Некоторые не признают предопределения к погибели ни в каком смысле и говорят лишь об «оставлении» грешников на погибель (репробации) как пассивном событии. Другие говорят об *условном* предопределении к погибели, основанном на предузнании человеческой греховности (так, например, учил сам Кальвин; см. выше). Условное предопределение к погибели в инфралапсарианской схеме подобно условному предопределению ко спасению в арминианстве – и то, и другое основано на предведении Богом определенных качеств или поступков человека в будущем. Однако инфралапсарианство отличается от арминианства тем, что предопределение ко

---

[416] На этот очевидный факт указывает также Shedd. *Dogmatic Theology*. С. 320. Примеч. 14.

[417] Напр., Прохоров. *Тайна предопределения*. С. 113.

спасению в нем *безусловное*, что сохраняет Евангелие от элемента человеческих заслуг. Три основных взгляда на природу предопределения можно представить в виде следующей таблицы:

| | **Предопределение ко спасению** | **Предопределение к погибели** |
|---|---|---|
| **Супралапсарианство** | безусловное | безусловное |
| **Инфралапсарианство** | безусловное | условное |
| **Арминианство** | условное | условное |

Так вот, несмотря на распространенное заблуждение, классический вероисповедный кальвинизм не подразумевает супралапсарианской схемы[418]. Более того, супралапсариане всегда были в меньшинстве среди кальвинистов. Супралапсарианская схема не отражена ни в одном из основных реформатских вероисповеданий. По данным д-ра Дэниела, не более пяти процентов всех кальвинистов исповедовали такие взгляды, и в настоящее время ни один из крупных богословов реформатского толка не придерживается супралапсарианской схемы[419].

Стоит также отметить, что в более старой литературе термины «инфралапсарианство» и «сублапсарианство» использовались как синонимы[420], однако в последнее время появилась тенденция разграничивать эти понятия. Под «сублапсарианством» стали понимать такой порядок Божьих решений, который позволяет включить доктрину о *неограниченном* искуплении[421].

В-четвертых, – и этот момент имеет самое непосредственное отношение к теме настоящего исследования, – каноны Дортского синода выражают уверенность в том, что Бог для исполнения Своего замысла использует различные средства. Обязанность человека – пользоваться этими средствами. Вот что писали об этом богословы Дорта:

---

[418] Это подтверждает, к примеру, известный реформатский богослов Луис Беркхоф, который пишет: «Наши вероисповедные стандарты основаны на инфралапсарианской позиции, однако не подвергают осуждению супралапсарианство» (Berkhof. *Systematic Theology*. С. 125).

[419] Daniel. *The History and Theology of Calvinism*. С. 69.

[420] См., напр., Thiessen H. *Lectures in Systematic Theology* / Под ред. Doerksen V. Grand Rapids: Eerdmans, 1949; изд. испр. и доп., 1979. С. 104.

[421] Ср. Там же; Эриксон. *Христианское богословие*. С. 779.

> Поскольку всемогущее деяние Божие, которым Он порождает и поддерживает нашу природную жизнь, *не исключает, но требует использования средств*, через которые Бог, согласно Своей беспредельной мудрости и благости, пожелал явить Свою силу; то вышеупомянутое сверхъестественное деяние Божие, которым Он возрождает нас, никоим образом не исключает или отменяет применение Евангелия, которому Бог в Своей великой премудрости определил быть семенем возрождения и пищей души[422].

В-пятых, поясняя и развивая предыдущий пункт, отметим следующее: богословы Дортского синода верили, что в числе тех средств, через которые осуществляется Божий промысел, находится и свободная воля человека. В частности, они учили, что человек восстал «…против Бога по диавольскому наущению и *по своей собственной свободной воле*…»[423]. И если, по их мнению, невозрожденная воля способна только на злые или духовно нейтральные поступки, то возрожденная способна также творить духовное добро:

> И воля, теперь уже возрожденная, не только подвигается и побуждается Богом, но, подвигаемая Богом, так же *действует самостоятельно*. По этой причине о самом человеке, получившем сию благодать, также правильно говорится, что он верует и кается[424].

## Послереформационный период

### Дальнейшее развитие лютеранской и реформатской традиций

Лютеранская ветвь

Как уже было отмечено, Меланхтон после смерти Лютера принял сторону синергистов, постулировав совместное действие человеческой

---

[422] Каноны Дортского синода. Канон 3/4: О человеческой порочности и обращении к Богу и о том, как это происходит, § 17. Курсив наш. – *А. П.* Ср. также канон 1, § 16.

[423] Там же. § 1. Курсив наш. – *А. П.*

[424] Там же. § 12. Курсив наш. – *А. П.* Ср. цитировавшийся выше канон 3/4, § 16.

воли и благодати при возрождении. После его кончины главным адвокатом синергии в лютеранских кругах стал Стригелий, а его основным оппонентом – Флакк Иллирик[425]. По этой причине в скором времени в лютеранской церкви сформировались две противоборствующие партии: филипписты (по имени Филиппа Меланхтона), также называемые синергистами, и гнесио-лютеране, придерживавшиеся оригинального лютеровского вероучения[426]. Спор продолжался почти двадцать пять лет и окончился подписанием «Формулы согласия» (1580), которая осуждала доктрину синергии[427]. Под заголовком «О свободной воле, отрицания» составители «Формулы…» объявляли (артикул IV):

> А также [мы не согласны], когда учат, что, хотя человек в проявлении своей свободной воли до возрождения слишком слаб, чтобы начать и своими силами произвести обращение к Богу, и чтобы от всего сердца повиноваться Ему, но все же, если Святой Дух, путем проповеди Слова, положил начало и, тем самым, предложил Свою милость, то человек по собственной воле, опираясь на свои собственные силы, может добавить к этому что-то, пусть малое и ничтожное, способствуя и помогая этому процессу, образуя и подготавливая себя к благодати, и что он может сам постичь и принять благодать и уверовать в Евангелие[428].

Помимо разрешения синергистского вопроса, «Формула согласия» также коснулась спора о предопределении, начатого в 1560 г. Гессгусеном, который критиковал взгляды Кальвина. В противоположность последнему «Формула…» утверждает, что Бог предузнал и добрые, и злые события, но предопределил только добрые[429]. Таким манером лютеранские учители старались решить проблему возникновения в мире зла. Однако едва ли эту линию теодицеи можно признать

---

[425] Cunningham. *Historical Theology*. T. 1. C. 618.

[426] *HCD*. C. 205. Клоцше и Мюллер упоминают также «центристскую партию», включавшую Бренца, Андре и Хемница, которые отвергали крайности двух первых групп.

[427] Cunningham. *Historical Theology*. T. 1. C. 618–619.

[428] Формула согласия, *De Libero Arbitrio*, *Negativa*, IV / Пер. Комаров К.; Ред. Комаров А.; Теологические консультанты и рецензенты Маркуарт К., Шульц У., Ран Р., Бите А. // Sterling Heights, MI: Фонд «Лютеранское Наследие», 1996. URL: http://www.selcu.com.ua/index/0-38 (дата обращения: 14.07.2008).

[429] *HCD*. C. 217.

вполне удачной. При таком узком понимании предопределения получается, что от вечности существовала идея будущего, которую Бог не сформировал активно, а лишь пассивно предузнал и согласился с ней. Зло либо возникло в картине вещей незапланированно, будто бы ситуация в какой-то миг вышла из-под контроля, либо Бог по какой-то причине не мог сотворить мира, в котором не возникло бы зла и не произошло бы грехопадения. И если Бог *не мог* сотворить такого мира, то возникает вполне резонный вопрос: а сможет ли Бог удержать мир от повторного возникновения зла после кончины времен?

Итак, в этом аспекте лютеранская церковь отошла от первоначального учения реформаторов и на шаг приблизилась к арминианам. Следуя тому же способу рассуждений, лютеране стали вместе с католиками обвинять Кальвина и Безу в том, что их учение делало Бога автором греха[430]. Таким образом, после смерти Меланхтона лютеранские церкви в массе своей оставили учение Лютера и Кальвина о Божьем промысле[431].

## Реформатская ветвь

Что касается реформатской ветви протестантизма, взгляды Кальвина на Божий промысел и человеческую волю были сохранены во всех ее основных вероисповедных документах (Бельгийское вероисповедание 1561, Гейдельбергский катехизис 1563, Второе Гельветическое вероисповедание 1566, Каноны Дортского синода 1618–1619, Вестминстерское исповедание веры 1647 и др.)[432].

## Отклонения «вниз»

Впрочем, было достаточно и противников учения Кальвина. При жизни последнего одним из его основных оппонентов был **Кастеллио**. Позднее он, по-видимому, примкнул к социнианам[433] (см. ниже), кото-

---

[430] Cunningham. *Historical Theology*. Т. 1. С. 629.

[431] Там же. Т. 2. С. 371.

[432] Курт Дэниел перечисляет по меньшей мере 19 главных и второстепенных протестантских исповеданий веры, основанных на кальвинистском понимании процесса спасения (Daniel. *The History and Theology of Calvinism*. С. 4–5).

[433] Lincoln. The Development of the Covenant Theology. С. 143.

рые отвергали кальвинистское учение о Божьем промысле. В 1578 г. Фауст Социн опубликовал написанные Кастеллио «Диалоги о предопределении» под псевдонимом «Феликс Турпио Урбеветан». По мнению Каннингхэма, эта работа «побудила некоторых реформатских служителей держаться более свободных взглядов на доктринальные вопросы»[434]. Под влиянием Кастеллио «в первом поколении после пуританской эпохи (XVII в.) практически все нонконформистские (неангликанские) церкви Англии уклонились от ортодоксии в одну из древних форм богословского либерализма – социнианство»[435]. Даже церковь, в которой пастором когда-то был пуританин Мэтью Генри, автор известного комментария на все книги Библии, долгие годы проповедовала «полноценное социнианство»[436].

Еще одним отклонением от ортодоксального кальвинизма было учение **Моиза Амиральда** (Амиро) (1596–1664), профессора богословия во французском городе Сомюре. Опасаясь, что современный ему высокий кальвинизм становится слишком холодным и схоластическим и желая вернуться к первоначальному учению Кальвина, он предложил несколько богословских нововведений[437]. В частности, он стремился отстоять неограниченное искупление, однако выбрал для этого не самый удачный способ. Амиральд постулировал наличие у Бога *двух промыслов*: одного универсального и другого ограниченного. В соответствии с этим, избрание, по его учению, складывается из двух стадий[438]. Первая стадия избрания – универсальная и условная. На этой стадии избранными оказываются все люди без исключения (универсальность), однако спастись они могут только если уверуют (условность). Таким образом, эта стадия остается *гипотетической*, поскольку человек не может уверовать самостоятельно, без силы Святого Духа. Для избранных требуется вторая стадия избрания – ограниченная и безусловная. Сила Святого Духа для уверования будет дана лишь некоторым (ограниченность), без всяких условий (безусловность). Эта теория получила название гипотетического универсализма. Ее главным противником был женевский богослов итальянского происхождения

---

434 Cunningham. *Historical Theology*. T. 2. C. 371–372.

435 MacArthur J. *Ashamed of the Gospel: When the Church Becomes Like the World*. Wheaton, IL: Crossway Books, 1993. C. 198.

436 Там же. С. 201.

437 Daniel. *The History and Theology of Calvinism*. C. 73.

438 Klauber M. Francis Turretin on Biblical Accomodation: Loyal Calvinist or Reformed Scholastic? // *Westminster Theological Journal*. № 55/1. Весна 1993. С. 73–74.

**Франсис Тюрретен** (1623–1687), который увидел в ней шаг в направлении арминианства[439]. Ажиотаж, вызванный амиральдианством, утих после подписания «Гельветической формулы согласия», которая отвергала позицию Амиральда и утверждала строгую ограниченность избрания[440]. В том, что касается порядка Божьих решений, «Гельветическая формула» выражала инфралапсарианскую позицию[441].

### Отклонения «вверх»

Помимо отклонений в направлении низкого кальвинизма, были в истории реформатского протестантизма и колебания в противоположную сторону. Многие голландские реформатские богословы вслед за Безой и Гомаром придерживались супралапсарианской схемы порядка спасения[442]. Один из ведущих представителей этой школы, **Абрахам Кёйпер** (1837–1920), считал, что возрождение логически и хронологически предшествует вере. В связи с этим он даже учил, что Бог может возрождать Своих избранных в младенческом возрасте[443]. В этом аспекте у Кёйпера получалось, что Бог предопределяет результаты (возрождение) независимо от средств (покаяния и веры).

Другой знаменитый голландский кальвинист, **Герман Бавинк** (1854–1921), настаивал на том, что «когда Бог что-либо “допускает”, это допущение является позитивным и действенным. Разумеется, Бог допускает охотно, а не неохотно»[444]. Он признавал наличие причинно-следственных связей, однако утверждал, что «*не всё*, что появляется на свет, и не все происходящие события могут быть включены в число этих средств»[445]. Бавинк подчеркивал, что грехопадение не было «просто средством, ведущим к благодати и стойкости, как и последние не являются просто средствами, ведущими к спасению и погибели»[446]. В

---

[439] Там же. С. 74.

[440] *HCD*. С. 249–250.

[441] Daniel. *The History and Theology of Calvinism*. С. 75.

[442] L-D. Т. 1. С. 297.

[443] Daniel. *The History and Theology of Calvinism*. С. 131.

[444] Bavinck H. *The Doctrine of God* / Пер. на англ. и ред. Hendriksen W. Carlisle, PA: Banner of Truth Trust, 1979. С. 360. Ср. Там же. С. 386.

[445] Там же. С. 393–394.

[446] Там же. С. 391.

связи с этим он предпочитал говорить о провидении «самом по себе»[447], отдельно от вторичных причин и человеческой воли.

Одной из разновидностей высокого кальвинизма является гиперкальвинизм. Признаться честно, этому понятию трудно дать определение. Связано это прежде всего с тем, что вряд ли кто-либо – каких бы он взглядов ни придерживался – с готовностью назовет себя «гиперкальвинистом», поскольку коннотация этого термина, как правило, негативная. Поэтому определение «гиперкальвинистов» обычно дается, так сказать, срединным большинством (mainstream) меньшинству, которое от этого наименования открещивается. Трудность задачи усугубляется тем, что то, что на первый взгляд представляется богословским отличием, иногда на поверку оказывается связано с вопросами семантики. Например, большинство гиперкальвинистов скажут: «Мы должны *проповедовать* Евангелие всем, но никому не должны *предлагать* его»[448].

Тем не менее, отличительными чертами гиперкальвинизма обычно считают следующие три вопроса[449]. (1) Вопрос о проповеди Евангелия: можем ли мы предлагать от имени Бога спасение всем, если не все избраны? Гиперкальвинисты отвечают на этот вопрос отрицательно. Некоторые представители деноминации так называемых Примитивных баптистов даже считают, что Бог может спасти избранных и без проповеди Евангелия, поэтому в миссионерском труде нет нужды[450]. Такая позиция основана на представлении, что Бог осуществляет Свои цели независимо от средств. (2) Вопрос о требовании уверовать: можем ли мы требовать, чтобы человек уверовал? По мнению гиперкальвинистов, нет, потому что такое требование подразумевало бы, что человек имеет власть и силу самостоятельно откликнуться на призыв и уверовать. В этом пункте гиперкальвинизм вновь пренебрегает теми средствами, которые Бог установил для спасения людей – призывом покаяться и уверовать в Евангелие (Марк. 1:15). (3) Вопрос об общей благодати. Гиперкальвинисты сильно преуменьшают благодать, которую Бог посылает всем людям совокупно (и избранным, и неизбранным). На основании доктрины о двойном предопределении некоторые даже го-

---

[447] Там же. С. 394.
[448] Daniel. *The History and Theology of Calvinism*. C. 89.
[449] Там же. С. 89–91.
[450] Там же. С. 87.

ворят, что по отношению к избранным у Бога только любовь, а по отношению к неизбранным – только ненависть[451].

Предшественником гиперкальвинизма можно считать **Джона Гилла** (1697–1771)[452], который, несмотря на выдающиеся заслуги в области богословия и экзегетики, исповедовал некоторые принципы этого учения[453]. Из более современных авторов самый известный представитель гиперкальвинизма – **Герман Хексема** (1886–1965)[454], который был исключен из своей прежней деноминации, Христианской реформатской церкви, и основал новую, Протестантскую реформатскую церковь.

Иногда можно услышать мнение, что гиперкальвинизм – это кальвинизм, доведенный до своего логического конца. Но с этим едва ли можно согласиться. Правильнее будет сказать, что это кальвинизм, доведенный до *нелогичного* конца. Гиперкальвинизм утверждает, что Бог предопределил результаты независимо от средств. Это противоречит позиции реформаторов, включая самого Кальвина. Важно отметить, что все гиперкальвинисты – супралапсарии, однако не все супралапсарии – гиперкальвинисты.

### Средний (mainstream) кальвинизм[455]

Впрочем, большинство кальвинистских богословов все же придерживались примерно такого же взгляда на Божий промысел, что и Кальвин. То есть большинство верили, что Бог предопределил как результаты, так и средства для достижения этих результатов. Как правило, в число этих средств они включали и свободные решения человека.

Одним из самых значительных богословских соборов протестантизма стала **Вестминстерская ассамблея** в Англии (1643–1649). Ас-

---

[451] Там же. С. 91.

[452] Toon P. Gill, John // *WWCH*. С. 272.

[453] Ср. Фрундт А. (A. H. Freundt, Jr.). Джилл, Джон / Пер. Табак Ю. // *Теологический энциклопедический словарь* / Под ред. Элвелла У. М.: Ассоциация «Духовное возрождение», 2003. С. 392.

[454] Daniel. *The History and Theology of Calvinism*. С. 88.

[455] Иногда подобная система взглядов называется «умеренным кальвинизмом». В данном случае мы предпочитаем избежать этого термина, поскольку иначе «высокий» кальвинизм пришлось бы назвать «неумеренным», а «низкий» – «очень умеренным», что внесло бы ненужную путаницу в нашу терминологию.

самблея проходила в духе поста и молитвы – иногда целые дни отводились исключительно для этого. Многие участники отзывались о ней как об апогее всей своей духовной жизни[456]. Принятое Ассамблеей исповедание веры не только на многие годы определило вероучение английского протестантизма, но и легло в основу многих других исповеданий, в частности, самого значительного баптистского вероучения – Баптистского вероисповедания 1689 г.[457] Богословы Вестминстера, похоже, единодушно верили в то, что Бог предопределил как результаты, так и средства. Во время одной из сессий влиятельнейший богослов Шотландской церкви Рузерфорд сказал: «Все согласны в том, что Бог предопределяет результаты и средства (All agree in this, that God decrees the end and means)»[458]. Эта точка зрения нашла отражение в утверждении Ассамблеи, что Бог ради Своей собственной славы «неизменно предопределил все, что должно произойти в будущем» (Большой катехизис, XII) и что во Христе Бог «избрал некоторых людей к вечной жизни, и [также избрал] *средства, ведущие к ней*» (Большой катехизис, XIII). Представление Кальвина о вторичных причинах сохранилось в Вестминстерском исповедании веры, под пунктом 5.2:

> Хотя предузнание и установление Божие есть первопричина всего, что неизменно и безошибочно происходит, тем не менее, по тому же провидению, Бог установил вероятность событий *согласно природе вторичных причин*. Наряду с неизбежностью существуют свобода и условие[459].

Как комментирует этот пункт Эдвард Моррис:

> Одно из свойств Бесконечного Существа, Первопричины, Высшего Хранителя и Владыки всего – свойство, уникальным образом присущее Его несравненной и непостижимой природе, – заключается в том, что Он управляет всем, как подобает Его беско-

---

[456] Daniel. *The History and Theology of Calvinism*. C. 50.

[457] Там же. С. 55.

[458] Morris E. *Theology of the Westminster Symbols: A Commentary Historycal, Doctrinal, Practical on the Confession of Faith and Catechisms and the Related Formularies of the Presbyterian Churches*. Columbus, OH: Champlin Press, 1900. C. 185.

[459] Русский перевод Реформатской христианской миссии. Цит. по: Электронная программа «Цитата из Библии».

нечному совершенству, и в то же время в полной мере *сохраняет подлинную свободу разумных созданий*[460].

Знаменитый кальвинистский богослов **Джон Оуэн** (1616–1683) учил, что «Бог располагает сердца людей, владычествует над их волей, управляет их чувствами и определяет им *свободно* избирать и совершать то, что Он замыслил по Своему благоволению»[461]. Похоже, что Оуэн рассматривал человеческую волю в числе вторичных причин, которые Бог расположил таким образом, чтобы состоялся задуманный Им план.

Видный реформатский богослов XIX в. **Чарльз Ходж** (1797–1878) нашел сходное решение. По его мнению, Бог, предопределивший все события истории без исключения, не является автором греха, потому что Он предопределил не только результаты, но и средства, ведущие к достижению этих результатов. По той же самой причине учение о предопределении согласуется с человеческой ответственностью[462]. В ответ на возражение, что учение о Божьем промысле не оставляет места для человеческий стараний, Ходж пишет:

> Это возражение основано на предпосылке, что Бог предопределил результаты (the end) независимо от средств (the means). Однако на самом деле верно обратное. Каждое событие предопределено совокупно с теми средствами, которые ведут к его исполнению. Если дадут сбой последние, не будет и первого. Бог предопределил, что для поддержания жизни нужна пища. Если кто-то откажется есть, он умрет. Бог предопределил, что люди спасаются через веру. Если кто-то откажется верить, он погибнет. Если Бог предрешил, что человек будет жить, Он также предрешил сохранить его от суицидальной голодовки[463].

**Роберт Дабни** (1820–1898) так объяснял взаимодействие Божьего промысла и человеческой воли: «В том, что касается поступков сво-

---

[460] Morris. *Theology of the Westminster Symbols*… С. 190. Курсив наш. – *А. П.*

[461] Owen J. *The Works of John Owen*: В 16 т. / Под ред. Goold W. S. l.: Johnstone and Hunter, 1850–1853; репр., Carlisle, PA: Banner of Truth Trust, 1965–1968. Т. 10. С. 42. Курсив наш. – *А. П.*

[462] См. Hodge C. *Systematic Theology*: В 3 т. S. l.: Charles Scribner and Company, 1871; репр., Peabody, MA: Hendrickson Publishers, Inc., 2003. Т. 2. С. 692–693.

[463] Там же. Т. 1. С. 548.

бодных существ, Бог осуществляет Свои цели не принудительным образом воздействуя на их волю или поступки, вопреки их собственным предпочтениям и наклонностям, тайно или явно, а действуя *через их наклонности* (through their dispositions)»[464]. Дабни признавал, что согласование Божьего всевластия с человеческой свободой лежит вне сферы, доступной нашему наблюдению, однако считал, что сочетание того и другого не является ни нелогичным, ни невероятным[465]. В частности, он указывал, что на человеческую волю оказывают влияние субъективные мотивы, желания и наклонности самого человека, определяемые его природой. Таким образом, свободные поступки определяются сочетанием как минимум двух факторов: спонтанности и наклонности (disposition)[466].

**Уилльям Шедд** (1820–1894) писал, что «божественный промысел включает в себя причины, результаты и взаимосвязь того и другого (causes, effects, and their nexus)»[467]. Что касается свободы воли, он утверждал, что «самоопределение человеческой воли есть действие свободной второй причины»[468]. Рассуждая о сущности и свободе человеческой воли, Шедд вводит следующее разграничение. По его мнению, феномен воли складывается из двух разных актов[469]. (1) Акты воли, направленные на внешние по отношению к воле предметы, он называет волеизъявлениями (volition); (2) акты воли, направленные на саму волю, – наклонностями (inclination). Пример волеизъявления – это когда воля приказывает телу поднять руку, встать со стула и т. п. Пример наклонности – это когда воля приказывает самой себе, например, полюбить какого-то человека. Волеизъявлением человек управляет легко, наклонностями – чрезвычайно трудно. Человек дает себе полный отчет в своих волеизъявлениях, а своих наклонностей зачастую не сознает. Тем не менее, как волеизъявления, так и наклонности не навязываются человеку извне, а являются свойствами его собственной природы. Бо-

---

[464] Dabney R. *Syllabus and Notes of the Course of Systematic and Polemic Theology Taught in Union Theological Seminary, Virginia*. St. Louis, VA: Presbyterian Publishing Company of St. Louis, 1878. С. 121. Курсив наш. – *А. П.*

[465] Там же. С. 124.

[466] Там же. С. 130–131.

[467] Shedd W. *Dogmatic Theology*: В 3 т. S. l.: Charles Scribner's Sons, 1889; репр., Minneapolis, MN: Klock and Klock Christian Publishers, 1979. Т. 1. С. 413.

[468] Там же. Т. 1. С. 404.

[469] Shedd. *Dogmatic Theology*. 3-е изд. / Под ред. Gomes A. С. 518–527.

лее того, по мнению Шедда, «наклонность есть источник волеизъявлений»[470].

По отношению к внешним предметам у человеческой воли нет заранее сформированной склонности. В этом случае человек легко выбирает между любыми альтернативами – например, он может с такой же легкостью поднять руку, с какой и не поднять ее. Совсем другое дело – когда речь идет об актах воли, направленных на саму волю. Например, когда человек говорит себе: «Я буду любить Бога превыше всего на свете», у него уже существует склонность в определенную сторону. Он не может с легкостью взять и полюбить Бога превыше всего на свете, потому что уже любит себя превыше всего на свете[471]. Интересно заметить, что сходное разграничение, хотя и не оформленное в соответствующих терминах, мы находим уже у Августина: «Душа приказывает телу, и оно тотчас повинуется; душа приказывает себе – и встречает отпор...»[472]

Среди богословов реформатской традиции стоит упомянуть одного проповедника, богословские проповеди которого повлияли на многие поколения верующих. Речь идет о **Чарльзе Сперджене** (1834–1892), который был и остается, пожалуй, самым известным кальвинистским проповедником всех времен. В своих проповедях он выступал против того, что считал двумя богословскими крайностями протестантизма: против арминианства и гиперкальвинизма[473]. Он твердо верил в то, что Библия учит безусловному предопределению, и много проповедовал на эту тему[474]. Однако в том, что касается *сочетания* Божьего промысла и человеческой воли, он исповедовал «ученое незнание». То есть, Сперджен признавал и предопределение, и свободу воли, но считал, что человеческому разуму не под силу проникнуть в эту тайну. Вот что он пишет об этом в проповеди «О провидении Божьем»:

> Меня поражает, что во всем происходящем действует Бог! Грехи людей, нечестие нашей расы, преступления наций, беззакония

---

[470] Там же. С. 519.

[471] Там же.

[472] Августин. Исповедь, кн. 8, гл. IX // *Творения*: В 4 т. Т. 1: Об истинной религии. СПб.: Алетейя, 2000. С. 597.

[473] Toon P. Spurgeon, Charles // *WWCH*. С. 636.

[474] См., напр., Сперджен Ч. *Двенадцать проповедей об избрании* / Пер. Вязовского Я. Мн.: Завет Христа, 2001; Он же. *Бог Вседержитель* / Пер. Григорик В. Б. м.: Альфом, 2000.

царей, жестокости войн, ужасающие удары чумы – все это каким-то таинственным образом вершит волю Божью! Я не могу этого объяснить. Я не могу сказать, где воля и свободное действие человека соединяются с Божьим всевластием и Его неизменным промыслом. На этой арене сражались друг с другом интеллектуальные гладиаторы со времен Адама. Одни говорили: «Человек творит то, что ему угодно», другие возражали: «Бог творит то, что Ему угодно». В каком-то смысле и те, и другие правы; но нет ни одного человека, который был бы достаточно умен, чтобы показать, как сочетаются эти истины[475].

Баптистский богослов конца XIX – начала XX вв. **Огастас Стронг** (1836–1921) рассуждал в одном ключе с предшествующими поколениями кальвинистских богословов: «Единая цель или план Божий включает средства и результаты, молитву и ответ на нее, труд и его плоды»[476]. На возражение, что предопределение убирает у человека мотив прилагать усилия, Стронг отвечал:

Это возражение игнорирует логические взаимоотношения между предопределением результата и предопределением средств, ведущих к его достижению. Божьим промыслом установлен не только итоговый результат, но и свободное человеческое действие как нечто логически предшествующее результату[477].

Далее он поясняет:

Поскольку промысел [Божий] соединяет средства и цели, и поскольку цели устанавливаются именно как результат средств, промысел поощряет человека прикладывать усилия, а не наоборот. <…>

Бог предопределил жатву только как результат человеческих трудов, связанных с посевом и уборкой урожая; Бог предопреде-

[475] Spurgeon C. God's Providence – проповедь № 3114 от 15 октября 1908 // *C. H. Spurgeon's Fifty Most Remarkable Sermons*. London: Alabaster, Passmore and Sons, 1908. С. 501–502.

[476] Strong A. *Systematic Theology: A Compendium and Commonplace-Book, Designed for the Use of Theological Students*. Philadelphia: American Baptist Publication Society, 1907. Т. 1. С. 353.

[477] Там же. Т. 1. С. 363.

> лил богатство тому человеку, который трудится и откладывает сбережения; так же [Божьи] ответы предопределены как результат молитвы и спасение предопределено как результат веры[478].

Богослов-систематик **Луис Беркхоф** (1873–1957), работы которого пользовались большим влиянием во многих семинариях и университетах на протяжении почти всего XX в., вводит понятие «согласованности», или «совместного течения» (concurrence), Божьей воли и земных событий. Он дает такое определение этому термину:

> Согласованность (concurrence) можно охарактеризовать как *совместное действие* божественной силы и всех сил низшего порядка, согласно *заранее утвержденным законам их взаимодействия*, обеспечивающее, что силы низшего порядка действуют в точности так, как они действуют[479].

Далее Беркхоф поясняет свою мысль: «Писание ясно учит, что провидение Божье распространяется не только на сам факт существования творения, но и на действия или поступки последнего»[480]. По его мнению, необходимой предпосылкой учению о «совместном течении» Божьего провидения и земных событий служит учение о вторичных причинах:

> Лишь при том условии, что причины низшего порядка реальны [а не иллюзорны], можем мы подобающим образом говорить о совместном течении (concurrence) или взаимодействии (cooperation) Первой Причины с причинами вторичными. Это необходимо подчеркнуть в противовес пантеистической идее, что Бог – единственное действующее лицо во Вселенной[481].

Знаменитый философ и богослов **Гордон Кларк** (1902–1985), двадцать восемь лет возглавлявший кафедру философии в Университете Батлера[482], также утверждал, что «действие вторичных причин в ис-

---

[478] Там же. Т. 1. С. 364.

[479] Berkhof. *Systematic Theology*. С. 171. Курсив наш. – *А. П.*

[480] Там же. С. 172.

[481] Там же.

[482] Gordon Clark. URL: http://en.wikipedia.org/wiki/Gordon_Clark (дата обращения: 15.07.2008).

тории не устраняется божественной каузацией, а лишь делается неизбежным»[483]. Еще один влиятельный богослов и апологет, Корнелий Ван Тиль (1895–1987), одно время учившийся у Беркхофа, тоже поддерживал рассуждения Кальвина о вторичных причинах. Он разделял причины на отдаленные (remote), или конечные (ultimate), и непосредственные (proximate). Таким образом Ван Тиль сохранял учение о предопределении и результатов, и средств[484].

Известный многим людям в России благодаря своим книгам и проповедям пастор **Джон Мак-Артур** поддерживает тот же самый подход, указывая, что для осуществления Своего спасительного промысла Бог использует определенные средства:

> Библейское предопределение – это не фатализм и не детерминизм. Божье суверенное избрание, как ясно учит Писание, ни в коем случае не умаляет ясное учение Писания о том, что спасение обретается через личную веру в Иисуса Христа как в Господа и Спасителя и что Господь использует верующих для того, чтобы донести Евангелие неверующим посредством того, что они говорят и как живут[485].

Той же линии рассуждений придерживались и многие другие кальвинистские авторы[486].

В последние годы в свет вышли несколько фундаментальных работ ныне живущих (на момент написания данной книги) авторов, содержащие великолепные исторические обобщения и систематический философско-богословский анализ. Остановимся лишь на некоторых из них.

В 1983 г. был опубликован учебник по систематическому богословию, написанный известным баптистским пастором[487] **Миллардом Эриксоном** (рус. пер. 1999 г.). Автор, по его собственным словам, от-

---

[483] Clark G. *Religion, Reason and Revelation*. Nutley, NJ: The Craig Press, 1961. С. 239.

[484] См. Van Til C. *The Defense of the Faith*. Philadelphia: Presbyterian and Reformed, 1967. С. 182–187.

[485] Мак-Артур Дж. *Толкование книг Нового Завета: Титу* / Пер. Рубель О. Б. м.: Славянское евангельское общество, 2004. С. 49.

[486] Напр., Klooster F. Sovereignty of God // *Evangelical Dictionary of Theology* / Под ред. Elwell W. Grand Rapids: Baker Books, 1984. С. 1039.

[487] См. Millard Erickson. URL: http://en.wikipedia.org/wiki/Millard_Erickson (дата обращения: 6.05.2009).

ставает «наиболее умеренную форму кальвинизма»[488], однако в общем и целом его подход к решению вопроса о свободной воле и предопределении созвучен предыдущим поколениям кальвинистских авторов. Как он сам поясняет, его позицию можно назвать «конгруизмом», «поскольку она предполагает гармоничное соответствие Божьих дел с человеческой волей, то есть Бог работает с волей человека настолько мягко, что тот сам свободно делает такой выбор, который угоден Богу»[489]. Отвечая на вопрос, не делает ли представление о всеобъемлющем характере Божьего плана бессмысленными дела и старания человека, Эриксон указывает на то, что Бог предопределил не только цели, но и средства, ведущие к их достижению. В частности, по поводу необходимости благовестия он пишет:

> …если Бог поставил обязательную конечную цель, в Его плане должны быть *средства достижения этой цели*. Его план вполне может включать в себя наше свидетельство *как средство спасения* избранного. Следовательно, наше свидетельство этому человеку предопределено Богом[490].

В 1996 г. появилось новое английское издание трехтомника **Льюиса** и **Демареста** «Интегративное богословие», первый отдельный том которого был выпущен в 1984 г. Рассматривая вопрос о Божьем промысле, Льюис и Демарест пишут: «Размышляя о [предопределенных Богом] результатах, не нужно игнорировать стратегии, ведущие к их осуществлению. <…> Бог включил в Свой план как цели, так и стратегии»[491]. Авторы подчеркивают, что Божий замысел осуществляется при помощи разных стратегий, как чудесных, так и провиденциальных:

> Обычно Бог достигает исполнения Своих целей во времени провиденциально, через безличные силы природы или через действующих лиц (в качестве вторичных причин). В исключительных случаях… Бог избирает осуществить Свой промысел напрямую, при помощи чуда[492].

---

[488] Эриксон М. Христианское богословие. СПб.: Библия для всех, 1999. С. 300.
[489] Там же.
[490] Там же. С. 302–303. Курсив наш. – *А. П.*
[491] L-D. Т. 1. С. 312.
[492] Там же. Т. 1. С. 317.

В число провиденциальных стратегий Льюис и Демарест включают Божьи повеления – Его *предписывающую* волю. Богу угодно, когда люди верят Его предписывающей воле и повинуются ей. Когда же Он допускает, чтобы человек ослушался Его предписывающей воли или не поверил ей, осуществляется Божья *допускающая* воля[493]. Во всех провиденциальных стратегиях человеческая воля выступает в роли вторичной причины.

В 2001 г. в серии «Основы евангельского богословия» вышла книга **Джона Файнберга** «Нет подобного Ему», посвященная *theologia propria* (учению о Боге). Говоря о взаимоотношении Божьего промысла и человеческой воли, Файнберг отмечает, что некоторые богословы судят о промысле так, будто бы это некая личность, манипулирующая миром для достижения своих целей. Иногда промысел Божий изображают наподобие некоего господина, который наступает людям на пятки и заставляет их делать то, что он предопределил. На самом же деле картина совершенно иная. Файнберг поясняет:

> …промысел не есть действующее лицо. Скорее, это генеральный план для всего происходящего, однако сам промысел ничего не делает и ничего не производит. Тогда как поступки одного человека могут побудить к действию другого или буря может вызвать затопление, промысел есть не что-то наличествующее или [непосредственно] действующее в нашем мире, а генеральный план всего, что произойдет.
>
> То же самое можно сказать иначе, введя разграничение между, с одной стороны, *конечными или отдаленными причинами* действия или события и, с другой стороны, *ближайшими или непосредственными причинами*[494].

Далее Файнберг уточняет, что у любого события должно быть достаточное основание (условие, при котором событие осуществится). Это основание может быть простым, то есть включать лишь одну действующую причину, или сложным, то есть включать несколько взаимодействующих причин или факторов[495]. Итак, в целом подход Джона

[493] Там же. Т. 1. С. 318.

[494] Feinberg J. *No One Like Him: The Doctrine of God*. Wheaton, IL: Good News Publishers, 2001. C. 530. Курсив наш. – *А. П.*

[495] Там же.

Файнберга находится в одном ключе с подходом Кальвина: Бог предопределил и результаты, и средства (вторичные причины).

В 2002 г. вышла в свет книга богослова и философа **Джона Фрейма** «Учение о Боге». Помимо достаточно широкого анализа библейских текстов, говорящих о Божьем промысле, автор делится весьма интересными рассуждениями, проливающими свет на природу человеческой воли. Во-первых, говоря о свободе воли, нужно различать несколько видов *способности* (ability)[496]. Фрейм иллюстрирует это на примере способности проповедовать. У опытного проповедника спрашивают: «Вы сможете проповедовать у нас в воскресенье?» Очевидно, что в этой ситуации у него есть (1) способность как компетентность. Однако он отвечает: «Нет, потому что я обещал проповедовать в другой церкви». В данном случае у него нет (2) способности как отсутствия конфликтующих желаний. Если проповедник заболел ларингитом, то у него есть (3) общая способность, но нет (4) способности в данный момент времени. Когда этому же проповеднику было четырнадцать лет, у него были все необходимые задатки, то есть была (5) потенциальная способность, но не было (6) реальной способности. Фрейм подчеркивает, что в рассуждениях о Божьем промысле фигурируют разные виды способности. Например, были ли кости Иисуса способны сломаться? Несомненно, у них была потенциальная способность к этому. Однако не было актуальной способности в силу Божьего установления «кость Его да не сокрушится» (Иоан. 19:36).

Во-вторых, говоря о свободе воли, нужно различать несколько видов *возможности* (possibility)[497]: (1) логическая возможность – отсутствие логического противоречия в действии, (2) физическая возможность, (3) экономическая возможность, (4) политическая возможность, (5) юридическая возможность, (6) биологическая возможность, (7) моральная возможность и т. д. Фрейм указывает, что в разговоре о Божьем промысле фигурируют разные виды возможности. Например, могут ли невозрожденные люди уверовать без действия благодати? В определенном смысле, да. Они имеют физическую и психическую возможность к этому, но не имеют моральной (или духовной) возможности.

---

[496] Frame J. *The Doctrine of God*. Phillipsburg, NJ: P. and R. Publishing, 2002. С. 131–132.

[497] Там же. С. 133–135.

В-третьих, говоря о свободе воли, нужно различать несколько видов *свободы* (freedom)[498]. (1) Моральная свобода – свобода творить добро. После грехопадения, по мнению Фрейма, эта свобода была утрачена. (2) Компатибилистская свобода – свобода делать то, что хочется делать. Эта свобода есть у каждого человека. Обычно человек следует своим самым сильным желаниям, а желания его греховной природы злы. (3) Либертарианская свобода – свобода с одинаковой легкостью выбирать между любыми альтернативами. По мнению Фрейма, такая свобода – утопия; учение о либертарианской свободе не учитывает человеческой природы.

Итак, в учении о взаимоотношении между Божьим промыслом и человеческой волей общее направление современного кальвинизма примерно такое же, как у Кальвина. Бог предопределил не только результаты, но и средства (вторичные причины). Среди этих средств находится и человеческая воля как свободно действующая вторичная причина. Многие богословы добавляют дополнительные нюансы к понятию свободного действия воли.

## Дальнейшее развитие арминианства

В своем отвержении классических кальвинистских доктрин Арминий не пошел дальше того, чтобы отрицать безусловное избрание, ограниченное искупление и неодолимость благодати при обращении, а также усомниться в стойкости святых. Однако его ближайшие последователи, в частности, Епископий и Курцеллей, в скором времени подошли очень близко к пелагианским и социнианским взглядам. Они начали отрицать порочность человека и абсолютную необходимость благодати для спасения[499]. В связи с этим необходимо отличать учение Арминия от того движения, которое известно под названием *раннего* арминианства[500].

Влияние арминианства в протестантских кругах оставалось достаточно незначительным, пока оно не было возрождено в XVIII в. через служение **Джона Уэсли** (1703–1791). Несмотря на то, что Уэсли не был прямым последователем первоначальных арминиан и сформиро-

---

[498] Там же. С. 135–138.

[499] Cunningham. *Historical Theology*. Т. 2. С. 375–376.

[500] Douglas. Arminius, Jacobus // *WWCH*. С. 37.

ванное им богословское направление имеет особое название – «уэслианство» («веслианство»), общепринято считать, что Уэсли оставался в арминианской традиции[501].

Хотя Уэсли был убежден, что его учение об оправдании почти не отличается от учения Кальвина[502], он не жалел эпитетов, выступая против кальвинистской доктрины о предопределении. По мнению Уэсли, эта доктрина делает Бога «более жестоким, ложным и несправедливым, чем сам дьявол»[503]. Вера в неизменный Божий план, предопределяющий человеческие действия и судьбу, дает человеку «не больше свободы, чем солнцу, луне и звездам», и делает его «не более ответственным [за свои поступки], чем они»[504].

В противовес этому Уэсли акцентировал внимание на свободной моральной реакции человека. Он настаивал на том, что Бог предрешил спасти всех людей, однако человек достаточно свободен, чтобы принять Божью благодать или отвергнуть ее[505]. Согласно его учению, воля Бога в отношении спасения или погибели *условная*, то есть основана на знании Им человеческой реакции в виде веры[506]. Он утверждал, что любой христианин, который когда-либо был оправдан Богом, может отпасть от спасения, причем отпасть может даже тот, кто – по учению Уэсли – был вторично освящен Духом Святым и стал совершенным[507]. Подобные взгляды вызвали оппозицию со стороны его друга Уитфильда, который отстаивал учение о предопределении, подчеркивая Божье всевластие. Спор между ними привел к разделению методистов на два

---

[501] См., напр., Picirilli R. An Arminian Response To John Sanders's The God Who Risks: A Theology Of Providence // *JETS*. № 44/3. Сентябрь 2001. С. 471–472; Таттл Р. (Tuttle R.). Уэслианская традиция / Пер. Графов А. // *Теологический энциклопедический словарь* / Под ред. Элвелла У. М.: Ассоциация «Духовное возрождение», 2003. С. 1280.

[502] Таттл. Уэслианская традиция. С. 1280.

[503] Wesley J. *The Works of John Wesley*. 3-е изд.: В 14 т. London: Wesleyan Methodist Book Room, 1872; репр. Grand Rapids: Baker Book House, 1978. Т. 7. С. 383.

[504] Wesley J. *The Works of the Rev. John Wesley*: В 7 т. / Под ред. Emory J. 3-е американское изд. S. l.: S. a.; репр., New York: Methodist Book Concern, 1900. Т. 2. С. 39.

[505] Там же. Т. 2. С. 31. Ср. Shelley. *Church History in Plain Language*. С. 338.

[506] Wesley. *The Works of the Rev. John Wesley*. Т. 2. С. 39–41. Ср. L-D. Т. 1. С. 295.

[507] Wesley J. *Plain Account of Christian Perfection as Believed and Taught by the Rev. Mr. John Wesley, from the Year 1725 to the Year 1777*. Boston: Christian Witness Co., s. a. С. 84, 103.

лагеря: арминианский, возглавляемый Уэсли, и кальвинистский, возглавляемый Уитфильдом[508].

Джон Уэсли настаивал на том, что любые слова Писания о предопределении есть антропопатизмы (то есть перенесение свойств Бога на человеческие чувства). По его мнению, не имеет смысла говорить о Божьем предопределении или предузнании, потому что для Бога все происходит сейчас, все находится в настоящем. В проповеди «О предопределении» (№ 58) он пишет:

> Всемогущий, всемудрый Бог видит и знает от вечности до вечности все, что есть, что было и что будет, в одном вечном «сейчас». У Него нет ничего прошлого или будущего, но все в равной степени находится в настоящем. Поэтому, говоря по истине, нужно сказать, что у Него нет ни предузнания, ни послезнания (no foreknowledge, no after knowledge). <…> Лишь из сострадания к нам Он говорит о Себе, что предузнает что-либо на небе или на земле, или предопределяет, или предрешает. Как можем мы думать, что эти выражения нужно понимать буквально![509]

Уэсли не был автором такой концепции времени. Подобные предположения до него высказывали греческие философы Парменид, Пифагор, Платон и Плотин[510]. Из христианских богословов сходные взгляды на отношение Бога ко времени выражали Августин[511], Ансельм Кентерберийский[512] и Фома Аквинский[513]. Заметим, что ни один из названных богословов не привлекал идею «вечного настоящего» для решения парадокса предопределения и свободы воли – надо полагать, не потому, что они не замечали, казалось бы, очевидного: раз нет времени, то нет и предопределения. Почему они не обращались к этой идее в разговоре о предопределении и свободной воле, мы увидим в **третьей главе** настоящей книги. Первым же из известных авторов, кто попытался разрешить вопрос о свободе воли и предопределении при помощи концепции безвременной вечности, был, по-видимому, Бо-

---

[508] Shelley. *Church History in Plain Language*. С. 338.
[509] Wesley. *The Works of the Rev. John Wesley*. Т. 2. С. 41.
[510] Feinberg. *No One Like Him*. С. 380.
[511] Августин. Исповедь. Книга XI, гл. 13 // Августин. *Творения*. Т. 1. С. 667–668.
[512] Geisler N. *Systematic Theology*: В 4 т. Minneapolis, MN: Bethany House, 2003. С. 188.
[513] Фома Аквинский. *Сумма теологии*. Т. 1. С. 93–106 (часть I, вопрос 10).

эций[514] (480–ок. 524; см. главу 2). Позднее эта теория получила наименование «вечное сейчас» (или «вечное настоящее»). Ее и по сей день придерживаются некоторые евангельские авторы.

В частности, теорию «вечного настоящего» исповедует известный богослов и апологет **Норман Гайслер**, который пишет: «Предвидение будущих событий до того, как они произойдут, не представляет никакой проблемы: Бог просто видит их в Своем вечном настоящем»[515]. В более ранней публикации (1986) Гайслер утверждает, что ни знание, ни решение у Бога не имеют логического приоритета: «Более правильно было бы говорить, что Бог *зная определяет* и *определяя знает* от вечности все, что происходит, включая все свободные деяния. <…> Иными словами, все аспекты вечного промысла Божьего одинаково безвременны»[516]. Далее он поясняет:

> Поскольку Бог – вечное существо, Он ничего на самом деле не предузнаёт. Он просто вечно *знает*. <…> Несмотря на многие антропоморфизмы, изображающие Бога во временных терминах, Божья безвременная природа подтверждается многочисленными местами Писания (напр., Исх. 3:14; Иоан. 8:58). <…>
>
> <…> Итак, с Божьей точки зрения, Он просто знает (не предузнаёт), как мы сейчас обходимся со своим свободным выбором. Ибо то, что мы избрали в прошлом, избираем сейчас или еще изберём в будущем, для Бога является настоящим в Его вечном СЕЙЧАС[517].

Любопытно, что сам Гайслер называет свою позицию «умеренно кальвинистской». Однако он не только вторит теории одного из самых известных арминиан – Джона Уэсли, – но и в своей книге «Избранные, но свободные» (Chosen but Free) (1) искажает до карикатурных очертаний классический кальвинистский взгляд на Божий промысел и провидение[518]; (2) отрицает классическую кальвинистскую доктрину о пол-

---

514 Feinberg. *No One Like Him*. C. 381.

515 Geisler. *Systematic Theology*. T. 2. C. 182.

516 Geisler N. God Knows All Things // *Predestination and Free Will* / Под ред. Basinger D. и Basinger R. Downers Grove, IL: InterVarsity Press, 1986. C. 70–71. Курсив как в оригинале. – *А. П.*

517 Там же. С. 73. Курсив и выделение заглавными буквами как в оригинале. – *А. П.*

518 Geisler N. *Chosen But Free: A Balanced View of Divine Election*. 2-е изд. Minneapolis, MN: Bethany House Publishers, 2001. C. 19–31.

ной испорченности и порабощении человека греху[519]; (3) отрицает классическую кальвинистскую доктрину о том, что Бог избирает безусловно вполне конкретных людей[520]; и (4) отрицает классическую кальвинистскую доктрину о том, что Божья благодать дает новое сердце *духовно мертвым* грешникам[521]. По мнению Гайслера, возрождение происходит *синергично*, так как монергическое возрождение нарушало бы принцип данной Богом свободы воли[522]. В связи со всем этим ведущие современные кальвинистские богословы, включая Фила Джонсона[523] и Роберта Ч. Спроула[524], его дезавуировали, а Джеймс Уайт настаивает, что учение Гайслера – это «модифицированная форма исторического арминианства»[525].

Другой современный автор, **Энтони Баджер**, рассматривает два «традиционных» взгляда на избрание: кальвинистский и арминианский. Находя недостатки и в том, и в другом[526], в противоположность им он предлагает «альтернативный» взгляд на избрание:

> Поэтому, кажется, лучше освободиться от нашего неадекватного понимания избрания, привязанного к категориям времени, и увидеть, что Бог (вечное Бытие, всегда находящееся в настоящем времени) просто *избирает* (настоящее время) из Своей вечной, всегда находящейся в настоящем времени, природы. Точнее можно сказать, что Он в Своем вечном, безвременном присутствии *всегда избирает* и что те, кого Он избирает, были избираемы, сейчас избираются и будут избираемы вечно[527].

---

[519] Там же. С. 57–67.

[520] Там же. С. 68–74.

[521] Там же. С. 90–99. Ср. также оценку White J. *The Potter's Freedom: A Defence of the Reformation and a Rebuttal of Norman Geisler's Chosen but Free*. Amityville, NY: Calvary Press Publishing, 2005. С. 20.

[522] Geisler. *Systematic Theology*. Т. 3. С. 192–194.

[523] Johnson P. / Preface // White. *The Potter's Freedom*… С. 11.

[524] Sproul R. / Foreword // White. *The Potter's Freedom*… С. 13–16.

[525] White. *The Potter's Freedom*… С. 20. Гайслера прямо называют арминианином также автор известного учебника по греческой грамматике Дэниел Уоллас, ведущий специалист по библейскому душепопечению Джей Адамс, а также пастор Морис Робертс, в прошлом главный редактор журнала *Banner of Truth* (Там же. Задняя обложка).

[526] Badger A. TULIP: A Free Grace Perspective, Part 2: Unconditional Election // *Journal of the Grace Evangelical Society*. № 16/2. Осень 2003. С. 35–36.

[527] Там же. С. 40.

Интересно, что Баджер тоже не считает свою точку зрения арминианской, хотя ее разделял Уэсли. Что же заставило этого профессора богословия, которого мы все-таки позволим себе отнести к арминианскому лагерю, искать альтернативного объяснения? В традиционной арминианской концепции избрания его не устраивает следующее. (1) По его мнению, избрание, основанное на предузнании веры, излишне. Если избрание поставлено в зависимость от веры, то Бог мог бы и не избирать никого, а просто дождаться конечного результата, и те, кто уверуют, даже будучи не избраны, все равно бы спаслись[528]. (2) Кроме того, Баджер указывает, что в традиционном арминианстве избирает не Бог, а человек; Бог лишь соглашается с результатами человеческого избрания[529]. Впрочем, на наш взгляд, теории Баджера тоже не удается избежать первого возражения, поскольку и у него избрание поставлено в зависимость от веры – пусть не предузнанной, а постоянно узнаваемой в настоящем.

Из русских протестантских авторов сходной позиции придерживается **Константин Прохоров**:

> …в строгом смысле слова, Богу просто нет нужды что-либо *предопределять*, Он *сегодня* создает наш мир, *сегодня* пишутся пророчества Ветхого Завета и *сегодня* они исполняются, *сегодня* – первое и второе пришествия Христа на землю (не случайно у многих библейских пророков эти события сливаются воедино – они заглянули в вечность!)…[530]

Примечательно, что Прохоров тоже ошибочно считает свою позицию ни кальвинистской, ни арминианской[531], называя ее даже «сверхкальвинистской»[532]. Последнее наименование весьма неудачно, поскольку не только вводит читателя в заблуждение, но и не соответствует исторической действительности.

Другое направление в арминианской мысли связано с именем **Ричарда Уотсона** (1781–1816), систематизатора учения Уэсли и автора первого методистского учебника по богословию. Он не только утверждал условный характер предопределения Божьего, как предыду-

---

[528] Там же. С. 36.

[529] Там же.

[530] Прохоров. *Тайна предопределения*. С. 275. Ср. Там же. С. 269–273, 277–282.

[531] Там же. С. 138–139.

[532] Там же. С. 138–141, 218–222.

щие поколения арминиан, но и говорил, что Божий промысел может модифицироваться и даже отменяться[533]. Он считал, что Бог «никогда не изменяет принципов Своего владычества»[534], однако «генеральный план Божьего управления не… обязательно включает каждое происходящее событие как неотъемлемую часть, поскольку одних и тех же результатов во многих случаях можно достичь при помощи разных событий»[535]. Иными словами, Божьим замыслом определены лишь крупные вехи, а все, что между ними, в какой-то мере оставлено на самотек. Возможно, эта точка зрения послужила ступенькой от традиционного арминианского богословия к учению об открытости Бога (см. ниже)[536].

Нетрудно увидеть, что многие современные арминиане продолжают богословскую традицию Арминия, уча, что Бог предопределил средства, но не результаты. К примеру, **Джэк Коттрелл** пишет:

> Третье и самое главное соображение, которое нужно учесть, давая определение свободной воле, таково: свободная воля подразумевает способность делать выбор, не зафиксированный и не определенный (будь то заранее или в момент выбора) какой-либо силой, внешней по отношению к самому человеку. С одной стороны, это означает отсутствие насилия, принуждения, ограничения или препятствий. С другой, это означает отсутствие каких-либо условий или манипулирующих сил, которые ограничивали бы выбор человека одним вариантом, сознает ли сам человек это ограничение или нет. Примерами таких условий или внешних сил могут быть аномалия развития мозга, гипнотическая суггестия или абсолютное предопределяющее установление [Бога][537].

---

[533] Watson R. *Theological Institutes: Or, a View of the Evidences, Doctrines, Morals, and Institutions of Christianity*: В 2 т. New York: Hunt and Eaton, 1950. Т. 2. С. 425–426.

[534] Там же. Т. 2. С. 426.

[535] Там же. Т. 2. С. 427.

[536] Ср. его рассуждения о возможности совершенного предведения (Там же. Т. 2. С. 434).

[537] Cottrell J. *What the Bible Says about God the Ruler*. Joplin, MO: College Press Publishing Company, 1984. С. 194. Впрочем, приводимые самим автором примеры того, как Бог осуществляет прямой контроль «над телами» некоторых людей «в большей степени, чем над их разумом и волей» (Там же. С. 195–196), кажется, вступают в некоторое противоречие с данным утверждением.

Известный арминианский автор, заслуженный профессор **Роберт Пикирилли** считает, что концепция «вечное в настоящем» не может служить твердым фундаментом для каких бы то ни было богословских выводов. По его мнению, рассуждения о том, как Бог относится ко времени, есть ни что иное, как спекуляция: «Факт в том, что мы не можем быть в достаточной мере уверены в таких вещах, чтобы использовать их как аргумент в этой дискуссии. Да это и не нужно…»[538] Пикирилли предпочитает классический арминианский подход, подчеркивая, что Бог знает наперед все неизбежные события как неизбежности и все случайные события как случайности. Излагая свое понимание Божьего всеведения, он указывает на следующие две предпосылки: «(а) …прежде сотворения Он знал все возможные случайные происшествия, и из них выбрал тот курс событий, который произойдет в действительности; (б) …Он знает все будущие события совершенно, включая свободный моральный выбор, осуществляемый людьми»[539]. Божье знание о будущем не является причиной будущих событий, точно так же, как наше знание о прошлом не является причиной прошлых событий[540]. Вслед за Арминием Пикирилли утверждает, что «все, что Бог знает о будущем, Он знает только потому, что это произойдет, а не наоборот»[541]. Иными словами, хотя происходящие события хронологически следуют после Божьего предведения, логически они ему предшествуют.

Этот тезис противопоставлен у Пикирилли не кальвинистскому, а нео-арминианскому представлению о Божьем промысле. Сторонники учения об открытости Бога (см. ниже), утверждают, что раз будущее известно, то оно является неизбежным, а значит, человек все равно не свободен. Пикирилли возражает, что Бог знает случайные события именно как случайности, поэтому человеческие поступки в результате предведения не становятся неизбежными. На наш взгляд, одно из слабых звеньев в аргументации Пикирилли связано с логической возможностью предузнания *подлинно случайных* событий, если они никак не

---

[538] Picirilli R. Foreknowledge, Freedom, and the Future // *JETS*. № 43/2. Июнь 2000. С. 270.

[539] Там же. С. 260.

[540] Там же. С. 263.

[541] Picirilli R. An Arminian Response To John Sanders's The God Who Risks: A Theology Of Providence // *JETS*. № 44/3. Сентябрь 2001. С. 474. Позиция Пикирилли по этому вопросу полностью повторяет взгляды Якоба Арминия. Ср. Arminius J. *The Writings of James Arminius*. Т. 2. С. 70.

контролируются и не направляются предузнающим. То есть, на этом этапе разговор возвращается к вопросу об отношении Бога ко времени, который Роберт Пикирилли считает спекулятивным и не существенным для данной дискуссии.

### Сосуществование кальвинизма и арминианства в рамках одной деноминации

Иногда реформатская и арминианская сотериологические традиции объединяются в рамках одной деноминации. Примером этого могут служить Южная баптистская конвенция в США[542] и Российский союз евангельских христиан-баптистов. В качестве примера рассмотрим последний.

История русского протестантизма восходит к середине девятнадцатого столетия, когда первые евангельские общины появились сразу в четырех обособленных друг от друга регионах Российской империи: на юге Украины, в Закавказье, Петербурге и Таврии[543]. Большинство первых протестантских верующих были выходцами из русской православной традиции (которая, как будет отмечено дальше, по своим взглядам на Божий промысел близка к арминианству), воспринявшими евангельскую веру под влиянием проповеди пиетистов и меннонитов (то есть, опять же, арминиан)[544]. Поэтому неудивительно, что с самого начала в русских евангельских кругах были сильны арминианские тенденции. Константин Прохоров комментирует это следующим образом:

---

[542] Проведенный в апреле – мае 2012 г. опрос 1066 случайно выбранных церквей Южной баптистской конвенции (ЮБК) из разных географических регионов показал, что количество кальвинистских и арминианских церквей сравнялось. К 2012 г. около 30% церквей этой деноминации позиционируют себя как кальвинистские и столько же – как арминианские (Rankinon R. SBC Pastors Polled on Calvinism and Its Effect. LiveWay. 19.06.2012. URL: http://www.lifeway.com/Article/research-sbc-pastors-polled-on-calvinism-affect-on-convention [дата обращения: 13.08.2012]). Согласно официальному сайту ЮБК, деноминация не придерживается какого-либо одного официального взгляда на вопрос кальвинизма-арминианства (What is the SBC's official view of the doctrine commonly known as "Calvinism?" URL: http://www.sbc.net/aboutus/faqs.asp#7 [дата обращения: 13.08.2012]).

[543] Торбет Р., Уордин А. и Савинский С. *История баптизма* / Под ред. Голодецкого Л. и др. Одесса: Одесская богословская семинария; «Богомыслие», 1996. С. 324.

[544] *История Евангельских христиан-баптистов в СССР*. М.: Издание Всесоюзного совета Евангельских христиан-баптистов, 1989. С. 52–95.

В целом, евангельские христиане-баптисты на территории бывшего Советского Союза придерживаются арминианских взглядов. Сторонники кальвинизма среди них всегда были и есть, но их число незначительно. С одной стороны, это объясняется – в силу объективных исторических причин – «неразвитостью богословия», что вело к буквальному пониманию текста Библии (и что, на наш взгляд, не является недостатком, но скорее великим благом); с другой стороны, русскоязычные баптисты всегда жили в православном окружении и не могли не испытывать его влияния (в данном случае это опять же было, по-видимому, положительным фактором)[545].

К началу Советской эпохи в СССР сформировались две независимые протестантские деноминации: баптисты и евангельские христиане. Первое исповедание веры русских баптистов было кальвинистским. Это был перевод с немецкого, опубликованный лидером русского баптистского братства Ф. П. Павловым в 1906 г.[546] Несколько лет спустя, в 1910 г., Союз евангельских христиан издал «Изложение евангельской веры», которое в учении о спасении носило чисто арминианский характер. Составителем последнего был лидер евангельских христиан И. С. Проханов[547]. Хотя братские отношения между двумя деноминациями существовали уже долгое время, более конкретные действия в направлении объединения начались в 1919 г. с решения создать Временный всероссийский общий совет евангельских христиан и баптистов. Объединение двух союзов завершилось в 1944 г. образованием Всесоюзного совета евангельских христиан и баптистов[548]. (В дальнейшем из этого названия убрали союз «и», заменив его дефисом.) Общий вероисповедный документ, «Вероучение евангельских христи-

---

[545] Прохоров К. *Тайна предопределения*. С. 128. Другие оценивают влияние православного богословия на сотериологию евангельских христиан-баптистов не столь положительно (напр., Tarasenko S. The Historical and Doctrinal Influences of the Russian Orthodox Church on the Soteriology of the Russian Baptists. Дисс. … магистра богословия. The Master's Seminary. Июнь 2004. С. 95–98).

[546] Полный текст этого исповедания можно прочитать в Торбет, Уордин и Савинский. *История баптизма*. С. 421–434.

[547] Полный текст см. Там же. С. 435–458.

[548] *История Евангельских христиан-баптистов в СССР*. С. 192–196, 231. См. также Синичкин А. История объединения евангельских христиан и баптистов в один союз. URL: http://baptist.org.ru/articles/history/614 (дата обращения: 13.08.2012).

ан-баптистов», принятый лишь в 1985 г., обходил стороной вопрос о предопределении, оставляя место как для арминианской, так и для кальвинистской трактовки[549]. Опубликованное в 1993 г. «Исповедание веры» Одесской богословской семинарии – первой баптистской семинарии на территории бывшего Советского Союза[550] – было чисто арминианским[551], хотя и не носило обязательного характера для церквей ЕХБ.

В 2012 г. правление Российского союза ЕХБ приняло письмо о сотериологических разномыслиях. Это письмо, разосланное старшим пресвитерам ЕХБ и опубликованное в интернете, призывает избегать разделений на почве кальвинистско-арминианского спора и сохранять общение между христианами, которые приходят к различным выводам относительно характера избрания, но при этом остаются в границах основополагающих утверждений Писания о спасении. В частности, это письмо содержит следующие утверждения:

> Кажется, что полнота Божьего суверенитета не должна оставлять места для ответственности человека, и что значимость человеческого выбора должна ограничивать Божий суверенитет. Однако мы считаем необходимым смириться перед учением Писания, явно провозглашающим и то, и другое.
>
> <…>
>
> Исторически в братстве евангельских христиан-баптистов существовали различные точки зрения на частные вопросы учения о спасении, что не препятствовало общению между верующими и церквями и не вызывало конфликтов среди них. Считаем, что и в наши дни, при взаимном уважении и проявлении евангельской любви среди последователей Иисуса Христа, возможно и необходимо сохранять единство верующих Российского Союза ЕХБ (Иоан. 17:21)[552].

---

[549] Полный текст см.: Торбет, Уордин и Савинский. *История баптизма*. С. 459–470.

[550] Там же. С. 471. Примеч. 1.

[551] Там же. С. 471–483.

[552] Правление РС ЕХБ. Письмо по сотериологическим разномыслиям. URL: http://baptist.org.ru/articles/documents/597 (дата обращения: 13.08.2012).

**Теория среднего знания (молинизм)**

Основателем этой теории считается испанский монах-иезуит Луис де Молина (1535–1600), который постулировал, что, помимо двух видов знания, описанных Фомой Аквинским, у Бога есть третий вид знания, *scientia media*[553]. Аквинат учил, что Бог знает все, что когда-либо было, есть и будет, поскольку Он замыслил все сущее как Мастер и Устроитель всего[554]. Это знание *созерцания*. Помимо этого, Бог знает все, что может быть в потенции, – это знание *простого интеллектуального постижения*[555]. Среднее знание, о котором говорил Молина, как бы находится между первыми двумя видами. В силу Своего среднего знания Бог не просто знает все возможные варианты событий, а знает, что́ каждое отдельное творение *фактически* сделает в каждой конкретной ситуации[556]. На основании этого знания Бог избирает сотворить из всей бесконечности потенциально возможных миров со всеми возможными обстоятельствами именно тот, который соответствует Его замыслу.

Взгляды Молины не только были приняты католической церковью как возможное объяснение проблемы зла[557], но и оказали довольно значительное влияние на протестантские дискуссии о свободе воли и Божьем промысле. Ведущие защитники этой позиции в протестантизме – Алвин Плантинга (р. 1932) и Уилльям Крейг (р. 1949). Крейг объясняет теорию среднего знания следующим образом:

> Поскольку Бог знает, что́ каждое свободное творение сделает в каждой ситуации, Он может смоделировать обстоятельства таким образом, чтобы творение осуществило Его результаты и цели, причем сделало это *свободно*. <…> В Своем безграничном разуме Бог может спланировать мир, в котором Его замыслы осуще-

---

553 Vos A. Molina, Louis De // *WWCH*. C. 480.

554 Фома Аквинский. *Сумма теологии*. С. 194–195 (часть I, вопрос 14, раздел 8).

555 Там же. С. 196–197 (часть I, вопрос 14, раздел 9).

556 Feinberg. *No One Like Him*. C. 748.

557 Vos. Molina, Louis De. C. 480.

ствляются творениями, поступающими по своей свободной воле[558].

Хотя эту теорию иногда рассматривают как разновидность арминианства[559], имеет смысл говорить о ней отдельно. Дело в том, что ее основные постулаты приемлемы как для классических арминиан[560], так и для кальвинистов[561], хотя ни те, ни другие не были бы готовы признать ее исчерпывающим решением вопроса[562].

Теория среднего знания отличается от традиционного арминианства тем, что в ней Бог фактически и весьма реально *управляет* творением при помощи внешних обстоятельств. Бог избирает такой мир и моделирует такие обстоятельства, при которых свободные действия творения в определенном смысле становятся следствием спланированных Богом обстоятельств. Иными словами, между внешними обстоятельствами и действиями творения появляется причинно-следственная связь, восходящая к Богу как первопричине. Это весьма близко к кальвинистскому пониманию вопроса.

Джон Файнберг обращает внимание на то, что теория среднего знания работает только при компатибилистском (см. выше) – то есть кальвинистском – понимании свободы воли[563]. Среди всей бесконечности потенциально возможных миров есть миры, в которых люди обладают свободой воли в либертарианском понимании, то есть способны в любых обстоятельствах с одинаковой легкостью выбирать между любыми альтернативами (иными словами, их выбор в подлинном смысле *случаен*). Однако в отношении этих миров представляется чрезвычайно

---

[558] Craig W. *The Only Wise God: The Compatibility of Divine Foreknowledge and Human Freedom*. Grand Rapids: Baker Book House, 1987. C. 135.

[559] Напр., см. Грудем У. *Систематическое богословие: Введение в библейское учение*. СПб.: Мирт, 2004. С. 391.

[560] Например, Роберт Пикирилли пишет о теории среднего знания: «Несомненно, в ней есть истина…» (Picirilli. Foreknowledge, Freedom, and the Future. C. 269).

[561] Теорию среднего знания защищает Дабни (Dabney. *Syllabus and Notes of the Course of Systematic and Polemic Theology*… C. 123). Грудем находит, что объяснение человеческой свободы в этой теории «…очень похоже на свободу в кальвинистском понимании…» (Грудем. *Систематическое богословие*… С. 392). Файнберг пишет, что не видит причин для детерминиста отрицать эту теорию (Feinberg. *No One Like Him*. C. 752).

[562] Ср. Пикирилли: «Но это не *все* объяснение проблемы» (Picirilli. Foreknowledge, Freedom, and the Future. C. 269).

[563] Feinberg. *No One Like Him*. C. 752.

проблематичным достоверно узнать, какой свободный (ни от чего не зависящий) выбор они осуществят в той или иной ситуации. Файнберг заключает: «...похоже, что при помощи среднего знания Бог может знать только те потенциальные миры, в которых люди не обладают *либертарианской* свободой»[564].

Как и в кальвинизме, в теории среднего знания Бог предопределил и результаты, и средства. Однако эта теория отличается от кальвинизма тем, что в ней Бог ограничил Себя использованием только внешних по отношению к человеку средств – обстоятельств. По мнению Крейга, провидение – это дело Божьего всеведения, но не Его всемогущества[565]. Отсюда вытекает еще одно фундаментальное отличие от кальвинизма. Теория среднего знания непременно должна отрицать полную испорченность человека, так как в ней Бог воздействует на человека только при помощи внешних обстоятельств, а значит, человек должен быть способен откликнуться на *внешний* призыв, предшествующий какому бы то ни было возрождающему действию Святого Духа. В этом она близка к арминианству. Крейг пишет: «[Бог] знает, кто в различных обстоятельствах свободно примет, а кто отвергнет Его инициативу. <...> Люди в том мире [который Бог избрал из множества других возможных миров], *о которых Бог знал, что они откликнутся* [на Его призыв], непременно откликнутся и будут спасены»[566]. Автор заключает: «*Все люди* в том мире получают достаточно благодати, чтобы быть среди предопределенных. *Их вечная судьба, таким образом, лежит в их собственных руках*. Все зависит от того, примут ли они Христа свободно или отвергнут Его»[567].

### Социнианство

Социнианство получило название по имени основателя этого движения, итальянского богослова Фауста Социна (Фаусто Соццини; 1539–1604). На Фауста, в свою очередь, оказал большое влияние его дядя Лелио, долгое время находившийся в переписке с Кальвином. Любопытно, что реформатор неоднократно упрекал Лелио за нездоро-

---

[564] Там же. С. 751.
[565] Craig. *The Only Wise God*. С. 135.
[566] Там же. С. 136. Курсив наш. – *А. П.*
[567] Там же. С. 137. Курсив наш. – *А. П.*

вый скептицизм[568]. По-видимому, тем же самым скептицизмом была пропитана богословская система младшего Социна.

Фауст Социн отвергал учение о Троице. В том, что касается учения о спасении, он и его последователи отвергали всю систему богословия, которой придерживались реформаторы[569]. Они отрицали не только кальвинистские догматы о полной порочности и безусловном предопределении, но и абсолютное предведение будущего. Социниане считали, что Бог предузнает и предопределяет «только неизбежное будущее, но не случайное будущее, которое зависит от свободной воли человека»[570]. Более того, социнианское учение практически полностью исключало необходимость Божьего действия для того, чтобы верить и достигать святости[571].

В течение нескольких поколений социнианство пользовалось успехом в Польше, однако затем последователи этого учения были изгнаны из страны под давлением иезуитов. Некоторые социниане поселились в Англии, Венгрии и Пруссии. А многие осели в Голландии, где они «были приняты арминианами и другими и внесли сильную либеральную струю в богословие этой страны»[572].

### Восточное православие

О многих аспектах православного учения говорить довольно непросто по той причине, что многие вопросы в догматических документах Православной церкви не освещены сколько-нибудь подробно. В православной эпистемологии «...никакой текст, кроме догматических определений соборов, ни в коем случае не может претендовать на значение “символического”»[573], а значит, обязательного. Тем не менее, некоторые канонические документы и мнение известных православных богословов позволяют судить о превалирующем отношении Восточного православия к интересующей нас тематике.

---

[568] Schaff. *History of the Christian Church*. T. 8. C. 634–636.

[569] Cunningham. *Historical Theology*. T. 2. C. 371.

[570] Schaff. *History of the Christian Church*. T. 8. C. 632.

[571] Cunningham. *Historical Theology*. T. 2. C. 427.

[572] Vos H. *Exploring Church History*. Nashville, TN: Thomas Nelson Publishers, 1996. C. 113.

[573] Евдокимов П. *Православие*. М.: Библейско-богословский институт св. апостола Андрея, 2002. С. 252.

В вопросе о Божьем промысле и человеческой воле Восточная православная церковь в общем и целом придерживается позиции, которую можно охарактеризовать как полупелагианская. Ее учение о благодати было сформулировано и анонсировано в «Послании восточных патриархов» (1723)[574]. Третий член «Послания» различает благодать предваряющую – просвещающую (χάρις προκαταρκτικὴ ἤ φωτιστική) и особенную (ἰδική) – оправдывающую[575]. Предваряющая благодать «доставляет человеку познание божественной истины» и указывает «повеления, необходимо нужные для спасения»[576]. Орудием ее служит Слово Божье (евангельская проповедь). Под действием предваряющей благодати в душе грешника возникают покаянные движения, совокупность которых составляет обращение. Она не зависит ни от каких человеческих заслуг и потому носит всеобщий характер: она «подается всем» (πᾶσι χορηγουμένη). Впрочем, универсальность предваряющей благодати не столько реальная, сколько потенциальная, поскольку не у всех людей будет шанс услышать Евангелие и не каждый решит воспользоваться этой благодатью (так как ее действие обуславливается человеческой свободой)[577].

Действие особенной благодати, по учению «Послания», состоит в том, что она, «содействуя, укрепляя и постоянно совершенствуя (верующих) в любви Божией, оправдывает их и делает предопределенными»[578]. Орудием особенной благодати служат церковные таинства. Предопределение в Православии условное, то есть поставлено в зависимость от того, воспользуется ли человек предваряющей благодатью, откликнувшись на проповедь Слова Божьего, и благодатью особенной, участвуя в таинствах. «Послание» постулирует синергию Божьей благодати и человеческой свободы[579].

---

[574] В Восточном православии были и другие документы, выражающие сходные взгляды на свободу воли и предопределение, например, Катехизис Петра Могилы в Киеве (см. ниже) или Исповедание Критопуло в Александрии в XVII в. (ср. Maloney G. *A History of Orthodox Theology since 1453*. Belmont, MA: Nordland Publishing Company, 1976. C. 138–139).

[575] Лепорский П. Благодать // *Христианство: Энциклопедический Словарь*: В 3 т. / Под ред. Аверинцева С., Мешкова А. и Попова Ю. М.: Научное изд-во «Большая Российская энциклопедия», 1993–1995. Т. 3. С. 335.

[576] Там же.

[577] Там же.

[578] Там же.

[579] Там же.

Таким образом, как предваряющая благодать, так и благодать особая рассматриваются в православном учении как средства, данные Богом для спасения. Они, в свою очередь, оперируют другими средствами: предваряющая благодать – Словом Божьим, а благодать особенная – таинствами. Важно заметить следующее: предваряющая благодать выступает только в качестве *обстоятельственной* причины, но не в качестве причины *действенной*, поскольку она не производит следствия, а лишь создает условия, при которых человек может воспользоваться средствами спасения. На место действенной причины, которая приводит в движение средства и вызывает тот или иной результат, помещается свободная воля человека.

В этом проступает кардинальное отличие учения православных иерархов от учения реформаторов. Реформаторы, как и многие предшествовавшие им богословы, рассматривали действие благодати, проповеди Евангелия и участия в церковной жизни как *иерархию причин*, восходящих к решению Бога как Первопричине. Православие же рассматривает все это как *иерархию средств*, восходящих к решению человека как причине.

При таком подходе свободе человека нередко отводится настолько высокая роль, что человек как причина становится наравне с Богом и появляется понятие «синергической причинности» – то есть сочетания Божьей воли и человеческой воли как причинного фактора истории. Православный богослов «парижской школы» профессор Павел Николаевич Евдокимов (1901–1970) пишет:

> Повеления Бога и даже предсказания Апокалипсиса могут явить свой *условный характер*: человеческая свобода может их изменить. Человеческое «*да будет*», его молитва, чудеса его веры, «абсолютно новое» святости вводят синергическую причинность, стоящую выше всякой предварительной необходимости общего закона. Это – «творческая причинность», абсолютно новая причина, не связанная с предыдущими следствиями…[580]

Что касается взаимоотношения божественной благодати и человеческой свободы, византийская традиция не усматривает между ними никакого противоречия. Однако не потому, что благодать как внешняя по отношению к человеку сила совместима с человеческой волей в

[580] Ср. Евдокимов. *Православие*. С. 381. Курсив как в оригинале. – *А. П.*

своем *modus operandi*, как это утверждается в реформатской традиции. Благодать совместима со свободой, потому что она внутренне интегрирована в человеческую природу и как таковая является частью всякого человека. Один из самых известных православных богословов протопресвитер Иоанн Мейендорф (1926–1992) объясняет:

> Наличие у человека божественных качеств, «благодати», являющейся *частью его природы* и делающей его в полной мере человеком, не уничтожает его свободу и не ограничивает его необходимостью стать собой ценою собственных усилий; напротив, это обеспечивает сотрудничество, или *синергию*, божественной воли и человеческого выбора, что дает человеку возможность преображаться «от славы в славу» и уподобляться божественному достоинству, для которого он был создан[581].

Согласно с этим, Восточная православная церковь обычно учит, что Бог определил средства спасения. Православный епископ Каллист (Уэр) пишет, что «Церковь и таинства суть *Богом данные средства*, благодаря которым мы можем стяжать освящающего Духа и преобразиться в подобие Божие»[582]. Однако Бог не предопределил результаты – результаты зависят от того, воспользуется ли человек средствами спасения или нет. Так, еп. Каллист утверждает: «Дело Бога – предложить Свою благодать… дело человека – принять и хранить эту благодать» (цитируя св. Кирилла Иерусалимского, Катехизические речи, I.4)[583].

В связи с этим вопросом заслуживает внимания «Православное исповедание» митрополита Киевского Петра Могилы (1597–1647), на-

---

[581] Meyendorff J. *Byzantine Theology: Historical Trends and Doctrinal Themes*. New York: Fordham University Press, 1976. C. 139. Курсив наш. – *А. П.*

[582] Уэр Т. (еп. Диоклийский Каллист). *Православная церковь*. М.: Библейско-богословский институт св. апостола Андрея, 2001. С. 246. Ср. *The Orthodox Doctrine of the Apostolic Eastern Church; Or, A Compendium of Christian Theology. Translated from the Greek. To which is Prefixed, An Historical and Explanatory Essay on General Catechism; And Appended, A Treatise on Melchisedec*. New York: AMS Press, Inc., 1969. C. 49–50.

[583] Уэр. *Православная церковь*. С. 230. Принять и хранить благодать можно, опять же, пользуясь средствами спасения. Еп. Каллист в другом месте поясняет, каким путем достигается обожение: «На вопрос о том, как стать богом, ответ очень прост: ходи в церковь, регулярно принимай таинства, молись Богу "в духе и истине", читай Евангелия, следуй заповедям» (Там же. С. 244).

писанное как раз для ясного разграничения с протестантизмом[584]. Оно, в частности, утверждает:

> Бог знал все прежде сотворения мира, но *предопределил только доброе*… <…> Кроме того, Бог, по Своей премудрости и правосудию, *предопределяет только то, бытие чего не состоит в нашей власти*. Напротив, те блага, коих существование состоит в нашей власти, Он предвидит так, что и Сам, по Своему благоволению, споспешествует нашему желанию, что, впрочем, не уничтожает сущности свободы[585].
>
> …Хотя человеческая воля и повредилась от первородного греха, но при всем том еще и теперь в воле каждого состоит – быть добрым и чадом Божиим, или злым и сыном диавола. *Все сие зависит от выбора и власти человека*, но так, что к добру благодать Божия наклоняет человека, а от зла отклоняет его, *не делая однако принуждения его свободе*[586].

«Исповедание», подобно арминианской схеме, ставит предопределение в зависимость от предведения:

---

[584] Флоровский Г. (прот.). *Пути русского богословия*. Б. м.: Издательство Белорусского экзархата, 2006. С. 52. По мнению Флоровского, «Исповедание» Петра Могилы выдает сильное влияние римско-католической литературы и образа мыслей (Там же. С. 53). В то же время, современники митр. Петра, пять православных патриархов и их архиереи, подписались под этим «Исповеданием» и рекомендовали его своим церквям (Отзыв на «Православное исповедание» Петра Могилы. URL: http://orthodox.org.ua/old/otzyv.html#nekt [дата обращения: 18.07.2008]). Преп. Амвросий Оптинский считал его образцом истинного Православия (см. URL: http://www.voskres.ru/podvizhniki/mogila.htm [дата обращения: 18.07.2008]). Архиепископ Василий (Кривошеин) придает «Исповеданию» вспомогательное символическое значение (Кривошеин В. Символические тексты в Православной церкви. URL: http://www.pagez.ru/olb/110.php [дата обращения: 18.07.2008]). Многие ученые указывают, что в составлении «Исповедания» принимал участие не один Петр Могила (напр., Карташев А. *Очерки по истории Русской Церкви*: В 2 т. М.: Эксмо, 2006. Т. 2. С. 401), однако этот момент не существенен для настоящей дискуссии.

[585] Могила П. Православное исповедание веры кафолической и апостольской Церкви Восточной. Вопрос 26: Если Бог знал все прежде, нежели сотворил, то предопределил ли все так, что и доброе, и злое не может быть иначе, а только так, как есть? URL: http://orthodox.org.ua/old/kateh.html (дата обращения: 18.07.2008). Курсив наш. – *А. П.*

[586] Там же. Вопрос 27: Что есть свобода? Курсив наш. – *А. П.*

> Предведение есть одно ведение будущего, без определения оного в частности, то есть оно не определяет существования той или другой вещи. Но предопределение, зависящее от предведения, есть определение частное, то есть оно именно определяет, что должно быть; но определяет только добро, а не зло. <…> Итак, справедливо можем сказать по нашему образу представления, что *предведение* по порядку предшествует в Боге, за ним следует *предопределение,* а после за сотворением *промысл* о сотворенном[587].

Впрочем, наряду с традиционным представлением о *пред*узнании и *пред*определении, присутствует в Православии и подход, который выше мы назвали «вечное сейчас». Профессор Евдокимов, в частности, пишет:

> Порочность *пред*определения, *пред*знания состоит в том, что они вносят в существование Бога-Творца временные «до» и «после»; первопричина помещается, таким образом, во времени, *пред*видит и, следовательно, *пред*определяет, обусловливая все. <…> Вводя предлогом «пред» категории прошлого и будущего, мы искажаем «вечное настоящее» Бога…[588]

Впрочем, для оправдания такого подхода Евдокимову приходится обвинить апостола Павла в неспособности ясно излагать мысли:

> …апостол Павел часто использует антропоморфные и временные понятия, его терминология порой весьма расплывчата и неадекватна его мысли. Но основополагающим для его мысли является в высшей степени волюнтаристское богословие[589].

Ясные и четкие выражения самого автора о «вечном настоящем», вполне адекватные его мысли, на этом фоне выглядят как упрек апостолу в том, что тот на самом деле сказал совсем не то, что хотел или что должен был сказать, по мнению Евдокимова.

---

[587] Там же. Вопрос 30: Одно ли и то же в Боге: предведение, предопределение и промысл? Курсив наш. – *А. П.* Слово «промысл» в «Исповедании» Петра Могилы используется в ином значении, нежели в данной книге.

[588] Евдокимов. *Православие*. С. 381–382. Курсив как в оригинале. – *А. П.*

[589] Там же. С. 384.

## Либерализм

Либеральное богословие возникло в конце XVIII столетия как ответ на модернистскую философию. Общим мотивом этого движения было желание сделать для человека возможным быть одновременно образованным современным интеллигентом и серьезным христианином[590]. Двумя главными философскими авторитетами протестантского либерализма были Иммануил Кант и Георг Гегель[591], а двумя наиболее влиятельными выразителями его идей, так сказать, качавшими колыбель либерального богословия, – Фридрих Шлейермахер (1768–1834) и Альбрехт Ричль (1822–1889)[592]. Следуя духу времени, либеральное богословие радикально антропоцентрично и, как следствие, оно делает настолько сильный акцент на Божьей имманентности, что почти совсем выпускает из виду Его трансцендентность.

В том, что касается учения о Божьем промысле, либерализм апеллирует в первую очередь к понятиям человеческой свободы и автономии. В связи с этим, как правило, неизменный Божий план на будущее отодвигается на задний план или вовсе отрицается. К примеру, Ричль утверждал, что начинать богословский поиск Бога с предполагаемой надмирной воли – значит нарисовать в своем сознании образ, далекий от настоящего Бога[593]. Он учил, что единственная воля Бога, которая может быть познана нами, – это Его «любящая воля», открытая в Иисусе Христе и сообществе людей, живущих по законам Божьего Царства. Эта любящая воля исключает какое бы то ни было проявление воли наказующей[594].

Либеральный богослов XX в. Уильям Н. Кларк считал, что идея божественного предопределения противоречит свободе творения, отсутствие которой сделало бы человеческую ответственность бессмысленной. «Поступки свободных существ, – утверждал он, – не могут быть предопределены; и предопределенные поступки не есть поступки

[590] Shelley. *Church History in Plain Language*. С. 394.

[591] Enns. *The Moody Handbook of Theology*. С. 464.

[592] Shelley. *Church History in Plain Language*. С. 400.

[593] Ritschl A. *The Christian Doctrine of Justification and Reconciliation* / Под ред. Mackintosh H. и MacAulay A. Clifton, NJ: Reference Book Publishers, Inc., 1966. С. 282–283. Ср. L-D. Т. 1. С. 294.

[594] Ritschl. *The Christian Doctrine*. С. 383–384. Ср. L-D. Т. 1. С. 294.

свободных существ»[595]. Следуя этой логике, он совершенно отвергал, что у Бога могут быть суверенные цели в жизни свободных личностей. Он провозглашал: «Ни предопределение, ни судьба не смогли убить свободу; свобода живет и здравствует»[596]. На этом фоне несколько странным может показаться то, что Кларк не отказался от идеи, что Бог может активно путеводить и направлять человеческую жизнь. Однако Кларк подчеркнуто противопоставлял провидение предопределению[597]. Он признавал, что Бог определил средства, при помощи которых управляет землей, однако поскольку применение этих средств к нравственным творениям ограничено законом их свободы, Бог не мог предопределить судьбы всех людей и исходы всех событий. Кларк пишет:

> Бог напрямую управляет всей Вселенной, за исключением духовных существ, которых Он наделил некоторой независимостью, так что они могут следовать своей, а не Его, воле. Все, что не обладает свободой, Он контролирует абсолютно, но свободных существ Он наделил моральными свойствами, тем самым определив, что и общаться с ними Он будет при помощи моральных средств[598].

Еще один подход к учению о промышляющей воле Божьей в либеральном богословии – заменить «деспотическое понятие о Боге» как своевольном тиране, который хочет все контролировать, более «демократическим» представлением о Боге как Отце, который не управляет людьми, а подставляет им Свое плечо, будучи их помощником и другом[599]. Руководствуясь примерно такими соображениями, сторонники *богословия процесса* признают, что у Бога есть какие-то высшие суверенные цели, но в то же время настаивают, что Бог никого не заставляет следовать этим целям. Он не командует людьми, а любовно манит их за Собой и старается убедить их принять от Него новые возможности и найти в Нем удовлетворение для души[600]. «Бог действует убеж-

---

[595] Clarke W. *An Outline of Christian Theology*. Edinburgh: T. and T. Clark, 1906. C. 146.
[596] Там же.
[597] Там же. С. 152.
[598] Там же. С. 159–160.
[599] Rauschenbusch W. *A Theology for the Social Gospel*. New York: MacMillan Company, 1918. C. 174–180.
[600] L-D. T. 1. C. 294.

дением, а не контролем, – пишут ведущие адвокаты богословия процесса Джон Кобб и Дэвид Гриффин, – потому что, если мы по-настоящему кого-то любим, мы не стремимся их контролировать»[601]. Нетрудно заметить, что этот довод человекоцентричен: понятие о Боге у Кобба и Гриффина строится исходя из их представлений о человеке. Что ж, переиначивая известный афоризм Марка Твена, если Бог сотворил человека по Своему образу и подобию, то богословие процесса отплатило Ему той же монетой.

По мнению Кобба и Гриффина, раз результаты человеческих решений не предопределены и зависят от спонтанных проявлений человеческой воли, то сотворение мира было сопряжено для Бога с определенным риском. Бог благ – это не подлежит сомнению, но из-за наличия в мире переменной величины – человеческой свободы – Он вынужден мириться с появлением зла. Те же авторы пишут:

> Бог не может контролировать самореализацию финитных акциденций [людей]. Следовательно, божественная творческая деятельность связана с риском. Очевидно, что, поскольку Бог не в абсолютной степени контролирует все, что происходит в мире, появление настоящего зла не противоречит Божьему благорасположению к Его творениям[602].

Лучше всех иронию богословского либерализма выразил, пожалуй, Ричард Нибур (Richard Niebuhr). Он подметил, что в либеральном богословии «Бог, не ведающий гнева, привел людей, не ведающих греха, в Царство, не ведающее суда, через служение Христа, не ведающего креста»[603].

### Неоортодоксия

По завершении своего богословского образования в Берлине, Тюбингене, Берне и Марбурге, Карл Барт (1886–1968) считал себя ли-

---

[601] Cobb J., and Griffin D. *Process Theology: An Introductory Exposition*. Philadelphia: The Westminster Press, 1976. C. 53.

[602] Там же.

[603] Цит. по: Shelley. *Church History in Plain Language*. C. 395.

бералом[604]. Однако когда он стал пастором в Женеве (потом в Сафенвиле) и столкнулся с необходимостью каждую неделю проповедовать в церкви, он начал сознавать неадекватность либерального подхода к Библии. Именно в те годы он заново для себя открыл реформаторов и, в частности, Кальвина. Практически всю оставшуюся жизнь он посвятил тому, чтобы противостоять господствовавшему в Европе либеральному богословию.

В противоположность акценту на человеческой свободе в либеральном богословии, Барт (под влиянием Кальвина и Кьеркегора) делал упор на Божьем всевластии. В связи с этим некоторые предлагают рассматривать учение Барта в рамках реформатской традиции[605]. Однако едва ли это оправданно. Хотя он действительно стремился восстановить реформатскую ортодоксию[606], его богословие во многих аспектах не соответствует традиционному кальвинистскому учению и поэтому называется *неоортодоксией*.

Что касается учения о Божьем промысле и человеческой свободе, Барт утверждал, что Писание ставит в центр внимания не общую доктрину о Божьих решениях, а одно конкретное решение в Иисусе Христе[607]. В противовес либерализму он говорил, что у Бога есть суверенная избирающая воля, однако кальвинистское определение этой воли было для него также неприемлемо. Идея о промысле Божьем в объяснении Августина и Кальвина казалась ему слишком абстрактной и статичной, и он хотел заменить ее более динамичной идеей об одном суверенном Божьем решении, открывшемся в Иисусе Христе[608].

По мнению Барта, Божий промысел двусторонний, поскольку включает в себя отрицательное и положительное решения. Отрицательное решение заключается в том, что в Иисусе Христе Бог навеки избрал Себя для отвержения и страдания[609]. Положительное решение состоит в том, что в Иисусе Христе Бог навеки избрал греховное человечество для спасения и блаженства[610]. Таким образом, «предопреде-

---

[604] Mueller D. Karl Barth and the Heritage of the Reformation // *Review and Expositor*. № 86/1. Зима 1989. С. 46.

[605] Jacobsen H. Karl Barth // *WWCH*. С. 66.

[606] Mueller. Karl Barth and the Heritage of the Reformation. С. 47.

[607] Barth K. *Church Dogmatics, Volume II: The Doctrine of God*: В 2 т. / Пер. Bromiley G., Campbell J. et al.; Под ред. Bromiley G. и Torrance T. Edinburgh: T. and T. Clark, 1967. Т. 2. С. 100, 102–115.

[608] L-D. Т. 1. С. 297.

[609] Barth. *Church Dogmatics, Volume II*. Т. 2. С. 163–166.

[610] Там же. Т. 2. С. 168–171.

ление есть не-отвержение человека. Потому что оно есть отвержение Сына Божьего»[611]. Своим решением Бог «необратимо сказал “нет” Себе и “да” человечеству»[612], и в лице Иисуса Христа все люди без исключения оказываются избранными[613]. Таким образом, у Барта избрание – это самонаправленное решение, посредством которого Бог избирает не людей, а Себя, и в Себе – все человечество совокупно[614]. Человек в бартовском богословии становится не объектом избрания, а его ареной[615].

Барт берет супралапсарианскую доктрину о безусловном двойном предопределении и наделяет ее совершенно иным смыслом. Каждый человек, по его учению, безусловно отвергнут как грешник. Однако, в то же самое время, все люди безусловно призваны во Христе, ибо для этого они были предназначены при сотворении. Безусловное прощение и отвержение продолжают относиться ко всем людям одновременно, поэтому каждый человек предопределен «двойным предопределением». С человеческой стороны, человек всегда отвержен, с божественной стороны он всегда избран[616]. Таким образом, теория Барта неизбежно ведет к универсализму. Как он сам пишет:

> [Всевластие Бога] подтверждается в оговоренном Им «тем не менее», благодаря которому Он избавляет творение от осуждения и предопределяет его к блаженству, несмотря на решение творения, в противоположность ему, перечеркивая это ошибочное решение, исправляя его силою Своего более раннего решения. <…> Если человеку не позволено Богом упасть, то он не может упасть вовсе, и менее всего он может причинить свое собственное падение. <…> Он сам не имеет свободы перед Богом. Он не может претендовать на такую свободу вопреки Богу[617].

Итак, неоортодоксальное богословие стоит на новых философских рельсах. Оно пользуется другими категориями и, на первый

---

[611] Там же. Т. 2. С. 167.

[612] L-D. Т. 1. С. 297.

[613] Barth. *Church Dogmatics, Volume II*. Т. 2. С. 38, 195–197, 354. Ср. Van Til C. Karl Barth on Chalcedon // *Westminster Theological Journal*. № 22/2. Май 1960. С. 162.

[614] Berkhof. *Systematic Theology*. С. 111.

[615] McConnachie J. *The Significance of Karl Barth*. London: Hodder and Stoughton, 1932. С. 240.

[616] Там же. С. 241.

[617] Barth. *Church Dogmatics, Volume II*. Т. 2. С. 29.

взгляд, выходит за рамки предыдущей многовековой дискуссии. В частности, Барт утверждает, что Бог предопределил и не результаты, и не средства, а одну конкретную личность. Он предопределил Себя в Иисусе Христе. Как ни складно это звучит, такая формулировка уходит от вопроса о взаимоотношении между Божьим промыслом и человеческой волей. Если же концепцию Барта переформулировать в более традиционных терминах, то получится, что результат заранее определен: творение не может избежать счастливого финала, так как оно предназначено для блаженства. Следовательно, Бог предопределил результаты. Что же касается средств, Барт никоим образом не включает в их число человеческую волю, поскольку от человеческого решения ничего не зависит. Как мы прочитали у Барта: «…несмотря на решение творения, в противоположность ему, перечеркивая это ошибочное решение, исправляя его силою Своего более раннего решения» (см. выше). Получается, что Бог предопределил результаты, но не средства. Таким образом, учение Барта по своему детерминизму оказывается в крайней степени «гиперкальвинистским», но в то же самое время сохраняет такую черту либерального богословия, как неприятие идеи ретрибутивного возмездия грешникам.

По мнению Барта, неважно, как люди отреагируют на божественное откровение и проповедь Евангелия – они будут спасены, несмотря ни на что. В связи с этой концепцией Барту можно по справедливости предъявить обвинение, которое обычно адресуют классическому кальвинизму. По его учению, человек может сопротивляться благодати, но Бог все равно его силком тащит в рай. Если в отношении бартовской неоортодоксии это обвинение имеет под собой основания, то в отношении классического кальвинизма – нет. Как было показано в соответствующем разделе, классический кальвинизм учит, что Бог пробуждает у человека *желающую* волю, поскольку Он действует не *вопреки* человеческой воле, а *через* нее (так как Он предопределил и результаты, и средства).

### Учение об открытости Бога (open theism)

Датой рождения учения об открытости Бога как богословского движения можно считать 1980 г., когда была опубликована книга Ричарда Райса «Открытость Бога» (*The Openness of God*)[618]. Среди наиболее известных адвокатов этой богословской системы, помимо Райса, следует также назвать Кларка Пиннока, Джона Сандерса, Уильяма Хаскера, Дэвида Бейсинджера и Грега Бойда. Учение об открытости Бога также называется открытым теизмом, теизмом свободной воли, теизмом отношений, богословием открытости, простым предузнанием и учением о «рискованном» провидении[619].

Зародилось это движение на почве арминианства. Уэйн Грудем рассматривает его в рамках арминианского богословия[620], а Роберт Пикирилли характеризует его как неоарминианское[621]. Один из ведущих приверженцев и пропагандистов учения об открытости Бога Кларк Пиннок так описывает ключевые идеи и ценности этого движения:

> Исходя из своего понимания Писания, мы полагаем, что Бог как суверенный Творец добровольно создал мир, который населен личностями, обладающими значительной степенью свободы. Они могут ответить Богу согласием или отвергнуть Его планы о них. Верный Своему решению сотворить именно такой мир, Бог сохраняет первозданный порядок, и, дав Своему творению свободу, Он счастлив принять будущее открытым, а не закрытым, и вступить в динамичные, а не статичные отношения с миром. Мы считаем, что Библия изображает Бога открытым, живым и действующим, вовлеченным в историю, поддерживающим отношения с нами и изменяющимся в ответ на эти отношения. Мы воспринимаем Вселенную как контекст, в котором есть реальный выбор, реальные альтернативы и даже сюрпризы. Открытость Бога означает, что Бог открыт к изменяющимся реалиям истории, что Он неравнодушен к нам и позволяет нашим делам оказывать на Него воздействие[622].

---

[618] Ware B. *God's Lesser Glory: The Diminished God of Open Theism*. Wheaton, IL: Crossway Books, 2000. С. 31. Примеч. 1.

[619] Pettegrew L. 'Is There Knowledge in the Most High?' (Psalm 73:11) // *TMSJ*. № 12/2. Осень 2001. С. 134.

[620] Грудем. *Систематическое богословие*. С. 390.

[621] Picirilli. An Arminian Response To John Sanders's… С. 467.

[622] Pinnock C. Systematic Theology // Clark Pinnock, Richard Rice, John Sanders et alt. *The Openness of God: A Biblical Challenge to the Traditional Understanding of God*. Downers Grove, IL: InterVarsity, 1994. С. 103–104.

Как видно из этого описания, сторонники открытого теизма не удовлетворены традиционным представлением о Боге как существе надмирном, трансцендентном, бесстрастном и не изменяющемся. Такое понятие, как им кажется, более соответствует духу греческой философии или схоластики, нежели духу Евангелия. Им хочется видеть Бога близким и непосредственно участвующим в нашей жизни – что само по себе похвально. Однако, по их представлениям, чтобы быть по-настоящему имманентным, Бог должен быть изменяющимся. Он должен реагировать на мир так же, как реагируем мы. Не зная *подлинно случайных* событий будущего (человеческих решений), Он сталкивается с сюрпризами и ориентируется по обстоятельствам, терпит неудачи и переживает о промахах. Те тексты Писания, которые говорят о Божьем раскаянии, адвокаты данного учения рассматривают не как антропопатизмы, а как указания на действительные Божьи ошибки. Как верно заметил Ричард Мэйхью, учение об открытости Бога «…обожествляет человека и очеловечивает Бога»[623]. Разница между трансцендентным Богом и Его творением существенно уменьшается[624].

Что касается Божьего промысла, учение об открытости Бога ограничивает как достоверность, так и масштабы божественного предопределения. Ричард Райс утверждает:

> Во-первых, хотя некоторые вещи происходили (и происходят) в гармонии с божественным предопределением, это не означает, что они не могли произойти иначе. Как мы видели, Библия ясно показывает, что Бог часто испытывал разочарование и сталкивался с крушением планов.
>
> Во-вторых, возможно, Бог действительно иногда действует *фиатно* и напрямую производит какие-то события. Однако из того, что Он предопределяет одно событие, вовсе не следует, что Он предопределяет все[625].

Примерно то же самое пишет Сандерс: «Иногда Божьи планы не приводят к желаемому результату, и нам приходится констатировать,

---

[623] Mayhue R. The Impossibility of the God of the Possible // *TMSJ*. № 12/2. Осень 2001. С. 210.

[624] Там же. С. 211.

[625] Rice R. Biblical Support for a New Perspective // Pinnock C., Rice R., Sanders J. et alt. *The Openness of God: A Biblical Challenge to the Traditional Understanding of God*. Downers Grove, IL: InterVarsity, 1994. С. 56.

что они не удались. Священная история рассказывает о многих катастрофах и неудачах Бога»[626].

Необходимо отметить, что между учением об открытости Бога и традиционным арминианством есть как сходства, так и различия. С одной стороны, адвокаты открытого теизма являются убежденными арминианами, потому что отталкиваются от двух очень важных для арминианства предпосылок. (1) Бог наделил людей такого рода свободой, которую называют «настоящей», «значительной» или «либертарианской»[627] – то есть свободой одинаково легко выбирать между любыми альтернативами (это не значит, что люди всегда могут одинаково легко *воплощать* свой выбор, но, по крайней мере, они могут одинаково легко *хотеть* того или другого). (2) Бог знает будущее, потому что оно произойдет, а не наоборот. Иными словами, нельзя сказать, что будущие события произойдут потому, что Бог знает их и желает, чтобы они произошли[628].

С другой стороны, сторонники открытого теизма кардинально расходятся с традиционными арминианами в понимании Божьего предведения. Богословие открытости утверждает, что Божье предведение не подразумевает абсолютного и исчерпывающего знания всех будущих событий[629]. Как верно заметил Студебейкер, главное различие между этими двумя богословскими системами эпистемологическое. Оно заключается в разных взглядах на возможность предузнания человеческих решений. Вопрос можно поставить так: является ли еще не осуществленный свободный выбор в либертарианском понимании объектом точного знания? Арминиане считают, что да (см. выше), а сторонники открытого теизма – что нет. Пиннок пишет по этому поводу:

> Бог знает все, *что может быть познано*, однако свободный выбор не может знать даже Бог, так как он еще не свершился в реальности. Еще не принятые решения не существуют нигде, и да-

---

[626] Sanders J. *The God Who Risks: A Theology of Providence*. Downers Grove, IL: InterVarsity Press, 1998. C. 88.

[627] Ware. *God's Lesser Glory*. C. 32.

[628] Studebaker S. The Mode of Divine Knowledge in Reformation Arminianism and Open Theism // *JETS*. № 47/3. Сентябрь 2004. С. 476.

[629] Ware. *God's Lesser Glory*. C. 32.

> же Бог не может знать их… Бог также движется к будущему, которое не вполне познано, так как оно еще не определено[630].

Таким образом, «классические» арминиане находят такое решение парадоксу между Божьим промыслом и человеческой свободой: Бог сначала предузнал будущие либертарианские свободные решения людей, а потом составил Свой план в соответствии с ними (речь идет, как правило, о логической последовательности предузнания и промысла – не обязательно о хронологической). Сторонники богословия открытости считают, что будущие решения людей не могут быть объектом точного знания, поэтому парадокс между Божьим промыслом и человеческой свободой не существует вовсе. Бог не может предопределить того, что сделают свободные существа. Принятие этого эпистемологического принципа приводит к выводу, что будущее открыто (то есть не предопределено и не вполне известно) и что Бог открыт для будущего[631].

Названные выше сходства и различия между традиционным арминианством и открытым теизмом относятся к сфере исходных предпосылок этих богословских систем. Но есть также сходства и различия, относящиеся к конечным результатам той и другой системы в учении о Божьем промысле. Поскольку и классическое арминианство, и неоарминианство вводят в уравнение Божьего промысла переменную человеческих решений, обе системы делают Божий промысел изменяемым. Разница лишь во времени этого изменения. Традиционное арминианство считает, что Бог однажды изменил (адаптировал) Свой промысел в соответствии с предузнанными человеческими решениями – это произошло еще до сотворения мира. Учение об открытости Бога утверждает, что Бог продолжает изменять (адаптировать) Свой промысел по ходу истории, ориентируясь по обстоятельствам.

В обеих системах Бог предопределил средства, но не результаты. Однако в арминианстве Бог предузнал результаты, поэтому они явля-

---

[630] Pinnock C. From Augustine to Arminius: A Pilgrimage in Theology // *The Grace of God, the Will of Man: A Case for Arminianism* / Под ред. Pinnock C. Grand Rapids: Zondervan, 1989. C. 25–26. Цит. по: Грудем. *Систематическое богословие*. С. 390. Примеч. 60. Курсив наш. – *А. П.* Необходимо заметить, что сторонники учения об открытости Бога склонны ограничивать не только знание Богом будущего, но и вообще Его знание всего, что происходит во Вселенной (ср. Pettegrew. Is There Knowledge in the Most High… С. 140).

[631] Studebaker. The Mode of Divine Knowledge… С. 478.

ются определенными и неизменными. В противоположность этому, в богословии открытости Бог даже не предузнал результатов. Поэтому результаты, по мнению сторонников этого учения, не только не предопределены, но и неопределенны.

Любопытно, что есть также определенное сходство между открытым теизмом и гиперкальвинизмом. Методологический подход обеих систем, по-видимому, оставляет очень мало места для тайны. Как пишет Майкл Хортон, «требуя однозначного ответа, ни та, ни другая система не могут обойтись без того, чтобы разрешить парадокс между божественным всевластием и человеческой свободой либо в ту, либо в другую сторону»[632]. Иными словами, если гиперкальвинизм разрешает этот парадокс в сторону предопределения, то учение об открытости Бога – в сторону человеческой свободы. Кажется, слова Кларка Пиннока подтверждают его нежелание примириться с тайной, окружающей этот вопрос: «Писание не учит тому, что суверенность Бога все контролирует. Возможно, есть тайны, не подвластные человеческому разуму, но этот вопрос не относится к разряду таких тайн»[633].

## Синтез и классификация взглядов

В данной главе был сделан краткий обзор основных взглядов на Божий промысел и человеческую волю в историческом разрезе. Напомним, что мы ограничились рассмотрением этого учения в дохристианском иудаизме и христианстве – то есть в тех религиях, которые считают библейское откровение (Танах или книги Ветхого и Нового Заветов) главным авторитетным источником. Данный обзор продемонстрировал, что с дохристианских веков и до нашего времени сохранялись несколько подходов к этому вопросу. Все эти подходы можно разделить на четыре категории. Мы надеемся, что если даже предложенная нами классификация *слегка* упростит некоторые из взглядов ради удобства систематизации, она не исказит их сути. Все объяснения и доводы см. выше, в соответствующих разделах этой главы.

Некоторые люди полагали, что Бог предопределил средства, но не результаты. Такого взгляда придерживались саддукеи, зелоты, фа-

---

[632] Horton M. Hellenistic or Hebrew? Open Theism and Reformed Theological Method // *JETS*. № 45/2. Июнь 2002. С. 335.

[633] Pinnock C. *Most Moved Mover*. Grand Rapids: Baker Academic, 2001. С. 55.

рисеи (в отношении к духовным достижениям человека), многие из ранних Отцов Церкви, пелагиане и полупелагиане, многие представители средневекового католицизма, схоласт Дунс Скот, школа «Современного пути» в поздней схоластике, поздний Меланхтон, классические арминиане, социниане, богословы Тридентского собора, Восточное православие, протестантский либерализм, учение об открытости Бога.

Другие делали большой упор на том, что Бог предопределил результаты. В то же время они либо отрицали опосредованный образ Божьего действия, либо замалчивали «вторичные причины», через которые может действовать Бог, либо не включали человеческую волю в число этих причин. К этой группе относятся ессеи, Готшальк, гиперкальвинисты и другие представители «высокого кальвинизма» и, как ни удивительно, Карл Барт.

Следующая категория объединяет тех, кто считал, что Бог предопределил и результаты, и средства – «вторичные причины». Сторонники этого взгляда также включали свободное действие человеческой воли в число вторичных причин, посредством которых осуществляется Божий промысел. К этой группе относятся некоторые из ранних Отцов Церкви, Августин, Ансельм Кентерберийский, Фома Аквинский, Петр Ломбардский, Лютер, ранний Меланхтон, Цвингли, Кальвин, Беза, богословы Дортского синода, «средние» кальвинисты. Теория «среднего знания» признает, что Бог предопределил и результаты, и средства, однако ограничивает Бога использованием природных и обстоятельственных средств по отношению к свободным созданиям.

Наконец, некоторые учат, что Бог *в строгом смысле* не предопределил ни результатов, ни средств. Поскольку для Бога «вечное» происходит сейчас, применять к Нему временны́е термины не имеет смысла. Он не предопределил ни результаты, ни средства, а постоянно определяет их – даже в настоящий момент – в Своем «вечном настоящем». Среди авторов, упоминавшихся в этой главе, данную точку зрения выражают Джон Уэсли, Норман Гайслер, Энтони Баджер, Константин Прохоров и Павел Евдокимов.

| Точка зрения | Сторонники |
|---|---|
| 1. Бог предопределил средства, но не результаты | саддукеи, зелоты, фарисеи (в отношении к духовным достижениям человека), автор Послания Варнавы, автор Пастыря Ермы, многие из ранних Отцов Церкви, пелагиане и полупелагиане, многие представители средневекового католицизма, схоласт Дунс Скот, школа «Современного пути» в поздней схоластике, Меланхтон в *Loci* 1543, классические арминиане, социниане, богословы Тридентского собора, Восточное православие, протестантский либерализм, учение об открытости Бога |
| 2. Бог предопределил результаты, но не средства | ессеи, Готшальк, гиперкальвинисты и другие представители «высокого кальвинизма», Карл Барт |
| 3. Бог предопределил и результаты, и средства | Климент Римский, авторы «Мученичества Поликарпа», Ориген, Климент Александрийский, Августин, Ансельм Кентерберийский, Фома Аквинский, Петр Ломбардский, Лютер, Меланхтон Аугсбургского исповедания, Цвингли, Кальвин, Беза, богословы Дортского синода, «средние» кальвинисты, сторонники теории «среднего знания» |
| 4. Бог не предопределил ни результаты, ни средства | Джон Уэсли, Норман Гайслер, Энтони Баджер, Константин Прохоров, Павел Евдокимов |

Анализируя эти четыре категории взглядов, первые две из них мы находим неудовлетворительными. Некоторые причины несогласия с этими взглядами были обозначены в соответствующих разделах. Однако на уровне обобщения будет уместно отметить один видимый недостаток этих подходов – их односторонность. Здесь мы согласны с оценкой Льюиса и Демареста, которые, указывая на ограниченность некоторых взглядов на Божий промысел, пишут: «Многие склонны полагать, что Бог осуществляет Свои цели при помощи только одной стратегии – либо безусловной (гиперкальвинизм), либо условной (веслианство или арминианство)»[634]. Такое ограничение едва ли оправданно с точки зрения Писания, что мы надеемся продемонстрировать в последующих главах настоящей книги. Четвертой точке зрения будет посвящена отдельная глава – **глава 3**.

[634] L-D. T. 1. C. 319.

# ГЛАВА 2

# БОЖЬЯ ВОЛЯ И ПРОВИДЕНИЕ

Напомним, что в **первой главе** были обозначены четыре основные позиции по вопросу о свободной воле и предопределении: (1) Бог предопределил результаты, но не средства; (2) Бог предопределил средства, но не результаты; (3) Бог предопределил как результаты, так и средства; (4) Бог не предопределил ни результаты, ни средства. Первые две точки зрения были нами сразу же отвергнуты из-за их однобокости. В данной главе мы познакомимся с библейскими основаниями третьей точки зрения. Мы надеемся, что дискуссия в этой и последующих главах подтвердит, что, согласно библейскому учению, Бог предопределил как результаты, так и средства (среди которых находится человеческая воля).

Здесь мы обсудим такие значимые для христианского богословия термины, как Божья воля и Божье провидение. Понимание этих богословских категорий чрезвычайно важно для разговора о соотношении Божьего предопределения и человеческой воли. Начнем с понятия «Божья воля». Как станет видно из приведенных ниже цитат, Священное Писание говорит о воле Божьей как минимум в двух разных смыслах.

## Воля промышляющая (Божий промысел)

Божья промышляющая воля – это воля, выраженная в Божьих предвечных постановлениях, иначе называемых *декретами*, *планом* или просто *промыслом*[635]. Все эти термины мы будем использовать взаимозаменяемо.

Божий план – это «Его неизменное решение, в силу которого происходит все, что должно произойти»[636]. О том, что у Бога имеется такой план, говорит Давид: «…в Твоей книге *записаны все дни, для меня назначенные*, когда ни одного из них еще не было» (Пс. 138:16). Бог запланировал все, что уже произошло, что происходит в настоящее время и что еще произойдет в будущем.

Согласно библейскому учению, этот план включает в себя абсолютно все, что происходит на земле: и доброе, и злое. На нашей планете не происходит ровным счетом ничего, чему бы не повелел случиться Господь. Именно на это указывает пророк Иеремия: «Кто это говорит: "И то бывает, чему Господь не повелел быть"? Не от уст ли Всевышнего происходит бедствие и благополучие?» (Плач. 3:37-38). Важно заметить, что Иеремия пишет эти слова по поводу самого невообразимого события, которое только могло произойти в глазах израильтян: по поводу разрушения и осквернения иерусалимского храма. Это событие включало в себя грех против святилища и убийство многих людей. Однако Иеремия говорит, что даже такое несчастье не произошло бы, если бы Господь не повелел этому быть.

Божий план включает в себя не только крупные исторические события, но и мельчайшие происшествия, которым большинство людей даже не придают значения. Христос учил: «Не две ли малые птицы продаются за ассарий? И *ни одна из них не упадет на землю без воли Отца вашего…*» (Матф. 10:29). Греческое слово στρουθίον, стоящее на месте фразы «малая птица», означает воробья[637]. А ассарий – это разменная медная монета, по стоимости равнявшаяся 1/16 динария[638]. Если за один день работы обычно платили около динария (ср. Матф. 20:2), то чтобы заработать ассарий, не нужно было трудиться и часа. Так вот, один воробей не стоил даже целого ассария: на одну такую монету можно было купить двух воробьев. Для большинства людей эта птица не представляла никакой ценности. Никто не стал бы беспоко-

---

[635] В богословской литературе можно также встретить следующие наименования: воля *описательная*, *определяющая*, *индикативная*, *voluntas beneplaciti* (лат. «воля благоволения»).

[636] Эриксон. *Христианское богословие*. С. 289.

[637] BDAG. С. 949.

[638] Ferguson E. *Backgrounds of Early Christianity*. 3-е изд. Grand Rapids: Eerdmans, 2003. С. 93.

иться о судьбе воробья: подумаешь, одним больше, одним меньше! Однако Христос говорит, что даже такая незначительная деталька нашего окружения, как ничего не стоящий воробей, ни на секунду не выходит из-под Божьего контроля: «...*ни одна из них* не упадет на землю без воли Отца вашего...»

Если подумать, то по-другому и быть не может. Бог должен планировать и контролировать мельчайшие детали, потому что из них складывается история. Любое крупное событие состоит из более маленьких, а те, в свою очередь – из событий мельчайших и, на первый взгляд, незначительных. Это как в известном детском стишке:

Не нашлось гвоздя простого –
плохо держится подкова.
Конь подкову потерял,
сбил копыто, захромал.
Конь средь битвы захромал –
спешен всадник, смертью пал.
Вождь погиб – проигран бой.
Пало войско в сече той.
Полегла в сраженьи рать –
некому врагов сдержать.
Царство рушится в пучину.
Гвоздь простой – тому причина.
(Г. Сарховский)

Таким образом, Божий промысел должен распространяться на мельчайшие детали, чему и учит Христос, говоря о воробьях. И после добавляет: «...у вас же и волосы на голове все сочтены; не бойтесь же: вы лучше многих малых птиц» (Матф. 10:30-31).

Конечная цель, к которой ведут все планы Бога, – это Его слава[639]. Все, что Господь делает в истории, Он делает ради Своей славы. Ради Своей славы Он долготерпел Израиль: «Ради имени Моего отлагал гнев Мой, и ради славы Моей удерживал Себя от истребления тебя» (Ис. 48:9). Ради Своей славы Бог в определенный момент наказал Израиль через вавилонян: «Ради Себя, ради Себя Самого делаю это, – ибо какое было бы нарекание на имя Мое! Славы Моей не дам иному» (Ис. 48:11). Ради Своей славы Бог заключил с Израилем новый завет:

[639] Hodge. *Systematic Theology*. Т. 1. С. 535.

«...не для вас Я сделаю это, дом Израилев, а ради святого имени Моего...» (Иез. 36:22)[640]. Ради Своей славы Он созидает Себе народ: «...каждого кто называется Моим именем, кого Я сотворил для славы Моей, образовал и устроил» (Ис. 43:7). Ради Своей славы Бог предопределил некоторых людей к усыновлению: «...предопределив усыновить нас Себе чрез Иисуса Христа, по благоволению воли Своей, *в похвалу славы благодати Своей*...» (Еф. 1:5-6). Для Своей славы Господь совершил искупление: «...Который есть залог наследия нашего, для искупления удела Его, *в похвалу славы Его*» (Еф. 1:14).

Поскольку конечная цель всех Божьих предвечных постановлений одна – Божья слава, – о всех них можно говорить как об одной вечной цели. Поэтому богословы нередко говорят об одном всеохватном Божьем промысле[641]. То, что этот глобальный замысел один, подчеркивает, что у Бога не может быть нескольких конфликтующих замыслов; Он не меняет Своего предвечного решения в последний момент и не имеет нужды в том, чтобы корректировать первоначальный план; у Него нет нескольких сменяющих друг друга планов[642]. С учетом всех предыдущих деталей мы можем сказать, что Божий промысел – это Его «суверенный и исчерпывающий план для всего творения, утвержденный Им от вечности»[643].

Божьей промышляющей воле никто не может противостать. Даже если бы люди или сатана вздумали сознательно противиться Божьему определению, оно все равно бы исполнилось. В конечном итоге состоится в точности то, что запланировал Бог. «Я возвещаю от начала, что будет в конце, и от древних времен то, что еще не сделалось, говорю: Мой совет состоится, и все, что Мне угодно, Я сделаю» (Ис. 46:10). «Ибо кто подобен Мне? И кто потребует от Меня ответа? И какой пастырь противостанет Мне?» (Иер. 50:44).

---

[640] Ср. 36:22: «Не ради вас Я сделаю это, говорит Господь Бог, да будет вам известно». Словам «не ради вас» в Книге пророка Иезекииля неоднократно противопоставляется ревность Бога о Своем имени (ср. 36:21: «И пожалел Я святое имя Мое, которое обесславил дом Израилев...»).

[641] Вопрос о том, следует ли говорить об одном промысле или о многих промыслах, поднимался уже на Вестминстерской ассамблее. Ср. Morris E. *Theology of the Westminster Symbols: A Commentary Historical, Doctrinal, Practical on the Confession of Faith and Catechisms and the Related Formularies of the Presbyterian Churches*. Columbus, OH: Champlin Press, 1900. С. 185.

[642] Дэгг Дж. *Руководство по богословию*. СПб.: Мирт, 2002. С. 96.

[643] *Understanding Christian Theology* / Под ред. Swindoll C. и Zuck R. Nashville: Nelson Reference & Electronics, 2003. С. 208.

С логической и теологической точек зрения можно выделить разные аспекты Божьей промышляющей воли. В зависимости от того, какую моральную оценку Бог дает предопределенным событиям, различают волю декретивную и допускающую. *Декретивная* воля (прямая, приказывающая) относится к тем событиям, которые одобряются Богом и которые Он может производить Сам, напрямую. Примером такого события является чудо происхождения израильского народа от Авраама: «Я произведу от тебя великий народ, и благословлю тебя…» (Быт. 12:2). Или заключение нового завета и возникновение Церкви: «…вложу закон Мой во внутренность их и на сердцах их напишу его, и буду им Богом, а они будут Моим народом» (Иер. 31:33). Эти события имеют однозначно положительную моральную оценку в глазах Бога, и Бог может сказать, что Он это делает Сам, Своим прямым вмешательством. Напротив, *допускающая* воля (косвенная, воля-позволение) относится к тем событиям, которые Бог не одобряет, но которые, тем не менее, включены в Его план. Любое происшествие, которое включает в себя нравственное несовершенство, зло или грех, не может быть произведено Богом напрямую, ибо «…Бог не искушается злом и Сам не искушает никого» (Иак. 1:13). Такие события Бог не производит Сам, а лишь допускает им произойти. Ярким примером такого события является самое страшное преступление, которое произошло за все время существования нашей планеты, – жестокая и несправедливая казнь беспорочного Божьего Сына. Распятие Христово включало предательство, несправедливый суд, подкуп свидетелей, издевательства над Царем Вселенной, поругание Его закона, кровавое и беспощадное убийство Невинного. Однако и оно включено в Божий промысел: «Но Господу угодно было поразить Его, и Он предал Его мучению…» (Ис. 53:10). Это событие Бог не произвел напрямую (ибо Он не может делать зла!), а совершил руками грешных людей, допустив им поступить по их собственному произволу: «…Его, *по определению и предведению Божию преданного*, вы, пригвоздив *рукою беззаконных*, убили» (Деян. 2:23; пер. Кассиана. Курсив наш. – *А. П.*). Хотя смерть Христа была предопределена Богом, в исполнение она была приведена «рукою беззаконных», которым Бог попустил поступить по желанию их греховных сердец. В отношении декретивной и допускающей разновидностей Божьей воли можно заметить, что в обоих случаях будет исполнена предопределенная Божья цель, однако нравственная оценка средств, использованных для достижения этой цели, будет разной[644].

В зависимости от того, как Божий промысел соотносится с человеческой волей, можно выделить Божью волю содействующую и противодействующую (воле человеческой). О воле *содействующей* говорится, к примеру, в Галатам 2:8: «…Содействовавший Петру в апостольстве у обрезанных содействовал и мне у язычников…» Здесь и Бог, и апостолы хотели одного и того же: распространить Евангелие среди всех народов. Божья воля в данном случае шла в одном направлении с волей человеческой. Пример воли *противодействующей* можно увидеть в событиях книги Исход. Хотя египетский фараон всячески противился тому, чтобы отпустить израильтян, Бог принудил его к этому «рукою крепкою» (Исх. 3:19). Несмотря на все сопротивление фараона, состоялось то, что угодно Господу. Эту истину на собственном опыте познал Навуходоносор, гордость которого Бог смирил, отняв у него разум. После семи лет безумия Навуходоносор пришел в себя и сказал: «…все, живущие на земле, ничего не значат; по воле Своей Он действует как в небесном воинстве, так и у живущих на земле; и нет никого, кто мог бы противиться руке Его и сказать Ему: “Что Ты сделал?”» (Дан. 4:32).

В зависимости от того, задействованы ли при исполнении Божьего промысла какие-либо посредники, промышляющую волю можно подразделить на опосредованную и непосредственную. Исполнение *опосредованной* воли, как явствует из названия, зависит от каких-либо посредников. В качестве посредников могут выступать ангелы, люди, животные или безличные силы природы. Все негативные события относятся к опосредованной воле, потому что, как было упомянуто выше, Бог не творит зла. К примеру, опосредующим фактором в грехопадении выступила воля Адама и Евы. Однако опосредованными могут быть не только негативные события, но и позитивные. К примеру, Бог посылает Свое откровение через пророков и обращает людей к вере во Христа через проповедь Евангелия: «…благоугодно было Богу юрод-

---

[644] Другие примеры допускающей воли см. в Откровении 17:17: «…Бог положил им на сердце – исполнить волю Его, исполнить одну волю, и *отдать царство их зверю*, доколе не исполнятся слова Божии». См. также Притчей 16:4: «Все сделал Господь ради Себя; и даже нечестивого на день бедствия» (стоит отметить, что слово «блюдет», добавленное в Синодальном переводе курсивом, в оригинале отсутствует). Любое событие, включающее в себя грех или нравственное несовершенство, относится не к декретивной, а допускающей воле Божьей.

ством проповеди спасти верующих» (1 Кор. 1:21). Если Бог предопределил какое-либо опосредованное событие, то ясно, что Он должен был предопределить и средства, которыми это событие будет исполнено. Так, если Бог предопределил дать пророчество, то Он предопределил и пророка. Сходным образом, если Бог предопределил спасти кого-либо через проповедь Евангелия, то Он предопределил и послать ему проповедника (или записанную проповедь). В противоположность опосредованной воле, воля *неопосредованная* осуществляется Самим Богом, без участия посредников. Примером этого может служить сотворение мира, которое Триединый Бог осуществил Сам, а не через людей или ангелов. «…Я Господь, Который сотворил все, один распростер небеса и Своею силою разостлал землю…» (Ис. 44:24).

В зависимости от основного действующего атрибута, различают промысел, осуществляемый главным образом Божьей силой, и промысел, осуществляемый главным образом Божьей мудростью. Божья *сила* выступает на передний план во всех Его чудесах. Во время событий книги Исход все десять казней египетских и стоящие стеной воды Красного моря свидетельствовали о Божьей силе. Божьей силой будут осуществлены многие эсхатологические события и последний суд. С другой стороны, в некоторых предопределенных Богом событиях на первый план выступает Его *мудрость*. Это видно прежде всего в тех событиях, которые осуществляются через сложное и, казалось бы, случайное стечение обстоятельств. К примеру, когда братья Иосифа хотели помешать ему стать царем над ними и продали его в рабство, но Бог все-таки поставил его главой над Египтом, в этом явилась удивительная мудрость Господа. Иосиф потом сказал своим братьям: «…Вы умышляли против меня зло; но Бог обратил это в добро, чтобы… сохранить жизнь великому числу людей…» (Быт. 50:20). Крест Христов тоже был свершен в большей степени Божьей мудростью, нежели Его силой. Через враждебно настроенных людей, слабость учеников и лютую ярость сатаны совершился величайший подвиг искупления.

В отношении осуществимости предопределенного события промышляющая воля может быть позитивной или негативной. *Позитивная* воля утверждает: «Это непременно произойдет». Примеров подобных утверждений в Писании множество. Так, Бог некогда пообещал израильтянам через Моисея: «Пророка из среды тебя, из братьев твоих, как меня, воздвигнет тебе Господь Бог твой…» (Втор. 18:15). Или об Иерусалиме сказано: «И будет в тот день, говорит Господь Саваоф, Я истреблю имена идолов с этой земли…» (Зах. 13:2). *Негативная* воля утверждает: «Этого никогда не произойдет». Например, в Книге пророка Исаии о Тире сказано: «…вовек не будет он восстановлен» (Ис. 25:2).

В зависимости от того, доступна ли людям информация о предопределенных Богом событиях, промышляющая воля может быть открытой или тайной. *Открытая* воля известна людям через Писание. Многие события будущего, вплоть до конца времен и наступления вечного Божьего Царства, открыты в пророчествах Ветхого и Нового Завета. С другой стороны, многие детали Божьего плана остаются нам не известными. Они составляют *тайную* волю Бога. «Сокрытое принадлежит Господу Богу нашему…» (Втор. 29:29).

В отношении условности предопределенных событий волю Божью можно подразделить на абсолютную и условную. *Абсолютная* воля Божья не связана ни с какими условиями. К примеру, обещание заключить с израильтянами новый завет не было ограничено никакими «если». Бог намеревался совершить это независимо от того, как поступали израильтяне. И Он действительно исполнил Свое намерение даже вопреки тому, что израильтяне нарушали все требования Его закона: «Посему скажи дому Израилеву: “Так говорит Господь Бог: "Не для вас Я сделаю это, дом Израилев, а ради святого имени Моего… <…> И возьму вас из народов, и соберу вас из всех стран, и приведу вас в землю вашу. <…> И дам вам сердце новое… <…> И будете жить на земле, которую Я дал отцам вашим, и будете Моим народом, и Я буду вашим Богом"”» (Иез. 36:22, 24, 26, 28). *Условная* воля подразумевает наличие каких-то требований или условий, которые людям нужно соблюсти, чтобы осуществилась объявленная Богом цель. К примеру, Аврааму Бог сказал: «Я Бог Всемогущий; ходи предо Мной и будь непорочен; и дам согласно завету Моему между Мною и тобою, и весьма, весьма размножу тебя» (Быт. 17:1-2; пер. наш. – *А. П*). Иными словами, если Авраам будет поступать непорочно пред Богом, то он увидит исполнение Божьего плана. Позднее Бог объяснил сыну Авраама Исааку, чему тот обязан исполнением Авраамова завета: «…Я буду с тобою и благословлю тебя, ибо тебе и потомству твоему дам все земли сии и исполню клятву, которою Я клялся Аврааму… *за то, что Авраам послушался гласа Моего* и соблюдал, что Мною заповедано было соблюдать: повеления Мои, уставы Мои и законы Мои» (Быт. 26:3-5). Итак, Авраам исполнил Божье условие, а Бог исполнил Свое обещание.

В связи с этим пунктом нужно сделать несколько важных пояснений. Поскольку в данном разделе мы говорим не о гипотетических вариантах развития событий (если произойдет А, то будет Б, а если произойдет В, то будет Г), а о Божьем плане, то ясно, что этот план должен исполниться в любом случае, иначе оказалось бы, что Бог ошибается. Однако наличие условий, как кажется, вносит в план элемент неопределенности: может получиться так, а может и иначе. Значит ли это, что у Бога есть несколько гипотетических планов и Он подстраивается под то, будут ли исполняться те или иные условия? Как условность согласуется с промышляющей волей?

Важно заметить, что, употребляя термин «условная воля», мы имеем в виду условность событий, а не самого Божьего плана. Это различие тонкое, но оно жизненно важно для правильного понимания многих вещей в Священном Писании. Вернемся для примера к последней иллюстрации. Среди богословов распространено мнение, что завет Авраамов был безусловным[645], и это совершенно справедливо. Во время процедуры формального заключения завета в 15-й главе Бытия между рассеченными животными проходит только Сам Бог. Это означает, что Он в одностороннем порядке берет на Себя обязательства исполнить этот завет[646]. Да и мог ли Бог поставить появление израильского народа и искупление человечества в зависимость от столь ненадежного фактора, как переменчивое человеческое послушание? Вряд ли. К тому же до событий 17-й главы Авраам уже неоднократно успел продемонстрировать такое недоверие и непослушание Богу, что любой здравомыслящий человек сказал бы, что на него нельзя положиться. Тем не менее, в 17-й главе Бытия, через четырнадцать лет после заключения завета, Бог вдруг озвучивает условие для исполнения Своих обещаний: «Будь непорочен, и тогда Я исполню Свой завет». Едва ли Бог просто делает рискованную ставку на сомнительное будущее послушание Авраама. В равной мере немыслимо, чтобы Бог был готов к

[645] Напр., Merrill E. A Theology of the Pentateuch // *A Biblical Theology of the Old Testament* / Под ред. Zuck R., Merrill E., Bock D. Chicago: Moody Press, 1991. C. 26; Thomas L. Constable. A Theology of Joshua, Judges, and Ruth // Там же. С. 100–101. Ср. Enns P. *The Moody Handbook of Theology*. Chicago: Moody Press, 1989. С. 51.

[646] Тот, кто проходил между рассеченными животными, как бы говорил: «Если я нарушу этот завет, то да будет со мной то же, что с этими животными». На это указывает второй библейский текст, где упоминается подобная процедура – Иеремии 34:18-20: «…и отдам преступивших завет Мой и не устоявших в словах завета, который они заключили пред лицом Моим, *рассекши тельца надвое и пройдя между рассеченными частями его*, князей иудейских и князей иерусалимских, евнухов и священников и весь народ земли, проходивший между рассеченными частями тельца, – отдам их в руки врагов их и в руки ищущих души их, и *трупы их* будут пищею птицам небесным и зверям земным». Более подробно об этом см. Прокопенко А. *Бытие: Комментарий*. СПб.: Библия для всех, 2012. С. 225–227.

тому, что с Авраамом ничего не получится, данное Аврааму обещание не исполнится и придется с таким же предложением обращаться к кому-нибудь другому. А потом к третьему… Пока, наконец, не найдется кто-нибудь, кто сможет до конца соблюсти необходимые условия. Нет, из всей истории Авраама, начиная от обещаний 12-й главы, складывается впечатление, что Бог точно знает, что именно от Авраама произойдет народ израильский и обетованное Семя.

Как же с этим безусловным планом согласуется условность обетования в 17-й главе? На наш взгляд, чтобы Божий промысел мог включать в себя какие-то условия, но при этом оставаться непреложным, он должен обеспечивать также и средства, необходимые для исполнения поставленных условий. Иными словами, Бог должен был не просто дать Аврааму условие: «Ходи предо Мною и будь непорочен», – но и послать ему Свою помощь – чтобы Авраам смог исполнить это условие и чтобы план Божий непременно осуществился. Намек на эту незримую Божью помощь мы видим в словах Господа, предшествующих повелению быть непорочным: «Я Бог всемогущий» (*Эль-Шаддай*). Бог достаточно могуществен, чтобы помочь Аврааму соблюсти необходимые условия и увидеть исполнение Божьих обетований! Годы спустя слуга Авраама скажет: «Благословен Господь Бог господина моего Авраама, Который не оставил господина моего милостью Своею и истиною Своею!» (Быт. 24:27). Мы можем предположить, что как в этом случае, так и в других Божья благодать и истина сопровождали Авраама повсюду, чтобы замысел Яхве смог осуществиться. Итак, Божья промышляющая воля сама по себе безусловна – она исполнится в любом случае, однако предопределенные события могут быть условными, то есть зависеть от каких-либо обстоятельств.

Подобных примеров в Писании множество. Так, согласно библейскому учению, прощение грехов дается на условии покаяния: «Итак покайтесь и обратитесь, чтобы загладились грехи ваши…» (Деян. 3:19). Значит ли это, что Бог не может от Себя решить, кому будут прощены грехи? Нет, не значит, потому что и покаяние тоже зависит от Бога. «…И язычникам *дал Бог покаяние* в жизнь» (Деян. 11:18). «Его возвысил Бог десницею Своею в Начальника и Спасителя, дабы *дать Израилю покаяние* и прощение грехов» (Деян. 5:31). «…*Не даст ли им Бог покаяния* к познанию истины…» (2 Тим. 2:25). Исполнение Божьего решения простить грехи поставлено в зависимость от покаяния. Однако Бог обеспечивает исполнение этого условия: дает покаяние. Поэтому мы можем сказать и то, что прощение зависит от покаяния, и то, что Бог может предопределить, кто обретет прощение. Это очень хорошо согласуется с тезисом, озвученным нами в **главе 1** настоящей книги и повторенным в начале данной главы: Бог предопределил и результаты, и средства для достижения этих результатов.

Далее, мы читаем, что спасение дается на условии веры: «…благодатью вы спасены через веру…» (Еф. 2:8). Значит ли это, что Бог не может Сам решить, кто спасется? Нет, не значит, потому что и вера – дар Божьей благодати. Павел утверждает, что мы веруем не своими собственными способностями, а силою Божьей: «…Как безмерно величие могущества Его в нас, *верующих по действию державной силы Его…*» (Еф. 1:19). Точно так же Петр говорит, что настоящая спасительная вера – это дар, который принимается свыше: «…*принявшим*[647] с нами равно драгоценную веру…» (2 Пет. 1:1). Бог ставит условие, но Сам же и обеспечивает исполнение этого условия. Поэтому и спасение зависит от веры, и Бог может суверенно решить, кто спасется. Бог предопределил и результаты, и средства.

Писание нередко представляет сохранение спасения зависящим от определенных условий, в частности, от верности Богу до самого конца жизни. Например: «Если те, не послушав глаголавшего на земле, не избегли наказания, то тем более не избежим мы, если отвратимся от Глаголющего с небес…» (Евр. 12:25). Однако верность Богу – это тоже дар благодати, который исходит от Самого Бога. «…*Начавший* в вас доброе дело *завершит* его ко дню Христа Иисуса…» (Флп. 1:6). Поэтому справедливо и то, что сохранение спасения зависит от верности человека, и то, что Бог может сохранить Своих избранных до конца.

Иаков учит, что Бог «…*смиренным* дает благодать» (Иак. 4:6). Мы часто пробегаем мимо этого стиха или даже цитируем его, не задумываясь о том, какую серьезную богословскую проблему он поднимает. Иаков называет условие, которое нужно выполнить, чтобы обрести Божью благодать: смирение. Если вы будете смиренным, то по-

---

[647] Употребленное в оригинале слово означает «получать по жребию» (BDAG. C. 581). В Новом Завете оно используется еще трижды: «…*по жребию*, как обыкновенно было у священников, *досталось* ему войти в храм Господень для каждения…» (Лук. 1:9); «Итак сказали друг другу: “Не станем раздирать его, а *бросим* о нем *жребий*, чей будет”, – да сбудется реченное в Писании: “Разделили ризы Мои между собою и об одежде Моей бросали жребий”» (Иоан. 19:24); «Надлежало исполниться тому, что в Писании предрек Дух Святый устами Давида об Иуде, бывшем вожде тех, которые взяли Иисуса; он был сопричислен к нам и *получил жребий* служения сего» (Деян. 1:16-17). Более подробно о значении этого слова (греч. λαγχάνω) см. **главу 7**, «Новозаветные термины, обозначающие Божью волю».

лучите благодать. Но постойте, разве благодать не является *незаслуженным* даром? При чем тогда условия? Как наличие каких-то условий сочетается со свободной и незаслуженной природой дара? Точно так же, как и во всех предыдущих примерах. Бог ставит условия, но Сам же и дает их исполнить. Он требует смирения для обретения благодати, но Он же и производит в нас это смирение. В частности, Писание учит, что один из плодов Духа Святого – кротость (Гал. 5:23) и что Бог «…силен смирить ходящих гордо» (Дан. 4:34). Таким образом, благодать зависит от смирения, но поскольку смирение тоже производит в нас Бог, благодать остается незаслуженной[648].

Итак, Бог предопределил и результаты, и средства. Именно поэтому благодать может быть абсолютно незаслуженной (по определению не зависящей от человека), но *условной*[649].

## Воля предписывающая

Божья предписывающая (заповедующая) воля[650] – это воля, выраженная в разного рода заповедях и повелениях, данных людям либо напрямую через личное откровение, либо косвенно через записанное Слово. Прямые повеления от Бога нередко получали ветхозаветные пророки (напр., Исх. 3:5; Иез. 2:1 и др.). В Новом Завете мы читаем о прямых повелениях, которые Бог давал волхвам (Матф. 2:12), Иосифу (Матф. 2:13), апостолам (Деян. 9:6; 10:13) и т. п. Однако в настоящее время Бог руководит нами при помощи повелений, записанных в Библии и обращенных ко всем людям универсально.

В чем коренное отличие между предписывающей и промышляющей волями? «Промышляющая воля относится к Его целям и касается осуществления будущих событий. Воля предписывающая относится к тому, как должны поступать разумные создания»[651]. Предпи-

---

[648] О роли Божьих повелений в осуществлении Его промысла см. ниже.

[649] О незаслуженной условной благодати см. Piper J. *Future Grace*. Sisters, OR: Multnomah, 1995. С. 78–79 (на русском языке: Пайпер Дж. *Грядущая благодать: Очищающая сила веры в грядущую благодать*. Чернигов, Украина: In Lumine, 2008. С. 84–85).

[650] В богословской литературе можно также встретить другие наименования: прецептивная, императивная, voluntas signi (лат. «воля повеления»).

[651] Hodge. *Systematic Theology*. Т. 1. С. 403.

сывающая воля «основана на том, что Бог одобряет или не одобряет»[652].

В отличие от промышляющей воли, которая будет исполнена в любом случае, независимо от желания людей, Божьи заповеди можно либо соблюдать, либо не соблюдать. Иными словами, Божья предписывающая воля исполняется не всегда. К примеру, в Матфея 7:21 Христос предупреждает: «Не всякий, говорящий Мне: “Господи! Господи!”, войдет в Царство Небесное, но исполняющий волю Отца Моего Небесного». Исполнение «воли Отца» Он противопоставляет «деланию беззакония» в стихе 23. Из этих стихов видно, что на Божьем суде многие люди узнают, что не исполняли волю Отца, то есть Его заповеди (ср. 1 Иоан. 2:17: «И мир проходит, и похоть его, а исполняющий волю Божию пребывает вовек»).

В зависимости от типа повеления предписывающую волю можно подразделить на негативную (запреты) и позитивную (приказы). *Негативная* воля говорит: «Не делай этого». Примером могут служить многие из заповедей Десятисловия: «Не убивай. Не прелюбодействуй. Не кради. Не произноси… Не желай…» (Исх. 20:13-17). *Позитивная* воля говорит: «Делай вот что». Например: «Почитай отца твоего и мать… да будет тебе благо, и будешь долголетен на земле» (Еф. 6:2-3).

В отличие от промышляющей воли, которая может быть либо открытой, либо тайной, предписывающая воля всегда *открытая*, ибо какой был бы смысл в повелении, которое никому не известно? Впрочем, следует оговориться, что Бог открывал людям Свои заповеди постепенно, от одного пророка к другому, в рамках прогрессирующего откровения. До завершения канона Священного Писания какие-то аспекты предписывающей воли (включая некоторые нравственные требования) могли оставаться закрытыми. Однако после завершения канона предписывающая воля всегда открыта в той степени, в какой Творец посчитал нужным.

## Взаимоотношение промышляющей и предписывающей воли

Что касается взаимоотношения промышляющей и предписывающей воли, то возникают как минимум три вопроса. Во-первых, может ли промышляющая воля противоречить предписывающей? Иными

[652] Там же. Т. 1. С. 404.

словами, может ли Бог запланировать то, что Он не одобряет и что не соответствует Его нравственной природе? Ответ на этот вопрос будет зависеть от того, какая разновидность промышляющей воли имеется в виду. Если речь идет о декретивной воле, то ясно, что она не может идти вразрез с Божьей предписывающей волей, ибо Бог не может прямо приказывать того, что Он Сам не одобряет. Но если мы говорим о воле допускающей, то понятно, что она может противоречить предписывающей воле, поскольку Бог может позволить злым людям или ангелам выполнять их собственные злые намерения. Точно так же, если мы говорим о непосредственной промышляющей воле, то она не может расходиться с волей предписывающей, поскольку Бог не может Сам произвести того, что не соответствует Его нравственной природе. Если же речь идет о воле опосредованной, то она вполне может противоречить Его повелениям, поскольку Бог может предоставить злым творить зло, которое они собираются творить.

Некоторые примеры того, что промысел Бога может включать в себя вещи, не согласующиеся с Его нравственной природой, мы приводили выше, когда говорили о допускающей и опосредованной разновидностях промышляющей воли. Еще несколько примеров приводит Пайпер в замечательном эссе «Две воли Бога»[653]. Разумеется, когда мы говорим о том, что Божья воля включает в себя противоречащие друг другу вещи: «не убивай» (Исх. 20:13) и убийство Христа (Деян. 4:27-28), правду (Еф. 4:25) и «дух лживый» в устах пророка (3 Цар. 22:22), «Отпусти Мой народ» (Исх. 5:1) и «Я ожесточу сердце его, и он не отпустит народа» (Исх. 4:21), – в таких случаях слово «воля» употребляется в разных смыслах, поэтому возникающее противоречие только кажущееся[654].

Второй вопрос: всегда ли у промышляющей и предписывающей воли разные точки приложения? То есть, всегда ли промышляющая воля ничего не предписывает человеку, а предписывающая не имеет отношения к осуществлению Божьего промысла? Если на этот вопрос взглянуть с другой стороны, то его можно сформулировать следующим образом: есть ли у Божьего промысла и Его заповедей какие-то области пересечения? На наш взгляд, есть. В частности, предписывающая

---

[653] Доступно на русском языке в качестве приложения к книге «Чему радуется Бог?» (Пайпер Дж. Две воли Бога? Божественный выбор и желание Бога, чтобы все были спасены // *Чему радуется Бог?* М.: Триада, 2005. С. 345–374).

[654] Ср. Там же. С. 369.

воля может играть определенную роль в осуществлении воли промышляющей. С логической точки зрения, ничто не мешает Богу, например, запланировать построить скинию, а затем приказать конкретному человеку исполнить это (ср. Исх. 31:2-7). В таком случае Божий промысел является целью, а приказ – средством для достижения этой цели. Другими словами, предписывающая воля Божья, обращенная к воле человеческой, может быть одним из средств, при помощи которых исполняется Божья промышляющая воля.

Действительно, в Писании можно найти несколько ясных примеров, когда Божьи непосредственные повеления способствовали исполнению Его промысла (некоторые из них мы увидим в событиях книги Исход в **главе 6** настоящей книги, а также в Деяниях апостолов в **главе 8** настоящей книги). Вполне возможно, что многие повеления и обещания, оставленные для нас в Священном Писании, тоже играют более весомую роль в исполнении Его промысла, чем мы привыкли полагать. Подробнее об этой идее речь пойдет позже.

Поскольку Божьи промышляющая и предписывающая воли в жизни Его народа бывают столь тесно связаны, в некоторых случаях в Писании трудно различить, о какой именно воле идет речь. Взгляните, к примеру, на эти слова: «Как дождь и снег нисходит с неба и туда не возвращается, но напояет землю и делает ее способною рождать и произращать, чтобы она давала семя тому, кто сеет, и хлеб тому, кто ест, – так и слово Мое, которое исходит из уст Моих, – оно не возвращается ко Мне тщетным, но исполняет то, что Мне угодно, и совершает то, для чего Я послал его» (Ис. 55:10-11). Что имеется в виду под выражением «слово Мое, которое исходит из уст Моих»: Божье постановление о будущем или Его приказание, обращенное к человеку? О какой воле идет речь: о промышляющей или предписывающей? Возможно, и о той, и о другой. И Божье постановление о будущем не возвращается к Нему тщетным, и Его открытое Слово, содержащее обетования и приказания, не возвращается к Нему тщетным, но «исполняет то, что [Ему] угодно». Любопытно, что 55-я глава Исаии содержит как повеления, так и предсказания о будущем.

Третий вопрос: как промышляющая и предписывающая воли соотносятся между собой в рамках практической христианской жизни? И Божьи повеления, и Его промысел упоминаются вместе во Второзаконии 29:29, где Моисей говорит: «Сокрытое принадлежит Господу Богу нашему, а открытое – нам и сынам нашим до века, чтобы мы исполняли все слова закона сего». Под «открытым» в данном стихе подразумеваются «все слова закона сего» – то есть Божьи заповеди, Его предписывающая воля. «Открытому» противопоставлено «закрытое» – то есть тайный Божий промысел. Из этих слов следует, что промышляющую волю не нужно искать или стремиться узнать (разумеется, если она не открыта явно в Священном Писании). Мы должны быть довольны тем, что знаем предписывающую волю: ее достаточно, чтобы мы жили так, как хочет Бог!

## Провидение

Как и промысел, провидение относится к сфере суверенности Бога, то есть Его главенства над Вселенной. Главенство Господа выражается в Его постановлениях о будущем (то есть в Его промысле) и проявляется в действии провидения[655]. Провидение – это, по сути, Божье управление всеми предметами, событиями и явлениями в сотворенном Им мире. Если промысел – это Божий план, то провидение – способ осуществления этого плана. Запланировав все, что будет происходить в мире, Бог эффективно контролирует все события так, чтобы Его план безошибочно исполнился.

Один из наиболее известных протестантских документов[656], Вестминстерское исповедание веры, дает такое объяснение понятию «провидение»:

> Бог, великий Творец всего сущего, поддерживает, направляет, распоряжается и управляет всеми тварями, делами и явлениями – от величайшего до ничтожнейшего, – по Его в высшей степени мудрому и святому провидению, согласно Его безошибочному предузнанию и свободному и неизменному изволению

---

[655] Klooster F. Sovereignty of God // *Evangelical Dictionary of Theology* / Под ред. Elwell W. Grand Rapids: Baker Books, 1984. С. 1038. Современный богослов Калвер пишет по этому поводу: «Провидение – компаньон предопределения» (Culver R. *Systematic Theology: Biblical and Historical*. Ross-shire, U.K.: Mentor Imprint; Christian Focus Publications, Ltd., 2005. С. 125).

[656] Ср. Rogers J. *Presbyterian Creeds: A Guide to The Book of Confessions*. Philadelphia, PA: Westminster Press, 1985. С. 140–141.

Своей собственной воли, в похвалу славы Его мудрости, силы, справедливости, благости и милости[657].

Данным определением исключаются две ошибки. Первое ошибочное представление заключается в том, что все или хотя бы какие-то события происходят случайно. Вторая ошибка связана с верой в то, что история Вселенной протекает согласно некоему безличному закону, которому вынужден подчиняться даже Сам Бог (или, в мифологическом сознании, боги). Комментируя этот параграф Исповедания веры, Уилльямсон пишет: «Поскольку Бог *управляет* Вселенной, исключается *случай*, а поскольку Вселенной управляет *Бог*, исключается *судьба* [или рок]»[658].

Божье провидение иногда подразделяют на три категории[659]. Посредством Своего *сохраняющего* провидения Бог поддерживает всю Вселенную в упорядоченном состоянии. Если бы не Бог, Вселенная уже давно пришла бы в хаотическое состояние или разрушилась бы в результате какой-нибудь катастрофы. Так, сказано, что Бог «…[держит] все словом силы Своей…» (Евр. 1:3). Также 2 Петра 3:7 утверждает, что нынешние небеса и земля «содержатся» словом Господа.

Вторая категория – *управляющее* провидение. Это общий Божий контроль над всеми событиями, происходящими во Вселенной. Библия учит, что Бог управляет *погодными явлениями*: «Он покрывает небо облаками, приготовляет для земли дождь, произращает на горах траву…» (Пс. 146:8). «…Дает снег, как волну; сыплет иней, как пепел; бросает град Свой кусками; перед морозом Его кто устоит? Пошлет слово Свое, и все растает; подует ветром Своим, и потекут воды» (Пс. 147:5-7). Бог управляет также *стихийными бедствиями*: «Я образую свет и творю тьму, делаю мир и произвожу бедствия; Я, Господь, делаю все это» (Ис. 45:7). Все *болезни* также находятся под Божьим контролем: «Господь сказал: “Кто дал уста человеку? Кто делает немым, или глухим, или зрячим, или слепым? Не Я ли Господь?”» (Исх. 4:11).

---

[657] Вестминстерское исповедание веры 5.1 // *Confession of Faith*. Glasgow, U.K.: [s.n.], 1764. С. 42–43. Рус. пер. Реформатской христианской миссии. Электронная программа «Цитата из Библии».

[658] Williamson G. *The Westminster Confession of Faith for Study Classes*. Philadelphia: Presbyterian and Reformed Publishing Company, 1964. С. 47. Курсив как в оригинале.

[659] Напр., Ridgeley T. *Commentary on the Larger Catechism*: В 2 т. S. l., 1855; репр., Edmonton, Canada: Still Waters Revival Books, 1993. Т. 1. С. 354–356.

Нет ни одного вируса и ни одной вредоносной бактерии, которая не подчинялась бы Его суверенному управлению. Наконец, Бог контролирует *бездетность* и *появление детей*: «…Господь заключил чрево ее [Анны]» (1 Цар. 1:5); «Господь узрел, что Лия была нелюбима, и отверз утробу ее…» (Быт. 29:31).

Третья разновидность провидения – *частное* провидение. Это Божий контроль над деяниями живых творений[660]. В частности, Писание сообщает, что Бог управляет *народами*. В частности, Он контролирует, каким будет правительство: «…Всевышний владычествует над царством человеческим, и дает его, кому хочет…» (Дан. 4:14). Он решает, как долго правитель останется на своем месте: «Он обращает князей в ничто, делает чем-то пустым судей земли. Едва они посажены, едва посеяны, едва укоренился в земле ствол их, и как только Он дохнул на них, они высохли, и вихрь унес их, как солому» (Ис. 40:23-24). В конечном итоге от Бога зависит, какое решение примет правительство в тот или иной момент. Раньше многие решения, даже военные и политические, принимались путем жребия, однако Соломон пишет: «В полу бросается жребий, но все решение его – от Господа» (Прит. 16:33).

Любопытно, что Бог управляет не только решениями, принимаемыми на основании случайных событий (как бросание жребия), но и решениями, принимаемыми путем советов и рассуждений. Бог определяет, к какому мнению прислушается правительство: «И сказал Авессалом и весь Израиль: “Совет Хусия архитянина лучше совета Ахитофелова”. Так Господь судил разрушить лучший совет Ахитофела, чтобы навести Господу бедствие на Авессалома» (2 Цар. 17:14). Александр Карсон пишет по этому поводу:

> Почему глупость так часто берет верх над мудростью на государственных советах, в законодательных органах? Бог заставляет отказываться от хороших советов с тем, чтобы свершилось небесное мщение за преступления народа. Бог правит миром при помощи Своего Провидения… Взгляните на мрачного сенатора. Он

---

[660] Ср. Кальвин: «Своим провидением Бог управляет не только всем мирозданием и его отдельными составляющими, но также сердцами и даже поступками людей. <…> Под провидением мы понимаем не то, что Бог праздно наблюдает с небес за всем, что происходит на земле, но то, что Бог управляет миром, который Он создал» (Calvin J. *Concerning the Eternal Predestination of God* / Пер. на англ. Reid J. London and Southampton, U.K.: James Clarke & Co. Ltd., 1961. С. 162).

встает с места и говорит мудрые слова. Но если бы Богу было угодно наказать страну, то встал бы болтливый пустослов и задурил своей чепухой головы вполне здравомыслящим людям[661].

Бог также контролирует, какое государство одержит победу в войне: «Нееман, военачальник царя сирийского, был великий человек у господина своего и уважаемый, потому что чрез него дал Господь победу сириянам…» (4 Цар. 5:1). Заметьте, что речь идет о неверующих сирийцах. Даже среди неверующих народов, в стороне от Израиля исход войны зависит от Божьего решения.

Далее, в рамках Своего частного провидения Бог управляет *отдельно взятыми людьми*. Примеров этому в Писании очень много, и мы затронем лишь малую долю. Соломон учит: «Много замыслов в сердце человека, но состоится только определенное Господом» (Прит. 19:21). Что бы человек ни запланировал и как бы он ни старался воплотить свои планы в жизнь, из всех его планов состоится только то, что предрешил Господь. То, что Бог способен эффективно управлять осуществлением человеческих намерений, предполагает, что Он умеет контролировать поступки людей.

Библия сообщает, что Бог контролирует то, какой путь избирает человек: «От Господа направляются шаги человека…» (Прит. 20:24). Более того, Писание эмфатически отрицает, что человек волен сам, без всякого Божьего контроля пройти из пункта А в пункт Б: «Знаю, Господи, что не в воле человека путь его, что не во власти идущего давать направление стопам своим» (Иер. 10:23). Это не делает человека марионеткой, поскольку человек способен сам планировать свой путь и стараться поступать в соответствии со своими намерениями. Тем не менее, куда человек придет, в конечном итоге зависит от Господа: «Сердце человека обдумывает свой путь, но Господь управляет шествием его» (Прит. 16:9).

Даже такая простая вещь, как слова, которые вырываются из наших уст, тоже контролируются Господом. Иначе и быть не может, ведь от того, какие слова будут сказаны и с какой интонацией они будут произнесены, зависит исход многих маленьких или даже больших событий, из которых складывается жизнь отдельных людей и история целых народов. Каждый из нас наверняка может вспомнить примеры

---

661 Цит. по: Бриджес Дж. *Можно ли в беде положиться на Бога*. М.: Триада, 2005. С. 80–81.

из своей жизни, когда он обдумывал свою речь и собирался сказать одно, а выходило совсем другое. Это – тоже пример Божьего провидения. Писание утверждает: «Человеку принадлежат предположения сердца, но от Господа ответ языка» (Прит. 16:1).

Любопытный пример Божьего управления мы находим в книге Исход 12:35-36: «И сделали сыны израилевы по слову Моисея и просили у египтян вещей серебряных и вещей золотых и одежд. Господь же дал милость народу Своему в глазах египтян: и они давали ему, и обобрал он египтян». Казалось бы, какой глупец отдаст свое самое ценное имущество рабам, уходящим в неизвестном направлении? Однако Господь расположил сердца египтян таким образом, что они поступили нелогично и неосмотрительно. Они отдавали свое серебро и золото добровольно и без принуждения, но управлял этим Господь.

Еще более явно способность Бога управлять решениями людей, не лишая последних свободной воли, видна в словах апостола Павла коринфянам: «Благодарение Богу, вложившему в сердце Титово такое усердие к вам. Ибо, хотя и я просил его, впрочем он, будучи очень усерден, пошел к вам добровольно» (2 Кор. 8:16-17). Павел пишет, что Тит пошел в Коринф «добровольно». Это значит, что его никто не заставлял – он не превратился в робота или марионетку. Однако почему он пошел? Потому что Бог «вложил в его сердце усердие» о коринфянах. Как именно Он это сделал, мы не знаем. Но мы просто обязаны верой принимать непреложный библейский факт: Бог знает, как контролировать и направлять поступки людей.

В Книге пророка Аггея рассказывается, что израильтяне в ранний послепленный период увлеклись обустройством собственной жизни и утратили интерес к строительству храма. Однако Бог послал к ним пророков Аггея и Захарию, которые обличали народ, и строительство храма возобновилось. Вот что об этом сообщает Аггей: «И возбудил Господь дух Зоровавеля, сына Салафиилева, правителя Иудеи, и дух Иисуса, сына Иоседекова, великого иерея, и дух всего остатка народа, и они пришли, и стали производить работы в доме Господа Саваофа, Бога своего…» (Агг. 1:14). Вновь мы замечаем, что народ стал производить работы добровольно. Никто не совершил насилия над их волей и не превратил их в роботов. Однако почему они стали строить? Потому что «возбудил Господь дух Зоровавеля… и дух Иисуса… и дух всего остатка народа…». Бог знает, как направить волю людей, чтобы они произвели угодные Ему действия.

Бог может не только побуждать людей к каким-то решениям, но и удерживать их от каких-то поступков. Например, в книге Бытие Моисей рассказывает, как Авраам, оказавшись в филистимском городе Гераре, сказал не всю правду о своем семейном положении, в результате чего Сарра была взята в царский гарем. Однако царь Авимелех так и не прикоснулся к Сарре. Опять же, никто не превратил его в робота. Он поступал по собственной свободной воле. Однако Бог объяснил ситуацию следующим образом: «И сказал ему Бог во сне: “И Я знаю, что ты сделал сие в простоте сердца твоего, и удержал тебя от греха предо Мною, потому и не допустил тебя прикоснуться к ней…”» (Быт. 20:6). Бог удержал Авимелеха от греховного поступка. Важно заметить, что Авимелех не сознавал этого – поскольку понадобилось, чтобы Бог ему объяснил причины произошедшего. Из этого мы ясно видим, что Господь способен незримым образом удерживать людей от совершения каких-то поступков, в частности, от совершения греха.

Противоположный пример мы встречаем в Послании к римлянам. О язычниках, которые не преклонились перед Творцом и стали поклоняться творению, сказано: «…предал их Бог в похотях сердец их нечистоте…» (Рим. 1:24). Если Авимелеха Бог удержал от греха, то этих людей – в наказание за их идолопоклонство – не удержал. Из этого можно сделать вывод, что Бог ежедневно, каждую секунду удерживает людей от многих грехов. Если бы не Его *сдерживающая* благодать, то любой человек достиг бы крайних степеней греховности. Только благодаря этой общей благодати встречаются порядочные люди среди неверующих и в обществе есть хоть какой-то порядок. Однако по Своему изволению Бог может отнять сдерживающую благодать, и человек впадет в худшие грехи (например, гомосексуализм, о котором говорит Павел в первой главе Римлянам).

В Книге пророка Исаии Бог раскрывает Свою роль в крупных исторических событиях. Об ассирийском царе Сеннахириме, который захватил многие города и страны, Бог говорит: «Разве не слышал ты, что Я издавна сделал это, в древние дни предначертал это, а ныне выполнил тем, что ты опустошаешь крепкие города, превращая их в груды развалин?» (Ис. 37:26). Сеннахирим действовал по собственной воле, пользуясь своим разумом и реализуя свои амбиции. Однако Господь говорит, что тем самым этот ассирийский царь только исполнил то, что было предопределено Богом. Любопытно заметить, что сам ассирийский царь никак не чувствовал себя частью чужого плана. Напротив, все свои достижения он приписывал исключительно своим качествам: «Силою руки моей и моею мудростью я сделал это, потому что я умен...» (Ис. 10:13). Однако Бог открывает, что Сеннахирим был лишь инструментом в Его руках: «Величается ли секира пред тем, кто рубит ею? Пила гордится ли пред тем, кто двигает ее?» (Ис. 10:15). Царь ассирийский рубил народы и перепиливал их армии, однако за движениями секиры и пилы стояла невидимая Божья рука. Бог замыслил наказать нечестивые народы за их моральное разложение, и теперь привел Свой план в исполнение руками Сеннахирима. Чтобы Сеннахирим мог, действуя от собственной воли, исполнить сам того не ведая Божий замысел, Бог должен знать, как направлять человеческую волю.

Тому же самому учит Книга Притчей: «Сердце царя – в руке Господа, как потоки вод: куда захочет, Он направляет его» (Прит. 21:1). Этот стих не только утверждает способность Бога управлять человеческим сердцем, но и проливает свет на характер этого управления. Он управляет сердцами так же, как фермер управляет потоками вод. Для того чтобы подвести ручей к своему полю, фермеру не нужно собственноручно перемещать каждую молекулу воды из ручья, превращая ручей в «куклу на ниточках». Достаточно просто направить бег ручья по новому руслу, прокопав канаву или поставив на его пути заграждения. Точно так же и Богу не нужно порабощать человеческую волю, чтобы побудить человека сделать то, что записано в Божьем плане. Достаточно направить эту волю в нужное русло, «прокопав канаву» устремлений или «поставив преграду» обстоятельств.

Один из самых потрясающих примеров Божьего провидения являет собой история Иосифа в книге Бытие. Как помнят читатели, собственные братья захотели избавиться от Иосифа, продав его в рабство. С этого началась длинная череда событий, приведших в конечном итоге к тому, что он стал в Египте вторым лицом после фараона. Через это Господь сохранил жизнь не только самому Иосифу, но и всей его многочисленной семье, в том числе его братьям. Оглядываясь потом на все происшедшее, сам Иосиф сказал: «...вот, вы умышляли против меня зло; но Бог обратил это в добро, чтобы сделать то, что теперь есть: сохранить жизнь великому числу людей...» (Быт. 50:20). Важно заметить, что Синодальный перевод, как и некоторые другие[662], несколько

[662] Ср. перевод МБО: «Вы замыслили против меня зло, но Бог обратил его ко благу...»; перевод архимандрита Макария: «Вы умышляли против меня зло; но Бог обратил в добро...» Любопытно, опирались ли в данном случае переводчики на общий источник, например, Вульгату (где используются похожие выражения)? Почему

смазывает богословскую картину этого стиха за счет своей небуквальности. В еврейском оригинале и в отношении к братьям Иосифа, и в отношении к Богу употребляется один и тот же глагол, означающий «замышлять, планировать». Более буквально этот стих можно перевести так: «...вы *замышляли* [חָשַׁב, *хашáв*] против меня зло, Бог же *замышлял* [חָשַׁב] это для добра...» Отсюда становится очевидно, что счастливая развязка истории Иосифа – это не запоздалая мысль в Божьем плане действий, а изначальный план. Бог не просто парировал греховный выпад братьев, как фехтовальщик парирует удар противника. Он изначально включил их поступок в Свой высший план как составную часть. Иными словами, Он не просто *реагировал* на обстоятельства, а *планировал* обстоятельства. Через коварные планы и замыслы братьев Иосифа проявился благой Божий замысел. «...Из сильного вышло сладкое».

Еще один яркий пример того, что Бог может направлять человеческую волю в угодное Ему русло, содержится в Послании к филиппийцам 2:12-13: «...со страхом и трепетом совершайте свое спасение, потому что Бог производит в вас и хотение и действие по Своему благоволению». Как видно из этого стиха, Бог может не только управлять действиями людей при помощи внешних обстоятельств, но и производить в сердце человека «хотение». Хотение (греч. τὸ θέλειν, *то тéлейн*), то есть желание или устремление, – это не просто эмоции, а проявление воления. Итак, Писание ясно учит, что Бог знает, как управлять человеческой волей, и может пользоваться этим для исполнения Своего промысла, например, чтобы сохранять Своих избранных от отпадения.

Наконец, поскольку разумное творение включает в себя не только людей, но и ангелов, Божий контроль над *ангелами* тоже относится к сфере частного провидения. Важно заметить, что Бог управляет не только святыми, но и падшими ангелами. В частности, Он властен не допустить сатане совершить что-то, что противоречит Его плану. На-

---

одинаковое отклонение от оригинала? К похвале переводчиков РБО, они упоминают Божий промысел: «Вы замышляли против меня зло, а по Божьему промыслу оно обернулось добром...» Но все равно, на наш взгляд, фраза «обернулось добром» не совсем удачна, так как может создать впечатление позднейшей реакции на обстоятельства.

пример, пока Бог не дал сатане власти над Иовом, сатана не мог к нему прикоснуться. И даже после этого сатана мог причинить Иову лишь тот ущерб, который позволил Бог: «И сказал Господь сатане: "Вот, все, что у него, в руке твоей; только на него не простирай руки твоей". И отошел сатана от лица Господня» (Иов. 1:12).

Поскольку Бог способен эффективно контролировать действия падших ангелов, Писание обещает нам: «…верен Бог, Который не попустит вам быть искушаемыми сверх сил…» (1 Кор. 10:13). По той же самой причине Христос учил учеников молиться: «…но избавь нас от лукавого» (Матф. 6:13). Если бы Бог не властен был этого сделать, такая молитва не имела бы большого смысла.

Важно помнить, что провидение само по себе не является объективным откровением. Иными словами, даже если мы предполагаем, как Бог управлял ходом тех или иных исторических событий в прошлом, мы находимся в полнейшем неведении о том, как именно, при помощи каких тайных механизмов Бог управляет тем, что происходит сейчас. В тот момент, когда действуют невидимые силы провидения, мы можем даже не предполагать, что они действуют, и не догадываться, к чему они ведут. Бог нередко действует разными путями, очень часто приводя к неожиданным для нас результатам. Поэтому прошлые примеры провидения не следует возводить в ранг универсального образца или следовать им как нормативному примеру.

Если сказать то же самое еще проще, не следует угадывать промышляющую волю Божью по обстоятельствам. К примеру, если вы подали заявление на работу, но вам ответили отказом, какие выводы вы можете сделать из этого происшествия о воле Божьей на будущее? Значит ли это, что Богу не угодно, чтобы вы там работали? Или же отказ – лишь сатанинские препятствия, которые вы должны преодолеть? Или же это означает, что вам нужно недельку-другую отдохнуть? А может, Бог хочет сказать, что эта работа вам не понадобится, так как вы через день умрете? Правда в том, что вы никогда не можете знать этого заранее, пока все не осуществится. Провидение – это не откровение. О том, к чему ведет провидение, можно узнать только оглядываясь назад – на то, что уже свершилось. Провидение не говорит нам *яв-*

*ным образом*, к чему Бог хочет привести нас в будущем[663]. Тем не менее, зная из Библии о том, что Бог управляет всеми деталями нашей жизни, мы можем со спокойной уверенностью смотреть в будущее, зная, что Его благой план непременно совершится. Он знает, как исполнить Свой замысел!

Итак, мы кратко рассмотрели три вида Божьего провидения: сохраняющее, управляющее и частное. Хотя ни одно событие в истории невозможно без Божьего сохраняющего провидения, в рамках настоящей книги нас интересуют прежде всего управляющее и частное провидение. Иными словами, мы постараемся уделить больше внимания тому, как Бог управляет безличной природой и мыслящими существами. Более детально учение о Божьем провидении удобно разбирать на примере конкретных событий, описываемых в Библии. Этим мы займемся в **главе 6** на примере событий книги Исход и в **главе 8** на примере жизни апостола Павла. **Главы 5** и **7** будут посвящены обзору ветхозаветного и новозаветного лексикона, связанного с промышляющей и предписывающей волями Бога.

---

[663] Как видит читатель, мы считаем ошибочной теорию Генри Блэкеби и Клода Кинга, которые призывают узнавать волю Божью, в числе всего прочего, по обстоятельствам (ср. Blackaby H. и King C. *Experiencing God: How to Live the Full Adventure of Knowing and Doing the Will of God*. Nashville, TN: Broadman and Holman, 1994. C. 117–126).

# ГЛАВА 3

# ВЕЧНОСТЬ И ПРЕДОПРЕДЕЛЕНИЕ

Исторический обзор в первой главе продемонстрировал, что все основные точки зрения по вопросу о взаимоотношении Божьей и человеческой воли можно разделить на четыре группы: (1) Бог предопределил результаты, но не средства; (2) Бог предопределил средства, но не результаты; (3) Бог предопределил как результаты, так и средства; (4) Бог не предопределил ни результаты, ни средства. Последняя позиция основана на особом представлении о природе времени и вечности – понятии, которое получило название «вечное настоящее» (или «вечное сейчас»). Именно эта точка зрения будет в центре нашего внимания в данной главе.

## Определения понятий времени и вечности

Как это нередко бывает, и тот, и другой термин могут иметь несколько значений. Поэтому, прежде чем говорить о концепции «вечного настоящего», нужно определиться в терминах. Какой же смысл может вкладываться в понятия времени и вечности?

### Время

В естественно-научных, философских и богословских дискуссиях встречаются два разных представления о *времени*. С одной стороны, о времени можно говорить как о смене земных циклов: дня и ночи, лета и зимы, лунных фаз и т. п. С таких позиций к этому вопросу подходит, например, Константин Прохоров, один из первых русских протестантских авторов, взявшихся за подробное рассмотрение проблемы предопределения. В частности, он пишет:

> …о времени есть смысл говорить только в связи с общим творением мира и человека (Быт. 1:14; Пс. 103:19), *движение небесных светил* и люди, упорядочивающие свою жизнь *по ним*, необходимо обусловливают наш пространственно-временной мир (Еккл. 1:5; Пс. 8:4-5)[664].

В этом смысле время есть функция творения, поэтому Августин говорил, что «…без сотворенного нету и времени…»[665]. Будучи функцией творения, время не может присутствовать в природе Бога, поскольку Бог не зависит от Своего творения и не может содержать его в Своей природе. Поэтому Августин пишет: «Не было такого времени, когда Ты еще ничего не создал, ибо и время – творение Твое. Нет времени вечного, подобного Тебе: Ты пребываешь, время же пребывать не может»[666].

С другой стороны, о времени можно говорить как об идее. К этому представлению приближается – хотя явно его и не высказывает – все тот же Августин. В частности, доказывая, что время не сводится к движению небесных тел, он ссылается на случай, произошедший с Иисусом Навиным: «…пусть такой прочтет о том человеке, который сумел молитвой остановить солнце, дабы битва была завершена победой: *солнце стояло, а время – шло*»[667]. После этого он делает вывод: «Итак, я вижу, что время – это некая протяженность»[668]. Далее Августин задается вопросом, как мы можем сравнивать разные временные протяженности, если предмет сравнения отсутствует, так как будущего еще нет, а прошлого уже нет? Он приходит к выводу, что мы измеряем не само проходящее время, а что-то, что прочно закрепилось в нашей

---

[664] Прохоров К. *Тайна предопределения*. Idar-Oberstein, Germany: Titel Verlag, 2003. С. 274. Курсив наш. – *А. П.*

[665] Августин. Исповедь, кн. 11, гл. XXX // *Творения*: В 4 т. Т. 1: Об истинной религии. СПб.: Алетейя, 2000. С. 681.

[666] Там же. С. 668 (кн. 11, гл. XIV).

[667] Там же. С. 675–676 (кн. 11, гл. XXIII). Курсив наш. – *А. П.*

[668] Там же. С. 676 (кн. 11, гл. XXIII).

памяти. Вывод его таков: «В тебе, душа моя, измеряю я время»[669]. В связи с этим интересно отметить, что его рассуждения о времени более сложные и нюансированные, чем у некоторых современных авторов, прочно связывающих время с движением физических объектов и сменой астрономических циклов.

Итак, у Августина звучит мысль, что время может быть идеей, присутствующей в нашем сознании (хотя, повторюсь, эта мысль не получает развития в его рассуждениях). Сходную мысль высказывают многие современные философы[670]. Если же время – не функция материального творения, а функция нематериального сознания, то оно может быть и не тварным. Если говорить о времени с таких позиций, то, хотя бы теоретически (мы не утверждаем этого наверняка), оно может быть присуще природе[671] Бога так же, как Его природе присущи идеи логических или нравственных законов.

Оба названных представления о времени встречаются у сэра Исаака Ньютона в его книге *Principia*. Время, измеряемое движением материальных объектов, он называет *относительным*, а идеальное время – *абсолютным*:

> Абсолютное, истинное и математическое время само по себе, в силу собственной природы, не будучи привязанным ни к чему внешнему, течет неизменно и иначе называется длительностью. Относительное, видимое, обычное время – это любое осмысленное внешнее измерение (точное или неточное) длительности посредством движения; именно такое измерение – например, час, день, месяц, год, – а не истинное время обычно подразумевается в разговорах о времени[672].

---

[669] Там же. С. 679 (кн. 11, гл. XXVII).

[670] Напр., Штраус в своей «Догматике» пишет: «Вечность – это единство, лежащее в основе последовательных моментов времени, точно так же, как материя – единство, лежащее в основе акциденций, являющихся ее проявлениями» (цит. по: Hodge. *Systematic Theology*. Т. 1. С. 389).

[671] Термин «природа» мы здесь используем в самом общем смысле – как «естество», не разграничивая между сущностью и ипостасью.

[672] Newton, Isaac. *The Principia*. 3-е изд. Пер. Cohen I. и Whitman A. University of California Press, Berkeley, 1999. Цит. по URL: http://en.wikipedia.org/wiki/Time (дата обращения: 01.01.2009).

Забегая вперед, отметим, что теория относительности Эйнштейна касается лишь относительного времени – времени, измеряемого движением физических объектов. Но подробнее об этом потом.

Два обозначенных выше представления о времени находят отдаленные параллели в концепциях, существовавших на Ближнем Востоке и в Греции издревле. В частности, у древних народов были две основные концепции времени: циклическая и линейная. *Циклическая* была представлена египетским словом *tr* (*тэр*) и греческим αἰών (*айóн*) и основывалась на наблюдении за повторяющимися природными явлениями: сменой дня и ночи, времен года, разливами Нила[673]. *Линейная* концепция времени, представленная египетским словом *’.t* (*ат*) и греческим καιρός (*кайрóс*), возникла из наблюдений за уникальными явлениями, происходящими в разное время[674]. Не весь жизненный опыт укладывался в рамки повторяющихся циклов – некоторые события и явления более естественно воспринимались как точки на временном континууме.

### Вечность

От понятия времени перейдем к понятию *вечность*. Всякий раз когда звучит это слово, дело осложняется тем, что употребляют его не только в буквальном, но и в метафорическом (переносном) смысле. Метафорическая вечность связана не с *протяженностью* бытия, а с *формой* или *характеристикой* бытия. К примеру, 11-е издание «Академического словаря Мерриам-Уэбстера» как одно из значений этого слова приводит «бессмертие»[675] (ср. русское выражение «перейти в вечность»). Бессмертие – это особая *форма бытия*, отличная от теперешнего человеческого состояния, однако само по себе данное понятие ничего не говорит об отношении бытия ко времени. Бессмертным может быть как существование во времени, так и существование вне времени. Еще одно определение вечности – «обладание всей полнотой

---

[673] Tomasino A. עֵת // *NIDOTTE*. T. 3. C. 564.

[674] Там же.

[675] Eternity // *Merriam-Webster's Collegiate Dictionary*. 11-е изд. Springfield, MA: Merriam-Webster, Inc., 2003.

бытия»[676] – тоже не связано с идеей протяженности. Обладать всей полнотой бытия теоретически возможно как во времени, так и вне времени. Поэтому данная концепция не разрешает вопроса об отношении вечности ко времени.

Из всех библейских текстов ближе всего к метафорическому значению вечности подходит, пожалуй, Екклесиаста 3:11: «Он создал все прекрасным в свое время. Он также вложил осознание вечности в сердца людей, но они не могут постичь всего, что делает Бог, от начала до конца» (пер. МБО 2007). Словосочетанием *осознание вечности* в переводе МБО представлено еврейское הָעֹלָם (*а-оля́м*); в Синодальном переводе ему соответствует слово *мир*. Однако ни тот, ни другой перевод не удовлетворяют нас в полной мере[677]. Еврейское слово עוֹלָם (*оля́м*) означает «протяженность» или «вечность»[678], и в самом буквальном прочтении этот стих гласит, что Бог вложил в сердца людей *вечность* (ср. NASB: «He has also set eternity in their heart…»). Это единственный случай во всем Ветхом Завете, когда существительное עוֹלָם выступает в роли прямого дополнения[679].

Что касается значения слова עוֹלָם в Екклесиаста 3:11, высказываются разные точки зрения, но, пожалуй, большинство из них связаны с метафорическим (переносным) понятием вечности. Переводчики и комментаторы «The NET Bible»[680] в качестве одного из вариантов упоминают метонимию по ассоциации: ощущение вечности[681] (ср. пер. МБО: «осознание вечности»). Сходным образом, Энтони Томасино считает, что Соломон имеет в виду идею вечности[682]. Уоррен Уирсби

[676] Зайцев А. Историческое развитие христианского учения о вечности. URL: http://azbyka.ru/dictionary/03/vechnost_v_hristianstve-all.shtml (дата обращения: 24.08.2012).

[677] Синодальный перевод слишком сильно отклоняется от словарных значений слова עוֹלָם, а перевод МБО слишком интерпретативен, хотя «осознание вечности» – *один из* возможных вариантов понимания данного слова в этом стихе.

[678] *HALOT*. Т. 2. С. 798.

[679] В роли подлежащего оно не используется вовсе (Tomasino A. עוֹלָם // *NIDOTTE*. Т. 3. С. 350).

[680] Над премудростными книгами в этом издании работали Robert B. Chisholm, Gordon H. Johnston, Allen P. Ross и Steven H. Sanchez.

[681] *The NET Bible First Edition*. S. l.: Biblical Studies Press, 2006. Eccl 3:11.

[682] Tomasino. עוֹלָם. С. 350.

полагает, что Бог вложил в сердца людей бессмертие[683], а авторы комментариев «Учебной Библии» под редакцией Мак-Артура – что Бог вложил в сердца людей Свою вечную цель[684]. Дональд Гленн под словом «вечность» в данном стихе понимает желание каждого человека знать свое вечное предназначение[685]. Кайль и Делицш считают, что имеется в виду импульс, влекущий из этого временного мира в мир вечный, желание направлять мысли к вечному[686]. Уильям Мак-Дональд полагает, что имеются в виду мысли о вечности, то есть о том, что за пределами земной жизни простирается бескрайний океан времени[687]. Авторы комментариев «The Open Bible» под словом «вечность» здесь понимают желание и способность постигать Бога[688], а авторы «The Nelson Study Bible» – стремление выйти за рамки смертности, познавая смысл и судьбу мира[689]. Итак, слово «вечность» может употребляться в разных переносных значениях, однако все их многообразие не имеет отношения к теории «вечного настоящего» и потому не представляет интереса для нашей дискуссии.

Помимо метафорического значения, слово «вечность» употребляется также в буквальном смысле – по отношению к бесконечной протяженности. Основных взглядов на буквальную вечность два. Согласно первому, вечность – это бесконечная *протяженность времени*, то есть время, которое никогда не начиналось (прошлая вечность) и/или никогда не заканчивается (будущая вечность). Эта концепция называется также «темпоральной», то есть временно́й, вечностью. Со-

---

[683] Wiersbe W. *Be Satisfied*. Wheaton, IL: Victor Books, 1990. Eccl 3:11.

[684] *The MacArthur Study Bible* / Под ред. MacArthur J. Nashville, TN: Word Publishing, 1997. C. 930.

[685] Glenn D. Ecclesiastes // *The Bible Knowledge Commentary: An Exposition of the Scriptures* / Под ред. Walvoord J. и Zuck R. Wheaton, IL: Victor Books, 1983–1985. T. 1. C. 984.

[686] K-D. T. 6. C. 687–688.

[687] MacDonald W. *Believer's Bible Commentary: Old and New Testaments* / Под ред. Farstad A. Nashville, TN: Thomas Nelson, 1995. Eccl 3:11.

[688] *The Open Bible*. Nashville: Thomas Nelson Publishers, 1997. Eccl 3:11.

[689] *The Nelson Study Bible* / Под ред. Radmacher E., Allen R. и House H. Nashville: Thomas Nelson Publishers, 1997. Eccl 3:11. Стоит также отметить, что некоторые комментаторы видят в этом стихе указание на буквальную вечность, то есть на безграничную протяженность времени, противопоставляемую отдельным «временам», отведенным для «всякой вещи под небом» (ср. Еккл. 3:1). В частности, такой точки зрения придерживается Рональд Мерфи (Murphy R. *Ecclesiates*. WBC. T. 23A. C. 34). Впрочем, в рамках данной темы нас интересует не столько точное значение этого стиха, сколько пример возможного метафорического употребления слова «вечность» в Священном Писании.

гласно второму взгляду, вечность – это *безвременная протяженность* (термин, употребляемый наиболее известными адвокатами этого взгляда Стампом и Кретцманном)[690], или безвременное бытие. Эта концепция называется «атемпоральной», то есть безвременной, вечностью.

Как видим, одна из идей буквальной вечности исключает временно́е существование, другая – не исключает. В оставшейся части этой главы мы поговорим об обеих точках зрения и посмотрим, как они соотносятся с библейским учением об избрании и предузнании / предопределении.

## Вечность: временна́я или безвременная?

Обе концепции вечности широко обсуждаются в современной философской и богословской литературе, и у обеих есть свои сильные и слабые стороны. К сожалению, Священное Писание не позволяет решить вопрос в ту или иную сторону со стопроцентной уверенностью. Некоторые тексты, на которые ссылаются сторонники одной и другой теории, будут рассмотрены в соответствующих разделах. Но для начала сделаем несколько общих наблюдений в отношении того, что говорит Библия о вечности.

### Библейское учение о вечности: общие наблюдения

В Ветхом Завете идея вечности представлена, главным образом, тремя словами: עֹלָם (*оля́м*), קֶדֶם (*ке́дем*) и עַד (*ад*), – из которых чаще всего встречается עֹלָם. Спектр основных значений слова עֹלָם колеблется между «отдаленным временем» и «бесконечностью»[691]. Конкретная величина временного промежутка зависит от контекста и может составлять период жизни одного человека (напр., 1 Цар. 1:22) или действительно бесконечное время (Пс. 9:8).

---

[690] Feinberg J. *No One Like Him: The Doctrine of God.* Wheaton, IL: Crossway Books, 2001. C. 377.

[691] MacRae A. עלם III // *TWOT*. T. 2. C. 673.

Само по себе слово עֹלָם не содержит идеи отсутствия времени и, как правило, не означает даже бесконечности в идеальном (философском) смысле этого слова[692]. Чаще всего оно означает просто неопределенно долгий промежуток времени[693]. Ветхий Завет говорит о вечности не в философском, а в прикладном значении[694]. Лишь в более поздний период – гораздо позднее последних ветхозаветных книг – в иудаизме появляются попытки противопоставить вечность времени[695]. Однако об этом будет удобнее сказать в связи с новозаветным лексиконом, поскольку значительная часть этих источников написана на греческом языке и, по-видимому, находится в зависимости от греческой философии. Также к более позднему периоду относится разделение вселенской истории на «две вечности», или «два века». Это разделение появляется у иудейских раввинов I в. до н. э. – I в. н. э.[696] Земную жизнь они называют «этой вечностью», הָעוֹלָם הַזֶּה (*а-оля́м аз-зе*), а небесную – «будущей вечностью», הָעוֹלָם הַבָּא (*а-оля́м аб-ба*) (ср. новозаветные термины «сей век» и «тот век»).

Термин עֹלָם в Ветхом Завете может относиться как к прошлому, так и к будущему. Другие два термина употребляются практически в тех же смысловых оттенках, но с более четкой привязкой либо к прошедшему, либо к будущему времени. Слово עַד (*ад*), как правило, обозначает неопределенно долгий (или бесконечный) промежуток времени в будущем[697]. Слово קֶדֶם (*ке́дем*), наоборот, обычно обозначает неопределенно долгий (или бесконечный) промежуток времени в прошлом[698].

Основные термины для обозначения вечности в Новом Завете – αἰών (*айо́н*) и ἀΐδιος (*аи́диос*; только в форме прилагательного). Последний встречается только в двух текстах: Иуды 6 и Римлянам 1:20, – один раз применительно к вечному наказанию, другой – к Божьей силе.

---

[692] Там же.

[693] *HALOT*. Т. 2. С. 798.

[694] Там же. Ср. также Tomasino. עוֹלָם. С. 346.

[695] Sasse H. αἰών // *TDNT*. Т. 1. С. 202.

[696] Там же. Т. 1. С. 206–207.

[697] MacRae. עלם III. С. 673. Пожалуй, единственное исключение – Книга Иова 20:4.

[698] Coppes L. קָדַם // *TWOT*. Т. 2. С. 785.

Однако ни в том, ни в другом случае контекст ничего не сообщает о том, какова природа этой вечности: временнáя или безвременная.

Слово αἰών (век, вечность) употребляется в Новом Завете гораздо чаще. В классическом греческом языке разница между χρόνος (*хрóнос*), «время», и αἰών (*айóн*), «век, вечность», объяснялась следующим образом: под словом χρόνος понимали время абсолютное (то есть время как таковое), а под словом αἰών – время относительное (то есть время, отведенное для чьей-либо жизни)[699]. Коренной сдвиг в понимании этих терминов происходит в философии Платона, который объяснял χρόνος как время сотворенного мира («движущийся образ вечности» – Тимей, 37d), а αἰών – как идеальную вечность, в которой нет времени и нет движения[700]. Однако самый известный его ученик, Аристотель, возвращается к традиционному пониманию этих слов, объясняя αἰών как относительный период времени[701]. Плутарх и ранние стоики тоже не истолковывали вечность в духе Платона; под словом αἰών они понимали бесконечную протяженность времени[702].

Около I в. н. э. в иудейской литературе появляется представление о безвременной вечности, противополагаемой времени. Так, Филон Александрийский (ок. 25 г. до Р. Х.–ок. 50 г. по Р. Х.) под влиянием Платона объясняет αἰών как «вечное настоящее»[703]. В трактате «О добродетелях» он ссылается в качестве авторитетного источника на платоновский диалог «Тимей», чтобы утвердить, что время напрямую зависит от движения небесных тел[704]. По его мнению, время – функция творения и не могло существовать до появления мира. Вечность, в таком случае, безвременна. Важно отметить, что это представление возникает не столько под влиянием библейского откровения, сколько под влиянием одного из направлений греческой философии – платонизма[705].

---

[699] Sasse. αἰών. С. 197–198.

[700] Там же. С. 198.

[701] Там же.

[702] Там же.

[703] Там же.

[704] Philo. On the Virtues // *The Works of Philo: Complete and Unabridged. New Updated Edition* / Пер. на англ. Yonge C. Peabody, MA: Hendrickson, 1993. С. 712–713 (X.52–53).

[705] Платонизм оказал большое влияние и на развитие христианской мысли. В частности, философии платонизма придерживался Августин, во многом благодаря которому идея безвременной вечности стала пользоваться в христианском богословии столь большим авторитетом.

Сходным образом, в псевдоэпиграфической Книге тайн Еноха (Второй книге Еноха), датируемой большинством ученых периодом до 70 г. по Р. Х., говорится о сотворении времени вместе с миром. В 65-й главе этой книги сказано, что, когда разрушится все творение, не станет и времени (65:5)[706]. Любопытно заметить, что автор 2-й Книги Еноха, как и Филон, скорее всего, принадлежал к александрийской иудейской диаспоре[707] и, возможно, тоже находился под влиянием греческой философии.

Что же касается непосредственно Нового Завета, то, по мнению многих ученых, понятие вечности имеет в нем ярко выраженный временно́й характер. Эти авторы указывают на то, что, при всем многообразии смысловых оттенков слова αἰών, Новый Завет говорит о вечности в категориях времени[708]. Вечность в нем никогда не противопоставляется времени, а, напротив, понимается как бескрайнее время[709]. Человек, будучи творением, владеет временем преходящим, а Бог, будучи Творцом, – временем бесконечным и непреходящим[710].

Впрочем, эти наблюдения не позволяют поставить точку в данном вопросе. Дело в том, что, как справедливо указывают другие ученые, Новый Завет написан с точки зрения повседневного человеческого языка, а не с точки зрения метафизики[711]. Авторы Писания просто не ставили перед собой задачу ответить на вопрос, какова природа вечности: временна́я или безвременная? Они указывали, что жизнь искупленных на небесах вечна, то есть не имеет конца, или что Бог вечен, то есть Его существование не имеет конца, однако какова природа этого бесконечного существования – временна́я или безвременная, – на это они не давали прямого ответа.

Джон Файнберг, анализируя все тексты Ветхого и Нового Заветов, говорящие о вечности Бога, разделяет их на восемь групп[712]. Мы

---

[706] Полный текст этой книги см. URL: http://www.sacred-texts.com/bib/fbe/index.htm#section_002 (дата обращения: 11.09.2008).

[707] Second Book of Enoch. Wikipedia. URL: http://en.wikipedia.org/wiki/Second_Book_of_Enoch (дата обращения: 12.09.2008).

[708] Guhrt J. Time // *NIDNTT*. T. 3. C. 833.

[709] Sasse. αἰών. C. 201–202. См. также *Tyndale Bible Dictionary* / Под ред. Elwell W. и Comfort P. Tyndale Reference Library. Wheaton, IL: Tyndale House Publishers, 2001. C. 450.

[710] Guhrt. Time. C. 826.

[711] Например, на это указывает Файнберг, ссылаясь на исследование Джеймса Барра (Feinberg. *No One Like Him*. C. 257).

[712] Там же. С. 258–264.

назовем все восемь, но в каждой группе приведем лишь по одному примеру. (1) Тексты, которые говорят о *бесконечном существовании Бога в прошлом*. Например, Псалом 92:2: «Престол Твой утвержден искони: Ты – от века». Хотя автор псалма утверждает, что Божье существование простирается в бесконечное прошлое, он не указывает, каким было это бесконечное существование: во времени или вне времени.

(2) Во многих текстах Писания утверждается *бесконечное существование Бога в будущем*. Например, в Луки 1:33 о будущем царстве Христа сказано: «…будет царствовать над домом Иакова вовеки, и Царству Его не будет конца». Опять же, здесь утверждается, что царство Христа будет бесконечным, но ничего напрямую не сказано об отношении этого бесконечного царства ко времени. В принципе, остается логическая возможность того, что царство наступит в будущем (то есть во времени), но, как только оно начнется, время исчезнет.

(3) Некоторые тексты Писания просто провозглашают, что *Бог существует вечно*. В Бытии 21:33 Авраам призвал имя «Господа, Бога вечного». Называя Бога этим именем, Авраам не постулирует никакой метафизической идеи. Он просто выражает уверенность, что Бог существует всегда, в отличие от других существ, которые рождаются и умирают. Он ничего не говорит о том, существует ли Бог во времени или вне времени. Многие тексты в этой группе говорят также о вечных Божьих качествах: вечной силе, вечной праведности, вечной любви, милости и т. п.

(4) Следующая группа текстов утверждает, что *Бог существовал до рождения автора или даже до сотворения мира*. В Иоанна 17:24 Христос говорит, что Отец возлюбил Его «прежде основания мира». Хотя этот и другие подобные стихи приписывают Богу наличие некой последовательности состояний, они все же не дают достаточно оснований утверждать, каким было существование Бога до сотворения мира: временны́м или безвременным.

(5) Еще одна группа стихов говорит о *Божьих решениях или замыслах, составленных до сотворения мира*. В частности, в 1 Петра 1:20 сказано, что Христос был предназначен к тому, чтобы стать нашим Искупителем, «…еще прежде создания мира…». Если Бог что-то решил до создания мира, значит, Он существовал до создания мира. Однако, опять же, эти тексты не говорят напрямую о том, каким было это существование: во времени или вне времени.

(6) Следующая группа текстов приводит *вечность Бога как основание того, что на Него можно положиться*. Известный текст из

Послания к евреям объясняет, почему будущие поколения верующих могут полагаться на Христа, взирая на жизнь предыдущих поколений. Основанием для этого служит вечность Христа: «Иисус Христос вчера и сегодня, и вовеки Тот же» (Евр. 13:8). Но ни один из этих текстов не имеет целью постулировать философскую идею временнóй или безвременной вечности.

(7) Многие тексты ссылаются на *вечность Бога как основание Его суверенного владычества*. Например, Иеремия говорит: «А Господь Бог есть истина; Он есть Бог живой и Царь вечный» (Иер. 10:10). То, что Бог есть Царь вечный, а не преходящий, подчеркивает Его право и способность владычествовать над всем преходящим миром. Однако эти тексты тоже не говорят о том, каково это вечное владычество: во времени или вне времени.

(8) Наконец, еще одна группа текстов утверждает, что *вечный Бог иначе относится ко времени, чем творение*. Таких текстов немного, но именно они чаще всего фигурируют в дискуссиях о природе вечности. Один из самых известных – 2 Петра 3:8: «…у Господа один день, как тысяча лет, и тысяча лет, как один день». Утверждает ли этот стих, что вечность Бога безвременна? Многие авторы отвечают на этот вопрос положительно, ряд других – отрицательно. Как минимум, на основании этого стиха мы можем сказать, что Бог воспринимает время иначе, чем творение. Но обязательно ли из этого следует, что Его вечное бытие безвременно? На наш взгляд, это не следует из данного стиха со стопроцентной необходимостью. Однако подробнее этот и другие стихи данной группы будут рассмотрены позже.

Итак, каковы сильные и слабые стороны каждой из двух основных концепций вечности? В отношении каждой из них можно привести аргументы «за» (PRO) и «против» (CONTRA). Сначала рассмотрим PRO и CONTRA темпоральной вечности, затем – PRO и CONTRA атемпоральной вечности.

### Темпоральная вечность: за и против

Теория о том, что вечность представляет собой бесконечную протяженность времени, имеет свои плюсы и минусы. Начнем с плюсов. В поддержку этой теории можно привести, в частности, следующие аргументы.

PRO 1. Теория о том, что вечность есть бесконечная протяженность времени, *более естественно согласуется с библейским языком*. Библия не противопоставляет вечность времени, напротив, она говорит о вечности во временны́х категориях. Не имеет смысла останавливаться на этом аргументе слишком подробно, поскольку об этом уже говорилось в предыдущем разделе.

PRO 2. Вечность как бесконечная протяженность времени *более доступна нашему пониманию*. Любому человеку понятно, что значит существовать во времени, а что значит жить вне времени, мы не знаем. Существование вне временной системы координат не представлено ни в нашем опыте, ни в нашем сознании. Сторонники безвременной вечности могут с этим, в принципе, согласиться, но затем добавить, что вечность – это нечто недоступное нашему пониманию. Однако ввиду возникающих в связи с этой концепцией философских проблем это утверждение кому-то может показаться лишь отговоркой.

Дело в том, что отсутствие временной протяженности делает невозможным движение. Для любого движения нужно время, ибо у движения должно быть начало, продолжение и конец, и эти фазы не должны совпадать друг с другом. В отсутствие времени возникает застывшая картина мира, когда одновременно присутствует все и не происходит совершенно никаких изменений.

Более того, в отсутствие времени невозможен мыслительный процесс, поскольку для движения мысли требуется время. В безвременной вечности возможно знание, но не мышление.

В отсутствие времени невозможно планирование, ибо должна быть временна́я разница между планом и его исполнением. Иначе план уже не план, а просто описание происходящего.

В отсутствие времени невозможно уделить чему-то сначала большее, а потом меньшее внимание. Невозможно отогнать от себя какую-то мысль. Невозможно сначала посмотреть на что-то одно, а потом – на что-то другое. Невозможно ни забыть, ни вспомнить, ибо все это предполагает изменение, а значит, время.

В отсутствие времени невозможно общение, поскольку для общения требуется поочередное участие общающихся сторон. В безвременной вечности все фразы, эмоции и прочие элементы общения должны присутствовать все сразу, одновременно, без какой-либо временной последовательности между ними. Если даже представить себе, что между элементами общения будет логическая, а не хронологическая последовательность, общение все равно превращается в фарс.

Стороны лишены возможности реагировать друг на друга; они всегда знают всю последовательность вопросов и ответов, они ни в какой момент времени не могут выделить один из этих вопросов в своем внимании, ибо никаких изменений быть не может. Все присутствует одновременно и одинаково.

В качестве возражения можно услышать, что безвременная вечность не обязательно должна быть статичной[713]. Однако от лица атемпоралистов пока что не было предложено адекватного рационального объяснения или даже адекватной аналогии того, что представляет собой безвременная вечность. Одна из самых популярных аналогий следующая. Линейную протяженность времени иногда сравнивают с трубой, у которой есть начало и конец. Однако если эту трубу повернуть торцом к нам, то можно увидеть всю ее протяженность одновременно. Приводя такую аналогию, обычно говорят, что Бог смотрит на время как бы «с торца» и потому видит всю временную протяженность одновременно, при этом Сам находясь вне времени. Но эта аналогия весьма несовершенна. Дело в том, что сравнение времени с такой трубой предполагает, что все отрезки времени – и прошлые, и будущие – всегда объективно существуют, как два края трубы. Иными словами, и наше прошлое продолжает где-то проигрываться даже после того, как мы его прожили, и наше будущее где-то уже проигрывается еще до того, как мы его проживем. И Бог может одновременно смотреть и на объективно существующее прошлое, и на объективно существующее будущее. Но это не так. Прошлое *уже* не существует, а будущее *еще* не существует. Объективно существует лишь настоящее, через неуловимый срез которого будущий план плавно перетекает в прошлую память. Если перенести эту истину на нашу пресловутую трубу, то получится, что мы держим в руках не целую трубу, а неуловимо тонкий срез этой трубы, постепенно перемещающийся от одного конца к другому, тогда как сами концы не существуют объективно (а существуют

---

[713] К примеру, известный православный богослов Владимир Лосский в трактате «Очерк мистического богословия Восточной Церкви» пишет: «Если движение, перемена, переход от одного состояния в другое суть категории времени, то им нельзя противопоставлять одно за другим понятия: неподвижность, неизменность, непреходящесть некоей статичной вечности; это была бы вечность умозрительного мира Платона, но не вечность Бога Живого. Если Бог живет в вечности, эта живая вечность должна превосходить противопоставление движущегося времени и неподвижной вечности» (Лосский В. *Богословие*. М.: Общество любителей православной литературы, 2009. С. 408).

только в нашем воображении как некий план). Если Бог и смотрит в торец трубы, то Он должен видеть постепенно приближающийся к Нему срез настоящего. Таким образом, эта аналогия, несмотря на первоначальную привлекательность, все же не дает рационального объяснения тому, как может выглядеть вневременное существование.

Конечно, отсутствие рациональных объяснений или аналогий еще не делает безвременную вечность невозможной. Мы должны признавать ограниченность человеческого понимания и человеческого опыта. Но, в то же время, отсутствие рационального объяснения возлагает бремя доказательства на плечи тех, кто придерживается теории, с трудом поддающейся осмыслению. Напротив, концепция временнóй вечности понятна, рациональна и доступна нашему опыту. Нам легко представить себе (по крайней мере, логически), чтó значит вечно существовать в движении и общении, имея возможность осуществлять мыслительный процесс, планировать свои действия и исполнять запланированное.

PRO 3. *Промежуточное состояние между смертью и судом проходит во времени.* Один из наиболее известных текстов, описывающих существование душ в момент между земной смертью и грядущим судом Божьим, – это история о богаче и нищем Лазаре в Евангелии от Луки 16:19-31. В этой истории мы видим, что богач поднимает глаза и разговаривает – эти действия невозможны без времени. Далее, богач просит, чтобы Лазарь пришел к нему и прохладил его язык, то есть чтобы произошло какое-то изменение в его состоянии. Хотя облегчать адские мучения никому не позволено, сама просьба богача предполагает его существование во времени. Авраам ведет диалог с богачом, последовательно отвечая на его вопросы. Это также предполагает временнóе существование.

О промежуточном состоянии праведников также говорится в Откровении 6:10. Там показано, как души мучеников за Слово Божье вопиют к Богу: «Доколе, Владыка Святый и Истинный, не судишь и не мстишь живущим на земле за кровь нашу?» Сам факт речи предполагает наличие времени, ибо в любом предложении должны быть начало и конец. Ощущение времени усиливается за счет использования временнóго лексикона: *доколе*. Души мучеников явно способны различать временные периоды: они понимают, что пока что Бог не мстит за их кровь, но наступит момент, когда мщение совершится.

Несколько текстов в книге Откровение говорят о том, что на небесах в промежуточный период звучат песни. Под аккомпанемент гуслей Богу поют двадцать четыре старца (Откр. 5:9), сто сорок четыре тысячи искупленных израильтян (Откр. 14:3) и множество победивших зверя (Откр. 15:3). Никакая мелодия не может существовать вне времени, ибо для мелодии нужна определенная последовательность нот, длительности, темп. Все это – временны́е характеристики. В отсутствие времени музыка представляет собой ужасную какофонию одновременного звучания всех существующих нот во всех октавах и со всеми полутонами, при этом слоги песни не выстраиваются по порядку в слова, а звучат, опять же, одновременно, что создает полную бессмыслицу.

Конечно, тот факт, что промежуточное состояние душ протекает во времени, ничего напрямую не говорит о вечности Бога. Но это создает дополнительную базу для понимания состояния за пределами земной жизни.

PRO 4. *Наше существование в вечности будет облечено во временные рамки*. О жизни после уничтожения нынешней вселенной Библия сообщает достаточно мало. Однако по имеющимся свидетельствам можно понять, что вечная жизнь будет представлять собой не буддистское растворение в недифференцированном бытии Брахмана, а вполне дифференцированное существование во времени. Больше всего об этом периоде говорится в 21–22-й главах Откровения. В частности, в Откровении 21:2 Иоанн пишет: «И я, Иоанн, увидел святый город Иерусалим, новый, сходящий от Бога с неба…» Феномен схождения города предполагает наличие времени, ибо вне времени не может быть никакого движения.

В Откровении 21:24 сказано, что «спасенные народы будут ходить во свете [небесного Иерусалима], и цари земные принесут в него славу и честь свою». Хождение предполагает наличие временной протяженности. Точно так же и принесение славы и чести в город – действие, невозможное без времени.

В Откровении 21:25 говорится, что «ворота [небесного Иерусалима] не будут запираться днем; а ночи там не будет». В отсутствие времени это замечание было бы излишним, так как без времени ворота и не могли бы запираться при всем желании. Они могли бы быть либо всегда открыты, либо всегда закрыты, но ни о каком запирании или отпирании не могло бы быть и речи, поскольку эти действия предполагают изменение состояния, а значит, время.

В Откровении 22:2 упоминается «…древо жизни, двенадцать раз приносящее плоды, дающее на каждый месяц плод свой…». Разы, месяцы, принесение плода на каждый месяц – все это неотъемлемо временны́е характеристики.

В связи со всеми этими свидетельствами нужно пересмотреть наше отношение к Откровению 10:6, где сказано: «…и клялся Живущим во веки веков… что времени уже не будет…» Ввиду приведенных выше утверждений книги Откровение, этот стих не следует понимать как философское заявление об абсолютно безвременном характере ожидающей нас вечности. По-видимому, имеется в виду что-то иное. Возможно, имеется в виду лишь то, что не будет никакого промежутка времени (χρόνος) между тем, как затрубит седьмой ангел, и тем, как совершится тайна Божья (ср. следующий стих, Откр. 10:7). Такое понимание нашло отражение, например, в англоязычном переводе NIV: «Не будет промедления!» (“There will be no more delay!”).

Однако то, что вечное существование искупленных будет проходить во временно́й системе координат, также ничего не говорит о вечности Бога. И все же учитывать это полезно, так как это избавляет нас от некоторых неоправданных суждений о вечности и пополняет наш багаж знаний о природе загробного бытия.

Против понимания вечности как бесконечной протяженности времени также высказываются некоторые аргументы. Наибольшего внимания из них заслуживают, на наш взгляд, следующие.

CONTRA 1. *Невозможность актуальной бесконечности.* Если допустить существование актуальной (а не потенциальной) бесконечности, то возникнут явные логические несостыковки. Уильям Крейг показывает это на примере библиотеки[714]. Предположим, что существует библиотека, содержащая реально бесконечное число книг, и что книги в ней двух цветов, черного и красного, стоят на полках чередуясь: черная, красная, черная, красная и т. д. Если эта библиотека реально бесконечная, то количество черных книг в ней будет так же бесконечно, как и количество красных. Если убрать из нее все черные книги, то количество книг не уменьшится ни на одну, потому что число красных книг все равно бесконечно. Более того, даже если мы соберем по одному листу из любых ста книг, склеим их вместе и добавим новую книгу в библиотеку, количество книг не увеличится, потому что оно

[714] Крейг У. *Самое начало: Происхождение Вселенной и существование Бога* / Пер. с англ. Цветкова А. Чикаго, 1992. С. 30–32.

уже бесконечно. Поскольку все это абсурдно, должно быть очевидно, что актуальная бесконечность в реальном мире невозможна.

Эта посылка лежит в основе так называемого космологического аргумента *калаам*, используемого для доказательства существования Бога. Если невозможно актуально бесконечное количество отрезков времени, то мир должен иметь начало. Атемпоралисты (сторонники безвременной вечности) применяют тот же самый аргумент к бытию самого Бога. Если Бог существовал бесконечное количество моментов в прошлом, то как Он мог достичь настоящего?[715] Серия событий не может быть бесконечной. Следовательно, Бог либо имел начало, либо Он существует вне времени.

Этот аргумент действительно весомый, и дать ответ на него непросто. Некоторые темпоралисты (сторонники временнóй вечности) высказывали мнение, что Божье существование до сотворения мира было недифференцированным. Значит, не было бесконечной серии событий, предшествующей сотворению. А если не было бесконечной серии событий, то не возникает случая актуальной бесконечности и вопрос снимается[716]. Однако атемпоралисты, как правило, скептически относятся к идее недифференцированного времени[717]. К тому же, недифференцированное время приближается к атемпорализму, и рационально объяснить смысл этого термина так же трудно, как объяснить смысл безвременной вечности (см. выше).

Хотя готовый ответ, который устраивал бы всех, дать сложно, необходимо заметить, что аргумент о невозможности актуальной бесконечности, если он справедлив, создает трудности не только для временнóй вечности, но и для безвременной. Атемпоралисты Кретцманн и Стамп характеризуют вечность как безвременную протяженность. Но надо полагать, что безвременная протяженность все же является и бесконечной, и актуальной. А это значит, что у Кретцманна и Стампа возникают точно такие же проблемы с возможностью актуальной бесконечности. Если же мы предположим, что безвременная вечность – это не протяженность, а, скажем, точка, то возникает немало абсурдностей, которые могли бы использоваться как аргумент против безвременной вечности точно так же, как абсурдности используются в качестве аргу-

---

[715] Наряду с многими другими авторами, этот аргумент приводит Норман Гайслер (Geisler. *Systematic Theology*. T. 2. C. 93).

[716] Feinberg. *No One Like Him*. C. 390.

[717] Там же.

мента против актуальной бесконечности. К числу абсурдностей точечной вечности можно было бы отнести возможность путешествия во времени, возможность встречи себя с собой другого возраста (в том числе и для Бога), возможность для Бога актуально изменять прошлое в любой момент времени и т. п.

Далее, если мы можем сказать, что Бог существует вне времени, и таким образом вывести Его из-под огня аргумента о невозможности актуальной бесконечности, то что мешает нам так же поступить с материей? Мы могли бы сказать, что сама материя существует вне времени, а время возникло только с появлением «на лоне материи» движущихся тел и человека как наблюдателя этого движения – ведь именно с движением материальных объектов атемпоралисты связывают существование времени. В таком случае мы получаем возможность говорить о вечной материи и подрываем саму основу космологического аргумента *калаам*.

Важно заметить, что математическая бесконечность вообще порождает множество парадоксов, и среди ученых нет единодушного мнения о ее свойствах[718]. Один из таких парадоксов еще в XVII в. обсуждал Галилео Галилей. В книге *Discorsi e dimostrazioni matematiche intorno a due nuove scienze* (1638) он рассматривает две окружности с одним центром O, при этом диаметр окружности A в два раза больше диаметра окружности B[719]. Следуя всем известной формуле C=πd, легко увидеть, что длина окружности A в два раза больше длины окружности B. Если взять на малой окружности B любую точку Q и провести через нее луч от центра окружности, то луч OQ разрежет большую окружность A ровно в одной точке P.

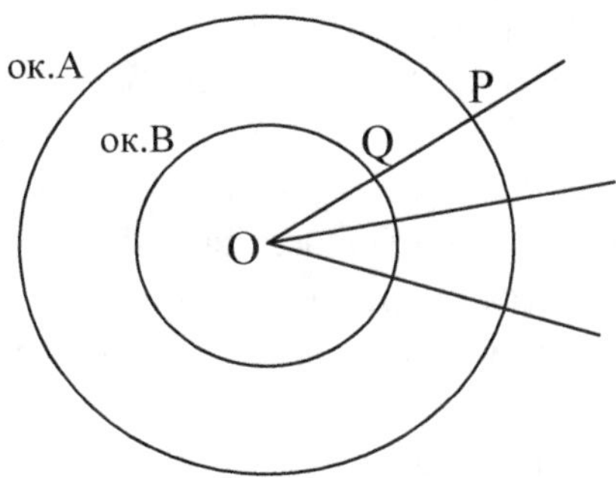


[718] О том, как развивались представления о бесконечности в математике, философии и религии, см. в статье O'Connor J. и Robertson E. Infinity. URL: http://www-groups.dcs.st-and.ac.uk/~history/HistTopics/Infinity.html (дата обращения: 19.08.2009).

[719] Там же.

Эту операцию можно проделать несколько раз с разными точками, и какие бы две точки на малой окружности B мы ни взяли (если это две разные точки), между соответствующими им точками на большой окружности A будет оставаться какое-то расстояние, следовательно, будут оставаться дополнительные точки. Тем не менее, исходя из определения математической бесконечности, обе окружности состоят из одинакового количества точек. Несмотря на то, что окружность A в два раза длиннее окружности B, количество точек в них равное.

Нетрудно увидеть, что пример Крэйга с бесконечным количеством книг в библиотеке во многом аналогичен примеру Галилея. И в том, и в другом случае мы имеем дело с бесконечным количеством конечных объектов, только у Галилея вместо книг фигурируют точки, а вместо бесконечной библиотеки – бесконечное количество точек, формирующих окружность. Несмотря на кажущуюся парадоксальность сделанных нами наблюдений, и количество точек в окружности бесконечно, и окружность актуальна. Нельзя ли это рассматривать как случай актуальной бесконечности? Более того, великий математик Георг Кантор (1845–1918)[720], разрабатывавший теорию множеств, высказывал мнение, что бесконечности могут быть разных размеров[721]. Если последнее верно, то аргументы Крэйга против актуальной бесконечности теряют в весе.

Существование актуальной бесконечности также поднимает следующие вопросы[722]: можем ли мы считать Бога «актуально бесконечным»? Силен ли Бог творить актуально бесконечное или только актуально конечное? Наконец, можем ли мы утверждать, что прошедшее и будущее время существуют *актуально*, или же это категория сознания (память/план)? От ответов на все эти далеко не простые вопросы будет зависеть и сила аргумента от актуальной бесконечности.

CONTRA 2. *Теория темпоральной вечности ведет к богословию процесса*. Суть направления богословской мысли, получившего название «богословие процесса» (process theology), сводится к тому, что реальность представляет собой процесс[723], в котором Бог участвует, если

---

[720] См. URL: http://en.wikipedia.org/wiki/Georg_Cantor (дата обращения: 19.08.2009).

[721] O'Connor и Robertson. Infinity.

[722] Автор благодарен А. А. Раугасу за список вопросов, из которых здесь приведена лишь малая часть, а также за ссылки на источники информации.

[723] Эриксон. *Христианское богословие*. С. 236.

так можно выразиться, на общих основаниях. Он не знает будущего, не имеет абсолютной власти над настоящим, терпит неудачи и по ходу истории узнает что-то новое и чему-то учится.

Если допустить, что Бог существует во времени, то это открывает дверь для того, чтобы Он мог изменяться. Кроме того, если Божье бытие облечено во временные категории, то это создает определенные проблемы для понимания того, как Он может знать будущее, если будущее еще не произошло. Изменчивость Бога и незнание Им будущего – это ключевые идеи богословия процесса.

Эти опасения, разумеется, имеют законные основания. Однако на них необходимо заметить следующее. Во-первых, важно понимать, что изменения могут быть разного рода, и не всякое изменение в Боге противоречит библейской картине вещей. Одно дело – допустить у Бога возможность движения мыслей, и совсем другое – говорить об изменении божественной сущности. Одно дело – говорить о возможности переключения внимания в Божестве, другое – утверждать, что Бог приобретает новое знание. Возможность движения мыслей и переключения внимания, кажется, вполне соответствует тому образу истинного Бога, который рисует нам Библия (подробнее об этом см. ниже). А изменение божественной сущности или приобретение Богом нового знания – не соответствует[724].

Во-вторых, нужно отметить, что в богословии процесса Бог не знает будущего потому, что Он его не предопределяет. А если бы даже предопределил, то не смог бы исполнить, потому что, в понимании сторонников этого учения, Бог не всесилен. Поэтому объективное будущее Богу не может быть известно доподлинно. Однако для детерминиста знание временны́м Богом будущего не представляет проблемы. Даже если Божье бытие облечено во временну́ю систему координат, Бог видит будущее как Свой совершенный замысел. Этот замысел обязательно исполнится во всех деталях, потому что Бог обладает достаточной мудростью и силой, чтобы реализовать Свой план[725]. Таким образом, сочетание предопределения и всемогущества приводит к тому, что темпоральный Бог может в совершенстве знать объективное будущее.

---

[724] См. обсуждение этого вопроса и библейские примеры в: Feinberg. *No One Like Him*. С. 264–276.

[725] Сторонники мягкого детерминизма, как уже говорилось в первой главе, не отрицают того, что Божий план может исполняться через вторичные причины, среди которых находится человеческая свободная воля.

CONTRA 3. *Теория темпоральной вечности делает Бога зависимым от времени, а значит, ограниченным.* Поскольку Бог – существо бесконечное, Он не может быть ничем ограничен. Темпоральное существо ограничено рамками времени, следовательно, Бог не может быть темпоральным[726].

Сторонники темпоральной вечности отвечают на этот аргумент тем, что понятие о неограниченности Бога нельзя абсолютизировать. Бог ограничен рамками Своей природы. В частности, Он не может согрешить, Он не может потерпеть неудачу, Он не может совершить действие, противоречащее логике[727]. Если рассматривать время не как внешний по отношению к Богу фактор, а как характеристику Его собственной природы, то темпоральная система координат может быть присуща Ему так же, как моральная или логическая системы координат.

CONTRA 4. *Теория темпоральной вечности противоречит идее неизменности Бога.* Все, что существует во времени, изменяется, поэтому Бог не может быть во времени[728].

Сторонники темпоральности Бога на этот аргумент могут представить два возражения, дополняющих одно другое. Во-первых, они могут сказать, что не всякое изменение противоречит библейской картине Бога. Изменение Божьей природы или Божьего знания, несомненно, исключается библейским учением. Любое изменение в Божьей природе означало бы, что Он либо был менее совершенным, либо стал менее совершенным, чего быть не может. Точно так же и любое изменение Божьего знания означало бы, что Он либо раньше знал несовершенно, либо стал знать несовершенно, чего быть не может. Однако есть такие изменения, которые не подразумевают несовершенства, например, изменение отношения к кому-либо в ответ на действия последнего (подробнее об этом см. ниже).

Второе возражение темпоралистов могло бы быть таким: существование во времени не требует изменения Божьей природы или Его знания. Человек находится во власти времени именно потому, что из-

---

[726] Geisler. *Systematic Theology*. Т. 2. С. 95.

[727] Например, бессмысленно спрашивать, может ли Бог сотворить такой камень, который Он не смог бы поднять, поскольку это действие нелогичное, содержащее в себе внутреннее противоречие.

[728] Geisler. *Systematic Theology*. Т. 2. С. 95.

меняются его свойства. Ребенок, на которого вы смотрите на своей детской фотографии, уже не существует. Вы стали другим, и того ребенка уже не вернуть. Не правда ли, жалко? Но если бы у Бога могло быть прошлое, то Бог смотрел бы на Свое прошлое совершенно иначе. Он – тот же, что тысячу лет назад. По прошествии времени Он не изменился ни на йоту! Если бы аналогия с фотографией была применима к Богу, то Он, смотря на Свою фотографию, сделанную тысячу лет назад, сознавал бы, что Он видит точное отражение настоящего, поскольку Он неизменен!

Первое послание к Тимофею 1:17 связывает власть Бога над временем с Его неизменностью: «Царю же веков *нетленному*, невидимому, единому премудрому Богу честь и слава *во веки веков*». Поскольку Бог нетленен, то есть неподвластен изменениям, Ему принадлежит слава век за веком на протяжении всех времен.

Впрочем, острие дискуссии приходится не столько на доказательство возможности бесконечной протяженности *времени*, – это, в принципе, легко укладывается в сознании. Острие дискуссии, на наш взгляд, приходится на то, возможна ли *безвременная* вечность с логической точки зрения, и если да, то каковы ее свойства.

## Атемпоральная вечность: за и против

Теорию безвременной вечности (атемпорализма) отстаивали многие христианские авторы как в ранние века христианства, так и в настоящее время. Причины, которые побуждали их к этому, были разные. В частности, в пользу атемпоральной вечности можно привести следующие аргументы.

PRO 1. *Теория безвременной вечности наилучшим образом отвечает на вопрос о том, что Бог делал до сотворения мира*. Именно в таком контексте данную теорию привлекает Августин. В своей «Исповеди» он ссылается на людей, которые говорят: «Что делал Бог до того, как сотворил небо и землю? Если Он пребывал в покое, то почему не остался в нем и далее?»[729] Логическим основанием для этого вопроса у них служил аргумент о неизменности Бога:

---

[729] Августин. Исповедь, кн. 11, гл. X // *Творения*. Т. 1. С. 666.

> Если же в Нем возникло новое желание нечто сотворить, то в чем же тогда заключается неизменность Его воли: ведь необходимо было изменение в Нем, коль скоро возникло новое желание. <…> Воля Божия, далее, принадлежит к божественной субстанции, если же предположить, что в ней возникает нечто новое, чего прежде в ней не было, то тогда эту субстанцию нельзя назвать в прямом смысле слова вечной[730].

По-видимому, на основании этого противоречия оппоненты, с которыми спорит Августин, отвергали идею сотворения мира Богом. Ответ Августина этим насмешникам сводится к тому, что Бог пребывает в вечности, и в Его бытии нет последовательности сменяющих друг друга моментов:

> Говорящие это не знают Тебя, Премудрость Божия, не понимают, как совершаются дела Твои в Тебе и через Тебя. И при этом силятся постигнуть непостижимое, мудрствуя о вечном! <…> Что есть протяженность времени, как не последовательный ряд исчезающих и сменяющих друг друга мгновений? В вечности же этого нет: там все здесь и сейчас, там одно настоящее…[731]

Если Божье бытие безвременно и до сотворения мира времени не было, то вопрос о том, что делал Бог до сотворения мира, не имеет смысла. Августин продолжает: «В самом деле, как могли протекать те бесчисленные века до творения, если Господь еще не сотворил их, ибо Он – Творец всех веков и времен. <…> Как вообще Господь мог какое-то время ничего не делать до творения, если само это время еще не было сотворено?»[732]

Итак, по Августину, Бог пребывает вне времени, поэтому в Его бытии ничего не меняется. Как до сотворения мира, так и после этого события Его совершенная воля пребывает в вечном и неизменяемом настоящем.

Надо заметить, что Августин избегает логической ошибки, свойственной некоторым современным авторам, неосторожно спеша-

---

[730] Там же.
[731] Там же. С. 666–667 (гл. XI).
[732] Там же. С. 668 (гл. XIII).

щим применить идею о безвременности Бога к человеческому бытию (см. ниже). Августин очень четко отделяет наше бытие от бытия Божьего. По его мнению, из вечной, безвременной и потому неизменяемой Божьей воли творится наше временное и потому изменяемое бытие:

> Все прошедшее наше было некогда будущим, все будущее [наше] зависит от прошедшего, но все прошедшее и все будущее [наше] творится из настоящего, вечно сущего [Божьего], для которого нет ни прошедшего, ни будущего; и это-то мы и называем вечностью[733].

Справедливости ради нужно сказать, что для сторонников *темпоральной* вечности вопрос об изменении в Боге при сотворении мира тоже не представляет особых трудностей. По их мнению, Божья воля неизменна, как неизменна и Его онтологическая природа. Если Он запланировал что-то сотворить в определенный момент времени, то акт сотворения не изменил ничего в Его воле или природе. (О дополнительных нюансах, связанных с учением о неизменности Бога, см. ниже.)

PRO 2. *Учение о простоте Бога ведет к атемпоральной вечности.* Этот аргумент был одним из главных для Ансельма Кентерберийского. Мысль Ансельма движется в таком направлении. Быть простым, то есть не имеющим составных частей, – более совершенное состояние, и поскольку Бог совершенен, Он должен быть прост. Далее, время – это последовательность моментов, которую можно разделить на части, следовательно, время не является простым. Отсюда следует вывод, что Бог не может быть во времени. Вот как это объясняет сам Ансельм:

> Все, что составлено из частей, не являет собою безусловного единства, но до некоторой степени множество, не тождественное самому себе и могущее быть разъятым либо в действии, либо в мысли; но Тебе, совершеннее Которого нельзя ничего помыслить, это чуждо. Итак, нет в Тебе частей, Господи, нет в Тебе и множественности, но Ты столь целокупен и самотождествен, что ни в чем не являешь неподобия Самому Себе; Ты – само Единство, не делимое ни для какой мысли. <…> Но коль скоро ни *Ты не име-*

733 Там же. С. 667 (гл. XI).

> *ешь частей, ни вечность Твоя, которая есть Ты же сам, их не имеет*, следственно, нигде в пространстве и *никогда во времени ни Ты, ни вечность Твоя не даны как часть*; но Ты целокупно присутствуешь во всяком месте, и *вечность Твоя целокупно присутствует во всяком мгновении*[734].

Итак, довод Ансельма основан на представлении о превосходстве единства над множественностью и простоты над сложностью. Эта идея принималась как аксиома еще со времен Платона, который считал, что Единое как организационный принцип бытия стоит рангом выше, чем Дуальность, то есть начало множественности[735]. Однако насколько эта спекулятивная идея сама по себе справедлива, насколько она оправдана Писанием и насколько соответствует библейской картине Бога, остается большим вопросом. Нет ни одного библейского стиха, который бы явно учил, что Бог прост[736]. Более того, троичность Бога может свидетельствовать о сложности Его природы.

PRO 3. *Учение о неизменности Бога ведет к атемпоральной вечности.* К этому аргументу прибегал Фома Аквинский. В частности, в «Сумме теологии» он писал:

> …смысловое содержание вечности выводится из *неизменности*, равно как и смысловое содержание времени выводится из движения. Поэтому, поскольку Бог *в высшей степени неизменен*, Ему в высшей степени подобает быть вечным, и не только вечным, но и самой вечностью…[737]

В связи с этим доводом необходимо сделать два наблюдения. Во-первых, в своих рассуждениях Аквинат отталкивается от следующего определения: вечность, по его мнению, есть «мера неизменного

---

[734] Ансельм Кентерберийский. Прослогион, гл. XVIII / Пер. Аверинцева С. // *Антология средневековой мысли: Теология и философия европейского средневековья*: В 2 т. / Под ред. Неретиной С. Т. 1. С. 200–201.

[735] Шаповалов В. *Основы философии: От классики к современности*. Изд. 2-е. М.: ФАИР-ПРЕСС, 2000. С. 84.

[736] Feinberg. *No One Like Him*. C. 327. Более подробное обсуждение учения о простоте Бога и его связи с другими доктринами см. Там же. С. 325–337.

[737] Фома Аквинский. *Сумма теологии: Часть первая*. С. 96 (I. 10. 2). Курсив наш. – *А. П.*

бытия»[738]. Соответственно, чем более неизменным является тот или иной объект, тем в большей степени он вечен. Заметим, что Фома Аквинский пользуется определением вечности, которое мы выше условно назвали метафорическим. Иными словами, он говорит о вечности не с точки зрения *длительности* бытия, а с точки зрения *качества* бытия. Для описания бесконечного существования во времени он пользуется другим термином: не *aeternitas*, а *aevum* (в переводе Апполонова – «вековечность»).

Во-вторых, определение Фомы не допускает в Боге абсолютно никаких изменений: ни субстанциальных, ни реляционных. То есть, чтобы быть вечным по определению Фомы Аквинского, Бог не должен меняться ни в Своей природе, ни в отношении к кому-либо. Бог Аквината не может помыслить сначала об одной вещи, потом о другой и даже не может изменить степень Своего внимания к тому или иному объекту, потому что все это делало бы Его изменяемым, а значит, не вечным (по определению Аквината, то есть).

Итак, мнение Фомы Аквинского об атемпоральной вечности опирается на определенное представление о неизменности Бога. Если представление Аквината о неизменности Бога верно, то из него с необходимостью следует атемпоральность Бога. Если же Библия иначе говорит о неизменности Бога, то выводы Фомы по данному вопросу теряют в весе. Однако насколько его философское представление соответствует библейской картине, нам остается рассмотреть чуть позже (см. CONTRA 3 ниже).

PRO 4. *Природа времени говорит в пользу атемпоральной вечности.* Если время есть мера движения материальных тел, то оно, конечно, не может существовать вне материальной вселенной. Подобный довод приводит Константин Прохоров:

> Библия подтверждает, что о времени есть смысл говорить *только* в связи с общим творением мира и человека (Быт. 1:14; Пс. 103:19), движение небесных светил и люди, упорядочивающие свою жизнь по ним, необходимо обусловливают наш пространственно-временной мир (Еккл. 1:5; Пс. 8:4-5). Уберите вселенную –

---

[738] Там же. С. 102 (I. 10. 5). Ср. сходное определение в другом разделе: «…как вечность есть собственная мера самого бытия, так и время есть собственная мера движения» (Там же. С. 100 [I. 10. 4]).

и не станет времени, уберите из мира человека – и о времени бессмысленно говорить, ибо некому будет его исчислять[739].

Действительно, если последовать такому определению времени, то вечность Бога должна быть безвременной. Если время есть мера движения *материальных* тел, то Бог как Творец материальной вселенной должен существовать вне времени. Но что, если время есть мера движения *нематериальных* идей? Нематериальные идеи могут быть присущи не только человеку как земному и тварному наблюдателю, но и Богу как наблюдателю неземному и нетварному. Если это так, то утверждение Прохорова: «…уберите из мира человека – и о времени бессмысленно говорить, ибо некому будет его исчислять» – оказывается несправедливым. Даже если убрать из мира человека, о времени все равно можно говорить, ибо его способен исчислять Бог.

В начале данной главы мы упоминали, что есть как минимум два разных подхода к пониманию природы времени. О времени можно говорить либо как о смене земных циклов (дней, месяцев, лет), либо как об идее, присущей Богу. Теория безвременной вечности является обязательной лишь для первого подхода. Второй подход оставляет логическую возможность для теории временно́й вечности.

Впрочем, Прохоров не только высказывает умозрительный довод, что «…о времени есть смысл говорить только в связи с общим творением мира и человека…», но и говорит, что это подтверждается Писанием[740]. В процитированном выше параграфе для доказательства этого утверждения он ссылается на следующие два текста Писания: «Да будут светила на тверди небесной для отделения дня от ночи, и для знамений, и времен, и дней, и годов…» (Быт. 1:14); «Он сотворил луну для указания времен, солнце знает свой запад» (Пс. 103:19).

По первому впечатлению, эти тексты действительно прочно связывают время с небесными светилами, поскольку в них сказано, что светила сотворены «для времен». Но при более внимательном взгляде становится ясно, что речь идет не о времени, а именно о «временах» (множественное число). В обоих стихах в оригинале употреблено слово מוֹעֵד (*моэ́д*), которое означает «момент времени» или «праздник»[741]. Солнце и луна отмечают определенные моменты в земном

[739] Прохоров. *Тайна предопределения*. С. 274. Курсив наш. – *А. П.*
[740] Там же.
[741] *HALOT*. Т. 2. С. 557–558.

континууме времени: они указывают на наступление нового дня, недели, новолуния, нового года. Но это не означает, что *идея* времени не может существовать без небесных светил. В конце концов, светила были сотворены только в четвертый день (Быт. 1:14), и до их появления уже прошло три отрезка времени, которые Бог был способен измерить и отсчитать. Время шло даже в отсутствие человека, который, как мы помним, был сотворен лишь на шестой день. Также прав был Августин, что при сражении Иисуса Навина с аморреями «…солнце стояло, а время – шло»[742] (И.Нав. 10:13). Итак, процитированные тексты Писания сами по себе не заставляют нас утверждать, что время неотделимо от материального творения.

Оставшиеся два стиха, на которые в том же параграфе ссылается Прохоров, говорят следующее: «Восходит солнце, и заходит солнце, и спешит к месту своему, где оно восходит» (Еккл. 1:5); «Когда взираю я на небеса Твои – дело Твоих перстов, на луну и звезды, которые Ты поставил, то что [есть] человек, что Ты помнишь его, и сын человеческий, что Ты посещаешь его?» (Пс. 8:4-5). Давать к ним какой-то комментарий нам представляется излишним. Какое отношение эти стихи имеют к природе времени или к безвременной вечности, для нас остается не вполне очевидным.

PRO 5. *Аналогия времени и пространства говорит в пользу атемпоральной вечности.* Некоторые богословы выражали мнение, что время и пространство – явления аналогичные, следовательно, если Бог не занимает никакого конкретного положения в пространстве, то Он и не занимает никакого конкретного положения во времени[743]. И наоборот, если Бог находится в одной временно́й точке, то Он должен находиться и в одной точке в пространстве.

Надо признать, что этот аргумент имеет определенный вес. Однако он актуален лишь для одного из описанных выше представлений о природе времени. Аналогия времени и пространства отталкивается от понимания времени как меры движения материальных тел. Дело в том, что пространство – это характеристика именно *материальной* Вселенной, в которой каждый объект обладает длиной, шириной и высотой и занимает определенное положение в рамках трехмерной системы ко-

[742] Августин. Исповедь. С. 675–676 (кн. 11, гл. XXIII).

[743] Ср. Feinberg. *No One Like Him*. С. 394.

ординат. Но пространство не имеет никакого отношения к сфере сознания. Идея не может иметь ни длины, ни ширины.

Так вот, если время – функция *материи*, то аналогия пространства и времени может работать. Если же время – функция *сознания*, то аналогия теряет свой смысл, а аргумент – свою силу.

PRO 6. *Теория относительности времени говорит в пользу атемпоральной вечности*. Если время можно заставить идти медленнее или быстрее, то оно превращается в какую-то условность, которой можно управлять. А если временем можно управлять, то следующий логический шаг становится очень маленьким и вполне преодолимым: время можно полностью остановить и даже направить вспять. Это открывает логическую возможность для путешествия во времени. А если можно изменять время и путешествовать в нем, то вечность как стабильное и неизменное Божье качество должна быть отличной от времени, то есть должна быть безвременной.

Чтобы доказать относительность времени, нередко ссылаются на ряд умозрительных физико-математических моделей или реальных физических экспериментов. Приведем несколько примеров. Стамп и Кретцманн пишут:

> Представьте себе поезд, движущийся *очень* быстро, со скоростью, составляющей шесть десятых скорости света. Один наблюдатель (назовем его «наземным наблюдателем») стоит на платформе рядом с путями; другой («движущийся наблюдатель») находится в поезде. Представьте, что в поезд ударяют две молнии, по одной с каждого конца, и что наземный наблюдатель видит их одновременно. Движущийся наблюдатель тоже видит эти две молнии, но, поскольку он движется *по направлению к* свету молнии, ударившей в голову поезда, и *от* света молнии, ударившей в хвост поезда, он увидит молнию, ударившую в головной вагон, раньше, чем молнию, ударившую в хвостовую часть. Общий результат таков: события, происходящие в разных местах и являющиеся одновременными в одной системе координат, не будут одновременными в другой системе координат, если последняя движется по отношению к первой. Это называется *относительностью одновременности*[744].

[744] Цит. по: Feinberg. *No One Like Him*. С. 409.

В отношении этой модели нужно заметить следующее. По сути, она имеет дело не с временем как таковым, а с физическими феноменами, обусловленными движением материальных предметов. Наблюдатели на платформе и поезде наблюдают за физическим движением света, а не за временем. Свет от двух молний достигает движущегося наблюдателя не одновременно, потому что он с большой скоростью приближается к одной из молний и с такой же скоростью удаляется от другой. По отношению к «головной» молнии суммарная скорость движения света и самого наблюдателя будет равняться 1,6 скорости света (1 + 0,6), а по отношению к «хвостовой» – 0,4 скорости света (1 – 0,6). Однако речь в данном случае не идет о свойствах времени как такового. Речь идет о *скорости* распространения волн света в пространстве и об оптической *иллюзии* неодновременности.

С подобными иллюзиями мы сталкиваемся регулярно. К примеру, если молния ударит в 3,3 км от наблюдателя, он услышит звук грома от этой молнии примерно через 10 секунд после того, как увидит саму молнию (исходя из того, что скорость распространения звука в воздухе при нормальных условиях равна примерно 330 м/с, а время, которое понадобится свету на прохождение той же дистанции, пренебрежимо мало). Хотя регистрируемые наблюдателем вспышка молнии и звук грома отделяются друг от друга промежутком в 10 секунд, это не говорит о том, что произошло два *неодновременных* события. Наблюдаемая разница возникает лишь оттого, что скорость звука в газовой среде значительно меньше скорости света. То есть, речь идет не о свойствах *времени* как такового, а о свойствах *физических волн* (в данном случае, световых и акустических), воспринимаемых наблюдателем.

В связи с этим полезно ввести разграничение между феноменами и ноуменами. Ноумен – это объективное умопостигаемое событие, а феномен – это субъективное событие, воспринимаемое органами чувств. Так вот, пример со вспышкой и звуком от молнии интересен тем, что в нем нет двух разных *ноуменов*. В описанной выше модели есть лишь один ноумен: одна единственная молния. Однако с этим ноуменом связаны два *феномена*: звук грома и вспышка света, регистрируемые наблюдателем.

В зависимости от того, в каких условиях находится наблюдатель, регистрируемая им разница между звуком и вспышкой будет различной. Представим себе три системы координат: две неподвижные и одну подвижную. (1) В первой системе координат наблюдатель стоит в непосредственной близости от того места, в которое ударила молния (предположим, что молния ему не вредит). В его восприятии вспышка света и звук грома будут одновременными. (2) Во второй системе координат наблюдатель находится в 3,3 км от молнии. Звук грома он услышит примерно через 10 секунд после вспышки (см. выше). (3) В третьей системе координат наблюдатель движется *от* молнии со скоростью, приближающейся к скорости звука. Звук грома он может услышать спустя годы после того, как увидит вспышку молнии (если бы сила звуковой волны не уменьшалась с расстоянием), хотя это будет звук от той же самой молнии.

Говорят ли эти три системы координат что-либо о времени объективных событий? Поскольку мы имеем дело всего лишь с одним ноуменом, ни в какой системе координат не может идти речь о двух объективно *неодновременных* событиях. Однако в разных системах координат будут расхождения между *феноменами* звука и вспышки. Это оптическо-акустическая иллюзия, которая ровным счетом ничего не говорит о свойствах времени. Она связана лишь со свойствами звука и света, а именно, со скоростью распространения этих волн в пространстве.

Точно так же и в примере Стампа и Кретцманна речь идет не о ноуменах молний, а о феноменах, регистрируемых наблюдателями. Делать из этого примера какие-либо выводы о свойствах времени неоправданно, поскольку на самом деле в нем в одну кучу свалены времена *разных* событий. Чтобы разобраться в этой мешанине, нужно разложить ее на отдельные фазы:

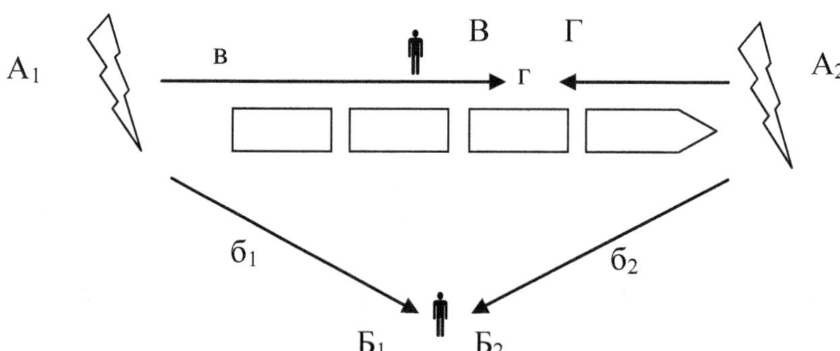


На этой схеме заглавными буквами обозначены *моменты времени*, в которые происходят разные события, фигурирующие в примере Стампа и Кретцманна: «$А_1$» и «$А_2$» – это момент времени, когда ударяют молнии; «$Б_1$» и «$Б_2$» – момент времени, когда свет от обеих молний достигает наземного наблюдателя; «В» – момент времени, когда свет от хвостовой молнии достигает движущегося наблюдателя; и «Г» – момент времени, когда свет от головной молнии достигает движущегося наблюдателя.

Строчными буквами обозначены *промежутки времени*, необходимые для завершения разных фаз этого комплексного события: «$б_1$» – это длительность времени, которая потребуется свету, чтобы пройти расстояние от хвостовой молнии до наземного наблюдателя; «$б_2$» – длительность времени, которая потребуется свету, чтобы пройти расстояние от головной молнии до наземного наблюдателя; «в» – это длительность времени, которая потребуется свету, чтобы пройти расстояние от хвостовой молнии до движущегося наблюдателя; и «г» – длительность времени, которая потребуется свету, чтобы пройти расстояние от головной молнии до движущегося наблюдателя.

По условиям нашей ситуации, моменты «$А_1$» и «$А_2$» совпадают, то есть молнии ударяют действительно *одновременно*. Если земной наблюдатель находится на одинаковом расстоянии от обеих молний, то свету обеих молний потребуется одинаковое время, чтобы преодолеть это расстояние, то есть «$б_1$» будет равно «$б_2$», а значит, моменты «$Б_1$» и «$Б_2$» тоже будут совпадать. Это как раз то, о чем пишут Стамп и Кретцманн, говоря: «Представьте, что в поезд ударяют две молнии, по одной с каждого конца, и что наземный наблюдатель видит их одновременно» (см. выше). Заметим, что наземный наблюдатель будет видеть эти молнии одновременно лишь в том случае, если он находится на одинаковом расстоянии от обеих. Стоит нам поставить наземного наблюдателя ближе к одной молнии, чем к другой, и он уже не будет видеть молнии одновременно, несмотря на то, что молнии, по условию задачи, ударили в одно и то же мгновение и несмотря на то, что наблюдатель *не* движется со скоростью, близкой к скорости света.

Если в момент, когда ударили молнии, наблюдатель на нашем поезде находился на одинаковом расстоянии от обеих молний, то временные промежутки «в» и «г» будут относиться друг к другу как 1,6 и 0,4 (при том условии, что поезд движется со скоростью, равной 0,6 скорости света). То есть, временной промежуток «в» будет в 4 раза длиннее промежутка «г». Следовательно, момент «Г» наступит раньше, чем момент «В» (насколько раньше в абсолютных цифрах, зависит от изначального расстояния до обеих молний).

Вообще, если взглянуть на эту ситуацию более широко, то соотношение промежутков «в» и «г» зависит от целого ряда факторов: от изначального положения наблюдателя по отношению к обеим молниям (находится ли он на равном расстоянии от обеих или нет), от скорости движения поезда, от скорости распространения света в данной среде. Подбирая условия таким образом, чтобы изменить длительность промежутков «в» и «г», мы можем менять соотношение моментов времени «В» и «Г». Однако, как бы ни менялись моменты «В» и «Г», это никак не связано с временем моментов «$A_1$» и «$A_2$». Повторимся, что из-за разности моментов «В» и «Г» для движущегося наблюдателя возникает оптическая иллюзия неодновременности моментов «$A_1$» и «$A_2$», которая обусловлена особенностями распространения волн света, но которая ровным счетом *ничего* не говорит о свойствах времени как такового.

Предлагались и другие схемы, как кажется, демонстрирующие относительность времени. В частности, парадокс профессора Германа Бонди показывает, что скорость течения времени вроде бы зависит не только от скорости, но и от направления движения. Однако Рик Гарликов, анализируя этот парадокс, убедительно демонстрирует, что он воспроизводится не только на скоростях, приближающихся к скоростям света, но также и на маленьких скоростях движения (напр., морских судов), и разница во времени проявляется не только с маленькими единицами измерения (минутами, как у Бонди), но и с большими (днями)[745]. Если сохранить всю логику рассуждений Бонди, но заменить скорости света скоростями морских судов, а минуты – днями, то появляется та же самая разница во времени: у одного из кораблей за 130 дней путешествия «исчезают» десять дней. Тем не менее, в реальном мире с мореплавателями ничего подобного не происходит. Очевидно, в рассуждения Бонди закралась ошибка, которую старается обнаружить и объяснить Гарликов.

Другой ряд аргументов в пользу относительности времени связан не с математическими моделями, а с физическими измерениями времени в разных условиях. Например, знаменитый эксперимент Хейфеля и Китинга (Hafele, Keating). В октябре 1971 г. они дважды облетели землю на самолетах: один раз в восточном направлении и другой раз в западном. В обоих случаях они брали на борт несколько атомных часов, которые сверялись с часами, расположенными в Военно-

---

[745] Garlikov R. Shedding Light on Time: Learning and Teaching Difficult Concepts. URL: http://www.garlikov.com/teaching/time (дата обращения: 01.01.2009).

морской обсерватории США[746]. Результаты эксперимента соответствовали данным, прогнозируемым на основании теории относительности: при движении на восток часы теряли 59±10 наносекунд, а при движении на запад – добавляли 273±7 наносекунд[747].

Однако что на самом деле демонстрирует данный эксперимент? Производятся ли в нем наблюдения за временем или за прибором, измеряющим время? Очевидно, что последнее. Представим себе гипотетический прибор, который измеряет время на основании скорости звука. Пока он находится в обычной воздушной атмосфере, он нам точно показывает время как мы его знаем. Но вот мы опускаем этот прибор в среду с более плотным газом или жидкостью, и наши часы начинают сильно «спешить». Почему? Потому что в более плотных газах и жидкостях звуковая волна распространяется быстрее. То, что взято за константу в нашем приборе, оказалось величиной не константной, а переменной. Значит ли это, что время относительно? Или это значит лишь то, что «константа» нашего прибора изменилась, и он уже неточно показывает время? Думается, последний вариант большинству людей должен показаться более логичным.

Как же насчет сверхточных атомных часов? В атомных часах за константу принимается стандартная частота атомного резонанса[748]. То есть, по сути, их действие основано на сигнале, который испускают электроны атомов, переходя на другой энергетический уровень[749]. Доказывает ли эксперимент Хейфеля-Китинга, что время способно «расширяться» и «сужаться»? Или же он доказывает только то, что частота атомного резонанса, которая взята за константу в атомных часах, может меняться в зависимости от гравитационных сил или движения? Нам неизвестны данные, которые бы опровергли последнее предположение. Более того, как указывают некоторые авторы, все физические устройства, используемые для измерения времени, попадая в гравитационные поля разной силы или оказываясь под действием ускорения

---

[746] Hafele-Keating Experiment. URL: http://en.wikipedia.org/wiki/Hafele-Keating_experiment (дата обращения: 02.01.2009).

[747] Там же.

[748] Atomic clock. URL: http://en.wikipedia.org/wiki/Atomic_clock (дата обращения: 02.01.2009).

[749] Там же.

или торможения, подвержены каким-либо погрешностям[750]. Эксперимент 1962 г. продемонстрировал, что атомные часы замедляются рядом с массивным объектом[751]. Значит ли это, что на Юпитере время течет медленнее, чем на Земле, и если да, то какой смысл может в принципе иметь это утверждение?

Рик Гарликов делится полезным напоминанием:

> Проблема в том, что, хотя нам легко понять феномены, понимая стоящие за ними законы природы, бывает чрезвычайно сложно понять или распознать законы природы на основании одних только феноменов. Еще сложнее узнать, наблюдаем ли мы событие так, как оно действительно произошло, или же мы наблюдаем результат какого-либо события, в действительности сильно отличающегося от того, как мы его воспринимаем…[752]

Итак, до сих пор мы обсуждали аргументы в поддержку теории безвременной вечности. Однако против этой теории тоже приводятся какие-то доводы. Рассмотрим некоторые из них.

CONTRA 1. *Отсутствие удовлетворительных аналогий*. В известном нам мире отсутствуют удовлетворительные аналогии, которые позволили бы понять или объяснить, что такое безвременная вечность и каковы ее свойства. Этот вопрос обсуждался выше, среди аргументов в пользу темпоральной вечности, поэтому здесь не имеет смысла вновь на нем останавливаться.

CONTRA 2. *Трудность логического осмысления атемпоральной вечности применительно к человеку*. Этот аргумент логически связан с предыдущим, но относится к более специфическому вопросу. Строго говоря, он актуален не для всех сторонников атемпоральной вечности, а лишь для тех из них, кто применяет понятие безвременной вечности

---

[750] Pratt D. Einstein's Fallacies. URL: http://ourworld.compuserve.com/homepages/dp5/relativ.htm#rel3 (дата обращения: 02.01.2009).

[751] Whitlock L. for Ask an Astrophysicist. URL: http://imagine.gsfc.nasa.gov/docs/ask_astro/answers/970308.html (дата обращения: 02.01.2009).

[752] Garlikov R. Shedding Light on Time: Learning and Teaching Difficult Concepts. URL: http://www.garlikov.com/teaching/time (дата обращения: 01.01.2009).

не только к Богу, но и к человеку. Справедливости ради надо заметить, что это делают далеко не все сторонники этой теории. Многие, напротив, отмечают, что Божья вечность уникальна и как таковая отличается от человеческой вечности (см. Августин выше). Тем не менее, некоторые авторы применяют концепцию безвременной вечности к людям. Например, Прохоров пишет:

> Однако человек, действительно родившись на земле, возвращается домой, в вечность, где он действительно *всегда пребывал и пребывает*. <…> Там, в славной вечности, мы *сразу же встречаемся со всеми святыми, кто покинул землю до нас* (через физическую смерть) *и после нас* (как через смерть, так и восхищение Церкви – 1 Фес. 4:15-17). В единый миг мы встречаемся со всеми, кого уже хорошо знаем: Божьими праведниками… с искупленными своей поместной церкви, включая тех, кто еще были детьми на момент нашей смерти, включая тех, *кто еще не родился, когда мы отошли в вечность*[753].

Картина вещей, которую рисует автор, создает очевидные трудности для логического осмысления происходящего. Он пишет, что мы, как только вступим в вечность, сразу увидим тех, кто еще находился на земле на момент нашей смерти, и даже тех, кто еще не успел родиться. Это значит, что и *нас самих*, пока мы еще живы, *уже* увидели те, кто умер в Господе раньше нас! Представьте себе, что вас сейчас уже кто-то приветствует на небесах. А вы, надо полагать, тоже приветствуете кого-то в ответ: вы же вежливый человек. Постойте: но ведь вы читаете эту книгу, а не приветствуете небожителей. Нет, вы приветствуете небожителей, а не читаете эту книгу. А впрочем, вы делаете и то, и другое одновременно, поскольку, согласно данной концепции, все эти моменты находятся в вечном *сегодня*:

> …Он *сегодня* создает наш мир, *сегодня* пишутся пророчества Ветхого Завета и *сегодня* они исполняются, *сегодня* – первое и второе пришествия Христа на землю (не случайно у многих библейских пророков эти события сливаются воедино – они заглянули в вечность!)…[754]

[753] Прохоров. *Тайна предопределения*. С. 271. Курсив наш. – *А. П.*
[754] Там же. С. 275. Курсив как в оригинале. – *А. П.*

Возникает только один вопрос: вы одновременно приветствуете небожителей и читаете эту книгу в одном и том же теле или в двух разных телах? И есть ли сейчас в каком-то месте Божьей Вселенной другая форма вас, ведущая самостоятельную сознательную жизнь? Ведь вечность не «разорвана временем на две части», а «та же самая, всегда существующая», «непрерываемая никем и ничем», «простирающаяся как бы над временем и параллельно времени», как утверждает Прохоров[755].

Кстати, а что вы ответили тому святому, который только что пожал вам руку? Не знаете? Но ведь ответили же! Неужели вы сейчас кого-то приветствуете и кому-то отвечаете, не имея над этим никакого контроля? Неужели тот же самый вы (или другой вы?) в вечности занимается своими делами параллельно тому, как вы читаете эту книгу?

Хорошо, допустим, что вы сейчас приветствуете кого-то на небесах. Но возникает еще одна проблема: это приветствие никогда не прекратится! Вы пожали кому-то руку и обменялись добрыми словами, повернулись к другому человеку, чтобы его поприветствовать, но не тут-то было! Вы все еще продолжаете приветствовать первого! Потому что вне времени не может быть никаких изменений. (Строго говоря, в отсутствие времени вы не можете ни повернуться, ни пожать руку, ни даже сказать одно единственное слово, потому что у слова есть разные слоги, начало и конец, а в отсутствие времени все звуки слова должны совпадать друг с другом.)

Вы вошли в радость небес? Ошибаетесь! Согласно данной концепции, вы все еще продолжаете плакать и страдать на земле. Вы забыли свои страдания? Ошибаетесь! Забыть можно только тогда, когда есть время. В отсутствие времени не может быть никакого изменения состояния – вы не можете ни забыть, ни вспомнить. Все присутствует одновременно. Бог отер всякую слезу с ваших очей? Ошибаетесь! Вы все еще продолжаете плакать. Вы радостно прославляете Христа-Спасителя? Ошибаетесь! Вы все еще продолжаете хулить Его своими грехами.

---

[755] Там же. С. 270.

Применительно к людям все это выглядит абсурдно. Более того, это далеко от библейской картины вещей, как бы кто-то ни пытался доказать обратное[756].

CONTRA 3. *Безвременная вечность ограничивает личностность Бога.* В отсутствие времени становятся невозможными некоторые характеристики, которые для большинства людей глубоко связаны с понятием личности: способность к осмысленному диалогу, прощению, разной эмоциональной реакции на разные обстоятельства и т. п.

Писание изображает Бога не в виде молчаливой и недифференцированной бесконечности наподобие буддистского брахмана, а в виде личности, способной к общению. В частности, мы видим, что Бог ведет диалог с людьми. Например, в 18-й главе Бытия Он последовательно отвечает на несколько просьб Авраама. Христос во время Своего земного служения проводит ночи в общении с Отцом (Лук. 6:12), и Отец вовремя реагирует на возгласы Христа (Иоан. 12:28). Имеются также косвенные указания на общение Лиц Троицы еще до Христова воплощения. Например, в рассказе о сотворении мира сообщается: «И сказал Бог: “Сотворим человека по образу Нашему…”» (Быт. 1:26). Отцы Церкви почти единодушно трактовали этот стих как указание на общение между Лицами Троицы[757], ибо кому еще Бог мог бы предложить сотворить человека, да еще и по их общему образу? Однако общение едва ли может быть без времени, ибо в любом диалоге должно быть чередование вопросов и ответов, утверждений и ответных реакций. В отсутствие времени общение в обычном смысле этого слова становится невозможным и, кажется, превращается в застывший фарс, в котором все вопросы и ответы существуют одновременно, совпадают друг с другом и теряют всякий смысл.

Атемпоральный Бог не может изменить Своего отношения ни к одному человеку, ибо такое изменение обозначало бы смену состояний, а значит, время. Однако Писание неоднократно утверждает, что Бог *может* в каком-то смысле менять Свое отношение к людям. Наибольшее изменение происходит в момент обращения. Писание учит,

---

[756] Ср. Прохоров: «Эта неочевидная для здравого смысла теорема все же достаточно просто выводится из очевидных аксиом о времени и вечности, утверждаемых Библией» (Там же). Мы готовы согласиться лишь с первой частью: это неочевидная для здравого смысла теорема. Об аксиомах о времени и вечности, утверждаемых Библией, говорилось выше и еще будет говориться позднее в этой главе.

[757] K-D. T. 1. C. 38.

что до момента обращения Бог враждует с человеком: «...если, будучи врагами, мы примирились с Богом...» (Рим. 5:10). Бог гневается на человека: «...будучи по природе чадами гнева...» (Еф. 2:3); «...не верующий в Сына не увидит жизни, но гнев Божий пребывает на нем» (Иоан. 3:36). Бог раздражается на человека: «...делать зло пред очами Господа, раздражая Его делами рук своих» (Втор. 31:29). В определенном смысле Бог даже испытывает к необращенному человеку ненависть: «...там Я возненавидел их за злые дела их» (Ос. 9:15). Однако в момент покаяния Божье отношение к человеку коренным образом изменяется. Бог начинает относиться к человеку как к сыну: «...дал власть быть чадами Божиими...» (Иоан. 1:12). Дух Святой начинает относиться к телу человека как к Своему храму: «...тела ваши суть храм живущего в вас Святого Духа...» (1 Кор. 6:19). Бог примиряется с человеком: «...оправдавшись верою, мы имеем мир с Богом...» (Рим. 5:1).

Важно отметить вот что: безвременной Бог не может *ни в каком смысле* изменить Своего отношения к человеку, ибо любая смена состояний требует наличия времени. Отсюда следует, что безвременной Бог должен считать избранного человека Своим дитем и храмом (со всеми вытекающими отсюда последствиями) еще *до* его обращения, в его безбожном, неверующем, непокорном состоянии. И если это еще можно как-то себе представить, то совсем невозможно представить себе следующего: безвременной Бог должен к *уже* обращенному христианину продолжать испытывать – наряду с любовью и примирением – вражду, гнев, раздражение и ненависть, потому что любое изменение означало бы время, которого у безвременного Бога быть не может.

В отсутствие времени невозможно такое важное для библейского богословия действие, как прощение и забвение о грехах, ибо это действие подразумевает смену состояний, а значит, время. Однако Писание очень много говорит о том, что Бог прощает кающегося грешника и предает его грехи забвению. «Я, Я Сам изглаживаю преступления твои ради Себя Самого и грехов твоих не помяну...» (Ис. 43:25). В каком смысле Бог забывает грехи – это другой вопрос. Понятно, что из Божьей памяти ничего не стирается. Бог не утрачивает никакой доли Своего знания о произошедших событиях. Скорее всего, речь идет просто об изменении отношения Бога к кающемуся: Бог перестает обращать внимание на прошлые грехи и не наказывает за них человека, убирает «тяготеющую руку Свою» (ср. Пс. 31:4). Исаия сравнивает прощение с тем, что Бог как бы бросает наши грехи Себе за спину и уже не оглядывается на них: «...Ты избавил душу мою от рва погибели, бросил все грехи мои за хребет Свой» (Ис. 38:17). Но в отсутствие времени невозможно даже такое переключение внимания: нельзя о чем-то забыть ни в прямом, ни в переносном смысле, нельзя отвернуться от грехов, нельзя начать думать о них меньше, чем до этого (потому что нет ни «до», ни «после»).

Наконец, вневременной Бог не знает, что такое терпение, ибо это качество не имеет никакого смысла в отсутствие времени. Только темпоральное существо может терпеть или ждать. Тот, кто пребывает вне времени, не ощущает сроков, и понятие терпения к нему не применимо. Однако Писание неоднократно говорит о Божьем терпении, например: «Не медлит Господь исполнением обетования, как некоторые почитают то медлением; но долготерпит нас…» (2 Пет. 3:9); «[Яхве] долготерпелив и многомилостив…» (Чис. 14:18) и т. п.

Конечно, сторонники атемпоральной вечности могут возразить, что и диалог, и изменение отношения, и переключение внимания, и терпение – не более чем антропопатизмы, то есть литературные приемы, сравнивающие характеристики Божества с обычными человеческими переживаниями. Возможно. Однако эти характеристики настолько прочно связаны с понятием личности и на них так сильно опирается библейское учение, что бремя доказательства ложится на плечи тех, кто считает их лишь литературным приемом. В самом сердце Евангелия стоит вполне временна́я характеристика: изменение Божьего отношения к кающемуся грешнику.

CONTRA 4. *Теория безвременной вечности затрудняет понимание того, как Бог может действовать во временно́м мире*. Если Бог в подлинном смысле вне времени, то трудно понять, как Он может производить единичные действия в нужные моменты времени.

Вся Библия наполнена свидетельствами о том, как Бог действует в истории. В определенный момент времени Он навел на землю потоп (Быт. 6). В определенный момент Он заключил с Авраамом завет и послал ему наследника (Быт. 15, 21 гл.). В определенный момент Он уничтожил Содом и Гоморру (Быт. 19), вывел народ израильский из Египта (Исх. 12), искупил израильтян из вавилонского плена (Ис. 48:20). «Когда пришла полнота времени», Бог воплотился (Гал. 4:4). В определенный момент Бог Отец воскресил Христа из мертвых (Деян. 2:24). Таких примеров можно было бы приводить сотни, и из всех них явствует, что Бог активно вмешивается в ход истории в нужные моменты времени.

Мы бы не стали утверждать вместе с Файнбергом, что, поскольку каждое действие имеет начало, продолжение и конец, для осуществления этих действий требуется время[758]. Нетрудно себе представить, что земное действие, имеющее начало, продолжение и конец, вызвано приложением силы, не имеющим временной протяженности. Мы не стали бы также утверждать, что безвременной Бог не может знать, какое время *сейчас* в истории[759]. Все темпоральные индексированные пропозиции[760] в любом случае относительны и привязаны к месту: если сейчас 11.00 в Москве, то в Лос-Анджелесе – 00.00. Для того чтобы действовать во времени, Богу не нужно знать временные пропозиции применительно к Себе, достаточно знать их просто как пропозиции. Если в Его сознании одновременно присутствуют все моменты времени: прошлые, настоящие и будущие, – то Он может попросту помыслить: «Такого-то числа в 11.00 по Москве должен идти дождь над Красной площадью». Одновременно с этим Он может решить: «Другого числа в 12.00 по Москве над Красной площадью должно светить солнце», и т. п.

Тем не менее, вопрос о том, может ли вневременной Бог действовать во времени, поднимает несколько проблем. Предположим, что вневременное действие действительно *может* производить разные события, случающиеся в разные моменты временной шкалы. Но проблема в том, что вневременное действие никогда не может прекратиться – оно по определению вечно. Следовательно, даже после того как земное событие состоялось и исчезло, вызвавшая его причина продолжает действовать. Почему же тогда это событие не повторяется снова? Более того, почему оно не повторяется на земле каждую секунду? К примеру, если высшая божественная причина, вызвавшая разделение вод Красного моря при исходе израильтян из Египта, вневременная, то почему воды Красного моря не продолжают разделяться?

Далее, вневременная вечная причина должна действовать одновременно с разными событиями. На это указывает Прохоров, который

---

[758] Feinberg. *No One Like Him*. С. 400.

[759] Там же.

[760] *Индексы* в философии и теории языка – это слова, указывающие на текущее состояние или положение вещей. Например, слово *я* указывает на говорящего. *Сейчас* указывает на время, когда произнесено это слово. *Здесь* указывает на место, где произнесено это слово. Темпоральная индексированная пропозиция – это утверждение, применяемое кем-либо к тому или иному моменту времени. Например: «*Сейчас* я пишу данное предложение»; «*сейчас* вы читаете данное предложение».

говорит, что «...Он *сегодня* создает наш мир, *сегодня* пишутся пророчества Ветхого Завета и *сегодня* они исполняются, *сегодня* – первое и второе пришествия Христа на землю...»[761]. Однако почему тогда сами эти события не становятся одновременными друг с другом? Иными словами, если «А» происходит одновременно с «Б» и если «В» происходит одновременно с «Б», то почему «А» не одновременно с «В»? Почему на нашей земной шкале создание мира, написание книги Исаии и первое пришествие Христа не совпадают по времени, если все они одновременны одной и той же вечности? Чтобы объяснить этот парадокс, Стамп и Кретцманн вводят понятие вечностно-временно́й одновременности (ET-simultaneity)[762]. По их мнению, *x* и *y* можно назвать одновременными с вечностно-временно́й точки зрения, если соблюдены три условия: (1) либо *x* вечен и *y* временен, либо наоборот; (2) для некоего наблюдателя «А», находящегося в вечной системе координат, *x* и *y* присутствуют одновременно, то есть либо *x* вечен, а *y* наблюдается как временный объект, либо наоборот; (3) для некоего наблюдателя «Б», находящегося в одной из бесчисленного множества временны́х систем координат, *x* и *y* присутствуют одновременно, то есть либо *x* наблюдается как вечный объект, а *y* как временный, либо наоборот[763]. Однако такое объяснение, хотя и расшифровывает понятие вечностно-временно́й одновременности, все же не демонстрирует, как такое возможно.

Аргументация Стампа и Кретцманна содержит ряд слабых мест, на которые указывают другие авторы. К примеру, Делмас Льюис отмечает, что в объяснениях Стампа и Кретцманна вечный *x* вечно созерцает *y*, который, в свою очередь, не является вечным[764]. Файнберг пишет, что если бы Бог созерцал временный объект вечно, то сам этот объект стал бы тоже вечным[765].

Далее, стараясь объяснить, как вневременной Бог может действовать во времени, иногда высказывают одно из следующих предположений. Говорят, что либо возможен переход от временно́го к вневременному состоянию и обратно, либо бытие Бога является одновременно временны́м и безвременным. Нам приходилось сталкиваться с подобными утверждениями в беседах с людьми, однако эти предположе-

---

[761] Прохоров. *Тайна предопределения*. С. 275. Курсив как в оригинале. – *А. П.*

[762] Feinberg. *No One Like Him*. С. 408.

[763] Там же. С. 410.

[764] Там же. С. 411–412.

[765] Там же. С. 412.

ния высказывались голословно, просто как лозунги. Но что стоит за этими лозунгами?

Если Бог может по собственному желанию переходить от вневременного к временно́му состоянию, значит ли это, что в момент перехода Его бытие перестает быть вневременным? Если так, то к Богу становятся применимы все те аргументы, которые высказывались против теории временно́й вечности. Какой тогда смысл отвергать теорию временно́й вечности?

Если же бытие Бога является одновременно атемпоральным и темпоральным, то это должно означать, что у Него нет *никакого* (даже реляционного) изменения и, вместе с тем, есть *какое-то* (как минимум, реляционное) изменение. Это утверждение внутренне противоречиво и абсурдно. Таким образом, существовать одновременно *во* времени и *вне* времени невозможно. Либо то, либо другое.

### Избранные тексты Писания

Ознакомившись с тем, какой спектр вопросов связан с понятием вечности, теперь можно более пристально взглянуть на некоторые места Писания. В частности, в дискуссиях о соотношении вечности и времени чаще всего фигурируют следующие тексты. (Мы рассмотрим те из них, которые нам кажутся наиболее актуальными.)

#### Псалом 89:5

Псалом 89:5 гласит: «Ибо пред очами Твоими *тысяча лет, как день вчерашний*, когда он прошел, и как стража в ночи». Утверждает ли этот стих, что Божья вечность безвременна? На наш взгляд, такое толкование было бы слишком большой натяжкой. В контексте этого стиха Моисей сравнивает Божье бесконечное существование со скоротечностью человеческой жизни. Как день вчерашний, когда он прошел, кажется одним маленьким мгновением, так и тысяча лет земной истории для Бога – ничто. И если сторожу дадут поспать одну ночную стражу (четыре часа), а потом снова разбудят для дежурства, ему покажется, что он только что заснул. Так и для Бога человеческие годы и тысячелетия – малое мгновение на бесконечной протяженности Его бытия. По сравнению с непрекращающимся существованием Бога все человеческие сроки – как ничто, как короткий момент времени. Прочитаем этот стих в более широком контексте: «Ты возвращаешь человека в тление и говоришь: “Возвратитесь, сыны человеческие!” Ибо пред очами Твоими тысяча лет, как день вчерашний, когда он прошел, и как стража в ночи. Ты как наводнением уносишь их; они – как сон, как трава, которая утром вырастает, утром цветет и зеленеет, вечером подсекается и засыхает…» (Пс. 89:4-6). На наш взгляд, выводить из этих стихов философскую идею атемпоральной вечности – значит идти гораздо дальше авторского замысла.

2 Петра 3:8

Апостол Петр пишет: «Одно то не должно быть сокрыто от вас, возлюбленные, что *у Господа один день, как тысяча лет, и тысяча лет, как один день*» (2 Петра 3:8). На этот стих часто ссылаются, чтобы доказать атемпоральность вечности[766]. Но действительно ли он утверждает, прямо или косвенно, эту философскую концепцию?

Если взглянуть на контекст, то речь идет о том, почему второе пришествие Христа (День Господень) еще не наступило. Апостол Петр объясняет, что причина этого кажущегося промедления заключается в том, что для Бога тысяча лет – как один день. Хотя наступление Дня Господня обещано «скоро» (ср. Иоил. 2:1), наше «скоро» и Божье «скоро» – это разные вещи. Для нас *тысяча лет* кажется слишком большим сроком, тогда как для Господа это «скоро». Но еще более значимая причина, почему День Господень пока не наступил, кроется в Божьем долготерпении: Он дает нам достаточно времени, чтобы большее число людей успели спастись. Именно в таком контексте мы находим эти слова: «…явятся наглые ругатели… говорящие: “Где обетование пришествия Его? Ибо с тех пор, как стали умирать отцы, от начала творения, все остается так же”. <…> Одно то не должно быть сокрыто от вас, возлюбленные, что у Господа один день, как тысяча лет, и тысяча лет, как один день. Не медлит Господь исполнением обетования, как некоторые почитают то медлением; но долготерпит нас, не желая, чтобы кто погиб, но чтобы все пришли к покаянию» (2 Пет. 3:2-9).

По-видимому, 2 Петра 3:8 легко воспринимается как аргумент в пользу атемпоральной вечности потому, что в этом стихе содержится двоякое утверждение: с одной стороны, *у Господа один день, как ты-*

---

[766] Ср., напр., Прохоров. *Тайна предопределения*. С. 275.

*сяча лет*, а с другой – у Него *тысяча лет, как один день*. Однако, заметим, здесь все же не сказано, что у Бога нет ни тысячи лет, ни одного дня, что у Него отсутствует время. Сказано лишь, что Бог воспринимает земное время иначе, чем мы: один день земной истории Он может воспринимать как тысячу лет, а тысячу лет земной истории Он может воспринимать как один день. Пребывает ли Он Сам при этом *вне* времени или *во* времени, данный стих умалчивает.

Также обратим внимание, что одна часть стиха – «у Господа тысяча лет, как один день» – почти в точности повторяет идею Моисея из Псалма 89:5 («…пред очами Твоими *тысяча лет, как день* вчерашний…»). Почему же в данном случае Петру недостаточно было остановиться на этом утверждении? Возможно, это объясняется тем, что в контексте эсхатологического учения апостол говорит не только о длительном времени, в которое не происходило одно ожидаемое событие, но и о коротком времени, за которое должно было произойти много событий.

С одной стороны, он говорит о тысячелетиях, в которые, как кажется, «все остается так же» (2 Пет. 3:4), то есть Господь не приходит судить землю. На это Петр отвечает: «У Господа тысяча лет, как один день». С другой стороны, Петр также говорит об одном дне, за который должно произойти очень многое. Имеется в виду День Господень, в который «…небеса с шумом прейдут, стихии же, разгоревшись, разрушатся, земля и все дела на ней сгорят» (ст. 10). В связи с этим он говорит, что «у Господа один день, как тысяча лет». Но и в том, и в другом случае речь идет о восприятии Богом земного времени, а не об отсутствии времени у Бога.

Кроме того, в контексте имеется важный временной термин – долготерпение: «Не медлит Господь… но долготерпит…» (2 Пет. 3:9). Долготерпение невозможно без времени, поэтому вневременной Бог не может терпеть ни долго, ни коротко. По отношению к атемпоральному Богу долготерпение – не более чем иносказание. Лишь темпоральный Бог может в полном смысле этого слова долготерпеть. Таким образом, 2 Петра 3:8 не только не доказывает, что Божье бытие безвременно, но и, наоборот, содержит косвенные указания на темпоральность Бога.

### Псалом 2:7

В Псалме 2:7 сказано: «Возвещу определение: “Господь сказал Мне: "Ты Сын Мой; Я ныне родил Тебя…"”» Прохоров ссылается на этот стих для доказательства того, что Божий день «никогда не проходит, это вечное “сейчас”…»[767]. К сожалению, автор никак не объясняет, почему он считает, что этот библейский текст доказывает теорию вечного настоящего. Но можно предположить, что его логика была примерно такой: Христос был рожден Отцом прежде сотворения мира, однако об этом событии говорится как о настоящем дне: «Я *ныне* родил Тебя». А раз так, то это значит, что предвечные события для Бога происходят *ныне*. Следовательно, Он должен пребывать в «вечном сейчас», а Его вечность должна быть безвременной.

Такой была логика автора или нет, нам остается только гадать. Но если такой, то она основана на ошибочной экзегезе. Дело в том, что слова «Ты Сын Мой, Я ныне родил Тебя» встречаются в Писании четырежды, но ни разу не относятся к предвечным событиям. При более внимательном взгляде станет видно, что все четыре случая относятся к событиям, произошедшим в определенный момент земной истории *после* сотворения мира.

Впервые эти слова появляются, собственно, в процитированном выше тексте – в Псалме 2. Это псалом Давида (ср. Деян. 4:25), написанный в воспоминание о завете, который Яхве заключил с ним после помазания на царство, – так называемом Давидовом завете. Хотя какие-то строки этого псалма могли быть навеяны определенными событиями из жизни Давида, достаточно очевидно, что ни сам Давид, ни какой-либо другой исторический царь его династии не соответствуют всем деталям данного псалма в полной мере. Никогда в истории израильского народа «народы», «племена» и «цари земли» не устраивали глобального мятежа против земного израильского монарха – выражения 1–2 стихов явно носят всемирный характер и вряд ли могут относиться к нескольким малым царствам вокруг Израиля. Никакой исторический царь Давидовой династии не обладал такой властью над народами, чтобы их цари хотели «свергнуть его оковы» (ст. 3). Утверждение 7-го стиха в Новом Завете прямо (а не косвенно!) применяется к Мессии. Только Мессия обретет народы Себе в наследие (ст. 8). Все цари (из «народов земли» – ср. ст. 10) должны будут «почтить Сына» (ст. 12), что вряд ли могло относиться к земному монарху. Нигде больше не говорится, что кто-либо будет «блажен», уповая на земного царя (ст. 12). Наконец, во втором стихе употребляется самый прямой и непосредственный мессианский титул – מָשִׁיחַ (*машийах*), «Мессия»,

---

[767] Там же.

«Помазанник». Итак, никакая другая личность не подходит к целостному контексту 2-го псалма, кроме Самого Мессии[768].

В каком же смысле применяются к Мессии слова 7-го стиха? Чтобы более точно понять это, нужно обратить внимание на предыдущий стих. В 6-м стихе Яхве говорит: «*Я помазал Царя Моего над Сионом*, святою горою Моею». Сразу же вслед за этим, в 7-м стихе, псалмопевец провозглашает от имени Мессии: «Возвещу определение: “Господь сказал Мне: "Ты Сын Мой; Я ныне родил Тебя…"”» Таким образом, во втором псалме слова «Ты Сын Мой, Я ныне родил Тебя» связываются с тем моментом, когда Бог Отец помазывает Мессию на царство.

В том, что Давид сравнивает воцарение Мессии с усыновлением, нет ничего странного или необычного. Дело в том, что в культуре древнего Ближнего Востока при заключении завета между императором и подчиненным ему царем сюзерен как бы усыновлял вассала; сюзерен становился отцом, а вассал – сыном[769]. Так и здесь: поставив Мессию царем над Сионом, Бог Отец заключил с Ним завет и взял его под Свою опеку – усыновил или родил его. Та же самая идея усыновления прослеживается в словах Давидова завета, переданных через пророка Нафана во 2 Книге царств: «И теперь так скажи рабу Моему Давиду: “Так говорит Господь Саваоф: "Я взял тебя от стада овец, чтобы ты был вождем народа Моего, Израиля… <…> Когда же исполнятся дни твои, и ты почиешь с отцами твоими, то Я восставлю после тебя семя твое… <…> *Я буду ему отцом, и он будет Мне сыном…*"”» (2 Цар. 7:8-14). Из этих слов видно, что воцарение потомка Давида[770] на израильском престоле приравнивается к усыновлению его Богом.

Таким образом, *ныне* Псалма 2:7 – это не «вечное настоящее», а некий момент времени – момент помазания Мессии на царство. Когда же произошло это событие? Из новозаветных ссылок становится очевидно, что помазание Христа на царство имеет вполне определенную точку приложения на шкале земной истории. Седьмой стих второго псалма трижды цитируется в Новом Завете применительно к воцарению Христа на небесах *после Его воскресения*.

---

[768] Автор благодарен д-ру Уильяму Бэррику за пояснения по поводу этого псалма, сделанные в личной переписке от 5.11.2007.

[769] *The NET Bible First Edition*. Комментарий на Пс. 2:7.

[770] Судя по 2 Царств 7:13-15, в наиболее буквальном смысле речь идет о Соломоне.

В Деяниях 13:32-33 апостол Павел применяет цитату из Псалма 2:7 к воскресению Христову: «И мы благовествуем вам, что обетование, данное отцам, Бог исполнил нам, детям их, *воскресив Иисуса, как и во втором псалме написано*: “Ты Сын Мой, Я ныне родил Тебя”». Воскресение Христа знаменовало новый этап в жизни Божьего Сына – этап, когда Он в прославленном человеческом теле «воссел одесную престола Божия» (Евр. 12:2). То есть, именно с воскресением Господа связано Его воцарение – отсюда цитата «Я ныне родил Тебя».

Еще дважды этот стих цитирует автор Послания к евреям, и тоже применительно к событиям, произошедшим вслед за воскресением Господа. В первой главе он применяет данный стих к тому моменту, когда Христос после Своей смерти и воскресения воссел на небесном престоле: «Сей, будучи сияние славы и образ ипостаси Его и держа все словом силы Своей, совершив Собою очищение грехов наших, *воссел одесную престола величия на высоте*, будучи столько превосходнее Ангелов, сколько славнейшее пред ними наследовал имя. Ибо кому когда из Ангелов сказал Бог: “Ты Сын Мой, Я ныне родил Тебя”?» (Евр. 1:3-5).

В пятой главе автор применяет тот же самый стих к первосвященническому служению воскресшего Господа. Принеся Себя в жертву умилостивления за наши грехи (Евр. 7:27), Христос вошел в небесное святилище и воссел одесную престола Божия (Евр. 8:1). Его воцарение на небесах неразрывно связано с первосвященническим служением, как явствует из Евреям 8:1-2: «…мы имеем такого Первосвященника, Который воссел одесную престола величия на небесах и есть священнодействователь святилища и скинии истинной, которую воздвиг Господь, а не человек». Наш Царь – Он же наш Первосвященник. Именно в таком контексте Псалом 2:7 цитируется в этом послании во второй раз: «Так и Христос не Сам Себе присвоил славу *быть первосвященником*, но Тот, Кто сказал Ему: “Ты Сын Мой, Я ныне родил Тебя”» (Евр. 5:5).

Итак, во всех трех новозаветных цитатах из Псалма 2:7 речь идет не о предвечном происхождении Сына, а о вполне конкретном моменте на шкале земной истории: о воскресении и вознесении Иисуса Христа, а также о Его воцарении на престоле Небесного Царства около 30 г. н. э. Попытка вывести из этого текста теорию «вечного сейчас» основана на весьма поверхностной экзегезе.

Иоанна 8:58

Одно из знаменитых высказываний Христа, содержащих слова «Я есмь», находим в Иоанна 8:58: «Иисус сказал им: “Истинно, истинно говорю вам: прежде нежели был Авраам, Я есмь”». Гайслер приводит этот стих как один из примеров того, что Бог – вне времени[771]. Но действительно ли Иоанна 5:58 утверждает концепцию атемпоральной вечности?

Во-первых, нужно отметить, что сами по себе слова «Я есмь» (ἐγω εἰμι) указывают на существование чего-либо, но не говорят о способе существования. Когда Христос сказал: «Прежде нежели был Авраам, Я есмь», Он утверждал факт Своего вечного существования, а не факт Своего существования вне времени. Разумеется, будучи вечным Богом-Словом и Творцом всей земли, Он должен был существовать и до рождения Авраама. Комментируя этот стих, известный экзегет Ф. Ф. Брюс пишет:

> Как может человек, которому “нет еще пятидесяти”, говорить такие слова? Только если Он – Слово, которое было с Богом в начале, а теперь воплотилось на земле. Авраам с надеждою ожидал Его воплощения, однако Он существовал и до Своего воплощения, прежде нежели родился (*генестай*) Авраам, прежде нежели были созданы миры[772].

Во-вторых, те же самые слова, которые в 58-м стихе переведены фразой «Я есмь» (греч. ἐγω εἰμι, *эгó эйми́*), еще дважды встречаются в данной речи Христа. В 24-м стихе Он говорит: «Потому Я и сказал вам, что вы умрете во грехах ваших; ибо если не уверуете, что *это Я* (ἐγω εἰμι), то умрете во грехах ваших». Также в 28-м стихе Иисус произносит: «Когда вознесете Сына Человеческого, тогда узнаете, что *это Я* (ἐγω εἰμι) и что ничего не делаю от Себя, но как научил Меня Отец Мой, так и говорю». Нетрудно заметить, что в этих стихах ἐγω εἰμι не означает «существование вне времени». Иисус не имел в виду, что если иудеи не уверуют, что Он существует вне времени, то они умрут во

[771] Geisler. *Systematic Theology*. T. 2. C. 94.
[772] Bruce F. *The Gospel of John*. Grand Rapids: Eerdmans, 1983. C. 205–206.

грехах своих. Или что после Его смерти иудеи узнают, что Он существует вне времени и ничего не делает от Себя.

Во всех трех случаях (ст. 24, 28, 58) Христос употребляет глагол «быть» в настоящем времени, несмотря на то, что это не согласуется с временем других глаголов в предложении (в 24 и 28 стихах другие глаголы относятся к будущему времени, а в 58 – к прошедшему). Почему Он выражается так, на первый взгляд, необычно? Потому ли, что хочет подчеркнуть, что существует *вне* времени? Или же есть какая-то другая причина? Многие авторы указывают на то, что эти слова должны были напоминать иудеям об имени Бога, поскольку имя «Яхве» в еврейском языке этимологически связано с глаголом «быть, существовать». Если Христос в этот момент говорил по-еврейски или по-арамейски, они даже могли услышать из Его уст титул Божества[773] (ср. Исх. 3:14; Ис. 41:4; 43:11-13). Реакция иудеев, которые собирались побить Его камнями, показывает, что они восприняли Его слова именно так[774].

В-третьих, заметим, что обсуждаемая фраза была произнесена воплотившимся Христом. Христос передвигался по земле, разговаривал и проявлял другие признаки *темпорального* существа. Тем не менее, Он мог применить к Себе эти слова: «Прежде нежели был Авраам, *Я есмь*». Это лишний раз подтверждает, что сторонники безвременной вечности, скорее всего, слишком много «вчитывают» в текст, смотря на него сквозь призму своей философской концепции.

## Титу 1:2 и 2 Тимофею 1:9

На оба этих текста ссылается Гайслер, чтобы доказать, что время было сотворено Богом, а значит, Сам Бог должен пребывать вне времени[775]. Суть его аргумента представлена в следующей цитате:

> Слово *время* (греч. *хронос*) означает время как мы его знаем, то есть последовательность сменяющих друг друга моментов, которые формируют прошлое, настоящее и будущее. Сказано, что

---

[773] Там же. С. 206.

[774] Ср. Blum E. John // *The Bible Knowledge Commentary: An Exposition of the Scriptures* / Под ред. Walvoord J. и Zuck R. Wheaton, IL: Victor Books, 1983–1985. Т. 2. С. 306.

[775] Geisler. *Chosen But Free*. С. 12; Idem. *Systematic Theology*. Т. 2. С. 94.

Христос был прежде всего этого; Он в буквальном смысле *вечен* (вне времени)[776].

Гайслер цитирует эти стихи по Новому международному переводу (NIV), где в обоих случаях сказано: «…до начала времени…» (before the beginning of time). Автор не дает никаких пояснений, которые доказывали бы правильность такого перевода, но в этом как раз кроется проблема. NIV в целом ближе стоит к свободным, нежели к буквальным переводам[777]. И в данном случае он остается верен своей тенденции: перевод этой фразы интерпретативен и не отражает других возможных оттенков смысла.

Фраза πρὸ χρόνων αἰωνίων (*про хро́нон айони́он*) буквально означает «прежде времен вековых» или «прежде времен вечных» (что хорошо отражено в Синодальном переводе). Существительное χρόνος (*хро́нос*) стоит во множественном числе: «времена», а не «время». Это говорит о том, что подразумеваются отрезки времени, а не время как таковое. Модификатор αἰώνιος (*айо́ниос*, «вечный», «вековой», «неопределенно долгий»[778]) указывает на то, что имеются в виду не короткие, а длинные отрезки времени. Скорее всего, речь идет о веках и эпохах, которыми характеризуется земная история. То, что века и эпохи относятся исключительно к *земной* истории, явствует из того, что смена веков подразумевает перемену, а до появления Вселенной существовал лишь Бог, «у Которого нет изменения и ни тени перемены» (Иак. 1:17). До появления мира не было земных единиц измерения времени: дней, месяцев, лет, поколений. Таким образом, даже если предположить, что до сотворения Вселенной было *время*, ясно, что не могло быть *времен*, то есть разных периодов и эпох.

Итак, «прежде времен вековых» – это до сотворения мира, а не до начала времени как идеи. Этот нюанс хорошо подмечен в других англоязычных переводах: NET («до начала веков»; before the ages began), NASB («долгие века назад»; long ages ago), NLT («до начала мира»; before the world began), NRSV («до начала веков»; before the ages began), RSV («много веков назад»; ages ago), Darby («прежде веков времени»; before the ages of time). Почему Гайслер в данном случае вы-

---

[776] Geisler. *Systematic Theology*. Т. 2. С. 94.

[777] См. сравнительную таблицу английских переводов в эссе Томас Р. Переводы Библии и разъяснительная проповедь // *Возвращение к разъяснительной проповеди* / Под ред. Мак-Артур Дж. СПб.: Библия для всех, 2001. С. 287.

[778] Ср. спектр значений по BDAG. С. 33.

брал интерпретацию NIV, требует более детальных объяснений, которых автор, к сожалению, не предоставляет.

Таким образом, во 2 Тимофею 1:9-10 утверждается, что Божья благодать была дана нам еще до сотворения мира. Сходным образом, в Титу 1:2-3 сказано, что обещание вечной жизни было дано до начала отсчета земных эпох. Ни тот, ни другой стих не говорят о сотворении времени столь ясно, чтобы на них можно было уверенно построить концепцию атемпоральной вечности.

### Откровение 10:6

Об этом стихе говорилось в разделе «Темпоральная вечность: за и против» (см. PRO 4).

### Римлянам 4:17

В Послании к римлянам 4:17 об Аврааме сказано: «…пред Богом, Которому он поверил, животворящим мертвых и называющим несуществующее, как существующее». Комментируя этот стих, Прохоров пишет: «Только взгляд из вечности, откуда вся земная история, от сотворения мира до его конца, одновременно находится перед глазами Господа, может объяснить, как “несуществующее” для людей является уже “существующим” для Него»[779]. Хотя «взгляд из вечности» действительно «может объяснить», нас смущает сочетание весьма специфического представления о вечности со словом «только». Действительно ли *только* концепция «вечного сейчас» способна объяснить то, что сказано в Римлянам 4:17? На наш взгляд, это утверждение несколько скоропалительно и, мягко говоря, не соответствует действительности.

В четвертой главе Послания к римлянам говорится о спасительной вере. Объясняя, почему вера Авраама вменилась ему в праведность (см. 4:22), апостол Павел напоминает о том, какими качествами она обладала. В числе всего прочего Павел говорит, что Авраам поверил Богу, «животворящему мертвых» и «называющему несуществующее

[779] Прохоров. *Тайна предопределения*. С. 272.

как существующее» (4:17)[780]. Обе эти характеристики имеют вполне конкретные точки приложения в контексте.

Бог обещал, что у Авраама и Сарры родится наследник. Однако с этим была связана огромная проблема. В 19-м стихе Павел пишет, что тела Авраама и Сарры были уже «омертвелыми» (σῶμα νενεκρωμένον, *сóма ненекромéнон*). Омертвелые тела не способны к деторождению, а Бог обещал, что у них родится ребенок. Таким образом, чтобы поверить Божьему обещанию, Авраам должен был верить, что Бог «животворит мертвых» (ζῳοποιῶν τοὺς νεκρούς, *дзоопойóн тус некрýс*). Нетрудно заметить, что и в том, и в другом случае употреблены однокоренные слова.

В начале 17-го стиха Павел цитирует другое обетование: «Я поставил тебя отцом многих народов». Это обетование было дано в Бытие 17:5[781]. Заметим, что Бог произнес эти слова тогда, когда у Авраама

---

[780] Важно заметить, что перевод этой фразы не столь однозначен. Дело в том, что глагол καλέω (*калéо*) может означать не только «называть», но и «призывать». В связи с этим, фразу καλῶν τὰ μὴ ὄντα ὡς ὄντα (*калён та мэ óнта хос óнта*) можно перевести иначе: «призывающий из небытия в бытие». Такой перевод поддерживается из русскоязычных переводов Кассианом и Кузнецовой, а из англоязычных: NASB, NCV, NLV, RSV, NRSV, ESV, GNT, HCSB, ISV, Message. Впрочем, перевод «называть несуществующее как существующее» нам представляется более буквальным и лучше подходящим к контексту. Такое понимание фразы поддерживают церковнославянский перевод (и҆ нарица́ющꙋ не сꙋ́щаѧ ꙗ҆́кѡ сꙋ́щаѧ), русскоязычные «Слово Жизни» и МБО, из англоязычных: NIV, KJV, NKJV, YLT, Darby, ASV; из ранних переводов – сирийская Пешитта (ܘܩܳܪܶܐ ܠܰܐܝܠܶܝܢ ܕܠܳܐ ܐܺܝܬܰܝܗܽܘܢ . ܐܰܝܟ ܐܺܝܬܰܝܗܽܘܢ – *в-кáрэ ляйлéн д-ля итайýн айк итайýн* – букв., «и называющий то, что не существует, как существующее») и Вульгата (et vocat quae non sunt tamquam ea quae sunt – букв., «и называет то, что не существует, так же, как то, что существует»).

[781] Павел цитирует этот стих по Септуагинте, где сказано: πατέρα πολλῶν ἐθνῶν τέθεικά σε (*патэ́ра поллён этнóн тéтейка се*). Переводчики Септуагинты (как и сам апостол Павел) употребили перфект – результативное время, которое в индикативе относится к уже совершившемуся действию, результат которого сохраняется в настоящем (ср. Wallace D. *Greek Grammar Beyond the Basics: An Exegetical Syntax of the New Testament*. Grand Rapids: Zondervan, 1996. С. 573; ср. также *A Greek Grammar of the New Testament and Other Early Christian Literature* / Под ред. Blass F. и Debrunner A.; Пер. и ред. Funk R. Chicago: University of Chicago Press, 1961. С. 175–176 [§ 340]). Любопытно заметить, что авторы Синодального перевода в Бытие 17:5 поставили фразу в будущее время: «Я *сделаю* тебя отцом множества народов», но это нужно признать ошибкой. Масоретский текст (BHS) использует форму, которую в данном случае лучше перевести прошедшим временем: נְתַתִּיךָ.(*нетаттú-ха*). Форма *qatal* у фиентивных глаголов в библейском иврите обычно относится к прошедшему или «настоящему совершенному» времени (ср. Putnam F. *Hebrew Bible Insert: A Student's*

еще не было ребенка от Сарры. Однако Бог говорит: *уже поставил*. Называя Авраама «отцом многих народов», Бог в тот момент называл «несуществующее как существующее».

Как нам следует расценивать эти слова? Говорят ли они что-либо о природе времени и вечности или же они просто показывают определенность Божьего обетования? Насколько ясно последнее, настолько же неочевидно первое. Божье обетование может быть определенным не обязательно потому, что Бог видит его исполнение в некоем «вечном настоящем». Оно может быть определенным просто в силу того, что Бог его обязательно исполнит: «Я благословлю ее и дам тебе от нее сына…» (Быт. 17:16).

Бог может видеть будущее не только как объективно существующую вне времени реальность, но и как Свой план, простирающийся на все будущие события, – то есть как божественный промысел. То, что апостол говорит о плане, а не об объективно существующей вне времени реальности, подчеркивается словом: «несуществующее». Бог «называет *несуществующее* как существующее», то есть говорит о будущем, которого еще объективно нет, настолько определенно, как будто оно уже исполнилось.

## Иоанна 4:23 и 5:25

В Иоанна 4:23 Христос говорит самарянке: «…Настанет время, и настало уже, когда истинные поклонники будут поклоняться Отцу в духе и истине, ибо таких поклонников Отец ищет Себе». Делая акцент на фразе «и настало уже» (она у автора выделена жирным шрифтом), Прохоров трактует этот стих через призму теории «вечного настоящего»:

> Обратим внимание, что эти слова Христос произносит задолго до дня Пятидесятницы и сошествия Духа Святого. Сам Спаситель

*Guide to the Syntax of Biblical Hebrew*. Ridley Park, PA: Stylus Publishing, 2002. С. 28). Употребление *qatal'*а в будущем времени, как правило, относится к сфере риторических приемов (напр., так называемый «пророческий перфект») или к поэтической речи (ср. Joüon P. *A Grammar of Biblical Hebrew*: В 2 т. / Пер. и ред. Muraoka T. Roma: Editrice Pontificio Istituto Biblico, 2005. Т. 2. С. 363–365). Таким образом, перевод Септуагинты в этом стихе не только вполне вероятен с грамматической точки зрения, но и подтвержден богодухновенным посланием Павла.

есть Истина (Иоан. 14:6), но подлинное поклонение в Духе будущим христианам еще только предстояло; потому и сказано: «настанет время» – для людей, «и настало уже» – для Господа[782].

Последнее утверждение вызывает ряд возражений. Во-первых, если теория «вечного настоящего» справедлива, то почему Христос не повторял фразу «и настало уже» *всякий раз*, когда говорил о будущем? Впрочем, вопрос даже не в том, почему Он ее не повторял, а в том, мог ли повторить? Как замечают некоторые комментаторы, в определенных случаях Христос не мог бы произнести эту фразу, поскольку не для всех событий время «уже настало». К примеру, в 21-м стихе той же главы Христос говорит самарянке: «Поверь Мне, что наступает время, когда и не на горе сей, и не в Иерусалиме будете поклоняться Отцу». В данном случае Он не говорит, что время «уже настало», поскольку поклонение на местах (на горе Гаризим и в Иерусалиме) еще не прекратилось[783]. Хотя для духовного поклонения «в духе и истине» время уже настало, в традиционных святынях люди поклоняться еще не перестали.

Точно так же, в Иоанна 5:25 Христос говорит: «Истинно, истинно говорю вам: наступает время, *и настало уже*, когда мертвые услышат глас Сына Божия и, услышав, оживут». Однако разительным контрастом звучат Его слова в 5:28-29, где Господь не произносит обсуждаемой фразы: «Не дивитесь сему; ибо *наступает время*, в которое все, находящиеся в гробах, услышат глас Сына Божия; и изыдут творившие добро в воскресение жизни, а делавшие зло – в воскресение осуждения». В чем разница между 5:25 и 5:28-29? В том, что в первом случае Христос говорит о воскресении отдельных мертвых и ничего не говорит о последнем суде. Для воскресения некоторых мертвых время уже настало. Тогда как во втором случае Он говорит о воскресении *всех* находящихся в гробах и о последнем суде. Для этого время еще не настало, а только «наступает». Удивительно, почему Прохоров не обращает внимания на эту очевидную разницу, когда даже Иоанна 5:25 трактует через призму своей теории[784].

---

[782] Прохоров. *Тайна предопределения*. С. 272.

[783] Robertson A. *Word Pictures in the New Testament*: В 6 т. 8-е изд. Nashville, TN: Broadman Press, 1932. Т. 5. С. 66.

[784] Прохоров. *Тайна предопределения*. С. 272–273.

Во-вторых, для Прохорова важно, что слова о поклонении в духе и истине «Христос произносит задолго до дня Пятидесятницы» (см. цитату выше). Этот момент важен для его аргумента, потому что он должен доказывать, что для Бога будущее событие (Пятидесятница) «уже настало». Однако, почему «поклонение в духе» он относит именно к дню Пятидесятницы? Очевидно, он связывает это с сошествием Святого Духа (см. цитату). По-видимому, он считает, что слова «в духе» относятся к Духу Святому. Автор пишет об этом без каких-либо оговорок, пояснений или доказательств, как о чем-то само собой разумеющемся, хотя это далеко не так однозначно и далеко не все толкователи соглашаются с такой интерпретацией[785].

Допустим аргумента ради, что «в духе» действительно значит «в Духе Святом». Но и тогда остается вопрос: на каком основании Прохоров *исключает* возможность поклонения в Духе Святом в более ранний период? К примеру, об Иоанне Крестителе сказано, что он был исполнен Духа от чрева матери (Лук. 1:15). Кто может утверждать, что он не поклонялся Богу в Духе? Елисавета и Захария перед рождением младенца Христа исполнялись Духа Святого и прославляли Бога в чудесных вдохновенных молитвах (Лук. 1:41, 67). Кто может утверждать, что в этот момент они не поклонялись Богу в Духе Святом? В еще более ранний период ветхозаветные пророки бывали исполнены Духом Святым (напр., Иез. 2:2; Чис. 11:25). Кто может сказать, что они не поклонялись Богу в Духе и истине? По всему видно, что апостолы тоже бывали исполнены Духом и до Пятидесятницы, например, когда Христос посылал их на проповедь (возможно, на это указывают Матф. 10:20 и Лук. 9:1). Почему они не могли поклоняться Богу в Духе? Интерпретация Прохорова, который относит поклонение в Духе *исключительно* ко времени после Пятидесятницы, нам кажется непродуманной.

В-третьих, толкование Прохорова не учитывает ближайшего контекста. Когда Христос в 23-м стихе говорит о поклонении «в духе и истине», Он исправляет две ошибки, обозначенные Им в двух предыдущих стихах. В 21-м стихе Он упоминает ошибку иудеев и самарян, которые считали, что поклонение привязано к определенному месту: «горе сей» или Иерусалиму. В противовес этому Христос говорит, что поклонение происходит *в духе*. Бог – это не жертвенник на горе Гари-

[785] Ср. *Учебная Библия с комментариями Джона Мак-Артура*. Б. м.: СЕО, 2004. С. 1571.

зим и не иерусалимский храм, а Дух, поэтому общение с Ним происходит не в какой-то географической точке, а в человеческом духе (ср. 4:24).

В 22-м стихе Христос упоминает ошибку самарян, которые «не знали, чему кланялись». Их поклонение могло быть искренним и воодушевленным, но оно не было основано на истине Священного Писания, поскольку они изобрели собственный религиозный культ и отправляли ими же самими придуманные обряды[786]. В противовес этому Христос говорит, что поклонение происходит *в истине*.

С пришествием Христа наступала новая эпоха – эпоха церкви, когда акцент с внешних форм поклонения будет перемещен на внутреннее содержание: на поклонение в духе и истине Писания. И хотя эта эпоха еще не вступила во все свои права, уже в то время (во время разговора Христа с самарянкой) ученики могли поклоняться Богу в духе и истине. Интерпретация Прохорова не принимает во внимание этих контекстных взаимосвязей.

В-четвертых, на наш взгляд, Прохоров не учитывает библейской терминологии, касающейся последнего времени. Читатели помнят, что в Писании время между первым и вторым пришествиями Христа иногда совокупно называется «последним временем». Например, Петр пишет о первом пришествии Христа: «…предназначенного еще прежде создания мира, но явившегося *в последние времена* для вас…» (1 Пет. 1:20). Буквально, «в последнее из времен» или «в конце времен» (ἐπ' ἐσχάτου τῶν χρόνων, *эп эсхáту тон хрóнон*). Точно так же, Иоанн убеждает своих читателей, что они живут в последнее время: «Дети! *Последнее время*. И как вы слышали, что придет антихрист, и теперь появилось много антихристов, то мы и познаем из того, что *последнее время*» (1 Иоан. 2:18; ср. также Иуд. 18; 1 Тим. 4:1; 2 Тим. 3:1). Если же все время после первого пришествия Христа иногда рассматривается как одна эпоха, то Христос вполне мог сказать: «Наступает время, и настало уже». Эпоха последнего времени со всеми ее уникальными характеристиками с первым пришествием Христа уже водворилась, но до Его смерти и воскресения еще не вступила во все свои права. Поэтому Христос и говорит: «наступает время» – ибо скоро Его новый завет вступит в силу, «и настало уже» – ибо законодатель и царь уже пришел.

---

[786] MacDonald W. *Believer's Bible Commentary* / Под ред. Farstad A. Nashville: Thomas Nelson, 1995. Комментарий на Иоанна 4:23.

В-пятых, Прохоров не учитывает прогрессивного характера Царства Христова, о котором пишут многие богословы и экзегеты[787]. Этот аспект можно выразить словами «уже, но еще не вполне». Что под этим имеется в виду? Во время пребывания Христа на земле Царство уже наступило – ведь пришел Царь, однако не вполне, поскольку Царя не приняли. Когда Христос начал Свое земное служение, в каком-то смысле уже водворилась новозаветная эпоха – ведь Он принес новозаветные принципы, но еще не вполне, поскольку Он еще не пролил «Крови нового завета» (ср. Матф. 26:28). Сам Христос говорил о Своем Царстве и как о чем-то уже наступившем (Матф. 12:28), и как о будущем (Матф. 25:34). И даже после Его смерти и воскресения сохраняется тот же самый принцип «уже, но еще не вполне». Новый завет уже вступил в силу – ведь мы спасаемся через Кровь нового завета (ср. Евр. 9:15), но еще не вполне, поскольку многие обетования, данные Израилю, еще не исполнились (напр., некоторые из обетований Иез. 36:24-36).

Так вот, в Иоанна 4:23 многие толкователи видят прогрессивный аспект Царства Христова. И это не новая концепция. К примеру, еще в начале XVIII в. Мэтью Генри объяснял этот стих так: «Это время *настанет*, [то есть] грядет в полноте своей силы, славы и совершенства, и *настало уже*, [то есть] открылось в своем зачаточном состоянии, в периоде своего становления»[788]. К сожалению, Прохоров никак не взаимодействует с этой важной и часто встречающейся в комментариях точкой зрения.

Итак, прогрессивный характер Царства Христова – это еще одна веская причина, почему Христос мог сказать: «Наступает время, и настало уже». «Наступает» время, когда характеристики Царства проявятся в полной мере, «и настало уже» – когда они проявляются частично. Теория «вечного настоящего», на наш взгляд, в этом стихе не имеет сколько-нибудь надежной опоры.

---

[787] К примеру, Кляйн, Бломберг и Хаббард пишут: «Пожалуй, проще всего богословие Царствия в учении Иисуса Христа охарактеризовать тезисом “уже, но еще не вполне”» (Klein W., Blomberg C., Hubbard R. Introduction to Biblical Interpretation. Dallas, TX: Word Pub., 1993. C. 409. Ср. также Грудем. *Систематическое богословие*. С. 976.

[788] Генри М. *Толкование на книги Нового Завета*: В 6 т. Dutch Reformed Tract Society, 1999. Т. 3. С. 79. Ср. Beasley-Murray G. *John*. WBC. Т. 36. С. 62.

Откровение 13:8

Иногда в дискуссиях о природе времени и вечности ссылаются на Откровение 13:8, где сказано: «И поклонятся ему все живущие на земле, которых имена не написаны в книге жизни у Агнца, закланного от создания мира». Пунктуация Синодального перевода в этом стихе не оставляет читателю никаких вариантов, кроме как подумать, что Агнец действительно был заклан от создания мира. Если же Христос был принесен в жертву еще до сотворения мира, то, кажется, вечность действительно должна быть безвременной.

Впрочем, вдумчивый читатель увидит, что это не единственное возможное объяснение. Прежде всего следует подумать о метафоре: быть может, Агнец был заклан от создания мира не в прямом, а в переносном смысле? Очевидно, что многие образы книги Откровение носят метафорический характер, однако никакую метафору нельзя истолковывать механически. Если говорится, что Христос был заклан от создания мира, то в каком смысле это сказано? В том ли, что для Бога Его искупительная смерть уже как бы *состоялась* до сотворения мира? Или же в том, что еще до появления нашей Вселенной Христос был *предназначен* стать жертвой за грех? На наш взгляд, последнее гораздо более вероятно, чем первое. Как об этом сказано в 1 Петра 1:19-20: «…но драгоценною Кровию Христа, как непорочного и чистого Агнца, *предназначенного* еще прежде создания мира, но явившегося в последние времена для вас…» Из русскоязычных переводов такому варианту понимания последовала Кузнецова: «Ему поклонятся все жители земли, имена которых не вписаны в книгу жизни Ягненка, предназначенного в жертву прежде, чем создан был мир» (Откр. 13:8; пер. «Радостная весть»).

Однако, скорее всего, решение еще более простое. Дело в том, что в древнейших рукописях Нового Завета практически не было знаков препинания[789], поэтому ориентироваться на точки и запятые Сино-

[789] В этом легко убедиться, посмотрев факсимильные издания крупных унциальных рукописей или транскрипции папирусных фрагментов, например, по изданию *The Text of the Earliest New Testament Greek Manuscripts* / Под ред. Comfort P. и Barrett D. Wheaton, IL: Tyndale House, 2001. Интересно заметить, что ни один из папирусных фрагментов Откровения, приведенных в издании Комфорта и Барретта (а именно, P98 второго века, P18, P24, P47 и P115 третьего века), не содержит знаков препинания. На основании анализа многочисленных ранних рукописей Робертсон пишет:

дального перевода или даже современных изданий греческого Нового Завета можно не всегда. Если же изменить пунктуацию Синодального текста, то читатель легко увидит другой вариант понимания обсуждаемого стиха: «И поклонятся ему все живущие на земле, которых имена не написаны в книге жизни у Агнца закланного, от создания мира». Иными словами, один из вариантов толкования этого текста таков: не Агнец был заклан от создания мира, а имена были написаны (или не написаны) в книге жизни от создания мира. На синтаксической схеме оба варианта можно представить следующим образом[790]:

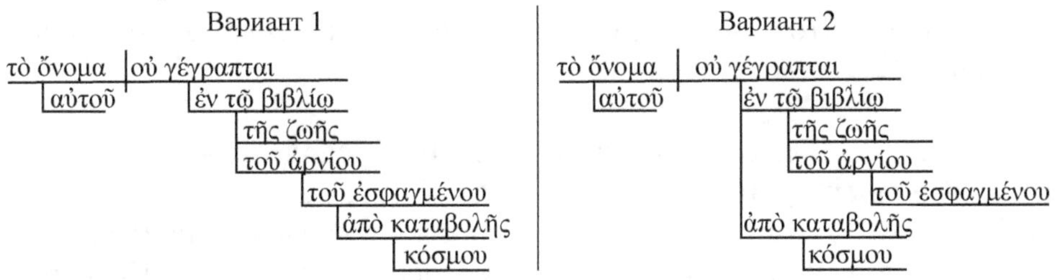


Главный аргумент в пользу первого варианта толкования – это порядок слов[791]. Фраза «от создания мира» (ἀπὸ καταβολῆς κόσμου, *апó катаболéс кóсму*) следует непосредственно за причастием «закланный» (ἐσφαγμένου, *эсфагмéну*), будучи в оригинале отделена от глагола «написаны» (γέγραπται, *гéграптай*) двенадцатью словами. С другой стороны, главный аргумент в пользу второй точки зрения – параллельный текст из 17-й главы, где сказано: «Зверь, которого ты видел, был, и нет его, и выйдет из бездны, и пойдет в погибель; и удивятся те из живущих на земле, *имена которых не вписаны в книгу жизни от начала мира*, видя, что зверь был, и нет его, и явится» (Откр. 17:8). В оригинале используется та же личная форма глагола и та же самая предложная конструкция: οὐ γέγραπται… ἀπὸ καταβολῆς κόσμου. Как поясняет Роберт Томас:

---

«…мы не можем сказать, насколько широко новозаветные авторы пользовались знаками препинания и пользовались ли они ими вообще» (Robertson. *A Grammar of the Greek New Testament*. С. 242).

[790] Для простоты и наглядности мы в данном случае позволили себе пренебречь некоторыми принципами, принятыми при составлении подобного рода схем.

[791] Thomas R. *Revelation: An Exegetical Commentary*. T. 2: Revelation 8–22. Chicago : Moody Press, 1995. C. 165.

> Тот же самый глагол [«написаны»] и та же самая фраза [«от создания мира»] в этом стихе должны быть связаны друг с другом, потому что там ни слова не говорится об Агнце или Его заклании… Конечно, в 13:8 Иоанн может говорить о чем-то отличном… однако 17:8 дает ответ на главное возражение против того, чтобы отнести предложную фразу к глаголу *гéграптай*. Предложный оборот отделен от глагола семью словами, что лишний раз доказывает, что большое расстояние между словами не препятствует грамматической связи с *гéграптай*. Постоянство словоупотребления у одного и того же автора – более веский аргумент, так что лучше фразу «от создания мира» относить к книге жизни[792].

Пожалуй, большинство англоязычных переводов следуют именно такому варианту понимания: ASV, NASB, NET, ESV, NCV, NLT, RSV, NRSV, Darby, GNT, HCSB, Message. Как возможный вариант его указывает также NIV, а из русскоязычных – перевод Кассиана. Переводы, которые относят фразу «от создания мира» к закланию Агнца, остаются в меньшинстве: NIV, KJV, NKJV, YLT, ISV. Итак, Откровение 13:8 не дает сколько-нибудь твердой основы для теории «вечного сейчас».

### 4 Царств 20:9-11

В 4 Царств 20:9-11 Прохоров усматривает еще один аргумент в пользу атемпоральной вечности. Он считает, что события, описываемые в в этом тексте, говорят об обратном ходе времени:

> Об обратном же ходе времени, как знамении Господнем, читаем следующее: «“Вперед ли пройти тени на десять ступеней, или воротиться на десять ступеней?” И сказал Езекия: “Легко тени подвинуться вперед на десять ступеней; нет, пусть воротится тень назад на десять ступеней”. И воззвал Исаия пророк к Господу, и возвратил тень назад на ступенях, где она спускалась по ступеням Ахазовым, на десять ступеней» (4 Цар. 20:9-11)[793].

---

[792] Там же. С. 165–166.
[793] Прохоров. *Тайна предопределения*. С. 280.

Действительно ли здесь говорится об обратном ходе времени? Что касается того, какому количеству времени соответствует ход тени в десять ступеней, то точный ответ неизвестен. Однако ясно, что речь должна идти не о секундах и даже, скорее всего, не о минутах. На основании устройства древних солнечных часов некоторые авторы полагают, что десять ступеней соответствует десяти часам времени[794]. Другие считают, что ход тени в одну ступень занимал меньше часа[795], соответственно, десять ступеней соответствовало более короткому, чем десять часов, сроку. Так или иначе, это должен быть достаточно долгий промежуток, чтобы происходящее было заметным и удивительным и могло расцениваться как чудо.

Что касается скорости возвращения тени, то возможны по крайней мере два варианта: тень могла вернуться мгновенно или постепенно (постепенное возвращение могло быть, соответственно, быстрым или медленным). Если возвращение тени действительно соответствовало обратному ходу *времени*, как утверждает Прохоров, то нашим очам предстала бы любопытнейшая картина. Постепенное возвращение тени/времени было бы похоже на «обратную перемотку» видеофильма, когда все персонажи двигаются задом наперед и произносят все слоги в обратном порядке. Если же тень (по Прохорову, время) вернулась мгновенно, то мгновенно исчезли несколько часов из жизни Езекии, Исаии и, по-видимому, всех остальных людей. И в том, и в другом случае исчез и разговор Езекии с Исаией, и просьба о знамении, и само знамение, потому что в прошлом, к которому все вернулось, ничего этого не было! Спрашивается: зачем делать знамение, если сразу вслед за этим исчезнет и само знамение, и повод к нему, и память о нем?[796]

---

[794] В качестве предположения эту точку зрения упоминает Мэтью Генри (Henry M. *Matthew Henry's Commentary on the Whole Bible: Complete and Unabridged in One Volume*. Peabody, MA: Hendrickson, 1991. Комментарий на 2 Kings 20:8-11).

[795] K-D. T. 3. C. 328.

[796] Наверное, излишним будет объяснять, что помнить можно только о том, что было. К примеру, помнить о том, что в 14.00 мы купили компьютер, можно лишь в том случае, если мы его действительно купили (псевдореминисценции и прочие патологические проявления памяти к сути разговора не относятся). Если же мы вернулись к 13.00 – к тому моменту, когда компьютер еще не был куплен, то и сама память о покупке компьютера в 14.00 становится невозможной. Поэтому, если возвращение тени равнозначно обратному ходу времени, то об этом возвращении никто не будет помнить.

Все это представляется непродуманным и нелепым. На наш взгляд, в 4 Царств 20:9-11 мы видим что угодно, но только не обратное движение времени. Возможно, Господь просто изменил ход солнечных лучей[797]. Это было несомненным чудом, но это *не было* обратным движением времени.

Итак, мы рассмотрели несколько текстов Писания, которые, по нашему мнению, наиболее актуальны для дискуссии о природе вечности и времени. Ни в одном из них мы не увидели сколько-нибудь надежной опоры для теории «вечного настоящего». Еще ряд библейских текстов, на которые ссылается Прохоров[798], на наш взгляд, и вовсе ничего не говорят о безвременной вечности и едва ли требуют экзегетического ответа. Вместе с тем, прежде чем перейти к следующей части нашей дискуссии, нужно сделать кое-какие уточнения.

Нам хотелось бы, чтобы читатель понял, с каких позиций мы вели разговор в предыдущем разделе. Обсуждая аргументы за и против темпорализма и атемпорализма и анализируя ключевые тексты Писания, мы не ставили целью доказать, что концепция безвременной вечности не имеет права на существование. Более того, мы не утверждали и не утверждаем наверняка, что безвременная вечность в принципе невозможна – ибо в вопросе о времени или безвременности Бога есть много аспектов, которые выходят за рамки нашего ограниченного сознания. Тем не менее, нам хотелось продумать логические и экзегетические следствия теории безвременной вечности. В то время как некоторые люди принимают атемпоральность Бога как нечто само собой разумеющееся, мы постарались показать, что эта теория не лишена своей доли серьезных трудностей.

Мы надеемся, нам удалось продемонстрировать, во-первых, что Священное Писание не требует считать Бога атемпоральным. Во-вторых, что в совокупном свидетельстве Писания теория безвременной вечности не занимает лидирующих позиций. В-третьих, что эта теория является умозрительной философской концепцией, которая может согласоваться с библейским богословием в большей или меньшей степени.

---

[797] *The Pulpit Commentary: 2 Kings* / Под ред. Spence-Jones H. и Exell J. New York : Funk and Wagnalls Company, s. a. С. 407. Есть и другие предположения о физической природе этого явления, но их обсуждение выходит за рамки настоящей книги.

[798] Напр., Прохоров. *Тайна предопределения*. С. 278–279.

В то время как сторонники «бесконечного времени» утверждают то, что доступно нашему сознанию и относительно доступно нашему опыту, сторонники «безвременной бесконечности» утверждают то, что недоступно ни нашему сознанию, ни нашему опыту. Эта концепция даже не теоретическая, а гипотетическая. Это, конечно, не значит, что она не может быть правильной, но это значит, что бремя доказательства ложится на плечи тех, кто придерживается такой концепции. Любые теории, опирающиеся на эту концепцию как на основной довод, стоят на очень шатком основании. В следующем разделе мы поговорим о том, дает ли атемпоральная вечность удовлетворительное решение парадоксу свободной воли и предопределения.

## Безвременная вечность и предопределение

Хотя понятие безвременной вечности встречалось у многих античных философов (напр., Платон, Аристотель, Плотин) и христианских авторов эпохи патристики (напр., Августин), к вопросу о свободной воле и предопределении одним из первых его применил Боэций (480–ок. 524). В своем знаменитом произведении «Утешение философией» он ищет ответ на вопрос, каким образом абсолютное знание Богом будущего согласуется с человеческой свободной волей. Ведь если будущее абсолютно предузнано, то оно уже не может быть иным. Если бы оно было иным, чем предузнано, то это значило бы, что Бог неточно знает будущее. Если же оно не может быть иным, то все предопределено и человек не свободен поступить иначе, чем предузнано (заметим попутно, что у многих древних авторов предузнание тождественно предопределению). Боэций старается разрешить этот парадокс следующим образом:

> …так как всякое суждение охватывает то, что ему подчинено по закону его природы, а Бог – вечен и сохраняет состояние, в котором, кроме настоящего, нет ничего, то и *знание Его, превосходя движение времени, пребывает в простоте Его настоящего*, содержа в себе в совокупности бесконечную протяженность будущего и прошедшего, и все это Бог обозревает в непосредственности своего знания, как если бы все это происходило в настоящем. Итак, если ты желаешь понять изначальное бытие, которое все знает, более правильно будет определить его знание *не как пред-*

> *знание будущего, а как непогрешимое знание нескончаемого настоящего*. Вследствие этого его лучше называть не предвидением, но Провидением, которое все от самого низкого до высочайшего обозревает с высоты. Почему же ты считаешь, что то, что обозревается божественным оком, становится необходимым; *ведь и люди созерцают вещи, но это не делает их необходимыми*?
>
> Разве ты считаешь, что созерцание чего-нибудь настоящего делает его необходимым? – Нет. – Но если можно сравнивать настоящее Бога и человека, то нужно отметить, что как вы, люди, видите обычно некоторые вещи в вашем преходящем настоящем, так и Бог созерцает все в своем вечном настоящем. Следовательно, *божественное предзнание не изменяет природы и свойств вещей*, оно только в своем настоящем видит все таким, каким то станет в будущем, и не выносит о вещах неясных суждений, но одним взором своего разума распознает, что произойдет в будущем – будь то по необходимости или нет[799].

Ключевые положения этой позиции будут проанализированы ниже, а пока подытожим ее суть. По мнению Боэция, поскольку Бог пребывает в вечном настоящем, для Него все события: и прошлые, и будущие, – происходят как бы одновременно. А раз так, то к Нему не применим термин «предузнание» (а значит, и «предопределение»). Бог не предузнает, а просто знает. Если смотреть с точки зрения Божьей вечности, то Его знание одновременно всем земным событиям: Бог как бы созерцает будущее в Своем вечном настоящем. Но само по себе созерцание не меняет сути вещей. Ведь мы и сами созерцаем разные события, не вмешиваясь в их причины. Неизбежные вещи мы созерцаем как неизбежность (например, восход солнца) и случайные вещи как случайность (например, идущий по дороге человек)[800]. Так и Бог, созерцая будущее в Своем настоящем, не обязательно становится его причиной. Бог может знать будущие случайные поступки людей, не

---

[799] Боэций. Утешение философией, V.6 / Пер. Уколовой В. и Цейтлина М. // *«Утешение философией» и другие трактаты*. М.: Наука, 1990. URL: http://ancientrome.ru/antlitr/boethius/phil05-f.htm (дата обращения: 15.03.2009). Курсив наш. – *А. П.*

[800] Примеры взяты у самого Боэция (Там же. V.6).

делая их необходимыми. Таким образом, и Бог знает будущее, и поступки человека свободны.

Как было отмечено в предыдущей главе, сходное решение вопросу о свободной воле и предопределении предлагают Уэсли, Гайслер, Прохоров и некоторые другие авторы. Хотя детали аргументации у них могут разниться, суть остается той же: поскольку Бог пребывает вне времени, понятия *пред*узнания и *пред*определения к Нему не применимы. Он не предузнает, а вечно знает в Своем неизменном настоящем. Он не предопределяет, а вечно определяет в Своей безвременной вечности. Важно отметить, что Божье определение ни в каком смысле не является причиной свободного выбора людей – оно ему просто сопутствует. Бог «просто знает (не предузнаёт), как мы сейчас обходимся со своим свободным выбором»[801].

Однако не все атемпоралисты придерживаются таких взглядов на предопределение. Многие выдающиеся христианские мыслители верили в то, что Бог пребывает вне времени, и в то же время оставались на позициях детерминизма[802]. Они подчеркивали, что Божий промысел – созидающий или попускающий – логически предшествует всем событиям и предопределяет их ход. Разумеется, приставка *пред-* у них относится не ко времени Божьего решения, а к его логической приоритетности. В **первой главе** уже упоминались такие известные детерминисты, как Августин Гиппонский, Ансельм Кентерберийский и Фома Аквинский. Все они придерживались теории безвременной вечности, однако ни один из них не видел в ней удовлетворительного решения вопросу о свободной воле и предопределении. В данной главе мы пополним этот список, отметив, что многие известные кальвинисты были атемпоралистами.

Хотя сами Лютер и Кальвин не давали определения Божьей вечности[803], многие их сподвижники последовали преобладавшему в Средние века атемпорализму. В частности, современник Кальвина Ие-

---

[801] Geisler. God Knows All Things. С. 73.

[802] Детерминизм – вера в то, что все события предопределены Божьим промыслом, либо напрямую производящим, либо допускающим действие тех или иных факторов. Различают фатализм, жесткий детерминизм и мягкий детерминизм. Мягкий детерминизм не исключает подлинной свободы человеческой воли, считая ее *совместимой* с Божьим промыслом (так называемый компатибилизм).

[803] Frame. *The Doctrine of God*. С. 546. Примеч. 10.

роним Цанхий (Zanchius, 1516–1590), высказывая типично инфралапсарианский взгляд на предопределение, указывал на то, что Божьи решения, как и Сам Бог, пребывают вне времени. Впрочем, атемпоральность Божьего промысла не исключает логической приоритетности одних решений перед другими, как не исключает и логической приоритетности Божьего промысла перед его осуществлением во времени:

> Говоря, что решение о предопределении к жизни и смерти относится к человеку в его падшем состоянии, мы не имеем в виду, что грехопадение предшествовало этому решению, ибо *Божьи постановления в полном смысле вечны, как и все Его деяния, тогда как грехопадение состоялось во времени.* Мы утверждаем лишь то, что Бог (по причинам, несомненно, достойным Себя, о которых мы, впрочем, в этой жизни судить не компетентны) от вечности постановил Своей властью допустить грехопадение Адама и, точно так же, от вечности посчитал человеческую расу падшей; и из всей массы людей, созерцаемых и предузнаваемых в состоянии нечистого и отвратительного проклятия, не преминул избрать некоторых (совокупно составляющих очень большое, но точно определенное число), в которых и над которыми Он явит невыразимые богатства Своей милости[804].

Многие другие известные кальвинистские авторы придерживались теории «вечного настоящего». Автор классического реформатского трехтомника по систематическому богословию Чарльз Ходж писал:

> Как нельзя сказать, что Бог присутствует в одном месте больше, чем в другом, ибо Он везде присутствует одинаково, так нельзя сказать и того, что в одном периоде времени (duration) Он существует больше, чем в другом. У Него нет различия между настоящим, прошлым и будущим, но всё для Него в равной мере присутствует в настоящем. Его время (duration) – это *вечное сейчас*[805].

---

[804] Zanchius J. *The Doctrine of Absolute Predestination Stated and Asserted* / Пер. с лат. Toplady A. London: Sovereign Grace Union, 1930. Глава 1. URL: http://www.ondoctrine.com/2zan0002.htm (дата обращения: 16.03.2009). Курсив наш. – *А. П.*

[805] Hodge. *Systematic Theology*. Т. 1. С. 385. Курсив наш. – *А. П.*

Один из крупнейших баптистских теологов[806] конца XIX – начала XX вв. Огастас Стронг утверждал, что Божья вечность безвременна. Тем не менее, это не означает, что Бог не отличает одно время от другого или что Его решения лишены логической последовательности:

> Вечность есть бесконечность в отношении ко времени. Это подразумевает, что Божья природа неподвластна закону времени. Бог не во времени. Правильнее будет сказать, что время в Боге. Хотя у Божьих мыслей имеется логическая последовательность, они лишены хронологической последовательности[807].

Реформатский богослов-систематик Беркхоф дает такое определение вечности Бога: «…совершенство Бога, возвышающее Его над всеми временными пределами и над всякой последовательностью моментов. Благодаря этому качеству Бог обладает всем Своим бытием в *одном неделимом настоящем*»[808]. Многие другие кальвинистские авторы придерживаются сходных представлений о Божьей вечности[809].

Итак, многие христианские авторы, как древние, так и современные, верят в безвременность Бога, однако остаются детерминистами. Возникает закономерный вопрос: почему не все атемпоралисты применяют эту концепцию к проблеме свободной воли и предопределения? Ведь, казалось бы, это так очевидно: если Бог вне времени, то предопределения нет![810] Рассмотрим несколько причин, почему теория «вечного настоящего» не дает удовлетворительного решения данной проблеме.

---

[806] Estep W. Стронг, Август Хопкинс / Пер. Табак Ю. // *Теологический энциклопедический словарь* / Под ред. Элвелла У. М.: Ассоциация «Духовное возрождение», 2003. С. 1125.

[807] Strong. *Systematic Theology*. Т. 1. С. 276.

[808] Berkhof. *Systematic Theology*. С. 60.

[809] Ср. Enns. *The Moody Handbook of Theology*. С. 193.

[810] Ср. Прохоров: «На все – воля Божия, а предопределения нет. Бог все знает, а предведения нет» (*Тайна предопределения*. С. 277).

## Причинно-следственные связи

Первая причина, почему «вечное сейчас» не разрешает парадокса свободной воли и предопределения, заключается в следующем: *отсутствие хронологической приоритетности не исключает логической приоритетности.*

Как помнят читатели, классический кальвинизм утверждает, что предопределение логически предшествует земным событиям. Если какой-то человек решает обратиться к Богу, то это потому, что он был избран от вечности. Классическое арминианство, напротив, говорит, что земные события логически предшествуют предопределению. Если какой-то человек предопределен, то это потому, что в свое время он решит обратиться к Богу. Сторонники же Боэциева подхода говорят, что ни предопределение, ни человеческие решения не имеют приоритетности.

Боэциане утверждают, что, поскольку Бог вне времени, между предопределением и предузнанием человеческих решений нет не только хронологической, но и логической связи. В частности, Гайслер пишет:

> Возможно, Бог предопределяет и не на основании предведения человеческих свободных решений, и не вопреки ему. Писание, например, говорит, что мы «избраны по предведению Бога» (1 Пет. 1:2). То есть, между избранием и предведением *нет ни хронологической, ни логической приоритетности.* Поскольку Бог прост, все Его атрибуты находятся в единстве с Его неделимой сущностью. Поэтому и предведение, и предопределение у Бога – одно[811].

О том же самом говорит Баджер:

> Нет ни «перед», ни «после», *ни логической, ни хронологической прогрессии* в Его вечном знании… Поэтому не нужно… задаваться вопросом, основано ли избрание на предузнании или, наоборот, основано ли предузнание того, что кто-либо спасен, на избрании[812].

---

[811] Geisler. God Knows All Things. C. 70. Курсив наш. – *А. П.*
[812] Badger. TULIP: A Free Grace Perspective, Part 2… C. 41. Курсив наш. – *А. П.*

По-видимому, в таком же ключе следует понимать следующее утверждение Прохорова: «Господь одновременно видит всю панораму человеческой истории, и при этом Он никак не связан причинно-следственными связями (Откр. 22:13)»[813].

Признаться честно, логика этих заявлений от нас ускользает. Если Бог пребывает вне времени, то Его решение и земные события не могут быть связаны хронологическими отношениями. Это понятно. Но при чем тут логические отношения? Даже если Бог атемпорален, из этого никак не следует, что не может быть логической приоритетности между предопределением и предведением или между предопределением и человеческими решениями. *Non sequitur*!

Как же объясняет свою позицию Гайслер? В своем «Систематическом богословии» он пишет:

> Есть ли у Божьих решений (decrees) логический порядок? Только не для Бога. Бог не мыслит последовательно (то есть дискурсивно, одна мысль вслед за другой). Он знает все непосредственно и интуитивно, поскольку Он прост, вечен и неизменен в Своем естестве. Так что все, что Он знает и избирает, совершается непосредственно и интуитивно, от вечности[814].

Отвечая на поставленный вопрос, Гайслер производит подмену тезиса. Заявив один вопрос: есть ли у Божьих решений логический порядок, – Гайслер отвечает на другой: есть ли последовательность *появления* мыслей у Бога. Очевидно, что у атемпорального Бога не может быть последовательности *появления* мыслей – все мысли должны присутствовать у Него всегда и одновременно от вечности. Но значит ли это, что Его одновременно наличествующие мысли никак не связаны между собой логическими отношениями? Кажется, любому здравомыслящему человеку должно быть понятно, что нет, не значит. Во всяком случае, Гайслер не делает даже первого шага к тому, чтобы доказать свой первоначальный тезис.

В некоторых других публикациях Гайслер делает более сильный упор на учении о простоте (то есть неделимости) Бога. Например: «Бог – простое существо, чьи свойства находятся в единстве с Его неделимой сущностью. Следовательно, и предузнание, и предопределе-

---

[813] Прохоров. *Тайна предопределения*. С. 276.
[814] Geisler. *Systematic Theology*. T. 3. C. 185–186.

ние для Бога – одно и то же. Все, что Бог знает, Он определяет. И все, что Он определяет, Он знает»[815]. Отвечая на этот аргумент, в первую очередь надо заметить, что Библия не говорит напрямую о неделимости Божьей природы. Это учение основано целиком и полностью на метафизических построениях. Но даже если оно справедливо, насколько широко мы можем его экстраполировать? Можем ли мы его применить, скажем, к личностям Троицы? Если Бог прост, значит ли это, что нет никакого различия между Отцом, Сыном и Святым Духом? Разумеется, не значит. Если Бог прост, значит ли это, что для Него и любовь, и гнев – одно и то же без каких-либо различий? Кажется, не значит. Что же дает нам право применять учение о простоте Божьей природы к Его свойствам или, тем паче, к Его решениям? Этот момент подмечает Джеймс Уайт: «…обязательно ли простота Божьего естества требует, чтобы между предузнанием и предопределением не было логической подчиненности? В этом пункте тезис Гайслера подвержен губительной критике»[816]. Джон Файнберг объясняет:

> Гайслер рассматривает Божьи мысли как часть Божьего естества и/или свойств, и, поскольку Божье естество просто [неделимо – *А. П.*], Гайслер делает вывод, что Божьи мысли тоже нельзя разделить на последовательные части. Это серьезная ошибка!
>
> Оценивая взгляды Гайслера, я могу согласиться, что все, что Бог знает, Он знает сразу и знал всегда, и я согласен, что Бог предопределил все одним актом. Однако, это справедливо не в силу Божьей простоты, а в силу Его всеведения и суверенной воли. Впрочем, даже если Божье знание таково, это не значит, что Бог не ведает о логической последовательности или связях между отдельными событиями[817].

Другой боэцианин, Баджер, подходит к данному вопросу с другой стороны. Он пытается подкрепить свою позицию следующим доводом: «Причина и следствие – это термины, совместное употребление которых *предполагает хронологическую прогрессию*. Одно утверждение логически предшествует другому, что предполагает определенный

[815] Geisler. *Chosen but Free*. C. 53.

[816] White. *The Potter's Freedom*. C. 57.

[817] Feinberg J. John Feinberg's Response // *Predestination and Free Will* / Под ред. Basinger D. и Basinger R. Downers Grove, IL: InterVarsity Press, 1986. C. 86.

порядок событий»[818]. Итак, автор считает, что причинно-следственные отношения непременно означают хронологическую приоритетность одного события или решения перед другим. Если это так, то у вневременного Бога действительно не может быть логической приоритетности одних решений перед другими. Но справедлив ли довод Баджера? Действительно ли любая причина всегда отделяется от своего следствия временным промежутком?

На наш взгляд, довод Баджера лишен оснований. Довольно многие процессы протекают одновременно, однако связаны причинно-следственными отношениями. Например, когда возникает химическая связь между радикалами кислорода и водорода, появляется молекула воды. Заметим, что молекула воды появляется не через какое-то время после возникновения химической связи, а одновременно с этим. Тем не менее, между этими событиями имеется четкая причинно-следственная связь. Нельзя сказать, что химическая связь между кислородом и водородом появилась потому, что возникла молекула воды. Это утверждение бессмысленно. Можно сказать лишь то, что молекула воды возникла потому, что появилась химическая связь между кислородом и водородом.

Логическая подчиненность одновременных событий особенно очевидна, когда речь идет о всякого рода решениях и постановлениях. Когда судья выносит вердикт «невиновен», подсудимый становится оправданным. Эти события происходят одновременно, ни одно из них не предшествует другому: в ту самую секунду, когда судья выносит вердикт, меняется статус подсудимого. Однако любому человеку понятно, что между этими событиями имеется причинно-следственная связь: подсудимый стал оправданным именно потому, что судья вынес оправдательный приговор. Опять же, нельзя сказать, что судья вынес оправдательный приговор потому, что подсудимый стал оправданным – это было бы нонсенсом.

Когда королева Великобритании нарекает кого-либо рыцарем, он становится сэром. Это происходит одновременно, между этими событиями нельзя ввести ни секунды промежутка. Однако ясно, что вердикт королевы – это причина, а изменение статуса и наименования человека – следствие. Довод Баджера очевидно ошибочен.

Итак, отсутствие хронологического промежутка не означает, что одно событие не может иметь логической приоритетности перед дру-

[818] Badger. TULIP: A Free Grace Perspective, Part 2… С. 38. Курсив наш. – *А. П.*

гим. Если же это так, то атемпоральность Бога не устраняет дилеммы. Даже если мы скажем, что между предопределением и предведением человеческих решений нет *временного* промежутка, перед нами все равно останется вопрос: что имеет *логическую* приоритетность? Вневременное существование Бога не исключает наличия причинно-следственных связей между Его предопределением и событиями, происходящими во времени.

Этот момент на самом деле настолько очевиден, что боэцианам не удается его избежать, несмотря на все старания. Причинно-следственные связи то тут, то там всплывают на страницах их книг, как призраки. Хотя они отрицают логическую приоритетность между Божьим знанием и предопределением, в их изложении то и дело звучит вполне определенная логическая последовательность. Например, Гайслер пишет: «Бог видит наши свободные деяния. А то, что Он видит, Он знает. А то, что Он знает, Он определяет. Итак, Бог определяя знает и зная определяет то, что мы решаем по своей свободной воле»[819]. Несмотря на то, что последним предложением автор вроде бы пытается исключить логическую приоритетность знания перед определением, предшествующие предложения вступают в противоречие с его собственными словами. Что́ Бог знает о будущем, то Он и определяет в Своей воле. Знание логически предшествует определению.

В другой публикации Гайслер пишет, фактически, то же самое: «Ответ заключается в том, что Бог знает – подлинно – (непогрешимо) точно, как каждый распорядится своей свободой. Итак, с точки зрения Его всеведения, поступок [человека] полностью определен. Однако с точки зрения нашей свободы он не определен»[820]. Вновь видно, что логический приоритет отводится знанию. Бог знает, как каждый поступит по своей свободной воле, и согласно с этим знанием (читай: на основании этого знания) принимает решение зафиксировать (определить) конкретный ход земных событий.

Любопытно заметить, что сам Боэций рассуждал примерно в том же ключе. У него тоже предопределение человеческих свободных решений сводилось к пассивному созерцанию этих решений в вечном настоящем. «…Божественное предзнание не изменяет природы и свойств вещей, – говорил Боэций, – оно только в своем настоящем ви-

[819] Geisler. God Knows All Things. C. 73.
[820] Idem. *Chosen but Free*. C. 184–185.

дит все таким, каким то станет в будущем»[821]. Следовательно, если человек поступил определенным образом, то его поступок имеет логический приоритет перед Божьим знанием. Если я сел на стул, то это произошло не потому, что Бог знает об этом. Наоборот, Бог знает об этом потому, что это произошло. Так, Боэций пишет:

> …ты можешь изменить свои намерения, но поскольку то, что ты можешь сделать это и как именно, Провидение видит как нечто истинное и существующее, то *нельзя уклониться от божественного предзнания; точно так же, как ты не можешь избежать устремленного на тебя взора*, хотя ты и волен изменять свои действия по своему желанию[822].

Согласно Боэцию, человеческие поступки имеют логический приоритет перед Божьим знанием, а Божье знание имеет логический приоритет перед предопределением.

Не удается избежать причинно-следственных связей и Энтони Баджеру. Он пишет: «То, что Бог знает, Он определяет, и что Он определяет, Он знает. Поскольку это так, тех, кого Бог вечно и безошибочно знает как верующих, Он избирает. Следовательно, те, кто верует, и есть те, кого Он избирает»[823]. Первое утверждение сводится на нет последующим объяснением. Фраза «тех, кого Бог вечно и безошибочно знает как верующих, Он избирает» содержит четкую логическую последовательность. Бог избирает тех, кого от вечности *знает* как верующих. Его знание логически предшествует избранию. Нельзя сказать, что эти люди уверуют именно потому, что Бог их избрал. Напротив, Бог их избрал, потому что они уверуют.

Еще более явно этот момент проступает у Прохорова. Всего несколькими страницами ранее сказав, что Бог «никак не связан причинно-следственными связями»[824], когда речь зашла о спасении, он неожиданно пишет о причинно-следственных связях:

> Итак, не вписанные в книгу жизни имена «от начала мира», как и все подобные тексты, говорящие о спасении «прежде создания

---

[821] Боэций. Утешение философией, V. 6. URL: http://ancientrome.ru/antlitr/boethius/phil05-f.htm (дата обращения: 15.03.2009).

[822] Там же.

[823] Badger. TULIP: A Free Grace Perspective, Part 2… С. 41.

[824] Прохоров. *Тайна предопределения*. С. 276.

> мира», следует понимать не как предшествующую причину, а как *логическое следствие* того духовного решения, которое человек свободно принимает в своей земной жизни и которое мгновенно распространяется на *всю* вечность[825].

Если предыдущие авторы старались избежать прямого упоминания причинно-следственных отношений, понимая, что это свело бы на нет их попытку найти компромисс между кальвинистской и арминианской позициями, Прохоров не пытается этого сделать. Он четко и определенно высказывает арминианский взгляд: Божье избрание является логическим следствием человеческих решений. Тем более странно на этом фоне выглядит то, что он именует свою позицию «сверхкальвинистской»[826]. Это не только запутывает читателей, но и показывает, что автор не вполне проник в суть вопроса.

Итак, мы постарались продемонстрировать, во-первых, что теория «вечного настоящего» не устраняет вопроса о логической приоритетности Божьего промысла и человеческих решений, другими словами, предопределения и предведения. Во-вторых, что боэциане – прямо или косвенно – отводят логический приоритет Божьему знанию перед Его избранием и человеческим решениям перед Божьим промыслом. Тем самым они высказывают модифицированную арминианскую точку зрения. Поэтому-то в **первой главе** мы и рассматривали позицию Гайслера, Баджера и Прохорова в рамках арминианства. (Как было отмечено, не мы одни классифицируем эту позицию как арминианскую.)

Теперь более пристально взглянем на вопрос, есть ли какая-то логическая связь между избранием и человеческими решениями. Но прежде чем предложить на него какой-либо ответ, следует внести несколько уточнений. С риском оскорбить чувства читателей повторением очевидного, позвольте лишний раз обозначить оси координат, вдоль которых выстраивается линия кальвинистско-арминианского спора. Под избранием мы будем понимать исключительно избрание ко спасению. Это исключает избрание к погибели, с которым согласны не все кальвинисты, и избрание к служению, которое не имеет отношения к сути дискуссии. Под человеческим решением мы будем понимать решение принять Божьи условия и обратиться ко Христу. Принято ли это решение в начале жизни или в конце, при первом знакомстве с Еванге-

---

[825] Там же. С. 291. Курсив как в оригинале. – *А. П.*
[826] Там же. С. 138–141.

лием или после долгих лет противления истине, в данном случае для нас несущественно. Самое главное – принял ли человек искреннее решение обратиться ко Христу на Божьих условиях в какой-либо момент своей жизни. Итак, есть ли какая-то логическая связь между Божьим избранием ко спасению и решением человека обратиться ко Христу?

В принципе, на этот вопрос возможны лишь три ответа. Первый: Божье избрание и человеческие решения не связаны причинно-следственными отношениями; если они и совпадают, то это совпадение – чистой воды случайность. Принять этот вариант мешает хотя бы то, что Божье избрание и человеческое решение обратиться к Господу совпадают в 100% случаев[827]. С тем же, что они совпадают, не спорит ни одна из основных сторон. Ибо если бы они не совпадали, то получилось бы, что Бог способен ошибаться в Своем предузнании (для боэциан – просто знании). Так вот, если кто и решится назвать стопроцентное совпадение случайностью, бремя доказательства ложится на его плечи.

Второй возможный ответ: Божье избрание является следствием человеческого решения. Бог, предузнав (у боэциан – просто *зная*) человеческое решение, избрал его до сотворения мира (у боэциан – вечно *избирает*). Такова арминианская позиция.

Третий вариант: человеческое решение является следствием Божьего избрания. Бог избрал человека от вечности и затем обеспечил такие обстоятельства (внешние и внутренние), что избранный человек с радостью принял Евангелие. Такова позиция вероисповедного кальвинизма.

Из двух последних вариантов именно третий нам представляется правильным и соответствующим библейскому учению. Такой логический порядок отражен в Деяниях 13:48: «…и уверовали все, которые были предуставлены к вечной жизни». Не сказано: «И были предуставлены к вечной жизни все, которые уверовали». Эти фразы нельзя поменять местами, потому что они отражают четкий логический порядок. «Были предуставлены к вечной жизни» – это причина, а «уверовали» – следствие. Кто Божьим решением был определен к вечной жиз-

[827] Опять же, мы не рассматриваем те случаи, когда слово «избрание» не относится к вечному спасению. К примеру, когда Христос говорит: «Не двенадцать ли вас избрал Я? Но один из вас дьявол» (Иоан. 6:70), – Он не утверждает, что избрал всех двенадцатерых к вечному спасению. Он имеет в виду, что избрал двенадцать на апостольское служение (ср. Лук. 6:13), несмотря на то, что один из апостолов не был избран ко спасению – был «сыном погибели» (Иоан. 17:12).

ни, тот и принял решение откликнуться на проповедь Евангелия. Этот текст достаточно ясно показывает, что избрание логически предшествует человеческому решению[828].

## Причина логической подчиненности

Вторая причина, почему теория «вечного настоящего» не дает удовлетворительного решения парадоксу свободной воли и предопределения, заключается в следующем. *Логическая последовательность не только не исключается отсутствием времени, но и требуется библейским богословием.* Иными словами, Библия не только показывает, что человеческое решение логически подчинено избранию, но и объясняет причины и богословскую значимость такой подчиненности.

Вы никогда не задумывались, почему Библия так часто повторяет, что дети Божьи были избраны еще прежде создания мира? Кажется, если бы между избранием и человеческим решением не было ни хронологической, ни логической последовательности, то в таком повторении не было бы большого смысла. Не было бы совершенно никакой разницы, избрал ли нас Бог *до* создания мира или *после* оного, так как у Бога нет ни «до», ни «после»[829]. Тем не менее, Библия настаивает на хронологической приоритетности избрания. Почему?

Нетрудно заметить, что в большинстве случаев хронологическая приоритетность избрания служит причиной для хвалы Богу. К примеру, в Послании к ефесянам 1:3-4 апостол Павел пишет: «*Благословен Бог*… так как Он избрал нас в Нем прежде создания мира…» В следующих стихах он продолжает: «…предопределив усыновить нас Себе чрез Иисуса Христа, по благоволению воли Своей, *в похвалу славы благодати Своей…*» (Еф. 1:5-6). Точно так же во 2-м Послании к фессалоникийцам избрание «от начала», до создания мира, служит осно-

---

[828] Единственный текст, на который могут сослаться арминиане в попытке доказать, что избрание основано на предузнании человеческой веры, а значит, является логическим следствием человеческого решения, – это Римлянам 8:29. Однако, как мы постараемся продемонстрировать ниже, подобное толкование этого стиха весьма сомнительно.

[829] Более того, если бы между избранием и обращением не было причинно-следственных связей, а Бог был бы вне времени, то Библия с таким же успехом могла бы говорить о том, что Бог избрал верующих *после* создания мира. Однако в Писании нет ни одного подобного утверждения.

ванием для благодарности Богу: «*Мы же должны благодарить Бога* всегда о вас, братья, возлюбленные Господом, потому что избрал вас Бог от начала ко спасению в освящении Духом и в вере истине…» (2 Фес. 2:13; пер. Кассиана[830]).

Однако, если нет ни логической, ни хронологической приоритетности между избранием и обращением, то какой может быть причина для благодарности за избрание? При отсутствии причинно-следственных связей единственная причина для благодарности за избрание сводится к тому, что Божье избрание никак не повлияло на человеческое решение. Но за это ли благодарит Бога апостол Павел? Такая благодарность выглядела бы нелепой. Разумеется, это не исключает благодарности за другие аспекты спасения: за Божью милость, за исполнение Его обетований и т. д. и т. п., – но это не есть благодарность за избрание. В рассматриваемых стихах Павел говорит не об этом.

Рассмотрим другой вариант. Если Бог избирает на основании предузнания тех, кто решит обратиться ко Христу, то человеческое решение имеет логический приоритет перед Божьим избранием. Само по себе Божье избрание не производит в человеке никаких действенных изменений. Какой может быть причина для благодарности за избрание в таком случае? Если избрание – не причина человеческого решения, а следствие, то за что тогда и благодарить? Похоже, что тогда причина для благодарности за избрание сводится к тому, что Бог сумел предузнать тех, кто покается. Но это уже благодарность не за избрание, а за способность знать заранее.

Единственный вариант, который наиболее естественно объясняет благодарность Господу за избрание, – это логическая приоритетность Божьего избрания перед человеческим решением. Тогда действительно благодарность за избрание принимает самое прямое и самое полное значение. Мы благодарим Бога за то, что Он нас избрал, потому что Его избрание стало непосредственной причиной нашего спасения. Если наше решение обратиться ко Христу – следствие Божьего избрания, то у нас есть все основания для горячей благодарности Богу за то, что Он нас избрал.

Наиболее подробно богословская значимость того, что избрание хронологически и логически предшествует решению человека, рас-

---

[830] Перевод Кассиана точно отражает смысл и порядок слов оригинала. Синодальный перевод меняет порядок слов в 13 стихе, отчего искажается смысл.

крывается в 9-й главе Послания к римлянам. Поэтому данное место Писания стоит рассмотреть отдельно.

### Римлянам 9:11-16

*Ибо, когда они еще не родились и не сделали ничего доброго или худого (дабы изволение Божие в избрании происходило не от дел, но от Призывающего), сказано было ей: больший будет в порабощении у меньшего, как и написано: Иакова Я возлюбил, а Исава возненавидел. Что же скажем? Неужели неправда у Бога? Никак. Ибо Он говорит Моисею: кого миловать, помилую; кого жалеть, пожалею. Итак не от желающего и не от подвизающегося, но от Бога милующего.*

Прежде чем говорить о взаимоотношении избрания и человеческого решения на основании этого текста, нужно определить его основную тему. Дело в том, что арминиане обычно не признают, что данный текст имеет какое-либо отношение к индивидуальному избранию ко спасению. Если это так, то говорить о нем в рамках нашей темы бессмысленно. Какие же аргументы они приводят? Арминиане стараются избежать выводов, которые неприемлемы для их богословской системы, двумя путями. Во-первых, некоторые из них утверждают, что данный текст говорит не об избрании ко спасению, а об избрании к земному служению и земным благословениям[831]. Во-вторых, некоторые арминиане считают, что данный текст говорит не об индивидуальном избрании Иакова и Исава, а об избрании народа, который про-

[831] Так, например, утверждает Прохоров (*Тайна предопределения*. С. 158). В доказательство своей идеи он пишет: «Сказано: “Больший будет в порабощении у меньшего”, – и что из того следует? Многие из Божьих избранников имели старших братьев (Исаак, Иосиф, Моисей, Гедеон, Давид и т. д.), но нигде в Священном Писании не сказано, что это “порабощение” старших младшими означало вечную гибель для первых. Земные же преимущества избранных над “порабощенными” были очевидны» (Там же). К избранию для особых земных целей этот отрывок относит и известный арминианский автор Джек Коттрелл (см. Cottrell J. The Classic Arminian View of Election // *Perspectives on Election* / Под ред. Brand C. Nashville: Broadman and Holman, 2006. С. 75.

изойдет от Иакова, то есть народа израильского[832]. (Разумеется, некоторые арминиане выдвигают сразу оба аргумента[833].)

Итак, говорит ли Римлянам 9:11-16 об индивидуальном избрании ко спасению? Прежде чем перейти к вопросу о взаимоотношении избрания и человеческого решения, мы постараемся доказать, во-первых, что данный текст говорит об избрании ко спасению и, во-вторых, что апостол Павел имеет в виду избрание отдельных людей, а не народов.

На то, что в Римлянам 9:11-16 речь идет о спасении, а не просто о земных благословениях или служении, указывают предшествующий контекст, последующий контекст, внутренние свидетельства в самом отрывке, а также дополнительные логические доводы. В *предшествующем* контексте мы видим следующую картину. Вся 8-я глава сосредоточена на спасении. Там говорится, что «…нет теперь никакого осуждения для тех, которые во Христе Иисусе» (8:1; пер. Кассиана). Это результат веры в Евангелие, которое Павел объясняет в первых семи главах послания, и это, конечно же, относится к спасению. Дальше 8-я глава говорит об оправдании (8:4, 30), о принадлежности Христу (8:9), о жизни Духа Божьего в нас и о воскресении наших тел (8:11), о нашем усыновлении Богом (8:14-16) и будущем небесном наследстве (8:17), о нашем прославлении на небесах (8:17-18, 30), о спасении в надежде (8:24) и об уподоблении Иисусу Христу (8:29). Все эти аспекты, несомненно, относятся к вечному духовному спасению, а никак не к земным благословениям или земному служению.

Начало 9-й главы тоже говорит о спасении. Павел открывает новый раздел такими словами: «Истину говорю во Христе… что великая для меня печаль и непрестанное мучение сердцу моему: я желал бы сам быть отлученным от Христа за братьев моих, родных мне по плоти…» (9:1-3). Апостол пишет об израильтянах, которые не приняли своего Мессию. Отвергнув Иисуса Христа, они не просто утратили земные благословения или служение. Они лишились самой возможности для спасения, ибо «верующий в Него не судится, а неверующий уже осужден, потому что не уверовал во имя Единородного Сына Бо-

---

[832] Об этом говорит Гайслер (Geisler. *Chosen but Free*. С. 84). В поддержку своего довода он ссылается на Бытие 25:23: «Господь сказал ей: два племени во чреве твоем, и два различных народа произойдут из утробы твоей; один народ сделается сильнее другого, и больший будет служить меньшему».

[833] Напр., Hunt D. Response to James White's "Unconditional Election" // *Debating Calvinism* / Под ред. Hunt D. и White J. Sister, OR : Multnomah, 2004. С. 105.

жия» (Иоан. 3:18). Именно поэтому Павел в качестве альтернативы судьбе израильтян предлагает не свое земное благополучие, а свою вечную судьбу: «…я желал бы сам быть отлученным от Христа за братьев моих, родных мне по плоти…» (Рим. 9:3). Едва ли бы он положил на другую чашу весов отлучение от драгоценного Спасителя, если бы речь шла всего лишь о земном благосостоянии или земном служении его соотечественников. Как пишет Томас Шрайнер, «…в 9–11 главах Послания к римлянам Павла заботит не просто то, что Израиль утратил временные благословения или что его историческая судьба сложилась не так, как ожидалось. В Римлянам 9–11 Павел мучается вопросом о месте Израиля [в Божьем плане], потому что слишком многие из его народа не спасены»[834].

Римлянам 9:8 также показывает, что Павел имеет в виду спасение, а не земное служение: «…не плотские дети суть дети Божии, но дети обетования признаются за семя». Апостол указывает на то, что не все дети Авраама были детьми обетования, а только один – Исаак. Этим он объясняет возможность того, что и сейчас потомки Авраама по плоти могут не быть детьми Божьими. Сама фраза «дети Божьи» относится к духовному спасению.

Далее, на то, что в Римлянам 9:11-16 речь идет о спасении, указывает *последующий контекст*. В продолжении девятой главы апостол Павел не меняет тему, не делает резких поворотов, не начинает нового раздела. Он продолжает отвечать на ту же самую проблему, которую обозначил в начале главы: почему иудеи не приняли Мессию. В 18-м стихе он пишет о помиловании и ожесточении: «…кого хочет, милует; а кого хочет, ожесточает». Противоположностью помилования в этом стихе выступает не отсутствие земных благословений, а ожесточение – непослушание Божьим словам (как это видно на примере фараона).

В 22-23-м стихах Павел говорит о двух противоположных судьбах людей: «…с великим долготерпением щадил сосуды гнева, готовые к погибели, дабы вместе явить богатство славы Своей над сосудами милосердия, которые Он приготовил к славе…» Разумеется, «гнев» и «погибель» – это не отсутствие земных благословений и не трудности с исполнением земного служения. Точно так же «слава» – это не земное благополучие, а вечная судьба.

---

[834] Schreiner T. Does Romans 9 Teach Individual Election unto Salvation? // *Still Sovereign* / Под ред. Schreiner T. и Ware B. Grand Rapids: Baker Books, 2000. С. 91.

В 25-м стихе Павел говорит о том, что Бог примет язычников (ср. 9:24) как Свой народ: «…не Мой народ назову Моим народом, и не возлюбленную – возлюбленною». Принятие язычников как Божьего народа относится не к земным благословениям, а к спасению. Также и в 26-м стихе говорится об усыновлении язычников: «И на том месте, где сказано им: “Вы не Мой народ”, там названы будут сынами Бога живаго». Само понятие усыновления кого-либо Богом неразрывно связано в Писании со спасением. Язычники усыновлены не для земных благословений, а для того, чтобы разделить надежду спасения с народом израильским.

Наконец, в 27-м стихе упоминается духовное спасение: «А Исаия провозглашает об Израиле: “Хотя бы сыны Израилевы были числом, как песок морской, только остаток спасется”…» Здесь уже прямо говорится о спасении. Итак, последующий контекст ясно показывает, что речь идет не просто о земных благословениях или служении, а о духовном спасении.

Указания на то, что в Римлянам 9:11-16 речь идет о спасении, содержатся и *самом этом отрывке*. В частности, терминология 12-го стиха предполагает тему спасения, ибо ни в одном другом тексте Павел не употребляет фразу «не от дел» в несотериологическом смысле[835]. Смотрите для сравнения: Римлянам 3:20, 27-28; 4:2, 6; 9:31-32; 11:6; Галатам 2:16; 3:2, 5, 10; Ефесянам 2:9; 2 Тимофею 1:9; Титу 3:5. Значимость этой фразы для богословия Павла и постоянство ее употребления в его посланиях говорят в пользу сотериологического смысла и в этом отрывке.

Далее, в 15-м стихе Павел пишет о помиловании: «Ибо Он говорит Моисею: кого миловать, помилую; кого жалеть, пожалею». Помилование (греч. глагол ἐλεέω, *элеéо*) в контексте этой главы означает спасение от погибели и вхождение в вечную славу. В частности, то же самое слово используется несколькими стихами ниже: «…дабы вместе явить богатство славы Своей над сосудами милосердия [ἐλέους, *элéус*], которые Он приготовил к славе, над нами, которых Он призвал не только из Иудеев, но и из язычников?» (9:23-24). Сосуды милосердия противопоставляются сосудам гнева, приготовленным к погибели (ср. ст. 22). Сосуды милосердия, как здесь сказано, «приготовлены к славе», что в Послании к римлянам относится к будущей небесной славе (ср. Рим. 2:7, 10; 5:2; 8:17-18, 21, 30; 9:4; 15:7). Из этих стихов стано-

[835] Ср. Там же. С. 93.

вится очевидно, что под помилованием имеется в виду духовное спасение, а не просто земное благополучие или служение.

О том, что в Римлянам 9:11-16 речь идет о спасении, говорят и *дополнительные логические доводы*. Прежде всего обратим внимание, что Павел противопоставляет два потенциальных источника избрания. В 11-12-м стихах он говорит: «…дабы изволение Божие в избрании происходило не от дел, но от Призывающего…» Фраза «не от… но от…» подразумевает противопоставление. По логике апостола, возможны два источника избрания: дела человека и изволение Призывающего, – и эти два источника взаимно исключают друг друга: «не от… но от…» Если избрание от дел человека, то оно уже не от изволения Призывающего, то есть не от Божьего свободного решения. И наоборот, если избрание от изволения Призывающего, то оно уже «не от дел».

Точно так же, в 16-м стихе Павел говорит: «Итак… не от желающего и не от подвизающегося, но от Бога милующего»[836]. Здесь вновь видно противопоставление двух потенциальных источников избрания: «не от… но от…» Первый источник избрания – «желающий и стремящийся» человек, второй – «Бог милующий». И эти источники вновь взаимно исключают друг друга: «не от… но от…» Если среди причин избрания фигурирует желание или стремление человека, то избрание уже не «от Бога милующего». И наоборот, если избрание «от Бога милующего», то оно уже «не от желающего и подвизающегося» человека[837].

Заметим также, что выражения 11-12-го стихов, с одной стороны, и 16-го стиха, с другой, параллельны друг другу. По сути, Павел дважды говорит одно и то же, но разными словами. Божественную причину избрания он обозначает словами: «от Призывающего» (ст. 12) и «от

---

[836] Важно заметить, что слова «помилование зависит» добавлены переводчиками Синодального текста и в оригинале отсутствуют. На наш взгляд, эта поясняющая вставка вполне соответствует ходу мысли апостола Павла: помилование и оправдание действительно происходит не от желания человека, а от благодати Божьей. Тем не менее, мы предпочитаем убрать эти слова из цитат здесь и далее, чтобы отсутствующая в оригинале фраза не оказывала влияния на толкование данного отрывка.

[837] Конечно, это утверждение Писания не подразумевает, что помилование оказывается нежелающему и сопротивляющемуся грешнику. Однако желание быть помилованным само по себе является следствием работы благодати. *Избрание* не зависит от желания человека, однако избирающая благодать дарует человеку желание взыскать Божьей милости.

Бога милующего» (ст. 16). Иначе говоря, возможное основание избрания со стороны Бога – это Его призвание[838] и Его милость. Человеческую причину избрания Павел обозначает словами: «от дел» (ст. 12) и «от желающего» и «от подвизающегося» (ст. 16). То есть, возможное основание избрания со стороны человека – это его дела, желание или старания[839]. Апостол не противопоставляет желание делам. Для него и дела человека, и его желания представляют собой одно и то же основание – человеческое. Это основание Павел отвергает: «не от дел» и «не от желающего». Как замечает Пайпер,

> Смысл выражения «не от дел, но от Призывающего» яснее всего раскрывается, если *сравнить* его с аналогичным выражением: «не от дел, но от веры». Последнее у Павла всегда относится к *оправданию* (Рим. 9:32; Гал. 2:16), а не к избранию или предопределению. Павел никогда не ставит «избирающую Божью цель» в зависимость от человеческой веры. Противоположность делам в связи с избранием (в отличие от оправдания) – это [не вера, а] призыв Самого Бога (Рим. 9:12б) или Его благодать (Рим. 11:6). Предопределение и призвание Божье предшествуют оправданию (Рим. 8:29 и след.) и не зависят от какого-либо человеческого акта, даже акта веры. Поэтому-то Павел ясно говорит в Римлянам 9:16, что дарование милости не основано ни на *желании* человека (что включало бы в себя веру), ни на подвизании (что включало бы в себя любую деятельность)[840].

Говоря «не от… но от…», Павел не оставляет третьего варианта. Он не говорит: «И от дел, и от Призывающего». Такой «промежуточный» вариант невозможен, потому что, как позже объясняет сам апостол, «…если по благодати, то не по делам; иначе благодать не была

---

[838] Призвание в Писании нередко выступает синонимом Божьего выбора. Напр., см. 1 Коринфянам 1:26, где слово «призвание» (греч. κλῆσις, *клéсис*) применяется в узком смысле – не ко всему миру, а только к детям Божьим.

[839] Слово «подвизаться» (греч. τρέχω, *трéхо*) буквально означает «бежать». Вероятно, имеется в виду аналогия с бегущими на соревнованиях, обычно выражаемая словом ἀγωνίζομαι (*агонúдзомай*). Бегут многие, но один получает награду. Скорее всего, фраза «не от желающего и не от бегущего» в 16-м стихе расшифровывает фразу «не от дел» 12-го стиха. К человеческим «делам» в самом широком смысле относятся и желания, и действия.

[840] Piper J. *The Justification of God*. Grand Rapids: Baker Book House, 1993. C. 52–53. Цит. по: White. *The Potter's Freedom*. C. 209.

бы уже благодатью. А если по делам, то это уже не благодать; иначе дело не есть уже дело» (Рим. 11:6). В том, что касается причин избрания, дела человека и Божье изволение взаимно исключают друг друга. Точно так же, взаимно исключают друг друга человеческое желание и Божья милость – опять же, как основания избрания: «…не от желающего… но от Бога милующего».

Теперь допустим аргумента ради, что, проводя аналогию с избранием Иакова и отвержением Исава, Павел имеет в виду избрание к земным благословениям или служению. Допустим, он хочет подчеркнуть, что решение о ниспослании земных благословений зависит «…не от желающего и не от подвизающегося, но от Бога милующего» (ст. 16), «…не от дел, но от Призывающего…» (ст. 12). Даже если бы это было так, то какой смысл противопоставлять причины земного избрания причинам избрания небесного? Иными словами, как можно утверждать, что избрание к земным благословениям – «не от желающего и не от подвизающегося, а от Бога милующего», тогда как избрание к небесному спасению – от желающего и от подвизающегося, а не от Бога милующего? И как можно утверждать, что избрание к земному служению – «не от дел, но от Призывающего», тогда как избрание ко спасению – от дел, а не от Призывающего?

На наш взгляд, предположение, что Павел говорит о земных благословениях и служении, не только противоречит контексту, но и не учитывает логики апостола. Итак, мы считаем достаточно очевидным, что в Римлянам 9:11-16 говорится именно о спасении.

Но о каком избрании ко спасению здесь идет речь: об избрании народов или отдельных людей? Иными словами, каков <u>характер этого избрания: коллективный или индивидуальный</u>? В пользу того, что здесь говорится об индивидуальном избрании, свидетельствует совокупность как минимум семи доводов.

На то, что здесь вряд ли может идти речь о народах, указывает, во-первых, *предшествующий контекст*, где Павел объясняет неверие израильского народа следующим образом: «…ибо не все те израильтяне, которые от Израиля…» (Рим. 9:6). Проблема неверия подавляющего большинства израильтян бросала тень на Божьи обетования: неужели Божье слово не сбылось? Начиная отвечать на этот вопрос, Павел сразу отходит от национального уровня и переходит на уровень индивидуальный: «…не то, чтобы слово Божие не сбылось: ибо не все те израильтяне, которые от Израиля…» Говоря, что принадлежность к избранным определяется не по национальному признаку, Павел немедленно исключает возможность национального толкования последующих стихов.

Более того, «индивидуальное» истолкование этого отрывка играет ключевую роль для аргументации апостола Павла. Как поясняет известный экзегет Даглас Моо,

> Павел должен объяснить, почему некоторые израильтяне, жившие в его время, спасались, тогда как другие – нет (ст. 3-5); он должен подтвердить свое заявление, что только некоторые «из Израиля» являются настоящим Израилем (ст. 6б). Разговор о ролях, которую… народы играют в библейской истории, просто не относится к сути вопроса, на который Павлу необходимо ответить[841].

Во-вторых, на индивидуальный характер избрания указывают *местоимения и существительные единственного числа*, обильно употребляющиеся в этом отрывке, особенно в стихах 15-18. В 15-м стихе Павел пишет: «Ибо Он говорит Моисею: "Кого [ὃν, *хон*] миловать, помилую; кого [ὃν] жалеть, пожалею"». Оба местоимения «кого» в оригинале – единственного числа, что говорит в пользу индивидуального избрания. То же касается и местоимений «кого» в 18-м стихе: «Итак, кого [ὃν] хочет, милует; а кого [ὃν] хочет, ожесточает». Во всех этих случаях для большей ясности можно перевести: «того, кого» (в отличие от «тех, кого»). В 16-м стихе причастия «желающий» и «подвизающийся» также стоят в единственном числе. Если бы апостол имел в виду избрание народов, то можно было бы ожидать, что он использовал бы местоимения множественного числа: «тех, кого [οὓς, *хус*] хочет, милует…» Причастия он тоже мог бы поставить в форму множественного числа: «…не от желающих… не от подвизающихся…» Заметим, что употребление множественного числа в таких случаях не исключает индивидуального избрания, поскольку о всех избранных можно говорить совокупно (это видно, к примеру, когда Павел говорит во множественном числе о «сосудах милосердия» в 23-м стихе). Однако сама

---

[841] Moo D. *The Epistle to the Romans*. The New International Commentary on the New Testament / Под ред. Stonehouse N., Bruce F., Fee G. Grand Rapids: Eerdmans, 1996. С. 571–572.

возможность употребления единственного числа противоречит идее, что речь идет исключительно о коллективном избрании.

В-третьих, на индивидуальное избрание указывает *пример фараона в 17-м стихе*. «Ибо Писание говорит фараону: "Для того самого Я и поставил тебя, чтобы показать над тобою силу Мою и чтобы проповедано было имя Мое по всей земле"». Сторонники коллективного избрания основывают свое толкование на том, что Иаков и Исав в Бытие 25:23 упоминаются как главы племен. Но даже если допустить, что Иаков и Исав могут символизировать нации, пример фараона явно не вписывается в национальную теорию. Фараон исхода нигде в Писании не отождествляется со всем Египтом. Писание говорит об ожесточении отдельно взятого человека: «Когда пойдешь и возвратишься в Египет, смотри, все чудеса, которые Я поручил тебе, сделай пред лицем фараона, а Я ожесточу сердце его, и он не отпустит народа» (Исх. 4:21). Да и слова самого Павла в Римлянам 9:17 вряд ли могут быть отнесены ко всему народу. «…Я… поставил тебя…» означает, что Бог поставил[842] над Египтом именно этого фараона, а не какого-то другого, более мягкосердечного. Применительно к нации эта фраза не имела бы смысла, ибо что могло бы означать: «Для того самого Я и поставил Египет…»? Если в отношении отдельно взятого человека фраза «Я поставил тебя» понятна, то в отношении к народу ее смысл становится сомнительным. Опять же, местоимения «тебя» (σε, *се*) и «тобою» (σοὶ, *сой*) в этом стихе стоят в форме единственного числа.

В-четвертых, на индивидуальный характер избрания указывает *сравнение избрания с изготовлением сосудов в 20-24 стихах*. Дело в том, что аналогия с сосудами, одни из которых приготовлены к погибели, а другие – к славе, плохо вписывается в теорию об избрании народов. Павел пишет: «…Бог, желая показать гнев и явить могущество Свое… щадил сосуды гнева, готовые к погибели, дабы вместе явить богатство славы Своей над сосудами милосердия, которые Он приготовил к славе…» (ст. 22-23). Весьма проблематичным было бы утверждение, что одни народы приготовлены к аду, другие – к небесной славе. Представление о спасении нациями, странами, народами чуждо Священному Писанию. В каждом народе лишь «праведный верою жив

---

[842] Слово «поставил» (греч. ἐξεγείρω) буквально означает «поднимать» или «возвышать». Как греческий перевод Ветхого Завета, так и Новый Завет нередко говорят о вступлении царя на престол как о «возвышении» (ср. Исх. 1:8; Деян. 7:18).

будет» (ср. Рим. 1:17). Даже в народе израильском «только остаток спасется» (см. дальше).

В-пятых, об индивидуальном избрании говорит *упоминание о спасающемся остатке внутри народа израильского в 27-29-м стихах*. Павел ссылается на слова ветхозаветного пророка: «А Исаия провозглашает об Израиле: “Хотя бы сыны Израилевы были числом, как песок морской, только остаток спасется…”» (ст. 27). Эти слова взяты из Исаии 10:21-23, где сказано: «Остаток обратится, остаток Иакова – к Богу сильному. Ибо, хотя бы народа у тебя, Израиль, было столько, сколько песку морского, только остаток его [שְׁאָר ... בּוֹ, *шеáр... бо*] обратится; истребление определено изобилующею правдою; ибо определенное истребление совершит Господь, Господь Саваоф, во всей земле». Приводя эту цитату, Павел продолжает отвечать на вопрос 6-го стиха. Если большинство израильтян не приняли Мессию, то неужели Слово Божье не исполнилось? Исполнилось, – отвечает Павел, – потому что, по Божьему замыслу, раскрытому пророками, только остаток внутри народа израильского спасется. О том же самом остатке – семени – внутри народа говорит Павел в другой цитате из Исаии в 29-м стихе: «И, как предсказал Исаия: “Если бы Господь Саваоф не оставил нам семени, то мы сделались бы, как Содом…”» Тот факт, что апостол указывает на спасение относительно небольшой группы людей *внутри* израильского народа, ясно показывает, что он имеет в виду избрание индивидуумов, а не этнических групп.

В-шестых, об индивидуальном характере избрания свидетельствует указание на индивидуальную ответственность в 33-м стихе. Здесь Павел пишет (цитируя Ис. 28:16): «…всякий верующий в Него не постыдится». Слова «верующий в Него» (греч. ὁ πιστεύων ἐπ' αὐτῷ, *хо пистэ́уон эп аутó*) едва ли можно применить к народам. Важно обратить внимание, что причастие «верующий» единственного числа. Также и в других местах Писания ясно говорится, что вера в Мессию – это личная ответственность человека. Нельзя уверовать, что называется, всем скопом или за компанию. Если в конце времен Израиль обратится к Господу целиком, то это будет не иначе как через личное обращение каждого отдельно взятого израильтянина.

Тот же самый стих цитирует Петр, говоря, опять же, не о народах, а об отдельно взятых верующих: «Ибо сказано в Писании: “Вот, Я полагаю в Сионе камень краеугольный, избранный, драгоценный; и верующий в Него не постыдится”. Итак Он для вас, верующих, драгоценность, а для неверующих камень, который отвергли строители, но который сделался главою угла, камень претыкания и камень соблазна, о который они претыкаются, не покоряясь слову, на что они и оставлены» (1 Пет. 2:6-8). Таким образом, фраза «верующий в Него» в Римлянам 9:33 подчеркивает индивидуальную ответственность, а значит, указывает на индивидуальный характер избрания.

В-седьмых, возможность индивидуального истолкования имен Иакова и Исава в Римлянам 9:13 подтверждается тем, *как апостол Павел использует ветхозаветные примеры в других местах своих посланий*. Этот довод не столько доказывает необходимость индивидуального истолкования имен Иакова и Исава, сколько постулирует такую возможность. По сути, он служит ответом на главный аргумент сторонников «коллективного» (национального) толкования данного отрывка. Как упоминалось выше, сторонники национального толкования указывают на то, что в 12-м стихе Павел цитирует Бытие 25:23[843], где сказано: «Господь сказал ей: два племени во чреве твоем, и два различных народа произойдут из утробы твоей; один народ сделается сильнее другого, и больший будет служить меньшему». В ответ на это необходимо заметить, что Павел нередко использует ветхозаветные примеры иначе, чем они звучали в своем первоначальном контексте. К примеру, в Послании к галатам он ссылается на двух сыновей Авраама: Измаила и Исаака, – первый из которых был рожден от рабы, а второй – от свободной (Гал. 4:22). Отталкиваясь от этого исторического события, апостол превращает его в аллегорию, которая, по согласию большинства толкователей, не имеет основания в первоначальном ветхозаветном контексте[844]: «...ибо Агарь означает гору Синай в Аравии и соответствует нынешнему Иерусалиму, потому что он с детьми своими в рабстве; а вышний Иерусалим свободен: он – матерь всем нам» (Гал. 4:25-26). В данном случае Павел не дает толкование ветхозаветному тексту, а просто использует его в качестве аналогии к своей идее.

Сходным образом, в 1 Коринфянам 10:2-4 Павел тоже пользуется ветхозаветными примерами свободно, отклоняясь от их первоначального контекста: «...и все крестились в Моисея в облаке и в море; и все ели одну и ту же духовную пищу [манну?]; и все пили одно и то же ду-

[843] Напр., Geisler. *Chosen but Free*. C. 84.

[844] Ср. Schreiner. Does Romans 9 Teach Individual Election unto Salvation? C. 97.

ховное питие: ибо пили из духовного последующего камня; камень же был Христос». Так и в случае с Иаковом и Исавом: каким бы ни был первоначальный ветхозаветный контекст, Павел вполне мог применять этот пример к индивидуальному спасению. Во всяком случае, это вполне согласуется с его практикой в других посланиях. Из предыдущих же доводов должно быть очевидно, что апостол делает именно это.

Итак, в Римлянам 9:11-16 говорится об индивидуальном избрании ко спасению. Теперь давайте посмотрим, что именно здесь говорится на эту тему. Прежде всего обратим внимание на слова «Иакова Я возлюбил, а Исава возненавидел» (ст. 13). На наш взгляд, Гайслер отчасти прав, когда говорит, что в древнееврейской культуре «возненавидеть» могло означать «возлюбить меньше, чем кого-то другого»[845]. Это подтверждается как минимум двумя ясными примерами. В Бытие 29:30-31 сказано: «…[Иаков] *любил Рахиль больше*, нежели Лию… Господь узрел, что Лия была нелюбима [евр. שְׂנוּאָה, *сенуá*, букв. *ненавидима*]…» Также и Христос говорит: «Если кто приходит ко Мне и не *возненавидит* отца своего и матери, и жены и детей, и братьев и сестер, а притом и самой жизни своей, тот не может быть Моим учеником…» (Лук. 14:26). Иными словами, кто возлюбит отца или мать больше, нежели Христа, тот не может быть Его учеником (ср. параллельный текст в Матф. 10:37). Ясно, что в обоих примерах имеется в виду не эмоциональная ненависть или отвращение, а отсутствие предпочтения, то есть меньшая любовь[846].

Однако о чем Гайслер умалчивает (вероятно, не специально, а просто не придав этому значения), так это о том, что в той же самой древнееврейской культуре любовь нередко отождествляется с активным избранием, а отсутствие любви или меньшая любовь – с «неизбранием» или отвержением. Любовь – это всегда предпочтение. Когда говорится, что Иаков любил Рахиль больше, чем Лию, Лия же была ненавидима, это означает, что Иаков отдавал предпочтение Рахили.

[845] Ср. Geisler. *Chosen but Free*. С. 85.

[846] Есть и другие подобные тексты, напр., Второзаконие 21:15: «Если у кого будут две жены – одна любимая [אֲהוּבָה, *аувá*], а другая нелюбимая [שְׂנוּאָה, *сенуá*]…»

Когда Иисус говорит о ненависти к родителям, это означает, что Христу всегда нужно отдавать предпочтение перед родителями. Если встает выбор между послушанием родителям и следованием за Христом, то нужно выбирать последнее.

Об избирающем характере любви говорят и другие библейские примеры. К примеру, во Второзаконии 7:7-8 Бог объясняет причину избрания Израиля следующим образом: «Не потому, чтобы вы были многочисленнее всех народов, принял вас Господь и избрал вас, – ибо вы малочисленнее всех народов, – но потому, что любит вас Господь…» Важно заметить, что здесь имеется в виду особая любовь Бога к Израилю. Если бы речь шла об общей любви Бога ко всем народам, то эта одинаковая любовь должна была бы подвигнуть Его к тому, чтобы избрать не один только Израиль, а все народы сразу. Слова «…избрал вас… потому, что любит вас Господь…» не имели бы смысла, если бы речь шла об общей любви ко всем народам. Любовь как причина избрания Израиля имеет смысл лишь в том случае, если это особая любовь именно к Израилю, отличающаяся от любви к другим, то есть если это избирающая любовь.

Наш логический вывод из предыдущего текста в полной мере подтверждается последующими словами самого Моисея в книге Второзаконие: «…но *только отцов твоих* принял Господь и возлюбил их, и избрал вас, семя их после них, из всех народов, как ныне видишь» (10:15). Глубина и значение оригинала несколько скрадываются Синодальным переводом. Дело в том, что в еврейском тексте нет однородных глаголов «принял» и «возлюбил». Вместо этого есть один личный глагол и зависимый от него инфинитив, которые можно перевести так: «…только отцов твоих *возжелал* Яхве *возлюбить* [ חָשַׁק יְהוָה לְאַהֲבָה אוֹתָם, *хаша́к йхвх ле-аава́ ота́м*], и избрал вас…» Глагол חָשַׁק (*хаша́к*) означает «любить» или «желать»[847] и указывает, как и инфинитив «возлюбить», на особое расположение Бога к Израилю. Это и есть особая, избирающая любовь. Такой избирающей любовью Бог возлюбил только Израиль, поэтому Моисей и мог написать: «*…только отцов твоих* возжелал Яхве возлюбить…»

Итак, помимо общей любви ко всем людям и всем народам, у Бога есть особая избирающая любовь. В этом особом смысле из всех

---

[847] *HALOT*. Т. 1. С. 362. Ср. BDB. С. 365–366.

древних народов Бог возлюбил только Израиль, а из сыновей Исаака – только Иакова. Поэтому-то и сказано: «Иакова Я возлюбил, а Исава возненавидел» (Рим. 9:13). Это означает, по сути, что Бог избрал Иакова, а Исава – не избрал.

Теперь зададимся вопросом, *когда* Бог избрал Иакова и «не избрал» Исава. В стихах 11-13 Павел устанавливает четкую хронологическую последовательность: «*...когда они еще не родились и не сделали ничего доброго* или худого (дабы изволение Божие в избрании происходило не от дел, но от Призывающего), сказано было ей: "Больший будет в порабощении у меньшего", как и написано: "Иакова Я возлюбил, а Исава возненавидел"» (Рим. 9:11-13).

Гайслер говорит, что эта цитата взята из Малахии 1:2-3, а значит, относится ко времени *после* того, как Иаков и Исав уже умерли[848]. Но последнее не следует из первого. Иными словами, хотя слова «Иакова я возлюбил, а Исава возненавидел» действительно взяты из Малахии, это еще не значит, что у самого Малахии они относятся *только лишь* к современному ему периоду. Утверждение Гайслера не учитывает других логических вариантов соотношения между Римлянам 9:13 и Малахии 1:2-3. По его мнению, если Павел цитирует из Книги пророка Малахии, то «любовь» и «ненависть», о которых он говорит, непременно должны относиться к временам Малахии (ок. 400 г. до Р. Х.). Но ведь и сам Малахия, говоря об избрании Иакова и отвержении Исава, может ссылаться на события давно минувших дней. Ведь Израиль задолго до этого *уже был* избранным народом, а Едом – врагом Божьего народа. За несколько веков до Малахии Исаия писал: «Ибо упился меч Мой на небесах: вот, для суда нисходит он на Едом...» (Ис. 34:5). Вероятней всего, Малахия, иллюстрируя суд над Едомом, произошедший в его время, ссылается на то, что было установлено еще во время патриархов: Бог избрал Иакова, а Исава не избрал. Таким образом, хотя Павел цитирует эти слова по Книге Малахии, они оба: и Павел, и Малахия, – могут ссылаться на один общий источник: события книги Бытие.

Но самая главная проблема с объяснением Гайслера кроется в том, что оно полностью пренебрегает контекстом цитаты в Послании к римлянам. Ведь сам Павел ясно и недвусмысленно связывает избрание

---

[848] Geisler. *Chosen but Free*. C. 85.

и отвержение с временем *до рождения* Иакова и Исава: «…когда они еще не родились…» (Рим. 9:11). Еще до рождения этих людей была определена их будущая судьба: «…сказано было ей: “Больший будет в порабощении у меньшего”» (ст. 12). Этими словами Павел ссылается на Бытие 25:23. И к этому же тексту из Бытия он привязывает цитату из Малахии: «…как и [καθώς, *катóс*] написано…» (ст. 13), небезосновательно полагая, что текст Малахии говорит о том же самом событии (см. выше).

Итак, избрание Иакова и отвержение Исава произошло до их рождения. Почему Павел заостряет на этом внимание? Так ли это важно? Да, очень важно. Это важно потому, что своим доводом Павел исключает всякое человеческое основание в избрании Божьем. Если решение о судьбе Иакова и Исава было вынесено еще до их рождения, то оно не могло быть основано на их делах, качествах или заслугах. Именно это подчеркивает Павел: «…когда они еще не родились и *не сделали ничего доброго или худого* (дабы изволение Божие в избрании происходило не от дел, но от Призывающего)…» (ст. 11-12). Если же избрание Иакова не зависело от его добрых дел, то это значит, что он не мог похвалиться своей избранностью. Он избран не потому, что сделал что-то хорошее, но просто по Божьей милости: «…не от дел, но от Призывающего…» (ст. 12). Истина о том, что спасенный не может приписать себе никакой заслуги в своем спасении, лежит в самом сердце христианского Евангелия (ср. Еф. 2:8-9).

Забегая вперед, можно ожидать, что вторая часть этого примера вызовет немало вопросов. Как насчет Исава? Ведь он же был отвергнут, когда еще не успел сделать ничего плохого (ср.: «доброго *или худого*», ст. 11)? Значит ли это, что и погибель неизбранных происходит «не от дел, но от Призывающего»? Нет, не значит. Если бы мы так сказали, мы бы смешали в одну кучу две совершенно разные вещи: погибель и неизбранность. На самом деле не погибель неизбранных происходит «не от дел», а их неизбранность. Погибель же происходит по грехам и преступлениям, которых каждый человек совершает в своей жизни немало. Вечная смерть – это «возмездие *за грех*» (Рим. 6:23), а не за факт неизбранности.

С другой стороны, если бы мы только сказали, что грешники не избраны потому, что Бог предузнал их будущие грехи, то у нас бы получилось, что оставшихся Бог избрал потому, что предузнал, что у них не будет грехов. Это противоречит всему учению Священного Писания. Да и противоречит тому, что здесь пишет Павел: «…дабы изволение Божие в избрании происходило *не от дел, но от Призывающего…*» (Рим. 9:11-12).

Далее, что включает в себя фраза «не сделали ничего доброго или худого»? Как было показано выше из сравнения 12-го и 16-го стихов, эта фраза должна включать в себя все, что человек делает в самом широком смысле: его поступки, слова, мысли и даже желания. Павел не случайно подчеркивает, что избрание состоялось еще до рождения Иакова и Исава: «…когда они еще не родились и не сделали ничего доброго или худого…» Однако до рождения человек не может не только сделать какое-то дело в узком смысле этого слова, например, праведный или греховный поступок. До рождения человек не может даже пожелать чего-либо (ср. ст. 16: «не от желающего»). Несомненно, до рождения человек не может и верить[849].

Таким образом, Павел подчеркивает, что основание избрания находится не в человеке. Никакое качество человека: ни его действия, ни его слова, ни его стремления, ни его вера, – не может служить основанием избрания. Потому что в противном случае было бы «от желающего» и «от подвизающегося», а не «от Бога милующего» (ст. 16). См. более подробное обсуждение этого момента выше.

Теперь, установив эти предварительные факты, мы можем вернуться к вопросу о том, какое отношение имеет Римлянам 9:11-16 к теории «вечного настоящего». Автор сознает, что вступление к вопро-

---

[849] Этот важный момент не учитывает Пикирилли, который пишет: «Павел говорит, что избрание Иакова-Исава, происшедшее до их рождения, опровергает идею избрания *делами*. Если бы выбор был основан на делах человека, значит, он не мог бы происходить по благодатному промыслу “Того, Кто призвал”. Но поскольку сам Павел… утвердился “верой”, в противоположность “делам”… то спасение “верой” ничем не противоречит тому, что он говорит в Рим. 9:11» (Пикирилли. *Кальвинизм, арминианство и богословие спасения*. С. 95–96; курсив как в оригинале). Хотя мы согласны, что «спасение “верой” ничем не противоречит тому, что [Павел] говорит в Рим. 9:11», мы утверждаем, что избрание, основанное на предузнании человеческой веры, прямо противоречит тому, что говорит апостол Павел.

Кто-то мог бы сказать: но ведь Бог может заранее предузнать веру человека? Да, может. Но Он может точно так же заранее предузнать и его дела. Однако Павел ничего не говорит о предузнании дел. Он совсем не привлекает в своем аргументе идею предузнания. Напротив, он акцентирует внимание на прямой хронологии событий, чтобы исключить человеческое основание избрания: «…когда они еще не родились и не сделали ничего доброго или худого…» Если до рождения они не могли что-то сделать, то ясно, что не могли и уверовать.

су получилось гораздо длиннее самого вопроса, но без твердого основания в экзегетических фактах наш ответ не имел бы большого смысла.

Итак, что данный текст имеет нам сообщить по поводу боэцианского подхода к парадоксу свободной воли и предопределения? Как бы предваряя теорию «вечного настоящего», Павел обозначает два момента *на земной шкале*, а не в вечности. Первый момент – это когда Ревекке было объявлено об избрании Иакова и отвержении Исава: «…сказано было ей: “Больший будет в порабощении у меньшего”…» (ст. 12). Второй момент – это рождение Иакова и Исава. Павел подчеркивает, что один момент предшествует другому, а именно, объявление об избрании предшествует рождению: «…когда они еще не родились и не сделали ничего доброго или худого… сказано было ей…» Поскольку оба этих момента расположены на земной временной шкале, а не в вечности, от их несовпадения, от приоритетности одного момента перед другим, никуда не уйти. Объявление об избрании хронологически предшествует рождению. А если это так, то ясно, что и само избрание хронологически предшествует рождению.

Приоритетность Божьего избрания перед человеческим решением – это принципиальный момент для учения апостола Павла. Для его богословия очень важно, что избрание в самом полном и прямом смысле этого слова *предшествует* рождению, делам, желаниям и самой вере человека. Почему это так важно? Сам Павел дает на это ясный ответ в 11-12 стихах: «…дабы изволение Божие в избрании происходило не от дел, но от Призывающего…» Если избрание не имеет логического приоритета перед человеческими *делами*, то «изволение Божье в избрании» происходит «от дел» человека. Получается, что Бог подчиняет свое решение человеческим делам. Такое избрание – уже не «от Призывающего», а от человека.

О том же самом Павел пишет в 16-м стихе: «Итак не от желающего и не от подвизающегося, но от Бога милующего». Если избрание не имеет логического приоритета перед *желанием* человека (желанием обратиться к Богу, желанием спастись и т. п.), то помилование – «от желающего». Получается, что Бог подчиняет свое решение желаниям человека. Такое избрание – от человека, а не «от Бога милующего». То же самое относится и к любым человеческим стараниям, усилиям, исканиям: «…не от подвизающегося…» Божье избрание должно иметь логический приоритет перед человеческими исканиями.

Эта идея настолько важна для Евангелия, что Павел к ней еще раз возвращается в 11-й главе того же послания. В Римлянам 11:5-6 он объясняет: «Так и в нынешнее время, по избранию благодати, сохранился остаток. Но если по благодати, то не по делам; иначе благодать не была бы уже благодатью. А если по делам, то это уже не благодать; иначе дело не есть уже дело». Павел говорит о временах пророка Илии (ср. ст. 2-3), когда пророку казалось, что весь Израиль отвратился от Господа и ушел в идолопоклонство. Однако Божий ответ уверяет его, что не весь, так как Господь «…соблюл Себе семь тысяч человек, которые не преклонили колени перед Ваалом» (ст. 4). Вот он – благочестивый остаток, верный Господу.

Заметим, что сохранение остатка выразилось в том, что семь тысяч человек сохранили веру в Яхве и не стали поклоняться Ваалу. Это и есть то самое «дело», о котором Павел пишет в 6-м стихе. Как и во многих других местах, апостол Павел использует слово «дело» в самом широком смысле: по отношению к вере в Яхве, сохранению верности и чистоте от идолопоклонства.

Но в результате чего эти люди сохранили веру в Яхве? В результате своих дел, своих желаний или своего усердия (ср. «дела», «желающий», «подвизающийся» в Рим. 9:12, 16)? Иными словами, что первично: воля этих людей или решение Бога? Павел дает два ответа, которые не оставляют сомнений в том, что решение Бога – это причина, а воля людей – следствие. Во-первых, он цитирует слова Бога, сказанные Илии: «*Я соблюл* Себе семь тысяч человек…» (Рим. 11:4). Не они сохранили веру в Яхве, а Яхве сохранил их для веры в Него. Божье решение первично. Во-вторых, Павел говорит, что и в его время остаток верующих израильтян сохранился «…по избранию благодати…» (ст. 5). Иными словами, и сейчас есть израильтяне, которые уверовали в Мессию. И тут же поясняет: раз по благодати, то не по их собственным делам, качествам, желаниям и устремлениям, иначе благодать не была бы уже благодатью (ср. ст. 6). То, что некоторые израильтяне уверовали в Мессию – это результат «избрания благодати». Вновь видим, что избрание первично, а решения человека – вторичны.

Иначе и быть не может, поскольку в противном случае появляется причина для похвалы. Человек может сказать: «Я спасен, потому что я решил уверовать, а он не спасен, потому что не захотел этого сделать. Разница между нами – в желании. Какой я молодец, что решил уверовать!» Или, с таким же успехом: «Я спасен, потому что понял, как это здорово, а он не спасен, потому что не понял. Разница между нами – в уме. Какой я молодец, что все правильно понял и сделал правильный выбор!» Или: «Я спасен, потому что почувствовал отвращение ко греху, а он не спасен, потому что не чувствовал такого отвращения. Разница между нами – в чувствах. Какой я молодец, что имел правильные чувства!»[850]

Если только мы отведем человеческим воле, разуму или чувствам логический приоритет перед избранием, мы неизбежно введем элемент похвалы, потому что разница между спасенным и неспасенным будет заключаться в самом человеке. Стараясь изложить и защитить полупелагианскую позицию, Ребекка Уивер отмечает тот же самый момент: «Поскольку дарование спасения универсально, различие между спасенными и не спасенными связано с человеческим деятелем, а не с божественным решением. Таким образом, разница между людьми весьма существенна»[851]. Только признание того, что и желание обратиться к Богу, и понимание Евангелия, и покаянные чувства человеку дает Сам Бог, исключает человеческие заслуги и воздает всю славу Богу. А это возможно лишь в том случае, если избрание логически предшествует решению человека обратиться к Господу.

Что же делает боэцианский подход? Стараясь убрать логическую последовательность между избранием и делами/верой человека, боэциане невольно подрывают самую основу Евангелия. На наш взгляд, боэцианский подход к парадоксу свободной воли и предопределения

---

[850] Иногда на этот аргумент отвечают такой аналогией: «Разве спасенный из воды хвалится тем, что он постарался закричать или схватиться за спасательный круг?» Однако эта аналогия несовершенна в силу того, что она сформулирована применительно к одному человеку – в таком случае отсутствует предмет сравнения. Если же ее применить к группе из нескольких утопающих, из которых один кричал, а другие не кричали, или один схватился за спасательный круг, а другие не захотели, – тогда появляется то же самое основание для похвалы. Спасенный может сказать: «Я спасен, потому что понял опасность и схватился за круг, а они не спасены, потому что не поняли опасности и не захотели принять помощь. Какой я молодец, что я правильно оценил обстановку! Я спасен благодаря тому, что умнее других». Или: «Я схватился за круг, потому что испытывал отвращение к морской воде и акулам, а они не схватились, потому что не испытывали такого отвращения. Я спасен благодаря своей более восприимчивой натуре». Или: «Я схватился за круг, потому что у меня руки работают, а они не схватились, потому что у них руки свело и они не смогли. Я спасен, потому что я более приспособлен к холодной воде», и т. д. и т. п.

[851] Уивер. *Божественная благодать и человеческое действие*. С. 64.

не согласуется с учением апостола Павла. В частности, он не учитывает значимости хронологических утверждений в Римлянам 9:11-16[852].

## Лексическое значение слова «предопределение»

Выше мы уже приводили несколько цитат, демонстрирующих, как боэциане понимают предопределение (или, в терминах атемпорализма, просто «определение»). В качестве напоминания повторим одну цитату из Гайслера: «Бог видит наши свободные деяния. А то, что Он видит, Он знает. А то, что Он знает, Он *определяет*. Итак, Бог *определяя* знает и зная *определяет* то, что мы решаем по своей свободной воле»[853]. При чтении этого и других подобных утверждений невольно возникает вопрос: что же автор понимает под словом «определять» и соответствует ли это лексическому значению слова «предопределение», употребляющегося в Библии?

Уайт совершенно справедливо замечает, что об «определении» можно говорить как минимум в двух разных смыслах: активном и пассивном[854]. Чтобы проиллюстрировать оба варианта, представим себе бассейн с водой. Вы можете подойти к бассейну, погрузить в воду термометр и сказать: «Я определил, что температура воды в бассейне 26 градусов». В этом случае мы говорим об определении в *пассивном* смысле. Наше «определение» не сделало воду ни теплее, ни холоднее. Оно согласуется с температурой воды в бассейне (в терминах Гайслера – *according to* или *coordinate*), но не является причиной такой темпера-

---

[852] Попутно заметим, хотя это и не относится к теме предопределения, что теория «вечного настоящего» вносит путаницу во многие другие утверждения Писания. К примеру, в Послании к римлянам 4:9-10 Павел пишет: «Блаженство сие относится к обрезанию, или к необрезанию? Мы говорим, что Аврааму вера вменилась в праведность. *Когда* вменилась? *По* обрезании или *до* обрезания? Не по обрезании, а до обрезания». Чтобы доказать свою идею, Павел использует хронологические термины: «до» и «после». Его аргумент построен на том, что одно событие состоялось раньше другого: Бог вменил Аврааму праведность *до* обрезания. Если же у Бога нет ни «до», ни «после», как утверждают сторонники безвременной вечности, то аргумент апостола Павла, опять же, не имеет смысла. А значит, Павел не может утверждать, что Авраам оправдался не через обрезание. Если же это так, то мы не имеем права настаивать, что оправдание происходит не делами закона.

[853] Geisler. God Knows All Things. С. 73. Курсив наш. – *А. П.*

[854] White. *The Potter's Freedom*. С. 59.

туры. Напротив, наше определение является следствием температуры воды: мы определили, что температура 26 градусов, именно потому, что температура (независимо от нас) действительно равна 26-и градусам.

С другой стороны, вы можете подойти к бассейну и сказать: «Я установил систему подогрева воды и определил, что температура должна быть 26 градусов». В этом случае наше определение – *активное*. Оно является не следствием, а причиной того, что температура будет на отметке 26 градусов.

По наблюдению Уайта, Гайслер пишет об определении в пассивном смысле[855]. Хотя Гайслер в своем ответном очерке обвиняет Уайта в том, что тот якобы неправильно представляет его позицию[856], мы не видим, как ее можно понять иначе. То определение, о котором пишет Гайслер, является логическим *следствием* тех решений, которые люди принимают на земле, как бы сам Гайслер от этого ни открещивался. Как мы цитировали его собственные слова выше: «А то, что Он видит, Он знает. А то, что Он знает, Он определяет»[857].

С точки зрения логики, возможен третий вариант, сочетающий в себе оба предыдущих. Мы можем подойти к бассейну, опустить в него термометр и увидеть, что температура воды равна 26 градусов (пассивное определение). Эта температура нас удовлетворяет, поэтому мы говорим: «Да будет так. Пусть температура и дальше будет 26 градусов» (активное определение). В этом случае активное определение основано на пассивном, однако ни то, ни другое не меняют текущего положения вещей. Наше активное определение не является причиной температуры воды. По сути, оно является лишь причиной того, что мы не будем *менять* температуру.

Даже если Гайслер подразумевал этот третий вариант (что он, впрочем, не объясняет достаточно ясно), возникает ряд замечаний. Во-первых, активное определение в таком случае сводится к *согласию* с текущим положением вещей, в которое Бог не вмешивается. Во-вторых, поскольку активное определение при таком варианте основано на пассивном, то активное определение является *следствием* человече-

---

[855] Там же.

[856] Geisler. A Response to James White's *The Potter's Freedom* // *Chosen but Free*. С. 252–263. Особ. см. с. 253–254, 257.

[857] Geisler. God Knows All Things. С. 73.

ских решений. А значит, оно избыточное. Об избыточности избрания в боэцианской схеме смотрите ниже. В-третьих, понимание Божьего определения как простого *согласия* с предузнанным положением вещей все равно не вписывается в лексическое значение библейских терминов.

Каково же значение библейских слов, связанных с предопределением? Подробный обзор ветхозаветных терминов будет сделан в **главе 5** настоящей книги, а новозаветных – в **главе 7**, но уже сейчас можно сказать, что смысл терминов «предопределение» или «определение» – это не «узнавание», а «приказ», «замысел» или «решение». Библия неоднократно говорит о том, что Бог не просто соглашается с предузнанным положением вещей; Его решения формируют реальность. Здесь удовольствуемся лишь парой примеров. Один из основных ветхозаветных терминов встречается в книге Плач Иеремии 2:8: «Господь *определил* разрушить стену дщери Сиона, протянул вервь, не отклонил руки Своей от разорения; истребил внешние укрепления, и стены вместе разрушены». Бог не просто пассивно определил на основании знания: «Ага, значит, стена Иерусалима будет разрушена». И Он даже не просто согласился с тем, что узнал: «Ну хорошо, пусть так и будет…» Он вынес решение, которое Сам же и исполнил руками вавилонян: «…протянул вервь, не отклонил руки Своей от разорения…» (см. текст). Божье определение – активное.

Сразу несколько новозаветных терминов, связанных с предопределением, встречаются в Ефесянам 1:11: «В Нем мы и сделались наследниками, быв *предназначены* к тому по *определению* Совершающего все по *изволению воли* Своей…» Предназначение – это не пассивное согласие, а активное решение, цель. Данный стих говорит не о пассивном определении Узнающего, а об активном определении «Совершающего». Что Его воля «изволила» (ср. «по изволению воли»), то Он и совершает (ср. «Совершающего»). Итак, значение как ветхозаветных, так и новозаветных терминов – активное. Божье определение является причиной земных событий[858]. На наш взгляд, позиция Гайслера не соответствует значению библейских терминов.

[858] Как мы уже не раз говорили, это не значит, что Бог все совершает Сам, непосредственно. Его определение не исключает действия вторичных причин. В частности, Бог не творит греха, но может допускать греху случиться.

### Необходимость или избыточность избрания

Согласно традиционному арминианскому взгляду, Бог избрал тех, о которых Он предузнал, что они уверуют[859]. Сторонник боэцианского подхода Энтони Баджер не удовлетворен этой точкой зрения. По его мнению, избрание при таком подходе выглядит избыточным. Если Божье избрание поставлено в зависимость от предузнания человеческой веры, то Бог мог бы и не избирать никого, а просто дождаться конечного результата. Те, кто уверуют, даже если бы они не были избраны, все равно бы спаслись[860]. Избрание ничего не меняет – оно излишнее.

Любопытно заметить, что и самому Баджеру не удается избежать той же проблемы. Возможно, увидеть это ему мешает риторика по поводу отсутствия причинно-следственных связей между вневременными событиями. Однако, как мы постарались продемонстрировать выше, в боэцианском подходе вневременной Бог вечно избирает тех, о ком Он вечно знает, что они во времени уверуют. Избрание все равно является логическим следствием вечного знания о тех, кто уверует. А значит, избрание все равно излишне. Бог мог бы никого не избирать, и те, кто уверуют, все равно бы спаслись.

Таким образом, в обоих подходах Божье избрание является логическим следствием человеческого решения. В традиционном арминианстве – логическим следствием *предузнанной* веры. В боэцианстве –

---

[859] Ср., напр., Пикирилли. *Кальвинизм, арминианство и богословие спасения.* С. 72–74. Впрочем, сам Пикирилли признает, что формулировка «избрание в соответствии с предвидением веры» несовершенна, однако, по его словам, это лучшая формулировка, «какую мы можем дать, продолжая рассматривать проблему вечности и времени» (Там же. С. 73). В некоторых своих объяснениях он оперирует понятием безвременной вечности и в этом приближается к боэцианству. Напр.: «Бог не ограничен временем. В вечности Он видит людей как верующих (или неверующих) и любит (избирает) их в качестве верующих» (Там же. С. 72). Ввиду этого факта тем труднее понять стремление некоторых боэциан, рассматриваемых в настоящей книге, отмежеваться от арминианства. Высказывая, по сути, ту же точку зрения на предопределение, что Уэсли и Пикирилли, Баджер не считает себя арминианином, Гайслер именует себя умеренным кальвинистом, а Прохоров – даже «сверхкальвинистом» (см. **главу 1**). На наш взгляд, эти ошибочные наименования попросту замутняют воду, как мы уже несколько раз упоминали.

[860] Badger. TULIP: A Free Grace Perspective, Part 2… С. 36.

логическим следствием *вечно узнаваемой* веры. Только в кальвинизме избрание является не следствием, а причиной человеческого решения, и поэтому остается по-настоящему неотъемлемым элементом спасения. Роль Божьего избрания в трех обозначенных выше подходах можно представить в виде следующей таблицы:

| | **Классическое арминианство** | **Боэцианство** | **Кальвинизм** |
|---|---|---|---|
| Причинно-следственные связи | Избрание – логическое следствие предузнания веры | Избрание – логическое следствие вечного знания веры | Избрание – логическая причина веры |
| Необходимость избрания | Избыточное | Избыточное | Необходимое |

Итак, мы рассмотрели несколько причин, почему теория безвременной вечности, на наш взгляд, не дает удовлетворительного разрешения парадоксу свободной воли и предопределения. Во-первых, отсутствие хронологической последовательности не исключает логической последовательности. Во-вторых, боэцианский подход не дает удовлетворительного объяснения, почему авторы Писания благодарят Бога за избрание. В-третьих, эта теория не учитывает значимости хронологических утверждений в Римлянам 9:11-16. В-четвертых, боэцианское понимание предопределения (определения) плохо согласуется с той картиной, которую передают словарные и контекстные (денотативные и коннотативные) значения библейских слов, связанных с Божьим определением. В-пятых, боэцианский подход делает Божье избрание излишним.

## ГЛАВА 4

## ПРЕДОПРЕДЕЛЕНИЕ И ПРЕДУЗНАНИЕ: АНАЛИЗ РИМЛЯНАМ 8:29-30

Разговор о предопределении был бы неполным без обсуждения одного из важнейших текстов, относящихся к данной теме, – Римлянам 8:29-30. Одна из ключевых фраз этого текста особенно часто цитируется в связи с данной темой: «…кого Он предузнал, тем и предопределил быть подобными образу Сына Своего…» (ст. 29). Если этот стих действительно утверждает, что предопределение основано на предузнании человеческой веры, то позиция арминианства становится весьма сильной, а позиция боэцианства как разновидности арминианства – по меньшей мере вероятной.

Признаться честно, я сам обратился к Богу и воспитывался в арминианской традиции. И для меня вопрос о предопределении на протяжении ряда лет решался ссылкой на Римлянам 8:29: «…кого Он предузнал, тем и предопределил…» Я сам спорил с некоторыми кальвинистами и немедленно ссылался на этот стих. Казалось бы, все так очевидно: чью веру Бог предузнал, тех Он и предопределил ко спасению. Однако с годами мое мнение насчет этого стиха менялось. Предлагаю вам вместе со мной еще раз поразмышлять над Посланием к римлянам 8:29-30.

### Общие наблюдения

Прежде всего необходимо заметить, что 29-й стих начинается словом «ибо» (в ориг. частица δὲ, *дэ*). Это указывает на то, что он как-то связан с предыдущим. Действительно, цель 29-30-го стихов – подтвердить заявление 28-го стиха[861], где было сказано: «…любящим Бога, призванным по Его изволению, все содействует ко благу». Почему мы можем быть уверены, что верующим людям все обстоятельства, даже самые тяжкие и неприятные, содействуют ко благу? На этот вопрос Павел как раз отвечает в стихах 29-30-м. В общих чертах его ответ выглядит так: мы можем быть уверены, что верующим все содействует ко благу, потому что Бог промышлял о них еще от вечности, в настоящем призвал их к Себе и даровал им оправдание, а в будущем приведет их к славе.

Во-вторых, в стихах 29-30 Павел не просто перечисляет характеристики верующих: мол, они и предопределенные, и призванные, и оправданные… Эти стихи идут гораздо дальше, устанавливая четкую *логическую последовательность*: сначала предузнал и предопределил (см. анализ ниже), потом призвал, потом оправдал, потом прославил. Все звенья данной цепочки не просто замешены в беспорядочную кучу, а выстроены в определенном порядке.

В-третьих, эти стихи устанавливают четкую *количественную зависимость*: «кого… тех и…» Объем каждого последующего звена равен объему предыдущего. Именно те, которые были предузнаны и предопределены (см. анализ ниже), были и призваны. Именно те, которые были призваны, были и оправданы. Именно те, которые были оправданы, были прославлены. Ни на каком этапе никто не теряется. Поэтому данные стихи иногда называют неразрывной, или золотой, «цепочкой спасения»[862].

Поскольку это утверждение иногда подвергают сомнению, позвольте подкрепить его логическими доводами. Теоретически в подобных цепочках возможны три основных варианта: (1) объем каждого последующего звена (то есть количество субъектов, находящихся в этом звене) *меньше* объема предыдущего; (2) объем каждого последующего звена *больше* объема предыдущего; (3) объем каждого последующего звена *равен* объему предыдущего. Первый вариант совершенно нелогичен, что легко увидеть на следующем примере: кто человек, тот и спортсмен; кто спортсмен, тот и баскетболист; кто баскетбо-

---

[861] Cranfield C. *A Critical and Exegetical Commentary on the Epistle to the Romans*: В 2 т. New York : T. & T. Clark International, 2004. Т. 1. С. 431.

[862] Напр., Edwards C. An Unchangeable Election: An Extract from Professor Giger's Translation from Turretin // *BibSac*. № 91/363. Июль 1934. С. 287.

лист, тот и великий баскетболист; кто великий баскетболист, тот и баскетболист №1 Майкл Джордан. Графически этот вариант можно представить следующим образом:

Совершенно ясно, что такая цепочка нелогична, так как не всякий человек – спортсмен, и не всякий спортсмен – баскетболист и т. д. Количество людей, входящих в категорию «Майкл Джордан», не может быть больше, чем количество людей, входящих в категорию «великий баскетболист». Точно так же великих баскетболистов не может быть больше, чем всех баскетболистов вместе взятых, и т. д. и т. п. Итак, объем последнего звена не может быть меньше, чем объем первого. Применительно к Римлянам 8:29-30, количество прославленных не может быть меньше, чем количество предузнанных и предопределенных. Иначе Божье предопределение было бы ошибочным.

Оставшиеся два варианта вполне соответствуют законам логики. Второй вариант складывается из *неконвертируемых* пропозиций, где каждое последующее звено является характеристикой предыдущего (иными словами, каждое предыдущее является одной из разновидностей последующего). Если взять за основу предыдущий пример, то можно сказать: кто баскетболист №1 Майкл Джордан, тот и великий баскетболист; кто великий баскетболист, тот и баскетболист; кто баскетболист, тот и спортсмен; кто спортсмен, тот и человек. В такой цепочке последнее звено – самое большое по объему, а первое – самое маленькое.

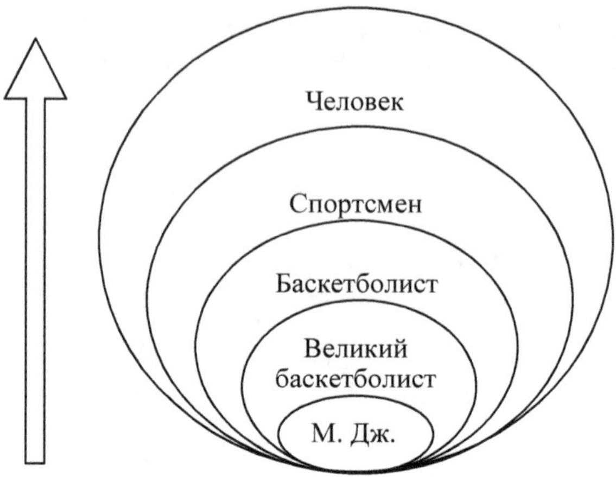


Однако этот вариант не подходит к Римлянам 8:29-30, так как совершенно очевидно, что количество прославленных не может быть больше количества оправданных – это было бы абсурдно! Точно так же количество оправданных не может быть больше количества призванных. Этот вариант не соответствует ситуации, описываемой в обсуждаемом отрывке.

Остается только третий вариант. Он складывается из *конвертируемых* пропозиций, где каждое последующее звено является полным логическим синонимом предыдущего, то есть описывает в точности ту же группу, но другими словами. Приведем пример: кто выполнил все требования учебной программы, тот и окончил институт; кто окончил институт, тот и получил диплом; кто получил диплом, тот и стал дипломированным специалистом. Такую цепочку можно прочитать в любом направлении, и она останется верной.

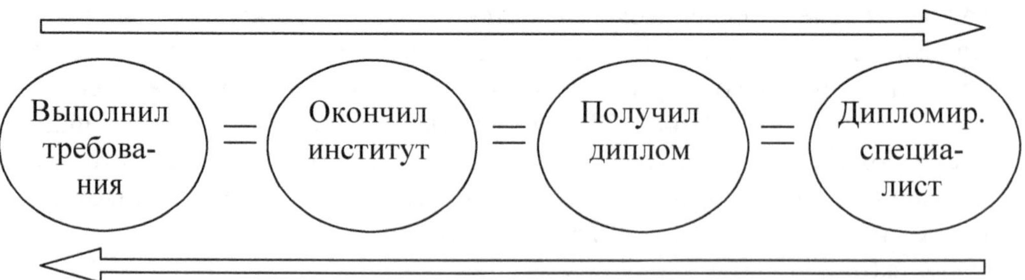


Именно этот вариант и соответствует законам логики, и подходит к контексту Римлянам 8:29-30. Те, кто избраны (предузнаны и предопределены), они же призваны. Те, кто призваны, они же оправданы. Те, кто оправданы, они же прославлены. Итак, ни на каком этапе никто не теряется[863].

Наконец, в-четвертых, глаголы 29-30-го стихов охватывают всю бесконечность истории спасения: от бесконечного прошлого к бесконечному будущему. Предузнание и предопределение относятся к сфере бесконечного прошлого, когда Бог «от вечности» (ср. Еф. 3:9), «прежде создания мира» (Еф. 1:4) избрал некоторых людей к усыновлению (Еф. 1:5). Призвание и оправдание относятся к сфере настоящего. Прославление, хотя и начинается на земле, в полной мере осуществится только в будущем (ср. Рим. 8:18).

Поскольку больше всего вопросов вызывают первые два действия («предузнал» и «предопределил»), давайте рассмотрим все звенья цепочки в обратном порядке: от последних к первым.

## Прославление

В 30-м стихе Павел пишет: «...кого оправдал, тех и прославил». Прославление – это единственное звено данной цепочки, которое в полной мере осуществится только в будущем. На то, что прославление относится к будущему времени, указывает предшествующий контекст. В частности, апостол противопоставляет будущей славе страдания нашего земного существования: «Ибо думаю, что нынешние временные страдания ничего не стоят в сравнении с тою славою, которая откроет-

[863] Несмотря на то, что логика апостола Павла в Римлянам 8:29-30 кажется предельно ясной, некоторые берутся возражать против такого толкования. Высказываясь против учения о безусловности избрания и сохранности спасения, некоторые арминиане приводят примерно такие аргументы (приведем выдержку из неопубликованной дискуссии): «...В этих стихах нет никакого намека на то, что Бог призвал только этих людей. Если я звал в гости десять человек, а пришло ко мне пять (причем я знал заранее, что именно эти пятеро придут), то можно сказать, что я их и предузнал, и их же определил, и их же призвал и т. д. Но это вовсе не означает, что я не призывал остальных и не был готов к их приходу». Однако такое возражение выглядит скорее как попытка обойти стороной Римлянам 8:29-30 и происходит не от хорошей логики. Автор возражения подменяет одни условия другими. Вот если бы он сказал: «Кого я звал в гости, те и пришли», тогда бы никто из званых не «потерялся» – как, собственно, и у апостола Павла. Наш же автор поменял местами причину и следствие: «Кто пришли, те и были позваны в гости (но не только они, а еще многие)». Но это не соответствует выражениям апостола Павла.

ся в нас» (8:18). Прославление детей Божьих связано с тем периодом, когда со всего творения будет снято проклятие, «…и сама тварь освобождена будет от рабства тлению в свободу славы детей Божиих» (8:21). В этот момент и наши собственные тела приобретут новые свойства, будучи приспособлены для вечной жизни – Павел называет это «усыновлением» и «искуплением тела нашего» (8:23).

Почему же тогда в 30-м стихе он пишет о прославлении как об уже совершившемся факте: «…тех и прославил»? Ответ на этот вопрос кроется тоже в контексте. Во-первых, потому что прославление – это твердый и непреложный факт. Все избранные будут оправданы, и все оправданные будут прославлены: «…кого оправдал, тех и прославил». В связи с этим все оправданные имеют твердую надежду, как пишет сам Павел несколькими стихами выше: «Ибо мы спасены в надежде» (8:24). Поскольку надежда на прославление настолько твердая, об этом можно говорить как об уже состоявшемся факте[864]. Во-вторых, Павел пишет о прославлении в прошедшем времени, потому что прославление избранных действительно начинается уже во время земной жизни, хотя в полной мере завершится только в будущем. О том, что верующие уже во время земной жизни приобретают славу Христову, говорят многие места Писания, самое известное из которых, пожалуй, 2 Коринфянам 3:18: «Мы же все открытым лицом, как в зеркале, взирая на славу Господню, преображаемся в тот же образ от славы в славу…» Также и последующий контекст Послания к римлянам говорит о прославлении как об уже состоявшемся факте: «…Христос *принял* вас в славу Божию» (15:7; курсив наш. – *А. П.*). Итак, прославление начинается на земле и завершается на небе.

Апостол Павел утверждает, что в вечную славу войдут ровно столько, сколько было оправдано: «…кого оправдал, тех и прославил». Иными словами, никто из оправданных не окажется потерянным. Это удивительное обещание грядущей благодати должно укреплять всех христиан, особенно тогда, когда они переносят страдания. Это обещание является прекрасным и необходимым дополнением к словам апостола: «Ибо думаю, что нынешние временные страдания ничего не стоят в сравнении с тою славою, которая откроется в нас» (8:18). Без уверенности в непреложности будущей славы в нынешних страданиях не остается никакой надежды: а вдруг и сейчас будешь страдать, и потом в славу не войдешь?

---

[864] Ср. Edwards. An Unchangeable Election… C. 287.

## Оправдание

Перейдем на ступеньку выше: «...кого призвал, тех и оправдал...» (8:30). Оправдание, о котором говорится в данном стихе, – это, по сути, главная тема всей первой части (первых восьми глав) Послания к римлянам. Это та праведность Божья, которая от веры (1:17). Это то оправдание, которое мы получаем «...даром, по благодати Его, искуплением во Христе Иисусе» (3:24). Это то оправдание, которым Бог оправдывает «верующего в Иисуса» (3:26). Это то оправдание, которое происходит «...верою, независимо от дел закона» (3:28).

На это оправдание указывал Моисей, говоря об Аврааме: «Поверил Авраам Богу, и это вменилось ему в праведность» (4:3). О том же самом оправдании писал Давид, который «...называет блаженным человека, которому Бог вменяет праведность независимо от дел» (4:6). Ради нашего оправдания «предан за грехи наши и воскрес» Христос (4:25).

Это оправдание имеет вполне определенные результаты: мир с Богом, свободный доступ к престолу благодати и твердая надежда – настолько твердая, что ей можно даже хвалиться. Как пишет Павел, «...оправдавшись верою, мы имеем мир с Богом через Господа нашего Иисуса Христа, через Которого верою и получили мы доступ к той благодати, в которой стоим и хвалимся надеждою славы Божией» (5:1-2). Будучи оправданы Кровию Его, мы теперь тем более можем рассчитывать на то, что спасемся от грядущего гнева Божьего (5:9).

Даже если у нас было много преступлений, «...дар благодати – к оправданию от многих преступлений» (5:16). К Божьему оправданию мы ничего не можем прибавить, так как для нашего полного оправдания достаточно заслуг одного Человека – Иисуса Христа: «...правдою одного всем человекам оправдание к жизни» (5:18).

В практическом плане Божье оправдание производит в верующем святость: «Бог послал Сына Своего... чтобы оправдание закона исполнилось в нас, живущих не по плоти, но по духу» (8:4). А в назидательном – уверенность в том, что никакой «клеветник братий наших» (Откр. 12:10) не обвинит его на Божьем суде: «Кто будет обвинять избранных Божиих? Бог оправдывает их» (Рим. 8:33).

## Призвание

Поднимемся еще на одну ступеньку выше. Здесь говорится об особом Божьем призыве, который обращен только к оправдываемым: «А кого Он предопределил, тех и призвал, а кого призвал, тех и оправдал…» (8:30).

Различают два вида Божьего призыва: общий и особый. Общий призыв обращен ко всем людям и звучит *извне*, наподобие Десяти заповедей: да не будет у тебя других богов, не делай себе кумира, не произноси имени Бога напрасно и т. д. (Исх. 20:1-7). «Возлюби Господа Бога твоего всем сердцем твоим и всею душею твоею и всем разумением твоим» (Матф. 22:37). Покайся и обратись от всех преступлений своих (Иез. 18:30). Покайся и обратись, чтобы загладились грехи твои (Деян. 3:19). Покайся и веруй в Евангелие (Марк. 1:15) и т. п.

Однако, как закон Моисеев человек сам по себе исполнить не может, так и откликнуться на внешний призыв он сам не в состоянии. Христос, обращавший Свой общий призыв к иудеям, в то же время говорил им: «Почему вы не понимаете речи Моей? Потому что не можете слышать слова Моего» (Иоан. 8:43). Павел объяснял причину неверия таким же образом: «Душевный человек не принимает того, что от Духа Божия, потому что он почитает это безумием; и не может разуметь, потому что о сем надобно судить духовно» (1 Кор. 2:14). Далеко не все, кто услышал общий призыв, откликаются на него: «…много званых, но мало избранных…» (Матф. 20:16)[865].

Кроме того, Писание говорит об особом призыве, который обращен только к избранным и звучит *изнутри*. Этот призыв является действенным, то есть, он не только предлагает человеку спасение, но и производит в нем веру (ср. Еф. 1:19), являющуюся условием спасения. Таким призывом призваны не все, а только избранные: «…кого Он предопределил, тех и призвал…» (Рим. 8:30). В этом особом смысле призвана только Церковь Божья, поэтому слово «призванные» иногда

---

[865] Тем не менее, общий призыв играет большую роль в Божьем плане спасения, ибо «…благоугодно было Богу юродством проповеди спасти верующих» (1 Кор. 1:21). Хотя на общий призыв откликаются немногие, откликнувшиеся спасаются. Впоследствии они узнают, что были избраны к такому спасению еще до сотворения мира (2 Фес. 2:13-14).

выступает синонимом Церкви: «...церкви Божией, находящейся в Коринфе, освященным во Христе Иисусе, призванным святым...» (1 Кор. 1:2; ср. Иуд. 1:1: «...возлюбленным в Боге Отце и сохранённым для Иисуса Христа, призванным...», пер. Кассиана). В таком наименовании не было бы большого смысла, если бы все были призваны одинаково.

В 1 Коринфянам 1:23-24 Павел противопоставляет призванных иудеев и еллинов неверующим иудеям и еллинам: «...а мы проповедуем Христа распятого, для иудеев соблазн, а для еллинов безумие, *для самих же призванных*, иудеев и еллинов, Христа, Божию силу и Божию премудрость...» В Римлянам 1:5-7 видно, что призванные составляют лишь малую часть среди всех народов: «...все народы, *между которыми находитесь и вы, призванные* Иисусом Христом, – всем находящимся в Риме возлюбленным Божиим, *призванным святым...*» А в Послании к евреям сказано, что призванные получат искупление и небесное наследство: «...дабы вследствие смерти Его, бывшей для искупления от преступлений, сделанных в первом завете, *призванные к вечному наследию* получили обетованное» (Евр. 9:15).

О каком же призыве идет речь в Римлянам 8:30? Совершенно очевидно, что здесь говорится о втором, особом призыве, ибо о первом нельзя было бы сказать: «...кого призвал, тех и оправдал...» Поскольку внешний призыв обращен ко всем слушающим, если бы здесь говорилось о нем, то это означало бы, что Бог и оправдает всех: «...кого призвал, тех и оправдал...» Никто из тех, кто хоть раз слышал евангельский призыв, не оказался бы погибшим. Однако это противоречит многим местам Священного Писания. К тому же, на особый призыв намекают предшествующие стихи, где верующие названы «любящими Бога» и «призванными по Его изволению» (8:28).

Детей Божьих должно утешать, что они обратились к Богу не своими силами, а Бог их призвал особым, эффективным образом. То, что они сейчас оправданы, означает, что перед этим они были особым образом призваны: «...кого призвал, *тех* и оправдал...» А раз так, то и сохранение их спасения находится не в их слабых руках, а в могущественных руках Великого Бога. Это – лучшее утешение в «нынешних временных страданиях» (ср. 8:18).

## Предопределение и предузнание

Перейдем еще на одну ступеньку выше: «Ибо кого Он предузнал, тем и предопределил быть подобными образу Сына Своего, дабы Он был первородным между многими братиями. А кого Он предопределил, тех и призвал…» (8:29-30). Оправданные были не только призваны особым образом, но и предопределены к такому призванию. Именно поэтому двумя стихами выше они названы «призванными по Его изволению» (ст. 28).

Что же имеет в виду апостол Павел? Основано ли предопределение на предузнании того, кто уверует? Чтобы правильно понять значение слов апостола, нужно внимательнее взглянуть на слово «предузнал» (греч. προέγνω, *проэ́гно*): спектр его словарных значений и характер словоупотребления в Писании.

Сначала обратим внимание на возможные варианты лексического значения этого слова. Оговоримся сразу, что вариант «знать заранее» представляется нам вполне очевидным. Он естественным образом вытекает из состава слова: προ- (*про*) и γινώσκω (*гино́ско*) = знать прежде. Но, как это нередко бывает, узус может отклоняться от первоначальной этимологии. Так вот, для начала зададимся вопросом: дают ли словари иные варианты значения слова προγινώσκω (*прогино́ско*, ~ «предузнавать»)?

Греческо-русский словарь А. Д. Вейсмана (1899) как вариант дает такое значение: «раньше решать или постановлять»[866]. Словарь Дворецкого (самый полный на сегодняшний день греческо-русский словарь) среди прочих вариантов тоже приводит следующие: «заранее обдумывать» и «предрешать»[867]. Конечно, эти смысловые варианты не сразу придут на ум русскоязычному читателю, видящему перед собой слово «предузнание». Один из самых авторитетных англоязычных словарей, «Греческо-английский лексикон Нового Завета и другой ранней христианской литературы» под редакцией Данкера, указывает как одно

[866] Вейсман. *Греческо-русский словарь*. С. 1051. (См. προγιγνώσκω.)

[867] Дворецкий И. *Древнегреческо-русский словарь* / Под ред. Соболевского С. М.: Государственное издательство иностранных и национальных словарей, 1958. Цит. по: электронная программа «Альфа». (См. προγιγνώσκω.)

из значений: «избирать заранее»[868]. Словарь Лув-Найды тоже дает значение «избирать заранее» и сравнивает данное слово со словом προβλέπομαι (*проблéпомай*, букв., «видеть заранее», «предусматривать»), которое тоже может иметь значение «решать» или «избирать», как, например, в следующем тексте: «…Бог предусмотрел [προβλεψαμένου, *проблепсамéну*] о нас нечто лучшее…» (Евр. 11:40)[869]. Итак, как русские, так и иностранные авторитетные словари, помимо значения «узнавать заранее», дают нам возможность подумать о другом смысловом варианте: «предрешать» или «заранее избирать».

Как же данное слово или его смысловые аналоги употребляются в Священном Писании? Как Ветхий, так и Новый Завет создают для нас богословский контекст, в рамках которого мы можем понимать слово προγινώσκω. Чтобы мы могли учитывать не только новозаветные, но и ветхозаветные примеры, позвольте для начала перекинуть мостик между греческим и семитским мирами. В одном из древних переводов Нового Завета на семитские языки – сирийской Пешитте – начало 29-го стиха выглядит следующим образом: ܘܡܢ ܠܘܩܕܡ ܝܕܥ ܐܢܘܢ. ܘܪܫܡ ܐܢܘܢ ܒܕܡܘܬܐ ܕܨܘܪܬܐ ܕܒܪܗ[870] (*в-мен лёкдам úда эннóн, вáршам эннóн бадмóта д-цóрта дá-вре*) – «и [тех, кого] от вечности знал, предназначил их по подобию образа Сына Своего» (перевод наш. – *А. П.*)[871]. Обратите внимание, что греческому слову προέγνω соответствует сирийский глагол ܝܕܥ (*úда*), который, в свою очередь, является родственным еврейскому יָדַע (*йадá*).

В связи с этим возникает закономерный вопрос: может ли глагол יָדַע в Ветхом Завете употребляться в каком-то ином значении, кроме простого узнавания о чем-либо? Какой концептуальный и богословский контекст создается для слова προγινώσκω Ветхим Заветом? В еврейском тексте Ветхого Завета мы найдем как минимум четыре до-

---

[868] BDAG. С. 866.

[869] *Greek-English Lexicon of the New Testament: Based on Semantic Domains*: В 2 т. / Под ред. Louw J., Nida E., Smith R. et alt. New York: United Bible Societies, 1989. Т. 1. С. 362.

[870] Kiraz G. *The Peshitta*. Bellingham, WA: Logos Research Systems, Inc., 2002. Рим. 8:29.

[871] Подробнее о значении сложного предлога ܡܢ ܠܘܩܕܡ см. в Nöldeke T. *Compendious Syriac Grammar* / Пер. на англ. Crichton J. Eugene, OR: Wipf and Stock Publishers, 2003. С. 99 (§155).

вольно ясных примера, когда слово «знать» употребляется в значении избрания.

Во-первых, в Бытие 18:18-19 сказано: «От Авраама точно произойдет народ великий и сильный, и благословятся в нем все народы земли, ибо Я *избрал* его для того, чтобы он заповедал сынам своим и дому своему после себя ходить путем Господним, творя правду и суд...» Любопытно, что в оригинале на месте слов «Я избрал его» в 19-м стихе буквально сказано: «Я познал [יָדַע] его». Но переводчики, работавшие над Синодальной версией, верно поняли смысл этих слов, ибо бессмысленно было бы говорить: «Я познал его, чтобы он заповедал сынам своим...» Бог знает о всех людях, а не только об Аврааме, и это пассивное знание не может сочетаться с предназначающей целью: «...чтобы он заповедал...» То, что Бог кого-то «познал», подразумевает начало особых отношений с этим человеком, то есть избрание.

Бог нигде не называет причины, по которым был избран Авраам. Однако называет несколько целей: «...от Авраама точно произойдет народ великий и сильный...»; «...чтобы он заповедал сынам своим... ходить путем Господним...» Единственная же причина – Божье суверенное решение остановить на ком-либо Свой выбор: «...ибо Я познал его, чтобы...»

Во-вторых, в Книге пророка Амоса 3:2 Бог говорит об Израиле: «Только вас *признал* Я из всех племен земли...» В оригинале используется тот же глагол יָדַע. При этом должно быть очевидно, что в данном стихе речь идет не о том, что Бог знает только об Израиле и на уровне простого интеллектуального знания ничего не ведает о других народах. Слово «знать» используется в значении особых отношений, выбора: из всех народов Бог избрал только Израиль. В других местах сказано, что Бог избрал их не потому, что они были самым многочисленным или самым праведным народом. Если бы Бог избирал на основании веры, то Израиль никогда не был бы избран, потому что этот народ прожил бóльшую часть своей истории в отступлении. Бог избрал их совершенно незаслуженно, просто потому, что решил это сделать: «Только вас познал Я из всех племен земли...»

Третий пример находим в Книге пророка Иеремии. Призывая Иеремию на служение, Бог говорит ему: «Прежде нежели Я образовал тебя во чреве, Я *познал* [יָדַע] тебя, и прежде нежели ты вышел из утробы, Я освятил тебя: пророком для народов поставил тебя» (Иер. 1:5).

Что именно означает, что Бог «познал» Иеремию? То, что Он пассивно предузнал, что в будущем появится такой человек по имени Иеремия? Вряд ли, так как Бог Сам «образовал [Иеремию] во чреве». Значит ли это, что Бог просто заглянул в будущее и предузнал действия Иеремии, и именно на основании его будущих действий поставил его пророком? Едва ли, поскольку Бог Сам формирует пророков и дает им Свое откровение.

К тому же, важно заметить, что Бог не говорит: «Я предузнал что-то *о тебе*: твою веру, твои дела, твои пророческие дарования». Он говорит: «Я предузнал *тебя*». Объектом Божьего знания в данном случае являются не дела Иеремии и не его вера, а сам Иеремия. Скорее всего, то, что Бог «познал» Иеремию до его рождения, означает просто то, что Бог остановил на нем свой выбор: избрал его.

Любопытно заметить, что у этого стиха много параллелей с Римлянам 8:29. Во-первых, выражение «познал прежде» (прежде, чем «образовал во чреве») очень хорошо соответствует смыслу греческого глагола προέγνω (ср. сирийское ܡܢ ܠܩܕܡ ܝܕܥ, *мэн лóкдам úда*). А выражение «освятил прежде» (прежде, чем он «вышел из утробы») близко по смыслу греческому глаголу προώρισεν (*проóрисен*, «предопределил»), так как и еврейский глагол הִקְדִּישׁ (*икдúш*, «освящать»), и греческий глагол ὁρίζω (*хорúдзо*, составляющий основу глагола προορίζω) этимологически означают «отделять».

Во-вторых, в Иеремии 1:5 находим две параллельные конструкции:

*Прежде нежели Я образовал тебя во чреве, Я познал тебя,*
*и прежде нежели ты вышел из утробы, Я освятил тебя…*

Фразы «образовал тебя во чреве» и «ты вышел из утробы» в Иеремии 1:5 относятся к одному и тому же: появлению Иеремии на свет. Логично предположить, что глаголы «познал» и «освятил» тоже могут характеризовать с разных сторон одно и то же событие. У обеих параллельных фраз один результат:

*…пророком для народов поставил тебя.*

В Римлянам 8:29 двум глаголам: «предузнал» и «предопределил», – тоже соответствует один результат: «…быть подобными образу Сына Своего…»

В-третьих, как в Иеремии, так и в Римлянам объектом Божьего знания являются не какие-то качества человека, а сам человек. Бог не говорит Иеремии: «Я предузнал *о тебе*», Он говорит: «Я предузнал *тебя*». Он не говорит: «Я предузнал твою веру», Он говорит: «Я предузнал *тебя*». Так и в Римлянам: «*кого* предузнал», а не «*о ком* предузнал». Божье «предузнание» – это и есть Божий выбор. Это особое действие, посредством которого Бог избирает не качества человека из совокупности других качеств, а самого человека из среды других людей.

Наконец, четвертый пример из еврейского текста можно увидеть в книге Исход 33:17: «И сказал Господь Моисею: "И то, о чем ты говорил, Я сделаю, потому что ты приобрел благоволение в очах Моих, и *Я знаю* тебя по имени"». Конечно, этими словами Бог не просто хочет сказать, что ему известно имя Моисея (как будто Ему неизвестны имена других людей!). Имеется в виду знание близкое, личное, связанное с тем фактом, что Моисей «приобрел благоволение» в Божьих очах[872]. Это знание, равноценное избранию. Опять же, если бы речь шла об обычном интеллектуальном знании, то Божье обещание сделать то, о чем Моисей просил Его, выглядело бы по меньшей мере странно. Бог знает имена всех людей: значит ли это, что Он сделает все, о чем они будут Его просить? Вряд ли. Лишь избирающее знание может служить надежной основой для ответа на молитвы. Итак, употребление слова יָדַע в еврейском тексте Ветхого Завета создает концептуальную и богословскую основу для того, чтобы можно было как минимум посчитать вероятным, что Божье «предузнание» равносильно избранию.

Как же насчет греческого слова προγινώσκω? Есть ли у нас ясные примеры того, что оно может означать не пассивное узнавание о будущем, а активное решение, постановление в отношении будущего? Да, такие примеры есть как в греческом тексте еврейских апокрифов, так и в самом Новом Завете.

Первый показательный пример находим в греческом тексте апокрифической книги Иудифь, которая, как считается, была первоначально написана на еврейском, вероятно, во времена Маккавейского восстания[873]. В этой книге главная героиня молится такими словами: «Ты

---

[872] White J. *The Potter's Freedom*. С. 199.

[873] Архимандрит Иосиф. Книга Иудифь // *Толковая Библия, или комментарий на все книги Св. Писания Ветхого и Нового Завета* / Под ред. Лопухина А. Петербург, 1904–1907; репр., Стокгольм, 1987. Т. 1. С. 362–363; ср. *Tyndale Bible Dictionary* / Под ред. Elwell W. и Comfort P. Tyndale Reference Library. Wheaton, IL: Tyndale House Publishers, 2001. С. 763.

сотворил прежде сего бывшее, и сие и последующее за сим, и содержал в уме настоящее и грядущее, и что помыслил Ты, то и совершилось; что определил, то и явилось и сказало: "Вот я". Ибо все пути Твои готовы, и суд Твой Тобою *предвиден*» (9:5-6). В последней фразе как раз встречается искомое слово; в самом буквальном варианте ее можно перевести: «...и суд Твой в предузнании [καὶ ἡ κρίσις σου ἐν προγνώσει, *кай хэ крúсис су эн прогнóсей*]»[874]. Слова Иудифи подчеркивают, что Бог управляет всеми событиями: прошлыми, настоящими и будущими. Состоится лишь то, что Он замыслил и определил. Его декретивная воля (βουλή, *булé*) контролирует ход всего: «...что определил, то и явилось [καὶ παρέστησαν ἃ ἐβουλεύσω, *кай парэ́стэсан ха эбýлеусо*]...» Наряду со всеми остальными событиями Бог запланировал и Свой суд, который уже «предузнан». Трудно предположить, что Бог просто заглянул в будущее и увидел, что произойдет Его суд: в конце концов, Он Сам его намеревался исполнить. Здесь слово «предузнание» используется в активном смысле – как решение[875]: Бог определил совершить Свой суд.

Во-вторых, в Новом Завете сказано, что смерть Христа состоялась по «предузнанию» Божьему: «...Сего, по определению и *предведению* [προγνώσει, *прогнóсей*] Божию преданного...» (Деян. 2:23). Но неужели Бог просто «узнал заранее», что Христос будет убит? Неужели Он не предназначил это событие, а лишь «предвидел» его? Из других мест Писания известно, что смерть Христа была запланирована Богом (Рим. 8:32; Деян. 4:27-28 и др.). К тому же, в оригинале слова «определение» и «предведение» объединены одним артиклем, что указывает на их смысловую общность[876]. Это еще один пример того, как слово προγινώσκω употребляется в смысле «предрешить», «определить заранее».

Третий пример находим в 1 Петра 1:19-20, где о Христе сказано следующее: «...но драгоценной кровью Христа как непорочного и чистого Агнца, *предназначенного* еще прежде основания мира, но явленного в конце времен ради вас...» Потрясающий случай, но как Синодальный, так и Кассиан используют одно и то же слово: «предназначенного». Тогда как в оригинале употреблено то же слово, что и в

---

[874] Греческий текст приводится по: *The Septuagint with Apocrypha: Greek and English* / Под ред. Brenton L. Peabody, MA: Hendrickson, 1999. Часть 2. С. 46.

[875] Райри Ч. *Основы богословия*. СПб.: Библия для всех, 2000. С. 371.

[876] Ср. Baugh S. The Meaning of Foreknowledge // *Still Sovereign* / Под ред. Schreiner T. и Ware B. Grand Rapids: Baker Books, 2000. С. 190.

Римлянам 8:29: «предузнанного» (προεγνωσμένου, *проэгносмéну*). Впрочем, переводчики правильно поняли смысл. Христос не мог быть пассивно предузнан в том смысле, какой в это слово вкладывают арминиане, ибо Он Сам – часть Божества. Христос был именно предназначен, и слово προγινώσκω вполне способно передавать этот оттенок значения.

Еще один пример содержится в Римлянам 11:2: «Не отверг Бог народа Своего, который Он *наперед знал* [ὃν προέγνω, *хон проэ́гно*]». Это утверждение напрямую связано с обсуждавшимся выше текстом Амоса 3:2, поскольку там тоже объектом Божьего знания является Его народ. А именно, там сказано, что Бог в особом смысле знает *только* Свой народ. Моо поясняет:

> Определительное придаточное… «который Он предузнал» не просто характеризует существительное «народ», а добавляет причину первого утверждения [«не отверг Бог народа Своего»]. Ибо корень «знать» глагола «предузнавать» относится к Божьему избранию: как сказал Амос, «только вас [народ израильский] познал Я из всех племен земли» (3:2а). Темпоральная приставка «пред-» (*про-*) указывает на то, что избрание Израиля Богом состоялось прежде, чем они совершат какое-либо действие или достигнут какого-то состояния, которое бы обусловило Божий выбор. Как Бог может отвергнуть народ, который Он столь милостиво избрал быть Своим?[877]

Таким образом, в Римлянам 11:2 глагол προγινώσκω тоже лучше всего понимать как указание на Божий выбор. Слово «знание» в таком случае может означать близкие личные отношение и особую избирающую любовь. Противоположность этому знанию можно увидеть в словах Христа, которые Он скажет беззаконникам в последний день: «Я *никогда не знал* вас…» (Матф. 7:23). Ясно, что Христос не имеет в виду, что Он никогда не знал *об* этих людях. Его интеллектуальное знание охватывает всех людей (ср. Иоан. 2:25), однако не всех людей Он знает в этом особом, избирающем смысле.

Итак, у нас достаточно свидетельств того, что слово προγινώσκω может означать не только предвидение, прогноз или пассивное знание будущего, но и активный выбор, решение. Поскольку в Римлянам 8:29

---

[877] Moo. *The Epistle to the Romans*. C. 674.

объектом Божьего знания является не дела человека и не его вера, а сам человек (то есть, не «*о ком* предузнал», а «*кого* предузнал»), наиболее логично предположить, что в этом стихе данное слово тоже обозначает персональный выбор.

Но если и «предузнание», и «предопределение» могут обозначать избрание, то почему же Павел употребляет два разных слова? Почему он, на первый взгляд, выделяет две разные ступени: сначала «предузнал», а потом «предопределил»? Если внимательнее взглянуть на 29-30-й стихи, то нетрудно увидеть, что на самом деле это первое впечатление обманчиво.

Взглянем еще раз на 29-й стих: «Ибо кого Он предузнал, тем и предопределил быть подобными образу Сына Своего...» Во-первых, нетрудно заметить, что слова «предузнал» и «предопределил» в 29-м стихе Павел употребляет по отношению к разным объектам: предузнал «кого», а предопределил «быть»[878]. Иначе говоря, словом «предузнал» в данном случае апостол описывает личное избрание человека, а словом «предопределил» – цель этого избрания. На ком Бог заранее остановил Свой выбор, тому Он и заранее определил цель – «...быть подобными образу Сына Своего...».

Во-вторых, местоимение «кого» в 29-м стихе в оригинале используется лишь один раз (οὓς προέγνω, καὶ προώρισεν συμμόρφους, *хус проэ́гно, кай про́орисен суммо́рфус*). Оно не повторяется с глаголом «предопределил», как в случае остальных ступеней. Заметьте, что во всех остальных случаях перед каждой новой ступенью повторяется местоимение «кого» (οὓς).

Все встает на свои места в 30-м стихе, где Павел объединяет дополнение из первой части 29-го стиха (οὓς) с глаголом из второй части (προώρισεν): «а кого Он предопределил, тех и призвал...» Апостол объединяет обе фразы 29-го стиха в одно целое: «...кого... предопределил...» – тем самым подчеркивая, что возвращается к началу 29-го стиха и что слово «предузнал» в данном случае синонимично слову «предопределил».

Таким образом, 29-й стих описывает не две разные ступени в цепочке спасения, а одну ступень – избрание. Эта ступень складывается

---

[878] Глагол-связка εἶναι (*э́йнай*) в данном случае опущен, но это обычное явление в греческом языке. На наш взгляд, Синодальный перевод верно добавляет вспомогательный инфинитив: «...предопределил *быть*...»

из личного избрания человека и цели этого избрания: быть подобными Христу.

Божье предопределение – это важнейший аспект христианской надежды. Павел только потому может сказать: «…нынешние временные страдания ничего не стоят в сравнении с тою славою, которая откроется в нас…» (8:18), что он абсолютно уверен, что эта слава в нас непременно откроется. А откроется она в нас потому, что ни на одном этапе никто не теряется: «…кого предопределил, тех и призвал, а кого призвал, тех и оправдал; а кого оправдал, тех и прославил».

Итак, мы проанализировали Римлянам 8:29-30, поскольку эти стихи очень часто фигурируют при обсуждении вопроса о предопределении. Надеемся, нам удалось продемонстрировать, что данный текст Писания как минимум не требует того, чтобы поставить Божье избрание в зависимость от предузнания человеческой веры, а как максимум – учит безусловному избранию.

# ГЛАВА 5

# ВЕТХОЗАВЕТНЫЕ ТЕРМИНЫ, ОБОЗНАЧАЮЩИЕ БОЖЬЮ ВОЛЮ

Чтобы более подробно ознакомиться с библейским учением о Божьей воле, мы постараемся последовательно изучить библейский лексикон, связанный с данной тематикой. Это позволит не только увидеть семантический спектр библейских терминов, но и понять, какой вклад каждый из них вносит в учение о Божьей воле. В данной главе мы рассмотрим *ветхозаветные* термины, обозначающие промышляющую и предписывающую волю (определение этих понятий см. в **главе 2**).

## Термины, обозначающие промышляющую волю

Все ветхозаветные термины, связанные с Божьим промыслом, можно разделить на несколько смысловых категорий. Слова первой группы передают идею управления. Следующая группа слов описывает такие умственно-волевые характеристики, как мышление, планирование и желание. Третья группа связана с устной или письменной речью. Слова четвертой группы этимологически восходят к идее разделения или разграничения. Пятая группа связана с ремеслами, шестая – с органами тела. К седьмой группе мы отнесли разнородные термины, которые не вписываются ни в одну из предыдущих категорий.

### (1) Управление

Подобно тому как царь управляет своим государством, Бог управляет Вселенной. Будучи верховным владыкой всего мира, Он властен решать, что будет происходить на Его территории. В связи с этим идея Божьего владычества часто фигурирует в теме Божьего промысла.

### מֶ֫לֶךְ (*ме́лех*), «царь»; מָלַךְ (*маля́х*) «царствовать»

В форме существительного данный корень означает «царь» или «правитель»[879], а в глагольной форме, соответственно, – «царствовать» или «править»[880]. Эти термины указывают на возвышенное положение одного лица перед многими другими[881]. Царю принадлежит честь и слава (ср. Дан. 5:18). Царь определяет политику своей страны, издает указы и имеет власть над всем, что находится под его управлением.

Бог владычествует не над какой-то ограниченной территорией, а над всем миром, включая все другие царства: «…Бог – Царь всей земли…» (Пс. 46:8). Поэтому Божье правление уникально, Он – «Царь царей» (ср. Откр. 17:14). Под Его властью находятся абсолютно все детали во Вселенной[882]. Ему служат ангелы (Евр. 1:14), животные (Иер. 15:3) и природные явления (Пс. 103:4). Божьему контролю подчиняются и самые высокие горы, и самые низкие впадины, и море, и суша. Как пишет псалмопевец: «…Господь есть Бог великий и *Царь великий* над всеми богами. В Его руке глубины земли, и вершины гор – Его же; Его – море, и Он создал его, и сушу образовали руки Его» (Пс. 94:3-5). Бог властвует над странами и народами (Пс. 46:9). И каждый человек, сознает он это или нет, находится на территории Божьего царства, потому что живет в мире, который целиком и полностью принадлежит Богу. Как сказано в Псалме 102:19: «Господь на небесах поставил престол Свой, и царство Его *всем обладает* [букв. «всем управляет»]». Раз Бо-

---

879 *HALOT*. Т. 2. С. 591.

880 Там же. Т. 2. С. 590.

881 K. Seybold. מֶ֫לֶךְ // *TDOT*. Т. 8. С. 368.

882 Ср. Там же. Ср. также Nel P. מלך // *NIDOTTE*. Т. 2. С. 963.

жий престол стоит на небесах, то он находится выше всех остальных престолов. Это подразумевает, что Бог – верховный владыка, выше которого никого нет. Его царство действительно управляет абсолютно всем.

Именно в силу того, что Бог является царем Вселенной, Он может издавать указы о том, что должно произойти в будущем. Иначе говоря, Божье царствование подразумевает декретивную власть. Так, пророк Иеремия предрекает то, что произойдет с Моавом, в форме царского декрета: «Опустошен Моав, и города его горят, и отборные юноши его пошли на заклание, *говорит Царь*, – Господь Саваоф имя Его» (Иер. 48:15; ср. 46:18; 51:57). Точно так же в Книге пророка Исаии 41:21-28 царствование Бога (ср. «царь Иакова» в ст. 21) связывается с Его способностью «…[возвещать] что-либо прежде, нежели оно произошло…» (ср. ст. 22, 26). Будучи царем вечным, Бог увидит исполнение всех Своих декретов, ибо Яхве «…будет царствовать во веки и в вечность» (Исх. 15:18).

### שָׁפַט (*шафáт*), «судить»; מִשְׁפָּט (*мишпáт*), «суд»; שֹׁפֵט (*шофéт*) «судья»

Глагол שָׁפַט обычно переводится словом «судить», однако его смысл не ограничивается только лишь юридическим процессом в узком смысле этого слова[883]. В самом общем смысле этот корень обозначает действие, которое восстанавливает в обществе мир или социальную справедливость[884]. Слово שָׁפַט относится к какому-либо «проявлению власти или управления, однако дальнейшая смысловая дифференциация зависит от контекста»[885].

Среди прочих оттенков смысла данное слово может означать «решение» или «постановление». В таком значении оно имеет непосредственное отношение к Божьему промыслу[886]. Бог как вселенский судья выносит Свое решение («суд») о том, что должно происходить в

---

[883] Johnson B. מִשְׁפָּט // *TDOT*. Т. 9. С. 88.

[884] *HALOT*. Т. 4. С. 1623. Ср. Schultz R. שׁפט // *NIDOTTE*. Т. 4. С. 214.

[885] Niehr H. שָׁפַט // *TDOT*. Т. 15. С. 415.

[886] Johnson. מִשְׁפָּט. Т. 9. С. 90.

будущем. Отметив этот оттенок смысла, важно также вспомнить, что в древнем мире судьи были не просто наемными рабочими, обеспечивающими процесс судопроизводства, как это выглядит в настоящее время. Их власть была сродни власти царя или современного парламента. Судьи были руководителями народа, они управляли городами либо под надзором царя, либо – там, где царя не было, – самостоятельно. И даже царя можно считать, по сути, первым из судей, поскольку он тоже выслушивал судебные тяжбы народа и выносил свои решения. Итак, функция судьи, как и функция царя, – это прежде всего управление. Поэтому нет ничего удивительного, что Божье управление судьбами вселенной описывается в терминах судебных постановлений.

В Книге пророка Софонии Бог говорит: «…Мною определено [מִשְׁפָּטִי; букв.: «Мой суд – *в том, чтобы…*»] собрать народы, созвать царства, чтобы излить на них негодование Мое…» (3:8). В этом стихе Бог объявляет о Своем решении в отношении будущего, а именно, о том, что Он намеревается собрать народы для наказания. Это решение Он называет Своим «судом», то есть вердиктом, постановлением.

Сходным образом, в книге Притчей 16:33 «судом» называется результат бросания жребия[887]: «В полу бросается жребий, но все решение [מִשְׁפָּט] его – от Господа». То, как именно выпадет жребий, зависит от Божьего вердикта[888]. Возможно, то же самое имеется в виду в Числах 27:21: «…и будет он обращаться к Елеазару священнику и спрашивать его о решении [מִשְׁפַּט], посредством урима пред Господом…» Свои решения Бог иногда объявлял в ветхозаветную эпоху через урим или жребий.

### (2) Мышление, планирование и желание

Поскольку Бог правит всем, Его мысли, планы и желания имеют отношение к судьбе Вселенной, а значит, к промышляющей воле.

---

[887] Там же. Т. 9. С. 88.

[888] Как отмечает Калвер, «на передний план здесь выступает учение о провидении Божьем» (Culver R. שָׁפַט // *TWOT*. Т. 2. С. 949).

### יָעַץ (*йаáц*),«планировать»; עֵצָה (*эцá*), «план, совет»

Данный корень имеет два основных значения: «совет» и «план»[889]. Нетрудно заметить, что оба значения не исключают друг друга и не противоречат одно другому. Они относятся друг к другу как мысль относится к своему внешнему выражению[890]: «план» – это замысел, а «совет» – это словесное выражение этого замысла. По данным Рупперта, примерно в половине случаев существительное עֵצָה означает «план»[891], и основное богословское значение однокоренного глагола יָעַץ – «определять», «решать», «планировать»[892].

Божий план неизменен, и в этом противопоставляется планам людей: «Господь разрушает советы [עֵצָה] язычников, уничтожает замыслы народов. Совет [עֵצָה] же Господень стоит вовек; помышления сердца Его – в род и род» (Пс. 32:10-11). Неизменный характер Божьего плана кроется в неизменной природе Самого Бога[893], а также в Его бесконечной мудрости и силе. «...Ибо Господь Саваоф определил [יָעַץ], и кто может отменить это? Рука Его простерта, – и кто отвратит ее?» (Ис. 14:27). Человеческие планы часто не исполняются – иногда их разрушает Сам Бог. Как об этом сказано в Книге Неемии: «...тогда разорил Бог замысел их...» (Неем. 4:15) или в Книге пророка Иеремии: «И уничтожу совет Иуды и Иерусалима на месте сем...» (Иер. 19:7; ср. также Пс. 32:10; Ис. 19:3). В отличие от ненадежных человеческих замыслов Божьи планы всегда определенны и будут исполнены неукоснительно[894]. Он Сам гарантирует полное осуществление всех Своих постановлений[895]: «Я возвещаю от начала, что будет в конце, и от древних времен то, что еще не сделалось, говорю: Мой совет [עֵצָה] состоится, и все, что Мне угодно, Я сделаю» (Ис. 46:10).

---

[889] *HALOT*. Т. 2. С. 421.

[890] Wolters A. יעץ // *NIDOTTE*. Т. 2. С. 490. Уолтерс отмечает: «Слово ʿēṣâ обозначает план действий: задуманный в глубине сердца или сообщенный другим» (Там же).

[891] Ruppert L. יָעַץ // *TDOT*. Т. 6. С. 157.

[892] Там же. Т. 6. С. 174.

[893] Gilchrist P. יָעַץ // *TWOT*. Т. 1. С. 390.

[894] Wolters. יעץ. Т. 2. С. 491. Ср. Ruppert. יָעַץ. Т. 6. С. 179.

[895] Ср. Gilchrist. יָעַץ. Т. 1. С. 390.

### חָפֵץ (*хафе́ц*), «желать»; חֵ֫פֶץ (*хе́фец*) «желание»

Основное значение этого корня – «желать что-либо», «находить удовольствие в чем-либо»[896]. Нередко Писание говорит о планах Бога как о Его радостном желании, удовольствии или благоволении. В таких случаях «эмоциональный элемент [в значении этого термина] всегда уступает первенство волевому»[897]. К примеру, в Книге пророка Исаии 44:28 говорится о том, как царь Кир осуществит Божий замысел: «…[Бог] говорит о Кире: “Пастырь Мой, и он исполнит всю волю [букв. «желание», חֵפֶץ] Мою…”» В другой главе Господь говорит: «Мой совет состоится, и все, что Мне угодно [חֵפֶץ], Я сделаю» (Ис. 46:10; ср. 48:14). В этих и многих других случаях Божий промысел для будущей истории называется тем, что Богу «угодно», в чем Он находит «удовольствие». Таким образом, Бог запланировал все события с радостью и удовольствием, потому что их осуществление приведет к более полному и яркому раскрытию Его славы.

Особенно важно в этой связи обратить внимание на фразу «все, что Мне угодно, Я сделаю». Она и ее эквиваленты встречаются в Ветхом Завете пять раз: четырежды применительно к Богу (Пс. 113:11 [евр. 115:3]; 134:6; Ион. 1:14; Ис. 46:10) и один раз применительно к земному царю (Еккл. 8:3). Сравнительный анализ экстрабиблейских источников показывает, что это не просто литературное клише, а древняя юридическая формула, которая отражает «безграничную власть верховного правителя, позволяющую ему “делать все, что он пожелает”»[898].

Сфера Божьего верховного владычества обозначена в Псалме 134 при помощи двух меризмов. Меризм – это литературный прием, который указывает на полноту путем обозначения двух полюсов. (К примеру, «небо и земля» обозначает не два элемента природы, а всю вселенную.) Так вот, о сфере Божьего владычества говорится: «Господь творит все, что хочет [חָפֵץ], на небесах и на земле, на морях и во всех безднах…» (Пс. 134:6). Иными словами, нет ни одного места в мире,

---

[896] *HALOT*. Т. 1. С. 339–340.

[897] Botterweck G. חָפֵץ // *TDOT*. Т. 5. С. 105.

[898] Talley D. חפץ // *NIDOTTE*. Т. 2. С. 233.

для которого не действовал бы Божий замысел. Бог делает все, что Ему приятно и угодно, во всех уголках Вселенной.

### חָשַׁב (*хаша́в*), «задумывать»; מַחֲשָׁבָה (*махашава́*), «замысел»

Корень חשב выражает две основные идеи: счет («считать, засчитывать») и планирование («задумывать, замысливать, изобретать»). Обе эти идеи находят отражение в однокоренных словах других семитских языков[899].

Библия сообщает, что у Бога есть план для мировой истории. Так, падение Вавилона (Иер. 51:29), разрушение Едома (Иер. 49:20) и взятие Иерусалима (Плач. 2:8) приписываются Божьим מַחְשְׁבוֹת – замыслам[900].

План Бога направлен на благо Его народа: «Ибо только Я знаю намерения [מַחְשְׁבוֹת], какие имею о вас, говорит Господь, намерения во благо, а не на зло, чтобы дать вам будущность и надежду» (Иер. 29:11). Однако когда Его народ отказывается повиноваться Ему, Бог угрожает людям наказующим планом: «Вот, Я готовлю вам зло и замышляю [חֹשֵׁב] [план] [מַחֲשָׁבָה] против вас; итак обратитесь каждый от злого пути своего и исправьте пути ваши и поступки ваши» (Иер. 18:11)[901].

Божьи планы глубоки, и человек – особенно неверующий человек – не может их до конца постигнуть: «Как велики дела Твои, Господи! Дивно глубоки помышления [מַחְשְׁבֹת] Твои! Человек несмысленный не знает, и *невежда не разумеет того*» (Пс. 91:6 [92:6]). Фактически, Его планы бесконечно выше, чем любые человеческие замыслы; они намного превосходят наше понимание: «Мои мысли [מַחְשְׁבוֹת] – не ваши мысли [מַחְשְׁבוֹת], ни ваши пути – пути Мои, говорит Господь. Но как небо выше земли, так пути Мои выше путей ваших, и мысли [מַחְשְׁבוֹת] Мои выше мыслей [מַחְשְׁבוֹת] ваших» (Ис. 55:8-9).

Бог настолько мудр, что способен включать в Свой совершенный благой замысел даже планы и намерения нечестивых людей. В частно-

---

[899] Seybold K. חָשַׁב // *TDOT*. Т. 5. С. 230.

[900] Ср. Там же. С. 239.

[901] Ср. Hartley J. חשב // *NIDOTTE*. Т. 2. С. 307.

сти, так произошло в жизни Иосифа: Бог включил в Свой благой замысел, направленный на спасение семьи Израиля, злые умыслы братьев Иосифа, которые стремились причинить ему зло. «…Вот, вы умышляли [חָשַׁב] против меня зло; но Бог [умышлял] [חָשַׁב] это [на] добро, чтобы сделать то, что теперь есть: сохранить жизнь великому числу людей…» (Быт. 50:20).

**זָמַם (*замáм*), «задумывать», «планировать»; מְזִמָּה (*мезиммá*), «замысел»**

Основное значение данного корня – «задумывать», «планировать»[902]. Несколько раз однокоренные слова используются для описания Божьего промысла. Так, Бог запланировал падение Вавилона: «Против стен Вавилона поднимите знамя… ибо, как Господь помыслил [זָמַם], так и сделает, что изрек на жителей Вавилона» (Иер. 51:12). Наказание Израиля и Иуды также было определено Богом: «Восплачет о сем земля, и небеса помрачатся вверху, потому что Я сказал, Я определил [זָמַם], и не раскаюсь в том, и не отступлю от того» (Иер. 4:28). Однако Писание говорит, что Бог планирует не только события, связанные с наказанием, но и события, связанные с благословением и милостью[903]. Так, через пророка Захарию Господь говорил: «Как Я определил [זָמַם] наказать вас, когда отцы ваши прогневали Меня, говорит Господь Саваоф, и не отменил, так опять Я определил [זָמַם] в эти дни соделать доброе Иерусалиму и дому Иудину; не бойтесь!» (Зах. 8:14-15).

Божьи планы не всегда доступны нашему пониманию и нередко включают в себя множественные, сложно переплетенные между собой события. К примеру, Он решил наказать Свой мятежный народ через Вавилон, однако Он в то же самое время запланировал наказать самих вавилонян за то, что они сделают Израилю и святилищу Божьему (Иер. 51:11-12). Поскольку вавилоняне не ведали, что являются наказующим инструментом в Божьих руках, и действовали по собственному произволу, они несли полную ответственность за свои поступки. Поэтому

---

[902] *HALOT*. Т. 1. С. 273.

[903] Hartley J. זמם // *NIDOTTE*. Т. 1. С. 1112.

Господь объявил, что «…у Него есть намерение [מְזִמָּה] против Вавилона, чтобы истребить его, ибо это есть отмщение Господа, отмщение за храм Его»[904].

Как и во всех других случаях, Писание подчеркивает, что ничто не может помешать Божьим планам осуществиться. «Знаю, что Ты все можешь, и что намерение [מְזִמָּה] Твое не может быть остановлено» (Иов. 42:2)[905].

### (3) Устная и письменная речь

Подобно царскому указу или вердикту судьи Божья промышляющая воля облечена в слова. Чаще всего Писание цитирует Божьи определения, сопровождая их простым глаголом «сказал» или «произнес» (или их аналогами). Но иногда Божьи планы представляются в виде клятвы, приказания, письменного вердикта или надписи, выгравированной на камне.

### דִּבֶּר (*диббéр*), «говорить»; דָּבָר (*давáр*), «слово»

В субстантивной форме данный корень означает «слово», а однокоренной глагол (породы *пиэль*) означает «говорить»[906], хотя в определенных контекстах он может принимать более специфические оттенки смысла[907]. Иногда Божья речь включает какие-либо постановления о будущем, как, например, в Иеремии 51:12 («…сделает, что изрек на жителей Вавилона»).

Творческая сила Божьего слова подчеркивается в Псалме 32:6: «Словом [דָּבָר] Господа сотворены небеса, и духом уст Его – все воинство их». Далее в этом псалме говорится о Божьих замыслах, которые

---

[904] Ср. Wolf H. זָמַם // *TWOT*. Т. 1. С. 244.

[905] Ср. Steingrimsson S. זָמַם // *TDOT*. Т. 4. С. 88.

[906] *HALOT*. Т. 1. С. 210–211. Будучи достаточно широким по своему смыслу, דָּבָר, разумеется, имеет немало синонимов (ср. Kalland E. דָּבַר // *TWOT*. Т. 1. С. 179), многие из которых будут обсуждаться дальше в этой главе.

[907] Ames F. דבר // *NIDOTTE*. Т. 1. С. 913.

непременно будут исполнены (ст. 10-11). В таком контексте דָּבָר, вероятнее всего, относится к промышляющей воле. Божий план обладает созидательной силой: все, что Господь изрек как план, обязательно состоится.

В псалме прослеживается весьма любопытная параллель между сотворением мира и дальнейшим ходом земной истории: псалмопевец утверждает, что и то, и другое проходит по слову Божьему. Своим словом Господь сотворил Вселенную: «Словом Господа сотворены небеса...» – и тем же самым словом (промышляющей волей) Он прочертил курс, по которому сотворенная Им Вселенная будет развиваться дальше: «...ибо Он сказал, – и сделалось; Он повелел, – и явилось» (ст. 8-9); «Совет... Господень стоит вовек; помышления сердца Его – в род и род» (ст. 11). В то же время, чтобы никто не подумал, что бескрайняя власть и неограниченная способность исполнять все Свои замыслы превращает Бога в жестокого тирана, псалмопевец добавляет комментарий о справедливости Божьего слова. «...Слово Господне право и все дела Его верны» (Пс. 32:4). В этих словах вновь видна параллель между Божьим словом и Его делами: поскольку Божий замысел справедлив и праведен, все Его дела в равной мере справедливы и праведны[908].

Сходным образом, в Исаии 46:11 Бог провозглашает о предсказанных Им будущих событиях: «Я сказал [דבר], и приведу это в исполнение; предначертал, и сделаю» (ср. Иез. 17:24; 22:14). Важно заметить, что Бог не просто предвидит то, что произойдет в будущем, а творит будущее. Здесь раскрывается важная характеристика библейских пророчеств: Божье слово («Я сказал») является не просто пассивным предсказанием, а – гораздо больше – провозглашением того, что Бог намеревается совершить («приведу это в исполнение»). Возможно, о том же самом Господь говорит в Исаии 55:11: «...слово [דָּבָר] Мое, которое исходит из уст Моих, – оно не возвращается ко Мне тщетным, но исполняет то, что Мне угодно, и совершает то, для чего Я послал его». Божье слово служит важным инструментом, при помощи которого Бог активно достигает желаемой цели.

---

[908] Ср. Кайль и Делицш: «Его слово יָשָׁר, то есть прямо и праведно по своим намерениям, и, не изменяя себе, Его слово всегда исполняет само себя» (K-D. T. 5. C. 257–258).

## אָמַר (*ама́р*), «сказать»; אֹ֫מֶר (*о́мер*), «слово»

Будучи близким синонимом слова דָּבָר[909], это слово тоже иногда используется в связи с Божьей промышляющей волей. К примеру, Божье постановление об истреблении всех первородных в Египте вводится фразой «так говорит [אָמַר] Господь» (Исх. 11:4)[910].

В первой главе Бытия фраза «Бог сказал [אָמַר]» встречается десять раз, восемь из которых относятся к процессу творения мира. В пяти случаях после того как Господь говорит: «Да будет», – Он сам же исполняет Свое постановление (ср. стихи 7, 16, 21, 25, 27). В оставшихся случаях фраза «и было так» или «и стало так» (ср. ст. 3, 9, 11) тоже подразумевает Его творческую активность. Таким образом, при сотворении мира Бог провозглашал Свою декретивную волю и Сам же исполнял ее[911]. Впрочем, этот факт не исключает того, что в других случаях Господь может исполнять Свои постановления о судьбах мира опосредованно, через какие-либо иные средства.

## שׁבע (*нишба́*), «клясться»; שֶׁ֫בַע (*ше́ва*) / שְׁבוּעָה (*шевуа́*) , «клятва»

Глагол שׁבע$_{\text{нифаль}}$ означает «клясться» или «присягать»[912]. Любое слово, вышедшее из уст Божьих, абсолютно надежно и, по сути, равносильно клятве[913]. Однако иногда Бог прибегает к такой эмфатической форме коммуникации, чтобы подчеркнуть твердость и надежность Своих обещаний.

---

909 По мнению Калланда, אמר акцентирует внимание на содержании речи, тогда как דבר – на самом речевом акте (Kalland. דָּבָר. С. 179).

910 Ср. Lund J. אמר // *NIDOTTE*. Т. 1. С. 444.

911 Ср. Feinberg C. אָמַר // *TWOT*. Т. 1. С. 55. Ср. также Wagner S. אמר // *TDOT*. Т. 1. С. 336.

912 *HALOT*. Т. 4. С. 1397.

913 Cartledge T. שׁבע // *NIDOTTE*. Т. 4. С. 32. Картледж также приводит хороший пример: «Обещания Яхве утвердить династию Давида на престоле (2 Сам. 7) записаны в виде обычных декларативных утверждений, однако впоследствии псалмопевец настаивает на том, что Яхве "…клялся Давиду, рабу Моему…" (Пс. 88:4; ср. 131:11; Деян. 2:30)» (Там же. Т. 4. С. 32–33).

Когда люди давали особо торжественные обещания, они клялись чем-то, что считали более великим или более достойным, чем они сами[914]. Существительное с предлогом בְּ при глаголе שׁבע$_{\text{нифаль}}$ (клясться *чем?*) в таких случаях указывает на силу, которую призывали в качестве высшего свидетеля, что их обещание будет исполнено[915]. Иными словами, когда люди в Ветхом Завете клялись Богом, они не ставили Его на кон, а призывали во свидетели как высшего судью. Но, в отличие от людей, над Богом нет высшей власти. Поэтому, когда Он хочет дать особо торжественное обещание, Он клянется Собой (Исх. 32:13), Своей святостью (Пс. 88:36, Ам. 4:2), Своей правой рукой (антропоморфизм; см. Ис. 62:8) или Своим великим именем (Иер. 44:26)[916]. Таким образом, гарантией того, что Божий план воплотится в жизнь, служат Божьи бесконечные совершенства. Его промысел обязательно будет исполнен.

**צִוָּה (*цивва́*), «приказывать»**

Основное значение глагола (употребляется в породе *пиэль*) – «повелевать, приказывать»[917]. Хотя наиболее естественно ожидать, что этот глагол будет употребляться по отношению к воле заповедающей (предписывающей), иногда צוה$_{\text{пиэль}}$ используется в отношении Божьего промысла. К примеру, Бог «повелел», чтобы Вселенная начала существовать: «…ибо Он сказал, – и сделалось; Он повелел [צוה], – и явилось» (Пс. 32:9). Точно так же Господь «приказывает», чтобы происходили определенные исторические события: «Кто это говорит: “И то бывает, чему Господь не повелел [צוה] быть”? Не от уст ли Всевышнего происходит бедствие и благополучие?» (Плач. 3:37-38)[918].

---

[914] Hamilton V. // שָׁבַע // *TWOT*. T. 2. C. 900.

[915] Kottsieper I. שָׁבַע // *TDOT*. T. 14. C. 323.

[916] Ср. Cartledge. שׁבע // *NIDOTTE*. T. 4. C. 33.

[917] *HALOT*. T. 3. C. 1010.

[918] Hartley J. צָוָה // *TWOT*. T. 2. C. 757. Ср. Гарсиа-Лопез: «Яхве показывает Себя Господом творения, который также направляет исторические события. Таким образом, Он может либо назначить людей, которые реализуют Его спасительные планы, либо воспользоваться для осуществления этих планов какими-либо природными явлениями. В таком контексте *ṣiwwa* не теряет своего основного значения – «повелевать», однако приобретает дополнительные смысловые оттенки и особое бо-

В Исаии 34:16 показано, что пророчества – это не просто предсказание будущего, а Божье повеление о том, что должно произойти в будущем: «Отыщите в книге Господней и прочитайте; ни одно из сих не преминет придти, и одно другим не заменится. Ибо сами уста Его повелели [צוה], и сам дух Его соберет их».

Книга пророка Исаии 10:5 сравнивает народ ассирийский с наказующей тростью в Божьих руках: «О, Ассур, жезл гнева Моего…» Хотя ассирийцы поступали свободно и руководствовались собственными желаниями, их действия были Божьим «приказом»: «Я пошлю его против народа нечестивого и против народа гнева Моего, дам ему повеление [צוה] ограбить грабежом и добыть добычу…» (ст. 6). Когда Бог повелевает что-либо в декретивном (промыслительном) смысле, это подразумевает, что Он способен и осуществить Свое повеление[919]: «Я сказал, и приведу это в исполнение; предначертал, и сделаю» (Ис. 46:11).

Любопытный пример употребления этого термина находим во 2-й Книге царств 17-й главе. После того как Давид бежал из Иерусалима, мятежный сын Авессалом собрал военный совет, чтобы определить дальнейшую стратегию своих действий. На военном совете выступили два человека: Ахитофел и Хусий. Совет Ахитофела почти наверняка принес бы много вреда Давиду, Хусий же, наоборот, тайно хотел защитить Давида. Кого же из них послушает Авессалом? Важно заметить, что совет Ахитофела был объективно более логичным и, по-человечески, мудрым (ср. 2 Цар. 17:14: «лучший совет Ахитофела»). Более того, «советы… Ахитофела, которые он давал, в то время считались, как если бы кто спрашивал наставления у Бога. Таков был всякий совет Ахитофела как для Давида, так и для Авессалома» (2 Цар. 16:23). Однако, вопреки всем ожиданиям, на этот раз Авессалом решил послушаться Хусия. «И сказал Авессалом и весь Израиль: "Совет Хусия Архитянина лучше совета Ахитофелова". Так Господь судил [букв.

---

гословское значение под влиянием различных контекстов» (Garcia-Lopez F. צָוָה // *TDOT*. Т. 12. С. 292–293).

[919] Ср. Williams Т. צוה // *NIDOTTE*. Т. 3. С. 777. Уилльямс приводит такой пример: «Бог повелел построить скинию и изготовить ее утварь, но Он же и наделил Веселеила и Аголиава способностью выполнить эту задачу (Исх. 31:1-11; 35:30–36:1)» (Там же).

«приказал», евр. צוה] разрушить лучший совет Ахитофела, чтобы навести Господу бедствие на Авессалома» (17:14).

Худший совет Хусия показался более привлекательным не только самому Авессалому, но и «всему Израилю» (17:14) – то есть тем людям, которые остались в Иерусалиме и приняли Авессалома как своего царя. Никто не заставлял всех этих людей верить Хусию – они сделали это свободно и добровольно, руководствуясь своей логикой, желаниями и ощущениями. Однако Бог был способен сделать так, чтобы люди свободно решили принять именно тот совет, который был Ему угоден, чтобы спасти Давида. Господь «приказал» [צוה] разрушить лучший совет Ахитофела – и это исполнилось[920]. Как Бог это сделал, мы не знаем. Однако на этот раз слова Ахитофела прозвучали для людей не столь убедительно, а слова Хусия, напротив, были особенно гладкими и внушающими доверие. Как упоминалось в предыдущей главе, Бог может управлять тем, что прозвучит из уст человека: «…от Господа ответ языка» (Прит. 16:1). Так или иначе, Авессалом и его окружение поверили Хусию и решили довериться его совету.

Ключевой момент в этой истории – доверие совету Хусия, то есть вера. Писание учит нас, что вера чьим-либо словам тоже находится во власти Божьего промышляющего приказания. И если доверие какому-либо совету управляется Господом, то можем ли мы предположить, что и вера Евангелию тоже находится под Божьим контролем? Ведь спасительная вера – это Божий дар (ср. Еф. 1:19: «…верующих по действию державной силы Его…»; 2 Пет. 1:1: «…принявшим с нами равно драгоценную веру…»).

### פִּתְגָם (*питгáм*), «весть»

Это слово представляет собой заимствование из староперсидского, в котором *патгáм* означало «весть»[921]. Этимологическое значение

[920] Божий план, опять же, не исключал активного участия людей. К примеру, Давид просил Хусия постараться разрушить совет Ахитофела (ср. 2 Цар. 15:34: «…ты расстроишь для меня совет Ахитофела»). Хусий, со своей стороны, прикладывал к этому усилия. Однако все их старания оказались бы напрасны, если бы Бог не приказал разрушить совет Ахитофела. Только благодаря Богу Авессалом и его свита могли поверить худшему совету.

[921] *HALOT*. Т. 5. С. 1961. Ср. Nicole E. פִּתְגָם // *NIDOTTE*. Т. 3. С. 714.

термина – «то, что пришло к кому-либо»[922], и в персидском он использовался главным образом в отношении высказываний пророка (который назывался *пейгам-бар*)[923]. В Ветхом Завете слово פִּתְגָם встречается 8 раз (как в еврейских, так и в арамейских частях). Обычно оно относится к официальному посланию (Езд. 4:17; 5:7, 11; Дан. 3:16) или царскому эдикту (Езд. 6:11; Есф. 1:20)[924]. В двух случаях оно может указывать на Божьи постановления о будущем. Так, в Книге пророка Даниила 4:14 о грозящем Навуходоносору суде сказано: «По решению Бодрствующих это постановление [פִּתְגָם], и по слову Святых это дело…» (перевод наш. – *А. П.*). В Екклесиаста 8:11 говорится: «Не скоро совершается суд [פִּתְגָם] над худыми делами; от этого и не страшится сердце сынов человеческих делать зло». В обоих процитированных текстах слово פִּתְגָם, по-видимому, представляет Божье решение как судебный вердикт в ответ на человеческое нечестие.

### חקק (*xкк*), «выгравировывать»; חֹק (*хок*), «закон»

Корень חקק встречается в средневековом еврейском и иудейском арамейском с основным значением «вырезать по дереву или камню», «выгравировывать»[925]. Ветхозаветные случаи употребления этого глагола можно разделить на три семантические группы: (1) «вырезать по дереву или камню», «выгравировывать»; (2) «писать»; (3) «учреждать, определять»[926]. Нетрудно увидеть, что последние два значения вытекают из первого. В равной степени легко понять, как последние два значения могут относиться к Божьей промышляющей воле.

Так, Господь предустановил – как бы навеки выгравировал на камне – законы, по которым существуют и движутся небесные тела: «…поставил их на веки и веки; дал устав [חֹק], который не прейдет» (Пс. 148:6; в предыдущих стихах говорится о солнце, звездах, небе и водах, которые превыше небес). Господь начертал закон для дождя:

---

[922] Klein E. *A Comprehensive Etymological Dictionary of the Hebrew Language for Readers of English*. New York: MacMillan Publishing Company, 1987. С. 536.

[923] K-D. Т. 6. С. 749.

[924] Ср. Nicole. פִּתְגָם. Т. 3. С. 714.

[925] Ringgren H. חָקַק // *TDOT*. Т. 5. С. 140. Ср. *HALOT*. Т. 1. С. 347–348.

[926] Ringgren. Т. 5. С. 141.

«…когда назначал устав [חֹק] дождю и путь для молнии громоносной…» (Иов. 28:26). Он же предначертал Свою волю для моря: «…когда давал морю устав [חֹק], чтобы воды не переступали пределов его…» (Прит. 8:29; ср. Иер. 5:22; Иов. 38:10)[927].

Впрочем, Божьим резцом выгравированы не только законы для неодушевленной природы, но и детали человеческой жизни. Иов так говорит о своей жизни и страданиях: «Но Он тверд, и кто отклонит Его? Он делает, чего хочет душа Его. Так, Он выполнит положенное [חֹק] мне, и подобного этому много у Него» (Иов. 23:13-14). Даже число дней, которое надлежит прожить каждому отдельно взятому человеку, четко определено Божьим установлением: «Если дни ему определены, и число месяцев его у Тебя, если Ты положил ему предел [букв., «закон», חֹק], которого он не перейдет…» (Иов. 14:5)[928].

Псалом 2:7 раскрывает Божье установление о царе-Мессии: «…возвещу определение [חֹק]: Господь сказал Мне: “Ты Сын Мой; Я ныне родил Тебя…”» Данное установление относится к Мессии, а фраза «Я ныне родил Тебя» – не к физическому рождению, а к коронации – то есть к тому моменту, когда завет Мессии был ратифицирован, и Второе Лицо Троицы метафорически сделалось Божьим Сыном[929] (см. более подробное объяснение этого текста в **главе 3** настоящей книги). Из новозаветных ссылок на Псалом 2:7 можно сделать вывод, что Бог предвечным промыслом учредил Христово воскресение (ср. Деян. 13:30-33), вознесение (ср. Евр. 1:5) и первосвященническое служение (ср. Евр. 5:5).

### כָּתַב (*кат́ав*), «писать, записывать»

Чаще всего глагол כתב встречается в обычном значении «писать, записывать»[930], однако иногда он относится к Божьему промыслу. В

---

[927] Lewis J. חָקַק // *TWOT*. Т. 1. С. 317.

[928] Ср. Enns P. חֹק // *NIDOTTE*. Т. 2. С. 251.

[929] Ср. Ross A. Psalms // *The Bible Knowledge Commentary: An Exposition of the Scriptures* / Под ред. Walvoord J. и Zuck R. Wheaton, IL: Victor Books, 1985. Т. 1. С. 792.

[930] *HALOT*. Т. 2. С. 504.

частности, в Псалме 138:16 сказано: «…в Твоей книге записаны [כתב] все дни, для меня назначенные, когда ни одного из них еще не было». Фраза «все дни, для меня назначенные», может подразумевать длительность жизни Давида, однако, ввиду стихов 1-5, она, вероятнее всего, обозначает не только число дней, но и заключенные в этих днях события[931]. Таким образом, Бог заранее назначил («для меня назначенные») – и записал в Своей книге – все дни жизни каждого отдельно взятого человека.

### (4) Разделение или разграничение

Несколько терминов, относящихся к Божьей декретивной воле, восходят к базовой идее разделения или разграничения. Эти термины подчеркивают, что Божьим определением установлены границы, которых не могут перейти земные объекты, явления и лица.

### בְּרִיחַ (*берíах*), «засов, запор»

В самом буквальном смысле еврейское בְּרִיחַ означает «засов» или «запор»[932]. Иногда это слово используется в переносном значении, обозначая непреодолимые преграды, которые Бог установил во Вселенной. Так, Господь установил границу, которую не может перейти море: «Кто затворил море воротами, когда оно исторглось, вышло как бы из чрева… и утвердил ему Мое определение, и поставил запоры [בְּרִיחַ] и ворота, и сказал: “Доселе дойдешь и не перейдешь, и здесь предел надменным волнам твоим”?» (Иов. 38:8-11). Господь также установил границы подземного мира, из которого ни один человек не может вырваться по собственной воле, как пишет пророк Иона: «До основания гор я нисшел, земля своими запорами [בְּרִיחַ] навек заградила меня; но Ты, Господи Боже мой, изведешь душу мою из ада» (Ион.

[931] Ross. Psalms. T. 1. C. 892.
[932] *HALOT*. T. 1. C. 157.

2:7)[933]. Эти границы тверды и непоколебимы (ср. לְעוֹלָם, «навеки» в Ион. 2:7).

### גָּזַר (*газáр*), «резать»; גְּזֵרָה (*гезерá*), «граница»

Основная идея, передаваемая этим корнем в еврейском и других родственных языках, – «резать»[934]. В библейском еврейском иногда присутствует производная идея, связанная с размышлением и планированием, например, в Книге Иова 22:28: «Положишь намерение…» (~ «Прорежешь [גזר] слово…»)[935]. Однако по отношению к Божьим решениям этот корень ни разу в таком значении не используется.

В арамейских разделах Ветхого Завета однокоренное существительное (גְּזֵרָה) встречается только с вышеназванным вторичным значением[936], и в Книге пророка Даниила 4:21 оно применяется к Божьему постановлению изгнать Навуходоносора из человеческого общества в наказание за его высокомерие: «…вот значение этого, царь, и вот определение [גְּזֵרָה] Всевышнего, которое постигнет господина моего, царя…»

### (5) Ремесла

Некоторые термины, обозначающие Божью промышляющую волю, относятся к сфере ремесел. Они изображают Бога в виде гончара

---

[933] Ср. Gamberoni J. בָּרַח // *TDOT*. Т. 2. С. 253.

[934] Klein. *A Comprehensive Etymological Dictionary*. С. 96.

[935] То, что идея «решения» возникает из корня, обозначающего «разрезание», не слишком неожиданно. К примеру, даже в английском языке слово «decide» («решать») происходит от латинского *decido*, «разрезать» (ср. Smith J. גָּזַר // *TWOT*. Т. 1. С. 158). Близко к этому стоит употребление корня τέμνω («резать») в значении «решать» в греческом языке. Во 2 Тимофею 2:15 однокоренной глагол используется в значении «определять, истолковывать»: «Старайся представить себя Богу достойным, делателем неукоризненным, верно преподающим [ὀρθοτομοῦντα; букв. «прямо разрезающим»] слово истины».

[936] Ср. Carpenter E. и Nicole E. גזר // *NIDOTTE*. Т. 1. С. 847.

или какого-либо иного мастера, который лепит историю и придает форму будущим событиям.

### יָצַר (*йаца́р*), «лепить», «формировать»; יֹצֵר (*йоце́р*), «горшечник»

Основное значение этого корня – «лепить» или «придавать форму», что обычно относится к разного рода ремеслам: ковке и литью металлов, резьбе по дереву или камню, лепке из глины и т. п.[937] Так, словом יֹצֵר может называться горшечник (Ис. 29:16) или ваятель статуй (Авв. 2:18). В богословски значимых текстах однокоренным глаголом описывается Божья работа по сотворению мира: «И создал [יצר] Господь Бог человека из праха земного…» (Быт. 2:7; ср. Быт. 2:19). Если о неодушевленной природе Бог просто говорит слово: «Да будет», то о человеке и животных Он проявляет особое попечение, как бы вылепливая их из земли.

Появление Израиля как нации тоже описывается этим словом: «Ныне же так говорит Господь, сотворивший тебя, Иаков, и устроивший [יצר] тебя, Израиль…» (Ис. 43:1; ср. 43:21; 44:21, 22, 24)[938]. Формирование израильского народа складывалось из многочисленных событий, в которых принимали участие обладающие волей субъекты, в частности, Авраам и другие патриархи. Тем не менее, Исаия мог с уверенностью сказать, что именно Бог вылепил Израиля.

Другие тексты, в которых употребляется корень יצר, еще более явно утверждают, что Бог формирует и, в определенном смысле, «вылепливает» различные исторические события. В 4 Книге царств 19:25 Бог обращается к ассирийскому царю Сеннахириму с такими словами: «Разве ты не слышал, что Я издавна сделал это, в древние дни предначертал [букв. «сформировал, вылепил», יצר] это, а ныне выполнил тем, что ты опустошаешь укрепленные города, превращая в груды развалин?» Не кто иной, как Сеннахирим разрушал города-крепости, однако именно Бог запланировал это действие и сформировал курс истории таким образом, чтобы Его план осуществился (ср. также Ис. 22:11; 37:26; 46:11)[939].

---

[937] Otzen B. יָצַר // *TDOT*. T. 6. C. 258.

[938] Ср. Там же. Т. 6. С. 262.

[939] Ср. McComiskey T. יָצַר // *TWOT*. T. 1. C. 396.

Бог формирует не только глобальные исторические события, но и жизни отдельно взятых людей, из которых складывается история. В Псалме 138:16 Давид говорит, что дни его жизни были сформированы Богом еще до его рождения: «…в Твоей книге записаны все дни, для меня назначенные [букв. «вылепленные» или «сформированные», יצר], когда ни одного из них еще не было»[940].

Интересное утверждение находим в Псалме 32:15: «Он создал [יצר] сердца всех их и вникает во все дела их». В оригинале на месте слова «создал» употреблено причастие в глагольной функции (обратите внимание на наличие прямого дополнения), которое наиболее естественно перевести настоящим временем: «Он *формирует* сердца всех их…» В связи с этим некоторые толкователи видят в этом стихе указание на то, что Бог формирует мысли всех людей[941]. Но даже если идея псалмопевца не заходит так далеко, по крайней мере на основании этого стиха мы можем утверждать, что Бог в совершенстве понимает каждого отдельно взятого человека, потому что творит («формирует») души всех людей[942]. Поскольку Он в совершенстве знает каждое человеческое сердце, Он способен формировать жизни людей, из которых складывается ход истории.

### (6) Органы тела

В нескольких местах Священного Писания для обозначения Божьей декретивной воли используются фразы, включающие в себя названия органов тела, например, «уста» или «рука». Данные фразы, по сути, являются эквивалентами глаголов, обозначающих план Бога или Его волеизъявление.

[940] Интересная новозаветная параллель этому тексту – Ефесянам 2:10: «Ибо мы – Его Самого творение, будучи созданы во Христе Иисусе для добрых дел, которые Бог заранее приготовил, чтобы мы ходили в них» (перевод наш. – *А. П.*).

[941] Напр., такую идею высказывает Konkel A. יצר // *NIDOTTE*. Т. 2. С. 504.

[942] Craigie. *Psalms 1–50*. С. 274.

**פִּי (*пи*), «рот, уста»**

В книге Плач Иеремии 3:37-38 сказано: «Кто это говорит: “И то бывает, чему Господь не повелел быть”? Не от уст [פִּי] ли Всевышнего происходит бедствие и благополучие?» Здесь слово פִּי, «уста», является метонимическим эквивалентом глаголов אָמַר и דִּבֶּר (оба со значением «сказать», «говорить»). Пророк Иеремия утверждает, что как благополучие, так и бедствие происходят от уст Божьих – то есть в силу того, что Бог *изрек* это. Всевышний произнес Свой вердикт обо всем, что должно произойти: и о добром, и о худом, – и именно поэтому все происходит так, а не иначе.

**יָד (*йад*), «рука»**

В книге Исход 6:8 используется фраза «поднять руку», являющаяся плеонастическим эквивалентом глагола שׁבע$_{\text{нифаль}}$ («клясться»): «…и введу вас в ту землю, о которой Я поднял руку [יָד] Мою, что дам ее Аврааму, Исааку и Иакову…» (перевод наш. – *А. П.*). Поскольку клятвы обычно сопровождались поднятием руки, сама фраза «поднять руку» может использоваться для описания клятвы. То, что Бог «поднял руку» – поклялся – о Земле Обетованной, указывает на Его вердикт о будущей истории. Эта земля будет принадлежать израильскому народу, потому что так предрешил Господь.

**(7) Другие**

Некоторые термины, относящиеся к Божьему промыслу, не укладываются ни в одну из вышеназванных категорий. Поэтому мы рассмотрим их отдельно.

**דֶּ֫רֶךְ (*дéрех*), «дорога, путь»**

Слово דֶּ֫רֶךְ, «дорога, путь», иногда относится к путям Божьего провидения и, таким образом, косвенно указывает на Его промышляющую волю. В Книге пророка Исаии Яхве провозглашает: «Мои мысли – не ваши мысли, ни ваши пути – пути Мои, говорит Господь. Но как небо выше земли, так пути Мои выше путей ваших, и мысли Мои выше мыслей ваших» (55:8-9). Поистине, и промыслительные замыслы Бога, и пути Его провидения намного выше, чем мы можем себе представить.

### מִקְרֶה (*микрé*), «случай», «судьба»

Данное слово обозначает «случай», «происшествие» или «судьба»[943]. В 1 Царств 6:9 оно звучит из уст филистимлян, которые, отпуская повозку с ковчегом в свободное путешествие, приводят аргумент от противного: «…и смотрите, если он [ковчег] пойдет к пределам своим, к Вефсамису, то он великое сие зло сделал нам; если же нет, то мы будем знать, что не его рука поразила нас, а сделалось это с нами случайно [מִקְרֶה]». В данном случае повозка с волами действительно сама собой направилась к Вефсамису, и это доказало филистимлянам, что их несчастья приключились с ними не случайно, а были определены Богом.

В значении «рок, судьба» это слово употребляется в Книге Екклесиаста 2:14: «…у мудрого глаза его – в голове его, а глупый ходит во тьме; но узнал я, что одна участь [מִקְרֶה] постигает их всех». Речь идет, конечно же, о смерти, которая одинаково определена Богом как для мудрых, так и для неразумных[944]. То, что одно и то же слово описывает, казалось бы, противоположные понятия – «случайность» и «предопределение», – объясняется тем, что его базовый смысл – «то, что постигает человека помимо его воли»[945].

Интересный случай употребления обсуждаемого слова находим в Книге Руфь 2:3: «Она пошла, и пришла, и подбирала в поле колосья позади жнецов. И случилось [מִקְרֶה], что та часть поля принадлежала Воозу, который из племени Елимелехова». Автор описывает эти события с точки зрения земного наблюдателя. Если бы мы были в то время рядом с Руфью, нам бы действительно показалось, что это чистой воды случайность. Однако это не было случайностью с точки зрения Бога,

---

[943] *HALOT*. Т. 2. С. 629.

[944] Ср. Murphy R. *Ecclesiastes*. WBC. Т. 23A. С. 22; Garrett D. *Proverbs, Ecclesiastes, Song of Songs*. NAC. Т. 14. С. 294.

[945] *HALOT*. Т. 2. С. 629.

ибо Его невидимая рука направляла все события. Некоторые толкователи даже усматривают в этих словах особый литературный прием. Например, Дэниел Блок пишет:

> Это утверждение ироническое; его цель – показать нелепость чисто рациональных объяснений того, что происходит с людьми, и открыть читателю более глубокое понимание Божьего провидения. На самом деле [автор] чуть ли не кричит: “Посмотрите на руку Божью!” Та же самая рука, которая послала голод (1:1), а затем дала пищу (1:6), привела Ноеминь и Руфь в Вифлеем точно в начале жатвы (1:22) и теперь направила Руфь к участку поля, принадлежащему Воозу[946].

**אֱסָר (*эсар*), «запрет»; דָּת (*дат*), «повеление», «закон»; טְעֵם (*та́ам*), «указ», «приказ»**

Эти слова могут обозначать указ или постановление, однако в Ветхом Завете они не используются по отношению к Богу и Его воле.

### Синтез и обобщение информации

Для описания Божьей декретивной воли в Ветхом Завете употребляются слова разных семантических доменов, обозначающие разделение, речь, письмо, мышление, планирование, желание, управление, творчество и др. Так, Бог устанавливает границы, принимает («разрезает») решения, издает указы, провозглашает Свою волю, клянется Своими качествами, что в будущем все состоится в точности так, как Он сказал. Он отдает грядущим событиям приказ, чтобы те повиновались Ему, и выносит судебные постановления. Он выгравировывает Свой план, словно резцом на камне, и записывает будущее в книгу. Он составляет Свой промысел мудро, согласно Своему желанию. Его цели тщательно взвешены и весьма хорошо просчитаны. Он управляет будущим с безусловной властью и контролирует его Своим провидением. Он формирует и вылепливает курс истории уникальным образом, так, что зачастую человек не может этого постигнуть. Он контролирует все

---

[946] Block D. *Judges, Ruth.* NAC. T. 6. C. 653.

детали, так что абсолютно ничто не происходит по воле слепого случая.

Каждый из этих терминов по-своему подчеркивает тот факт, что мельчайшие события в ходе земной истории задуманы Богом в прошлом и контролируются Им в настоящем. С другой стороны, вся совокупность этих терминов указывает на то, что Божья промышляющая воля связана с разными Божьими атрибутами, а не только с каким-нибудь одним (например, силой). В частности, она опирается на Его желания, мудрость и силу.

## ТЕРМИНЫ, ОБОЗНАЧАЮЩИЕ ПРЕДПИСЫВАЮЩУЮ ВОЛЮ

Как и в случае с Божьим промыслом (см. предыдущий раздел), термины, обозначающие Божью предписывающую волю, относятся к разным семантическим категориям: устная и письменная речь, мышление и желание, управление. Термины, не вписывающиеся ни в одну из названных групп, мы выделили в отдельную категорию «другое».

### (1) Устная и письменная речь

Ряд терминов описывают Божьи повеления с точки зрения устной или письменной речи. Божья предписывающая воля – это Его наставление, свидетельство, заповеди, слова, закон. Употребление в такой связи терминов, связанных с речью, весьма уместно, так как предписывающая воля, в отличие от промышляющей, всегда открыта.

#### ירה (*орэ́*), «наставлять»; תּוֹרָה (*тора́*), «закон»

Один из наиболее часто встречающихся омонимов от корня ירה$_{\text{хифиль}}$ означает «наставлять», «учить»[947]. Обычно употребление слов с этим корнем предполагает наличие определенных отношений между наставником и наставляемым: наставник обладает властью над

[947] *HALOT*. Т. 2. С. 436–437.

учеником (или претендует на таковую власть)[948]. Однако сам по себе этот корень «ничего не говорит о методе наставления»[949].

Производные от корня ירה глаголы используются в контекстах, когда Бог сообщает человеку общие принципы жизни и общения с Ним[950]. Однако они употребляются также по отношению к частным повелениям. Например, перед тем как отправить Моисея с особым поручением к фараону, Господь сказал ему: «…итак пойди, и Я буду при устах твоих и научу тебя, что тебе говорить» (Исх. 4:12; ср. также 4:15)[951]. Сходным образом, однокоренное существительное תּוֹרָה чаще всего относится к Божьему закону в целом, однако в некоторых случаях может означать частные приказания, не имеющие отношения к закону Моисееву[952]. В последнем случае это слово нередко стоит во множественном числе (напр., Быт. 26:5: «…Авраам послушался гласа Моего и соблюдал, что Мною заповедано было соблюдать: повеления Мои, уставы Мои и законы [תּוֹרוֹת] Мои»).

### עֵדוּת (*эду́т*) / עֵדָה (*эда́*), «свидетельство»

Базовое значение существительного עֵדוּת, как и в некоторых случаях существительного עֵדָה, – «свидетельство»[953]. Как правило, речь идет о документе, который удостоверял права какого-либо человека на престол (4 Цар. 11:12[954]) или служил письменным свидетельством о заключении какого-либо договора (например, Синайского завета, см. ниже). Оба существительных широко используются в отношении Божьих заповедей.

Слово עֵדָה (во множественном числе) наиболее часто встречается в Псалме 118 (евр. 119), где оно выступает синонимом закона Божь-

---

948 Wagner S. יָרָה // *TDOT*. Т. 6. С. 339.

949 Там же.

950 Hartley J. יָרָה // *TWOT*. Т. 1. С. 404.

951 Ср. Wagner. יָרָה. Т. 6. С. 344.

952 Ср. Enns P. Law of God // *NIDOTTE*. Т. 4. С. 896.

953 *HALOT*. Т. 2. С. 790–791.

954 Синодальный перевод «украшения» проблематичен: данное слово нигде больше не используется в таком значении. Скорее всего, в этом стихе речь идет о каком-либо свидетельстве, удостоверяющем права Иоаса на престол (ср. Там же. Т. 2. С. 790).

его[955]. Оно часто относится в общем к любым законам и заповедям, которые Господь дает Своему народу, например: «…соблюдать заповеди Его и откровения [עֵדָה] Его и уставы Его от всего сердца и от всей души…» (4 Цар. 23:3, ср. также 3 Цар. 2:3).

Существительное עֵדוּת распространено более широко и встречается чаще[956]. Так, оно относится к двум каменным скрижалям, на которых были написаны Десять заповедей – эти скрижали называются «дощечками свидетельства [עֵדוּת]» (Исх. 31:18; 32:15). Этим же существительным может обозначаться закон Божий в целом (ср. Пс. 18:8 [евр. 19:8]; 77:5 [евр. 78:5]). Письменные копии закона – это Божье свидетельство в Ветхом Завете, потому что они свидетельствуют о Его характере и целях[957]. Закон также свидетельствует об обязательствах Израиля как преемника Божьего завета[958].

**צִוָּה (*цивва́*), «приказывать, повелевать»; מִצְוָה (*мицва́*), «заповедь, повеление»**

Как уже упоминалось ранее, корень צוה, «приказывать», «повелевать» естественным образом подходит для Божьей предписывающей воли. Он может обозначать Божьи заповеди как условия завета, в том числе Десятисловие: «И сказал Господь Моисею: взойди ко Мне на гору и будь там; и дам тебе скрижали каменные, и закон и заповеди [מִצְוָה], которые Я написал для научения их» (Исх. 24:12)[959]. В то же время, нередко слова с данным корнем относятся к любым другим повелениям и приказам: «И говорил Господь Моисею и Аарону, и давал им повеления [צוה] к сынам Израилевым и к фараону, царю египетскому, чтобы вывести сынов Израилевых из земли египетской» (Исх. 6:13).

---

[955] Schultz C. עוּד // *TWOT*. Т. 2. С. 649.

[956] Enns P. עֵדוּת // *NIDOTTE*. Т. 3. С. 329.

[957] Ср. Schultz. עוּד. Т. 2. С. 649.

[958] Ср. Enns. עֵדוּת. Т. 3. С. 329.

[959] Hartley. צָוָה. Т. 2. С. 757.

### אָמַר (*амáр*), «сказать»

Корень אמר, «сказать», «произнести», часто используется в формулах, которыми вводятся Божьи повеления. Это, так сказать, «предвестник божественного откровения о Его законе»[960]. Например, Десяти заповедям предшествует такая формула: «И изрек Бог все слова сии, говоря [אמר]...» (Исх. 20:1). Этот же корень вводит божественные повеления вне законодательного жанра, будь то совокупно с глаголом צוה$_{\text{пиэль}}$ или сам по себе[961]. Например, повеления о перемещениях израильтян предваряются следующими словами: «И сказал [אמר] мне Господь, говоря [אמר]...» (Втор. 2:2). В книге Исход 4:23 Господь дает фараону заповедь, которая вводится словом אמר: «Я говорю [אמר] тебе: отпусти сына Моего, чтобы он совершил Мне служение»[962].

### דִּבֶּר (*диббéр*), «говорить, сказать»; דָּבָר (*давáр*), «слово»

Как было отмечено раньше, этот корень является близким синонимом слова אמר, поэтому он тоже очень часто обозначает Божьи повеления. В таком контексте он используется параллельно со словом «закон» (תּוֹרָה): «Слушайте слово [דבר] Господне, князья Содомские; внимай закону [תּוֹרָה] Бога нашего, народ Гоморрский!» (Ис. 1:10); параллельно со словом «заповедь» (מִצְוָה): «...ибо слово [דבר] Господне он презрел и заповедь [מִצְוָה] Его нарушил...» (Чис. 15:31); параллельно со словами «устав» (חֹק) и «судебное постановление» (מִשְׁפָּט): «Он возвестил слово [דבר] Свое Иакову, уставы [חֹק] Свои и суды [מִשְׁפָּט] Свои Израилю» (Пс. 147:8 [евр. 147:19]; ср. также Зах. 1:6)[963].

---

960 Wagner S. אָמַר // *TDOT*. T. 1. C. 337.

961 Там же.

962 Ср. Lund. אמר. T. 1. C. 444.

963 Ср. Ames. דבר. T. 1. C. 913.

### חֹק (*хок*) / חֻקָּה (*хукка́*), «закон», «постановление», «обычай»

Данная группа слов обозначает разного рода законы и обычаи[964]. В отличие от существительного תּוֹרָה, которое часто переводится как «закон», חֹק обычно относится не к целому своду законов, а к отдельным постановлениям. Нередко оно применяется и к Божьим повелениям.

Слова этой группы могут обозначать постановления, касающиеся ветхозаветного религиозного культа (Исх. 12:14; Чис. 31:21), статуты гражданского закона (Чис. 27:11)[965], а также любые заповеди и юридические решения (Исх. 18:16). Совместно со словом בְּרִית («завет») חֹק «обозначает требования, выдвигаемые Богом к народу, с которым Он состоит в завете»[966]. В некоторых случаях (не менее двадцати двух) слова этой группы используются в тесной связи с מִצְוָה, «заповедь» (ср. Втор. 6:2; 28:15, 45; 30:10; 3 Цар. 9:6; 11:34, 38 и др.), что позволяет постулировать наличие именного гендиадиса со значением «все повеления, исходящие из уст Божьих».

### (2) Мышление и желание

Некоторые термины, описывающие Божью заповедующую волю, относятся к ментальным категориям мышления или желания.

### יָעַץ (*йаа́ц*),«советовать, планировать»; עֵצָה (*еца́*), «совет, план»

Давать «совет» могут как люди, так и Бог. Божий совет учит грешников, как жить праведно: «Вразумлю тебя, наставлю тебя на путь, по которому тебе идти; буду руководить [יעץ] тебя, око Мое над

---

964 В значении «обычай» слово חֹק используется, например, в Книге судей 11:39-40: «И вошло в обычай [חֹק] у Израиля, что ежегодно дочери Израилевы ходили оплакивать дочь Иеффая Галаадитянина, четыре дня в году» (ср. также Иез. 20:18).

965 Ср. Enns. חֹק. Т. 2. С. 250.

966 Lewis. חָקַק. Т. 1. С. 317.

тобою» (Пс. 31:8 [евр. 32:8]). В данном случае это слово относится к Божьим повелениям, которые вразумляют человека и наставляют его на правильный путь.

Важно заметить, что Божьи повеления могут служить одним из инструментов божественного провидения, которое управляет событиями земной жизни. В частности, Господь использует Свой совет для того, чтобы направлять Своих детей по пути жизни к вечному блаженству: «Но я всегда с Тобою: Ты держишь меня за правую руку; Ты руководишь меня советом [עֵצָה] Твоим и потом примешь меня в славу» (Пс. 72:23-24 [евр. 73:23-24)].

### רָצוֹן (*рацóн*), «благоволение», «удовлетворение»

Основное значение этого термина – «удовольствие», «удовлетворение» или «благоволение»[967]. Иногда он применяется к Божьей воле[968], поскольку когда люди исполняют нравственные требования Господа, они делают то, что Ему приятно, к чему Он благоволит. Любопытно, что רָצוֹן употребляется только по отношению к предписывающей воле; нам не удалось найти ни одного ясного примера, когда оно обозначало бы промышляющую волю[969].

В таком значении это слово обычно сопровождается глаголом עָשָׂה, «делать, выполнять». Давид радовался возможности исполнять то, что угодно Богу: «…я желаю исполнить волю [רָצוֹן] Твою, Боже мой…» (Пс. 39:9 [евр. 40:9]). Он также сознавал, что не сможет сделать этого, если Сам Бог не научит его: «Научи меня исполнять волю [רָצוֹן] Твою…» (Пс. 142:10 [евр. 143:10]). Ездра требовал от народа израильского, чтобы они делали то, что приятно Богу: «Итак покайтесь… пред Господом Богом отцов ваших, и исполните волю [רָצוֹן] Его…» (Езд.

967 *HALOT*. Т. 3. С. 1282.

968 Ср. White W. רָצָה // *TWOT*. Т. 2. С. 859–860. Ср. также Fretheim T. רצה // *NIDOTTE*. Т. 3. С. 1186.

969 Возможным исключением является Псалом 29:8 (евр. 30:8): «По благоволению [רָצוֹן] Твоему, Господи, Ты укрепил гору мою…» Но даже в этом случае слово רָצוֹן, скорее всего, относится не к Божьему промыслу, а просто к периоду Божьего благоволения в жизни Давида (ср. Ross. Psalms. Т. 1. С. 817).

10:11). Святые ангелы на небесах непрестанно стремятся угодить Богу: «…благословите Господа, все воинства Его, служители Его, исполняющие волю [רָצוֹן] Его…» (Пс. 102:21 [евр. 103:21]).

### (3) Управление

Некоторые термины описывают повеления Бога с точки зрения Его владычества. Будучи верховным Царем, Бог имеет право давать людям приказания. Его заповеди обладают высшим авторитетом, поскольку во всей Вселенной нет власти выше Него.

Божьи заповеди накладывают на человека определенные ограничения, поэтому в некоторых случаях они сравниваются также с веревками или ярмом, которые люди накладывают на домашних животных, чтобы подчинить себе их волю и поведение. Это сравнение не всегда является уничижающим или пренебрежительным, поскольку иногда к нему прибегают даже Божьи пророки.

### מִשְׁפָּט (*мишпáт*), «суд»

Поскольку судья (правитель города или племени) выносит постановления и отдает приказы, слово «суд» имеет важный смысловой нюанс: оно может обозначать закон или заповедь. Законы 21–23 глав книги Исход предваряются фразой: «И вот законы [הַמִּשְׁפָּטִים], которые ты объявишь им…» (Исх. 21:1)[970]. Иногда слово «суды» (мн. ч., מִשְׁפָּטִים) относится к закону Божьему в целом, например, в Псалме 18:10 (евр. 19:10): «Суды Господни истина, все праведны».

Термин מִשְׁפָּט часто используется параллельно со словом חֹק, «постановление» (напр., Исх. 15:25), и תּוֹרָה, «закон, наставление»

[970] Enns P. מִשְׁפָּט // *NIDOTTE*. Т. 2. С. 1142.

(напр., Втор. 33:10)[971]. Таким образом, מִשְׁפָּטִים может обозначать «как отдельные заповеди, так и весь закон как целое»[972].

**פָּקַד (*пака́д*), «посещать», «повелевать»; פִּקּוּדִים (*пиккуди́м*), «повеления»**

Базовое значение глагола פקד – «посещать», «наблюдать»[973], хотя в конкретных текстах он может приобретать различные значения: от «внимательной проверки» до «мщения»[974]. Одно из значений этого глагола – «приказывать». Именно такой оттенок смысла стал преобладающим в сирийском языке, где ܦܩܕ (*пкад*) означает «повелевать, приказывать, заповедовать».

С подлежащим «Бог» глагол פקד в таком значении встречается в Книге Ездры 1:2, где персидский царь Кир говорит: «Все царства земли дал мне Господь Бог небесный, и Он повелел [פקד] мне построить Ему дом в Иерусалиме, что в Иудее»[975]. По Божьему откровению Исаия (44:28) назвал имя царя Кира за 150 лет до того, как царь издал этот указ о строительстве иерусалимского храма. Иосиф Флавий в «Иудейских древностях» пишет, что Киру показали пророчество Исаии, и он счел необходимым поступить согласно с ним[976]. По-видимому, Кир расценил это пророчество как знак свыше или даже как повеление[977], и решил повиноваться ему. Если описываемая Иосифом Флавием ситуация действительно имела место, то это еще один потрясающий пример того, как Бог может использовать Свое слово для осуществления Своего промысла.

---

[971] Ср. Culver. שָׁפַט. Т. 2. С. 949.

[972] Johnson. מִשְׁפָּט. Т. 9. С. 94.

[973] Williams T. פקד // *NIDOTTE*. Т. 3. С. 658. Ср. *HALOT*. Т. 3. С. 955.

[974] *HALOT*. Т. 3. С. 956–957.

[975] Употребление с этим глаголом предлога עַל больше соответствует переводу «повелел», чем «назначил» (Williamson H. *Ezra, Nehemiah*. WBC. Т. 16. С. 3–4).

[976] Josephus Flavius. *Jewish Antiquities*, 11.1.2 [5-6] // *The New Complete Works of Josephus: Revised and Expanded Edition* / Пер. на англ. Whiston W. Grand Rapids: Kregel Publications, 1999. С. 359.

[977] Rawlinson G. *Ezra*. Pulpit Commentary / Под ред. Spence H. и Exell J. New York: Funk and Wagnalls, s. a. С. 2.

Однокоренное существительное встречается только в псалмах и в общем смысле обозначает любые обязанности, которые Господь вменяет Своему народу[978]. Иногда оно относится ко всему закону Божьему: «Повеления [פִּקּוּדִים] Господа праведны, веселят сердце…» (Пс. 18:9 [19:9]).

### מוֹסֵרָה (*мосера́*), «оковы», עֹל (*оль*), «ярмо»

Слова מוֹסֵרָה и עֹל означают, соответственно, «цепь» и «ярмо»[979]. Они часто используются в прямом смысле и нередко – в переносном. В одном тексте Ветхого Завета оба этих слова, вероятнее всего, относятся к Божьей предписывающей воле. Пророк Иеремия, упрекая народ израильский в нарушении Божьего закона[980], говорит: «…пойду я к знатным и поговорю с ними, ибо они знают путь Господень, закон Бога своего. Но и они все сокрушили ярмо [עֹל], расторгли узы [מוֹסֵרָה]» (Иер. 5:5). Сравнивая закон Моисеев с узами и ярмом, Иеремия ни в коем случае не намеревается принизить достоинство закона Божьего. Напротив, он использует очень яркую аналогию, уподобляя израильтян взбесившимся домашним животным, которые порвали узды и цепи, сбросили хомуты и восстали на своего хозяина. Итак, в этом стихе слова «узы» и «ярмо» относятся к узам Божьих заповедей и ярму Его закона[981]. Похожее сравнение звучит в Новом Завете из уст апостолов: «Что же вы ныне искушаете Бога, желая возложить на [шеи] учеников *иго* [т. е. ярмо], которого не могли понести ни отцы наши, ни мы?» (Деян. 15:10; курсив наш. – *А. П.*).

### (4) Другое

Некоторые термины, обозначающие Божью предписывающую волю, не подходят ни к одной из приведенных выше категорий. В связи с этим мы их рассмотрим отдельно.

---

[978] Hamilton V. פָּקַד // *TWOT*. Т. 2. С. 732. Ср. Enns P. פִּקּוּדִים // *NIDOTTE*. Т. 3. С. 665.

[979] *HALOT*. Т. 2. С. 557 и 827.

[980] Ср. Feinberg C. אָסַר // *TWOT*. Т. 1. С. 62.

[981] Ср. K-D. Т. 8. С. 78.

### דֶּרֶךְ (*дéрех*), «путь»

Фраза «путь [דֶּרֶךְ] Господень» в некоторых случаях может указывать на тот образ поведения, который Яхве предписал Своему народу[982]. Божьи заповеди – это путь, которым Он повелевает нам ходить изо дня в день: «…ходить путем [דֶּרֶךְ] Господним, творя правду и суд…» (Быт. 18:19). В общем и целом путь Яхве содержится в Его законе: «…храни завет Господа Бога твоего, ходя путями [דֶּרֶךְ] Его и соблюдая уставы Его и заповеди Его, и определения Его и постановления Его, как написано в законе Моисеевом…» (3 Цар. 2:3)[983]. Нечестивые не желают знать Божьих требований: «…они говорят Богу: "Отойди от нас, не хотим мы знать путей [דֶּרֶךְ] Твоих!"» (Иов. 21:14). Однако дети Его с радостью следуют Его повелениям: «Потеку путем [דֶּרֶךְ] заповедей Твоих, когда Ты расширишь сердце мое» (Пс. 118:32 [евр. 119:32]).

### יִרְאָה (*йир-á*), «страх»

Благоговейный страх перед Богом характеризуется соблюдением Его заповедей (Пс. 118:63 [евр. 119:63])[984], и во многих местах Писания «страх Божий» синонимичен праведному житию (4 Цар. 17:34; ср. также Лев. 19:14; 25:17; Втор. 17:19)[985]. Поэтому неудивительно, что фраза «страх Господень» в Псалме 18:10 употребляется в ряду синонимов, обозначающих Божье Слово: «Страх [יִרְאָה] Господень чист, пребывает вовек»[986]. Фраза «страх Господень» в этом стихе параллельна фразам «закон Господа», «откровение Господа», «повеления Господа», «заповедь Господа» и т.п. В данном контексте она не просто обозначает состояние благоговения перед Богом, а метонимически относится к Писанию, которое учит нас бояться Господа.

---

[982] Ср. Merrill E. דרך // *NIDOTTE*. Т. 1. С. 989.

[983] Ср. Wolf H. דָּרַךְ // *TWOT*. Т. 1. С. 197.

[984] Van Pelt M. и Kaiser W. ירא // *NIDOTTE*. Т. 2. С. 530.

[985] Bowling A. יָרֵא // *TWOT*. Т. 1. С. 400.

[986] Ср. Fuhs H. יָרֵא // *TDOT*. Т. 6. С. 314.

## Синтез и обобщение информации

Для обозначения Божьей предписывающей воли в Ветхом Завете используются термины разных семантических групп, относящиеся к устной и письменной речи, мышлению, желанию, управлению, а также некоторые другие. Бог говорит и провозглашает Свои приказания. Он заповедует, учит, требует, налагает обязанности, дает авторитетный совет и наставляет людей в отношении того, как жить и как обращаться к Нему. Он радуется, когда люди добровольно повинуются Его волеизъявлению. Бог выносит юридические постановления и открывает путь жизни, угодный Ему. Он внушает благоговейный страх, который служит надлежащей мотивацией для соблюдения Его заповедей. Божьи повеления являются уздой для необузданных желаний человека. Его заповеди свидетельствуют о Его характере и целях. Божьи директивы принимают разные формы и затрагивают разные сферы жизни. В нескольких случаях наш лексический анализ продемонстрировал, что Бог может задействовать человеческую волю (иногда побуждаемую внешне посредством Его слова) среди богатого арсенала средств и процессов, ведущих к осуществлению Его вышних целей.

Итак, в этой главе мы сделали обзор ветхозаветных терминов, применяемых святыми писателями к промышляющей и предписывающей воле Господа. Этот обзор помог нам не только шире взглянуть на библейское учение о Божьей воле, но и увидеть концептуальную взаимосвязь между такими важными библейскими понятиями, как Божья воля, владычество, провидение и откровение.

# ГЛАВА 6

# ПРОВИДЕНИЕ БОЖЬЕ В ВЕТХОМ ЗАВЕТЕ: ИСХОД ИЗ ЕГИПТА

В предыдущих главах мы обозначили наиболее приемлемую, на наш взгляд, позицию в отношении Божьего промысла. Она заключается в том, что Бог предопределил как результаты, так и средства, ведущие к достижению результатов. Предопределение результатов мы рассмотрели с точки зрения библейских примеров и систематических богословских категорий в **главе 2** и с точки зрения ветхозаветной лексики в **главе 5**. Однако о средствах мы до сих пор говорили по большей части теоретически, без твердого библейского базиса. В этой главе мы постараемся исправить этот недостаток. Чтобы рассмотреть, какие средства Господь может задействовать для осуществления Своего замысла, мы обратим внимание на события, связанные с исходом израильтян из Египта (книга Исход 1–14 главы).

В первую очередь мы постараемся продемонстрировать безусловный характер Божьего обещания вывести Израиль из египетского рабства, чтобы показать, что данное постановление Божье не было поставлено в зависимость от соблюдения каких-либо условий. Из этого мы сделаем вывод, что обнаруживаемые нами закономерности, возможно, будут применимы и к другим безусловным постановлениям.

Затем мы сделаем общий обзор первых четырнадцати глав книги Исход, чтобы отметить несколько ключевых событий, приведших к исполнению данного обещания. Эти ключевые события будут нами рассматриваться как учрежденные Богом *вехи* на пути к осуществлению Его безусловного промысла. Они будут представлены в хронологическом порядке.

Вслед за этим мы более подробно проанализируем 1–14 главы книги Исход с целью обнаружить все, что проливает свет на различные пути, которыми действует Божье провидение. Эти пути будут нами рассматриваться как учрежденные Богом *средства* для исполнения Его обетования. Мы согласны с утверждением Льюиса и Демареста:

> Анализируя человеческую жизнь, важно не сводить все события к одной непосредственной причине, а рассматривать всю совокупность содействующих факторов. Божественное провидение может включать в себя множество природных факторов, а также действия одного или нескольких лиц[987].

На этом этапе мы отвлечемся от хронологического хода событий и представим результаты исследования в тематическом разрезе. Все провиденциальные пути мы будем обсуждать в рамках следующих четырех категорий: (1) сверхъестественное действие провидения, (2) провидение, опосредованное естественными событиями или людьми[988], (3) провидение, опосредованное Божьими заповедями и (4) действие провидения при ожесточении сердца фараона. Ожесточение фараонова сердца будет рассматриваться отдельно не только в силу того, что оно послужило одним из лейтмотивов в истории исхода, но и потому, что, как мы постараемся показать в этой главе, его причины включали сложную взаимосвязь естественных и сверхъестественных средств провидения. Особый интерес для нас представляет третья группа – провидение, опосредованное Божьими заповедями (предписывающей волей Господа), поскольку оно явным образом задействует человеческую волю как одно из средств для осуществления Божьего безусловного промысла[989].

---

[987] L-D. T. 1. C. 318.

[988] Конечно, граница между естественными и сверхъестественными средствами провидения часто бывает весьма зыбкой. Например, когда Господь посылает бурю на море (Ион. 1:4), это обычное природное явление, однако мы могли бы сказать, что Бог производит его сверхъестественным путем. Тем не менее, подобное разграничение, при правильном его понимании, полезно для богословского анализа.

[989] В рамках настоящей книги мы ограничиваемся более-менее подробным обзором и обобщением текстов, относящихся к теме Божьего промысла и провидения в книге Исход (главы 1–14). За детальным экзегетическим анализом читателю реко-

## БЕЗУСЛОВНОСТЬ ПОСТАНОВЛЕНИЯ ОБ ИСХОДЕ

Рассказ о выходе израильтян из Египта справедливо считают одной из величайших историй искупления во всей Библии[990]. Его можно рассматривать как историю избавления, историю чудес или историю о том, как Бог освободил Свой избранный народ от ига рабства[991]. Но в то же время его можно назвать и историей исполнения Божьего постановления – обещания вывести израильтян из Египта. И именно с этой последней точки зрения мы и будем рассматривать первые четырнадцать глав книги Исход.

Прежде чем приступить к обсуждению различных средств, которые Бог задействовал для исполнения Своего промысла, мы должны убедиться в следующих двух фактах. Во-первых, постановление о выводе Израиля из Египта было безусловным. Во-вторых, оно должно было исполниться в течение достаточно ограниченного периода времени – во время жизни Моисея и его поколения.

Тот факт, что обещание вывести народ израильский из египетского рабства было безусловным, следует из того, что оно было дано в рамках безусловного завета. Как явствует из Бытия 15:13-14, рабство Израиля было предсказано Богом, и избавление из этого рабства было объявлено как часть безусловного Авраамова завета: «И сказал Господь Авраму: знай, что потомки твои будут пришельцами в земле не своей, и поработят их, и будут угнетать их четыреста лет, но Я произведу суд над народом, у которого они будут в порабощении; после сего они выйдут с большим имуществом…» Так и в книге Исход 2:24-25 Моисей связывает эти события с Авраамовым заветом: «И услышал Бог стенание их, и вспомнил Бог завет Свой с Авраамом, Исааком и Иаковом. И увидел Бог сынов Израилевых, и призрел их Бог». Сход-

---

мендуется обращаться к соответствующим научным комментариям. Отрывки, в которых повторяется одна и та же концепция, будут опускаться – в таких случаях для обсуждения будет выбран лишь один из параллельных текстов.

[990] Кайль и Делицш отмечали, что это событие имело «…далеко идущие последствия для всемирной истории, а также для истории спасения» (K-D. T. 1. C. 269). Ср. также Dunnam M. *Exodus*. Preacher's Commentary Series, vol. 2 / Под ред. Ogilvie L. Nashville: Thomas Nelson Inc., 1987. C. 13.

[991] Dyer C. and Merrill E. *Nelson's Old Testament Survey: Discover the Background, Theology and Meaning of Every Book in the Old Testament*. Nashville: Word, 2001. C. 41.

ным образом, в Исход 6:8 Бог объявляет, что собирается избавить Израиль в силу обещания, данного Аврааму: «…и введу вас в ту землю, о которой Я, подняв руку Мою, [клялся] дать ее Аврааму, Исааку и Иакову, и дам вам ее в наследие». В книге Исход 3:7-8 Бог формулирует Свое намерение освободить израильский народ, опять же, в безусловных терминах, основывая их избавление не на их послушании или непослушании в будущем, а на их страдании в настоящем: «Я увидел страдание народа Моего в Египте и услышал вопль его от приставников его; Я знаю скорби его и иду избавить его от руки египтян…»[992]

То, что это постановление должно было исполниться во время жизни Моисея, тоже становится очевидным из книги Исход. Когда Моисей рассказывает о том, как Яхве призвал его на служение, он подразумевает, что Бог не просто дал туманное обещание избавить народ неизвестно когда. Бог пообещал избавить их через определенного человека – Моисея, а значит, это должно было произойти как минимум во время его жизни. Господь даже уверил Моисея, что он, наряду с другими израильтянами, принесет жертву Яхве по выходе из Египта: «Моисей сказал Богу: “Кто я, чтобы мне идти к фараону и вывести из Египта сынов Израилевых?” И сказал Бог: “Я буду с тобою, и вот тебе знамение, что Я послал тебя: когда ты выведешь народ из Египта, вы совершите служение Богу на этой горе”» (3:11-12).

Более того, из 3:16 можно сделать вывод, что избавление должно было осуществиться настолько скоро, что даже пожилое поколение еще не успеет смениться: «Пойди, собери *старейшин Израилевых* и скажи им: “Господь, Бог отцов ваших, явился мне, Бог Авраама, Исаака и Иакова, и сказал: "Я посетил вас и увидел, что делается с вами в Египте"”» (курсив наш. – *А. П.*). В 3:18 Бог говорит, что нынешнее поколение израильтян послушает Моисея: «И они послушают голоса твоего…» Наконец, в 3:20-22 Господь обещает совершить определенные чудеса и знамения и предсказывает их эффективность: «…и простру руку Мою и поражу Египет всеми чудесами Моими, которые сделаю среди его; и после того он отпустит вас» (3:20). Иными словами, то, что Бог собирался осуществить в Египте, должно было состояться во время жизни того же самого поколения. Выяснив это, мы можем пе-

---

[992] Ср. Хьюз и Лейни: «События книги Исход демонстрируют, как исполнилось удивительное обещание, данное Богом Аврааму» (Hughes R. and Laney J. *Tyndale Concise Bible Commentary*. Tyndale Reference Library. Wheaton, IL: Tyndale House Publishers, 2001. С. 29).

рейти к следующему вопросу: как Бог исполнил Свой безусловный промысел?

## Основные вехи на пути к исполнению обещания

Логично предположить, что тот ход событий, который имел место во время выхода израильтян из Египта, и есть лучший путь с Божьей точки зрения[993]. Возможно, Господь мог освободить Израиль многими разными путями, однако Он избрал именно такой образ и порядок действий, так что данный путь должен быть самым лучшим. Поэтому мы не будем заниматься гипотетическими рассуждениями о других возможных путях избавления, а обратим внимание на ключевые вехи того, что произошло согласно книге Исход.

По нашему мнению, чтобы чудесное избавление состоялось, должны были произойти как минимум семь ключевых событий. Во-первых, израильтяне должны были подвергнуться угнетению – иначе не может быть речи об избавлении. Даже если бы они вышли из Египта, это событие не носило бы освободительного характера. Более того, чем сильнее угнетение и чем более невыносима ситуация, тем более великим будет освобождение. По-видимому, именно по этой причине Господь позволил египтянам «...[поставить] над [Израилем] начальников работ, чтобы изнуряли его тяжкими работами» (Исх. 1:11), а также допустил, чтобы фараон угнетения подписал указ умерщвлять новорожденных мальчиков (1:16). Позднее, после беседы Моисея и Аарона с фараоном исхода, египетский правитель отдал приказ приставникам и надзирателям «...дать [израильтянам] больше работы...» (5:9). Жизнь Божьего народа стала невыносимой. Они жаждали избавления.

Во-вторых, чтобы чудесное избавление состоялось, Моисей должен был родиться и остаться в живых. Ввиду того, что фараон распорядился убивать всех новорожденных мальчиков, для сохранения жизни Моисея понадобились особые провиденциальные события. Младенец был спрятан в корзине и найден дочерью фараона (2:3-6).

---

[993] О том же самом пишет, например, Гайслер: «Суверенность [Бога] – это не только способность делать все, что Бог хочет, но еще и способность делать это наилучшим из возможных способов. Следовательно, чтобы быть по-настоящему суверенным, Бог должен обладать всеведением (всей мудростью). <...> Всемудрое существо не только знает все результаты, но и знает наилучшие средства для достижения наилучших результатов» (Geisler. *Systematic Theology*. Т. 2. С. 543–544).

В-третьих, Моисей должен был возрасти в любви к израильскому народу и, по-видимому, получить какое-то познание о Боге. Поэтому Господь сделал так, что младенец был вскормлен собственной матерью (2:7-9) и оставался среди израильтян до тех пор, пока не подрастет и не научится ходить (2:10)[994].

В-четвертых, Моисей должен быть удален и от египтян, и от евреев. Если бы он не был удален от египтян, его бы слишком сильно отождествляли с угнетателями. Если же он не был бы удален от евреев, то он был бы «пророком в своем отечестве», которого народ просто не стал бы слушать. Возможно, по этой причине Господь допустил убийство египтянина и последующее бегство Моисея в Мадиам (2:11-15).

В-пятых, Моисей должен быть призван на служение. Поскольку Господь решил избавить израильтян через определенного человека[995], этот человек должен быть эффективно призван Богом. Вероятно, у Моисея было множество причин считать себя неподходящей кандидатурой для такого предприятия. Он приводил множество отговорок и даже после продолжительной беседы с Богом отказался послушаться Божьего повеления[996]. Тогда Господу пришлось сделать все, что необходимо, чтобы Моисей в конечном итоге повиновался божественному призыву.

В-шестых, израильтяне должны были поверить Моисею. Если бы они не поверили, что он действительно послан Богом, то они не последовали бы за ним и не послушались бы Божьих повелений, которые Моисей должен был им передать. С такой целью – чтобы помочь израильтянам поверить Моисею – Бог открыл ему Свое имя в 3:14 и дал три особых чуда в 4:1-9.

В-седьмых, фараон должен был воспротивиться Моисею. Если бы этого не произошло, то есть если бы фараон отпустил израильтян

---

[994] «Возраст, когда он был возвращен во дворец, не указан; однако должно было пройти достаточно времени, чтобы он узнал принципы истинной религии. Этим ранним впечатлениям, углубленным силой божественной благодати, не суждено было стереться или оказаться забытыми» (Jamieson R., Fausset A. и Brown D. *A Commentary, Critical, Experimental, and Practical, on the Old and New Testaments*: В 3 т. Grand Rapids: Eerdmans, 1973. Т. 1. С. 282).

[995] Ср. Исход 3:10: «Итак пойди: Я пошлю тебя к фараону; и выведи из Египта народ Мой, сынов Израилевых»; также 3:12: «…и вот тебе знамение, что Я послал тебя: когда ты выведешь народ из Египта, вы совершите служение Богу на этой горе».

[996] После того как на протяжении полутора глав Бог уговаривал и убеждал Моисея пойти в Египет и вывести оттуда Божий народ, Моисей все-таки говорит: «Господи! Пошли другого, кого можешь послать» (4:13).

по первой просьбе, то освобождение из Египта не было бы чудесным[997]. Оно не привлекло бы к себе особого внимания. Оно бы не продемонстрировало бесконечную силу Яхве и не доказало бы Его превосходство над египетскими божествами. Оно не стало бы символом избавления, которое не под силу человеку. Таким образом, оппозиция фараона была важной составной частью плана. Именно поэтому должно было произойти ожесточение фараонова сердца[998] и должны были состояться «десять казней египетских»[999]. Сам Господь объяснил причину ожесточения фараона следующим образом: «Войди к фараону, ибо Я отягчил сердце его и сердце рабов его, *чтобы* явить между ними сии знамения Мои, и *чтобы* ты рассказывал сыну твоему и сыну сына твоего о том, что Я сделал в Египте, и о знамениях Моих, которые Я показал в нем, и *чтобы* вы знали, что Я Господь» (10:1-2; курсив наш. – *А. П.* Ср. 7:3).

На каждом этапе Бог задействовал разные средства – как естественные, так и сверхъестественные, – чтобы исполнить Свое безусловное постановление и достичь конечных целей. Эти средства мы постараемся рассмотреть в следующем разделе.

---

[997] Ср. Дерхам: «То, что Моисею и израильтянам казалось серьезным ухудшением и без того плохой ситуации, на самом деле служило подготовительной ступенькой для грядущих событий – это предвосхищало ожесточение фараонова сердца, на фоне которого могущественное и всеконтролирующее присутствие Яхве проявит себя как нельзя более отчетливо» (Durham J. *Exodus*. WBC. T. 3. C. 70).

[998] Биль высказывает мнение, что цели ожесточения могли быть следующими: «(1) Чтобы явить неповторимое всемогущество Яхве египтянам…; (2) чтобы дела Яхве надолго запомнились будущим поколениям израильтян…; (3) …для славы Яхве». Он заключает: «Сказав это, можно сформулировать общую тему книги Исход 1–14 глав: Яхве ожесточает сердце фараона, главным образом, для того, чтобы создать израильскую *Heilsgeschichte* [нем. «священную историю». – *А. П.*], обязательно включающую в себя египетскую *Unheilsgeschichte* [нем. «несвященную историю». – *А. П.*] – и чтобы все это принесло славу Яхве» (Beale G. An Exegetical and Theological Consideration of the Hardening of Pharaoh's Heart in Exodus 4–14 and Romans 9 // *Trinity Journal*. №5/2. Осень 1984. C. 149).

[999] По-видимому, можно согласиться с наблюдением МакГи: «Почему именно казни? Они отражали борьбу Господа с божествами Египта. Каждая казнь была направлена против какого-либо египетского бога. “А Я в сию самую ночь пройду по земле египетской и поражу всякого первенца в земле египетской, от человека до скота, *и над всеми богами египетскими произведу суд*. Я Господь” (Исх. 12:12; курсив наш. – *А. П.*). Бог хотел открыть Своему собственному народу, что Он, Господь Яхве, несравнимо выше всех богов египетских и способен спасти израильтян» (McGee J. *Thru the Bible with J. Vernon McGee*. Nashville, TN: Thomas Nelson, 1981. T. 1. C. 200–201).

## Средства, назначенные Богом для исполнения Его промысла

Все средства, которые Господь использовал для осуществления Своего промысла, можно разделить на следующие группы: сверхъестественное провидение, провидение, опосредованное естественными факторами, а также провидение, опосредованное Божьими повелениями. В особую категорию выделяется провидение, связанное с ожесточением сердца фараона, поскольку, как мы увидим, последнее включало в себя сочетание нескольких разных групп средств.

### Сверхъестественное действие провидения

*Обсуждение*

Сверхъестественные деяния Бога присутствуют в событиях исхода буквально на каждой странице. Один из самых ранних примеров (пусть не столь ярких и очевидных) можно усмотреть в том, что Бог вложил в сердца повивальных бабок страх, который был способен пересилить страх смерти: «Но повивальные бабки боялись Бога и не делали так, как говорил им царь египетский, и оставляли детей в живых» (1:17). Благодаря этому сверхъестественному действию провидения в сердцах повивальных бабок сохранилась жизнь младенца Моисея.

Начало более явного Божьего вмешательства отмечено в 2:24-25: «И услышал Бог стенание их, и вспомнил Бог завет Свой с Авраамом, Исааком и Иаковом. И увидел Бог сынов Израилевых, и призрел их Бог». До сего момента в книге Исход события описывались с точки зрения «естественного» хода жизни; провидение было тайным и не носило явно сверхъестественного характера. Однако Господь решил, что настало время, и Его образ действий принял более чудесный характер.

В 3:2-3 внимание Моисея было привлечено сверхъестественным явлением ангела: «И явился ему Ангел Господень в пламени огня из среды тернового куста. И увидел он, что терновый куст горит огнем, но куст не сгорает. Моисей сказал: “Пойду и посмотрю на сие великое явление, отчего куст не сгорает”». Это чудесное событие должно было приготовить Моисея к последующей чудесной встрече. Сцена горящего куста была усилена Божьим голосом: «Господь увидел, что он идет смотреть, и воззвал к нему Бог из среды куста, и сказал: “Моисей!

Моисей!" Он сказал: "Вот я!"» (3:4). Таким образом, Господь показал Моисею значимость этого происшествия при помощи зрения и слуха.

В 3:20-21 Бог обещает послать знамения и чудеса: «...и простру руку Мою и поражу Египет всеми чудесами Моими, которые сделаю среди его; и после того он отпустит вас. И дам народу сему милость в глазах египтян; и когда пойдете, то пойдете не с пустыми руками». Как становится ясно из этого текста, Бог обещал не только сам факт чудес, но и результат: «...и после того он отпустит вас». Божье сверхъестественное действие играло незаменимую роль в том, чтобы обеспечить эффективность всего предприятия.

В 4:1 Моисей высказывает предположение о будущем: «А если они не поверят мне и не послушают голоса моего и скажут: "Не явился тебе Господь?"» Бог подхватывает этот вопрос и дает Моисею два знамения, которые тот сможет позже воспроизвести перед израильтянами, чтобы они ему поверили (4:2-7). Затем, в том же гипотетическом ключе Бог представляет следующие варианты: «Если они не поверят тебе и не послушают голоса первого знамения, то поверят голосу знамения другого; если же не поверят и двум сим знамениям и не послушают голоса твоего, то возьми воды из реки и вылей на сушу; и вода, взятая из реки, сделается кровью на суше» (4:8-9)[1000]. Без этих сверхъестественных средств народ не воспринял бы Моисея серьезно: в конце концов, как много умалишенных считают, что с ними беседует Бог!

В 6:1 Господь возвещает, что «...по действию руки крепкой [фараон] отпустит [израильтян]; по действию руки крепкой даже выгонит их из земли своей»[1001]. Под «действием руки крепкой», вероятнее всего, имеются в виду десять казней.

Очень интересный пример сверхъестественного действия провидения находим в 9:15-16. Бог сказал фараону через Моисея: «...так как Я простер руку Мою, то поразил бы тебя и народ твой язвою, и ты ис-

---

[1000] Джон Хэнна комментирует эти стихи следующим образом: «Египтяне считали реку Нил источником жизни и плодородия. Когда Моисей показал народу, что он имеет власть над Нилом, тем самым он доказал, что Бог действительно дал ему способность победить египтян» (Hannah J. Exodus // *The Bible Knowledge Commentary: An Exposition of the Scriptures*: В 2 т. / Под ред. Walvoord J. и Zuck R. Wheaton, IL: Victor Books, 1985. Т. 1. С. 113).

[1001] Кайль и Делицш указывают, что выражение בְּיָד חֲזָקָה (*бе-йад хазака́*) относится к проявлению Божьей власти над фараоном: «В ответ на жалобу Моисея Иегова пообещал ему освободить Израиль сильной рукой (ср. 3:19), которая заставит фараона отпустить Израиль и даже изгнать их из своей земли» (K-D. Т. 1. С. 303).

треблен был бы с земли: но для того Я сохранил тебя, чтобы показать на тебе силу Мою, и чтобы возвещено было имя Мое по всей земле». Здесь Господь говорит, что Он не применил бóльшую силу, иначе фараон немедленно бы умер, и Божья слава не была бы открыта в полной мере. Иными словами, чтобы осуществить Свой промысел, Бог должен был сдерживать сверхъестественную силу Своих чудес.

Каждая из десяти казней содержала сверхъестественный элемент[1002]. Однако в рамках настоящей темы особенно важно обратить внимание на десятую казнь. В 11:1 Бог предсказывает, что после последней казни фараон непременно отпустит израильтян: «Еще одну казнь Я наведу на фараона и на египтян; после того он отпустит вас отсюда; когда же он будет отпускать, с поспешностью будет гнать вас отсюда». Это подразумевает, что Бог собирался сделать нечто, чему фараон не сможет противостоять. Бог знает предел терпения каждого человека. Тот, кто «…не попустит вам быть искушаемыми сверх сил…» (1 Кор. 10:13), в точности знал, сколько сил у фараона и какое страдание он не сможет выдержать.

В 11:5-7 Бог обещает, что ни один из первородных израильтян не умрет: «…и умрет всякий первенец в земле египетской… у всех же сынов Израилевых ни на человека, ни на скот не пошевелит пес языком своим…» Это обещание подразумевает, что Бог должен был обеспечить, чтобы все израильтяне послушались Его распоряжений относительно пасхального агнца и крови на косяках дверей. Если бы кто-то из них не послушался и самонадеянно оставил свой дом незащищенным кровью агнца, то его первенец был бы подвержен смерти. Однако Господь обещает, что никто из израильских первенцев не умрет – следовательно, Он косвенно обещает, что все послушаются. Конечно, это послушание со стороны израильского народа было достигнуто отчасти естественными средствами, через прямые распоряжения Моисея. Однако, чтобы такое универсальное обещание исполнилось – чтобы *все* израильтяне повиновались и *ни один* из них не погиб, – скорее всего, понадобилось сверхъестественное Божье действие в их сердцах.

Более того, если некоторые из казней описываются как обычные природные явления (напр., саранча в Исх. 10:13), поражение первенцев

---

[1002] Хилл и Уолтон правы, что «изоляция евреев в Гесеме от первых девяти казней и смерти первенцев необъяснимы без сверхъестественного действия и цели» (Hill A. and Walton J. *A Survey of the Old Testament*. 2-е изд. Grand Rapids: Zondervan, 2000. С. 94).

явно изображается как сверхъестественное событие: «А Я в сию самую ночь пройду по земле Египетской и поражу всякого первенца в земле египетской, от человека до скота, и над всеми богами египетскими произведу суд. Я Господь» (12:12)[1003].

После того как израильтяне покинули свои поселения в Египте, Бог руководил ими сверхъестественным способом: «Господь же шел пред ними днем в столпе облачном, показывая им путь, а ночью в столпе огненном, светя им, дабы идти им и днем, и ночью» (13:21).

Окончательная победа над египетской армией тоже стала возможной только благодаря сверхъестественному вмешательству. В 14:13-14 Моисей объявил, что Господь будет воевать за израильтян, тогда как им самим даже не придется вступить в сражение: «Не бойтесь, стойте – и увидите спасение Господне, которое Он соделает вам ныне, ибо египтян, которых видите вы ныне, более не увидите во веки; Господь будет поборать за вас, а вы будьте спокойны». В 14:19-20 Бог чудесным образом защищал израильтян от египетской армии, пока ветер достаточно медленно – на протяжении целой ночи – разделял воды: «И двинулся Ангел Божий, шедший пред станом Израилевых, и пошел позади их; двинулся и столп облачный от лица их и стал позади их; и вошел в средину между станом египетским и между станом Израилевых, и был облаком и мраком для одних и освещал ночь для других, и не сблизились одни с другими во всю ночь».

Хотя чудо разделения Красного моря включало в себя посредничество природных факторов – «…гнал Господь море сильным восточным ветром всю ночь и сделал море сушею, и расступились воды» (14:21), – тем не менее, в этом событии был и сверхъестественный элемент: воды стояли стеной по обеим сторонам. «И пошли сыны Из-

---

[1003] Десятая казнь уникальна тем, что ее результат противоречил всем законам эпидемиологии и медицинской статистики, то есть, по сути, не мог быть объяснен никакими природными закономерностями. Селективность поражения была просто удивительной. (1) В каждом доме был один – и только один! – пораженный. (2) Поражены были не обязательно самые слабые члены семьи и даже не просто случайные люди. Пораженные составляли группу мужчин, каждый из которых был первородным в своей семье. (3) Ни один из израильтян не пострадал (11:6-7). (4) Дом фараона, считавшегося божественным покровителем Египта, не избежал наказания (12:29). Едва ли можно было сделать что-то более удивительное, чтобы убедить египтян, что это не просто случайность – что они были целенаправленно поражены Богом, имеющим власть над жизнью и смертью и превосходящим всех египетских богов.

раилевы среди моря по суше: воды же были им стеною по правую и по левую сторону» (14:22)[1004].

В 14:24 Господь произвел среди египтян смятение, возможно, сверхъестественным путем: «И в утреннюю стражу воззрел Господь на стан египтян из столпа огненного и облачного и привел в замешательство стан египтян…» Если разделение вод происходило медленно и по крайней мере отчасти было обусловлено природными факторами, то их возвращение было быстрым и чудесным: «И простер Моисей руку свою на море, и [перед рассветом] вода возвратилась в свое место; а египтяне бежали навстречу воде» (14:27). Стих 28 добавляет еще один фактор, который, возможно, имел сверхъестественное объяснение: «…не осталось ни одного из них». Некоторые другие сверхъестественные дела провидения будут обсуждаться в связи с ожесточением сердца фараона.

*Обобщение*

В процессе исполнения Своего безусловного постановления вывести израильтян из Египта Бог буквально на каждом этапе задействовал множество сверхъестественных факторов. Можно сказать, что Он действовал чудесным образом тайно, когда внушал повитухам страх Божий или израильтянам желание послушаться всех пасхальных установлений. И Он действовал чудесным образом явно, когда призывал Моисея на служение, снабжал Моисея знамениями и являл Свое превосходство над египетскими (так называемыми) божествами. Он действовал сверхъестественно как на индивидуальном уровне (Моисей, повитухи), так и на коллективном уровне (все израильтяне). Его сверхъестественная активность включала как позитивное действие (чудеса), так и негативное деяние (ослабление чудесной силы, проявлявшейся над фараоном и египтянами) – и все это было направлено для достижения Его конечной цели и прославления Его имени.

---

[1004] Ср. также 15:8: «От дуновения Твоего расступились воды, влага стала, как стена, огустели пучины в сердце моря».

### Провидение, опосредованное людьми или природными факторами

*Обсуждение*

Для осуществления Своего безусловного замысла Господь не только использовал сверхъестественные события, но и оркестрировал природные явления и человеческие поступки. Так, один из факторов, который вызвал опасения фараона и спровоцировал будущие события, – численный рост израильского народа, произошел, надо полагать, естественным путем: «…сыны Израилевы расплодились и размножились, и возросли и усилились чрезвычайно, и наполнилась ими земля та» (1:7)[1005].

В результате естественного хода событий «…восстал в Египте новый царь, который не знал Иосифа» (1:8). Указ этого нового царя в отношении израильтян был продиктован тоже естественными причинами: тем, как он сам понимал ситуацию. Вот как фараон объяснял свое решение: «…народ сынов Израилевых многочислен и сильнее нас; перехитрим же его, чтобы он не размножался; иначе, когда случится война, соединится и он с нашими неприятелями, и вооружится против нас, и выйдет из земли нашей» (1:9-10).

Несмотря на изнурительные работы, народ израильский продолжал расти. Из-за этого естественного фактора – возросшей численности – египтяне стали их бояться: «Но чем более изнуряли его, тем более он умножался и тем более возрастал, так что опасались сынов Израилевых» (1:12). Поэтому фараон издал еще один указ, который также был основан на обычной человеческой логике: «Царь египетский повелел повивальным бабкам евреянок, из коих одной имя Шифра, а другой Фуа, и сказал: “Когда вы будете повивать у евреянок, то наблюдайте при родах: если будет сын, то умерщвляйте его, а если дочь, то пусть живет”» (1:15-16).

Однако повитухи не послушали его, потому что боялись Бога: «Но повивальные бабки боялись Бога и не делали так, как говорил им

[1005] Впрочем, некоторые христианские комментаторы объясняли быстрый численный рост израильского народа Божьим вмешательством (напр., Calvin J. *Commentaries on the Four Last Books of Moses Arranged in the Form of a Harmony*: В 4 т. / Пер. на англ. Bingham C. Grand Rapids: Eerdmans, 1950. Т. 3. С. 442).

царь египетский, и оставляли детей в живых» (1:17). Хотя, как было предложено выше, страх Божий был вложен в сердца повитух Самим Богом, решение повиноваться этому страху, а не страху перед фараоном, скорее всего, было принято в обычной борьбе человеческой воли. Так это или не так, в результате этого естественного обстоятельства (непослушания повитух указу фараона) народ израильский продолжал расти, а у Моисея были более высокие шансы на выживание.

Еще одно обстоятельство, через которое Божий план продвинулся на шаг вперед, – это ответ повитух фараону. Когда их спросили, почему они оставляют новорожденных мальчиков в живых, они сказали: «Еврейские женщины не так, как египетские; они здоровы, ибо прежде нежели придет к ним повивальная бабка, они уже рождают» (1:19). Это объяснение было, скорее всего, либо полуправдой, либо вовсе не правдой[1006], однако через их не вполне честный ответ были достигнуты Божьи благие цели: «За сие Бог делал добро повивальным бабкам, а народ умножался и весьма усиливался» (1:19-20). Логично предположить, что Богу не нужно было заставлять повитух лгать: они сделали это вполне естественно, из-за объяснимого страха перед обстоятельствами[1007].

Поскольку повитухи утверждали, что не в силах, несмотря на все старания, исполнить предыдущий указ, фараон принял новую политику, которая также опиралась на то, как он оценивал ситуацию: «Тогда фараон всему народу своему повелел, говоря: “Всякого новорожденного у евреев сына бросайте в реку, а всякую дочь оставляйте в живых”» (1:22). Эти обстоятельства еще больше усугубили отчаяние израильтян и послужили достижению Божьих целей.

Следующим событием, сыгравшим важную роль в драме Божьего провидения, было решение одного израильтянина взять себе жену: «Некто из племени Левиина пошел и взял себе жену из того же племени» (2:1). Это описывается как естественное желание, не спровоцированное какими-либо чудесами или иными сверхъестественными событиями. В положенное время, после обычной беременности родился ребенок: «Жена зачала и родила сына…» (2:2*а*). Особые усилия со сто-

---

[1006] Такого мнения придерживается, например, Джон Ханна, который пишет: «Возможно, повитухи просто не торопились приходить по вызову» (Hannah. Exodus. Т. 1. С. 109).

[1007] Возможно также, что Бог благословлял израильских женщин и давал им быстрые роды. Тогда это следовало бы отнести к сверхъестественному действию провидения. Ср. Пс. 104:24. Ср. также ситуацию со скотом Лавана в Бытие 30–31 гл.

роны родителей сохранить жизнь ребенку также объясняются естественными причинами: «...видя, что он очень красив, скрывала его три месяца...» (2:2*б*).

В определенный момент жизнь Моисея находилась в прямой зависимости от крепости физического предмета – осмоленной корзины, которая держала младенца на воде: «...взяла корзинку из тростника и осмолила ее асфальтом и смолою и, положив в нее младенца, поставила в тростнике у берега реки...» (2:3). Затем исполнению Божьего плана послужило еще одно естественное обстоятельство: появление у берега реки дочери фараона. Она оказалась, что называется, в нужное время в нужном месте: «И вышла дочь фараонова на реку мыться, а прислужницы ее ходили по берегу реки. Она увидела корзинку среди тростника и послала рабыню свою взять ее» (2:5)[1008]. Не менее важную роль сыграло естественное чувство жалости, пробудившееся в сердце дочери фараона: «Открыла и увидела младенца; и вот, дитя плачет; и сжалилась над ним...» (2:6).

Как уже говорилось выше, Моисей должен был воспитываться израильской семьей (по крайней мере в первые годы своей жизни). Это действительно стало возможным благодаря своевременному предложению сестры Моисея: «И сказала сестра его дочери фараоновой: “Не сходить ли мне и не позвать ли к тебе кормилицу из евреянок, чтоб она вскормила тебе младенца?”» (2:7). Выступить с таким предложением девочку побудили, скорее всего, обычные семейные чувства, которые она питала к младенцу. Ответ дочери фараона опирался на естественную оценку ситуации: «Дочь фараонова сказала ей: “Сходи”. Девица пошла и призвала мать младенца. Дочь фараонова сказала ей: “Возьми младенца сего и вскорми его мне; я дам тебе плату”. Женщина взяла младенца и кормила его» (2:8-9). Эти естественные обстоятельства дали младенцу Моисею достаточно времени, чтобы он получил хотя бы

---

[1008] Как правильно отмечал Мэтью Генри: «[Если бы] его оставили там, он, должно быть, вскоре умер бы от голода, если еще раньше его не унесло бы течением или не проглотил крокодил. Угоди он в чьи-то другие руки, а не в те, куда попал, с ним не захотели бы или не осмелились бы поступить иначе, как бросить прямо в реку. Однако провидение приводит туда не кого иного, как дочь фараона, именно в тот момент и именно в то место, где лежит этот брошенный малютка, который побуждает ее сердце сострадать, на что осмеливается только она, и никто другой» (Генри М. Толкование книг Ветхого Завета: Бытие, Исход, Левит, Числа, Второзаконие. Netherland: Dutch Reformed Tract Society, 2008. С. 284).

начальное знакомство с культурой своего народа и, наверное, приобрел какие-то познания об истинном Боге[1009].

Еще один естественный фактор, сыгравший немаловажную роль в данной истории, – это готовность дочери фараона усыновить ребенка: «И вырос младенец, и она привела его к дочери фараоновой, и он был у нее вместо сына, и нарекла имя ему: Моисей…» (2:10). Благодаря этому обстоятельству Моисей смог получить хорошее образование (ср. Деян. 7:22: «И научен был Моисей всей мудрости египетской…»)[1010].

Мы уже отмечали, что для исполнения Божьего замысла было важно, чтобы Моисей был отделен как от египтян, так и от израильтян. Однако как мог египетский принц по доброй воле оставить комфорт и удобство придворной жизни и покинуть и приемную, и родную мать? К этому нелегкому шагу Моисея побудила цепочка событий, развивавшихся естественным путем. Сначала Моисей, увидев, как египтянин обижает еврея, убил египтянина (2:11-12). На следующий день он узнал, что его преступление не осталось незамеченным, и сильно испугался (2:13-14). Наконец, фараон приказал убить Моисея, что заставило последнего пуститься бега и поселиться в Мадиаме (2:15).

Опять же, в результате естественного развития событий Моисей оказался в доме мадиамского священника Рагуила и женился на одной из его дочерей (2:16-22). Затем прежний фараон умер, и для Моисея открылась возможность вернуться в Египет (ср. 4:19: «И сказал Господь Моисею в земле мадиамской: “Пойди, возвратись в Египет, ибо

---

[1009] Эллисон пишет по этому поводу: «Нам не сказано, как долго Иохаведа вскармливала сына, однако в те времена младенцев обычно не отлучали от груди до трех, а в исключительных случаях и до пяти лет (последнее, скорее всего, было в случае с Самуилом). Так что мы можем быть достаточно уверены, что Моисей оставался с родителями достаточно долгое время, чтобы впитать идентичность и надежды своего народа, а также их веру в Бога патриархов» (Ellison H. *Exodus*. Daily Study Bible Series. Louisville, KY: Westminster John Knox Press, 1982. C. 10).

[1010] Сарна пишет: «Подобно другим привилегированным мальчикам при дворе и в бюрократических кругах Египта [Моисей], скорее всего, начал учебу в четырехлетнем возрасте, проводя в школе с раннего утра до полудня в течение примерно двенадцати лет» (Sarna N. *Exploring Exodus: The Heritage of Biblical Israel*. New York: Schocken Books, 1986. C. 33). Формальное образование при дворе обычно включало чтение, письмо, переписывание классических текстов, основы управления государством и некоторые спортивные дисциплины (Harrison R. *Introduction to the Old Testament: Including a Comprehensive Review of Old Testament Studies and a Special Supplement on the Apocrypha*. Grand Rapids: Eerdmans, 1969; репр., Peabody, MA: Hendrickson Publishers, 2004. C. 575).

умерли все, искавшие души твоей”»). Скорее всего, это произошло в результате естественного развития событий – просто в силу прошествия времени: «Спустя долгое время, умер царь египетский…» (2:23).

Помимо трех чудес, которые должны были подтвердить свидетельство Моисея, было нечто, что он должен был сделать просто своими естественными способностями: сказать старейшинам Израиля, что он знает Божье имя: «Так скажи сынам Израилевым: “Сущий [Яхве] послал меня к вам”» (3:14). Он узнал это имя путем сверхъестественного откровения у горящего куста, однако сообщить о нем должен был естественным путем. После того как он вернулся в Египет и выполнил все, что Господь ему повелел, израильтяне поверили ему. Однако их вера не была сверхъестественным даром спасительной веры (ср. Иез. 20:8: «…никто не отверг мерзостей от очей своих и не оставил идолов египетских…»). Это была обычная человеческая вера – вера устному свидетельству, которое было подтверждено знамениями и тем, что свидетельствовавший знал Божье имя. «…И пересказал Аарон все слова, которые говорил Господь Моисею; и сделал Моисей знамения пред глазами народа, и поверил народ; и услышали, что Господь посетил сынов Израилевых и увидел страдание их, и преклонились они и поклонились» (4:30-31). Хотя эта человеческая вера не могла возродить их сердца или принести духовное спасение (ср. Евр. 3:10: «Посему Я вознегодовал на оный род и сказал: непрестанно заблуждаются сердцем, не познали они путей Моих…»), тем не менее, она сыграла очень важную роль в осуществлении Божьего безусловного обещания вывести израильтян из Египта.

Оскорбившись требованием Моисея, фараон решил преподать израильтянам урок. Он приказал надсмотрщикам перестать выдавать евреям солому, не уменьшая при этом квоты изготовляемых кирпичей (5:6-8). Это решение было продиктовано тем, что фараон посчитал слова Моисея ложью, а самого Моисея – самозванцем: «…дать им больше работы, чтоб они работали и не занимались пустыми речами» (5:9).

В результате естественного хода событий жизнь израильтян стала невыносимой – они были в отчаянии. Из-за требований Моисея фараон начал презирать народ израильский и сделал все, что мог, чтобы отяжелить его жизнь. Когда израильтяне увидели происходящее, они поняли, что оказались в огромной опасности: «И увидели надзиратели сынов Израилевых беду свою в словах: не убавляйте числа кирпичей, какое положено на каждый день. …И сказали [Моисею и Аарону]: “Да видит и судит вам Господь за то, что вы сделали нас ненавистными в глазах фараона и рабов его и дали им меч в руки, чтобы убить нас"» (5:19-21). Ухудшение жизненных условий, в свою очередь, заставило израильтян относиться к Моисею с подозрением: «Моисей пересказал это сынам Израилевым; но они не послушали Моисея по малодушию и тяжести работ» (6:9).

Хотя во всех казнях египетских присутствовал сверхъестественный элемент, в некоторых из них Господь задействовал природные явления. К примеру, во время восьмой казни «...Господь навел на сию землю восточный ветер, [продолжавшийся] весь тот день и всю ночь. Настало утро, и восточный ветер нанес саранчу» (10:13). Сходным образом, устраняя последствия этой казни, «...воздвигнул Господь с противной стороны западный весьма сильный ветер, и он понес саранчу и бросил ее в [Красное] море: не осталось ни одной саранчи во всей стране египетской» (10:19)[1011].

Позднее Бог даровал израильтянам благоволение в глазах египтян. Это произошло частично в результате вполне понятных естественных причин. Моисея уважали за его власть как Божьего вестника и за чудеса, которые через него совершались. Чудеса были сверхъестественными, а уважение в сердцах людей – естественным: «И дал Господь милость народу Своему в глазах египтян, да и Моисей был весьма велик в земле египетской, в глазах рабов фараоновых и в глазах народа» (11:3).

Когда израильтяне покидали свои поселения, фараон и прочие египтяне даже уговаривали их пойти скорее, подстегиваемые естественным страхом смерти: «И призвал фараон Моисея и Аарона ночью и сказал: "Встаньте, выйдите из среды народа моего, как вы, так и сыны Израилевы, и пойдите, совершите служение Господу, как говорили вы..." И понуждали Египтяне народ, чтобы скорее выслать его из земли той; ибо говорили они: "Мы все помрем"» (12:31, 33).

---

[1011] Некоторые авторы высказывают предположения о более широком задействовании природных факторов в десяти казнях египетских. Например, Прован, Лонг и Лонгман поясняют: «Превращение Нила в кровь иногда приписывалось либо образованию взвеси частичек почвы, либо необычному накоплению бактерий в период разлива. Результатом загрязнения воды стал выход жаб на сушу. Гнус/москиты также были нередки в определенные периоды года в Египте. <...> Есть мнение, что нарывы на людях и на скоте представляли собой кожную форму сибирской язвы, передававшейся через укусы мошек, контактировавших с мертвыми жабами и скотом, умершим во время предыдущих казней» (Provan I., Long V., Longman T. *A Biblical History of Israel*. Louisville, KY: Westminster John Knox Press, 2003. C. 128).

Когда они выходили из Египта, Бог избрал дорогу с учетом фактора человеческого страха: «Когда же фараон отпустил народ, Бог не повел его по дороге земли филистимской, потому что она близка; ибо сказал Бог: "Чтобы не раскаялся народ, увидев войну, и не возвратился в Египет"» (13:17). Даже в Своем сверхъестественном водительстве Он не пренебрегал естественными обстоятельствами и человеческими склонностями.

Место для лагеря израильтян Господь тоже выбрал стратегически, с учетом образа мыслей фараона. Он повелел народу разбить лагерь между Мигдолом и морем, чтобы фараон подумал, что они заперты пустыней, и решил напасть на них. Это очень любопытное наблюдение. Чтобы осуществить последний этап Своего искупительного замысла, Богу не пришлось навязывать фараону диктат Своей воли сверхъестественным образом. Ему достаточно было просто учесть естественный образ мыслей фараона: «Скажи сынам Израилевым, чтобы они обратились и расположились станом пред Пи-Гахирофом, между Мигдолом и между морем, пред Ваал-Цефоном; напротив его поставьте стан у моря. И скажет фараон о сынах Израилевых: "Они заблудились в земле сей, заперла их пустыня"» (14:2-3).

Наиболее драматичный момент этой истории – кульминация страха перед окончательной развязкой – также был обусловлен естественными факторами. Когда израильтяне оказались запертыми между египетской армией и Красным морем, они испытали самые страшные чувства. Находясь в Египте, они рисковали своим покоем, а теперь – впервые за всю историю – они рисковали жизнью: «Фараон приблизился, и сыны Израилевы оглянулись, и вот, египтяне идут за ними. И весьма устрашились и возопили сыны Израилевы к Господу, и сказали Моисею: "Разве нет гробов в Египте, что ты привел нас умирать в пустыне? Что это ты сделал с нами, выведя нас из Египта?"» (14:10-11). На этом мрачном фоне Моисей объявил народу благую весть, которая несла им надежду: «Не бойтесь, стойте – и увидите спасение Господне, которое Он соделает вам ныне…» (14:13).

Наконец, чудо разделения вод включало в себя как одну из составляющих частей действие природных факторов. «И простер Моисей руку свою на море, и гнал Господь море *сильным восточным ветром* всю ночь и сделал море сушею, и расступились воды» (14:21; курсив наш. – *А. П.*).

*Обобщение*

Божий план включал в себя природные факторы и свободные человеческие решения, которые Бог искусно направлял для достижения Своих целей. Бог использовал естественные репродуктивные процессы, чтобы превратить семью Иакова в большую нацию. Он также использовал такие естественные факторы, как красивая внешность младенца Моисея, осмоленная корзинка на водах, смерть фараона, ветер, который принес саранчу в Египет и затем сбросил ее обратно в воду, сильный ветер (смерч?), который разделил воды Красного моря.

Несколько раз Бог приводил Свой замысел в исполнение через события или обстоятельства, которые зависели от человеческих решений. К примеру, в некоторых случаях Он использовал логическое мышление фараона. Он также использовал решение повитух ослушаться приказа фараона и солгать ему о подлинных причинах выживания еврейских мальчиков. Он использовал решение некоторого человека жениться, а также решение дочери фараона придти купаться на реку Нил в нужное время на нужное место. Он использовал естественную жалость, возникшую в сердце дочери фараона, а также предложение сестры Моисея, основанное на ее семейных чувствах. Он использовал решение дочери фараона, основанное на естественной оценке ситуации, а также ее готовность усыновить младенца. Бог позволил распространиться слухам о преступлении Моисея. В результате естественной цепочки событий, запущенных этим преступлением, Моисей оказался в доме мадиамского священника Рагуила и женился на одной из его дочерей. Своими естественными способностями Моисей сообщил старейшинам Израилевым Божье имя. Господь употребил доверие старейшин свидетельству Моисею. Он сыграл на убежденности фараона в том, что Моисей – самозванец и лжец. Посредством естественной цепочки событий жизнь израильтян стала невыносимой, и их отчаяние достигло предела. Бог продвинул исполнение Своего замысла еще на один шаг через то, что египтяне начали уважать Моисея за совершаемые им (через него) чудеса. Через естественный страх перед смертью Бог побудил фараона и других египтян не просто отпустить народ израильский, а принуждать их идти скорее. Бог принял во внимание фактор страха, когда избирал дорогу, по которой израильтяне должны были идти из Египта. И Он принял во внимание логику фараона, когда избирал стратегическое место для лагеря израильтян на берегу Красного моря.

## Провидение, опосредованное Божьими повелениями

*Обсуждение*

В разные моменты истории Бог являл Свое провидение через прямые повеления, обращенные к человеческой воле. Показательно, что очень рано в книге Исход суть Божьего безусловного постановления переадресовывается человеку в форме повеления. Суть Божьего постановления заключалась в том, чтобы вывести народ из Египта. Бог повторил это безусловное обещание несколько раз, подтвердив, что Он Сам выведет их из рабства (ср. 3:8: «…и иду избавить его от руки египтян и вывести его из земли сей в землю хорошую и пространную, где течет молоко и мед, в землю хананеев…»; также 3:17: «Я выведу вас от угнетения Египетского в землю хананеев…»). Однако в 3:10 Господь дает Моисею повеление, непосредственно связанное с исполнением этого безусловного обещания: «Итак пойди: Я пошлю тебя к фараону; и выведи из Египта народ Мой, сынов Израилевых».

Практически на каждом шагу наряду со сверхъестественными вмешательствами и действием естественных факторов Бог давал Моисею непосредственные заповеди и повеления, с помощью которых Он направлял события к желаемой цели. Бог говорил Моисею, что тот должен был сказать израильтянам: «Так скажи сынам Израилевым: “Сущий [Иегова] послал меня к вам”» (3:14; ср. также ст. 15-16)[1012]. Бог указывал Моисею, кого он должен взять с собой к фараону и что он должен был сказать ему: «И они послушают голоса твоего, и пойдешь ты и старейшины Израилевы к царю египетскому, и скажете ему: “Господь, Бог евреев, призвал нас; итак отпусти нас в пустыню, на три дня пути, чтобы принести жертву Господу, Богу нашему”» (3:18; ср. также 4:21-23).

Через Свои заповеди Бог также побуждал Моисея делать то, что тот в противном случае делать не очень хотел. Когда Моисей отказался от Божьего поручения, сославшись на свое косноязычие, Бог ответил:

[1012] На основании контекста Чисхольм высказывает предположение, что это имя «указывает на Божью поддержку и Его спасительное присутствие с Его народом, а не просто на его существование» (Chisholm R. *From Exegesis to Exposition: A Practical Guide to Using Biblical Hebrew*. Grand Rapids: Baker Books, 1998. С. 116. Примеч. 31). По-видимому, упоминание Божьего имени должно было не только подтвердить свидетельство Моисея, но и побудить старейшин Израилевых послушаться его.

«Кто дал уста человеку? Кто делает немым, или глухим, или зрячим, или слепым? Не Я ли Господь? Итак пойди, и Я буду при устах твоих и научу тебя, что тебе говорить» (4:11-12).

Вступив в личный диалог с Моисеем, Господь открыл дверь для внесения некоторых корректив в то, как будет осуществляться Его замысел. Например, когда Моисей продолжал отказываться – «Господи! Пошли другого, кого можешь послать» – Бог позволил ему говорить через Аарона: «Разве нет у тебя Аарона брата, левитянина? Я знаю, что он может говорить, и вот, он выйдет навстречу тебе, и, увидев тебя, возрадуется в сердце своем; ты будешь ему говорить и влагать слова в уста его, а Я буду при устах твоих и при устах его и буду учить вас, что вам делать» (4:13-15). Важно отметить следующие две обстоятельства. Во-первых, Аарон был выбран потому, что он был способным оратором. Во-вторых, Бог не сразу начал с того, чтобы пригласить Аарона на роль глашатая. Участие Аарона было открыто позже, как уступка Моисею. Тем не менее, даже упрямое (и, возможно, трусливое) нежелание Моисея не изменило ни конечного результата (избавление израильтян), ни более крупных деталей Божьего плана (избавление через Моисея). Господь не удовлетворился отрицательным ответом: «…жезл сей возьми в руку твою: им *ты будешь* творить знамения» (4:17). Этими словами – «Ты будешь творить знамения» – Господь поставил точку в разговоре с Моисеем. Бог знал, как настоять на Своем. По завершении разговора «…пошел Моисей, и возвратился к Иофору, тестю своему» (4:18).

Через свою предписывающую волю Бог руководил временем событий. В частности, Он сказал Моисею, когда именно нужно вернуться в Египет: «И сказал Господь Моисею в земле мадиамской: “Пойди, возвратись в Египет, ибо умерли все, искавшие души твоей”» (4:19). Если бы Моисей по какой-то причине решил вернуться раньше, он был бы пойман и казнен. Вместе с тем, в этом повелении звучало и ободрение. То самое обстоятельство, из-за которого Моисей вынужден был бежать из Египта с такой поспешностью, теперь было устранено.

Нужно заметить, что в книге Исход заповедующая воля Божья была обращена не только к Моисею. В 4:22-23 Бог говорит, чтобы Моисей передал фараону: «Израиль есть сын Мой, первенец Мой; Я говорю тебе: отпусти сына Моего, чтобы он совершил Мне служение; а если не отпустишь его, то вот, Я убью сына твоего, первенца твоего». Это не только повеление, но и условное обещание: «Если не отпустишь, то Я убью твоего первенца». В данном случае Господь знал, что фараон не послушается Божьего приказания. Тем не менее, Он дал это повеление, чтобы открылся Его праведный суд.

В 4:27 Бог дает заповедь Аарону: «И Господь сказал Аарону: “Пойди навстречу Моисею в пустыню”. И он пошел, и встретился с ним при горе Божией, и поцеловал его». Это повеление также способствовало исполнению Божьего замысла.

В 6:13 Бог отдает приказы Моисею и Аарону: «И говорил Господь Моисею и Аарону, и давал им повеления к сынам Израилевым и к фараону, царю египетскому, чтобы вывести сынов Израилевых из земли египетской». Моисей вновь возражает Господу: «Вот, я несловесен: как же послушает меня фараон?» (6:30). В ответ на это Господь подтверждает данное ранее разрешение говорить через Аарона: «…ты будешь говорить все, что Я повелю тебе, а Аарон, брат твой, будет говорить фараону, чтобы он отпустил сынов Израилевых из земли своей» (7:2).

Посредством Своей предписывающей воли Бог направлял поступки Моисея, указывая ему, как тот должен поступать в тех или иных ситуациях. Порой Его повеления основывались на совершенном знании будущего. Так, Бог знал заранее, чего потребует фараон: «[Ибо] фараон скажет вам: “Сделайте чудо”, [тогда] ты скажи Аарону: “Возьми жезл твой и брось пред фараоном” – он сделается змеем» (7:9)[1013]. Он также знал, что фараон имеет обыкновение выходить к реке Нил по утрам: «Пойди к фараону завтра: вот, он выйдет к воде, ты стань на пути его, на берегу реки, и жезл, который превращался в змея, возьми в руку твою и скажи ему: “Господь, Бог евреев, послал меня сказать тебе: "Отпусти народ Мой, чтобы он совершил Мне служение в пустыне"; но вот, ты доселе не послушался”» (7:15-16).

В 8:1-2 Бог дает фараону выбор: «Пойди к фараону и скажи ему: “Так говорит Господь: "Отпусти народ Мой, чтобы он совершил Мне служение"; если же ты не согласишься отпустить, то вот, Я поражаю всю область твою жабами…”» Фараон должен был выбрать, послушается ли он Божьего повеления или же откажется сделать это – но с угрозой пожать устрашающие последствия. Хотя Бог знал заранее, что

---

[1013] Союз כִּי нередко имеет значение эмфатической частицы и может переводиться как «действительно, на самом деле» (*HALOT*. Т. 2. С. 470). Ср. ESV: «When Pharaoh says to you…»; ср. также HCSB; KJV; NET; NASB; NCV; NIV; NRSV; таргум Неофита: ארום ימלל עמכון פרעה («Так как заговорит с вами фараон…»).

фараон не послушает Его (причины непослушания будут обсуждаться позднее), Он, тем не менее, сообщил ему Свою заповедь.

В 8:9-10 фараону было предложено выбрать время, когда Моисей должен помолиться. Фараон мог назначить любое время, чтобы, когда чудо совершится именно в этот час, чудо было приписано Богу, а не простой случайности. Говоря от имени Господа, Моисей призвал фараона: «"Назначь мне сам, когда помолиться за тебя, за рабов твоих и за народ твой, чтобы жабы исчезли у тебя, в домах твоих, и остались только в реке". Он сказал: "Завтра". Моисей отвечал: "Будет по слову твоему, дабы ты узнал, что нет никого, как Господь Бог наш».

Как уже обсуждалось выше, Господь должен был обеспечить, чтобы израильтяне помазали кровью косяки своих домов (12:13) и чтобы никто из них не вышел из дома (12:22) – только при соблюдении этих условий могли остаться в живых их первенцы. Скорее всего, для этого потребовалось сверхъестественное действие Божье, которое произвело в сердцах израильтян совершенное и единодушное послушание. Однако одним из факторов, способствовавших достижению конечной цели, были прямые Божьи повеления, данные народу израильскому через Моисея (12:1-11). В 12:22 Моисей, следуя Божьим инструкциям, передал старейшинам такое повеление: «…и возьмите пучок иссопа, и обмочите в кровь, которая в сосуде, и помажьте перекладину и оба косяка дверей кровью, которая в сосуде; а вы никто не выходите за двери дома своего до утра».

Наконец, в 14:15 круг лиц, к которым обращены Божьи непосредственные повеления, ведущие к осуществлению Его безусловного промысла, расширяется еще больше. Здесь Божья заповедь обращена не только к Моисею, Аарону, фараону и старейшинам Израилевым, но и ко всем израильтянам: «И сказал Господь Моисею: "Что ты вопиешь ко Мне? Скажи сынам Израилевым, чтоб они шли…"» Этот пример интересен еще и тем, что здесь Бог приказывает израильтянам сделать в точности то, что Он ранее пообещал сделать Сам. Ранее Он уже обещал вывести их из Египта, а теперь Он говорит им, по сути, сделать именно это: выйти из Египта, пересечь последний барьер, определяющий границы этой страны.

*Обобщение*

В процессе исполнения Своего безусловного промысла в книге Исход Бог по меньшей мере дважды давал заповеди, которые непосредственно отражали Божье постановление. В первом случае Он приказал Моисею вывести Израиль из Египта. Во втором Он сказал израильтянам пересечь Красное море и выйти из Египта. Таким образом, заповедующая воля в этих случаях способствовала исполнению воли промышляющей.

Между этими двумя случаями Бог почти на каждом этапе давал прямые повеления, руководя ключевыми участниками и надзирая за исполнением Своего промысла. Он указывал Моисею, что сказать израильтянам, кого взять с собой к фараону, что сказать последнему. Бог подталкивал Моисея делать то, что тот делать не хотел. Он руководил Моисеем в отношении того, что и когда нужно сделать и как нужно вести себя в определенных ситуациях. Он давал повеления не только Моисею, но также Аарону, фараону, старейшинам Израиля и даже всем израильтянам.

## Ожесточение фараонова сердца

*Обсуждение*

Как упоминалось выше, ожесточение сердца фараона сыграло важнейшую роль в исполнении Божьего плана, связанного с исходом израильтян из Египта. В дополнение к вышесказанному можно отметить, что мотив ожесточения может рассматриваться как «полемика против веры египтян в божественность фараона, а также против идеи, что *сердце* фараона – главный контролирующий фактор в истории и обществе»[1014].

Согласно египетской теологии, великий бог Ре сотворил всех остальных богов при посредничестве еще двух божеств: Ху (созидающее

[1014] Beale. An Exegetical and Theological Consideration. C. 149.

слово, или язык как орган речи)[1015] и Сиа (сердце, или разумение)[1016]. О Сиа (сердце) было сказано: «Сердце [бога] Ре, ослепительной красоты, возлюбленный Великого, начальник Вечности, десятки тысяч обретают жизнь в том, что он сотворил»[1017]. Поскольку фараон считался воплощением или наместником Ре, ему нередко приписывали обладание Ху и Сиа: «Ху в его устах, Сиа в его сердце»[1018]. Поэтому считалось, что сердце и уста фараона обладают такой же божественной силой, как сердце и уста верховного египетского божества Ре[1019]. Однако Яхве ожесточил сердце фараона и заградил его уста. Тем самым Господь наглядно продемонстрировал, что именно Он, а не Ре, владычествует над всей землей и управляет всеми событиями.

Тем не менее даже вне контекста Божьей промышляющей воли рассказ об ожесточении фараонова сердца продолжает беспокоить многих людей, поднимая вопросы о Божьей благости и справедливости[1020]. Как Богу удалось повлиять на фараона таким образом, чтобы достичь Своих благих и совершенных целей? Какие средства – сверхъестественные, естественные и прецептивные (предписывающие) – Он использовал в данном случае? В этом разделе мы попытаемся приблизиться к ответу, сделав наблюдения о путях Божьего провидения в жизни египетского царя времен исхода.

Впервые о нежелании фараона отпустить израильтян говорится в 3:19: «Но Я знаю, что царь египетский не позволит вам идти, если [не

---

[1015] Ringgren H. *Word and Wisdom: Studies in the Hypostatization of Divine Qualities and Functions in the Ancient Near East*. Lund, Sweden: Haken Ohlssons Boktryckeri, 1947. С. 12.

[1016] Там же. С. 22.

[1017] Там же. С. 13.

[1018] Там же. С. 22.

[1019] Beale. An Exegetical and Theological Consideration. С. 149. Примеч. 84. Конкурирующая религиозная система Мемфиса провозглашала верховным богом местное божество по имени Пта (*Ancient Near Eastern Texts Relating to the Old Testament* / Под ред. Pritchard J. Princeton, NJ: Princeton University Press, 1969. С. 4). Но даже «Мемфисская теология», египетский мифологический текст, найденный на так называемом «камне Шабака», утверждает, что Пта дал жизнь всем остальным богам через свое *сердце* и уста (*Ancient Egyptian Literature: A Book of Readings* / Под ред. Lichtheim M. Berkeley, CA: University of California Press, 1973–1980. Т. 1. С. 54). Согласно религиозным представлениям, господствовавшим в Мемфисе, фараон тоже считался сыном верховного бога Пта. О фараоне было сказано: «...его отец – Пта-Юг-его-стены» (Там же. Т. 1. С. 52).

[1020] Chisholm R. Divine Hardening in the Old Testament // *BibSac*. № 153/612. Октябрь 1996. С. 410.

принудить его] рукою крепкою». Заметим, что первое предсказание основано на том, что Бог знает сердце фараона: «Но Я знаю, что царь египетский…» Таким образом, можно предположить, что в ожесточении фараонова сердца не последнюю роль сыграла его собственная греховная природа[1021]. Как справедливо заметил Роберт Чисхольм, «с самого начала фараон был упрямым мятежником, которого Яхве сохранил в живых для того, чтобы явить Свое великое могущество, уничижив и поразив его»[1022].

Вскоре после первого предсказания Бог объявил Моисею о Своих намерениях в отношении фараона: «Когда пойдешь и возвратишься в Египет, смотри, все чудеса, которые Я поручил тебе, сделай пред лицем фараона, а Я ожесточу сердце его, и он не отпустит народа» (4:21). Данный стих заслуживает особого внимания, так как в нем раскрывается, в каком смысле и с какой целью будет ожесточено сердце фараона. Бог ожесточит его сердце таким образом, чтобы фараон не поверил чудесам Моисея и не изменил своего решения о израильтянах. Если чудеса были направлены на то, чтобы видевшие их поверили свидетельству Моисея, то ожесточение было направлено на то, чтобы фараон – человек, от которого зависела свобода израильтян, – этому свидетельству не поверил. В связи с этим достаточно очевидно, что ожесточение не обязательно подразумевало, что внутренняя природа фараона должна стать хуже, чем раньше. Ожесточение было связано с тем, чтобы фараон не поверил чудесам или не придал им должного значения и, как следствие, не отказался от оппозиции Моисею. Таким образом, ожесточение носило не столько *онтологический*, сколько *эпистемоло-*

---

[1021] Если придерживаться ранней даты Исхода (ок. 1446 г. до н. э.), то на роль фараона исхода претендуют три кандидатуры: Тутмос II, Тутмос III и Аменхотеп II. Уилльям Шей считает, что это вполне мог быть Тутмос III. Он утверждает, что на основании так называемой «высокой» египетской хронологии дата смерти Тутмоса III стоит ближе всего к библейской дате Исхода (Shea W. The Date of the Exodus // *Giving the Sense: Understanding and Using Old Testament Historical Texts* / Под ред. Howard D. и Grisanti M. Grand Rapids: Kregel Publications, 2003. С. 254; ср. также Provan. *A Biblical History of Israel*. С. 132). Хотя имеющейся информации недостаточно для однозначных выводов, если гипотеза Шей и Прована верна, то у нас появляется весьма интересная параллель в древней египетской литературе. В одном стихотворении, посвященном Тутмосу III, о нем сказано: «Я явлю им ваше величество как молодого быка, *твердого сердцем*, с острыми рогами, непобедимого» (Lichtheim. *Ancient Egyptian Literature*. Т. 2. С. 37; курсив наш. – *А. П.*). Как бы то ни было, Библия неоднократно изображает этого фараона жестокосердным и гордым человеком.

[1022] Chisholm. Divine Hardening. С. 428.

*гический* характер. То есть оно касалось понимания или когнитивных способностей фараона, а не изменения его внутренней природы в сторону зла.

Причины ожесточения еще более проясняются в 7:3: «…Я ожесточу сердце фараоново, и явлю множество знамений Моих и чудес Моих в земле египетской». Эти причины, опять же, находятся в полной гармонии с обозначенной выше природой ожесточения. Бог сделал то, что нужно, чтобы фараон не поверил божественным чудесам и не придал им значения. Это было необходимо для того, чтобы дать место еще более великим чудесам. Если бы фараон поверил Моисею после первого же чудесного знамения, если бы он сразу же передумал и отпустил израильтян, то история Исхода могла бы содержать только одно это чудо. Разумеется, в таком случае она не была бы уже столь мощным свидетельством о силе Яхве и Его превосходстве над всеми языческими богами. Поэтому Бог сделал все, что нужно, чтобы фараон долгое время находил для себя причины не верить чудесам Божьих посланников.

Как станет ясно в дальнейшем, для достижения этой цели Господь задействовал различные средства. Самое первое упоминание о том, что сердце фараона ожесточилось, мы находим в 7:11-13, то есть сразу же вслед за описанием первого чуда, которое Моисей и Аарон совершили на глазах у египетского монарха. Когда посох Аарона превратился в змею, «…призвал фараон мудрецов и чародеев; и эти волхвы египетские сделали то же своими чарами: каждый из них бросил свой жезл, и они сделались змеями, но жезл Ааронов поглотил их жезлы. Сердце фараоново ожесточилось[1023], и он не послушал их, как и говорил Господь». Фараон не поверил явному чуду (и именно в этом проявилось ожесточение его сердца), потому что его собственные мудрецы и чародеи были способны сделать то же самое. В этом случае Бог ожесточил сердце фараона, позволив египетским волхвам совершить чудо, подобное Моисееву[1024]. А тот факт, что жезл Аарона поглотил их жезлы, оказался для него недостаточно убедительным. В конце концов,

[1023] Стативный глагол породы *каль* спряжения *вайййиктоль* וַיֶּחֱזַק (*ваййехезáк*) действительно лучше перевести рефлексивом – «ожесточилось». Важно обратить внимание, что в оригинальном тексте отсутствует пассивная идея. Глагол имеет, скорее всего, ингрессивное («стало твердым») или констативное («было твердым») значение (ср. Bruce K. Waltke и M. O'Connor. *An Introduction to Biblical Hebrew Syntax*. Winona Lake, IN: Eisenbrauns, 1990. С. 554 [§33.3.1a]).

[1024] Или, по крайней мере, позволив им воспроизвести подобие этого чуда.

разница между Аароновым змеем и змеями египетских волхвов заключалась всего-навсего в их относительной силе – то есть в глазах фараона разница между ними казалась не качественной, а количественной.

Важно также обратить внимание на то, какую оценку дал этой ситуации Бог: «Упорно [евр. כָּבֵד, *кавéд*, букв. «тяжелое»] сердце фараоново: он не хочет отпустить народ» (7:14). Из этого стиха видно, что Бог винит самого фараона в том, что его сердце было ожесточенным («упорным»).

Похожую картину находим в 7:22, когда Бог послал на Египет первую казнь. После того как Моисей и Аарон превратили воды Нила в кровь, «…волхвы египетские чарами своими сделали то же. И ожесточилось сердце фараона, и не послушал их, как и говорил Господь». Логично предположить, что в хронологической последовательности событий[1025] фараоново сердце ожесточилось именно потому, что волхвы смогли повторить чудо Господа. Почему фараон должен слушать Моисея и повиноваться Богу Яхве, если его собственные боги способны творить такие же чудеса?

После второй казни (жабами), фараон испугался и был готов подчиниться требованиям Моисея и Аарона: «Помолитесь Господу, чтоб Он удалил жаб от меня и от народа моего, и я отпущу народ израильский принести жертву Господу» (8:8). Однако, как только эта просьба была удовлетворена и жабы умерли, его сердце вновь ожесточилось: «И увидел фараон, что сделалось облегчение, и ожесточил сердце свое, и не послушал их, как и говорил Господь» (8:15). В этом стихе сказано, что фараон сам ожесточил свое собственное сердце[1026]. Любопытно, что в данном случае его сердце ожесточилось в результате того, что он получил облегчение в страдании. Ориген верно уловил эту идею: «Когда Бог являет Свою благость и терпение, то сердце презирающих и отвергающих Его доброту и милосердие нередко ожесточается оттого, что наказание за их преступления откладывается»[1027].

Как следствие, даже когда египетские волхвы не могли повторить некоторых чудес, фараон все равно не послушался Моисея вопреки всем свиедетельствам. «Старались также и волхвы чарами своими про-

---

[1025] Хронологическая последовательность действий выражена в еврейском языке цепочкой *вайиктолов*.

[1026] Используется *хифиль* от глагола כָּבֵד (*кавéд*) со значением «отягчать, отяжелять».

[1027] Origen. *De principiis* (3.10) / Пер. на лат. Руфина // *ANF*. Т. 4. С. 302.

извести мошек, но не могли. И были мошки на людях и на скоте. И сказали волхвы фараону: “Это перст Божий”. Но сердце фараоново ожесточилось, и он не послушал их, как и говорил Господь» (8:18-19). Любопытно, что Библия умалчивает о том, была ли остановлена казнь мошками и просил ли фараон облегчения. Возможно, эта казнь была не слишком мучительной[1028], и сердце фараона ожесточилось в результате того, что он столкнулся с не очень тяжелым испытанием. Впрочем, это останется в сфере предположений, поскольку Библия не сообщает о том, какими средствами воспользовалось Божье провидение в данном случае. Сказано только, что сердце фараона «стало твердым»[1029].

Затем фараон ожесточил свое сердце, когда опять получил облегчение в страданиях: «И сделал Господь по слову Моисея и удалил песьих мух от фараона, от рабов его и от народа его: не осталось ни одной. Но[1030] фараон ожесточил сердце свое и на этот раз и не отпустил народа» (8:31-32).

В очередной раз сердце фараона ожесточилось после того, как эпидемия поразила египетский скот: «Фараон послал узнать, и вот, из скота Израилевых не умерло ничего. Но сердце фараоново ожесточилось, и он не отпустил народа» (9:7). Вновь ничего не говорится о том, задействовал ли Бог какие-то средства для ожесточения фараонова сердца в этом случае. Могла ли быть таким средством ревность, спровоцированная известием, что скот евреев не пострадал? Однако в любом случае в свете вышесказанного можно предположить, что прислушаться к словам Моисея ему не дало его упрямое сердце (ср. 7:14). Также мы можем заметить, что эта казнь мало касалась самого фараона, поэтому у него не было особых причин смирять себя. В прошлом

---

[1028] Точное значение древнееврейского слова כֵּן (*кен*) неизвестно. Возможно, оно обозначало каких-то комаров или вшей (ср. *HALOT*. Т. 2. С. 483). Как отмечают авторы комментариев под редакцией Мак-Артура, «еврейский термин, вероятно, относился к маленькой мошкаре, едва различимой человеческим глазом. [Египетские] жрецы, которые усердно старались соблюдать ритуальную чистоту путем совершения омовений и сбривания волос на теле, оказались нечистыми и не могли исполнять свои обязанности» (*The MacArthur Bible Commentary* / Под ред. MacArthur J. Nashville, TN: Thomas Nelson, 2006. С. 93).

[1029] В данном стихе используется *вайиктоль* породы *каль* от стативного глагола חָזַק (*хаза́к*).

[1030] В свете вышесказанного, особенно в отношении 8:15, *вайиктоль* в этом случае лучше расценить не как противительный, а как последовательный: «…тогда [вследствие этого] фараон ожесточил свое сердце». Ср. Chisholm. *From Exegesis to Exposition*. С. 120.

он был близок к тому, чтобы отпустить израильтян, когда сам страдал от боли (ср. 8:8). В этом же случае казнь касалась скота, поэтому фараон не ощущал острой необходимости подчиниться словам Моисея.

После шести случаев, когда фараон ожесточал свое собственное сердце, в качестве субъекта ожесточения впервые упоминается Яхве (не считая двух предсказаний, относящихся к будущему времени – в 4:21 и 7:3). Это происходит во время шестой казни: «И не могли волхвы устоять пред Моисеем по причине воспаления, потому что воспаление было на волхвах и на всех египтянах. Но Господь ожесточил сердце фараона, и он не послушал их, как и говорил Господь Моисею» (9:11-12). В контексте не упоминаются никакие подробности, которые можно было бы расценить как промежуточные средства ожесточения. Учитывая специфический акцент на имени Яхве [וַיְחַזֵּק יְהוָה, *вайехаззéк йхвх*], впервые появляющийся в связи с мотивом ожесточения, нельзя исключать идею ретрибуции. Господь мог ожесточить сердце фараона в наказание за то, что тот уже многократно упорствовал в своем непослушании[1031]. Впрочем, сохраняется возможность, что средства ожесточения просто остались неназванными, ибо «древние формы мысли [иногда] пренебрегали причинами промежуточного порядка»[1032].

Пролить свет на то, что произошло с сердцем фараона, может ближайший контекст. В 9:17 Бог обличает египетского царя в том, что тот превозносился над Израилем: «Ты еще превозносишься[1033] над народом Моим, не отпуская его» (перевод наш. – *А. П.*). Поскольку источник греховного волеизъявления (*volitio*), как правило, гнездится в греховной наклонности (*inclinatio*)[1034], мы можем предположить, что

---

[1031] Такую точку зрения высказывает Вайн: «…на примере фараона, который прежде многократно "ожесточал" свое собственное сердце… это привело к ретрибутивному "ожесточению" его сердца Богом, после длительного периода Его долготерпения…» (Vine W. *Vine's Complete Expository Dictionary of Old and New Testament Words*: В 2 т. // Под ред. Unger M. и White W. Nashville: Thomas Nelson, 1996. Т. 2. С. 290). Ср. также Рим. 1:24, 26, 28; 2 Фес. 2:10.

[1032] Cooke G. *A Critical and Exegetical Commentary on the Book of Ezekiel*. International Critical Commentary. New York: Charles Scribner's Sons, 1937. Т. 1. С. 151.

[1033] Глагол סלל (*слл*) породы *хитполель* означает «превозноситься» (BDB. С. 699), «поступать горделиво, дерзко» (*HALOT*. Т. 2. С. 757).

[1034] Эти философско-богословские категории хорошо объясняет Шедд: «Когда я говорю: "Подниму-ка я этот камень", – это волеизъявление [*volitio*]. <…> Я отдаю себе отчет в способности совершить это действие или не совершать его. <…> Когда же я говорю: "Возлюблю-ка я Бога всей душой", – это уже относится к волевой на-

причиной ожесточения его сердца была его склонность к гордости и самовозвышению.

Наказание градом заставило фараона умолять об облегчении страданий и вновь обещать Израилю свободу (9:27-28). Однако, как только облегчение было получено, фараон быстро передумал исполнять свое обещание: «И увидел фараон, что перестал дождь и град, и гром, и продолжал грешить, и отягчил сердце свое сам и рабы его. И ожесточилось сердце фараона, и он не отпустил сынов Израилевых, как и говорил Господь чрез Моисея» (9:34-35). Любопытно заметить, что в этих стихах Библия уравнивает две из трех фраз, ранее использовавшихся применительно к ожесточению фараонова сердца: фараон «отягчил сердце свое» (евр. וַיַּכְבֵּד לִבּוֹ הוּא, *ваййахбéд либбó у*, ст. 34), и, как следствие[1035], его сердце «ожесточилось» (евр. וַיֶּחֱזַק לֵב פַּרְעֹה, *ваййехезáк лев пар-ó*, ст. 35). Реакция фараона была предсказуемой, поскольку ранее Господь уже объявил через Моисея[1036], что в сердце египетского царя не было страха Божьего: «…но я знаю, что ты и рабы твои еще не убоитесь Господа Бога» (9:30). В этом виден еще один намек на греховную наклонность фараонова сердца. Он не только был горд, но и не боялся Бога.

В 10:1 Господь приписывает ожесточение фараонова сердца Своему действию: «И сказал Господь Моисею: “Войди к фараону, ибо Я отягчил сердце его и сердце рабов его, чтобы явить между ними сии знамения Мои…”» И это несмотря на то, что два предыдущих стиха (9:34-35) сообщают, что фараон ожесточил свое собственное сердце. Говорят ли эти соседствующие друг с другом тексты об одном и том же событии или о разных этапах ожесточения? На наш взгляд, они говорят об одном и том же, поскольку между ними отсутствует какой-либо намек на «смягчение» фараона. Иными словами, фараон уже

---

клонности (*inclinatio*). Объектом действия воли в последнем случае является сама воля. Я не способен проконтролировать свою способность возлюбить что-либо всей душой. Здесь у меня нет способности совершить альтернативный выбор. Я не могу сделать одно [возлюбить] так же легко, как другое [не возлюбить]. И причина кроется в том, что я уже люблю всей душой себя. В этом отношении я имею заранее сформированную склонность, или самоопределение» (Shedd. *Dogmatic Theology* / Под ред. Gomes A. C. 518–519). В случае фараона исхода его греховное волеизъявление заключалось в том, чтобы не отпускать Израиль, а его греховная волевая наклонность была в том, что он превозносился над народом Яхве и Его вестниками.

[1035] Последовательный *вайиктоль*.

[1036] Ср. Исход 9:35.

ожесточил свое сердце, решив не отпускать израильтян. И сразу же вслед за этим Бог сказал, что это ожесточение было от Него, – что это Бог сделал так, чтобы фараон не отпустил Израиль. Значение этого наблюдения будет обсуждаться чуть позже.

Более того, стихи 1-2 десятой главы подтверждают в ретроспективе то, о чем в 7:3 Господь говорил в перспективе. Главная цель, ради которой Господь включил ожесточение фараонова сердца в Свой промысел, заключалась в том, чтобы умножить чудеса и знамения и прославить имя истинного Бога. «…Я отягчил сердце его и сердце рабов его, чтобы явить между ними сии знамения Мои, и чтобы ты рассказывал сыну твоему и сыну сына твоего о том, что Я сделал в Египте, и о знамениях Моих, которые Я показал в нем, и чтобы вы знали, что Я Господь».

Третий стих десятой главы лишний раз подкрепляет высказанную нами ранее идею о том, что подоплекой ожесточения служила греховная наклонность воли египетского монарха. Моисей и Аарон говорят фараону: «Так говорит Господь, Бог евреев: “Долго ли ты *не смиришься предо Мною*? Отпусти народ Мой, чтобы он совершил Мне служение…”» Из этого стиха можно сделать вывод, что фараоново сердце ожесточалось из-за гордости – из-за его нежелания смириться перед Яхве. Мы можем догадываться, что, будучи воспитан в египетской религиозной системе, фараон не только почитал божества Египта, но и себя считал божеством[1037]. Неудивительно, что в начале истории он заявил: «Кто такой Господь, чтоб я послушался голоса Его и отпустил Израиля?» (5:2).

Наказание саранчой было настолько ужасным[1038], что оно заставило фараона вновь признать свой грех перед Яхве. Он просил Бога простить его грех и удалить саранчу, по-видимому, подразумевая, что в ответ на это он наконец отпустит израильтян. Вновь мы видим, что страдания «смягчили» его сердце. Однако затем Господь вновь ожесточил фараоново сердце, вероятно, через избавление от страданий: «И воздвигнул Господь с противной стороны западный весьма сильный ветер, и он понес саранчу и бросил ее в [Красное] море: не осталось ни

---

[1037] «Верноподданные считали египетского царя богом. Он был воплощением царственного бога-сокола, Хора, и как минимум с пятой династии (ок. 2494–2345 гг. до Р. Х.) его считали сыном великого бога солнца, Ре. Умирая, он превращался в бога Осириса и примыкал к божествам загробного мира» (Weinstein J. Pharaoh // *Harper's Bible Dictionary* / Под ред. Achtemeier P. San Francisco: Harper and Row, 1985. C. 781).

[1038] Ср. выражение фараона «сия смерть» в Исход 10:17.

одной саранчи во всей стране египетской. Но[1039] Господь ожесточил сердце фараона, и он не отпустил сынов Израилевых» (10:19-20).

После наказания темнотой Господь вновь ожесточил сердце фараона: «И ожесточил Господь сердце фараона, и он не захотел отпустить их» (10:27). Контекст не сообщает о средствах, которые были использованы в данном случае. У читателя остаются следующие варианты истолкования: либо (1) ожесточение было ретрибутивным и сверхъестественным, либо (2) средства, использованные Богом для ожесточения, не указаны явно. Еще один вариант (3) состоит в том, чтобы внимательнее взглянуть на слова Моисея, которые тот сказал фараону непосредственно перед ожесточением. Нетрудно увидеть, что тон Моисея был весьма жестким и безапелляционным: «все или ничего». Так что возможно, что Господь вложил в уста Моисея такие слова, которые будут звучать оскорбительно для фараона, через что сердце последнего ожесточится. Окончательный выбор между этими тремя вариантами истолкования, скорее всего, останется в сфере предположений, поскольку в данном случае у нас просто недостаточно информации (Писание и не сообщает о промежуточных средствах, и не утверждает прямого характера ожесточения).

Во время той же самой аудиенции с фараоном, в конце своей гневной речи, Моисей предупредил египетского монарха о следующей казни, после которой его слуги будут умолять Моисея забрать израильтян и покинуть Египет как можно скорее. Моисей предупредил фараона, что Бог поразит всех первенцев в Египте. Вероятно, это предупреждение не возымело эффекта. Тогда Яхве сказал Моисею: «Не послушал вас фараон, чтобы умножились чудеса Мои в земле египетской» (11:9). Похоже, что это утверждение было основано на знании Богом природы фараона. Оно напоминает о Божьем предсказании в самом начале этой истории: «Но Я знаю, что царь египетский не позволит вам идти, если [не принудить его] рукою крепкою…» (3:19). В то же самое время, это утверждение показывает, что Бог был намерен сдерживать силу убеждения и принуждения до самого последнего мо-

---

[1039] Значение спряжения *вайиктоль* в данном случае не обязательно противительное. В свете аналогичных примеров из предшествующего контекста, скорее всего, этот *вайиктоль* тоже следует расценить как результативный или последовательный.

мента. Тогда, и только тогда, – когда запланированные Богом чудеса осуществятся и Его замысел вполне исполнится, – ожесточенное сердце фараона окончательно размягчится через страдания, и он разрешит израильскому народу покинуть страну рабства. Поистине, Бог знает предел прочности каждого человека, и Он знает, какие средства убеждения и/или принуждения окажутся эффективными в каждом конкретном случае.

В следующем стихе (11:10) Моисей подводит итог всей предыдущей части истории. В начале рассказа о казнях Бог сказал: «…но Я ожесточу сердце фараоново, и явлю множество знамений Моих и чудес Моих в земле египетской…» (7:3). Теперь Моисей оглядывается на все предыдущие события, на все знамения и чудеса, совершенные перед лицом фараона, и говорит, что Божье первоначальное предсказание полностью исполнилось. «Моисей и Аарон сделали *все сии чудеса* пред фараоном; но Господь ожесточил сердце фараона, и он не отпустил сынов Израилевых из земли своей» (11:10; курсив наш. – *А. П.*). Теоретически, фараон мог бы передумать и прислушаться к Моисею ранее, и в таком случае Бог не совершил бы последней казни, которая играла столь большую роль в истории искупления. Однако Господь сделал так, чтобы фараон не поверил Моисею до самого последнего момента, чтобы все чудеса были явлены.

Несмотря на тот факт, что во многих случаях Бог прибегал к промежуточным средствам и что несколько раз фараон сам ожесточал свое собственное сердце, в итоговом утверждении Моисей просто приписывает все это Богу: «…Господь ожесточил сердце фараона…» (11:10). Тем не менее, когда Моисей объяснял израильтянам, почему они должны посвятить всех перворожденных Богу, вину за ожесточение он возлагает исключительно на самого фараона. Оглядываясь на прошлые события, он обобщает их следующим образом: «…ибо когда фараон упорствовал [הִקְשָׁה פַּרְעֹה, *икшá фар-ó*] отпустить нас, Господь умертвил всех первенцев в земле египетской…» (13:15). Значение этих наблюдений будет обсуждаться позднее.

Под давлением последнего наказания фараон разрешил израильтянам выйти из Египта. Бог избрал стратегическое место для их стоянки – так, чтобы фараон подумал, что евреи оказались запертыми между пустыней и морем. Это должно было спровоцировать его погнаться за Израилем и прижать их к морю. Тогда Бог еще раз ожесточил фараоново сердце: «А Я ожесточу сердце фараона, и он погонится за ними…» (14:4). В данном случае ожесточение проявилось в том, что фараон не поверил в силу Яхве и захотел вернуть Израиль в рабство: «…Я ожесточу… и он погонится…» То же самое очевидно из следующих слов Моисея, свидетельствующих об исполнении этого обещания: «И ожесточил Господь сердце фараона, царя египетского, и он погнался за сынами Израилевыми…» (14:8).

Мы можем предположить, что в последнем случае Бог использовал для ожесточения фараона по меньшей мере два промежуточных фактора. Во-первых, Израиль казался легкой добычей: «И скажет фараон о сынах Израилевых: “Они заблудились в земле сей, заперла их пустыня. А Я ожесточу сердце фараона…”» (14:3-4). Во-вторых, фараон начал жалеть о том, что потерял удобный источник дохода: «И возвещено было царю египетскому, что народ бежал; и обратилось сердце фараона и рабов его против народа сего, и они сказали: “Что это мы сделали? Зачем отпустили израильтян, чтобы они не работали нам?”» (14:5).

В конце этой истории Бог ожесточил не только сердце самого фараона, но также и сердца других египтян: «Я же ожесточу сердце египтян, и они пойдут вслед за ними…» (14:17). Сущность ожесточения в данном случае выразилась, опять же, в том, что египтяне не поверили в силу Яхве. Они самоуверенно полагали, что легко разделаются с израильтянами, поскольку те не вооружены, связаны присутствием женщин, детей и скота и не имеют никаких шансов спрятаться от египетской армии. Египтяне подумали, что Израиль станет для них легкой добычей, поэтому ринулись в разделившиеся воды моря вслед за ними. Прекрасным довершением всего рассказа служат стихи 17-18 четырнадцатой главы, где Господь открывает, ради какой цели Он ожесточил египтян: «…и покажу славу Мою на фараоне и на всем войске его, на колесницах его и на всадниках его; и узнают египтяне, что Я Господь, когда покажу славу Мою на фараоне, на колесницах его и на всадниках его» (14:17-18). Поистине, Бог явил Свою великую силу, чудесным образом освободив Свой народ и совершив суд над их угнетателями.

В заключение данного обзора необходимо упомянуть, что для описания ожесточения фараонова сердца в Писании используются три разных глагола: חָזַק (*хаза́к*), כָּבֵד (*каве́д*) и קָשָׁה (*каша́*). После обширного анализа Биль приходит к выводу, что все три термина в повествовании книги Исход «выступают синонимами, поскольку всегда относятся к интеллектуально-волевому отказу отпустить израильтян»[1040]. В случае глагола קָשָׁה один раз субъектом (автором) действия является Бог (7:3) и один раз – фараон (13:15). Глагол חָזַק восемь раз употребляется с субъектом «Бог» (4:21; 9:12; 10:20, 27; 11:10; 14:4, 8, 17) и четыре раза с субъектом «сердце фараона» (7:13, 22; 8:15 [19]; 9:35). При глаголе כָּבֵד субъектом трижды является фараон (8:11 [15], 28 [32]; 9:34), один раз – Бог (10:1), и еще один раз этот стативный глагол используется в качестве прилагательного, описывающего греховную наклонность фараонова сердца (7:14).

*Обобщение*

Подводя итог предыдущему обсуждению, не лишним будет еще раз вспомнить, что ожесточение фараона относилось к неверию в чудеса Яхве и пренебрежению Его силой. Оно проявилось в отказе фараона отпустить израильтян и, позднее, в желании вернуть их в Египет. Таким образом, как утверждалось выше, ожесточение в книге Исход носит не онтологический, а эпистемологический характер, то есть относится не к духовной природе фараона, а к сфере его знаний и веры. Ожесточение не подразумевает, что *природа* фараона стала хуже, чем была первоначально. Оно означает лишь то, что фараон не принял слова и чудеса Яхве достаточно серьезно, чтобы изменить свое решение в отношении Израиля.

Как минимум шесть раз в книге Исход Господь ссылается на греховные наклонности фараона, которые были у него еще до ожесточения и проявлялись независимо от ожесточения[1041]. Первый раз об этом говорится в начале повествования, и подобные заявления повторяются еще несколько раз на протяжении всей истории. Сердце фараона еще до ожесточения было таким, что он не позволил бы Израилю выйти из Египта, если бы не был к этому принужден (3:19); фараон презирал

---

[1040] Beale. An Exegetical and Theological Consideration. C. 147.

[1041] Созвучно нашим выводам звучит утверждение Джона Фрейма, что «Бог никогда не ожесточает людей, которые поступали праведно и были верны Ему» (Frame. *The Doctrine of God*. C. 66).

Яхве и не имел ни малейшего желания повиноваться Ему (5:2); его сердце было упрямым (7:14); он высокомерно превозносился над Израилем (9:17); он не имел страха перед Яхве (9:30) и в гордости своей отказывался смириться перед Ним (10:3).

Девять раз в качестве субъекта (автора) ожесточения выступает фараон; восемь раз субъектом ожесточения объявлен Бог. В начале повествования фараон шесть раз ожесточает свое собственное сердце, прежде чем Богу приписывается авторство в этом действии (не считая двух более ранних предсказаний, относящихся к будущему времени). В связи с этим уместно говорить о ретрибутивном ожесточении. Божье участие в ожесточении фараона можно рассматривать либо как прямое и позитивное (Бог сверхъестественным образом *делает* сердце фараона более упрямым), либо как опосредованное и негативное (Бог *оставляет* фараона его греховным наклонностям)[1042]. Однако независимо от того, как рассматривать механизм Божьего участия в этом процессе, ожесточение фараонова сердца представлено в книге Исход как Божье наказание. Его сердце не было мягким с самого начала, затем он несколько раз еще более ожесточал сам себя, и только потом Бог вступает в дело как субъект ожесточения.

Более того, почти во всех случаях на протяжении данной истории контекст содержит указания на промежуточные средства, задействованные Богом для ожесточения фараона[1043]. Так, дважды фараоново сердце ожесточилось вследствие того, что Бог позволил египетским волхвам повторить чудеса Яхве (7:13, 22); четыре раза ожесточение наступило как результат облегчения от страданий (8:15, 32; 9:34; 10:12); возможно, дважды сердце фараона ожесточилось через то, что Господь послал относительно легкие казни, мало касавшиеся самого фараона (8:19; 9:7); еще в одном случае можно предположить, что фараон отверг требования Моисея из-за того, что тот осмелился говорить с ним в резком тоне (10:27). Дважды Господь организовывал сцену событий таким образом, чтобы фараон поверил в легкую победу над Израилем, и это тоже послужило ожесточению его сердца (14:4, 17). В

[1042] Мы склонны согласиться с мнением Демареста и Льюиса: «Самое логичное и последовательное объяснение ожесточения состоит в том, что Бог, забрав охрану Своего Духа и предоставив фараона его собственным побуждениям, позволил фараону осуществить его враждебные замыслы» (L-D. T. 1. C. 300–301).

[1043] Всего в одном случае промежуточные средства не обозначены явно (9:12).

одном из этих случаев в качестве фактора, побудившего фараона по гнаться за Израилем, упоминается его сожаление о потерянном источнике дохода (14:5).

Любопытно, что в одном контексте три фразы: «фараон ожесточил свое собственное сердце», «сердце фараона ожесточилось» и «Бог ожесточил сердце фараона» (грамматические субъекты «фараон», «сердце фараона» и «Бог»), – относятся к одному и тому же действию (9:34–10:1). Более того, однажды всем предшествующим событиям данной истории итог подводится фразой «Господь ожесточил сердце фараона» (11:10), а в другой раз все те же события объясняются тем, что «фараон упорствовал [ожесточился]» (13:15). Эти наблюдения указывают на то, что ожесточение фараонова сердца носило, скорее всего, опосредованный характер. Та же самая группа событий может объясняться тем, что Бог ожесточил сердце фараона, и тем, что фараон ожесточил свое собственное сердце, лишь в одном случае: если Бог ожесточил сердце фараона, позволив тому ожесточить свое собственное сердце.

Если вышеозначенная логика справедлива, то мы можем сделать следующие выводы. Поскольку именно Бог искусно управлял разнообразными промежуточными причинами (как было показано выше), Он ответственен за конечный результат, но не за грех фараона[1044]. Бог не сделал фараона более греховным, чем тот был до этого, Он просто предоставил фараона его собственным греховным наклонностям[1045].

---

[1044] Этот вывод хорошо гармонирует с богословским учением, носящим название «компатибилизм» (см. **Глоссарий** в начале книги, а также **главу 1**). Согласно этой доктрине, «Бог абсолютно всевластен, однако Его всевластие никаким образом не устраняет человеческую ответственность» (Carson D. Reflections on Assurance // *Still Sovereign: Contemporary Perspectives on Election, Foreknowledge, and Grace* / Под ред. Schreiner T. и Ware B. Grand Rapids: Baker Books, 2000. С. 269). Это учение удачно выразил Рэймонд Ортлунд, сказав, что верит в «высшее главенство Бога над всем, включая подлинную человеческую ответственность» (Ortlund R. The Sovereignty of God: Case Studies in the Old Testament // *Still Sovereign: Contemporary Perspectives on Election, Foreknowledge, and Grace* / Под ред. Schreiner T. и Ware B. Grand Rapids: Baker Books, 2000. С. 26).

[1045] Кайзер добавляет еще одно интересное наблюдение: «Не Бога, а самого фараона нужно винить за то, что его сердце ожесточилось. Заметьте, что та же самая тема вновь поднимается во Второзаконии 2:30, Иисуса Навина 11:20 и 1 Царств 6:6. Хотя эти аллюзии более короткие, можно быть уверенным, что процесс подотчетности и человеческой ответственности был настолько же справедливым, как и в случае

Данная ситуация похожа на Римлянам 1 и противоположна Бытию 20. По меньшей мере пять раз в первой главе Послания к римлянам апостол Павел говорит, что Бог оставил язычников на произвол их собственных греховных наклонностей в наказание за то, что они не признали своего Творца:

> Но как они, познав Бога, не прославили Его как Бога… и *омрачилось*[1046] *несмысленное их сердце*… и славу нетленного Бога изменили в образ, подобный тленному человеку… то и *предал их Бог в похотях сердец их нечистоте*… Они заменили истину Божию ложью… *Потому предал их Бог постыдным страстям*… разжигались похотью друг на друга, мужчины на мужчинах делая срам и *получая в самих себе должное возмездие за свое заблуждение*. И как они не заботились иметь Бога в разуме, то *предал их Бог превратному уму* – делать непотребства… (Рим. 1:21, 23-28; курсив наш. – *А. П.*).

Противоположная картина прослеживается в рассказе об Аврааме и Авимелехе, где Бог, наоборот, сохранил герарского царя от греха. Впоследствии Господь сказал Авимелеху: «…Я знаю, что ты сделал сие в простоте сердца твоего, и *удержал тебя от греха предо Мною*…» (Быт. 20:6; курсив наш. – *А. П.*). В противоположность этому, Бог не удержал фараона времен исхода от греха, а предал его превратному уму и похотям сердца.

Оставляя в стороне два предсказания (4:21 с глаголом אֲחַזֵּק [*ахаззéк*] и 7:3 с глаголом אַקְשֶׁה [*акшé*]), результаты нашего исследования можно представить в виде следующей таблицы[1047]:

---

с фараоном» (Kaiser W. et alt. *Hard Sayings of the Bible*. Downers Grove, IL: InterVarsity, 1996. С. 143).

[1046] Глагол «омрачилось» (греч. ἐσκοτίσθη, *эскотúстэ*) в оригинале стоит в форме пассивного залога. Его можно рассматривать либо как отложительный (т. е. пассивная форма с активным или рефлексивным значением: «омрачилось»), либо как божественный пассив: «было омрачено [Богом]». Учитывая контекст божественного суда и последующие указания на то, что Бог предал этих людей грехам, на наш взгляд, лучше перевести эту форму полноценным страдательным залогом: «…было ослеплено их несмысленное сердце».

[1047] Роберт Чисхольм предлагает интересную схему, в которой негативная реакция фараона перемежается со сверхъестественным ожесточением: «Шесть раз Яхве как бы открывал перед фараоном окно, давая ему какое-либо повеление или преду-

| Наклонность воли (*inclinatio*) фараона | Волеизъявление(*volitio*) фараона, ожесточенное самим фараоном | Волеизъявление (*volitio*) фараона, ожесточенное Богом | Средства ожесточения (если таковые указаны) |
|---|---|---|---|
| 3:19: «Но Я знаю, что царь Египетский не позволит вам идти…» | | | |
| 5:2: «Кто такой Господь, чтоб я послушался голоса Его и отпустил Израиля?» | | | |
| | 7:13: «Сердце фараоново ожесточилось…» (וַיֶּחֱזַק לֵב פַּרְעֹה) | | Позволение волхвам совершить такое же чудо |
| 7:14: «Упорно [евр. כָּבֵד, “тяжелое”] сердце фараоново…» | | | |
| | 7:22: «И ожесточилось сердце фараона…» (וַיֶּחֱזַק לֵב־פַּרְעֹה) | | Позволение волхвам совершить такое же чудо |
| | 8:15 (евр. 8:11): «…и ожесточил [фараон] сердце свое…» (וְהַכְבֵּד אֶת־לִבּוֹ) | | Облегчение страдания |
| | 8:19 (евр. 8:15): «…сердце фараоново ожесточилось…» (וַיֶּחֱזַק לֵב־פַּרְעֹה) | | Легкость третьей казни для фараона (?) |

преждение, однако каждый раз фараон это окно захлопывал. На каком-то этапе этого процесса он даже ожесточил свое собственное сердце. Закрыв для себя все эти альтернативы, он заслужил того, чтобы Господь его ожесточил. Его первый отказ (5:2) вызвал два круга сверхъестественного ожесточения (7:13, 22), второй отказ (8:1-4) – еще два (8:15, 19), его третий и четвертый отказы (8:20-23; 9:1-5) вызвали один круг ожесточения (9:12), пятый (9:13-14) – еще один (9:35). Шестой отказ (10:1-11) вызвал три круга сверхъестественного ожесточения (10:20, 27; 14:8)» (Chisholm. Divine Hardening in the Old Testament. C. 428–429). Как станет ясно из нижеследующей таблицы, результаты нашего анализа не вполне согласуются с концепцией Чисхольма.

| Наклонность воли (*inclinatio*) фараона | Волеизъявление (*volitio*) фараона, ожесточенное самим фараоном | Волеизъявление (*volitio*) фараона, ожесточенное Богом | Средства ожесточения (если таковые указаны) |
|---|---|---|---|
| | 8:32 (евр. 8:28): «…фараон ожесточил сердце свое…» ( וַיַּכְבֵּד פַּרְעֹה אֶת־לִבּוֹ) | | Облегчение страдания |
| | 9:7: «…сердце фараоново ожесточилось…» (וַיִּכְבַּד לֵב פַּרְעֹה) | | Легкость пятой казни для фараона (?) |
| | | 9:12: «…Господь ожесточил сердце фараона…» ( וַיְחַזֵּק יְהוָה אֶת־לֵב פַּרְעֹה) | |
| 9:17: «… ты еще противостоишь народу Моему [*превозносишься над народом Моим*], чтобы не отпускать его…» | | | |
| 9:30: «…я знаю, что ты и рабы твои еще не убоитесь Господа Бога…» | | | |
| | 9:34-35: «…отягчил [фараон] сердце свое [וַיַּכְבֵּד לִבּוֹ]… И ожесточилось сердце фараона [וַיֶּחֱזַק לֵב פַּרְעֹה]…» | 10:1 (о том же событии, что и 9:35): «…Я отягчил сердце его…» ( אֲנִי הִכְבַּדְתִּי אֶת־לִבּוֹ) | Облегчение страданий |
| 10:3: «… долго ли ты не смиришься предо Мною?» | | | |
| | | 10:20: «…Господь ожесточил сердце фараона…» ( וַיְחַזֵּק יְהוָה אֶת־לֵב פַּרְעֹה) | Облегчение страданий |

| **Наклонность воли (*inclinatio*) фараона** | **Волеизъявление(*volitio*) фараона, ожесточенное самим фараоном** | **Волеизъявление (*volitio*) фараона, ожесточенное Богом** | **Средства ожесточения (если таковые указаны)** |
|---|---|---|---|
| | | 10:27: «…ожесточил Господь сердце фараона…» (וַיְחַזֵּק יְהוָה אֶת־לֵב פַּרְעֹה) | Резкий, оскорбительный тон Моисея? |
| | | 11:10: «…Господь ожесточил сердце фараона…» (וַיְחַזֵּק יְהוָה אֶת־לֵב פַּרְעֹה) | Все предшествующие события |
| | 13:15: «…когда фараон упорствовал отпустить нас…» (הִקְשָׁה פַרְעֹה לְשַׁלְּחֵנוּ) | | Все предшествующие события |
| | | 14:4: «…Я ожесточу сердце фараона…» (וְחִזַּקְתִּי אֶת־לֵב־פַּרְעֹה) 14:8 (о том же событии): «…ожесточил Господь сердце фараона…» (וַיְחַזֵּק יְהוָה אֶת־לֵב פַּרְעֹה) | Видимость легкой победы Сожаление о потере источника дохода |
| | | 14:17: «Я же ожесточу сердце египтян…» (וַאֲנִי הִנְנִי מְחַזֵּק אֶת־לֵב מִצְרַיִם) | Видимость легкой победы (?) Сожаление о потере источника дохода (?) |

## Синтез

Хотя наше исследование первых четырнадцати глав книги Исход носило обзорный характер, даже такой широкий анализ позволяет сделать несколько ценных наблюдений о Божьем промысле и провидении. Во-первых, осуществляя Свой безусловный промысел, Бог действует различными путями. Иногда – сверхъестественным путем (мы назвали это прямым, или сверхъестественным, провидением), в некоторых случаях даже напрямую влияя на человеческую волю и/или способности (волхвы, Моисей и, возможно, фараон исхода). В других случаях Бог достигает Своих целей опосредованно: путем взаимодействия с человеческой волей на сознательном уровне, то есть через Свои повеления, или путем взаимодействия с человеческой волей на бессознательном уровне, то есть через природные феномены, тонко управляемые обстоятельства или людей, действующих по велениям своей плоти. Как пишут Льюис и Демарест (перефразируя Чарльза Ходжа), «Бог предопределил как результат, так и средства, ведущие к его достижению»[1048].

Во-вторых, вышеназванные виды провидения находятся в сложном взаимодействии между собой. Одно и то же Божье постановление осуществляется благодаря замысловатому переплетению различных средств. Божье провидение многообразно и зачастую непредсказуемо.

В-третьих, сложную организацию Божьей провиденциальной деятельности демонстрируют также «цепочки провиденциальных актов». Разные виды провидения нередко объединяются причинно-следственными отношениями. Например, чудеса, которые Яхве совершил через Моисея (сверхъестественное действие провидения) заставили египтян уважать Моисея и серьезно относиться к его словам (провидение, опосредованное естественными факторами) (11:3). Еще один пример: Яхве отправил Моисея к фараону (провидение, опосредованное Божьими заповедями), а затем, как реакция на просьбу Моисея отпустить народ, фараон начал презирать израильтян и сделал их жизнь еще тяжелее (провидение, опосредованное естественными факторами). Увидев это и осознав тяжесть своего положения, израильтяне пришли

[1048] L-D. T. 1. С. 299.

в отчаяние и начали сомневаться в Моисее, что привело к ухудшению ситуации (провидение, опосредованное естественными факторами) (5:1–6:9).

В-четвертых, соотношение прямого (сверхъестественного) и косвенного (опосредованного) провидения может быть разным в разные периоды времени. Первые две главы книги Исход охватывают длительный промежуток – около восьмидесяти лет (ср. Деян. 7:23, 30). Хотя это время тоже играло важную роль для осуществления Божьего плана, оно описывается почти исключительно в терминах естественного хода событий. Однако картина драматическим образом меняется в 3-й главе Исхода, когда Господь решает, что время пришло (ср. Исх. 3:9). Следующий относительно короткий период времени взрывается изобилием знамений и чудес[1049].

В-пятых, соотношение прямого (сверхъестественного) и косвенного (опосредованного) провидения может варьировать от одного человека к другому. Даже во время «чудесной» фазы данной истории Божья сверхъестественная активность более заметна в жизни Моисея: Бог многократно ему являлся, лично с ним разговаривал, совершал множество чудес над ним и через него. Однако она гораздо менее заметна, к примеру, среди основной массы еврейского населения, которая наблюдала за чудесами со стороны, но не испытывала их на себе непосредственным образом.

Шестой вывод аналогичен предыдущему. Степень Божьего прямого влияния на человеческую волю может быть как весьма высокой, так и очень низкой. Так, Господь, насколько мы можем судить по книге Исход, мало влиял на волю Моисея до его призвания, а также на волю других израильтян и египтян на протяжении всей истории. Однако Божье влияние на волю Моисея становится весьма ощутимым после его призвания. Высокую степень прямого Божьего влияния можно предположить и в ожесточении фараонова сердца (если принять идею сверхъестественного ретрибутивного ожесточения).

В-седьмых, Божий безусловный промысел осуществлялся Его силой и мудростью. Божья сила проявлялась в чудесах и прочих сверхъестественных событиях, а Его мудрость – в том, что Он знал в совер-

[1049] Чудеса продолжались, хотя и, вероятно, в меньшей степени, во время странствования по пустыне и завоевания Ханаана, а затем постепенно сошли на нет и исчезли до следующего всплеска чудес во времена Илии и Елисея.

шенстве человеческую природу в целом и индивидуальные особенности отдельных людей, а также организовывал и направлял обстоятельства согласно с этим знанием[1050]. Ярким примером последнего может служить фараон исхода, знакомство с которым начинается с упоминания о том, что Бог знает его сердце (Исх. 3:19).

В-восьмых, можно утверждать, что степень Божьего непосредственного влияния на человеческую волю в определенном смысле зависит от того, способен ли человек самостоятельно достичь установленных Богом целей. То, что человек не может сделать сам (увидеть истину, поверить ей, возродиться духовно), должно совершиться прямым Божьим вмешательством. Однако особое Божье вмешательство не требуется в тех делах, которые человек может совершить своими собственными силами (например, продолжать жить в грехе)[1051]. Так, чтобы призвать Моисея на служение, понадобились чудеса, многократные убеждения и, возможно, возрождающее действие Божьего Духа. Но для того чтобы предоставить фараону действовать согласно его греховным наклонностям, особого сверхъестественного влияния на его волю не требовалось (поэтому мы не раз замечали, что в этом случае Господь действовал, в основном, опосредованно).

---

[1050] Ср. Berkhof. *Systematic Theology*. С. 102, 104. Сходную мысль высказывает Гайслер: «Всеведение Бога делает возможной Его минимальную суверенность. <…> А абсолютно суверенный Бог должен не только знать, что должно произойти, но и быть в состоянии обеспечить, чтобы произошло именно это. Последнее становится возможным благодаря всемогуществу. Таким образом, Бог, обладающий одновременно всеведением и всемогуществом, может держать все под полным суверенным контролем» (Geisler. *Systematic Theology*. Т. 2. С. 543). Ср. также Фрейм: «Воля Бога формулируется согласно Его знанию, в том числе предузнанию всех тварных существ; однако Его знание также зависит от решений Его воли. Бог не ограничивает Свое всевластие, однако Его вечный план составлен с учетом цельности творения. <…> Воля Бога опирается на Его знание, а Божье знание опирается на Его волю» (Frame. *The Doctrine of God*. С. 151).

[1051] Так, Пайпер пишет: «Иногда Бог не пользуется Своим правом [сдерживать зло], потому что хочет, чтобы человеческое зло естественным путем достигло какой-либо цели» (Piper J. Are There Two Wills in God? // *Still Sovereign: Contemporary Perspectives on Election, Foreknowledge, and Grace* / Под ред. Schreiner T. и Ware B. Grand Rapids: Baker Books, 2000. С. 117). Сходным образом, Беркхоф говорит о Божьем постановлении, в котором «Бог определяет (а) не сдерживать греховное самоопределение человеческой воли; и (б) регулировать и контролировать результат этого греховного самоопределения» (Berkhof. *Systematic Theology*. С. 105).

В-девятых, действие провидения играет ключевую роль в жизни ключевых людей. Возможно, этот принцип не получится применить универсально ко всем Божьим постановлениям, однако Писание позволяет предполагать, что в процессе осуществления Своих исторических целей Бог в некоторых людях действует особым образом, как это было в случае с Моисеем (израильским лидером) и фараоном (египетским лидером)[1052]. Их Бог специально готовил к их уникальной исторической роли. Поистине, «сердце царя – в руке Господа, как потоки вод: куда захочет, Он направляет его» (Прит. 21:1).

В-десятых, спонтанная человеческая воля иногда задействуется Богом как одно из средств, при помощи которых осуществляется Его промысел. К примеру, Божий замысел продвигался через многие решения фараона угнетения и фараона исхода. Эти решения опирались на их естественное восприятие ситуации. Порою Бог даже позволяет человеческой воле изменять некоторые из предложенных Им распоряжений – если это не противоречит Его первоначальному плану, – как это было во время Божьего разговора с Моисеем в пустыне. В то же время, Бог может отказаться изменять декларированные Им условия, несмотря на все человеческие мольбы и несогласия.

В-одиннадцатых, иногда для исполнения Своего безусловного постановления Бог использует прямые повеления или заповеди. Мы надеемся, настоящая глава в достаточной мере продемонстрировала, что при исходе израильтян из Египта Бог давал людям прямые повеления почти на каждом шагу, направляя весь процесс и руководя им. Особый интерес для нашего исследования представляют два повеления, которые были непосредственно связаны с сутью изначального Божьего постановления. Суть Божьего постановления в книге Исход заключалась в том, чтобы вывести Израиль из Египта. Но однажды Бог

---

[1052] Ср. Martin A. Judaism: A Restatement—Part 1 // *BibSac*. № 101/401. Январь 1944. С. 110. Подготовка Господом Моисея была описана выше в разделе «Основные вехи на пути к исполнению обещания». То, что Господь так же особым образом готовил фараона исхода, очевидно из Римлянам 9:17 (ссылаясь на Исход 9:16): «Ибо Писание говорит фараону: "Для того самого Я и поставил тебя, чтобы показать над тобою силу Мою и чтобы проповедано было имя Мое по всей земле"». Кайзер справедливо отмечает: «В каждом случае индивидуум совершает подлинный моральный выбор. С другой стороны, суверенный Бог говорит нам, что Он воздвиг именно такого фараона специально для того, чтобы тот сделал такой выбор» (Kaiser et alt. *Hard Sayings of the Bible*. С. 562).

сказал Моисею сделать именно это: пойти и вывести Израиль из Египта. И еще раз Он сказал израильтянам пойти вперед, чтобы покинуть Египет. Конечно, это не подразумевало, что Моисей был способен исполнить Божий промысел самостоятельно или что израильтяне могли спасти себя сами. Тем не менее Господу было угодно включить эти заповеди как одно из средств, через которые осуществилось Его безусловное постановление. Возможно также, что в некоторых случаях повеления, которые передавал фараону Моисей (напр., 10:24-26), звучали для фараона настолько оскорбительно, что они даже послужили одним из средств ожесточения.

В-двенадцатых, как бы ни действовал Бог: прямо через Свою силу или косвенно через Свою мудрость, – Он остается во главе всех событий, малых и больших[1053]. Книга Исход неоднократно подчеркивает, что Бог *способен* осуществить Свои планы, напрямую сверхъестественным образом или через различные средства и различных людей.

---

[1053] Его провидение одинаково действенно и на телескопическом, и на микроскопическом уровнях. Действительно, едва ли может быть как-то иначе. Джерри Бриджес выразил эту идею следующим образом: «исчерпывающая божественная суверенность» (Bridges J. Does Divine Sovereignty Make a Difference in Everyday Life? // *Still Sovereign: Contemporary Perspectives on Election, Foreknowledge, and Grace* / Под ред. Schreiner T. и Ware B. Grand Rapids: Baker Books, 2000. C. 297).

# ГЛАВА 7

# НОВОЗАВЕТНЫЕ ТЕРМИНЫ, ОБОЗНАЧАЮЩИЕ БОЖЬЮ ВОЛЮ

Новый Завет уделяет большое внимание учению о Божьей воле. В нем используется широкий спектр слов, которые говорят как о промышляющей, так и о предписывающей воле. Однако, в отличие от древнееврейского языка Ветхого Завета, насыщенного конкретными и образными понятиями, в греческом языке Нового Завета преобладают абстрактные термины.

## Термины, обозначающие промышляющую волю

Новозаветные термины, относящиеся к Божьему промыслу, можно разделить на несколько категорий. Одна группа слов обозначает цель, намерение или план, другая – решение или вывод. Ряд терминов указывают на выбор или предпочтение, другие – на отделение или разграничение. Некоторые слова обозначают знание или ум, иные связаны со зрением. Наконец, последняя группа терминов обозначает жребий. Рассмотрим их по порядку.

### Цель, намерение, план

Новый Завет говорит о том, что у Бога есть планы и намерения о будущем. На эти планы указывают несколько терминов, способных передавать идею цели, намерения или планирования.

**θέλω (*тэ́ло*), «желать»; θέλημα (*тэ́лема*), «желание/воля»**

Лексема θέλω относится к воле или желанию[1054]. Когда говорится о Божьих желаниях, нередко имеется в виду Его план в отношении сотворенного мира. Обычно подразумевается, что Бог способен осуществить Свои желания, а значит, Его воля непременно будет исполнена. Впрочем, есть некоторые исключения, о которых будет сказано ниже.

Библия учит, что Божьим желанием определена форма каждого растения: «…Бог дает ему тело, как хочет [ἠθέλησεν], и каждому семени свое тело» (1 Кор. 15:38). Если Бог определил внешний вид растений, то ясно, что и все творение имеет именно такой вид, какой пожелал определить ему Бог. Наши прославленные тела, предназначенные для будущей вечной жизни, будут сформированы Божьим желанием так же, как и нынешнее творение: «Так и при воскресении мертвых… сеется тело душевное, восстает тело духовное» (1 Кор. 15:42-44).

От Божьего желания зависит, попадет ли человек в тот или иной пункт назначения или нет. Так, апостол Павел ставил возможность своего возвращения в Ефес в зависимость от желаний Господа: «…к вам же возвращусь опять, если будет угодно [θέλοντος] Богу» (Деян. 18:21; ср. 1 Кор. 4:19). От Божьего желания зависит, сможет ли человек сделать то или иное дело. Иаков учил, что благочестивый верующий признает главенство Бога над всеми своими делами, говоря: «Если угодно [θελήσῃ] будет Господу и живы будем, то сделаем то или другое…» (Иак. 4:15). Фактически, осуществление или провал любых человеческих планов зависит от Божьего желания[1055]. Иногда Бог желает, чтобы Его дети переносили страдания за добрые дела: «Ибо, если угодно воле [εἰ θέλοι τὸ θέλημα] Божией, лучше пострадать за добрые дела, нежели за злые…» (1 Пет. 3:17). Напротив, если Он хочет, Он может избавить верующего от страданий. К примеру, если бы Бог захотел, Он мог бы избавить даже Христа от крестной смерти. Эта идея звучит не только из уст Самого Христа (ср. Матф. 26:39, 53), но и из уст книжников и фарисеев, которые признавали верховенство Божьей воли над всеми обстоятельствами: «…уповал на Бога; пусть теперь избавит Его, если Он угоден Ему [εἰ θέλει, букв. “если хочет”]» (Матф. 27:43). Итак, все обстоятельства жизни – от внешнего вида творения до

[1054] BDAG. C. 447–448.

[1055] Schrenk G. θέλω, θέλημα, θέλησις // *TDNT*. T. 3. C. 48.

географических перемещений, страданий и момента смерти – определяются Божьим желанием.

В спасении людей Божье желание тоже играет определяющую роль. К примеру, по изволению Бога происходит рождение в человеке новой духовной природы от Духа Святого: «Дух дышит, где хочет [θέλει], и голос его слышишь, а не знаешь, откуда приходит и куда уходит: так бывает со всяким, рожденным от Духа» (Иоан. 3:8)[1056]. Как ветер дует не там, где хочется человеку, так и Дух Святой приходит туда, куда Он Сам захочет. По Божьему желанию новозаветным верующим было открыто, что язычники тоже входят в завет Христов и имеют твердую надежду на небесную славу – Он открыл эту тайну «…святым Его, которым благоволил [ἠθέλησεν] Бог показать, какое богатство славы в тайне сей для язычников, которая есть Христос в вас, упование славы…» (Кол. 1:27). Именно Божьим желанием объясняется предопределение к усыновлению: «…предопределив усыновить нас Себе чрез Иисуса Христа, по благоволению воли [θελήματος] Своей…» (Еф. 1:5). Да и весь план спасения, описанный в начале 1-й главы Послания к ефесянам, совершается «…по определению Совершающего все по изволению воли [θελήματος] Своей…» (Еф. 1:11). Помимо всего прочего, Бог пожелал определенным образом сформировать Тело Церкви, поместив каждого верующего индивидуально на нужное место и наделив его особыми функциями: «Но Бог расположил члены, каждый в составе тела, как Ему было угодно [ἠθέλησεν]» (1 Кор. 12:18).

Не только спасение одних, но и ожесточение других также объясняется Божьим желанием: «Итак, кого хочет [θέλει], милует; а кого хочет [θέλει], ожесточает» (Рим. 9:18). Да и само наказание неверующих основано на определенном желании Бога, а именно желании явить миру такие Его качества, как гнев на грехи и могущество в наказании: «Что же, если Бог, желая [θέλων] показать гнев и явить могущество Свое, с великим долготерпением щадил сосуды гнева, готовые к погибели…» (Рим. 9:22). Следует оговориться, что Божьи желания, связанные со спасением верующих и наказанием неверующих, не несут в себе никакой неправедности или несправедливости (при условии, что справедливость определяется библейскими рамками, а не переменчивыми гуманистическими концепциями).

В некоторых евангельских текстах глагол θέλω относится к воле или желаниям Христа. К примеру, в ответ на исповедание веры со сто-

[1056] Там же. С. 47.

роны прокаженного: «Господи! Если [захочешь, ἐὰν θελῃς], можешь меня очистить» (Матф. 8:2), Христос говорит: «Хочу [θέλω], очистись» (Матф. 8:3). Христово «хочу» немедленно обратилось в реальность: прокаженный тотчас обрел исцеление. Всемогущая воля Сына Божьего простирается даже на воскрешение мертвых: «Ибо, как Отец воскрешает мертвых и оживляет, так и Сын оживляет, кого хочет [θέλει]» (Иоан. 5:21). Будучи Богом, Христос властен воплотить в жизнь любое Свое желание.

Однако в некоторых случаях Иисусу или Отцу приписывается желание, не переходящее в действие. Этот смысловой оттенок можно передать словами: «Я хотел бы, чтобы это было так, но этого не будет». В таких случаях значение слова θέλω граничит с семантикой слов, обозначающих обыкновенное предпочтение (см. ниже), то есть «я хочу» становится равносильно «это для меня предпочтительнее»[1057]. Например, евангелист Марк сообщает о таком случае, когда Иисус хотел чего-то, однако Его желание не осуществилось: «И, отправившись оттуда, пришел в пределы тирские и сидонские; и, войдя в дом, не хотел [ἤθελεν], чтобы кто узнал; но не мог утаиться» (Марк. 7:24). Оставаться неузнанным было для Него предпочтительнее, однако это желание не исполнилось. В некоторых других случаях Христос осуществлял Свою волю божественной силой даже тогда, когда это включало сопротивление людей (ср. Лук. 4:28-30), однако в данном случае Он этого не сделал.

Если в предыдущем примере неисполненное желание Христа может объясняться Его уничижением во время первого пришествия (*кенозисом*)[1058], то в некоторых случаях такое объяснение вряд ли подходит. Так, в конце Своего земного служения Мессия со скорбью произносит: «Иерусалим, Иерусалим, избивающий пророков и камнями побивающий посланных к тебе! Сколько раз хотел Я [ἠθέλησα] собрать детей твоих, как птица собирает птенцов своих под крылья, и вы не захотели [ἠθελήσατε]!» (Матф. 23:37). Некоторые фразы в ближайшем контексте задают этим словам широкие временные границы, выходящие за рамки земного служения Христа. В 23:37 Иерусалим характеризуется как город, который обычно побивает камнями пророков – надо

---

[1057] Нужно отметить, что таково одно из основных значений глагола θέλω в греческом языке классического периода (Müller D. θέλω // *NIDNTT*. Т. 3. С. 1018–1019).

[1058] Ср. Флп. 2:7. На этот факт указывает Schrenk G. θέλω, θέλημα, θέλησις // *TDNT*. Т. 3. С. 48.

полагать, во все времена. А в 23:34 Иисус указывает на то, что даже после Своего вознесения Он будет посылать к Иерусалиму пророков. Таким образом, слова «сколько раз хотел я собрать детей твоих» можно понять в рамках более масштабной истории искупления[1059], когда вечно сущий божественный Мессия еще до Своего воплощения хотел привлечь Иерусалим к Себе через пророков, но жители Иерусалима снова и снова отказывались. Желание Христа в данном случае не было, как говорят богословы, эффективным, то есть не сопровождалось действием, ведущим к его осуществлению.

Возможно, подобное желание имеется в виду и в 1-м Послании к Тимофею 2:4, где сказано, что Бог «...хочет [θέλει], чтобы все люди спаслись и достигли познания истины». В определенном смысле для Господа предпочтительнее, чтобы все люди были спасены, поскольку это соответствует Его милостивой природе. Однако, поскольку другие места Писания показывают нам, что спасутся не все, становится очевидно, что для осуществления этого желания Бог не станет задействовать сверхъестественную силу Святого Духа[1060].

### **βούλομαι (*бýломай*), «намереваться»; βούλημα (*бýлема*) и βουλή (*булé*), «намерение/воля»**

Глагол βούλομαι семантически близок к θέλω и означает «желать», «намереваться» или «планировать»[1061]. Производные от него существительные βούλημα и βουλή, соответственно, означают «желание», «намерение» или «воля». Применительно к Богу эти слова обычно (но не всегда) указывают на эффективную волю, приводящую к исполнению желаемого.

Говоря о Божьем обещании исполнить Авраамов завет, Послание к евреям сообщает: «Посему и Бог, желая [βουλόμενος] преимущественнее показать наследникам обетования непреложность Своей воли

---

[1059] Ср. Hagner D. *Matthew 14–28*. WBC. Т. 33B. С. 680.

[1060] Поскольку слово πᾶς может означать не только «весь», но и «всякий», другой вариант понимания данного стиха состоит в том, что Бог желает спасти «всяких людей». То есть, Он желает, чтобы спаслись представители разных социальных групп: как бедняки, так и «...цари и... все начальствующие...» (1 Тим. 4:2) (данный вариант толкования упоминается в Mounce W. *Pastoral Epistles*. WBC. Т. 46. С. 85). В таком случае Божья воля в этом стихе может рассматриваться как эффективная, то есть сопровождающаяся возрождающим действием Святого Духа.

[1061] BDAG. С. 182.

[βουλῆς], употребил в посредство клятву…» (Евр. 6:17). Из этого стиха видно, во-первых, что в отношении исторических событий, и в частности истории искупления, у Бога есть βουλή (воля), которая не может не исполниться: «…непреложность Своей воли…» Во-вторых, этот стих утверждает, что Божий промысел неизменен, то есть не подлежит пересмотру или корректировке. Господь настолько был уверен в осуществлении Своей воли, что поклялся Самим Собой (ср. Быт. 22:16). В-третьих, Божья воля распространялась также на то, чтобы удостоверить будущие поколения верующих в исполнении Его замысла: Он «желал» (βούλομαι) показать непреложность Своего «желания» (βουλή).

В Послании Иакова 1:18 в качестве причины духовного возрождения человека называется Божий план: «Восхотев [βουληθεὶς], родил Он нас словом истины…» Согласно этому стиху, Божье решение – это движущая сила, которая вдыхает новую жизнь в духовно мертвого человека посредством слова истины[1062]. Благодаря желанию Бога происходит духовное рождение, и человек становится чадом Божьим (ср. Иоан. 1:12-13). В Ефесянам 1:11 факт усыновления тоже объясняется Божьей волей: «В Нем мы и сделались наследниками, быв предназначены по определению Совершающего все по изволению [βουλὴν] воли Своей…»

О первенстве Божьей βουλή (воли) в спасении учил и Христос: «Все предано Мне Отцом Моим, и никто не знает Сына, кроме Отца; и Отца не знает никто, кроме Сына, и кому Сын хочет [βούληται] открыть» (Матф. 11:27; ср. Лук. 10:22). Из этого стиха следует, во-первых, что человек сам по себе не может познать Отца. Богопознание должно быть открыто ему Сыном Божьим. Во-вторых, кому Сын откроет, тот непременно познает Отца. Христос утверждает, что Отца не знает никто, кроме тех, кому Сын захочет открыть, соответственно, те, кому Сын захочет открыть, познают Отца. В-третьих, Сын открывает Отца согласно Своему желанию: «кому бы ни захотел Сын открыть» (греч. ᾧ ἐὰν βούληται ὁ υἱὸς ἀποκαλύψαι). В данном случае речь идет об эффективном желании, сопровождающемся сверхъестественным действием Святого Духа, так как оно непременно приводит к познанию Отца. В-четвертых, поскольку спасутся не все, становится ясно, что Сын захочет открыть Отца не всем. Как этот стих соотносится с рассматривавшимся выше утверждением 1-го Послания к Тимофею 2:4,

---

[1062] Shrenk G. βούλομαι, βουλή, βούλημα // *TDNT*. T. 1. C. 632–633.

что Бог желает, чтобы все люди были спасены? По-видимому, в Матфея 11:27 имеется в виду эффективная воля, тогда как в 1 Тимофею 2:4 говорится об общей воле (предпочтении).

Воля Божья в отношении спасения имеет решающее значение и настолько эффективна, что у многих слушателей апостольского благовестия возникал вопрос: справедливо ли осуждать тех, кто не уверует? Этот вопрос цитирует сам апостол Павел: «Ты скажешь мне: "За что же еще обвиняет? Ибо кто противостанет воле [βουλήματι] Его?"» (Рим. 9:19). В этот момент ему было бы очень удобно отвергнуть подобный аргумент, заявив, что избрание не определяется Божьим решением или что в конечном итоге спасение зависит от выбора человека, однако он этого не делает. Напротив, Павел сохраняет приоритетность Божьей воли во всем мироздании, в том числе и в спасении: «А ты кто, человек, что споришь с Богом? Изделие скажет ли сделавшему его: "Зачем ты меня так сделал?"» (Рим. 9:20). Разумеется, это не означает, что Павел соглашается с тем, что избрание делает Бога несправедливым. Святой Бог не может быть несправедливым ни в чем. Однако нам всегда важно помнить, что справедливость в некоторых случаях может определяться не нашими гуманистическими мерками. В частности, в том же Послании к римлянам апостол в предшествующих главах очень подробно объяснял, что даже если бы Бог осудил всех людей без исключения, это было бы абсолютно справедливым (см. 1:18–3:19; 5:12). Однако то, что Он некоторых оправдает, – это благодать. Каждый, кто будет осужден, будет осужден не за факт своей неизбранности, а за свои грехи, которые он совершает свободно и по собственной воле (Рим. 2:6). Избирать кого бы то ни было ко спасению Бог не был обязан. Однако то, что Он избрал многих, – это акт Его исключительного милосердия, нисколько не заслуженного людьми.

Дух Святой тоже обладает суверенной волей. О распределении духовных даров между разными верующими сказано: «Все же сие производит один и тот же Дух, разделяя каждому особо, как Ему угодно [βούλεται]» (1 Кор. 12:11). Почему одному христианину достались такие духовные дары, а другому – другие, определяется исключительно волей Святого Духа.

Как минимум в одном случае глагол βούλομαι относится к Божьей воле, не сопровождающейся сверхъестественным эффективным действием. Подобно глаголу θέλω, в данном случае он приближается по своей семантике к словам, обозначающим предпочтение. Объясняя, почему Христос еще не пришел на землю для суда, апостол Петр говорит: «Не медлит Господь исполнением обетования, как некоторые почитают то медлением; но долготерпит нас, не желая [βουλόμενός], чтобы кто погиб, но чтобы все пришли к покаянию» (2 Пет. 3:9). Данный стих учит, что Бог не желает погибели даже одного грешника. Ту же самую истину находим и в Ветхом Завете, где Господь говорит: «Не хочу смерти грешника, но чтобы грешник обратился от пути своего и жив был» (Иез. 33:11). Смерть человека не доставляет Богу удовольствия, тогда как при покаянии даже одного грешника радуются ангелы (Лук. 15:7, 10). Однако в данном случае Божье желание видеть всех грешников раскаявшимися не сопровождается эффективным действием Духа Святого. Как было показано выше, это общая воля, то есть предпочтение, а не воля эффективная.

### γνώμη (*гнóмэ*), «цель, план, постановление»

Среди основных значений существительного γνώμη – «цель» и «намерение»[1063]. В папирусах и древних надписях оно часто используется в значении «решение», а в Септуагинте нередко относится к указам и постановлениям царя[1064]. В Новом Завете γνώμη несколько раз употребляется по отношению к человеческим планам и только один раз – по отношению к Божьему промыслу. В книге Откровение рассказывается о десяти царях, которые «…примут власть со зверем…» (17:12). Они восстанут против символического «Вавилона» (17:5) – города, царствующего над земными царями (17:18), и разорят его (17:16). Затем они отдадут свое царство зверю. Все это произойдет согласно Божьему γνώμη (плану): «…потому что Бог положил им на сердце – исполнить волю [γνώμην] Его, исполнить одну волю [γνώμην], и отдать царство их зверю, доколе не исполнятся слова Божии» (17:17).

Из процитированного стиха видно, во-первых, что все события земной истории вплоть до самого конца предначертаны в Божьем плане и исполнятся в точности так, как Бог замыслил.

Во-вторых, Божий план включает в себя даже те вещи, которые не одобряются Его моральным законом, например, разорение городов и правление Антихриста.

В-третьих, цари земли своими действиями исполняют Божий замысел: «…исполнить волю Его…» Ничто не заставляет нас полагать, что они делают это осознанно – ведь они не Божьи верные слуги, а бо-

---

[1063] BDAG. C. 202–203.

[1064] Bultmann R. γνώμη // *TDNT*. T. 1. C. 717.

гопротивники и сторонники царства Антихриста. Также ничто не заставляет нас думать, что какие-то из царей являются марионетками или запрограммированными зомби. Нет, они действуют по собственному произволу, предоставленные собственным греховным наклонностям. Однако при этом своими поступками они выполняют то, что запланировал Бог. Божий план изначально поставил именно таких людей на это место в данное время, чтобы они, поступая по своим греховным наклонностям, исполнили Его план.

В-четвертых, данный стих учит, что Бог знает, как направлять наклонности людей: «…Бог положил им на сердце…» Это прекрасно согласуется с Ветхим Заветом, где сказано: «Сердце царя – в руке Господа, как потоки вод: куда захочет, Он направляет его» (Прит. 21:1). Земная история складывается из множества решений человеческих сердец, в том числе из решений царей. Если бы Бог не был способен эффективно контролировать детали этих решений, то Он не мог бы контролировать историю, а книга Откровение никогда не была бы написана.

**οἰκονομία (*ойкономи́а*), «домоуправление, проект, план»**

Существительное οἰκονομία происходит от глагола οἰκονομέω (*ойкономэ́о*), означающего «быть управляющим домашнего хозяйства»[1065]. Соответственно, οἰκονομία означает «домоуправление», а в переносном смысле – «устройство», «проект» или «план» чего-либо[1066]. В Послании к ефесянам этим словом называется Божий замысел в отношении Церкви, которая не была известна в ветхозаветные времена, но открылась после воскресения Христова. Апостол Павел пишет: «Мне, наименьшему из всех святых, дана благодать сия… открыть всем, в чем состоит домостроительство [οἰκονομία] тайны, сокрывавшейся от вечности в Боге …» (Еф. 3:8-9). Действительно, в своих посланиях Павел много говорит о Божьем замысле в истории спасения. Он объясняет, что Господь от вечности спланировал все события, связанные с появлением новозаветной Церкви на арене истории. В частности, это включает в себя: отвержение Христа Израилем, сошествие

---

[1065] *The Complete Word Study Dictionary: New Testament* / Под ред. Zodhiates S., Baker W. и Hadjiantoniou G. Chattanooga, TN: AMG Publishing, 1993. № 3621, 3622. Электронное издание Logos 4.

[1066] BDAG. C. 697–698.

Духа Святого на верующих в день Пятидесятницы и привитие язычников к святому корню народа Божьего (см. Рим. 9–11).

Вся история искупления обобщается фразой «домоуправление (или план) полноты времен» (Еф. 1:10; Синод. «устроение [οἰκονομία] полноты времен»)[1067]. Согласно этому всеохватному Божьему замыслу, «все небесное и земное» будет в конечном итоге соединено «под главою Христом» (там же).

### δεῖ (*дэй*), «должно, необходимо, надлежит»

Очень многие события, предопределенные Божьей волей, вводятся безличным глаголом δεῖ, который можно перевести как «до́лжно», «необходимо» или «надлежит»[1068]. В таких случаях контекст позволяет воспринимать данный глагол как выражение Божьей воли[1069]. К примеру, δεῖ в Новом Завете нередко употребляется в отношении событий, которые должны были произойти в связи с приходом Мессии. Так, перед Его приходом надлежало прийти Илии (Матф. 17:10). Затем необходимо исполниться всем ветхозаветным пророчествам о Христе (Лук. 24:44), в частности, «…Сыну Человеческому много должно [δεῖ] пострадать, быть отвержену старейшинами, первосвященниками и книжниками, и быть убиту, и в третий день воскреснуть» (Марк. 8:31; ср. Матф. 26:54). В конце веков Христу «…надлежит [δεῖ] царствовать, доколе низложит всех врагов под ноги Свои» (1 Кор. 15:25).

Перед вторым пришествием Христа, согласно Божьему замыслу, надлежит быть войнам и военным слухам (Марк. 13:7), и во всех народах должно быть проповедано Евангелие (Марк. 13:10). По окончании Тысячелетнего царства Христова сатана должен быть освобожден на малое время (Откр. 20:3). Да и все события макроистории расписаны до конца времен. В начале и в конце книги Откровение подчеркивается, что эта книга сообщает, «…чему надлежит [δεῖ] быть вскоре» (1:1; 22:6).

Не только крупные исторические вехи, но и частные события в жизни отдельных людей тоже предопределены Богом. Так, апостолу Павлу было сказано, что ему «…должно [δεῖ] предстать пред кесаря…» (Деян. 27:24). Поэтому он мог не опасаться, что погибнет в кораб-

---

[1067] Ср. Michel O. οἰκονομία // *TDNT*. Т. 5. С. 152.

[1068] BDAG. С. 213–214.

[1069] Ср. Grundmann W. δεῖ, δέον ἐστί // *TDNT*. Т. 2. С. 22.

лекрушении. Во время бури ему и всем его спутникам «…должно [δεῖ] быть выброшенными на какой-нибудь остров» (27:26). Божьей волей установлено наказание за определенного рода грехи: «…подобно и мужчины, оставив естественное употребление женского пола, разжигались похотью друг на друга, мужчины на мужчинах делая срам и получая в самих себе должное [ἔδει] возмездие за свое заблуждение» (Рим. 1:27). По Божьему установлению допущены даже несовершенства церковной жизни. Это допущение преследует определенную цель: «Ибо должна [δεῖ] быть между вами и разность мнений, чтобы испытанные обнаружились между вами» (1 Кор. 11:19; пер. Кассиана).

В некоторых случаях Божьей волей устанавливаются события, осуществление которых зависит от каких-то условий. К примеру, в книге Откровение описывается наказание, которое будет происходить в последнее время: «…тому надлежит [δεῖ] быть убиту» (Откр. 11:5). Однако осуществление этого события зависит от условия: «…если кто захочет их обидеть…» (там же). Речь идет о служении двух Божьих свидетелей.

**μέλλω (*мэ́лло*), «намереваться (что-либо делать)»; «будет (происходить)»**

Глагол μέλλω употребляется как в личных, так и в безличных конструкциях. В личных – со значением «намереваюсь», «собираюсь» или «буду» что-либо делать[1070]. В безличных конструкциях он указывает на то, что что-либо будет происходить в будущем. Нередко μέλλω в сочетании с инфинитивом смыслового глагола выступает обычным эквивалентом плеонастического будущего времени[1071]. Когда речь идет о намерениях Бога или о будущих событиях, предвещаемых пророками, μέλλω может означать Божью промышляющую волю.

Слово μέλλω употребляется в отношении многих деталей жизни Христа, установленных Божьим промыслом. В частности, перед приходом Мессии должен был прийти Илия (Матф. 11:14); Христа должны были предать в руки злых людей (Матф. 17:22; Лук. 9:44; Иоан. 12:33; 18:32), от которых Он должен был пострадать (Матф. 17:12); Христос должен был умереть за народ (Иоан. 11:51), чтобы «избавить Израиля» (Лук. 24:21). Его смерть должна была (ἤμελλεν) состояться в

[1070] BDAG. С. 627–628.
[1071] Там же. С. 627.

Иерусалиме (Лук. 9:31). Вслед за этим Он должен был воскреснуть в нетлении, чтобы больше никогда (μηκέτι μέλλοντα) не умереть (Деян. 13:34). В конечном итоге можно сказать, что Божьей волей было определено все, «…что будет [μέλλοντα] с Ним…» (Марк. 10:32). И обо всем этом «…пророки и Моисей говорили, что это будет [μελλόντων]…» (Деян. 26:22). Божий промысел распространяется и на служение Христа в конце веков, когда «…[μέλλει] приидет Сын Человеческий во славе Отца Своего с Ангелами Своими, и тогда воздаст каждому по делам его» (Матф. 16:27).

Не только служение Христа, но и другие вехи библейской истории спасения были определены Божьим промыслом. К примеру, Авраам «…имел [ἤμελλεν] получить в наследие…» землю (Евр. 11:8), на которой впоследствии будет жить израильский народ и будут происходить все основные библейские события. В определенный момент земной истории должна была пройти эпоха закона Моисеева и «…надлежало [μέλλουσαν] открыться вере» (Гал. 3:23). После вознесения Господня верующие в Него должны были (ἔμελλον) принять Духа Святого (Иоан. 7:39). Апостолы также предупреждали верующих, что после обращения ко Христу нас ожидают (μέλλομεν) страдания (1 Фес. 3:4).

Кроме того, Божьим промыслом установлены даже такие события, которые не относятся напрямую к истории искупления. К примеру, при кесаре Клавдии по всей Римской империи должен был (μέλλειν) разразиться «великий голод» (Деян. 11:28). А первосвященнику Анании, который приказал бить апостола Павла по губам, Бог постановил (μέλλει) и самому быть битым (Деян. 23:3).

Однако наибольшее количество случаев употребления глагола μέλλω относятся к сфере эсхатологии. В частности, Христос предвозвестил, что перед Его вторым пришествием должны (μέλλῃ) совершиться определенные события (Марк. 13:4; Лук. 21:7, 36). Обязательно произойдет то, что люди будут (μελλήσετε) слышать о войнах и военных слухах (Матф. 24:6). На всю обитаемую часть нашей планеты придет година искушения (Откр. 3:10). Бог заранее определил число праведников, которые примут мученическую кончину, прежде чем Божье возмездие постигнет беззаконных (Откр. 6:11)[1072]. По Божьему про-

[1072] Aune D. *Revelation 6–16*. WBC. T. 52B. C. 412. Вероятно, речь идет о тех людях, которые уверуют во Христа после восхищения Церкви (*The King James Version Study Bible*. Nashville: Thomas Nelson, 1997. Rev. 6:9).

мыслу будут трубить ангелы (Откр. 8:13) и выйдет из бездны «зверь» (Откр. 17:8). Бог «...назначил день, в который будет [μέλλει] праведно судить вселенную...» (Деян. 17:31). Этот день называется днем «будущего [μελλούσης] гнева» (Матф. 3:7; Лук. 3:7) или днем «будущего [μέλλοντος] суда» (Деян. 24:25). Тогда «...будет [μέλλειν] воскресение мертвых, праведных и неправедных...» (Деян. 24:15). Христос «...будет [μέλλοντος] судить живых и мертвых...» (2 Тим. 4:1). Верующие будут (μέλλοντες) судимы особо, «по закону свободы» (Иак. 2:12). А противников Евангелия пожрет огонь (Евр. 10:27).

После судилища Христова станет явной слава Господня, которая должна (μέλλουσαν) засиять во всем Его народе (Рим. 8:18). В особой мере славой Христовой будут (μελλούσης) отмечены верные пастыри Его стада (1 Пет. 5:1).

**ἑτοιμάζω (*хэтоймáдзо*), подготавливать; *προετοιμάζω* (*прохэтоймáдзо*), «подготавливать заранее»**

Глагол ἑτοιμάζω означает «приготовлять, подготавливать»[1073]. Он может относиться как к лицам (готовить кого-то), так и к событиям (подготавливать какое-либо событие). Такая подготовка подразумевает заблаговременное планирование, намерение и цель. В греческом переводе Ветхого Завета ἑτοιμάζω встречается в значении «предопределять, назначать заранее»[1074]. Так, Бог «приготовил» [ἡτοίμασας] Ревекку для Исаака, то есть предназначил ей быть его женой (Быт. 24:14, 44). Кроме того, Он «приготовил» [ἡτοίμασας; Синод. «укрепил за Собою»] народ для Себя навеки (2 Цар. 7:24), то есть избрал Израиль, чтобы этот народ принадлежал Ему.

В таком же значении – применительно к Божьей промышляющей воле – данный глагол используется в нескольких текстах Нового Завета. К примеру, в ответ на просьбу двух учеников позволить им занять почетные места в царстве Христовом Господь сказал: «Чашу Мою будете пить, и крещением, которым Я крещусь, будете креститься, но дать сесть у Меня по правую сторону и по левую – не от Меня зависит, но кому уготовано [ἡτοίμασται] Отцом Моим» (Матф. 20:23; также Марк. 10:40). Почетные места за столом государя – это одна из самых

---

[1073] BDAG. С. 400.

[1074] Grundmann W. ἕτοιμος, ἑτοιμάζω, ἑτοιμασία, προετοιμάζω // *TDNT*. Т. 2. С. 704–705.

высших наград в древнем мире. И эти почетные места уготованы определенным людям. Отсюда следует, что Божьим промыслом предопределено, кто какую награду получит на небесах. А значит, должны быть предопределены заслуги, дела и подвиги конкретных людей. Это прекрасно согласуется с утверждением Павла, что «...мы – Его творение, будучи созданы во Христе Иисусе для добрых дел, которые Бог прежде приготовил [προητοίμασεν], чтобы мы в них ходили» (Еф. 2:10; пер. наш. – *А. П.*)[1075]. Глагол προητοίμασεν в последнем процитированном стихе представляет собой сочетание ἑτοιμάζω («приготавливать») с приставкой προ-, имеющей значение «перед» или «раньше». Προετοιμάζω значит «подготовить заранее», «предуготовить»[1076]. Таким образом, даже добрые дела, которые может сотворить человек, были заранее приготовлены для него Божьим промыслом. Поэтому неудивительно, что и награда тоже «уготована Отцом» (Матф. 20:23).

Возможно, то же самое – предопределение награды – имеется в виду в притче Христа о козлах и овцах: «Тогда скажет Царь тем, которые по правую сторону Его: “Приидите, благословенные Отца Моего, наследуйте Царство, уготованное [ἡτοιμασμένην] вам от создания мира...”» (Матф. 25:34). Заметьте, что речь идет не просто о том, что Царство было приготовлено, то есть создано и построено. Сказано: «...уготованное *вам* от создания мира...» Скорее всего, это означает, что еще до начала земной истории Бог запланировал, кто войдет в Тысячелетнее царство Христа на земле. Параллельное утверждение в той же притче подразумевает, что дьяволу и его ангелам было заранее определено отправиться в озеро огненное: «Тогда скажет и тем, которые по левую сторону: “Идите от Меня, проклятые, в огонь вечный, уготованный [ἡτοιμασμένον] диаволу и ангелам его”» (Матф. 25:41). Важно отметить, что овцы получают награду, приготовленную непосредственно для них, а козлы присоединяются к наказанию, приготовленному для кого-то другого. В одной и той же притче Христос весьма аккурат-

---

[1075] Мы постарались перевести этот стих как можно более буквально, чтобы читатель сам смог оценить его смысловую нагрузку. Стоит отметить, что в данном стихе прямое дополнение глагола προητοίμασεν стоит в дательном падеже (οἷς). Это объясняется фигурой привлечения: падеж относительного местоимения «привлекается» к падежу стоящих рядом слов. Такая конструкция была популярна в классическом греческом и неоднократно встречается в Новом Завете (другие примеры см. Robertson. *A Grammar of the Greek New Testament*... С. 715).

[1076] BDAG. C. 869.

но разводит в разные стороны предопределение к награде и предопределение к погибели. О награде Он говорит: «...уготованное вам...», а о наказании: «...уготованный диаволу...»

Наконец, Писание учит, что Бог предопределил – приготовил – для Своих детей чудесное спасение: «Но, как написано: не видел того глаз, не слышало ухо, и не приходило то на сердце человеку, что приготовил [ἡτοίμασεν] Бог любящим Его» (1 Кор. 2:9). Ветхозаветные святые не могли представить себе во всей полноте, насколько чудесным будет Божий замысел в Евангелии. «А нам Бог открыл [это] Духом Своим...» (1 Кор. 2:10).

## Решение, вердикт, приказание

Божью промышляющую волю могут описывать термины, обозначающие решение, вердикт или постановление.

### κρίνω (*крúно*), «судить, постановлять»

Одно из основных значений глагола κρίνω – «судить»[1077]. Однако, подобно древнееврейскому аналогу (см. שָׁפַט в главе 5), он может обозначать судебный вердикт, то есть решение или постановление[1078]. В этом смысле данный глагол однажды применяется к Божьему вердикту: «Праведен Ты, Господи, Который еси и был, и свят, потому что так судил [ἔκρινας]; за то, что они пролили кровь святых и пророков, Ты дал им пить кровь...» (Откр. 16:5-6). Речь идет о людях, которые в последние времена примут начертание зверя (16:2), однако потом будут по справедливости наказаны Богом. Господь вынес о них решение – «судил». Важно заметить, что в данном случае глагол «судил» относится не к самим людям, а к Божьему решению: судил, то есть постановил, *это* (ταῦτα ἔκρινας). Остальные случаи употребления глагола κρίνω в таком значении в Новом Завете относятся только к человеческим решениям.

---

[1077] BDAG. C. 567–568.
[1078] Schneider W. κρίμα // *NIDNTT*. T. 2. C. 362.

**προτίθημι (*протúтэми*), «устанавливать, предрешать»; πρόθεσις (*прóтэсис*), «предрешение»**

Глагол προτίθημι происходит от τίθημι (класть, полагать, назначать) и приставки προ- (прежде, заранее). Отсюда его значение – «решать заранее», «планировать», «предполагать»[1079]. Дважды он используется в Новом Завете по отношению к Богу со значением «предустанавливать», «предрешать». В Послании к ефесянам о Божьем тайном промысле сказано следующее: «…поведав нам тайну воли Своей, по благоволению Своему, которое Он предустановил [προέθετο] в Нем» (Еф. 1:9; пер. Кассиана). Этот стих сообщает о том, что у Бога был заранее предустановленный план спасения. О том, что Бог заранее принял решение совершить умилостивление через Христа, сказано в Послании к римлянам: «…Его поставил [προέθετο] Бог в умилостивление кровью Его чрез веру…» (Рим. 3:25; пер. Кассиана). Итак, жертва Христова и последующее за ней создание Церкви происходили по Божьему предназначению.

Однокоренное существительное πρόθεσις (предрешение, постановление) неоднократно указывает на Божий предвечный замысел. Так, в Послании к ефесянам говорится о том, что вся история искупления, связанная с формированием Церкви, происходила «…по предвечному определению [πρόθεσιν], которое Он исполнил во Христе Иисусе…» (Еф. 3:11). Чуть раньше в этом послании Павел пишет, что и мы сами были предопределены по Божьему решению: «…в Котором и мы были взяты в удел, будучи предопределены по предустановлению [πρόθεσιν] Совершающего все по решению воли Своей…» (Еф. 1:11; пер. Кассиана). В Послании к римлянам Божье избрание также связывается с Божьим предустановлением: «Ибо, когда они еще не родились и не сделали ничего хорошего или плохого – чтобы предустановление [πρόθεσις] Божье, которое относится к избранию, пребыло [в силе] не от дел, но от Призывающего…» (Рим. 9:11-12; пер. наш. – *А. П.*).

Если избрание происходит на основании Божьего изволения, то и особое призвание ко спасению тоже должно происходить согласно Божьему предрешению. Действительно, именно это утверждается во 2-м Послании к Тимофею: «…спасшего нас и призвавшего званием святым, не по делам нашим, но по Своему изволению [πρόθεσιν] и благо-

---

[1079] BDAG. C. 889.

дати, данной нам во Христе Иисусе прежде вековых времен…» (2 Тим. 1:9). В этом стихе Божья воля противопоставляется человеческим делам как основание для призвания: «…призвавшего… не по делам нашим, но по Своему изволению…» То же самое говорится в известном тексте из Послания к римлянам: «Притом знаем, что любящим Бога, призванным по Его изволению [πρόθεσιν], все содействует ко благу» (Рим. 8:28). Итак, Божье πρόθεσις (решение, изволение) является основой для призвания людей ко спасению[1080].

### τάσσω (*máссо*) и προστάσσω (*простáссо*), «приказывать»

В классическом греческом τάσσω означало «упорядочивать», «расставлять по местам»[1081], отсюда – значение «приказывать», «назначать», которое преобладает в Септуагинте[1082]. В Новом Завете τάσσω употребляется в значениях «ставить (на какое-либо место)», «приказывать» или «назначать»[1083]. Последний смысловой вариант несколько раз относится к Божьему промыслу. Так, Писание говорит, что Бог назначил, какие власти будут править над каждым народом и каждой страной: «…ибо нет власти не от Бога; существующие же власти от Бога установлены [τεταγμέναι]» (Рим. 13:1). Господь также назначает, чего удастся достичь тому или иному человеку. Так, духовные свершения апостола Павла были предопределены Богом: «Господь же сказал мне: "Встань и иди в Дамаск, и там тебе сказано будет все, что назначено [τέτακταί] тебе делать"» (Деян. 22:10)[1084].

Кроме того, Господь назначает, кто именно уверует и обретет вечную жизнь. Как сказано в Деяниях апостолов: «Язычники, слыша это, радовались и прославляли слово Господне, и уверовали все, которые были предуставлены [τεταγμένοι] к вечной жизни» (Деян. 13:48). Важно отметить, что Лука не просто констатирует, что данные люди и уверовали, и были предуставлены к вечной жизни. Он, во-первых, устанавливает причинно-следственную зависимость. Данные предложения связаны подчинительной связью: «…уверовали [кто?] все, которые

---

[1080] Jacobs P., Krienke H. προτίθημι // *NIDNTT*. T. 1. C. 697.

[1081] Delling G. τάσσω // *TDNT*. T. 8. C. 27.

[1082] Там же. С. 28.

[1083] BDAG. C. 991.

[1084] Данный стих можно понять и в том смысле, что Павлу будет сказано, что ему «приказано» делать.

были предуставлены…» Поэтому их нельзя поменять местами без того, чтобы коренным образом не изменился смысл. Лука не говорит: «…и предуставились к вечной жизни все, которые уверовали». Напротив: «…уверовали все, которые были предуставлены». Это подразумевает, что предуставление к вечной жизни логически предшествует уверованию. Во-вторых, Лука устанавливает количественную связь: «…все, которые…» В греческом оригинале количественный аспект передан при помощи сравнительного местоимения ὅσοι, которое означает «столько, сколько»[1085]. То есть сколько человек были предуставлены к вечной жизни, столько и уверовали. Отсюда следует, что те, которые не были предуставлены, не уверовали. Итак, согласно учению Нового Завета, Божье предустановление – это причина, а человеческая вера – следствие.

Однокоренной глагол προστάσσω образован от τάσσω при помощи приставки προσ- и означает «приказывать»[1086]. Он подразумевает власть и право повелевать[1087]. Однажды данное слово употребляется в Новом Завете применительно к Божьему приказанию, которым были определены судьбы народов. «От одной крови Он произвел весь род человеческий для обитания по всему лицу земли, назначив предопределенные [προστεταγμένους] времена и пределы их обитанию» (Деян. 17:26). Согласно этому тексту, Господь повелел, когда возникнет народ и когда он исчезнет – «времена». Кроме того, именно Его приказом определено, какую территорию будет занимать народ в тот или иной период – «пределы». Когда при завоевании Ханаана были уничтожены многие народы, это состоялось по Божьему приказанию (ср. Быт. 15:16). Когда в X в. до н.э., во времена Давида и Соломона границы Израильского царства расширились до максимальных за всю историю пределов, это состоялось по Божьему приказанию. И когда в VI в. до н. э. Израиль потерял Землю Обетованную и был переселен в Вавилон, это тоже состоялось по Божьему приказанию. И времена, и пределы обитания всех народов и племен, которые когда-либо будут фигурировать в земной истории, были заранее предписаны Богом.

---

[1085] BDAG. С. 729.

[1086] BDAG. С. 884–885.

[1087] Delling G. προστάσσω // *TDNT*. T. 8. С. 37.

### Выбор, предпочтение

Ряд слов, употребляющихся для обозначения Божьего промысла, относятся к семантической категории выбора или предпочтения.

**ἐκλέγομαι (*эклéгомай*), «избирать»; ἐκλογή (*эклогé*), «избрание»; ἐκλεκτός (*эклектóс*), избранный; συνεκλεκτός (*сунэклектóс*), «соизбранный»**

Глагол ἐκλέγομαι означает «выбирать»[1088], однокоренное прилагательное ἐκλεκτός – «избранный», а однокоренное существительное ἐκλογή – «избрание». Встречающееся один раз прилагательное συνεκλεκτός представляет собой прилагательное ἐκλεκτός плюс приставку συν-, выражающую идею совместности или ассоциации. В Новом Завете слова с этим корнем очень часто относятся к выбору, который совершает Бог Отец или Иисус Христос. Этот выбор формирует историю спасения и таким образом относится к промышляющей воле Господа.

В частности, Христос избрал двенадцать человек быть Его посланниками (апостолами), хотя один из них был сыном погибели (Иоан. 6:70). Иуда Искариот, будучи избран, чтобы находиться в кругу ближайших учеников Христа, не был избран к вечному спасению. На это указывают слова Христа: «Не о всех вас говорю; Я знаю, которых избрал [ἐξελεξάμην]» (Иоан. 13:18). Иными словами, не все, к кому были обращены Его предыдущие слова, были избраны в этом особом смысле. На место, которое должен был освободить Иуда, Богом был заранее избран другой человек, которого апостолы распознали путем жребия (Деян. 1:24-25).

Об избрании в неспасительном смысле говорят еще несколько текстов. К примеру, в качестве особого Христова посланника к язычникам был избран Петр (Деян. 15:7). «Избранным [ἐκλογῆς] сосудом» для проповеди перед народами и царями, а также израильтянами был Павел (Деян. 9:15). А для вступления в завет Моисеев был избран народ израильский (Деян. 13:17). Хотя большинство израильтян во времена апостолов не приняли благовествование Христово и потому не имели спасения, в отношении к ветхозаветным обетованиям о земле, наследии и царствовании потомков Давида они оставались избранным

---

[1088] BDAG. С. 305.

народом (Рим. 11:28). В особом смысле Писание говорит об избрании Христа. Он был избран Богом, чтобы стать Помазанником, Царем Израиля и Спасителем мира, поэтому Он называется «избранным Божьим» (Лук. 23:35). Он был избран также для того, чтобы стать краеугольным камнем Церкви (1 Пет. 2:4, 6). Кроме того, Писание говорит об ангелах, которые не последовали за сатаной, называя их «избранными ангелами» (1 Тим. 5:21). По-видимому, именно Божье избрание защитило их от того, чтобы восстать против Бога. Об избрании целой поместной церкви говорится в 1-м Послании Петра: «Приветствует вас находящаяся в Вавилоне соизбранная…» (1 Пет. 5:13; пер. наш. – *А. П.*). Здесь употреблено однокоренное слово συνεκλεκτὴ. По аналогии с этим стихом можно заключить, что под «избранной [ἐκλεκτὴ] госпожой» (2 Иоан. 1:1) и «избранной [ἐκλεκτὴ] сестрой» (2 Иоан. 1:13) апостол Иоанн тоже имеет в виду две поместные общины[1089].

Однако большинство новозаветных текстов говорят об избрании отдельных людей ко спасению. В частности, Писание показывает, кого именно избрал Бог. «Не бедных ли мира избрал [ἐξελέξατο] Бог быть богатыми верою и наследниками Царствия, которое Он обещал любящим Его?» (Иак. 2:5). Данный текст говорит об индивидуальном, а не коллективном избрании, поскольку речь не идет об избрании группы «бедных мира». В последнем случае получилось бы, что все бедные были бы избранными, однако это явно не так. Сходным образом, сказано, что «…Бог избрал [ἐξελέξατο] немудрое мира, чтобы посрамить мудрых, и немощное мира избрал [ἐξελέξατο] Бог, чтобы посрамить сильное; и незнатное мира и уничиженное и ничего не значащее избрал [ἐξελέξατο] Бог, чтобы упразднить значащее…» (1 Кор. 1:27-29).

Причина того, что Бог избрал ко спасению именно таких, недостойных и ничем не примечательных людей, объясняется в конце 29-го стиха: «…для того, чтобы никакая плоть не хвалилась пред Богом…» (1 Кор. 1:29). Согласно с этим учат еще несколько текстов, говорящих о причинах избрания. Бог избрал людей ко спасению независимо от их дел, заслуг, эмоций или какой-либо реакции последних, чтобы вся слава принадлежала исключительно Богу. Это утверждает Павел на примере Иакова и Исава: «Ибо, когда они еще не родились и не сделали

---

[1089] Smalley S. *1, 2, 3 John*. WBC. Т. 51. С. 318. Смоллей подкрепляет данную идею тем, что в Ветхом Завете Израиль часто персонифицировался в виде женщины, Иерусалим – в виде «матери» (ср. Ис. 54:1-8), а в Новом Завете Церковь неоднократно изображается как невеста Христова (ср. 2 Кор. 11:2; Еф. 5:22-32) (Там же).

ничего доброго или худого – дабы изволение Божие в избрании [ἐκλογὴν] происходило не от дел, но от Призывающего…» (Рим. 9:11-12). Избрание по благодати (то есть незаслуженное человеком) противопоставляется избранию по делам:

> Так и в нынешнее время, по избранию [ἐκλογὴν] благодати, сохранился остаток. Но если по благодати, то не по делам; иначе благодать не была бы уже благодатью. А если по делам, то это уже не благодать; иначе дело не есть уже дело. Что же? Израиль, чего искал, того не получил; избранные [ἐκλογὴ] же получили, а прочие ожесточились, как написано: Бог дал им дух усыпления, глаза, которыми не видят, и уши, которыми не слышат, даже до сего дня (Рим. 11:5-8).

В этом тексте Павел продолжает отвечать на вопрос о том, почему Израиль отверг своего Мессию (ср. 9:1-3; 10:1; 11:1). Один из ответов в 9-й главе заключался в том, что «…Израиль, искавший закона праведности, не достиг до закона праведности. Почему? Потому что искали не в вере, а в делах закона…» (9:31-32). Так и здесь Павел говорит: «Израиль, чего искал, того не получил…» (11:7). Кто же тогда получил – кто достиг праведности? «…Избранные… получили…» (там же). Неизбранные («прочие») ожесточились, так что не могут ни увидеть, ни услышать истины о Мессии. Что же стало основанием для избрания к принятию Мессии и спасению? Благодать, противопоставляемая делам. Иными словами, основание для избрания покоится в Боге, а не в человеке. Избрание происходит по «благодати», то есть совершенно незаслуженно, вне зависимости от человеческих качеств или реакций. Данный текст является достаточно сильным аргументом против учения об условном избрании, то есть избрании, основанном на предузнании человеческой реакции на проповедь о Мессии.

В одной из Своих притч Христос подчеркивает идею, что количество избранных относительно небольшое – оно меньше, чем число званых: «…ибо много званых, а мало избранных [ἐκλεκτοί]» (Матф. 22:14). Иными словами, Бог распространяет евангельский призыв широко – повсюду, куда дойдут миссионеры и проповедники Благой Вести. Однако откликнутся на этот призыв не все, а только избранные.

Тем не менее, спасение избранных происходит не само собой, а через благовествование о Христе (ср. 1 Кор. 1:21). Поэтому, чтобы избранные уверовали и спаслись, Господь посылает по всему миру проповедников Евангелия. Как пишет Павел: «Посему я все терплю ради избранных [ἐκλεκτούς], дабы и они получили спасение во Христе Иисусе с вечною славою» (2 Тим. 2:10). Обретя спасение во Христе, он не предался ленивому самоуспокоению, а начал активно трудиться, терпя тяготы служения для того, чтобы и остальные избранные спаслись[1090]. Смысл и цель всего своего апостольского служения он видел именно в спасении избранных, как он сообщает об этом в Послании к Титу: «Павел… апостол… Иисуса Христа для веры избранных Божиих…» (Тит. 1:1; пер. Кассиана).

Некоторые тексты Писания проливают свет на цели избрания. К примеру, Петр указывал, что христиане избраны для того, чтобы быть очищенными Кровью Христовой и послушными Богу: «…избранным [ἐκλεκτοῖς]… к послушанию и окроплению Кровию Иисуса Христа…» (1 Пет. 1:1-2). Он же писал, что христиане избраны, чтобы свидетельствовать миру о славе Христа: «Но вы – род избранный [ἐκλεκτόν], царственное священство, народ святой, люди, взятые в удел, дабы возвещать совершенства Призвавшего вас из тьмы в чудный Свой свет…» (1 Пет. 2:9). Сходным образом, апостол Павел учил: «…так как Он избрал [ἐξελέξατο] нас в Нем прежде создания мира, чтобы мы были святы и непорочны пред Ним в любви…» (Еф. 1:4). Отсюда следует, что христиане избраны для того, чтобы быть отделенными для Христа (святыми) и непорочными перед Ним, творя дела любви. Сходную мысль высказывал Христос, обращаясь к ближайшим ученикам: «Не вы Меня избрали [ἐξελέξασθε], а Я вас избрал [ἐξελεξάμην] и поставил вас, чтобы вы шли и приносили плод, и чтобы плод ваш пребывал, дабы, чего ни попросите от Отца во имя Мое, Он дал вам» (Иоан. 15:16). Из этого стиха можно сделать вывод, что одна из целей избрания – чтобы ученики Христовы на земле приносили духовный плод[1091]. Цель избрания можно увидеть также в следующем стихе: «Итак облекитесь, как избранные [ἐκλεκτοὶ] Божии, святые и возлюбленные, в милосердие, благость, смиренномудрие, кротость, долготерпение…» (Кол. 3:12). Христиане были избраны для того, чтобы быть милосердными,

---

[1090] Mounce W. *Pastoral Epistles*. C. 514.

[1091] Нередко отмечают, что этот стих говорит не об избрании ко спасению, а об избрании к служению. Однако было бы странным, если бы одно противоречило другому. На наш взгляд, маловероятно, что в избрании к служению Христос исключил бы человеческий элемент, а в избрании ко спасению – нет. Было бы странно, если бы человек мог сказать: «К служению я был избран исключительно по благодати, а ко спасению – и по благодати, и по своей воле».

добрыми, смиренномудрыми и т. д. – именно поэтому они должны приобретать эти качества.

Главное следствие избрания – полное оправдание перед Богом: «Кто будет обвинять избранных [ἐκλεκτῶν] Божиих? Бог оправдывает их» (Рим. 8:33). Стоит отметить, что избранные не становятся оправданными автоматически от рождения. До своего обращения ко Христу они являются «…по природе чадами гнева, как и прочие…» (Еф. 2:3). Лишь в момент обращения Бог вменяет нечестивым праведность через веру (Рим. 4:5). Еще одно следствие избрания заключается в том, что мир будет избранных ненавидеть: «Если бы вы были от мира, то мир любил бы свое; а как вы не от мира, но Я избрал [ἐξελεξάμην] вас от мира, потому ненавидит вас мир» (Иоан. 15:19). Однако Господь заботится об избранных особым образом: «Бог ли не защитит избранных [ἐκλεκτῶν] Своих, вопиющих к Нему день и ночь, хотя и медлит защищать их?» (Лук. 18:7). Ради них Он даже сократит дни скорби в последнее время: «И если бы Господь не сократил тех дней, то не спаслась бы никакая плоть; но ради избранных, которых Он избрал [ἐξελέξατο], сократил те дни» (Марк. 13:20). Лжехристы и лжепророки будут пытаться «…прельстить, если возможно, и избранных [ἐκλεκτούς]» (Матф. 24:24). Однако оговорка «если возможно» подчеркивает, что Господь не даст избранным оказаться прельщенными[1092]. Затем избранные будут взяты ангелами на небеса (Матф. 24:31) и вернутся для сражения с Антихристом при Армагеддоне (Откр. 17:14).

Находясь на земле, обычно бывает невозможно с уверенностью утверждать, кто избран, а кто нет (в этом смысл притчи Христа о пшенице и плевелах, ср. Матф. 13:29-30). Однако в некоторых случаях апостолы называли избранных поименно (напр., Рим. 16:13). О фессалоникийских верующих Павел даже пишет, что точно знает об их избрании: «Всегда благодарим Бога за всех вас… зная избрание ваше, возлюбленные Богом братия…» (1 Фес. 1:2-4). В этой же главе он называет несколько видимых признаков, по которым он сам и его сотрудники могли судить об избранности адресатов послания. Вот эти признаки: во-первых, их живая вера, проявляющаяся в делах любви и терпении (ст. 3). Во-вторых, об их избрании свидетельствовало то, как они с готовностью приняли проповедь Евангелия (ст. 6а). В-третьих, среди скорбей они имели радость от Святого Духа (ст. 6б). В-четвертых, они сами стали свидетельствовать о Христе в окружающих

[1092] Blomberg C. *Matthew*. NAC. T. 22. C. 361. Примеч. 51.

регионах (ст. 7-8). В-пятых, фессалоникийцы отвернулись от всех своих идолов и начали служить Богу живому и истинному (ст. 9). В-шестых, об их избранности свидетельствовал их взгляд, обращенный в будущее, ко второму пришествию Христа (ст. 10).

Таким образом, об избрании можно косвенно (хотя и не со стопроцентной уверенностью) судить по некоторым видимым признакам. Поэтому апостол Петр советует верующим: «Посему, братия, более и более старайтесь делать твердым ваше звание и избрание [ἐκλογὴν]…» (2 Пет. 1:10). Важно заметить, что в этом стихе глагол «делать» в оригинале стоит не в активной (ποιεῖν), а в медиальной форме – ποιεῖσθαι, – что означает действие, совершаемое для себя или в своих интересах. Поэтому данный стих точнее перевести так: «…старайтесь ваше призвание и избрание *делать для себя* более твердым…» Иными словами, речь идет об уверенности в собственном избрании. Для Бога наше избрание и так твердо, а мы можем в нем сомневаться. Чтобы избавиться от сомнений, Петр предлагает не заниматься самоубеждением, а просто возрастать духовно, приобретая угодные Богу качества (ср. 2 Пет. 1:5-7). Чем более наш характер преображается в образ Христов, тем более мы будем уверены в том, что мы избраны Господом ко спасению.

### αἱρέομαι (*хайрéомай*) и αἱρετίζω (*хайретúдзо*), «выбирать»

Оба глагола этимологически между собой связаны и обозначают «выбирать»[1093]. По одному разу и тот, и другой глагол применяются к Божьему избранию, что относится к сфере промышляющей воли. Так, в Евангелии от Матфея цитируется текст из Исаии, где сказано: «Се, Отрок Мой, Которого Я избрал [ἡρέτισα], Возлюбленный Мой, Которому благоволит душа Моя» (Матф. 12:18). Как указывают и другие тексты Писания, Христос был особым образом избран Отцом еще до основания мира, чтобы стать жертвой за наши грехи.

Об избрании людей ко спасению пишет апостол Павел: «Мы же должны благодарить Бога всегда о вас, братья, возлюбленные Господом, потому что избрал [εἵλατο, аорист от αἱρέομαι] вас Бог от начала ко спасению в освящении Духом и в вере истине, к чему и призвал Он вас чрез Евангелие наше, к получению славы Господа нашего Иисуса

[1093] BDAG. C. 28.

Христа» (2 Фес. 2:13-14; пер. Кассиана)[1094]. Из этого текста можно сделать несколько наблюдений. Во-первых, Божье избрание ко спасению и особый призыв параллельны друг другу. Те, кого Бог избрал, будут Им призваны. Поэтому в некоторых других местах «избрание» и «призвание» употребляются как взаимодополняющие синонимы (напр., 2 Пет. 1:10: «…ваше звание и избрание…»). Во-вторых, избрание происходит от вечности, а призвание – в историческом времени. Фессалоникийские верующие были избраны «от начала», а призваны тогда, когда апостолы проповедовали им Евангелие.

В-третьих, средство, через которое происходит избрание, не указано[1095], тогда как средство, через которое происходит призыв, обозначено ясно: «…призвал… чрез Евангелие наше…» Это различие может косвенно подчеркивать идею о безусловности избрания. Тем не менее безусловно избранные призываются ко спасению через посредство благовествования. Как и в другом месте сказано: «…благоугодно было Богу *юродством проповеди* спасти верующих» (1 Кор. 1:21). Если избраны они безусловно, а призваны через проповедь Евангелия, то это значит, что им будет дано от Бога откликнуться на евангельскую весть. Как читаем и в Деяниях апостолов: «…уверовали все, которые были предуставлены к вечной жизни» (Деян. 13:48). Для этого трудился и Павел – чтобы избранные получили спасение (2 Тим. 2:10).

В-четвертых, целью избрания названо «спасение», а целью призвания – получение «славы Господа нашего Иисуса Христа». Вряд ли эти две цели стоит разводить; скорее всего, они взаимно дополняют друг друга. Всякий спасающийся получает славу Иисуса Христа, как сказано: «…Христос принял вас в славу Божию» (Рим. 15:7). И еще: «…кого оправдал, тех и прославил» (Рим. 8:30).

---

[1094] Нужно заметить, что Синодальный перевод 13-го стиха меняет местами слова оригинала, отчего получается совершенно иной смысл: «…Бог от начала, через освящение Духа и веру истине, избрал вас ко спасению…» Возможно, это отражает богословские пристрастия православных переводчиков. Однако подобная перестановка совершенно неоправданна с точки зрения верности оригиналу.

[1095] Вновь надлежит отметить, что Синодальный перевод – «через освящение Духа и веру истине» – отклоняется от смысла оригинала. Предложный оборот ἐν ἁγιασμῷ πνεύματος καὶ πίστει ἀληθείας подчинен ближайшему предшествующему существительному – σωτηρία, а предлог ἐν данного оборота логичнее всего перевести в его обычном значении сферы, или локатива (см. Robertson. *A Grammar of the Greek New Testament*… С. 586–590; Wallace. *Greek Grammar Beyond the Basics*. С. 372): «в освящении Духа и вере истине».

В-пятых, спасение происходит «…в освящении Духом и в вере истине…» Дух Святой со своей стороны совершает освящение, а человек со своей стороны – верит истине. Тем самым в процессе практической реализации спасения сочетаются две стороны: человеческая и божественная. Впрочем, важно заметить, что веру человеку тоже дает Бог: «…верующих по действию державной силы Его…» (Еф. 1:19). Поэтому, хотя процесс освящения является синергичным, это не подразумевает синергичности возрождения или условности избрания.

### προχειρίζομαι (*прохейрúдзомай*), «выбирать, назначать заранее»

Глагол προχειρίζομαι означает «назначать» на какое-либо дело или «выбирать» для исполнения какой-либо работы[1096]. В таком значении он встречается, к примеру, в Деяниях 26:16, где Иисус говорит Савлу: «…Я для того и явился тебе, чтобы поставить [προχειρίσασθαι] тебя служителем и свидетелем того, что ты видел и что Я открою тебе…» Однако в некоторых контекстах этот глагол приобретает более узкое значение: «заранее назначить» на какое-то дело[1097]. К примеру, Иисус Христос был заранее назначен для того, чтобы стать Мессией и Царем израильского народа. Об этом напоминал иудеям апостол Петр: «Итак покайтесь и обратитесь, чтобы загладились грехи ваши, да придут времена отрады от лица Господа, и да пошлет Он предназначенного [προκεχειρισμένον] вам Иисуса Христа…» (Деян. 3:19-20).

Еще в одном тексте этот глагол употребляется в отношении избрания ко спасению. Так, Савл (который стал впоследствии апостолом Павлом) был заранее предназначен к тому, чтобы познать Христа и получить Его откровение. Об этом ему пророчески возвестил Анания: «Бог отцов наших предызбрал [προεχειρίσατο] тебя, чтобы ты познал волю Его, увидел Праведника и услышал глас из уст Его…» (Деян. 22:14). Возможно, выбор данного слова в этих контекстах продиктован присущим ему оттенком обязательности и необратимости выбора[1098].

---

[1096] BDAG. C. 891.

[1097] *Greek-English Lexicon of the New Testament: Based on Semantic Domains* / Под ред. Louw J., Nida E., Smith R. et alt. T. 1. C. 360.

[1098] Michaelis W. προχειρίζω // *TDNT*. T. 6. C. 863.

**προχειροτονέω (*прохейротонéо*), «выбирать, назначать заранее»**

Глагол προχειροτονέω происходит от χειροτονέω («выбираю», «назначаю»)[1099] и приставки προ-, указывающей на временну́ю приоритетность. Отсюда его основное значение – «выбирать заранее», «назначать заранее»[1100]. Данный глагол встречается в Новом Завете всего один раз – в Деяниях 10:40-41, где сказано: «Сего [Иисуса Христа] Бог воскресил в третий день, и дал Ему являться не всему народу, но свидетелям, предызбранным [προκεχειροτονημένοις] от Бога, нам, которые с Ним ели и пили, по воскресении Его из мертвых». Этими словами апостол Петр свидетельствовал дому Корнилия, что апостолы были заранее избраны к тому, чтобы увидеть воскресшего Христа и стать свидетелями Его воскресения для всего мира.

**εὐδοκέω (*эудокéо*), «благоволить»; εὐδοκία (*эудокúа*), «благоволение»**

Глагол εὐδοκέω означает «считать что-либо хорошим», «склоняться к какому-либо решению», «находить в чем-либо удовольствие»[1101]. Однокоренное существительное εὐδοκία переводится как «благоволение» или «удовольствие»[1102]. По своему смысловому наполнению εὐδοκέω близок к еврейскому слову חָפֵץ (*хафéц*, «желать», «находить удовольствие в чем-либо») и часто стоит на месте этого глагола в Септуагинте[1103]. И еврейский, и греческий термин – каждый в рамках соответствующей части Библии – нередко относятся к решениям и планам, которые Бог избирает осуществить. Это подчеркивает, что замысел Бога для Вселенной настолько мудр и прекрасен, что доставляет Ему удовольствие. Господь не просто вынужденно и неохотно соглашается с будущим ходом истории, а избирает тот вариант, кото-

[1099] BDAG. C. 1083. Первоначально χειροτονέω означало «протягивать руку», отсюда – голосовать путем поднятия руки (Vincent M. *Word Studies in the New Testament*. Grand Rapids: Eerdmans, 2002. T. 1. C. 503).

[1100] BDAG. C. 892.

[1101] Там же. С. 404.

[1102] Там же.

[1103] Ср. Schrenk G. εὐδοκέω, εὐδοκία // *TDNT*. T. 2. C. 738.

рый в Его глазах выглядит самым лучшим. Бог определяет историю с радостью. Он благоволит ко всем деталям Своего плана, потому что в конечном итоге они принесут Ему наибольшую славу.

Слова εὐδοκέω и εὐδοκία относятся в Новом Завете к разным аспектам Божьего промысла. Во-первых, Божье радостное решение заключалось в том, чтобы при воплощении Второго Лица Троицы в Нем проявилась вся полнота божественных качеств: «...ибо в Нем благоволила [εὐδόκησεν] обитать вся полнота...» (Кол. 1:19; пер. наш. – *А. П.*).

Во-вторых, Бог был доволен назначить Христа спасителем людей. Несколько раз в Евангелиях звучат слова, подобные этим: «Се, Отрок Мой, Которого Я избрал, Возлюбленный Мой, Которому благоволит [εὐδόκησεν] душа Моя» (Матф. 12:18). В данном стихе утверждение о благоволении Отца ко Христу параллельно утверждению о том, что Бог Его избрал: «...Которого Я избрал...» Благоволение Отца – это и есть Его промышляющая воля, которой Христос был избран к тому, чтобы совершить искупление. В Евангелиях Отец объявлял о Своем благоволении к Сыну как раз в те ключевые моменты, когда указывал на Него как Спасителя мира: при крещении (Матф. 3:17; Марк. 1:11; Лук. 3:22) и преображении (Матф. 17:5; 2 Пет. 1:17).

В-третьих, Бог с радостью определил путь спасения людей. На это указывает Послание к евреям. В 10-й главе цитируется ветхозаветный псалом, в котором от имени Мессии сказано: «Всесожжения и жертвы за грех неугодны [οὐκ εὐδόκησας] Тебе» (Евр. 10:6; ср. Пс. 39:7-9). Если всесожжения и жертвы не приносят Богу удовольствия как путь спасения, то что же приносит? На этот вопрос отвечает предшествующий стих: «Жертвы и приношения Ты не восхотел, но тело уготовал Мне» (Евр. 10:5). «...Единократн[ое] принесение тела Иисуса Христа» (Евр. 10:10) – вот тот путь спасения, к которому благоволил Отец и который Он с радостью запланировал в Своем предвечном замысле.

В-четвертых, Бог с радостью определил объекты спасения. Христос, обращаясь к Своим ученикам, говорил: «Не бойся, малое стадо! Ибо Отец ваш благоволил [εὐδόκησεν] дать вам Царство» (Лук. 12:32). Иными словами, Отец захотел избрать этих немногих людей – малое стадо, – к тому, чтобы дать им Царство Небесное. Иисус также учил, что избрание ко спасению не основано на личных качествах, заслугах или преимуществах избираемых. Он сказал ученикам: «...радуйтесь тому, что имена ваши написаны на небесах» (Лук. 10:20), а двумя стихами позже объяснил причину, почему им выпала такая радость. Эта причина заключается в том, что Сын Божий захотел открыть им божественную истину: «И, обратившись к ученикам, сказал: “Все предано Мне Отцом Моим; и кто есть Сын, не знает никто, кроме Отца, и кто есть Отец, не знает никто, кроме Сына, и *кому Сын хочет открыть*”» (Лук. 10:22). Однако тот факт, что Иисус захотел открыть Отца именно этим людям, ставшим Его учениками, объясняется не тем, что они были мудрее или разумнее других в духовном отношении. Напротив, они не имели никаких заслуг и никакой мудрости, подобно младенцам. «В тот час возрадовался духом Иисус и сказал: “Славлю Тебя, Отче, Господи неба и земли, что Ты утаил сие от мудрых и разумных и открыл младенцам”» (Лук. 10:21). Избрание учеников было основано исключительно на благой воле, то есть тайном промысле, Отца: «Ей, Отче! Ибо таково было Твое благоволение [εὐδοκία]» (Лук. 10:21; ср. Матф. 11:25-27). Любопытно заметить, что в этих стихах радость Сына («возрадовался духом Иисус») соответствует удовольствию Отца («таково было Твое благоволение»).

Апостол Павел тоже подчеркивает, что предопределение ко спасению основано на Божьем промысле: «…предопределив усыновить нас Себе чрез Иисуса Христа, по благоволению [εὐδοκίαν] воли Своей…» (Еф. 1:5). Искупление Кровью Христовой и прощение грехов мы получили не в силу своих личных качеств, предузнанных Богом, а абсолютно незаслуженно, «…по богатству благодати Его…» (Еф. 1:7), через которую Он открыл нам «…тайну Своей воли по Своему благоволению [εὐδοκίαν]…» (Еф. 1:8-9). Сам апостол Павел был призван ко спасению потому, что Бог по благодати Своей «…благоволил [εὐδόκησεν] открыть [в нем] Сына Своего…» (Гал. 1:15-16).

Однако не ко всем людям обращена избирающая воля Господа. Как пишет апостол Павел о народе израильском: «Но не о многих из них благоволил [εὐδόκησεν] Бог, ибо они поражены были в пустыне» (1 Кор. 10:5). В этом стихе отрицательная фраза οὐκ εὐδόκησεν («не благоволил») может означать только одно – отвержение или оставление[1104].

В-пятых, Бог с радостью определил инструменты спасения. «Ибо когда мир своею мудростью не познал Бога в премудрости Божией, то благоугодно было [εὐδόκησεν] Богу юродством проповеди спасти верующих…» (1 Кор. 1:21). Господь установил, что спасение происходит

---

[1104] Там же. С. 741.

не само собой, а посредством проповеди Евангелия. Люди не могут уверовать, если не услышат проповедь, как сказано в другом месте: «Но как призывать Того, в Кого не уверовали? Как веровать в Того, о Ком не слыхали? Как слышать без проповедующего?» (Рим. 10:14). Если Господь благоволил избрать какого-либо человека ко спасению, то Он благоволил и дать ему услышать/прочитать об истине. Весь процесс нашего спасения происходит с участием божественных инструментов, которыми Господь действует по Своему удовольствию: «…потому что Бог производит в вас и хотение и действие по Своему благоволению [εὐδοκίας]» (Флп. 2:13).

**ἀγαπάω (*агапáо*), «любить»; ἀγαπητός (*агапэтóс*), «возлюбленный»**

'Αγαπάω – один из наиболее часто употребляемых в Новом Завете терминов, обозначающих любовь и предпочтение[1105]. Хотя слова данного корня используются в самых разных ситуациях с разными смысловыми оттенками, иногда они относятся к Божьей промышляющей воле. Поскольку понятие избирающей любви еще в Ветхом Завете лежало в основании учения о заветах[1106], Божья любовь и в Новом Завете иногда подразумевает избрание[1107]. Слово «возлюбленный» встречается в параллельных конструкциях со словом «избранный»: «Итак облекитесь, как *избранные* Божии, святые и *возлюбленные* [ἠγαπημένοι]…» (Кол. 3:12). В других местах идея особой Божьей любви параллельна идее призвания: «…всем находящимся в Риме *возлюбленным* [ἀγαπητοῖς] Божиим, *призванным* святым…» (Рим. 1:7). Когда Павел говорит: «…всем находящимся в Риме возлюбленным Божьим…» – ясно, что он имеет в виду не всех жителей Рима, поскольку обращается только к церкви и поскольку дальше он называет их «призванными святыми». Отсюда становится очевидно, что в данном случае имеется в виду особая Божья любовь, которая обращена не ко всем, а только к Его избранным. Это можно сравнить с особой любовью Божьей к Израилю в Ветхом Завете.

---

[1105] BDAG. C. 5–6.

[1106] Stauffer E. ἀγαπάω, ἀγάπη, ἀγαπητός // *TDNT*. T. 1. C. 27.

[1107] Там же. Т. 1. С. 49.

**καλέω (*калéо*), «призывать»; κλητός (*клетóс*), «призванный»; κλῆσις (*клéсис*), «призвание»**

Основное значение глагола καλέω – «звать», «приглашать» или «призывать»[1108]. Призвание людей ко спасению – важная часть божественного промысла. Однако Библия говорит о Божьем призвании в разных смыслах. С одной стороны, Бог призывает всех людей без исключения. К примеру, ко всем людям обращен следующий призыв Христа: «Придите ко Мне все труждающиеся и обремененные, и Я успокою вас…» (Матф. 11:28). Как минимум трижды в разных ситуациях Христос повторял фразу «много званых [κλητοί], а мало избранных»: в доме у одного из начальников фарисейских до того, как пройти мимо Самарии (Лук. 14:24), в Заиорданье по пути в Иерусалим (Матф. 20:16) и в иерусалимском храме (Матф. 22:14). В первом и третьем случаях эта фраза была произнесена в связи с притчей о брачном пире и относилась к вечному спасению. Этот момент хорошо иллюстрирует окончание притчи в Евангелии от Матфея: «Тогда сказал царь слугам: "Связав ему руки и ноги, возьмите его и бросьте во тьму внешнюю"; там будет плач и скрежет зубов; ибо много званых [κλητοί], а мало избранных» (Матф. 22:13-14). Во втором случае эта фраза была сказана в связи с притчей о работниках в винограднике, которая иллюстрирует истину о небесной награде: «Так будут последние первыми, и первые последними, ибо много званых [κλητοί], а мало избранных» (Матф. 20:16). В обеих притчах призыв направлен максимально широко – потенциально ко всем людям. Да и сама фраза «много званых, а мало избранных» подразумевает, что количество избранных меньше, чем количество званых. Этот вид призыва можно назвать *общим*, или *универсальным*. Он звучит через проповеди, которые призывают всех людей к покаянию и небесному блаженству. Неизбранные отвергают и до конца своей жизни продолжают отвергать этот призыв. Избранные могут отвергать его долго, но в конце концов принимают.

Другой вид Божьего призыва, о котором говорит Новый Завет, можно назвать *особым*, или *частным*. Это внутреннее действие Святого Духа, посредством которого Бог сверхъестественным образом призывает душу человека обратиться к Нему. С этим призывом Господь обращается только к избранным, поэтому «призвание» выступает си-

[1108] BDAG. C. 503.

нонимом «избрания», а термин «призванные» становится одним из наименований спасаемых.

К примеру, апостол Павел обращается к верующим: «Ибо смотрите, братья, на призвание [κλῆσιν] ваше: не много мудрых по плоти, не много сильных, не много благородных. Но безумное мира избрал Бог, чтобы посрамить мудрых, и немощное мира избрал Бог, чтобы посрамить сильное…» (1 Кор. 1:26-27; пер. Кассиана). Слова «призвание» и «избрал» в этих стихах параллельны друг другу и относятся к одной и той же группе людей. Апостол Петр тоже говорит о Божьем призвании и избрании совокупно: «Посему, братия, более и более старайтесь делать твердым ваше звание [κλῆσιν] и избрание…» (2 Пет. 1:10). Действительно, призвание и избрание – это две стороны одной медали: всех, кого Господь избрал от вечности, Он обязательно призовет к Себе во времени. Именно это утверждает Павел: «Мы же должны благодарить Бога всегда о вас, братья, возлюбленные Господом, потому что *избрал вас Бог от начала* ко спасению в освящении Духом и в вере истине, к чему и *призвал Он вас чрез Евангелие наше*, к получению славы Господа нашего Иисуса Христа» (2 Фес. 2:13-14; пер. Кассиана). В то время как избрание, согласно этому тексту, состоялось «от начала», то есть еще до сотворения мира (ср. Еф. 1:4), призвание происходит «через Евангелие» – то есть через проповедь о Спасителе в настоящем, в контексте земной истории.

В Послании к римлянам 11:28-29 параллель между избранием и призванием применяется к израильскому народу: «…в отношении к избранию, [они] возлюбленные Божии ради отцов. Ибо дары и призвание [κλῆσις] Божие непреложны». Сначала Павел пишет об избрании, а потом, объясняя эту идею, говорит: «Ибо… призвание…» И то, и другое слово в данном тексте выступают синонимами.

Таким внутренним, особым призывом Господь призывает не всех, а только тех, кого Он предопределил: «А кого Он предопределил, тех и призвал [ἐκάλεσεν]…» (Рим. 8:30). И даже если избранные отвергают этот призыв на протяжении многих лет, в конечном итоге он оказывается эффективным. Иными словами, призываемые таким призывом обязательно рано или поздно откликнутся и получат оправдание: «…а кого призвал [ἐκάλεσεν], тех и оправдал…» (там же). В этом его коренное отличие от общего призыва.

Поскольку особый призыв Божий распространяется только на детей Божьих, спасаемых и освящаемых Иисусом Христом, термин «призванные» нередко в Новом Завете выступает синонимом термина «христиане». К примеру, Павел называет верующих «призванными [κλητοὶ]

Иисусом Христом» (Рим. 1:6), «призванными [κλητοῖς] святыми» (Рим. 1:7 и 1 Кор. 1:2), используя эти эпитеты как самостоятельные наименования в обращениях. Он же называет христиан «призванными [κλητοῖς] по изволению» (Рим. 8:28) и пишет, что они «призваны [ἐκλήθητε] в общение Сына Его Иисуса Христа» (1 Кор. 1:9). Сходным образом Иуда обращается к верующим как к «…возлюбленным в Боге Отце и сохранённым для Иисуса Христа, призванным [κλητοῖς]» (Иуд. 1; пер. Кассиана).

### Отделение, разграничение

Любое решение – это своего рода разграничение. Это разграничение между тем, что должно быть и чего быть не должно, между тем, что угодно решающему и что ему не угодно. Некоторые слова данной семантической группы используются в Новом Завете для обозначения Божьего промысла.

#### ὁρίζω (*хорúдзо*), «определять»; προορίζω (*проорúдзо*), «предопределять»; ἀφορίζω (*афорúдзо*), «отделять»

Глагол ὁρίζω происходит от ὅρος, «граница»[1109], и его исходное значение – «разделять», «проводить границу»[1110]. Отсюда происходит значение, с которым он обычно встречается в Новом Завете, – «определять, назначать, устанавливать»[1111]. В классической греческой литературе ὁρίζω употребляется по отношению к богам, которые устанавливают законы (Софокл) и определяют судьбы людей (Еврипид)[1112]. В Новом Завете этот глагол используется в отношении истинного Бога, который устанавливает и определяет судьбы мира. Приставка προ- усиливает акцент на хронологической последовательности, в результате чего глагол προορίζω приобретает еще более сильное значение: «назначать заранее», «предопределять».

Новый Завет учит, что Господь заранее определил, в какое время и на какой территории будет жить тот или иной народ: «От одной кро-

---

[1109] Schmidt K. ὁρίζω, ἀφορίζω, ἀποδιορίζω, προορίζω // *TDNT*. T. 5. C. 452.

[1110] BDAG. C. 723.

[1111] См. Там же.

[1112] Dulon G. ὁρίζω // *NIDNTT*. T. 1. C. 472.

ви Он произвел весь род человеческий для обитания по всему лицу земли, назначив [ὁρίσας] предопределенные времена и пределы их обитанию» (Деян. 17:26). Очевидно, что назначение времен и пределов для обитания народов включает в себя множество других исторических событий: рождение детей, от которых будут происходить народы, миграции племен и этнических групп с одной территории на другую, формирование языков, которые будут отличать один народ от другого, борьбу за власть, которой будет сопровождаться история народа, а также революции и войны, которые положат конец существованию этносов. Эти крупные события, в свою очередь, складываются из множества более мелких. Все это было заранее четко установлено Богом.

Назначив сроки и границы жизни людей, Бог назначил также Того, Кто будет судить всех людей за то, как они жили в отведенное им Богом время: «…ибо Он назначил день, в который будет праведно судить вселенную, посредством предопределенного [ὥρισεν] Им Мужа…» (Деян. 17:31)[1113]. Именно Иисус Христос является предопределенным Судьей, как свидетельствовали о Нем апостолы: «И Он повелел нам проповедовать людям и свидетельствовать, что Он есть определенный [ὡρισμένος] от Бога Судия живых и мертвых» (Деян. 10:42)[1114].

Не только личность Вселенского Судьи была предопределена Отцом, но и Его кончина. Несмотря на то, что предательство со стороны близкого друга и ученика выглядело низким и отвратительным, Сам Христос говорил по этому поводу: «…впрочем, Сын Человеческий идет по предназначению [ὡρισμένον], но горе тому человеку, которым Он предается» (Лук. 22:22). Важно заметить, что данный стих учит и Божьему предопределению, и человеческой ответственности. Предательство Иуды было «по предназначению», однако это не освобождает его от ответственности: «…но горе тому человеку, которым [Иисус] предается». Согласно основному тезису данной книги, Бог включил в число инструментов божественного провидения человеческую волю. Поскольку Иуда предавал Христа по собственному греховному изволению, он вполне заслуживал за это наказания.

---

[1113] Там же. С. 473.

[1114] В Римлянам 1:4 ὁρίζω используется в другом смысле – в смысле «объявлять» или «доказывать»: «…и открылся [ὁρισθέντος] Сыном Божиим в силе…» (ср. BDAG. C. 723).

О предопределении Христовых страданий и смерти говорит также Петр, обращаясь ко всем иудеям и, в частности, к жителям Иерусалима[1115]: «Сего, по определенному [ὡρισμένῃ] совету и предведению Божию преданного, вы взяли и, пригвоздив руками беззаконных, убили» (Деян. 2:23). И способ смерти Господа, и участники Его казни были заранее определены Божьей волей. Это сделали иудеи: «…вы взяли…» При посредничестве римлян: «…руками беззаконных…» Путем распятия: «…пригвоздив… убили». Однако все это было заранее назначено Богом так, чтобы Иисус стал жертвой за грехи человечества: «…по определенному совету и предведению Божию…» (в отношении слова «совет» см. βουλή выше, в отношении «предведения» см. πρόγνωσις ниже).

Господь определил также время, когда исполнится обетование о вхождении в вечный покой Его спасения. Поскольку еврейский народ во времена Моисея не вошел в Божий покой, Бог назначил новый рубеж – день, когда они смогут войти в него. «Итак, как некоторым остается войти в него… то еще определяет [ὁρίζει] некоторый день, “ныне”, говоря через Давида…» (Евр. 4:6-7). Скорее всего, этот назначенный Богом срок – «ныне» (греч. σήμερον, сегодня) – есть не что иное, как «последние дни сии», в которые Бог «говорил нам в Сыне» (Евр. 1:2), то есть настоящее время, в которое начал действовать новый завет, ратифицированный Кровью Христовой[1116]. Итак, Бог определил время вступления в силу нового завета.

Глагол προορίζω («предопределять»), как выше было упомянуто, имеет еще более выраженный хронологический оттенок. Он подчеркивает, что Божье решение *предшествовало* событию. В Деяниях апостолов 4:27-28 говорится, что Бог заранее определил события, связанные с предательством и распятием Христа: «Ибо поистине собрались в городе сем на Святого Сына Твоего Иисуса, помазанного Тобою, Ирод и Понтий Пилат с язычниками и народом израильским, чтобы сделать то, чему быть предопределила [προώρισεν] рука Твоя и совет Твой». Из этого текста следует, что как требования израильского народа, так и решения Ирода и Пилата, связанные с распятием Сына Божия, не просто случились, а были заранее определены Божьим промыслом. Если подумать, то иначе и быть не могло – ведь не мог же Господь оставить

---

[1115] Ср. Деяния 2:14: «Мужи иудейские и все живущие в Иерусалиме!»

[1116] Ср. Lane W. *Hebrews 1–8*. WBC. Т. 47A. С. 100.

такое важное событие, как искупительная жертва Христа, на откуп переменчивым обстоятельствам.

В остальных четырех текстах глагол προορίζω употребляется в отношении предопределения людей ко спасению. Как минимум трижды объектом предопределения выступают сами люди. Бог заранее назначил нас для усыновления: «…предопределив [προορίσας] нас к усыновлению Ему чрез Иисуса Христа, по благоволению воли Своей…» (Еф. 1:5; пер. Кассиана). Бог заранее предназначил нас к тому, чтобы мы стали Его уделом – Его собственностью в этом мире: «…в Котором и мы были взяты в удел, будучи предопределены [προορισθέντες] по предустановлению Совершающего всё по решению воли Своей…» (Еф. 1:11; пер. Кассиана). Кроме того, Бог заранее предназначил нас к тому, чтобы мы были оправданы Христом и вошли в Его славу, то есть уподобились образу Сына Божьего: «Ибо кого Он предузнал, тем и предопределил [προώρισεν] быть подобными образу Сына Своего, дабы Он был первородным между многими братиями. А кого Он предопределил [προώρισεν], тех и призвал, а кого призвал, тех и оправдал; а кого оправдал, тех и прославил» (Рим. 8:29-30). Как видим, во всех этих текстах предопределение ко спасению – не просто коллективное, а индивидуальное и адресное.

Один раз объектом глагола προορίζω выступает Божья премудрость: «…но проповедуем премудрость Божию, тайную, сокровенную, которую предназначил [προώρισεν] Бог прежде веков к славе нашей…» (1 Кор. 2:7). Речь идет о той мудрости, которая позволяет увидеть в Иисусе обещанного Спасителя-Мессию: «…которой никто из властей века сего не познал; ибо если бы познали, то не распяли бы Господа славы» (ст. 8). Эта спасительная мудрость недоступна ни одному земному мудрецу: «Не видел того глаз, не слышало ухо, и *не приходило то на сердце человеку*, что приготовил Бог любящим Его» (ст. 9). Однако Бог ее открывает тем, кому захочет: «А нам Бог открыл Духом Своим…» (ст. 10). Так вот, именно эту спасительную премудрость Бог заранее назначил дать тем, кого хочет ввести в Свою славу: «…предназначил [προώρισεν] Бог прежде веков к славе нашей…» (1 Кор. 2:7).

Глагол ἀφορίζω образован путем присоединения к корню ὁρίζω приставки ἀπο-, «от». В результате усиливается идея отделения или отграничения, присущая данному корню. В Новом Завете ἀφορίζω трижды используется в значении «выбирать кого-либо из группы людей для определенной цели», то есть «отделять на что-то» или «назначать»[1117]. В двух из этих случаев речь идет о Божьей промышляющей воле.

Первый такой случай находим в автобиографической части Послания к галатам, где апостол Павел пишет: «Когда же Бог, избравший [ἀφορίσας] меня от утробы матери моей и призвавший благодатью Своею…» (Гал. 1:15). Хотя он напрямую не сообщает о целях избрания в данном стихе, о них можно судить по следующему предложению, где сказано: «…благоволил открыть во мне Сына Своего, *чтобы я благовествовал Его язычникам…*» (1:16). Итак, в этом тексте речь идет об избрании к апостольскому служению среди язычников[1118]. Из 15-го стиха мы узнаем, что избрание Павла к особому апостольскому служению состоялось еще до его рождения – «от утробы матери». Однако видимым образом он был призван к этому уже в зрелом возрасте, по дороге в Дамаск – «…и призвавший благодатью Своею…»[1119].

О том же самом Павел пишет в Послании к римлянам, где мы находим второй случай употребления ἀφορίζω в отношении Божьего промысла: «…призванный апостол, избранный [ἀφωρισμένος] к благовестию Божию…» (Рим. 1:1). В этом стихе цель избрания указана явно: «…избранный к благовестию Божию…»

### διακρίνω (*диакри́но*), «различать, разграничивать»

Глагол διακρίνω происходит от корня κρίνω («сужу») и приставки δια- со значением разделения[1120]. Производное значение – «рассуждаю» или «провожу различие»[1121]. По крайней мере однажды это слово можно отнести к Божьей промышляющей воле. Когда Петр говорит о том, что в Божьем замысле не было проведено вечной границы между Израилем и другими народами, он использует именно это слово: «Сердцеведец Бог дал им свидетельство, даровав им Духа Святого, как и нам; и не положил никакого различия [διέκρινεν] между нами и ими, верою очистив сердца их» (Деян. 15:8-9). Согласно Божьему плану,

---

[1117] BDAG. С. 158.

[1118] Ср. O'Brien P. *Gospel and Mission in the Writings of Paul: An Exegetical and Theological Analysis*. Grand Rapids: Baker, 2000. С. 5. Примеч. 15.

[1119] Там же. С. 7.

[1120] BDAG. С. 223, 567. Этимологическое значение корня κρίνω тоже сводится к идее разделения (Büchsel F. Κρίνω et alt. // *TDNT*. Т. 3. С. 922). Глагол с приставкой δια- представляет собой усиленную форму (Там же. Т. 3. С. 946).

[1121] BDAG. С. 231.

спасение предназначается и для евреев, и для язычников. И у тех, и у других оно происходит путем очищения сердца через веру: «…не положил никакого различия… верою очистив сердца их».

### Знание (ведение)

Божий промысел неразрывно связан со знанием будущего. Если бы у Бога не было четкого плана для земной истории или если бы будущее было неопределенным и могло меняться, то Бог не мог бы его знать.

**προγινώσκω (*прогино́ско*), «знать заранее»; πρόγνωσις (*прогно́сис*), «заблаговременное знание»**

Глагол προγινώσκω образован от γινώσκω («знаю») и приставки προ-, имеющей в данном случае значение хронологического предшествования. Однокоренное существительное πρόγνωσις в самом общем смысле означает «предшествующее знание»[1122]. В обычном значении – «знать заранее»[1123] – προγινώσκω употребляется в Новом Завете дважды, когда речь идет о человеческом знании: «издавна знают» (Деян. 26:5) и «зная то заранее» (2 Пет. 3:17; ср. пер. Кассиана). Однако в остальных пяти случаях, когда речь идет о Божьем знании, προγινώσκω и πρόγνωσις приобретают более специфическое значение, которое было распространено также в древнегреческой философии – значение предопределенного миропорядка[1124]. «Заблаговременное знание» (πρόγνωσις) Богом будущего предполагает, что будущее четко зафиксировано и не может быть изменено. То, что Бог знает будущее заранее, в Писании объясняется тем, что Он заранее задумал определенный порядок вещей, свободно избрал и предопределил его[1125]. Его «предве-

[1122] Bultmann R. πρόγνωσις // *TDNT*. Т. 1. С. 716.

[1123] BDAG. С. 866.

[1124] К примеру, стоики под πρόγνωσις («предведением») понимали всеобъемлющий творческий миропорядок, которому подчинялись и природа, и люди (Jacobs P., Krienke H. προγινώσκω // *NIDNTT*. Т. 1. С. 692). Впрочем, у стоиков этому «предведению» были подчинены и боги, в то время как в Писании «предведение» – это результат творческой активности Бога.

[1125] *The Complete Word Study Dictionary: New Testament* / Под ред. Zodhiates S., Baker W. и Hadjiantoniou G. № 4267.

дение» – это не просто «предвидение», а избрание и предназначение Богом Его народа или Христа[1126].

Писание говорит, что Иисус Христос был «заблаговременно известен», а вернее, предопределен: «...драгоценною Кровию Христа, как непорочного и чистого Агнца, предназначенного [προεγνωσμένου] еще прежде создания мира, но явившегося в последние времена для вас...» (1 Пет. 1:19-20). Любопытно заметить, что сразу несколько русских переводов в данном стихе передают глагол προγινώσκω словами, обозначающими предопределение[1127]. Совершенно очевидно, что Христос не может быть лишь пассивно предузнан Богом, поскольку Он Сам – Второе Лицо Троицы. Невозможно представить себе такую картину, будто Бог просто заглянул в будущее (в любом смысле этого выражения) и узнал, кто же окажется Спасителем. В данном стихе «предведение» Божье эквивалентно предопределению.

Не только Сам Христос был предопределен на роль Агнца, но и Его смерть произошла «...по определенному совету и предведению [προγνώσει] Божию...» (Деян. 2:23). Важно обратить внимание, что смерть Христа тоже не могла быть пассивно предузнана Богом. Иными словами, библейскому мировоззрению не соответствует такая картина, будто Бог просто узрел в будущем, что Христос будет распят. Нет, Его искупительная жертва была тщательно спланирована Богом и произошла четко по этому плану. Более того, слово πρόγνωσις («предведение») в этом стихе параллельно выражению «определенный совет» (ὡρισμένη βουλή), которое точнее перевести как «предназначенная воля» (см. соответствующие слова выше). Таким образом, Божье «предведение» – это не просто пассивное знание будущего, а активное планирование будущих событий.

Бог «заблаговременно знал» в Своем промысле, каким будет Его избранный народ и кто именно в него будет входить: «Не отверг Бог народа Своего, который Он наперед знал [προέγνω]» (Рим. 11:2)[1128]. Опять же, глагол προγινώσκω в данном случае не может означать обычное знание того, что произойдет в будущем (в любом смысле этого выражения). Во-первых, многие места Писания говорят о том, что Бог не просто распознал в будущем Свой народ, а активно избрал и

---

[1126] Bultmann R. πρόγνωσις. С. 715.

[1127] Ср. Синодальный перевод и перевод Кассиана: «предназначенного»; Радостная Весть и Современный перевод WBTC: «Он был избран»; Слово Жизни (МБО): «Он был предопределен».

[1128] Jacobs P., Krienke H. προγινώσκω // *NIDNTT*. T. 1. C. 693.

деятельно сформировал его (см. Пс. 134:4; Ис. 41:8; 44:1-2; Иез. 20:5 и др.). Во-вторых, обычное распознание будущего не подходит к той мысли, которую высказывает апостол Павел. Если Бог в каком бы то ни было смысле заглянул в будущее и узнал (или всегда смотрел и всегда знал), каким будет Его народ, то при чем тут «отвержение» или «не отвержение»? Бог не мог бы отвергнуть или не отвергнуть того, что находится в объективном будущем и что и так не может быть изменено или отменено! Иными словами, обычное предвидение будущего не может служить основанием отвержения или не отвержения. Другое дело – факт Божьего избрания. Бог именно потому не отверг Своего народа, что от вечности избрал его! Поскольку Бог в Своем промысле «заблаговременно знал» Свой народ, Он не мог его отвергнуть. Такова главная мысль данного стиха, что подтверждается также последующим контекстом. Когда апостол подводит итог своим рассуждениям, он говорит в 5-м стихе: «Так и в нынешнее время, по избранию благодати, сохранился остаток». «Избрание благодати» – это избрание совершенно незаслуженное и безусловное, основанное исключительно на Божьем независимом даре – Его благодати. И это «избрание благодати» 5-го стиха параллельно «предведению» 1-го стиха. «Заблаговременное Божье знание» (πρόγνωσις) – это Его промысел, то есть план земной истории, в котором израильский народ был избран по благодати.

Дети Божьи называются «избранными по предведению [πρόγνωσιν] Бога Отца» (1 Пет. 1:1-2). Учитывая ближайший случай употребления данного слова в том же послании (1 Пет. 1:20), «предведение» в лексиконе Петра означает такое же Божье предопределение, которым был предопределен Сам Христос. Дети Божьи были избраны согласно Божьему «заблаговременному знанию», то есть Его промыслу.

Наконец, еще один случай употребления глагола προγινώσκω встречаем в Римлянам 8:29: «Ибо кого Он предузнал [προέγνω], тем и предопределил быть подобными образу Сына Своего…» Важно заметить, что «предузнание» и «предопределение» в данном стихе – не два разных этапа истории искупления, а одно звено. Об этом свидетельствует отсутствие между ними местоимения τούτους («тех»), в отличие от всех остальных звеньев цепочки спасения. Более буквально Римлянам 8:29-30 можно было бы перевести: «Ибо кого Он заблаговременно знал, даже предопределил [стать] подобными образу сына Его… Кого же предопределил, тех и призвал; и кого призвал, тех и оправдал; кого же оправдал, тех и прославил». Обратите внимание, что с каждым звеном в 30-м стихе повторяется местоимение «тех»: «кого… тех и…»

Однако между «предузнал» и «предопределил» в 29-м стихе данное местоимение не встречается. Они соединены союзом καί: οὓς προέγνω, καὶ προώρισεν (согласно предложенному переводу, «кого заблаговременно знал, даже предопределил»). Эта синтаксическая деталь может указывать на то, что, по замыслу апостола, слова «предузнал» и «предопределил» относятся к одному и тому же шагу в истории искупления. Кого Бог «заблаговременно знал» в Своем промысле, то есть те, кому Он предопределил стать подобными образу Его Сына, – именно их Он и призвал к Себе. Более подробный анализ данного текста см. в **главе 4**, «Предопределение и предузнание: анализ Римлянам 8:29-30».

**νοῦς (*нус*), «ум»**

Поскольку планирование будущего есть функция Божьего разума, само слово «разум» (греч. νοῦς) может выступать метонимическим эквивалентом промышляющей воли. Излагая Божий промысел в отношении Израиля, апостол Павел сообщает в 11-й главе Послания к римлянам, что Бог не мог отвергнуть Свой народ, который был избран Им от вечности (Рим. 11:2). Однако к истинному Божьему народу относится лишь благочестивый остаток (11:5), то есть избранные (11:7). Впрочем, ожесточение большей части этнического Израиля послужило благом для язычников, которые были привиты на место природных ветвей (11:11-22). В конце же земной истории Бог обратит к Себе весь этнический Израиль, и они вновь будут привиты к Лозе (11:23-27). Весь этот замысел Павел называет «тайной» (11:25), поскольку он был сокрыт от ветхозаветных пророков. Никто из них – не говоря уже об остальных людях! – не познал ум (νοῦν) Господень (11:34), то есть Его таинственную волю в отношении истории искупления народов. В Римлянам 11:34 апостол цитирует пророка Исаию, который говорит: «Кто уразумел дух Господа, и был советником у Него и учил Его?» (Ис. 40:13; ср. LXX: τίς ἔγνω νοῦν κυρίου, καὶ τίς αὐτοῦ σύμβουλος ἐγένετο). Как в ветхозаветном источнике, так и в новозаветном контексте эти слова относятся к Божьей промышляющей воле.

**Зрение (видение)**

Некоторые термины, описывающие Божий промысел, восходят к базовой идее зрения. Бог усматривает или предусматривает определенные события в Своей воле.

**ἐπισκέπτομαι (*эпискéптомай*), «наблюдать, усматривать»**

Общее значение глагола ἐπισκέπτομαι – «внимательно смотреть» на что-либо[1129], однако в конкретных ситуациях он может принимать множество контекстных оттенков. В частности, он может означать «смотреть на что-либо с одобрением»[1130] (приближаясь таким образом по значению к εὐδοκέω, см. выше). Кроме того, одно из значений ἐπισκέπτομαι – «назначать на какую-либо должность»[1131] (напр., Деян. 6:3: «…выберите [ἐπισκέψασθε] из среды себя семь человек…»). Один случай в Новом Завете позволяет отнести этот глагол к сфере Божьего промысла. Пресвитер Иаков упоминает, как «…первоначально усмотрел [ἐπεσκέψατο] Бог взять из язычников народ, посвященный имени Его (Деян. 15:14; пер. Кассиана). Стоит отметить, что в роли дополнения при этом глаголе выступает не существительное «язычники», как некорректно передано в Синодальном переводе, а инфинитив λαβεῖν («взять»). Иными словами, Бог с благоволением посмотрел на определенное событие, а именно, Он избрал приобщить язычников к Своему народу. Это указывает на Его промышляющую волю.

**προβλέπομαι (*проблéпомай*), «предусматривать»**

Данный глагол означает «смотреть заранее» или «предусматривать», отсюда – «избирать»[1132]. Он встречается в Новом Завете всего один раз. Послание к евреям говорит о праведниках Ветхого Завета: «И все сии, свидетельствованные в вере, не получили обещанного, потому что Бог предусмотрел [προβλεψαμένου] о нас нечто лучшее, дабы они не без нас достигли совершенства» (Евр. 11:39-40). Исполнение обещаний, данных праотцам израильского народа, должно было наступить только с приходом Христа и вступлением в силу Нового завета. Согласно Божьему замыслу, они должны были достигнуть совершенства лишь вместе с новозаветными праведниками.

---

[1129] BDAG. С. 378.

[1130] Beyer H. ἐπισκέπτομαι, ἐπισκοπέω // *TDNT*. Т. 2. С. 600.

[1131] Там же. С. 602.

[1132] BDAG. С. 866.

**Жребий**

Несколько новозаветных текстов, говорящих о Божьей промышляющей воле, используют идею жребия. Жребий – это то, что ни в малой степени не зависит от человека и определяется с точки зрения земного наблюдателя случайностью, а с точки зрения библейского богословия – Божьим решением (ср. Прит. 16:33). Поэтому данный образ очень хорошо подходит для описания тайного Божьего промысла, который исполнится независимо от человека.

**κληρόω (*клерóо*), «назначать путем жребия», «получать по жребию»; κλῆρος (*клéрос*), «жребий»**

Существительное κλῆρος в наиболее древних греческих источниках (напр., у Гомера) обозначало кусочек камня или дерева, которые использовались в качестве жребия[1133]. В более поздние времена этим же словом стали обозначать процесс бросания жребия или то, что получено по жребию[1134]. Поскольку участки земли нередко распределялись между детьми путем жребия, словом κλῆρος стали называть надел земли, унаследованный от родителей, или просто «наследие»[1135]. И та, и другая идея хорошо подходят к сфере Божьего промысла, поскольку как жребий, так и наследство не зависят от получателя и не могут быть поставлены ему в заслугу – как, собственно, и Божий промысел.

Призывая Павла на служение, Господь сказал ему, что посылает его к язычникам «…открыть глаза им, чтобы они обратились от тьмы к свету и от власти сатаны к Богу, и верою в [Христа] получили прощение грехов и жребий [κλῆρον] с освященными» (Деян. 26:18). Положение среди освященных Христос назвал «жребием», то есть тем, что человек получает совершенно незаслуженно. Этот незаслуженный жребий посылается человеку через веру в Христа, которую Бог дарует освящаемым (ср. Еф. 1:19).

Апостол Павел молился, чтобы колосские верующие благодарили Бога за то, что Он «…[сделал их] способными участвовать в жребии [κλήρου] святых во свете…» (Кол. 1:12; пер. Кассиана). Глагол «делать

---

[1133] Eichler J. κλῆρος // *NIDNTT*. T. 2. C. 296.

[1134] BDAG. C. 548.

[1135] Foerster W. κλῆρος // *TDNT*. T. 3. C. 758.

способными» (греч. ἱκανόω) – однокоренной прилагательному ἱκανός («достаточный», «подходящий», «способный»)[1136]. Он предполагает, что некогда мы были неспособны приобщиться к жребию святых, однако Бог дал нам для этого силу. Мы не подходили для небесного наследия, однако Бог сделал нас подходящими. Контекст стиха также говорит о том, что до Божьего призвания мы находились под чужой властью – под властью тьмы. Однако Бог Своей силой (ср. ст. 11) избавил нас от этой власти (ст. 13а) и ввел в Царство Иисуса Христа (ст. 13б). Пребывание в Царстве Христовом и есть то «наследие», или «жребий» (κλῆρος) святых, в котором мы получили «часть» (греч. μερίς). Идея «наследия» или «жребия» нередко имеет в Новом Завете сотериологический оттенок[1137]. Как глагол «делать способными» (ἱκανόω), так и фразы «часть в жребии» (μερίς τοῦ κλήρου), «избавил от власти тьмы» (ἐρρύσατο ἐκ τῆς ἐξουσίας τοῦ σκότους) и «перенёс в царство Сына» (μετέστησεν εἰς τὴν βασιλείαν τοῦ υἱοῦ) – все это подчеркивает активное действие Бога и полную неспособность человека в процессе обращения.

Однокоренной глагол κληρόω означает «назначать путем жребия»[1138], «приобретать по жребию»[1139] или «наследовать»[1140]. В папирусах, которые служат весьма важным источником для изучения повседневного словоупотребления[1141], пассивная форма глагола κληρόω означает просто «быть выбранным или предназначенным»[1142]. В Новом Завете этот глагол употребляется всего один раз – в Послании к ефесянам 1:11. Из этого стиха видно, что Божий замысел включал в себя не только то, чтобы некоторые люди получили жребий спасения, но и то, чтобы они *сами* стали Божьим уделом. Там сказано, что во Христе «…мы были взяты в удел [ἐκληρώθημεν], будучи предопределены по предустановлению Совершающего всё по решению воли Своей… (Еф. 1:11; пер. Кассиана). Стоит оговориться, что, хотя перево-

---

[1136] BDAG. C. 472; ср. Liddell H. *An Intermediate Greek-English Lexicon: Founded upon the Seventh Edition of Liddell and Scott's Greek-English Lexicon*. Oak Harbor, WA: Logos Research Systems, Inc., 1996. C. 378.

[1137] Eichler J. κλῆρος // *NIDNTT*. T. 2. C. 300.

[1138] BDAG. C. 548; Lincoln A. *Ephesians*. WBC. T. 42. C. 35; ср. то же значение в классическом греческом: Liddell H. *An Intermediate Greek-English Lexicon*. C. 436.

[1139] BDAG. C. 548–549.

[1140] Foerster W. κλῆρος. C. 764–765.

[1141] Robertson. *A Grammar of the Greek New Testament*… C. 79.

[1142] Lincoln. *Ephesians*. C. 35.

дчики Синодального текста в данном стихе передали пассивную форму ἐκληρώθημεν рефлексивной формой активного залога: «сделались наследниками», нам представляется неверным рассматривать данный глагол как пассивно-отложительный[1143]. На наш взгляд, к контексту больше подходит пассивная форма «были взяты в удел», как переводит Кассиан[1144]. Этот перевод хорошо согласуется с последующими словами апостола, который говорит, что верующие «…запечатлены обетованным Святым Духом…» (ст. 13). Важно заметить, что печать обычно ставится не на наследнике, а на наследии. Верующие в данном стихе представлены именно как наследие Христа, на котором поставлена печать – Святой Дух. Данная печать гарантирует то, что верующий принадлежит Христу как Его собственность. В Ветхом Завете Израиль называется Божьим «уделом» или «наследием», избранным не на основании каких-либо качеств самих израильтян. При этом в Септуагинте нередко используется слово κλῆρος (напр., Втор. 9:29). По аналогии, в Ефесянам 1:11 говорится о том, что христиане – это Божье наследие, избранное и назначенное не по заслугам или личным качествам, а как бы по жребию[1145]. Как поясняет в продолжении стиха сам апостол Павел, верующие во Христа были избраны, «…быв предназначены по определению Совершающего все по изволению воли Своей…» (Еф. 1:11б).

### **λαγχάνω (*ланха́но*), «получать по жребию»**

Глагол λαγχάνω означает «получать по жребию»[1146]. У Гесихия (александрийского грамматика и лексикографа второй половины IV в. н. э.) это слово объясняется при помощи слова κληροῦν – «получать по жребию»[1147]. Даже если в контексте не говорится о буквальном броса-

---

[1143] Пассивно-отложительный глагол – это пассивный по морфологии глагол с активным или рефлексивным (медиальным) значением.

[1144] В пассиве данный глагол переводят англоязычные NET, NIV84, LEB, NCV, GW, ISV, ASV, а также сирийская Пешитта: ܘܒܗ ܚܢܢ ܐܬܓܒܝܢ (*в-ве хнан этгвúн*, «и в нем мы избраны»), и латинская Вульгата: in quo etiam sorte vocati sumus («в Котором мы призваны по жребию»).

[1145] Lincoln. *Ephesians*. С. 36; Vincent M. *Word Studies in the New Testament*. Grand Rapids: Eerdmans, 2002. С. 368; Wuest K. *Ephesians and Colossians: In the Greek New Testament*. Wuest's Word Studies: From the Greek New Testament. Grand Rapids: Eerdmans, 1969. С. 47.

[1146] BDAG. С. 581.

[1147] Hanse H. λαγχάνω // *TDNT*. Т. 4. С. 1.

нии жребия, λαγχάνω подразумевает, что какой-либо результат достигнут не через человеческие усилия, а подобно жребию – так, будто «спелый плод падает кому-то в руку»[1148].

В Новом Завете данный глагол употребляется четыре раза, два из которых относятся к буквальному бросанию жребия. Так, священнику Захарии (отцу Иоанна Крестителя) «…по жребию… досталось [ἔλαχε]… войти в храм Господень для каждения…» (Лук. 1:9). А при распятии Иисуса солдаты говорили друг другу о Его хитоне: «Не станем раздирать его, а бросим о нем жребий [λάχωμεν], чей будет…» (Иоан. 19:24). Фразы «досталось по жребию» и «бросим жребий» в оригинале переданы одним глаголом – λαγχάνω.

В третьем случае данный глагол относится к Иуде Искариоту, который был сопричислен к апостолам и «…получил [ἔλαχεν] жребий служения сего…» (Деян. 1:17). Хотя Иисус, насколько мы знаем, не бросал жребий перед назначением двенадцати учеников, сама ситуация избрания апостолов подразумевает отсутствие каких-либо активных действий с их стороны. Как напоминал им впоследствии Иисус: «Не вы Меня избрали, а Я вас избрал…» (Иоан. 15:16). Поэтому результат был подобен спелому плоду, упавшему в руку. Сами апостолы назвали это «жребием». Раз Иуда получил жребий, быв избран Христом, то и его преемник должен быть указан Богом по жребию: «…и помолились и сказали: “Ты, Господи, Сердцеведец всех, покажи из сих двоих одного, которого Ты избрал принять жребий сего служения и апостольства, от которого отпал Иуда, чтобы идти в свое место”. И бросили о них жребий, и выпал жребий Матфию, и он сопричислен к одиннадцати апостолам» (Деян. 1:24-26).

Наконец, еще в одном случае λαγχάνω относится к получению веры: «Симеон Петр, раб и апостол Иисуса Христа, получившим в удел [λαχοῦσιν] равноценную с нашей веру по праведности Бога нашего и Спасителя Иисуса Христа…» (2 Пет. 1:1; пер. Кассиана). Подобно тому как жребий выпадает независимо от заслуг, личных качеств или усилий человека, спасительная вера тоже дается независимо от заслуг, личных качеств или усилий человека. Вера – это не естественная человеческая способность, а Божий дар. Как утверждает апостол Павел, мы можем веровать только благодаря Божьей силе (Еф. 1:19). Мы не доросли до веры, не додумались до веры, не решили уверовать, а были предназначены к вере: «…получившим в удел… веру…» Именно по-

---

[1148] Там же.

этому нам совершенно нечем хвалиться в своем спасении. Христианин не должен гордиться тем, что он верующий. И он не должен превозноситься над теми, кто не верует, потому что он ничуть не способнее к вере, чем они. Вера досталась ему независимо от него самого – как бы по жребию, и, возможно, этот жребий выпадет также другим людям, которых в настоящее время никто бы не посчитал хорошими кандидатами на обращение ко Христу.

### Синтез и обобщение информации

Божий промысел – Его всеохватный план для истории человечества и для всей Вселенной – описывается в Новом Завете при помощи широкого спектра терминов. Все происходит именно так, а не иначе, потому что у Бога в отношении этого есть желание, намерение и воля. Божий промысел не случаен – на все, что происходит, у Господа есть заранее сформированный план и проект, движимый Божьими целями. Как минимум четыре группы терминов описывают то, что Бог выбирает будущие события среди других потенциальных вариантов. Бог заранее подготавливает события, выносит вердикт в отношении будущего, предрешает, приказывает и предопределяет. Поэтому тому, что запланировано Богом, обязательно надлежит исполниться.

Однако не следует думать, что Бог выбирает будущее с холодной отрешенностью расчетливого философа. Нет, Он относится к Своему выбору с благоволением и любовью. Его выбор основан на Его бесконечной мудрости, поэтому к Его промыслу применяется наименование «ум Господень». Бог заранее знает, что хочет совершить, и усматривает наилучший вариант развития событий с точки зрения Своих целей.

Когда речь идет о позитивных аспектах Божьего промысла (спасение и прощение грехов), то они сравниваются с получением жребия, который не зависит от получателя и не может быть поставлен ему в заслугу. Важно отметить, что идея жребия ни разу не применяется в Новом Завете к негативным аспектам Божьего промысла (погибели или наказанию). Это подчеркивает, что человек ответственен за свои поступки. Спасение – это жребий, а погибель – личный выбор человека. Спасение приходит к нам совершенно незаслуженно и необъяснимо, тогда как погибель и заслуженна, и объяснима с точки зрения поступков человека.

## Термины, обозначающие предписывающую волю

Новозаветные термины, обозначающие Божьи заповеди и повеления, из которых складывается предписывающая воля, можно разделить на несколько смысловых категорий. Некоторые термины относятся к семантическому ряду повелений. Ряд слов обозначает желание или предпочтение. Большое количество терминов относятся к общей категории устной или письменной речи. Еще несколько слов обозначают порядок действий.

Новый Завет много говорит о Божьих повелениях, поэтому в рамках данной главы нам не удастся рассмотреть все случаи употребления каждого слова. В связи с каждым термином мы будем приводить лишь два-три примера, чтобы проиллюстрировать его использование.

### Повеление

Самая ожидаемая категория терминов, относящихся к предписывающей воле, – это слова, выражающие повеление. В греческом языке Нового Завета они представлены несколькими корнями.

**τάσσω (*тáссо*), διατάσσω (*диатáссо*), προστάσσω (*простáссо*), συντάσσω (*сунтáссо*) и ἐπιτάσσω (*эпитáссо*), «повелевать, приказывать»; ἐπιταγή (*эпитагэ́*), «повеление, приказание»**

Глагол τάσσω означает «повелевать» или «давать распоряжения»[1149]. Иногда он применяется к тем повелениям, которые дает Бог Отец или Иисус. Например: «Одиннадцать… учеников пошли в Галилею, на гору, куда повелел [ἐτάξατο] им Иисус» (Матф. 28:16).

От того же корня образуется целый ряд глаголов при помощи разнообразных приставок, которые не изменяют коренным образом значения исходного слова, однако могут придавать ему эмфатическое или перфективное значение. Выявить сколько-нибудь значимые смысловые отличия между ними не удается. Их общий смысл в любом случае сводится к повелению или приказанию.

---

[1149] BDAG. C. 991.

Предписывающая воля Божья может обозначаться такими словами, как διατάσσω: «Так и Господь повелел [διέταξεν] проповедующим Евангелие жить от благовествования» (1 Кор. 9:14). «И когда окончил Иисус наставления [διατάσσων] двенадцати ученикам Своим, перешел оттуда учить и проповедывать в городах их» (Матф. 11:1).

Предписывающую волю может передавать глагол προστάσσω: «Встав от сна, Иосиф поступил, как повелел [προσέταξεν] ему Ангел Господень, и принял жену свою» (Матф. 1:24). «И говорит ему Иисус: смотри, никому не сказывай, но пойди, покажи себя священнику и принеси дар, какой повелел [προσέταξεν] Моисей, во свидетельство им» (Матф. 8:4).

В таком же смысле используется συντάσσω: «Ученики пошли и поступили так, как повелел [συντάσσω] им Иисус» (Матф. 21:6). «Ученики сделали, как повелел [συνέταξεν] им Иисус, и приготовили пасху» (Матф. 26:19).

Глагол ἐπιτάσσω тоже обозначает «повелевать»: «Тогда повелел [ἐπέταξεν] им рассадить всех отделениями на зеленой траве» (Марк. 6:39). «И они просили Иисуса, чтобы не повелел [ἐπιτάξῃ] им идти в бездну» (Лук. 8:31). Образованное от него существительное επιταγή нередко передает нюанс авторитетного приказа[1150]: «Павел, Апостол Иисуса Христа по повелению [ἐπιταγὴν] Бога, Спасителя нашего, и Господа Иисуса Христа, надежды нашей…» (1 Тим. 1:1). «…А в свое время явил Свое слово в проповеди, вверенной мне по повелению [ἐπιταγὴν] Спасителя нашего, Бога» (Тит. 1:3). «Относительно девства я не имею повеления [ἐπιταγὴν] Господня, а даю совет, как получивший от Господа милость быть Ему верным…» (1 Кор. 7:25).

**ἐντέλλω (*энтéлло*), «заповедовать»; ἐντολή (*энтолé*), «заповедь»**

Глагол ἐντέλλω означает «повелевать» или «заповедовать»[1151]. Он очень часто используется в греческом переводе Ветхого Завета для обозначения приказов царя или авторитетного пророка, а также Божьих заповедей[1152]. В Новом Завете он используется в таком же значении, особенно часто применительно к заповедям Писания и повелениям Иисуса Христа. «…До того дня, в который Он вознесся, дав Святым

[1150] BDAG. С. 383.

[1151] Там же. С. 339.

[1152] Schrenk G. ἐντέλλομαι // *TDNT*. Т. 2. С. 544–545.

Духом повеления [ἐντειλάμενος] апостолам, которых Он избрал...» (Деян. 1:2). «...Уча их соблюдать все, что Я повелел [ἐνετειλάμην] вам...» (Матф. 28:20).

Однокоренное существительное ἐντολή, «заповедь», тоже нередко применяется к предписывающей воле Божьей. «Итак, кто нарушит одну из заповедей [ἐντολῶν] сих малейших и научит так людей, тот малейшим наречется в Царстве Небесном...» (Матф. 5:19). «Если кто считает себя пророком или духовным, тот пусть познаёт то, что я пишу вам: что это – Господня заповедь [ἐντολή]» (1 Кор. 14:37; пер. Кассиана).

**νόμος (*но́мос*), «закон»**

Слово νόμος обозначает очень значимую часть Божьей предписывающей воли – закон, то есть свод правил и постановлений. Чаще всего под этим словом подразумевается закон Моисеев, например: «...как предписано в законе [νόμῳ] Господнем, чтобы всякий младенец мужеского пола, разверзающий ложесна, был посвящен Господу» (Лук. 2:23). Однако в некоторых случаях речь идет о законе Христовом, то есть о новых постановлениях, связанных с учреждением нового завета. «Потому что с переменою священства необходимо быть перемене и закона [νόμου]» (Евр. 7:12). «Если вы исполняете закон [νόμον] царский, по Писанию: возлюби ближнего твоего, как себя самого, – хорошо делаете» (Иак. 2:8).

**δεῖ (*дэй*), «должно»**

Безличный глагол δεί, «до́лжно», «необходимо», нередко указывает на то, как до́лжно или необходимо поступать людям. В этих случаях он относится к Божьей предписывающей воле. «Горе вам, книжники и фарисеи, лицемеры, что даете десятину с мяты, аниса и тмина, и оставили важнейшее в законе: суд, милость и веру; сие надлежало [ἔδει] делать, и того не оставлять» (Матф. 23:23). «Сказал также им притчу о том, что должно [δεῖν] всегда молиться и не унывать...» (Лук. 18:1). «Не удивляйся тому, что Я сказал тебе: должно [δεῖ] вам родиться свыше» (Иоан. 3:7). «Петр же и Апостолы в ответ сказали: должно [δεῖ] повиноваться больше Богу, нежели человекам» (Деян. 5:29).

### Желание или предпочтение

Некоторые термины, обозначающие предписывающую волю Господа, относятся к смысловой категории желания или предпочтения. Они указывают на то, как Господь хочет, чтобы люди поступали.

**θέλω (*тэ́ло*), «желать»; θέλημα (*тэ́лема*), «желание, воля»**

Глагол θέλω, «желать, хотеть», может обозначать не только Божий промысел, но и предписывающую волю. К примеру, когда Христос повелевал ученикам, чтобы они накормили голодных людей, следовавших за ними, Он сказал: «…отпустить же их неевшими не хочу [θέλω]…» (Матф. 15:32). Его желание было равносильно побуждению к действию.

Однокоренное существительное θέλημα тоже во многих случаях указывает на заповедующую волю Господа. В молитве Господней звучат такие слова: «…да будет воля [θέλημά] Твоя и на земле, как на небе…» (Матф. 6:10). В данном случае «воля» должна обозначать именно заповедующую волю, поскольку промышляющая воля в любом случае исполнится как на небе, так и на земле. Однако полное и совершенное исполнение предписывающей воли наступит только в Божьем Царстве (ср. «…да придет Царствие Твое…», Матф. 6:10), и именно об этом просят верноподданные Царя.

**βουλή (*буле́*), «воля, решение»**

Как упоминалось в разделе, посвященном промышляющей воле, существительное βουλή означает «воля» или «решение»[1153]. Как минимум в двух текстах Нового Завета его можно отнести к заповедующей воле Божьей. Евангелист Лука сообщает, что «…фарисеи и законники отвергли волю [βουλὴν] Божию о себе, не крестившись от [Иоанна Крестителя]» (Лук. 7:30). Поскольку кто-то мог отвергнуть и не исполнить эту волю Божью, ясно, что речь идет не о тайном Божьем промысле, а о Его повелениях. В связи с этим возникает вопрос: когда и где Бог заповедал креститься от Иоанна, если такой заповеди не было во всем Ветхом Завете? И если эта заповедь была фарисеям и законни-

[1153] BDAG. С. 181.

кам неизвестна, то как они могли ее отвергнуть? Ответ заключается в следующем. Во-первых, хотя в Ветхом Завете не было повеления креститься от Иоанна, там было повеление «приготовить путь Господу» и «выпрямить кривизны» (Ис. 40:3-4), а это подразумевало как раз то самое покаяние, к которому призывал Иоанн. Не крестившись крещением покаяния от Иоанна Крестителя, фарисеи и законники отвергли волю Божью в отношении своей подготовки к приходу Мессии. Во-вторых, воля Божья о крещении покаяния прозвучала из уст самого Иоанна Крестителя как Божьего пророка. Писание сообщает, что он «проповедовал крещение покаяния» (Марк. 1:4; Лук. 3:3; Деян. 13:24), соответственно, он открывал людям Божье желание, чтобы они крестились в знак покаяния перед приходом Мессии.

Еще один текст, в котором слово βουλή можно отнести к заповедующей воле, находим в Деяниях апостолов. Апостол Павел напоминает эфесским пресвитерам: «…ибо я не упускал возвещать вам всю волю [βουλὴν] Божию» (Деян. 20:27). Он старался проповедовать все, что Господь хотел донести до людей. Судя по всему, это должно включать в себя и Божьи заповеди.

### γνώμη (*гнóмэ*), «мнение, совет»

Слово γνώμη может означать «мнение, суждение»[1154] или «определение, решение», особенно решение совета или суда[1155]. Апостол Павел делится своим суждением в отношении безбрачия: «Относительно девства я не имею повеления Господня, а даю совет [γνώμην], как получивший от Господа милость быть верным…» (1 Кор. 7:25). В отличие от постановления о разводе, в отношении которого Павел мог сослаться на слова Иисуса Христа из Евангелий (1 Кор. 7:10), в вопросе о девстве он не мог этого сделать, поскольку Христос не оставил таких постановлений. Конечно, совет апостола не должен восприниматься как ни на чем не основанная фантазия. В данном контексте γνώμη – это «обдуманное решение, основанное на знании»[1156].

---

[1154] Там же. С. 202.

[1155] Вейсман. *Греческо-русский словарь*. С. 274.

[1156] Robertson A. *Word Pictures in the New Testament*. Nashville, TN: Broadman Press, 1931. T. 4. C. 131. Суждение апостола Павла по этому вопросу выражено в следующих стихах: «…за лучшее признаю, что хорошо человеку оставаться так. Соединен ли ты с женой? Не ищи развода. Остался ли без жены? Не ищи жены. Впрочем,

Сходный случай находим во Втором послании к коринфянам, где Павел дает γνώμη – совет или постановление – в отношении пожертвований для нуждающихся верующих: «Я даю на это совет [γνώμην]: ибо это полезно вам, которые не только начали делать сие, но и желали того еще с прошедшего года. Совершите же теперь самое дело, дабы, чего усердно желали, то и исполнено было по достатку» (2 Кор. 8:10-11).

### εὐαρεστέω (*эуарестéо*), «благоволить»; εὐάρεστος (*эуáрестос*), «благоугодный»

Глагол εὐαρεστέω означает «угождать», а в пассивной форме (εὐαρεστοῦμαί) – «испытывать удовольствие», «благоволить» к чему-либо[1157]. Прилагательное εὐάρεστος означает «приемлемый», «угодный»[1158]. В Новом Завете оно почти всегда[1159] относится к тому, какое поведение угодно Богу[1160]. Угодное Богу поведение относится к разряду заповедующей Божьей воли.

Так, Богу благоугодно (εὐάρεστον), чтобы дети были послушны своим родителям во всем (Кол. 3:20). Бог благоволит (εὐαρεστεῖται) к жертвам благотворения и общительности (Евр. 13:16). Прежде чем принимать какое-либо решение, мы призваны «испытывать, что благоугодно [εὐάρεστον] Богу» (Еф. 5:10).

Сама по себе воля Божья названа «благой, угодной [εὐάρεστον] и совершенной» (Рим. 12:2). Поскольку этот стих повелевает нам познавать, что угодно Богу, скорее всего, подразумевается именно заповедующая воля.

### δοκέω (*докéо*), «считать, полагать»

Глагол δοκέω означает «считать, полагать»[1161], он часто употребляется в непереходном значении – «казаться, выглядеть»[1162]. Обычно

---

если и женишься, не согрешишь; и если девица выйдет замуж, не согрешит» (1 Кор. 7:26-28).

[1157] Foerster W. εὐάρεστος, εὐαρεστέω // *TDNT*. Т. 1. С. 457; BDAG. С. 403.

[1158] BDAG. С. 403.

[1159] Единственное исключение – Послание к Титу 2:9, где говорится о том, что рабы должны быть благоугодными (εὐαρέστους) своим господам.

[1160] Foerster. εὐάρεστος, εὐαρεστέω. С. 457.

[1161] BDAG. С. 254.

[1162] Kittel G. δοκέω // *TDNT*. Т. 2. С. 232–233.

он указывает на субъективное мнение какого-либо лица. Но однажды в Новом Завете оно приложено к решению Духа Святого, объявленному через апостолов. В результате Иерусалимского собора апостолы написали в своем письме: «Ибо угодно [ἔδοξεν] Святому Духу и нам не возлагать на вас никакого бремени более, кроме сего необходимого...» (Деян. 15:28). Вслед за этим они повелели верующим из язычников воздерживаться от четырех вещей и соблюдать «золотое правило». Таким образом, они сообщили Божьи заповеди. Любопытно отметить, что заповеди были предварены примечанием, что так «посчитал» или «рассудил» Дух Святой. Скорее всего, глагол δοκέω был использован в данном контексте потому, что письмо апостолов представляло собой ответ на вопрос, заданный антиохийской церковью (Деян. 15:2-3). Апостолы ответили, использовав обычную формулу, применимую к таким ситуациям: «Рассмотрев ваш вопрос, Дух Святой пришел к такому выводу [ἔδοξεν]... Соответственно, и мы тоже...» Учитывая то, что апостольский ответ был Божьим откровением, глагол δοκέω в данном случае не подразумевает обычной человеческой субъективности.

### Устная или письменная речь

Во многих случаях к Божьей заповедующей воле применяются слова, обозначающие устную или письменную речь. Поскольку Божьи заповеди излагаются либо устно, либо письменно, использование таких терминов вполне ожидаемо и закономерно.

#### λέγω (*лéго*), «говорить»; λόγος (*лóгос*), «слово»

Глагол λέγω означает «говорить», а существительное λόγος – «слово»[1163]. Оба термина могут относиться как к устной, так и к письменной речи[1164]. В Новом Завете они получают особое богословское значение применительно к Божьему откровению, которое само по себе называется «Словом Божьим»[1165]. Та часть Божьего откровения, кото-

---

[1163] Синонимичное существительное ῥῆμα в основном используется применительно к Божьим откровениям, но не в более узком смысле предписывающей воли.

[1164] BDAG. С. 588, 599.

[1165] Ср. Kleinknecht H. The Logos in the Greek and Hellenistic World // *TDNT*. T. 4. C. 90; Kittel G. Word and Speech in the New Testament // *TDNT*. T. 4. C. 103, 115–116.

рая передает Божьи повеления, относится к заповедующей Божьей воле.

Новозаветные авторы, а также Христос в Евангелиях нередко ссылаются на ветхозаветные заповеди при помощи обобщающего термина – «слово Божье». К примеру: «Кто говорит: “Я познал Его”, но заповедей Его не соблюдает, тот лжец, и нет в нем истины; а кто соблюдает слово [λόγον] Его, в том истинно любовь Божия совершилась…» (1 Иоан. 2:4-5). В параллельных предложениях Иоанн говорит о соблюдении заповедей и соблюдении «слова Его». Также Христос говорит фарисеям: «…вы уже попускаете ничего не делать для отца своего или матери своей, устраняя слово [λόγον] Божие преданием вашим, которое вы установили…» (Марк. 7:12-13). Под устранением слова Божьего в данном контексте имеется в виду отмена заповеди почитать отца и мать.

Иногда заповедь Божья вводится просто словом λέγω (или соответствующей ему аористной формой εἶπεν («сказал»)). Например: «Ибо Тот же, Кто сказал [εἰπών]: “Не прелюбодействуй”, сказал [εἶπεν] и: “Не убей”; посему, если ты не прелюбодействуешь, но убьешь, то ты также преступник закона» (Иак. 2:11). То же самое относится к повелениям Христа. Он упрекал слушателей в том, что они не исполняют Его заповедующей воли: «Что вы зовете Меня: “Господи! Господи!” – и не делаете того, что Я говорю [λέγω]?» (Лук. 6:46).

### γράφω (*гра́фо*), «писать»; γραφή (*графэ́*), «Писание»

Глагол γράφω означает «записывать»[1166], а однокоренное существительное γραφή – «надпись», «книга» или «писание»[1167]. В Новом Завете γραφή используется исключительно в отношении Священных Писаний[1168].

Поскольку в Библии содержится много Божьих заповедей, данные термины нередко применяются к заповедующей Божьей воле. К примеру, Иисус ответил дьяволу, сославшись на Божье повеление: «Написано [γέγραπται] также: не искушай Господа Бога твоего» (Матф. 4:7). Также Послание Иакова, цитируя заповедь из книги Левит 19:18,

---

[1166] BDAG. C. 207.
[1167] Schrenk G. γραφή // *TDNT*. T. C. 749–751.
[1168] BDAG. C. 206.

называет ее Писанием: «Если вы исполняете закон царский, по Писанию [γραφήν]: возлюби ближнего твоего, как себя самого, – хорошо делаете» (Иак. 2:8).

### χρηματίζω (*хрэматидзо*), «давать откровение»

Глагол χρηματίζω означает «давать откровение»[1169]. В Новом Завете он чаще встречается в пассивной форме со значением «получать откровение». Нередко Божье откровение, охарактеризованное этим словом, содержит элемент повеления[1170] и, таким образом, относится к категории заповедующей воли. В Новом Завете этот глагол обычно относится к откровению, получаемому через сны. К примеру, волхвы в рождественской истории во сне получили Божье повеление не возвращаться к Ироду: «И, получив во сне откровение [χρηματισθέντες] не возвращаться к Ироду, иным путем отошли в страну свою» (Матф. 2:12). Также Иосиф, приемный отец Иисуса, «услышав… что Архелай царствует в Иудее вместо Ирода, отца своего, убоялся туда идти; но, получив во сне откровение [χρηματισθεὶς], пошел в пределы Галилейские…» (Матф. 2:22).

### ἀποκάλυψις (*апокáлюпсис*), «откровение»

Существительное ἀποκάλυψις, «откровение», происходит от глагола ἀποκαλύπτω, «открывать, делать известным»[1171]. Ни существительное, ни глагол никогда в Писании не применяются к человеческому действию[1172]. Субъектом откровения является Бог[1173], Христос[1174] или Святой Дух[1175].

В ряде новозаветных текстов этот термин применяется к первому или второму явлению (откровению) Иисуса Христа[1176]. Однако в

---

[1169] Там же. С. 1089.

[1170] Reicke B. χρηματίζω // *TDNT*. Т. 9. С. 481.

[1171] BDAG. С. 112.

[1172] O'Brien P. *Gospel and Mission in the Writings of Paul: An Exegetical and Theological Analysis*. Grand Rapids: Baker, 2000. С. 3.

[1173] См. Матф. 11:25; 16:17; Гал. 1:16; Флп. 3:15.

[1174] См. Матф. 11:27; Гал. 1:12.

[1175] См. 1 Кор. 2:10; Еф. 3:5.

[1176] См. 1 Пет. 1:7, 13; 4:13; Рим. 2:5; 2 Фес. 1:7.

большинстве случаев он относится к специфическому новозаветному откровению, включая личные пророчества[1177]. Как минимум в одном случае это откровение включало в себя элемент повеления. Так, апостола Павла особое Божье откровение побудило идти на беседу к двенадцати апостолам: «Ходил же по откровению [ἀποκάλυψιν], и предложил там, и особо знаменитейшим, благовествование, проповедуемое мною язычникам, не напрасно ли я подвизаюсь или подвизался» (Гал. 2:2).

**ἀλήθεια (*але́тея*), «истина»**

Слово ἀλήθεια, «истина», – это то, что соответствует действительности, то есть настоящее и неискаженное положение вещей[1178]. В Новом Завете данный термин нередко относится к Божьей истине, которая сообщена человеку в Писании, поскольку только Божье откровение показывает человеку реальность в неискаженном свете.

Божья истина, открытая в Писании, требует от человека подчинения, поэтому Петр пишет: «Послушанием истине [ἀληθείας] чрез Духа очистив души ваши к нелицемерному братолюбию, постоянно любите друг друга от чистого сердца…» (1 Пет. 1:22). В таком контексте термин «истина» относится к Божьей заповедующей воле.

В Послании к римлянам 2:8 истина противопоставлена неправедности: «…а тем, которые упорствуют и не покоряются истине [ἀληθείᾳ], но предаются [неправедности], – ярость и гнев». В данном случае под истиной имеется в виду совокупность Божьих нравственных и духовных требований, требующих нашего послушания. В Послании к галатам истиной называется учение Христа. Павел упрекает галатийских верующих: «Вы шли хорошо: кто остановил вас, чтобы вы не покорялись истине [ἀληθείᾳ]?» (Гал. 5:7).

**ἀπαγγέλλω (*апанге́лло*), «возвещать»**

Глагол ἀπαγγέλλω означает «возвещать, провозглашать»[1179]. Новость, рассказ о произошедших событиях, открытие тайны, сообщение

[1177] См. Рим. 14:24; 1 Кор. 1:7; 14:6, 26; 2 Кор. 12:1, 7; Гал. 1:12; 2:2; Еф. 3:3; Откр. 1:1.
[1178] Bultmann R. ἀλήθεια // *TDNT*. T. 1. С. 238.
[1179] BDAG. С. 95.

информации в письме – во всех этих ситуациях мог употребляться глагол ἀπαγγέλλω[1180]. Часто он использовался в отношении официальных указов или юридических постановлений[1181]. Когда возвещаются повеления Христа или апостолов, ἀπαγγέλλω относится к Божьей заповедующей воле.

К примеру, Христос сказал женам-мироносицам: «Пойдите, возвестите [ἀπαγγείλατε] братьям Моим, чтобы шли в Галилею, и там они увидят Меня» (Матф. 28:10). «Возвещение» (ἀπαγγέλλω) в данном случае побуждало учеников идти в Галилею и, таким образом, передавало им повеление Христа. Апостол Павел возвещал народам повеление покаяться и обратиться к Богу: «…но сперва жителям Дамаска и Иерусалима, потом всей земле Иудейской и язычникам проповедовал [ἀπήγγελλον], чтобы они покаялись и обратились к Богу, делая дела, достойные покаяния» (Деян. 26:20).

**κηρύσσω (*керюссо*), «провозглашать, проповедовать»**

Глагол κηρύσσω этимологически связан со словом κῆρυξ, «глашатай», хотя в повседневном узусе он отошел от строгой привязки к деятельности глашатаев. Основное значение этого глагола – «провозглашать», а конкретный смысловой нюанс (предлагать, запрещать, приказывать, просить и т.п.) зависит от контекста[1182]. Часто он относится к официальным воззваниям или публичным обращениям[1183].

Проповедь, или провозглашение, может содержать элемент повеления, а значит, передавать заповедующую волю Господа. В частности, это видно в проповеди Иоанна Крестителя, которая включала в себя повеление покаяться: «В те дни приходит Иоанн Креститель и проповедует [κηρύσσων] в пустыне Иудейской и говорит: “Покайтесь, ибо приблизилось Царство Небесное”» (Матф. 3:1-2). Проповедь иудеев включала провозглашение десяти заповедей закона Моисеева, поэтому апостол Павел говорит, что они «проповедовали не красть». Однако сами иудеи не исполняли этого повеления и потому были виновны

---

[1180] Schniewind J. ἀπαγγέλλω // *TDNT*. T. 1. C. 64–65.
[1181] Там же. С. 65.
[1182] Friedrich G. κηρύσσω // *TDNT*. T. 3. C. 698.
[1183] BDAG. C. 543.

против закона Божьего: «Проповедуя [κηρύσσων] не красть, крадешь?» (Рим. 2:22 [21]).

### **μαρτύρομαι (*мартю́ромай*) и διαμαρτύρομαι (*диамартю́ромай*), «призывать в свидетели, заклинать»**

Глагол μαρτύρομαι происходит от существительного μάρτυς, «свидетель, очевидец»; его базовое значение – «призывать в свидетели» для подтверждения какого-либо факта[1184]. Несколько раз в Новом Завете он означает настойчивое требование[1185]. Например, апостол Павел пишет: «…мы увещали вас и ободряли и заклинали [μαρτυρόμενοι], чтобы жить вам достойно Бога, призывающего вас в Свое Царство и славу» (1 Фес. 2:12; пер. Кассиана). В данном случае μαρτύρομαι указывает на заповедующую волю Господа. То же самое видно в Послании к ефесянам 4:17: «Посему я говорю и заклинаю [μαρτύρομαι] Господом, чтобы вы более не поступали, как поступают прочие народы, по суетности ума своего…»

Глагол διαμαρτύρομαι практически не отличается по смыслу от μαρτύρομαι. Он точно так же первоначально означал «призывать кого-либо в свидетели в отношении какого-либо дела», а затем стал употребляться в более общем значении «торжественно заявлять» или «настоятельно призывать»[1186]. Например, в проповеди на день Пятидесятницы Петр настоятельно призывал своих соотечественников, чтобы они приняли спасение во Христе: «И другими многими словами он свидетельствовал [διεμαρτύρατο] и увещевал, говоря: спасайтесь от рода сего развращенного» (Деян. 2:40).

### **παρακαλέω (*паракале́о*), «призывать, уговаривать»**

Среди основных значений слова παρακαλέω – «призывать к чему-либо» или «уговаривать»[1187]. В Новом Завете данный глагол часто используется в отношении увещания или настойчивого призыва, осно-

---

[1184] Strathmann H. μαρτύρομαι // *TDNT*. T. 4. C. 510.
[1185] Там же. С. 511; ср. BDAG. C. 619.
[1186] Strathmann H. μαρτύρομαι. C. 511.
[1187] BDAG. C. 764–765.

ванного на Слове Божьем[1188]. Нередко этот призыв, обращенный к людям от имени Бога, передает заповедующую волю Божью.

К примеру, когда Варнава пришел в Антиохию Сирийскую, он «…убеждал [παρεκάλει] всех держаться Господа искренним сердцем» (Деян. 11:23). Апостол Павел использует тот же самый глагол, убеждая верующих жить достойно небесного призвания: «Итак я, узник в Господе, умоляю [παρακαλῶ] вас поступать достойно звания, в которое вы призваны» (Еф. 4:1).

### δέομαι (*дэ́омай*), «просить»

В Новом Завете δέομαι всегда означает «просить» или «умолять», в зависимости от контекста[1189]. В редких случаях, когда речь идет о просьбе апостолов, обращенной к людям от имени Бога, этот глагол тоже может передавать заповедующую волю Господа. К примеру, Павел пишет о своем служении благовестия: «…от имени Христова просим [δεόμεθα]: примиритесь с Богом» (2 Кор. 5:20). Хотя апостолы облекали свою проповедь в термины просьбы, фраза «примиритесь с Богом» стоит в повелительном наклонении. Также галатийским верующим Павел писал: «Прошу [δέομαι] вас, братия, будьте, как я, потому что и я, как вы» (Гал. 4:12). Любопытно заметить, что смиренный глагол δέομαι используется для возвещения Божьих заповедей двум группам верующих, которые доставляли Павлу больше всего проблем, подвергая сомнению его апостольский авторитет, – галатам и коринфянам.

### συμβουλεύω (*сумбуле́уо*), «советовать»

Глагол συμβουλεύω означает «советовать»[1190]. Однако, когда совет исходит от лица Иисуса Христа, то он воспринимается как самое настоящее повеление. К примеру, Лаодикийской церкви воскресший Господь сказал: «Советую [συμβουλεύω] тебе купить у Меня золото, огнем очищенное…» (Откр. 3:18). Ясно, что этим советом церковь не имела права пренебречь. Таким образом, Божий совет может быть частью Его заповедующей воли.

---

[1188] Schmitz O. παρακαλέω and παράκλησις in the NT // *TDNT*. T. 5. C. 794.
[1189] Cp. Greeven H. δέομαι, δέησις // *TDNT*. T. 2. C. 40.
[1190] BDAG. C. 957.

### Образ действия

Наконец, некоторые слова, обозначающие предписывающую волю, можно отнести к категории терминов, описывающих образ действия. Это слова «путь» и «домоуправление».

### ὁδός (*ходо́с*), «путь»

Существительное ὁδός означает «путь, дорога», отсюда – «путь жизни», то есть образ поведения[1191]. Поскольку есть образ поведения, предписанный Богом, ὁδός может относиться к заповедующей воле Господа. К примеру, когда Павел говорит: «…они не знают пути [ὁδὸν] мира» (Рим. 3:17), – он подразумевает образ жизни, характеризующийся миром с окружающими, в противоположность другому образу жизни, когда «…разрушение и пагуба на путях их…» (Рим. 3:16). Первый образ жизни – путь мира – предписан Богом, а второй – путь разрушения и пагубы – Ему не угоден.

Апостол Петр говорит о беззаконниках: «Ибо лучше было бы им не познать пути [ὁδὸν] праведности, чем, познав, возвратиться назад от переданной им святой заповеди» (2 Пет. 2:21; пер. Кассиана). В этом стихе все библейское учение об освящении выражено фразой «путь праведности».

### οἰκονομία (*ойкономи́а*), «домоуправление»

Οἰκονομία – это «домоуправление» (от этого слова в европейские языки вошло слово «экономия»). Обычно заботы по управлению домом ложились на οἰκονόμος (эконома) – слугу-распорядителя, который от имени своего господина вел все домашнее хозяйство[1192]. Примерами таких слуг могут быть Иосиф в доме Потифара (Быт. 39:6) и слуга из притчи Христа о неверном управителе (Лук. 16:1-8). В переносном смысле «домоправителями» (слугами-экономами) Божьими именуются

[1191] Там же. С. 691–692.
[1192] Michel O. οἰκονόμος // *TDNT*. T. 5. C. 149.

апостолы[1193], а «домоуправлением» называется Божий замысел спасения или богоугодное наставление в вере[1194].

В последнем смысле слово οἰκονομία встречается в Первом послании к Тимофею. Оставшись в Ефесе, Тимофей должен был учить верующих, чтобы они «...не занимались баснями и родословиями бесконечными, которые производят больше споры, нежели Божие назидание [οἰκονομίαν] в вере» (1 Тим. 1:4). Под «назиданием в вере» в данном стихе имеется в виду хорошее духовное руководство, которое ведет к духовному успеху, точно так же как хорошее домоуправление ведет к умножению имущества господина. В этом смысле термин «домоуправление» можно отнести к заповедующей воле Господа.

**Синтез и обобщение информации**

Спектр новозаветных терминов, относящихся к предписывающей воле Божьей, достаточно широк. Для того чтобы сообщить людям Свою волю в отношении того, как они должны жить, во что верить и как себя вести, Господь задействует разные средства. Он приказывает, заповедует, дает законы, учит, как должно поступать, открывает Свои желания, сообщает решение, делится мнением и советом, указывает на то, что Ему угодно. Его воля открывается в устной речи и записанных книгах, в снах и других формах откровения. Во всем этом сообщается Его истина. Через Своих служителей Он возвещает, провозглашает, заклинает, уговаривает, просит и советует. Он показывает путь праведной жизни и посылает духовное руководство, которое ведет к духовному росту.

---

[1193] BDAG. С. 697.

[1194] Michel O. οἰκονομία // *TDNT*. Т. 5. С. 152–153.

# ГЛАВА 8

# ПРОВИДЕНИЕ БОЖЬЕ В НОВОМ ЗАВЕТЕ: ЖИЗНЬ АПОСТОЛА ПАВЛА

Новый Завет, как и Ветхий, предоставляет множество примеров того, как действует божественное провидение. Цель данной главы – рассмотреть Божье провидение в жизни апостола Павла. Для этого мы в первую очередь взглянем на то, что известно о его жизни до обращения. Затем обсудим события, в которых Господь направлял жизнь Павла путем (1) сверхъестественных явлений, (2) естественных факторов, (3) влияния других людей и (4) прямых повелений. В заключение мы рассмотрим важную категорию – непреложное *условное* обетование, то есть те случаи, когда Божье обетование исполнялось в служении Павла через прямые повеления, даваемые тем или иным людям.

## Жизнь Павла до обращения

О жизни Павла мы узнаем из двух главных источников: Книги деяний апостолов, написанной его сотрудником Лукой, а также из его собственных посланий, которые, в отличие от большинства других новозаветных книг, содержат много биографической информации. Поскольку он сам сообщает, что был избран для апостольского служения «от утробы матери» (Гал. 1:15)[1195], можно предположить, что Господь заранее – еще до обращения ко Христу – готовил его к будущей великой миссии. Поэтому, обсуждая основные вехи раннего периода его жизни, мы постараемся отметить, как те или иные события могли повлиять на становление будущего апостола.

Павел, известный первоначально под иудейским именем Савл (Шауль), родился близко к началу I в. н. э., вероятно, между 5 г. до н. э. и 5 г. н. э.[1196] Местом его рождения был город Тарс, находившийся в провинции Киликии. Как он сам о себе говорил: «Я иудеянин, родившийся в Тарсе киликийском…» (Деян. 22:3). Тарс был крупным образовательным центром, и древнегреческий историк Страбон даже утверждал, что в философских упражнениях этот город превзошел Афины и Александрию[1197]. Особенно сильна в Тарсе была стоическая школа, оттуда родом были такие известные философы-стоики, как Антипатр, Архедем, Нестор, Афинодор Кордилион и Афинодор, сын Сандона[1198]. Последний был учителем Цезаря Августа и пользовался у него большим уважением. Скорее всего, выросший в Тарсе Павел был хорошо знаком с философией стоиков, что позволило ему впоследствии безбоязненно вступить в спор с эпикурейскими и стоическими философами в Афинах (ср. Деян. 17:18).

---

[1195] См. обсуждение данного текста в **главе 7**. Ср. также O'Brien P. *Gospel and Mission in the Writings of Paul: An Exegetical and Theological Analysis*. Grand Rapids: Baker, 2000. С. 5. Примеч. 15.

[1196] Барнетт склоняется к 5 г. н. э. на основании того, что во время казни Стефана ок. 33/34 г. н. э. Павел имел право голоса в Синедрионе (Деян. 26:10), но был еще «молодым человеком» (Деян. 7:58), то есть до 30 лет (Barnett P. *Paul: Missionary of Jesus*. Grand Rapids: Eerdmans, 2008. С. 24–25). Если в 34-м году Павлу было около 30 лет – минимальный возраст для исполнения какой-либо руководящей роли в иудаизме, – то он должен был родиться около 4–5 гг. н. э. Однако, согласно Диогену Лаэртскому и Филону Александрийскому, словом νεανίας («молодой человек») могли называть возраст примерно от 24 до 40 лет (BDAG. С. 667), следовательно, во время казни Стефана Павлу могло быть больше тридцати (возможно, около сорока). При написании Послания к Филимону (ок. 55 г.) он называет себя «старцем» (Флм. 9), что, согласно Мишне, относилось к возрасту от 60 лет (трактат Авот 5.21. URL: http://halakhah.com/pdf/nezikin/Avoth.pdf [дата обращения: 11.06.2012]). Таким образом, Павел мог родиться около 5 г. *до* н. э.

[1197] Strabo. *The Geography of Strabo: Literally Translated, With Notes*: В 3 т. / Под ред. Hamilton H. Medford, MA: George Bell & Sons, 1903. С. 57 (§14.5.13). Русский текст «Географии» Страбона доступен по URL: http://www.gumer.info/bibliotek_Buks/Science/strab/14.php (дата обращения: 11.06.2012).

[1198] Там же. С. 58 (§14.5.14).

Проживание в городе, пропитанном эллинистическим влиянием, дало будущему апостолу язычников (ср. Гал. 2:7-8) возможность хорошо познакомиться с греко-римской культурой. Основным языком Тарса был греческий, поэтому Павел должен был усвоить этот язык с детства. Он настолько свободно говорил по-гречески, что иерусалимские иудеи даже не ожидали услышать от него арамейскую речь (Деян. 22:2). Важно заметить, что все письма Павла, вошедшие в Новый Завет, с самого начала написаны по-гречески, а не переведены с арамейского[1199]. При этом они демонстрируют настолько искусное владение языком, что кажется маловероятным, чтобы их автор усвоил греческий в качестве дополнительного языка в более позднем возрасте[1200]. Скорее всего, Павел с детства умел говорить не только по-арамейски и по-еврейски, но и по-гречески. Знал ли он также латынь, язык римских властей, остается открытым вопросом, однако это вполне вероятно.

В Тарсе было развито ремесло производства шатров[1201], которое освоил и Павел (Деян. 18:3). От иудейских мальчиков, принимавшихся за изучение Торы, ожидалось владение каким-то ремеслом, чтобы у них была возможность подрабатывать во время занятий[1202]. Эта профессия сыграла немаловажную роль и позднее в служении апостола Павла. Она не только позволила ему быть относительно независимым в материальном плане, но и открыла двери для свидетельства о Христе в профессиональной сфере[1203].

Павел не просто родился в Тарсе, но и был гражданином этого города, как он засвидетельствовал перед тысяченачальником: «Я иудеянин, тарсянин, гражданин небезызвестного киликийского города…» (Деян. 21:39). В 15 г. до н. э. Афинодор (сын Сандона), возглавив правительство Тарса, провел реформу городского управления[1204]. По его инициативе был установлен финансовый ценз для получения тар-

---

[1199] Теория арамейского первенства несет в себе множество проблем, однако их обсуждение выходит за рамки настоящей книги.

[1200] Ср. Barnett. *Paul: Missionary of Jesus*. С. 42. Мейчен пишет: «Современные лингвистические исследования Павловых посланий показывают, что автор настолько виртуозно владеет греческим, что едва ли он не знал этого языка с детства. Язык посланий далек от греко-иудейского наречия» (Machen J. *The Origin of Paul's Religion*. Grand Rapids: Eerdmans, 1976. С. 44).

[1201] *Большой библейский словарь* / Под ред. Элуэлл У. и Камфорт Ф. СПб.: Библия для всех, 2007. С. 1231.

[1202] Drane J. *Introducing the New Testament*. Oxford: Lion Publishing, 2000. С. 267.

[1203] Там же.

[1204] Bruce F. *New Testament History*. New York: Doubleday, 1971. С. 234.

сянского гражданства. Чтобы стать гражданином города, нужно было владеть 500 драхмами (что соответствовало примерно двум годам заработной платы)[1205]. Это означает, что родители Павла были состоятельными людьми, принадлежавшими к аристократической элите тарсянского общества[1206].

Помимо гражданства Тарса, дававшего определенные привилегии для жизни в этом городе, Павел мог похвастаться римским гражданством, которое сулило привилегии на территории всей Римской империи. О том, насколько ценным было последнее, свидетельствует эпизод, произошедший с Павлом в Иерусалиме. Как сообщает Лука, «…тысяченачальник [Клавдий Лисий], подойдя к [Павлу], сказал: “Скажи мне, ты римский гражданин?” Он сказал: “Да”. Тысяченачальник отвечал: “Я за большие деньги приобрел это гражданство”. Павел же сказал: “А я и родился в нем”» (Деян. 22:27-28). Помимо покупки гражданства путем взятки должностным лицам (вероятно, именно это имел в виду Клавдий Лисий), существовали несколько законных способов его приобретения. Гражданами становились дети римских граждан, вольноотпущенные рабы римских господ, люди, имеющие особые заслуги перед Римом, а при определенных условиях также римские солдаты[1207]. Поскольку Павел родился римским гражданином, очевидно, что он унаследовал гражданство от родителей[1208].

Гражданство Рима давало следующие привилегии[1209]. Во-первых, право участвовать в голосовании – однако для этого нужно было находиться в Риме. Пользовался ли Павел когда-либо этим правом, мы не знаем. Во-вторых, освобождение от унизительных форм наказания, в частности, бичевания. Эта привилегия несколько раз оказывалась полезной апостолу Павлу во время его миссионерских поездок (Деян.

---

[1205] Barnett. *Paul: Missionary of Jesus*. C. 28.

[1206] Bruce. *New Testament History*. C. 234.

[1207] Ferguson E. *Backgrounds of Early Christianity*. 3-е изд. Grand Rapids: Eerdmans, 2003. C. 62–63.

[1208] Как именно они стали гражданами, невозможно сказать с уверенностью. Может быть, отец Павла каким-то образом выслужился перед римскими властями (Bruce. *New Testament History*. C. 235). Отцы церкви Иероним и Фотий утверждали, что его отец стал римским рабом во время завоевания Галилеи Помпеем в 63 г. до н. э. (Schnabel E. *Paul the Missionary: Realities, Strategies, and Methods*. Downers Grove, IL: IVP Academic, 2008. C. 42). Если это так, то, скорее всего, он приобрел римское гражданство, получив вольную от своих завоевателей. Однако проверить, насколько надежны сведения Иеронима и Фотия, не представляется возможным.

[1209] Ferguson. *Backgrounds of Early Christianity*. C. 63.

16:37; 22:25). Однако в тех случаях, когда его бичевали не римляне, а иудеи, Павел избегал апеллировать к своему римскому гражданству, что в глазах его соотечественников могло быть расценено как мерзость и предательство[1210]. Поэтому он пять раз подвергался бичеванию, три раза избиению палками и один раз – побиению камнями (2 Кор. 11:24-25). В-третьих, граждане Рима имели право апеллировать к суду Кесаря, тем самым выходя из-под юрисдикции местных властей и даже римских прокураторов. Павел воспользовался этим правом, когда потребовал суда Кесаря у римского прокуратора Порция Феста (Деян. 25:10-12).

О родителях Павла известно не только то, что они были гражданами Тарса и Рима, но и то, что они строго придерживались иудейских обычаев. Рассказывая о своей впечатляющей «религиозной родословной» в Послании к филиппийцам, Павел пишет: «Если кто другой думает надеяться на плоть, то более я, обрезанный в восьмой день, из рода Израилева, колена Вениаминова, еврей от евреев…» (Флп. 3:4-5). Нетрудно заметить, что в этом описании он движется от меньшего к большему. «Обрезанный в восьмой день» значит, что родители включили его в общину завета, исполнив над ним требование завета Авраамова. Однако обрезанным мог быть не только прямой потомок Авраама, но и любой раб, купленный евреями у иноплеменников (ср. Быт. 17:12). Поэтому Павел уточняет: «…из рода Израилева…» Это значит, что он был потомком патриарха Иакова, получившего имя «Израиль». В то время как некоторые израильтяне, особенно жившие в рассеянии, не могли точно указать свое происхождение, Павел знал, что он из «…колена Вениаминова…». Скорее всего, его предки были настолько щепетильны в отношении этнической чистоты, что хранили родословные, которые восходили к самому Вениамину. Они были людьми, посвященными своему народу, несмотря на то, что проживали на языческой территории. Слова «еврей от евреев» предполагают, что родители с детства учили Павла еврейскому и арамейскому языкам и что его семья строго следовала иудейскому образу жизни[1211].

Проведя в Тарсе ранние годы своей жизни, Павел отправился в Иерусалим, чтобы учиться в раввинской школе. Обычно евреи отправляли детей на учебу в двенадцать-тринадцать лет, так что можно пред-

---

[1210] Фаррар Ф. *Жизнь и труды святого апостола Павла*: В 2 т. / Пересказ на рус. яз. Лопухина А. Vancouver, WA: Hope of Salvation Mission, 2005. Т. 1. С. 43.

[1211] Schnabel. *Paul the Missionary*. С. 41.

положить, что и Павел переехал в историческую столицу Израиля в этом возрасте[1212]. Наряду с множеством мелких школ и раввинских академий[1213], в Иерусалиме в то время существовали две ключевые академии: дом Гиллеля и дом Шаммая[1214]. Неправильно было бы утверждать, что школа Гиллеля была во всех отношениях более либеральной, чем школа Шаммая, как это иногда представляют, – в некоторых аспектах Гиллель трактовал закон строже[1215]. Во всяком случае, во многих вопросах эти школы расходились и считались соперничающими.

Павел учился в школе Гиллеля. Он сообщает, что был воспитан «…в сем городе при ногах Гамалиила…» (Деян. 22:3). Раббан Гамалиил был внуком Гиллеля и его преемником на посту руководителя школы[1216]. Его слава намного пережила его самого, так что в Талмуде о нем сохранилось такое утверждение: «Когда раббан Гамалиил (старший) умер, слава Торы прекратилась и чистота и самопожертвование погибли»[1217]. Лука тоже характеризует его как «законоучителя, уважаемого всем народом» (Деян. 5:34). Таким образом, учиться «у ног Гамалиила» не было чем-то обыденным, напротив, это было огромной честью. Согласно более поздней талмудической традиции, в школе Гамалиила одновременно учились около тысячи молодых людей, половина из которых изучала Тору, другая половина – греческую мудрость[1218]. Судя по содержанию всех писем Павла, в которых на каждом шагу цитируется Ветхий Завет и почти совсем не упоминаются греческие авторы, он находился в первой группе.

Поступление в школу Гамалиила было для Павла поистине провиденциальным. Как замечает Макрей, «насколько иной могла бы быть

---

[1212] Тенни М. *Обзор Нового Завета*. М.: Ассоциация «Духовное возрождение», 2000. С. 289; Фаррар Ф. *Жизнь и труды святого апостола Павла*. Т. 1. С. 46.

[1213] Эдершейм А. *Жизнь и времена Иисуса Мессии*. М.: Духовная академия апостола Павла, 2004. С. 82.

[1214] Там же. С. 88.

[1215] Там же. С. 88–89.

[1216] Barnett. *Paul: Missionary of Jesus*. С. 35.

[1217] Трактат Сота 5.19 (фолио 49а). URL: http://halakhah.com/sotah/sotah_49.html (дата обращения: 13.06.2012).

[1218] Трактат Бава Камма (фолио 83а). URL: http://halakhah.com/babakamma/babakamma_83.html (дата обращения: 13.06.2012). Даже если эти цифры преувеличены, они создают впечатление большого учебного центра. Считается, что школа Гиллеля во времена Гамалиила была самой крупной раввинской академией в Иудее.

история, попади Павел под влияние школы Шаммая...»[1219]. Одним из самых больших преимуществ, которое он должен был получить в результате влияния Гамалиила, было то, что последний был весьма положительно настроен по отношению к язычникам (не-евреям). Вслед за своим дедом Гиллелем он всячески приветствовал, когда язычники обращались в иудаизм, и искал возможностей привлекать их к иудейской вере[1220]. Шаммай же, напротив, негативно смотрел на такую возможность, отказываясь беседовать о законе с язычником, который не был готов заранее и беспрекословно согласиться со всеми установлениями иудаизма, письменными и устными[1221]. Положительный взгляд на миссию среди языческих народов сыграл немаловажную роль в жизни Павла, которому суждено было много проповедовать за пределами Иудеи и даже называться «апостолом язычников» (Рим. 11:13).

Гамалиил известен из Нового Завета как член синедриона, который призвал отнестись к апостолам Иисуса Христа с милостью, полагаясь на Божий промысел: «И ныне, говорю вам, отстаньте от людей сих и оставьте их; ибо если это предприятие и это дело – от человеков, то оно разрушится, а если от Бога, то вы не можете разрушить его; берегитесь, чтобы вам не оказаться и богопротивниками» (Деян. 5:38-39). Высокое положение Гамалиила в синедрионе косвенно отражено в том, что он «...приказал вывести апостолов...» (Деян. 5:34), а уважение к нему остальных членов продемонстрировано в его уверенности, что для решения участи апостолов ему понадобится лишь «...короткое время...» (там же)[1222].

Занятия в раввинской школе выявили немалые духовные и академические способности Павла. Как он сообщает о себе: «...преуспевал в иудействе более многих сверстников в роде моем, будучи неумеренным ревнителем отеческих моих преданий» (Гал. 1:14). По-видимому, фраза «преуспевал в иудействе более многих сверстников» подразумевает, что он был среди лучших учеников. А неумеренная ревность по «отеческим преданиям» показывает его приверженность традиционным иудейским толкованиям, которые изучались в раввинских школах и позднее были зафиксированы в Мишне, гемарах

[1219] Макрей Дж. *Жизнь и учение апостола Павла*. Черкассы: Коллоквиум, 2009. С. 48.

[1220] Drane J. *Introducing the New Testament*. Oxford: Lion Publishing plc, 2000. C. 267.

[1221] Moore G. *Judaism In the First Centuries of the Christian Era: The Age of Tannaim*: В 3 т. Peabody, MA: Hendrickson, 1960. T. 1. C. 341.

[1222] Polhill J. *Acts*. NAC. T. 26. C. 171.

Палестинского и Вавилонского талмудов, мидрашах и других сборниках раввинистической мудрости[1223].

Как и его учитель Гамалиил, Павел относил себя к религиозной партии фарисеев: «…по учению фарисей…» (Флп. 3:5). В качестве представителя этой партии он стал известен всем жителям Иерусалима: «…они издавна знают обо мне, если захотят свидетельствовать, что я жил фарисеем по строжайшему в нашем вероисповедании учению» (26:5). Название «фарисеи» происходит от иудео-арамейского *перушин*, что значит «отделенные» или «сепаратисты»[1224]. Это название напоминает о том, что первоначально фарисейское движение возникло на почве отделения от всего ритуально нечистого и руководствовалось благородными мотивами[1225]. Их было относительно немного – по сообщению Иосифа Флавия, во времена Ирода Великого их партия насчитывала около шести тысяч человек[1226], – но они оказывали большое влияние на народные массы.

В своем вероучении фарисеи были более консервативны, чем другая религиозная партия – саддукеи. Этот консерватизм выражался в том, что они буквально воспринимали библейские свидетельства о сверхъестественном, тогда как саддукеи толковали их аллегорически[1227]. В частности, фарисеи, в отличие от саддукеев, верили в

---

[1223] Longenecker R. *Galatians*. WBC. T. 41. C. 30; *St. Paul's Epistle to the Galatians: A Revised Text With Introduction, Notes, and Dissertations* / Под ред. Lightfoot J. 4-е изд. London: Macmillan and co., 1874. C. 82.

[1224] Ср. *HALOT*. Т. 4. С. 976 (см. פרשׁ).

[1225] Murphy F. *Early Judaism: The Exile to the Time of Jesus*. Peabody, MA: Hendrickson, 2002. C. 235.

[1226] Иудейские древности, 17.2.4 // Иосиф Флавий. *Иудейские древности, Иудейская война, Против Апиона: Полное издание в одном томе*. М.: Альфа-книга, 2011. С. 720.

[1227] В некоторых других отношениях саддукеев можно назвать более консервативными, чем фарисеи. В частности, саддукеи признавали только Писание, не придавая большого авторитета раввинским толкованиям, которые были популярны в среде фарисеев. Как пишет о саддукеях Иосиф Флавий: «…они не признают никаких других постановлений, кроме постановлений закона» (Иудейские древности, 18.1.4 // Иосиф Флавий. *Иудейские древности*… С. 758). Некоторые заключают из этого, что саддукеи признавали только Пятикнижие Моисеево, не считая богодухновенными книги пророков и прочие Писания. Однако вряд ли это правильный вывод из слов Иосифа. Нет никаких свидетельств того, чтобы у саддукеев был иной канон Священного Писания, нежели у фарисеев (VanderKam J. *An Introduction to Early Judaism*. Grand Rapids: Eerdmans, 2001. C. 190; ср. Bruce F. *The Canon of Scripture*. Downers Grove, IL: IVP Academic, 1988. C. 40–41). Саддукеи также считались более консерва-

буквальное существование ангелов и бесов: «Ибо саддукеи говорят, что нет… ни ангела, ни духа; а фарисеи признают и то, и другое» (Деян. 23:8).

Далее, фарисеи в отличие от саддукеев буквально воспринимали свидетельство Писания о воскресении мертвых: «Ибо саддукеи говорят, что нет воскресения…» (там же). Поэтому Павел даже мог воскликнуть в синедрионе: «Мужи братия! Я фарисей, сын фарисея; за чаяние воскресения мертвых меня судят» (Деян. 23:6). Хотя позднее он дал понять перед римским прокуратором Феликсом, что иудеи восприняли эти слова как хитрость или «неправду» (Деян. 24:20-21), в определенном смысле они были совершенно истинными. Дело в том, что надежда на воскресение мертвых была воплощена для Павла ни в ком ином, как в Иисусе Христе. Поэтому в Афинах он «…благовествовал им *Иисуса и воскресение*…» (Деян. 17:18). Другие апостолы тоже «…[проповедовали] в Иисусе воскресение из мертвых» (Деян. 4:2), считая Христа воплощением своей надежды на воскресение. Да и Сам Христос говорил о Себе: «Я есмь воскресение и жизнь…» (Иоан. 11:25). Так что Павел вполне мог не кривя душою сказать, что его судят за надежду на воскресение мертвых, тем самым заручившись поддержкой фарисейской фракции синедриона.

Как мы помним, Гамалиил первоначально отнесся к ученикам Христа снисходительно (см. выше). Изменил ли он свое мнение с течением времени, мы не знаем, однако известно, что его ученик Павел как минимум со времени публичных проповедей Стефана был настроен против христиан: «Савл же одобрял убиение его» (Деян. 8:1). Он не просто не соглашался с их учением, но направил весь свой религиозный пыл, с которым ранее продвигался в изучении Торы, на борьбу с последователями Христа. Он стал «…по ревности – гонитель Церкви Божией…» (Флп. 3:6). После казни Стефана Павел продолжал преследовать христиан, выискивая места их домашних собраний и бросая их в тюрьмы (Деян. 8:3). Он видел в них такое большое зло и такую большую угрозу иудаизму, что в своей ревности отправился за ними в далекий Дамаск (Деян. 9:1-2; 22:4-5), где, по-видимому, возникла растущая христианская община (ср. Деян. 9:19). Его усилия были в определенном смысле эффективными, поскольку Церковь страдала, а Павла боялись (Деян. 9:13-14). Как он вспоминал в письме к галатам: «…я

---

тивными в применении наказаний, предписываемых законом (VanderKam. *An Introduction to Early Judaism*. С. 190).

жестоко гнал Церковь Божию и опустошал ее...» (Гал. 1:13). Впоследствии Павел стыдился своей неверно направленной ревности, до конца жизни ощущая на себе этот позорный отпечаток: «Ибо я наименьший из апостолов, и недостоин называться апостолом, потому что гнал церковь Божию» (1 Кор. 15:9).

Чем была вызвана ненависть Павла к христианам? Скорее всего, он посчитал весть о распятом Мессии чудовищным заблуждением, которое подрывает основы иудаизма. Вера в искупление, совершенное Мессией Иисусом, ставила под вопрос иудейское понятие о спасении через послушание Торе – именно эта претензия позднее фигурировала во многих спорах между иудеями и христианами[1228]. Возможно, определенную роль сыграло то, что вера в Иисуса Мессию стала неожиданно захватывать более влиятельные слои иудейского общества: «...и из священников очень многие покорились вере» (Деян. 6:7)[1229].

Какой позиции Павел достиг в иудаизме, доподлинно неизвестно, однако он должен был занимать достаточно высокое положение, чтобы участвовать в голосовании за применение смертной казни к христианам. По свидетельству Луки, сам Павел говорил об этом следующее: «Это я и делал в Иерусалиме: получив власть от первосвященников, я многих святых заключал в темницы, и, когда убивали их, я подавал на то голос; и по всем синагогам я многократно мучил их и принуждал хулить Иисуса и, в чрезмерной против них ярости, преследовал даже и в чужих городах» (26:10-11)[1230]. Из слов Павла складывается впечат-

---

[1228] Шнабель рассматривает четыре варианта ответа на вопрос, почему Павел отошел от первоначальной позиции Гамалиила, и останавливается именно на таком ответе (Schnabel E. *Early Christian Mission: Paul and the Early Church*. Downers Grove, IL: InterVarsity, 2004. С. 927–928).

[1229] Ср. Barnett. *Paul: Missionary of Jesus*. С. 48. Отметим, что мы не согласны с Барнеттом в том, что он приписывает Стефану выступления против храма, вызванные приходом в христианскую общину священников, участвующих в принесении жертв (Там же. С. 49). Лука ясно говорит, что обвинения в выступлениях против храма были выдвинуты против Стефана «ложными свидетелями» (Деян. 6:13). Мы также не согласны с Барнеттом в его мнении, что Стефан расходился во взглядах на храм с апостолами (Barnett. *Paul: Missionary of Jesus*. С. 53).

[1230] Это свидетельство поднимает сложный вопрос о процедуре назначения смертной казни в первой половине I в. в римской провинции Иудее. Предполагают, что в те времена евреи не имели юридического права никого приговаривать к смерти – такие дела должен был решать только римский суд. Это предположение основано на утверждении Талмуда (трактат Санхедрин, фолио 41а), что синедрион утратил право выносить смертный приговор за сорок лет до разрушения храма (*Большой библейский словарь*. С. 1166). Как же тогда могла состояться казнь Стефана и как Павел

ление, что он «подавал на то голос» именно в Иерусалиме. Поэтому некоторые авторы[1231] предполагают, что Павел мог быть членом Великого синедриона – высшего религиозно-судебного органа иудаизма. Однако настаивать на этом предположении не представляется возможным[1232], поскольку он мог участвовать в голосовании просто как раввин по специальному поручению первосвященников – «…получив власть от первосвященников… по всем синагогам…»[1233].

Итак, если посмотреть на все, что нам известно о жизни Павла до обращения, то можно с уверенностью заключить, что он был уникальным образом подготовлен к той миссии, которую Господь для него предназначил. Родившись в еврейской диаспоре эллинистического Тарса и проведя в этом городе ранние годы своей жизни, он в совершенстве овладел как языками Писания (еврейским и арамейским), так и международным языком Римской империи (греческим). Помимо этого родители Павла дали ему, если так можно выразиться, «двойное

---

мог участвовать в убиении христиан в других случаях? На этот вопрос возможны три ответа. Во-первых, побиение камнями могли устраивать самовольно, в обход римского закона. Так собирались поступить с Иисусом Христом назаретские иудеи, которые не стали утруждать себя даже видимостью судебной процедуры (ср. Лук. 4:28-29). Во-вторых, возможно, свидетельство Талмуда неточно. Нетрудно заметить, что в этом месте приводятся округленные цифры, которые весьма похожи на приблизительные обобщения: «Не было ли сказано: всей жизни р. Иоханана бен Заккая было сто двадцать лет. Сорок лет он занимался ремеслом, сорок лет учился и сорок лет учил. И еще было сказано: за сорок лет до разрушения Храма синедрион был изгнан [из зала тесаных камней] и переместился в Ханут» (трактат Санхедрин, фолио 41a. URL: http://halakhah.com/sanhedrin/sanhedrin_41.html [дата обращения: 15.06.2012]). Может быть, запрет на назначение смертной казни местными властями был введен несколько позже (и, может быть, даже был вызван злоупотреблениями в отношении христиан). В-третьих, возможно, что иудеи все-таки имели право назначать смертную казнь в определенных, оговоренных специальными указами случаях, в частности, в случае осквернения храма. Известно, что над каждыми из тринадцати храмовых ворот была сделана надпись, запрещающая вход не-евреям и предупреждающая их о наказании смертью за нарушение запрета (Murphy-O'Connor J. *The Holy Land*. Oxford Archaeological Guides / Под ред. Cunliffe B. Oxford: University Press, 1998. С. 82). По-видимому, у храмовых властей во главе с первосвященниками и другими членами синедриона была власть действовать в соответствии с этой угрозой. Другие случаи можно было при необходимости подвести под обвинение в осквернении храма, как это сделали со Стефаном: «Этот человек не перестает говорить хульные слова на святое место сие и на закон» (Деян. 6:13).

[1231] Напр., Фаррар. *Жизнь и труды святого апостола Павла*. Т. 1. С. 153; Тенни. *Обзор Нового Завета*. С. 289; Drane J. *Introducing the New Testament*. С. 267.

[1232] Ср. Rainey A., Notley R. *The Sacred Bridge: Carta's Atlas of the Biblical World* / Под ред. Shmuel Ahituv et alt. Jerusalem: Carta, 2006. С. 372.

[1233] Ср. Bruce. *New Testament History*. С. 238.

гражданство». С одной стороны, он был «фарисеем от фарисеев» и потому как бы обладал «иудейским гражданством», будучи вхож в высшие круги иерусалимского иудаизма и в любую еврейскую общину диаспоры. С другой стороны, он родился полноправным римским гражданином, обладавшим определенной защитой Рима. Можно предположить, что и то, и другое неоднократно служило ему хорошую службу в годы его миссионерских поездок, хотя в Деяниях апостолов, скорее всего, описаны далеко не все связанные с этим ситуации. Обучаясь в одной из наиболее авторитетных раввинских академий Иерусалима, Павел получил глубочайшее знание Ветхого Завета, которое позволяло ему вести дискуссии с иудеями, «…[приводить] свидетельства и [удостоверять] их о Иисусе из закона Моисеева и пророков» (Деян. 28:23). Восприняв взгляды своего учителя Гамалиила, Павел был морально готов к миссии среди языческих народов. Наконец, достигнув высокого положения в иудаизме, он изнутри узнал ту систему, выходцами из которой были его будущие оппоненты – иудействующие.

## Сверхъестественное действие провидения

Как мы помним из **2-й главы**, провидение – это то, как Бог управляет всеми событиями и процессами в сотворенном мире, направляя их к осуществлению Своего предвечного замысла. Рассматривая исход израильтян из Египта в **6-й главе** настоящей книги, мы увидели, что Божье провидение задействует широкий спектр средств, от сверхъестественных чудес до естественных факторов и повелений, обращенных к человеческой воле. То же самое мы увидим и в Новом Завете на примере жизни апостола Павла.

На протяжении всей жизни Павла, описанной в Деяниях апостолов, Господь неоднократно направлял события при помощи Своего сверхъестественного вмешательства. К этой категории мы отнесем чудеса и пророчества, а также непосредственные явления Христа (за исключением повелений от Христа или пророков, которые будут рассмотрены отдельно).

### Обращение Павла

Вскоре после казни Стефана Павел, получив от первосвященника рекомендательные письма, отправился в Дамаск, находившийся в то время под юрисдикцией набатейского царя Ареты (ср. 2 Кор. 11:32). По свидетельству Иосифа Флавия, в этом древнем городе была многочисленная еврейская диаспора, насчитывавшая, вероятно, около двадцати тысяч человек[1234]. Вдобавок к этому, даже многие женщины из коренного населения обратились в иудейскую веру[1235]. Лука сообщает, что там было несколько синагог (Деян. 9:2, «к синагогам»). Павел намеревался найти среди иудеев Дамаска тех, кто последовал назорейской ереси – букв., «принадлежащих этому пути» (греч. τῆς ὁδοῦ ὄντας, там же), – чтобы арестовать их и привести в Иерусалим, надо полагать, для расправы. Дорога из Иерусалима в Дамаск была около 240 км длиной[1236], и где-то недалеко от пункта назначения (9:3; 26:6) среди бела дня он увидел свет, превосходящий солнечное сияние (26:13). Павел упал на землю и услышал голос Иисуса Христа: «Савл, Савл! Что ты гонишь Меня?» (Деян. 26:14). Вряд ли до этого Павел совсем ничего не знал о Христе. Живя в Иерусалиме на протяжении многих лет, он должен был слышать о чудесах Иисуса, Его учении, распятии, а также о том, что последователи Иисуса утверждали, что Он воскрес. Так что, даже если он не видел Господа воочию и (вероятно) отсутствовал в Иерусалиме во время распятия, он должен был много знать о Христе по слухам[1237]. Разумно предположить, что:

> …до своего обращения Павел был хорошо знаком со многими фактами о жизни и смерти Иисуса; по дороге в Дамаск он приобрел новое истолкование фактов и новое к ним отношение. Он знал эти факты и раньше, но тогда они наполняли его ненавистью; теперь же ненависть сменилась любовью[1238].

---

[1234] В 66 г. н. э. в этом городе были убиты от десяти до восемнадцати тысяч невооруженных иудеев – оценка Иосифа Флавия здесь расходится: во 2-й главе «Иудейской войны» он называет цифру десять тысяч (2.20.2), а в 7-й – восемнадцать тысяч (7.8.7). Возможно, данное расхождение объясняется тем, что в 7-й главе он включает в это число женщин и детей («вместе с женами и детьми»), тогда как во 2-й главе по еврейской традиции считает только мужчин. См. Иосиф Флавий. *Иудейские древности*… С. 1001, 1204.

[1235] Иудейская война, 2.20.2 // Иосиф Флавий. *Иудейские древности*… С. 1000.

[1236] Нойдорфер Х. *Деяния апостолов*: В 2 т. СПб.: Свет на Востоке, 2005. Т. 1. С. 180.

[1237] Ср. Фаррар. *Жизнь и труды святого апостола Павла*. Т. 1. С. 67–72; Drane. *Introducing the New Testament*. С. 283.

[1238] Machen. *The Origin of Paul's Religion*. С. 67.

Разговор между Христом и будущим апостолом протекал напрямую, без каких бы то ни было посредников[1239]. Разговор с живым Спасителем оказал на Павла настолько сильное влияние, что он не мог продолжать идти в том же направлении. Он не мог больше гнать христиан, потому что это значило бы гнать Христа. Он не мог отрицать свидетельств о воскресении Иисуса, которые раньше считал грубой ложью. Он не мог не признать главенства воскресшего Господа над всей своей жизнью и не воскликнуть: «Господи! Что повелишь мне делать?» (Деян. 9:6).

Самооткровение Христа было настолько действенным, что идти против него было совершенно невозможно. На это указал ему Сам Господь: «Трудно тебе идти против рожна» (Деян. 26:14). Рожон – это специальная длинная палка, которой пахарь погонял волов. На одном ее конце был металлический наконечник, и она могла даже использоваться в качестве боевого оружия (ср. Суд. 3:31)[1240]. Вол может попробовать «брыкаться» (именно такое слово – греч. λακτίζειν – употреблено в 26:14) против металлического острия, однако он не сможет делать это долго, потому что это «трудно» (греч. σκληρόν) – фактически невозможно[1241]. Напрасно вол бунтует против хозяина – брыкание против рожна только умножает его страдания, и он рано или поздно сдается[1242]. Так и Павел очень долго бунтовал против Христа – брыкался против острого металлического наконечника. Чем больше он убивал последователей Иисуса и «терзал Церковь» (Деян. 8:3), тем сильнее острие рожна впивалось ему в душу, причиняя невыразимые мучения. Рано или поздно Павел должен будет покориться воле Своего Творца.

Момент, когда «вол покорился хозяину», наступил по дороге в Дамаск, и самую непосредственную роль в этом сыграло чудесное откровение Господа. Этот эпизод стал моментом обращения Савла ко Христу, моментом принятия им нового завета, моментом его рождения свыше[1243]. К сожалению, часто упускают из виду одну очень важную

---

[1239] Важность этого момента отмечают Conybeare W., Howson J. *The Life and Epistles of St. Paul*. Grand Rapids: Eerdmans, 1971. C. 75.

[1240] Ринекер Ф, Майер Г. *Библейская энциклопедия Брокгауза*. Paderborn: Christliche Verlagsbuchhandlung Paderborn, 1999. C. 845.

[1241] Слово σκληρός может указывать на невозможность того или иного действия (BDAG. C. 930).

[1242] Conybeare, Howson. *The Life and Epistles of St. Paul*. C. 74–75.

[1243] Теорию о том, что Павел уже был обращенным и по дороге в Дамаск лишь был призван к новому служению, подробно рассматривает Барнетт (Barnett. *Paul:*

деталь: по дороге в Дамаск Павел не просто видел видение, а повстречался с живым Спасителем. Позднее он назовет это явлением Господа: «…после всех явился и мне…» (1 Кор. 15:8), – и скажет об этом так: «Не видел ли я Иисуса Христа, Господа нашего?» (1 Кор. 9:1). Это было не просто знамение, а соприкосновение личностей. Как справедливо замечает Мейчен:

> …контакт между личностями даже при обычных условиях несет на себе отпечаток тайны; обычный взгляд или тон голоса иногда приводят к неожиданным результатам. Кто не переживал на своем опыте перемену отношения к человеку, о котором раньше только слышал с чужих слов? Одной встречи нередко оказывается достаточно, чтобы полностью перевернуть впечатление; безразличие или враждебность уступают место восторженной преданности[1244].

По сути, любое обращение грешника ко спасению – это не просто знакомство с информацией или удостоверение в каких-либо фактах. Подлинное обращение – это встреча с Личностью. Только у большинства верующих, в отличие от апостола Павла, эта встреча происходит не видимым образом на дороге, а незримо в душе, – однако от этого она не становится менее чудесной. Встреча души с живой Личностью Спасителя коренным образом меняет представление человека о Господе и делает неверующую душу верующей. После этого человек уже не может «брыкаться против рожна», добровольно и с радостью покоряясь воле своего Творца: «Господи, что повелишь мне делать?»

Спутники Павла, шедшие с ним в одном караване, имели возможность засвидетельствовать чудесную природу происходящих событий. Они видели не только человека, который упал на землю и говорил какие-то слова непонятно кому. Они видели необычный свет и слышали необъяснимые звуковые явления, которые ясно указывали на

---

*Missionary of Jesus*. С. 54–75). Он приходит к такому выводу: «Вес доказательств из Книги деяний, а также прямых и косвенных ссылок на это событие в посланиях Павла, не оставляет сомнений, что данное происшествие представляло собой полный переворот в моральной жизни [Савла] и в его отношениях [с Христом и другими людьми]. Оно также сопровождалось принципиально новым призванием – проповедовать язычникам, чтобы ввести их в Божий завет» (Там же. С. 75).

[1244] Machen. *The Origin of Paul's Religion*. С. 67–68.

то, что Павлу было дано откровение свыше[1245]. Заслуживает внимания кажущееся противоречие между свидетельством Павла об этих событиях в 22-й главе Деяний и описанием Луки в 9-й главе. Лука как рассказчик сообщает, что спутники Павла никого не видели, но слышали голос (9:7). Павел же в прямой речи, на первый взгляд, утверждает прямо противоположное: «Бывшие же со мною свет видели, и пришли в страх; но голоса Говорившего мне не слыхали» (22:9). Однако это противоречие мнимое. В той части, что касается зрения, все просто – достаточно внимательнее сравнить оба стиха: «свет видели» (22:9) и «никого не видя» (9:7). Спутники Павла не видели никакой человеческой фигуры («никого»), однако видели необычный яркий свет, превосходивший сияние солнца (26:13). Здесь противоречия нет. В том же, что касается слуха, противоречие снимается, если посмотреть на использующиеся в оригинале конструкции. Дело в том, что глагол «слышать» (греч. ἀκούω) может употребляться с родительным и винительным падежами. Родительный падеж при данном глаголе может указывать на сам факт звука, тогда как винительный может акцентировать внимание на интеллектуальном осмыслении сказанного[1246]. Лука

---

[1245] Lenski R. *The Interpretation of The Acts of the Apostles*. Minneapolis, MN: Augsburg Publishing House, 1962. С. 357.

[1246] Robertson. *A Grammar of the Greek New Testament…* С. 506. Даниел Уоллас возражает, что в Новом Завете есть множество примеров, когда «ἀκούω + генитив» обозначает понимание, а «ἀκούω + аккузатив» употребляется в случаях, не подразумевающих понимания (Уоллас Д. *Углубленный курс грамматики греческого языка: Экзегетический синтаксис Нового Завета*. Б.м.: Новосибирская богословская семинария, 2010. С. 156). Однако на это нужно заметить, во-первых, что примеры Уолласа выдают не вполне корректное понимание точки зрения Робертсона, в частности, когда он для подтверждения своих слов ссылается на Матфея 13:19 («…ко всякому, слушающему слово [аккузатив] о Царствии и не разумеющему…»). Данный текст не означает, что слушатели не различали слов о Царствии – что проповедь Христа воспринималась ими как неразборчивый звук! Христос говорит о понимании не как о различении слов, а как о духовном разумении, что не имеет отношения к тому различию, на которое указывал Робертсон. Во-вторых, то, что генитив может встречаться с ἀκούω в тех случаях, когда ситуация подразумевает понимание слов, никоим образом не опровергает точку зрения Робертсона, поскольку он не утверждает, что родительный падеж непременно означает отсутствие понимания – это действительно было бы во всех отношениях странно. Он утверждает лишь то, что смысловой акцент ставится не на понимании смысла слов, а на слышании звука голоса. В-третьих, примеры Уолласа, возможно, показывают наличие исключений, однако они не доказывают, что различие между употреблением аккузатива и генитива с глаголом ἀκούω *не может* проходить на таком уровне. Робертсон указывает на то, что такое различие хорошо

использует родительный падеж (ἀκούοντες μὲν τῆς φωνῆς), утверждая, что спутники Павла слышали звук голоса. Павел использует винительный падеж (τὴν δὲ φωνὴν οὐκ ἤκουσαν), отрицая, что они различали смысл сказанного[1247]. Этим двум вариантам употребления соответствуют семантические особенности самого глагола ἀκούω, который в древнегреческом языке может означать «слышать» или «понимать»[1248]. Откровение Господне предназначалось только для обращения Павла, а не для его попутчиков. Поэтому они слышали что-то, но не были уверены в смысле того, что услышали. Возможно, реакция спутников была подобной тому, как после ответа Небесного Отца Иисусу одни люди говорили: «Это гром», а другие: «Ангел говорил Ему» (Иоан. 12:29).

Сверхъестественное явление Христа по дороге в Дамаск сопровождалось еще одним чудесным следствием, оказавшим немалое воздействие на Павла. Из-за яркого неземного света он полностью ослеп, так что его спутники вынуждены были вести его за руку: «А как я от славы света того лишился зрения, то бывшие со мною за руку привели меня в Дамаск» (Деян. 22:11; ср. 9:8). Для чего Божьим провидением будущему апостолу была послана слепота? На этот счет можно высказать несколько предположений, которые не обязательно противоречат одно другому; скорее, они дополняют друг друга.

Во-первых, ослепительное сияние должно было навсегда запечатлеть в сознании Павла образ славы Иисуса Христа. Именно на этом акцентирует внимание сам Павел в своем свидетельстве перед иерусалимскими евреями: «…от *славы* света того…» (22:11). Яркий, ослепительный свет должен был напомнить Павлу сияние божественной славы, о котором он так хорошо знал из ветхозаветных Писаний (Иез. 1:4-5, 27; 10:4; Исх. 13:21; 14:24; Чис. 14:14; Ис. 60:19; Пс. 43:4; 118:135). Павел должен был увидеть, что такой божественной славой обладал Иисус. Оказывается, Стефан был все-таки прав, когда говорил, что видит Сына Человеческого, стоящего одесную Бога (Деян. 7:56)![1249]

---

согласуется с особенностями классической греческой грамматики (Robertson A. *Epochs in the Life of Paul*. New York: Charles Scribner's Sons, 1937. C. 42).

[1247] Ср. Гандри Р. *Обзор Нового Завета*. СПб.: Библия для всех, 2006. С. 295; Toussaint S. Acts // *The Bible Knowledge Commentary* / Под ред. Walvoord J., Zuck R. Wheaton, IL: Victor Books, 1985. Т. 2. С. 376.

[1248] BDAG. C. 37–38.

[1249] Robertson. *Epochs in the Life of Paul*. C. 48.

Во-вторых, ослепляющий свет должен был показать беспомощность Павла перед Христом[1250]. Иисус, которого Павел яростно гнал, мог в любую секунду остановить его и лишить зрения. Как и сияние славы, способность лишать человека зрения тоже указывала на божественную силу Христа. Павел должен был очень хорошо знать слова Закона: «Господь сказал: “Кто дал уста человеку? Кто делает немым, или глухим, или зрячим, или слепым? Не Я ли Господь?”» (Исх. 4:11). На месте слова «Господь» в этом стихе стоит тетраграмма יהוה – священное имя «Яхве». Септуагинта в первом случае передает это имя словом κύριος, «Господь». Именно так называет Павел Иисуса: «Господи [κύριε], что мне делать?» (Деян. 22:10).

В-третьих, слепота должна была привести Павла к краху надежд на его собственные способности и яснее показать ему нужду в благодати[1251]. Действительно, это переживание сокрушило гордую уверенность Павла в собственной праведности. После этого момента перед нами предстает уже совсем другой человек, который считает себя худшим из грешников, полностью нуждающимся в благодати[1252].

В-четвертых, слепота создала такую ситуацию, когда Павел смог увидеть свою зависимость от Тела Христова. Божье провидение отправило к нему Ананию – одного из тех самых дамасских христиан, которых Павел намеревался гнать, убивать и бросать в тюрьмы. Именно через молитву Анании, и никак иначе, Павел должен был получить исцеление. Как сообщает Лука: «Анания пошел и вошел в дом и, возложив на него руки, сказал: “Брат Савл! Господь Иисус, явившийся тебе на пути, которым ты шел, послал меня, чтобы ты прозрел и исполнился Святого Духа”. И тотчас как бы чешуя отпала от глаз его, и вдруг он прозрел…» (Деян. 9:17-18). Подобно тому как ходатайство Авраама об Авимелехе показало филистимскому царю, что Авраам – истинный пророк от Бога (Быт. 20:7), ходатайство Анании лишний раз доказало Павлу, что христиане – истинные последователи божественного Мессии. Любопытно, что Анания был первым человеком, которого увидел перед собой прозревший Павел: «…подойдя, сказал мне: “Брат Савл! Прозри”. И я тотчас увидел его» (Деян. 22:13). Увидев христианина,

---

[1250] Bock D. *Acts*. Baker Exegetical Commentary on the New Testament. Grand Rapids: Baker Academic, 2008. С. 359.

[1251] Нойдорфер. *Деяния апостолов*. Т. 1. С. 185.

[1252] Lenski. *The Interpretation of the Acts of the Apostles*. С. 359.

через которого ему было дано исцеление, Павел должен был осознать свою нужду в Церкви.

В-пятых, слепота должна была навсегда убедить Павла в подлинности явления Христа[1253]. Если бы Господь не послал ему подобного сверхъестественного – хотя и болезненного – знамения, он мог бы подумать, что испытал кратковременное помрачение сознания. Однако, проведя три дня в полной слепоте и затем обретя исцеление через молитву и возложение рук Анании, Павел мог быть уверен: это ему не просто приснилось.

В-шестых, слепота Павла была весьма символичной. Предоставленный своим мыслям на целых три дня и не отвлекаемый никакими зрительными образами, он должен был понять, что, несмотря на все свои прежние знания о Боге, несмотря на большую ученость, которую подмечали даже римляне (Деян. 26:24), все эти годы он пребывал во тьме[1254]. Когда Мессия пришел на землю, Савл Его не признал, а когда ученики Мессии проповедовали истину об искуплении, Савл их преследовал и убивал[1255]. Он мог бы отнести к себе те слова, которые позднее напишет о невозрожденных язычниках: «…будучи помрачены [греч. ἐσκοτωμένοι, *эскотоме́ной*, «находясь во тьме»] в разуме…» (Еф. 4:18). Только теперь, после покаяния, он по-настоящему прозреет и увидит свет божественной истины. Учение Павла о духовном рождении хорошо согласуется с его собственным опытом прозрения среди кромешной тьмы: «…Бог, повелевший из тьмы воссиять свету, озарил наши сердца, дабы просветить нас познанием славы Божией в лице Иисуса Христа» (2 Кор. 4:6).

## Спасение других людей

Не только спасение Павла, но и спасение других людей в Деяниях апостолов приписывается сверхъестественному действию Бога. Наиболее явно это заметно на примере Лидии. Дойдя до города Филиппы, находившегося в провинции Македония, Павел в одну из суббот проповедовал за городом у реки. Иудейское население Филипп было немногочисленным – похоже, что в этом городе даже не было

---

[1253] Ср. Robertson. *Epochs in the Life of Paul*. С. 51.
[1254] Гудинг Д. *Верные вере*. М.: Триада, 1994. С. 142.
[1255] Там же.

своей синагоги[1256]. Павел и Сила вышли к реке, потому что здесь было προσευχή (*просэухэ́*) – «место для молитвы»[1257]. На то, что это не была обычная синагога, указывает и тот факт, что для молитвы здесь собрались только женщины (Деян. 16:13)[1258]. По субботам Павел обычно шел проповедовать в синагогу, однако он не посчитал слишком маловажным проповедовать о Христе женщинам на месте неофициального молитвенного собрания.

«И одна женщина из города Фиатир, именем Лидия, торговавшая багряницею, чтущая Бога, слушала; и Господь отверз сердце ее внимать тому, что говорил Павел» (Деян. 16:14). Тогда как многие другие люди не приняли Евангелия, ее сердце отверз Господь. Приняв всем сердцем истину о Христе, она крестилась и немедленно выразила желание послужить апостолам в деле распространения Евангелия, предоставив им свой дом (16:15). В ее обращении ключевую роль сыграло сверхъестественное Божье действие – «Господь отверз ее сердце».

## Противостояние лжепророкам

Помимо обращения Павла и всего, что с этим связано, чудесное действие провидения способствовало апологии истинной веры перед лицом обмана и шарлатанства. В частности, так произошло в городе Пафе на юго-западном побережье Кипра, где располагалась резиденция римского проконсула. Титул проконсула носил правитель колонии, находившейся в ведении римского сената[1259]. Именно такой колонией

---

[1256] Конибеар и Хаусон ссылаются в этом отношении на свидетельство Епифания (Conybeare, Howson. *The Life and Epistles of St. Paul*. С. 226).

[1257] BDAG. С. 878–879. Синодальный перевод «молитвенный дом» возможен, но, скорее всего, в данном контексте неточен.

[1258] Ср. Bock. *Acts*. С. 534.

[1259] Со времен императора Августа некоторыми колониями управлял римский сенат, тогда как другие, более беспокойные в военном отношении, император оставил под своей непосредственной властью. Правители сенаторских колоний носили титул проконсулов, избирались путем жребия сроком на один год и не имели военной власти. Правители императорских колоний назывались пропреторами, или легатами, назначались и снимались по повелению императора и имели в своем распоряжении мощь римских войск. См. Conybeare, Howson. *The Life and Epistles of St. Paul*. С. 115–117.

был остров Кипр, правителем которого на тот год был Сергий Павел[1260].

Чтобы приобрести внимание начальника острова, благовестникам Павлу и Варнаве пришлось вступить в состязание с волхвом Елимой. О последнем известно следующее. Во-первых, он называется «волхвом» (греч. μάγος, *мáгос*; Деян. 13:6), что может указывать на то, что он занимался астрологией, истолкованием снов или другими оккультными науками[1261]. Во-вторых, Лука называет его «лжепророком» (там же), то есть человеком, который говорил от имени иудейского Бога Яхве, но на самом деле не был водим божественным откровением, а пророчествовал «от собственного сердца» (Иез. 13:2). В-третьих, он был иудеем (Деян. 13:6), то есть относился к еврейскому народу и, скорее всего, придерживался иудейской религии. В-четвертых, его первое имя, упоминаемое Лукой, – Вариисус (там же). В переводе с арамейского это имя означает «сын Иисуса» и, скорее всего, связано с именем Иисуса Навина[1262]. В-пятых, он «…находился с проконсулом Сергием Павлом…» (Деян. 13:7). Римляне высоко ценили искусство предсказания будущего и часто держали при себе оракулов. Иногда в роли таких оракулов выступали иудеи, которые славились древностью своего рода и глубиной религиозного знания[1263]. В-шестых, его второе имя – Елима, возможно, родственное арабским عَالِمٌ (*аль-úмун*), «мудрец»[1264] и عَلِيمٌ (*алúмун*), «всеведущий»[1265]. Это имя воспринималось его современниками как синоним слова «волхв»: «…Елима волхв, ибо то значит имя

---

[1260] Семейство «Павлов» (лат. Pauli) – известная семья римских патрициев, из которой вышли многие государственные деятели, занимавшие разные посты в Римской империи. Этот факт сам по себе подкрепляет достоверность повествования Луки (Polhill. *Acts*. С. 292).

[1261] BDAG. С. 608.

[1262] *The NET Bible First Edition* (Acts 13:6). Biblical Studies Press, 2006. Электронная программа Logos 4.

[1263] Polhill. *Acts*. С. 293. Иосиф Флавий упоминает иудея Онию, который был священником («волхвом») при Птолемее Филометоре и его жене Клеопатре (Иудейские древности, 20.10.1 // Иосиф Флавий. *Иудейские древности…* С. 856), а также волхва Симона с острова Кипр, подосланного римским наместником Иудеи Феликсом к Друсилле (Иудейские древности, 20.7.2 // Там же. С. 847).

[1264] Этим словом в классическом арабском называется человек образованный, обладающий знанием и поступающий согласно своему знанию (Lane E. *An Arabic-English Lexicon*. Medford, MA: Williams and Norgate, 1863. С. 2141).

[1265] Это слово нередко применяется к Всевышнему Богу как эпитет, указывающий на полноту знания прошлого, настоящего и будущего (Там же. С. 2140). Ср. BDAG. С. 320.

его...» (Деян. 13:8). В-седьмых, этот человек противился проповеди Павла и Варнавы, «...стараясь отвратить проконсула от веры» (там же). По-видимому, он увидел в благовестниках конкурентов, из-за которых он рискует лишиться доходного места. Возможно, он думал, что они такие же шарлатаны, как он сам. Однако вскоре ему пришлось убедиться в обратном. Павел во всеуслышание назвал Елиму лжецом, сыном дьявола, врагом всякой праведности, и провозгласил на него Божье наказание: «И ныне вот, рука Господня на тебя: ты будешь слеп и не увидишь солнца до времени» (Деян. 13:11). Объявленное чудо немедленно исполнилось: «И вдруг напал на него мрак и тьма...» (там же).

Эта история являет собой прекрасную параллель рассказу об обращении самого Савла. Как и в случае с Павлом, слепота Елимы должна была показать ему глубину его духовного ослепления и его беспомощность перед силой Христа. Тот, кто претендовал на обладание особым внутренним светом, не видел даже обычного наружного света, доступного окружающим людям. Тот, кто претендовал на роль духовного поводыря для римского проконсула, сам нуждался в поводырях, чтобы найти дорогу: «...он, обращаясь туда и сюда, искал вожатого» (там же). Благодаря этому случаю проконсул увидел Елиму в истинном свете и начал внимать истинному учению (Деян. 13:12).

### Подтверждение благовестия

Во многих случаях сверхъестественное действие провидения подготавливало почву для принятия Евангелия. На это прямо указывает свидетельство деописателя Луки, который сообщает о деятельности Павла и Варнавы следующее: «Впрочем они пробыли [в Иконии] довольно времени, смело действуя о Господе, Который, во свидетельство слову благодати Своей, творил руками их знамения и чудеса» (Деян. 14:3). Из этого стиха видно, что знамения и чудеса посылались Богом «во свидетельство слову благодати [Его]», то есть в подтверждение нового откровения о Христе, которое возвещали апостолы. Это общее утверждение Лука иллюстрирует несколькими примерами.

Первый такой пример – исцеление хромого от рождения человека в ликаонском городе Листре. В этом городе Павел и Варнава проповедовали Евангелие. По-видимому, сделав секундную паузу и устремив пронзительный взгляд на сидящего на земле хромого, Павел увидел, что «...он имеет веру, чтобы быть спасенным...» (Деян. 14:9; пер.

Кассиана)[1266]. Тогда апостол сказал ему «громким голосом» – то есть специально с той целью, чтобы это услышали все окружающие люди. Исцеление этого человека должно было подкрепить проповедь истины в городе, насквозь пропитанном язычеством, – городе, у ворот которого стоял храм Юпитеру Листрийскому[1267]. Итак, Павел громко воскликнул: «Тебе говорю во имя Господа Иисуса Христа: стань на ноги твои прямо» (14:10). В этот момент Господь совершил чудесное исцеление: хромой от рождения человек «...тотчас вскочил и стал ходить» (там же). Это чудесное событие тут же привлекло к себе внимание неверующих людей: «Народ же, увидев, что сделал Павел, возвысил свой голос, говоря по-ликаонски: боги в образе человеческом сошли к нам» (14:11). Хотя апостолам пришлось разубеждать людей, чтобы им не приносили жертвы, они смогли остаться в этом городе еще на много дней, чтобы проповедовать и учить (ср. 14:18).

Еще одно чудо, удостоверявшее проповедь апостолов, произошло в Филиппах. Проживая у гостеприимной новообращенной Лидии, Павел и Сила продолжали приходить на молитвенное место к реке, вероятно, в надежде повстречаться с другими людьми, которые будут открыты к проповеди Евангелия. Однажды по пути к месту молитвы им встретилась рабыня, имеющая духа прорицательного. Термин «прорицание» (греч. πύθων, *пу́тон*) был связан с мифом о змее (Пифоне), который охранял дельфийского оракула, однако был побежден и убит Аполлоном[1268]. Впоследствии этот термин стал применяться к практике чревовещания в состоянии транса или экстаза. Это видно из слов Плутарха (ок. 45–127 гг.), который называет «прорицателей» (πύθωνας, *пу́тонас*) термином «чревовещатели» (ἐγγαστρίμυθοι, *энгастри́мутой*), считая, что устами и голосами этих людей двигали вселившиеся в них (низшие) божества[1269]. В лексиконе Су́да (визант. «Крепость»), составленном в X в., но опирающемся на более ранние источники, поведение прорицательниц описано следующим образом: «Предсказывать буду-

---

[1266] Основное значение глагола σῴζω (*со́дзо*) – «спасать, избавлять». Хотя он действительно может обозначать избавление от болезни, то есть исцеление, и нередко встречается в таком значении в Новом Завете, в отсутствие уточняющего дополнения «от болезни» его наиболее логично воспринимать в смысле духовного спасения. Именно этот вариант отражен в переводе еп. Кассиана.

[1267] Conybeare, Howson. *The Life and Epistles of St. Paul*. С. 201.

[1268] Bock. *Acts*. С. 535.

[1269] Plutarch. De Defectu Oraculorum (§9) // *Moralia* / Под ред. Bernardakis G. Medford, MA: Teubner, 1891. Т. 3. С. 81.

щее он удостоил женщин, одержимых духом Пифона (Πύθωνος, *Пу́тонос*) и охваченных по действию божества фантазией зачатия»[1270]. Из этих свидетельств можно сделать вывод, что, хотя прорицательниц боялись, их считали жертвами низших божеств, охваченными сексуальными фантазиями. По-видимому, поведение таких женщин в состоянии экстаза не было безупречным в моральном отношении. Поэтому, когда прорицательница стала ходить за Павлом и кричать: «Сии человеки – рабы Бога Всевышнего, которые возвещают нам путь спасения» (Деян. 16:17), это вредило свидетельству апостола[1271]. Правильные вещи, когда они звучат из неправильных уст, нередко не помогают истине, а вредят ей. Через несколько дней терпению Павла пришел конец, и он сказал духу: «Именем Иисуса Христа повелеваю тебе выйти из нее» (16:18). Дух немедленно вышел, и женщина освободилась как от своей оккультной зависимости, так и от своих сверхъестественных способностей. Хотя последнее обстоятельство не понравилось ее господам (Деян. 16:19), о сотворенном апостолами чуде не мог не узнать весь город, в котором действовала знаменитая прорицательница.

Следующее чудо, удостоверявшее проповедь апостолов, стало возможным благодаря хозяевам одержимой рабыни. По их навету Павел и Сила оказались в тюрьме, будучи предварительно несправедливо избиты палками (Деян. 16:19-23). Однако благовестники не унывали, молясь и прославляя Бога перед другими заключенными: «…узники же слушали их» (16:25). Тогда по Божьему провидению случилось землетрясение, в результате которого двери тюрьмы отворились и цепи заключенных ослабели (16:26). Слыша свидетельство благовестников и видя произошедшее чудо, темничный страж поверил их проповеди и захотел узнать больше: «Государи мои! Что мне делать, чтобы спастись?» (16:30). Таким образом сверхъестественное действие провидения послужило успеху благовествования.

Чудеса сопровождали проповедь Павла в Ефесе: «Это продолжалось до двух лет, так что все жители Асии слышали проповедь о Господе Иисусе, как иудеи, так и еллины. Бог же творил немало чудес руками Павла, так что на больных возлагали платки и опоясания с тела его, и у них прекращались болезни, и злые духи выходили из них»

[1270] Перевод наш (*А. П.*) с цитаты в BDAG. С. 897. Греч. текст: Πύθωνος: δαιμονίου μαντικοῦ. τάς τε πνεύματι Πύθωνος ἐνθουσιώσας καὶ φαντασίαν κυήσεως παρεχομένας τῇ τοῦ δαιμονίου περιφορᾷ ἠξίου τὸ ἐσόμενον προαγορεῦσαι.

[1271] Сходную оценку высказывает Guthrie D. *The Apostles*. Grand Rapids: Zondervan, 1992. С. 139–140.

(19:10-12). По мере того как «жители Асии слышали проповедь о Господе Иисусе», Бог «творил немало чудес руками Павла». Как известно из Писания, не везде проповедь Евангелия сопровождалась большим количеством чудес, однако чудеса имели провиденциальное значение в Ефесе – городе, делавшем ставку на волшебство[1272]. Необычайные дела подтверждали, что Павел – вестник от Бога, и способствовали распространению Евангелия[1273].

Особого внимания в повествовании Луки удостоился случай с сыновьями Скевы, который произошел в тот же самый период времени. Ефес с древних времен получил репутацию города, в котором процветали магические искусства. Он был настолько известен в этом отношении, что списки с заклинаниями даже назывались у греческих авторов «ефесскими письменами»[1274]. Древние полагали, что знание божественных имен и правильное их произношение способно подчинить богов воле человека и заставить их сделать то, что просит заклинатель. Сохранились свидетельства того, что с этой целью у греков использовались имена Йао и Йабе (варианты произношения имени израильского Бога Яхве), а также Саваоф[1275]. В так называемом Парижском магическом папирусе содержится фраза: «Заклинаю тебя Иисусом, Богом евреев»[1276]. Поэтому нет ничего удивительного в том, что «…некоторые из скитающихся иудейских заклинателей стали употреблять над имеющими злых духов имя Господа Иисуса, говоря: “Заклинаем вас Иисусом, Которого Павел проповедует”» (Деян. 19:13). Вполне вероятно, что до этого они проделывали тот же самый трюк с именами других богов, и была какая-то видимость результатов[1277]. Однако с именем Иисуса это не прошло. Господь показал им, что имя Иисуса нельзя использовать в магических целях. «Но злой дух сказал в ответ: “Иисуса знаю, и Павел мне известен, а вы кто?” И бросился на

---

[1272] Conybeare, Howson. *The Life and Epistles of St. Paul*. C. 371.

[1273] Lenski. *The Interpretation of the Acts of the Apostles*. C. 792.

[1274] Плутарх (Quaestiones Convivales, 7.5.4) пишет, что «чародеи [μάγοι] повелевают одержимым читать и проговаривать вслух ефесские письмена» (перевод наш по изданию: Plutarch. *Moralia*. T. 3. C. 380). Кроме того, ефесские письмена упоминают Афиней (Athenaeus. *The Deipnosophists*: В 7 т. / Под ред. Gulick C. Medford, MA: Harvard University Press, 1933. T. 5. C. 486 [гл. 70–71]) и Климент Александрийский (Clement of Alexandria. The Stromata, or Miscellanies [1.15 и 5.8] // *ANF*. T. 2. C. 317, 455).

[1275] Bruce F. *Paul: Apostle of the Heart Set Free*. Grand Rapids: Eerdmans, 1996. C. 292.

[1276] Там же.

[1277] Это могли быть обычные шарлатанские трюки или реальные оккультные проявления. Лука не сообщает нам дополнительной информации.

них человек, в котором был злой дух, и, одолев их, взял над ними такую силу, что они, нагие и избитые, выбежали из того дома» (19:15-16). В конечном итоге, сверхъестественное действие божественного провидения вновь послужило распространению и подтверждению Евангелия: «Это сделалось известно всем живущим в Ефесе иудеям и еллинам, и напал страх на всех их, и *величаемо было имя Господа Иисуса*» (19:17). Этот эпизод доказал, что в имени Иисуса действительно кроется божественная сила, однако эта сила никогда не действует механически, люди не могут подчинить ее своим интересам![1278] Еще одним интересным следствием данного происшествия стало обращение ко Христу многих чародеев и заклинателей: «А из занимавшихся чародейством довольно многие, собрав книги свои, сожгли перед всеми, и сложили цены их, и оказалось их на пятьдесят тысяч [драхм]» (19:19)[1279]. То, что они не стали перепродавать свои книги, свидетельствовало об истинности их обращения.

Еще один случай, который можно отнести к разряду сверхъестественного провидения, произошел с Павлом на острове Мелит[1280]. Оказавшись здесь после кораблекрушения, апостол вместе с другими пострадавшими собирал хворост, чтобы развести костер. Из кучи хвороста выползла ядовитая змея (греч. ἔχιδνα, *э́хидна*) и повисла у него на руке (Деян. 28:3). Вряд ли нужно полагать, что змея просто обвила его руку, не укусив его. Реакция иноплеменников, записанная Лукой, склоняет наше мнение в противоположную сторону[1281]. Туземцы, хорошо знавшие местную фауну, были уверены, что Павел не останется в живых: «Конечно, убийца этот человек, которому, после того как он спасен был от моря, Правосудие не позволило жить» (Деян. 28:4; пер.

---

[1278] Стотт Дж. *Деяния святых апостолов: До края земли*. СПб.: Мирт, 1998. С. 426–427. Ср. Нойдорфер. *Деяния апостолов*. Т. 2. С. 186.

[1279] Одна драхма соответствовала плате за один рабочий день, отсюда нетрудно провести параллель с современными деньгами. Средняя зарплата в крупных городах России в последние годы составила около 20 тыс. руб. в месяц (см., напр., URL: http://sgpress.ru/Sluzhba_informatsii/Srednyaya-zarplata-v-Samare-dostigla----tys------rublej12639.html [дата обращения: 27.06.2012]). Если ради удобства взять за основу оплату труда из расчета 1000 руб. в день, то стоимость сожженных ефесянами магических книг соответствовала 50 млн. руб. на современные деньги.

[1280] Этот остров обычно отождествляют с Мальтой, хотя некоторые авторы высказываются против такой идентификации (подробнее об этом см. Нойдорфер. *Деяния апостолов*. Т. 2. С. 333–334; Макрей Дж. *Жизнь и учение апостола Павла*. Черкассы: Коллоквиум, 2009. С. 270–271).

[1281] Ср. Стотт. *Деяния святых апостолов*. С. 551.

Кассиана). Однако Павел, несмотря на ядовитую змею, не только остался в живых, но и не почувствовать никакого ущерба. Над ним исполнились слова из длинной концовки Евангелия от Марка: «…будут брать змей; и если что смертоносное выпьют, не повредит им…» (Марк. 16:18). В результате этого чуда жители острова «…переменили мысли и говорили, что он Бог…» (Деян. 28:6). Хотя нам не сказано ничего больше, можно быть уверенным, что Павел повернул языческое преклонение островитян в сторону вести о Спасителе, как он это сделал в сходной ситуации в Листре[1282]. Можно предположить, что некоторые жители острова в то время стали христианами[1283].

Забота о физических нуждах

Как минимум в одном случае чудесное действие провидения послужило тому, что люди проявили заботу о Павле и сохранили его физическую жизнь. В то время, когда Павел и его спутники оказались выброшены на берег Мелита, отец начальника острова «…лежал, страдая горячкою и болью в животе…» (Деян. 28:8). По молитве Павла он был исцелен. Точно так же за три месяца пребывания апостола на острове исцеление получили многие другие местные жители (28:9). В результате этих чудес, которые благоволил совершить Господь, островитяне при отъезде снабдили Павла и его спутников всем необходимым (28:10). Своим сверхъестественным действием Господь позаботился о физических нуждах Павла и его спутников.

## Провидение, опосредованное природными факторами

Несколько раз Лука упоминает природные факторы и другие естественные обстоятельства, повлиявшие на судьбу Павла. Надо полагать, что природные факторы всегда присутствовали в его жизни, оказывая определенное влияние на то, какие решения он принимал и ка-

[1282] Conybeare, Howson. *The Life and Epistles of St. Paul*. C. 660.

[1283] На это указывает ранняя христианская традиция, хотя достоверно утверждать это не представляется возможным (ср. Макрей. *Жизнь и учение апостола Павла*. С. 274).

ким был исход событий. Однако особенно большую роль они сыграли во время путешествия Павла в Рим, описываемого в последних двух главах Деяний апостолов.

Чтобы попасть в Рим из Кесарии, где Павел два года находился в тюрьме при дворце правителя, удобнее всего было плыть на корабле. Первую часть путешествия – от Кесарии до Сидона – корабль Павла, похоже, прошел без приключений (ср. Деян. 27:1-3). Вслед за этим природные обстоятельства заставили мореплавателей изменить курс: «…мы плыли под прикрытием [ὑπεπλεύσαμεν, *хупэплéусамен*] Кипра, потому что ветры были противные…» (27:4; пер. Кассиана). Следующая остановка была в ликийском городе Миры (27:5). Этот город был хорошо известен римскому торговому флоту как узловой порт, откуда зерно доставлялось по всей Асии. Здесь до сих пор сохранились стены большого зернохранилища, построенного Адрианом[1284]. В Мирах сотник Юлий и его узники сошли с корабля, возвращавшегося в Адрамит (ср. 27:2) – современный турецкий порт Эдремит на восточном побережье Эгейского моря[1285], и пересели на египетское судно, плывущее в Италию (27:6). В это время года движение по Средиземному морю в западном направлении было затруднено из-за преобладающих северо-западных пассатов[1286]. Поэтому приходилось плыть под прикрытием Крита: «Так как ветер не позволял нам идти дальше, мы пошли под прикрытие Крита со стороны Салмоны…» (27:7; пер. Кассиана). Сделав остановку в Хороших Пристанях на южном побережье Крита, мореплаватели решили идти дальше, не вняв предостережению Павла.

Римляне предпочитали совершать морские поездки между 26 мая и 15 сентября, поскольку после этого штормовые облака часто затягивают небо, делая навигацию по солнцу и звездам практически невозможной[1287]. Кроме того, в осенне-зимний период возрастает риск бурь и штормов, что было особенно опасно для относительно небольших деревянных судов того времени. Кораблекрушения были нередки – сам Павел до этого успел побывать уже в трех, однажды проведя в морской воде около суток (2 Кор. 11:25). Будучи не робкого десятка, он, тем не менее, знал, что «…плавание было уже опасно, потому что и пост уже прошел…» (Деян. 27:9). В иудаизме был только один обязательный

---

[1284] Rainey, Notley. *The Sacred Bridge*. C. 379.

[1285] Lawrence P. *The IVP Atlas of Bible History* / Под ред. Millard A., Siebenthal H. et Walton J. Downers Grove, IL: InterVarsity Press, 2006. C. 162.

[1286] Brisco T. *Holman Bible Atlas*. Nashville: Holman Reference, 1998. C. 256.

[1287] Lawrence. *The IVP Atlas of Bible History*. C. 150.

день поста – пост на день искупления, а это значит, что дело было в конце сентября – начале октября, то есть за пределами безопасного периода.

Еще один природный фактор повлиял на решение капитана выйти из Хороших Пристаней: данная гавань «…не была приспособлена к зимовке…» (27:12). Многие советовали дойти до другой критской пристани – Финика, – находившейся всего в 65 км к западу[1288] и лучше защищенной от западных ветров (27:12). «Подул южный ветер…» – еще один природный фактор, повлиявший на роковое решение мореплавателей, – и они подумали, «…что уже получили желаемое…» (27:13). Однако достичь цели, которая казалась такой близкой, им помешало другое природное обстоятельство: «…скоро поднялся против него ветер бурный, называемый эвроклидон» (27:14). Неожиданная перемена в погодных условиях произошла, скорее всего, как только они миновали мыс Матала. Критские горы возвышаются на 2300 м над уровнем моря[1289] и создают превосходную защиту от ветра, но как только мореплаватели вышли из-под их прикрытия в открытое море, «…корабль схватило так, что он не мог противиться ветру…» (27:15). Им оставалось только одно – отдаться стихии, однако это означало, что корабль может снести в сторону Сирта – опасного мелководья у северных берегов Африки (ср. 27:17). Робертсон так описывает происходящие события:

> Спасательную лодку крепче привязали к борту. Корабль обвязали веревками, чтобы он мог выдержать ужасающую силу ветра и волн. Парус спустили. Развернутый парус в такой шторм – верная погибель. Его оставили приподнятым лишь настолько, насколько необходимо, чтобы удерживать нос корабля к ветру. Корабль шел правым галсом, держа нос к северу, чтобы избежать Сирта. Приспустив парус и пользуясь защитой острова Клавды [Кауды], его привели так близко к ветру, как это было возможно. Парусник может плыть в пределах семи румбов[1290] от ветра, плюс шесть румбов на дрейф в подветренную сторону, итого в пределах три-

[1288] Brisco. *Holman Bible Atlas*. С. 256.
[1289] Robertson. *Epochs in the Life of Paul*. С. 260.
[1290] Румб – это 1/32 окружности, то есть около 11 градусов.

надцати румбов. Однако, если ветер был ост-норд-ост[1291], то курс корабля лег в направлении вест-тень-норд[1292]. Положив корабль на этот курс, оставалось только ждать. Хорошо, Сирта им удастся избежать, но что их ждет впереди? Их носило по морю[1293].

На четырнадцатые сутки скитаний по Адриатическому морю[1294] (27:27) моряки обнаружили, что приближаются к суше. Тогда в их судьбе сыграл роль еще один природный фактор: «Попали на косу, и корабль сел на мель. Нос увяз и остался недвижим, а корма разбивалась силою волн» (27:41). Это вынудило пассажиров корабля броситься в море и выбираться на сушу, у кого как получится.

Еще одно природное обстоятельство, сыгравшее определенную роль в жизни Павла, – ядовитая змея. Хотя защита от ее укуса была сверхъестественной (о чем говорилось выше), ее нападение на Павла было спровоцировано естественными факторами – жаром огня: «Когда же Павел набрал множество хвороста и клал на огонь, тогда ехидна, выйдя от жара, повисла на руке его» (28:3).

Наконец, природные факторы упоминаются в конце Деяний апостолов в связи с последним отрезком путешествия в Рим. Павел и его попутчики смогли достаточно быстро отправиться в Италию благодаря тому, что на том же острове зимовал александрийский корабль «Диоскуры» (28:11). Кроме того, Лука упоминает, что корабль смог идти нужным курсом, потому что «...подул южный ветер...» (28:13). Все эти природные факторы вносили свой вклад в исполнение Божьего замысла в жизни апостола Павла.

## Провидение, опосредованное людьми

Помимо сверхъестественного вмешательства и природных сил, Господь направлял жизнь и служение Павла через обычные решения людей. Логично предположить, что эти решения руководствовались

---

[1291] Ост-норд-ост – направление востоко-северо-восток.

[1292] Вест-тень-норд – направление на один румб севернее западного.

[1293] Robertson. *Epochs in the Life of Paul*. С. 260–261.

[1294] У древних греков Адриатическим морем назывались воды не только к востоку, но и к югу от Италии (Lawrence. *The IVP Atlas of Bible History*. С. 162).

теми же самыми факторами, которыми обычно руководствуются наши решения в повседневной жизни: нашим пониманием ситуации, человеческой логикой, представлением о том, что правильно, полезно, выгодно или привлекательно, воспитанием и образованием, стремлениями и амбициями сердца и т.п. Из всех средств, которыми божественное провидение действует в Деяниях апостолов и которые рассматриваются в настоящей главе, это самая многочисленная группа. Практически ни одно описываемое Лукой событие не обходилось без человеческих решений, которые как-то повлияли на ключевые повороты истории.

### События, связанные с обращением Павла

Одним из первых человеческих решений, повлиявших на дальнейшую судьбу Павла, было его собственное решение отправиться в Дамаск. Цель его похода – гнать христиан: «…чтобы, кого найдет последующих сему учению, и мужчин и женщин, связав, приводить в Иерусалим» (Деян. 9:2). Причина – глубокая, эмоционально переживаемая личная ненависть к тем людям, которых он считал лжеучителями и губителями душ: «…дыша угрозами и убийством на учеников Господа…» (9:1). Если бы не эта необычайная ревность Павла, то он не стал бы охотиться за христианами в других странах и не покинул бы Иудею.

Решение отправиться из Иудеи в другую страну впоследствии сыграло большую роль в служении Павла. Было очень важно, чтобы он принял Христа не в Иерусалиме. Если бы он обратился при иерусалимских апостолах или сразу после обращения направился в Иерусалим к руководителям церкви, то законствующие иудеи могли бы сказать, что его апостольство было от людей, а не от Бога. Но благодаря тому, что эти события произошли вдалеке от столпов иерусалимской церкви, Павел мог написать в Послании к галатам: «Возвещаю вам, братия, что Евангелие, которое я благовествовал, не есть человеческое, ибо и я принял его и научился не от человека, но через откровение Иисуса Христа» (Гал. 1:11-12).

Опосредующий фактор, который делал миссию Павла в Дамаске возможной, – разрешение первосвященника: «…пришел к первосвященнику и выпросил у него письма в Дамаск к синагогам…» (Деян. 9:1-2). Павел охотился за проживавшими в этом городе иудеями, которые были связаны с местными синагогами. Поскольку власть первосвященника признавалась во всем иудаизме, если бы Павлу удалось получить письма от последнего к синагогальному начальству, то у него не возникло бы особых проблем с тем, чтобы добиться экстрадиции последователей Иисуса[1295]. И эти письма были ему даны. Это тоже пример провидения, опосредованного решениями людей.

Стоит отметить, что письма первосвященника привели еще к одному любопытному результату, который можно отнести к проявлению «божественной иронии». Получив эти письма, Павел стал официальным представителем – посланником – первосвященника. На палестино-арамейском наречии это выражалось словом ܫܠܝܚܐ (*шлиха*), которое обозначало также апостола. Начав свой путь «апостолом первосвященника», Павел окончил его апостолом Христа[1296].

Из-за слепоты, поразившей Павла после христофании, он нуждался в помощи других, чтобы дойти до пункта назначения в Дамаске. В данном случае Божье провидение действовало через милосердие людей, которые «…повели его за руки, и привели в Дамаск» (Деян. 9:8).

Еще одно действующее лицо, через которое проявилось Божье провидение при обращении Павла, – это христианин Анания, который «…вошел в дом и, возложив на него руки, сказал: “Брат Савл! Господь Иисус, явившийся тебе на пути, которым ты шел, послал меня, чтобы ты прозрел и исполнился Святого Духа”» (Деян. 9:17). Явление Христа Анании было сверхъестественным, как и совершенное через него исцеление Савла от слепоты. Однако сам приход Анании к Савлу был опосредован естественными факторами – его послушанием Господу и решением пойти в дом гонителя.

Важный поворот в жизни Павла произошел тогда, когда «…иудеи согласились убить его» (Деян. 9:23). По-видимому, его проповедь в Дамаске имела немалый успех, поскольку иудеи пошли на многое, чтобы арестовать Павла[1297]. Они заручились поддержкой областного губернатора набатейского царя Ареты (2 Кор. 11:32) и «…день и ночь стерегли у ворот, чтобы убить его» (Деян. 9:24). Однако избавление тоже пришло через посредничество людей – христиане Дамаска «…ночью, взяв его, спустили по стене в корзине» (9:25).

---

[1295] Guthrie. *The Apostles*. C. 72.

[1296] Этот момент подмечает Нойдорфер. *Деяния апостолов*. Т. 1. С. 180. Правда, вместо палестино-арамейского он приводит древнееврейский эквивалент данного семитского слова – *шалиах*.

[1297] Schnabel. *Paul the Missionary*. C. 59.

Миссионерское и апостольское служение

Когда по обращении Павел пришел в Иерусалим, ученики избегали его, зная о том, что в недавнем прошлом он был яростным гонителем Церкви. Однако провидение Божье подействовало через Варнаву, который, «…взяв его, пришел к Апостолам и рассказал им, как на пути он видел Господа, и что говорил ему Господь, и как он в Дамаске смело проповедовал во имя Иисуса» (9:27). В результате Павел был принят иерусалимской церковью. Когда же он в диспутах стал одерживать верх над иудеями из эллинистических стран, иудеи стали покушаться на него. Помощь вновь пришла через людей: «Братия, узнав о сем, отправили его в Кесарию и препроводили в Тарс» (9:30).

Очередной этап в служении Павла наступил, когда в Тарсе его нашел Варнава и привел в Антиохию (11:25). В Антиохии была большая иудейская диаспора. Поскольку иудеи в свое время сильно помогли Селевку I одержать победу в решающей битве при Ипсе, он, в свою очередь, даровал им большие наделы земли и гражданство в Антиохии, поставив наравне с македонянами и греками[1298]. Антиохийское гражданство сохранилось за ними и при Риме, что привлекало в этот регион большое количество иудеев, среди которых в первую очередь распространялось христианское учение. В Антиохии сформировалась большая церковь, где начали учить Варнава и Павел (11:26). Именно она и стала впоследствии материнской церковью, из которой Павел отправлялся в миссионерские путешествия. Эта возможность открылась благодаря тому, что Варнава решил пойти в Тарс, разыскать Павла и привести его в Антиохию.

Очень часто в качестве ближайшей причины, побуждавшей Павла начать проповедовать, называется непосредственная просьба со стороны заинтересованных слушателей. Так, проконсул Сергий Павел на Кипре, «…призвав Варнаву и Савла, пожелал услышать слово Божие» (13:7). Начальники синагоги в Антиохии Писидийской «…послали сказать им: “Мужи братия! Если у вас есть слово наставления к народу, говорите”» (13:15). А после проповеди Павла «…язычники просили их говорить о том же в следующую субботу» (13:42). В Афинах слушатели, «…взяв его, привели в ареопаг и говорили: “Можем ли мы знать,

---

[1298] Beitzel B. *The Moody Atlas of Bible Lands*. Chicago: Moody Press, 1985. C. 178.

что это за новое учение, проповедуемое тобою? <…> …Хотим знать, что это такое?”» (17:19-20).

Напротив, ясно выраженное нежелание людей слушать и принимать проповедь о Христе побуждало Павла идти к другим людям или в другие города. В той же Антиохии Писидийской иудеи стали противоречить тому, что говорил Павел, и злословить его (13:45). Тогда Павел и Варнава сказали им: «…как вы отвергаете [Слово Божье] и сами себя делаете недостойными вечной жизни, то вот, мы обращаемся к язычникам» (13:46). Еще некоторое время они проповедовали в том же городе для язычников, а когда иудеи подняли бунт, они пошли в Иконию (13:50-51). Нечто подобное произошло позднее в Коринфе: «Но как они противились и злословили, то он, отрясши одежды свои, сказал к ним: “Кровь ваша на главах ваших; я чист; отныне иду к язычникам”» (18:6).

С другой стороны, не всегда желание слушать проповедь было искренним. К примеру, римский наместник Феликс «…надеялся… что Павел даст ему денег, чтобы отпустил его: посему часто призывал его и беседовал с ним» (24:26). До этого он успел выслушать проповедь Павла «о вере во Христа Иисуса» (24:24), однако поспешно отослал его от себя. Лука сообщает, что Феликс испугался, потому что апостол проповедовал «о воздержании и о будущем суде» (24:25). Феликс был очень коррумпированным префектом, брал взятки, обирал народ и убивал неугодных[1299]. Да и на беседу с Павлом он пришел со своей женой Друзиллою (24:24), которую отбил у прежнего мужа, эмесского царя Азиза[1300].

Часто инициатива по проповеди исходила не от других людей, а от самого Павла – его желаний, обычаев, решений. В Фессалонике он приходил в синагогу и проповедовал «по своему обыкновению» (17:2). В Афинах его побудило к проповеди внутреннее чувство возмущения: «…Павел возмутился духом при виде этого города, полного идолов» (17:16). Идти на служение в Иерусалим его подвигло внутреннее решение: «…Павел положил в духе, пройдя Македонию и Ахаию, идти в Иерусалим…» (19:21). Такое же внутреннее решение побуждало его искать возможности оказаться в Риме: «…побывав там, я должен

---

[1299] Eadie J. *Paul the Preacher: A Popular and Practical Exposition of his Discourses and Speeches, as Recorded in the Acts of the Apostles*. London: Richard Griffin and Co., 1859; репр. Birmingham, AL: Solid Ground Christian Books, 2005. С. 393.

[1300] Иосиф Флавий. Иудейские древности, 20.7.2 // *Иудейские древности…* С. 847.

видеть и Рим» (19:21)[1301]. Из-за этих намерений он отказался задержаться в Ефесе, несмотря на уговоры братьев (18:20-21). И даже когда некоторое время спустя пророки предупредили, что в Иерусалиме его ждет тюрьма, пророческое предостережение не пересилило его внутренней убежденности: «Что плачете и сокрушаете сердце мое? Я не только хочу быть узником, но готов умереть в Иерусалиме за имя Господа Иисуса» (21:13). Любопытно заметить, что в ответ на такое заявление Павла ученики успокоились и сказали: «Да будет воля Господня!» (21:14). То есть они признали, что «воля Господня» в данном случае проявляется через желание человека – «…хочу быть узником…».

В некоторых ситуациях Павел должен был спрашивать разрешения, чтобы обратиться к народу. В этих случаях Божье провидение действовало через разрешение властей. Так было на ступенях иерусалимского храма, когда апостол просил римского трибуна: «…прошу тебя, позволь мне говорить к народу» (21:39), – и «тот позволил» (21:40). Расположение властей сыграло важную роль в служении Павла во время его римского заключения, когда ему было «…позволено жить особо с воином, стерегущим его» (28:16). Благодаря тому, что он находился не в тюрьме, а под домашним арестом, он в течение двух лет мог свободно принимать посетителей, «…проповедуя Царствие Божие и уча о Господе Иисусе Христе со всяким дерзновением невозбранно» (28:31).

Появление рядом с Павлом сотрудников, которые помогали ему в миссионерском служении, тоже нередко было обусловлено поступками или решениями тех или иных людей. Так, находясь в Галатии, Павел нашел юношу Тимофея, о котором услышал хорошее свидетельство от братьев (16:2). «Его пожелал Павел взять с собою…» (16:3). Провидение Божье в данном случае подействовало через свидетельство братьев и собственное желание Павла. В Филиппах Павлу помогала Лидия, которая просила миссионеров, чтобы они воспользовались ее гостеприимством «и убедила нас» (16:15). Божье провидение совершилось через настойчивую просьбу верной христианки. Позднее в Коринфе апостол встретился с Акилой и Прискиллой, которые стали его близкими друзьями и сотрудниками на долгие годы. Будучи римскими иудеями, они оказались в Коринфе вследствие эдикта Клавдия, запрещавшего иудеям проживать в Риме (18:2). Сближение Павла с ними было вы-

---

[1301] Возможно, именно поэтому Павел не стал противиться римскому заключению, а затем требовал суда кесаря.

звано тем, что они тоже занимались изготовлением шатров: «…по одинаковости ремесла, остался у них и работал…» (18:3). Таким образом, Божье провидение проявилось через указ римского императора и профессию Павла.

Как минимум однажды человеческий фактор создал уникальную возможность для совершения чуда. В Троаде один молодой человек, слушая затянувшуюся до полуночи беседу, заснул и упал с третьего этажа вниз. Подбежавшие к нему люди обнаружили, что он мертв (20:9). Однако после прикосновения Павла юношу привели живого (20:10-12), что, по-видимому, было чудом воскресения[1302].

### Гонения

Практически во всех случаях гонений на Павла, описанных в Деяниях апостолов, Лука сообщает о злых замыслах противников, а в некоторых случаях также об активной помощи друзей. Божье провидение в этих событиях действовало через греховные наклонности одних и добрые намерения других.

В Антиохии Писидийской «…иудеи, подстрекнув набожных и почетных женщин и первых в городе людей, воздвигли гонение на Павла и Варнаву и изгнали их из своих пределов» (13:50). В результате этого миссионеры были вынуждены уйти в Иконию (13:51). Однако то же самое произошло и в Иконии, также по инициативе неверующих иудеев (14:2). В результате апостолы были вынуждены удалиться в Листру и Дервию, и Евангелие начало распространяться в Ликаонии (14:5-7). Но и там гонители не хотели оставить Павла в покое. Из Антиохии и Иконии иудеи пришли в Листру и «…убедили народ отстать от них, говоря: “Они не говорят ничего истинного, а все лгут”» (14:19).

---

[1302] Консервативные толкователи склонны видеть в этом событии именно воскрешение из мертвых, а не просто ошибочный диагноз товарищей Евтиха (напр., Стотт. *Деяния святых апостолов*. С.446; Lenski. *The Interpretation of the Acts of the Apostles*. С. 828; Robertson. *Epochs in the Life of Paul*. С. 215; Bock. *Acts*. С. 620; Shepard J. *The Life and Letters of St. Paul: An Exegetical Study*. Grand Rapids: Eerdmans, 1956. С. 455; Boice J. *Acts: An Expositional Commentary*. Grand Rapids: Baker Books, 1997. С. 342). Нойдорфер проводит параллель между этим случаем и, с одной стороны, воскрешением дочери Иаира, когда Христос тоже сказал, что девочка не умерла; с другой стороны, с воскрешением сына сарептской вдовы и сына сонамитянки, когда Илия и Елисей тоже припадали к телам умерших (Нойдорфер. *Деяния апостолов*. Т. 2. С. 209).

Не удовольствовавшись этим, гонители, «...возбудив народ, побили Павла камнями и вытащили за город, почитая его умершим» (14:20). Каковы были Божьи цели во всех этих страданиях, мы можем только догадываться, однако можно заметить, что Его провидение действовало через гнев заблуждающихся людей и их уговоры.

В Филиппах на Павла и Силу напали хозяева девушки, освобожденной от одержимости. Поскольку служанка, будучи одержима духом прорицания, приносила им большой доход, освобождение ее души им очень не понравилось. «...Господа ее, видя, что исчезла надежда дохода их, схватили Павла и Силу и повлекли на площадь к начальникам» (16:19). Затем они постарались воздействовать на воевод, обвиняя миссионеров в том, что те якобы чинят в городе беспорядки и проповедуют чужие обычаи, которых римлянам не следует принимать. Была разыграна националистическая карта. И воеводы, верные римскому патриотизму, немедленно распорядились наказать миссионеров палками (16:22-23). Божье провидение действовало через алчность хозяев одержимой служанки, их лжесвидетельство и националистические чувства римских начальников.

В Фессалонике иудеи собрались толпой и угрожали христианам, принимавшим Павла. В качестве причины их поведения в 17:5 называется религиозная ревность (греч. ζηλόω, *дзелёо*)[1303]. Избавление пришло через братьев, которые «...немедленно ночью отправили Павла и Силу в Верию...» (17:10). Но фессалоникийские зелоты последовали за Павлом и туда, «...возбуждая и возмущая народ» (17:13). Избавление вновь пришло через братьев, которые «...тотчас отправили Павла к морю...» (17:14; пер. Кассиана). По-видимому, все та же религиозная ревность двигала иудеями в Коринфе, где они единодушно напали на Павла и привели его в суд, говоря, что он «...учит людей чтить Бога не по закону» (18:12-13). На этот раз избавление пришло через проконсула Галлиона, который увидел, что дело касается не нарушения гражданских законов, а религиозных споров, и «...прогнал их от судилища» (18:16).

В Ефесе после того как Павел три месяца проповедовал в синагоге, некоторые иудеи «...ожесточились и не верили, злословя путь Гос-

---

[1303] Однокоренное существительное ζηλωτής (*дзелётэс*) может означать человека, преданного какой-либо идее или партии, в том числе религиозной (ср. BDAG. С. 427). В данном случае иудеи были охвачены ревностью по своей религии, угрозу которой они видели в апостольской проповеди об Иисусе как Мессии.

подень перед народом...» (19:9). Это заставило его отделить учеников, принявших Христа, и начать собрания в училище Тиранна (19:10). Вероятно, это был лекционный зал, в котором могли проводить свои занятия философы, а Тиранн мог быть владельцем здания или известным в городе учителем[1304]. Неверующим язычникам было проще прийти в философскую школу, чем в иудейскую синагогу, поэтому данное обстоятельство, скорее всего, в целом положительно сказалось на благовестии.

Есть основания полагать, что в училище Тиранна Павел проповедовал после полудня, когда основные занятия школы заканчивались[1305]. Первую половину дня он должен был проводить на *агоре* – рыночной площади города, где, как известно, он вместе с Акилой и Прискиллой занимался изготовлением и продажей шатров[1306]. В Ефесе было несколько рыночных площадей, о чем свидетельствует множественное число слова ἀγοραῖοι (*агора́йой*) – «рыночные суды» (Деян. 19:38). На настоящий момент археологи обнаружили в далеко не полностью раскопанном Ефесе две агоры – так называемую гражданскую и коммерческую. Скорее всего, Павел торговал на более крупной коммерческой агоре, где находились также шатры серебряников[1307]. Находясь неподалеку от Павла, серебряник Димитрий часто слышал его проповеди и личные беседы с людьми, в которых Павел призывал обратиться от идолов к Богу живому (ср. слова Павла в 1 Фес. 1:9).

---

[1304] Bock. *Acts*. С. 601.

[1305] Западный тип текста Деяний, представленный прежде всего кодексом Безы (D), добавляет «от часа пятого до десятого» (греч. απο ωρας ε' εως δεκατης, *апо хо́рас пентэ́с хе́ос дэка́тэс*; см. *Novum Testamentum Graece* / Под ред. Nestle E., Aland B., Aland K. et alt. Stuttgart: Deutsche Bibelgesellschaft, 1996. С. 379), то есть, по современному исчислению времени, с 11 утра до 4 дня. Это дополнение сообщает весьма вероятную историческую информацию о служении Павла, возможно, основанную на воспоминании очевидцев. Общественная жизнь в ионийских городах обычно завершалась примерно к полудню, после чего Тиранн был готов сдавать свой зал в аренду (ср. Wilson M. *Biblical Turkey: A Guide to the Jewish and Christian Sites of Asia Minor*. Istanbul, Turkey: Yayinlari, 2010. С. 219).

[1306] Лука сообщает, что Павел познакомился с Акилой и Прискиллой в Коринфе и сошелся с ними благодаря общности ремесла (Деян. 18:2-3). Затем он оставил их в Ефесе (18:19), где, надо полагать, они продолжали торговлю шатрами. В своем прощальном свидетельстве перед ефесскими пресвитерами Павел напоминает им, что во все годы пребывания у них в городе он содержал себя сам (20:34). Скорее всего, это подразумевает, что на протяжении трех лет своего ефесского служения он продолжал заниматься шитьем палаток.

[1307] Wilson. *Biblical Turkey*. С. 218.

Можно предположить, что Димитрий не осмеливался напасть лично на Павла, у которого были могущественные друзья среди областных начальников (ср. Деян. 19:31), однако в его отсутствие возбудил толпу накинуться на других христиан – Гаия и Аристарха (19:29). Разъяренная толпа устремилась в театр (греч. θέατρον, *тэ́атрон*; 19:29; синод. «зрелище»), который располагался всего в сотне метров от коммерческой агоры. Театр представлял собой полукруглую арену, где проводились не только всевозможные представления, но и общественные собрания. В годы Павла он находился в процессе реконструкции, по завершении которой во II в. он вмещал более двадцати одной тысячи человек, будучи одним из самых крупных театров в древнем мире[1308]. Неудивительно, что начальники города не на шутку обеспокоились, опасаясь, что вышестоящие римские власти обвинят их в попущении мятежа (19:40).

Во время беспорядков в Ефесе центральную роль сыграли следующие три человеческих фактора. Во-первых, финансовый, который прежде всего подчеркнул серебряник Димитрий в своем обращении к ремесленникам: «Вы знаете, что от этого ремесла зависит благосостояние наше…» (19:25). Во-вторых, фактор религиозной ревности: «…храм великой богини Артемиды ничего не будет значить…» (19:27). Греческий путешественник и географ II в. н. э. Павсаний так описывает причины популярности ее храма:

> Артемиду же Ефесскую признают все города, и люди чтут ее больше других богов. Причина же мне видится в славе амазонок, которые, как гласит молва, воздвигли статую, а также в том, что храм этот был сооружен издревле. Помимо того, три другие [причины] способствовали [ее] славе: величие храма, который превосходит все остальные человеческие строения, выдающееся положение города Ефеса и слава, которой пользуется в нем богиня[1309].

---

[1308] Там же.

[1309] Перевод наш (*А. П.*) с греческого текста Pausanias. *Description of Greece*: В 6 т. Loeb Classical Library / Под ред. Capps E., Page T. и Rouse W. London: William Heinemann, 1926. Т. 2. С. 344 (4.31.8). С недавнего времени данное издание перешло в публичную собственность и доступно по URL: http://s3.amazonaws.com/loebolus/L188.pdf (дата обращения: 12.08.2012).

В-третьих, патриотический фактор. Последний проявился в том, что культ Артемиды неразрывно связывался с честью и достоинством города Ефеса. Этот город считался «хранителем храма» (греч. πόλις νεωκόρος, *пóлис неокóрос*, 19:35; синод. «служитель») Артемиды, что указывает на особый завет, связывавший жителей города с этой богиней. Ее грандиозный храм ежегодно привлекал тысячи паломников. Поэтому толпа горожан на протяжении двух часов скандировала: «Велика Артемида Ефесская!» (19:28) – подчеркивая связь богини именно с их городом.

Избавление в данном случае пришло через настойчивость учеников, которые «не допустили» Павла в театр (19:30-31), через совет некоторых асийских начальников, которые были друзьями Павла и тоже просили его не приходить в театр (19:31), а также через городского секретаря (греч. γραμματεύς, *грамматэ́ус*)[1310], который успокоил людей и «распустил собрание» (19:40). Как и во многих предыдущих случаях, гонения побудили Павла идти на проповедь в другие места: «По прекращении мятежа… пошел в Македонию» (20:1).

Арест Павла в Иерусалиме также был опосредован человеческими факторами. Во-первых, иерусалимские пресвитеры посоветовали ему войти в храм с четырьмя другими людьми (21:23) – вероятно, иудеями из языческих регионов, что в конечном итоге послужило причиной недопонимания. Дело в том, что до этого его видели в городе в сопровождении не-иудея Трофима (21:29). Совместив одно с другим, люди подумали, что он ввел в храм язычников (21:28). Во-вторых, в храме его заметили иудеи из Асии, где Павел проповедовал три года и добился больших успехов. Они были в достаточной мере настроены против него, чтобы возмутить весь народ и наложить на него руки (21:27). В принципе, иудеи могли там же убить Павла за осквернение святыни, как это уже неоднократно происходило с другими людьми в подобных случаях, однако Господь не допустил этому произойти. В этом случае Его провидение вновь действовало через обычные человеческие факторы: «…до тысяченачальника полка дошла весть, что весь Иерусалим возмутился. Он, тотчас взяв воинов и сотников, устремился на них; они же, увидев тысяченачальника и воинов, перестали бить Павла» (21:31-32). Некоторое время спустя члены синедриона составили план покушения на Павла (23:15), но сработал еще один человеческий фактор – о готовящемся покушении узнал его племянник, ко-

---

[1310] См. BDAG. C. 206.

торый и уведомил его (23:16), а затем и тысяченачальника (23:17-22). Хотя о родственниках Павла нам ничего не известно, можно предположить, что муж сестры Павла принадлежал к фарисейским кругам, как и сам Павел[1311], и через него или его друзей информация просочилась к родственникам. Узнав о заговоре, Клавдий Лисий распорядился переправить Павла в Кесарию (23:23).

В Кесарии Павел провел в заключении два года. Причина, почему прокуратор Феликс не отпускал его, была названа выше: «…надеялся он, что Павел даст ему денег, чтобы отпустил его…» (24:26). Когда же Август отозвал Феликса с поста прокуратора и надежда на получение взятки исчезла, уходящий начальник все равно не освободил Павла. Причина была простой: «Желая доставить удовольствие иудеям…» (24:27).

После двухгодичного заключения в Кесарии решение направить Павла в Рим было обусловлено еще одним человеческим фактором: Павел как римский гражданин потребовал суда кесаря. Закон, разрешавший гражданам апеллировать к императору, был направлен на то, чтобы защитить их от коррупции на местах и несправедливого отношения к ним в провинциях. В данном случае этот закон пришелся очень кстати. Новый прокуратор Фест собирался вернуть Павла в Иерусалим, чтобы тем самым угодить иудеям (25:9), однако для Павла это значило бы верную смерть. К тому же, он уже давно заявлял о желании проповедовать в столице империи (19:21). И ныне провидение предоставило ему такую возможность через римское законодательство. Поговорив со своими советниками, Фест был вынужден удовлетворить легальное требование Павла (25:12, 22, 32).

## Конфликтные ситуации

Один из конфликтов, затронувших апостола Павла, был вызван богословскими разногласиями. Некоторые христиане из Иудеи учили, что обрезание необходимо для спасения, с чем антиохийские верующие, которых наставляли Павел и Варнава, не могли согласиться. Разногласие было настолько сильным, что привело к «немалому спору» (15:2). Поэтому Павлу и Варнаве поручили отправиться по этому делу к апостолам и пресвитерам в Иерусалим. В Иерусалиме спор усугубил-

---

[1311] Ср. Нойдорфер. *Деяния апостолов*. Т. 2. С. 276.

ся, потому что «...восстали некоторые из фарисейской ереси уверовавшие и говорили, что должно обрезывать язычников и заповедовать соблюдать закон Моисеев» (15:5). Этот инцидент положил начало так называемому Иерусалимскому собору – совещанию апостолов и пресвитеров, определившему отношение христианской церкви к закону Моисееву и обрезанию. Божий промысел по организации собора действовал через разномыслия верующих и возникающие между ними споры.

Результатом собора стало решение не налагать на язычников ничего, кроме постановлений книги Левит 17:8–18:30, которые включают «пришельцев, которые живут между вами» (Лев. 17:8, 10, 13)[1312]. Решения собора основывались на «долгом рассуждении» апостолов и пресвитеров (Деян. 15:7), то есть тоже были опосредованы размышлениями людей. Тем не менее, они были вдохновлены Святым Духом, поскольку апостолы могли сказать: «...угодно Святому Духу и нам...» (Деян. 15:28). Следовательно, в данном случае Божье провидение проявилось через долгие рассуждения знатоков Писания.

Для окончательного разрешения конфликта в Антиохию отправили Иуду и Силу. Вряд ли в тот самый момент кто-то подозревал, что Сила решит остаться в Антиохии и затем примкнет к апостолу Павлу в миссионерских путешествиях. Чтобы послать Павлу сотрудника, провидение Божье подействовало через то, что «...апостолы и пресвитеры со всею церковью рассудили...» (15:22).

Через некоторое время возникло разногласие между Павлом и Варнавой по поводу участия в следующей миссионерской поездке Марка. Варнава хотел взять Марка с собой, а Павел – не хотел, и у каждого из них было свое основание (15:37-38). Павел смотрел на пользу дела, опасаясь, что Марк снова их подведет, как и во время первого путешествия. Варнава же смотрел на пользу Марка, желая дать ему еще один шанс. В результате Варнава и Павел расстались. Можно предположить, что в конечном итоге это привело к успеху благовестия, поскольку теперь вместо одной миссионерской команды стало две: Варнава отплыл в Кипр, а Павел пошел через Сирию и Киликию (15:39-41). Провидение Божье подействовало через небольшое отличие в философии служения двух преданных Господу братьев.

---

[1312] См. обсуждение заповедей Иерусалимского собора в Schnabel. *Paul the Missionary*. С. 52–56.

Еще один конфликт произошел во время суда над Павлом в Иерусалиме. Увидев, что в синедрионе присутствуют как саддукеи, так и фарисеи, Павел воспользовался имевшимися между ними разногласиями. Как уже упоминалось в начале данной главы, саддукеи не верили в буквальное воскресение мертвых, а фарисеи верили. Поскольку центральным элементом проповеди Павла было воскресение Иисуса Христа (ср. 1 Кор. 15:1-4), да и сам Христос был воплощением ветхозаветной надежды на воскресение, он мог с чистой совестью сказать: «…за чаяние воскресения мертвых меня судят» (Деян. 23:6). В результате «…произошла распря между фарисеями и саддукеями, и собрание разделилось» (23:7). Павел выиграл время и был избавлен тысяченачальником от власти синедриона (23:10).

Путешествия

Во многих случаях путешествия в те или иные города, а также способ и маршрут этих путешествий определялись обычными человеческими соображениями. Намерения и личные пожелания Павла часто фигурируют в качестве причины, объясняющей его перемещения: «…пришло ему на мысль возвратиться через Македонию» (20:3); «…намереваясь сам идти пешком» (20:13); «…Павлу рассудилось миновать Ефес…» (20:16); «…он поспешал, если можно, в день Пятидесятницы быть в Иерусалиме» (20:16).

Первый поход Павла в Иерусалим, описанный в Деяниях апостолов, был вызван необходимостью направить в иерусалимскую общину материальную помощь (11:29-30). Антиохийские верующие решили послать с этим поручением Павла и Варнаву. Помимо самой по себе материальной помощи, одним из результатов этого похода стало то, что к Варнаве и Павлу присоединился Иоанн Марк (12:25), который будет сопровождать их в первой миссионерской поездке, а после этого станет причиной для разделения этих служителей.

Во время третьего миссионерского путешествия Павел остановился в Тире и общался там с учениками в течение недели. Эта остановка была обусловлена целями капитана: «…ибо тут надлежало сложить груз с корабля» (21:3).

Когда корабль, на котором Павел направлялся в Рим, оказался в Хороших Пристанях на острове Крите, Павел советовал перезимовать на месте. Он знал, что в это время года «…плавание было уже опасно…» (27:9). Однако было принято иное решение, потому что

«…сотник более доверял кормчему и начальнику корабля, нежели словам Павла» (27:11). В данном случае Божье провидение подействовало через мировоззрение сотника, склонного доверять профессиональным мореплавателям больше, чем арестованным пассажирам.

После кораблекрушения у острова Мелита жизнь Павла и его спутников помогли сохранить жители острова. «Иноплеменники оказали нам немалое человеколюбие, ибо они, по причине бывшего дождя и холода, разложили огонь и приняли всех нас» (28:2). Кроме того, о них позаботился начальник острова Публий: «…он принял нас и три дня дружелюбно угощал» (28:7). В этих случаях провидение Божье проявлялось через поступки людей, движимых чувством милосердия.

## Провидение, опосредованное Божьими повелениями

Очень часто на протяжении всего служения апостола Павла Господь направлял его при помощи прямых повелений. Повеления Божьи давались ему по-разному: через явления Христа, видения, откровение Святого Духа или слова Писания. С их помощью Господь сообщал Павлу глобальную цель его жизни, руководил его действиями в конкретных ситуациях, посылал ему ободрение и предостережения. В повествовании о служении Павла Лука упоминает также других людей, которым Господь давал прямые повеления, так или иначе повлиявшие на судьбу апостола.

### Глобальная цель

Явившись Павлу по дороге в Дамаск, Христос открыл ему глобальную цель того служения, которое ему будет поручено: «…Я для того и явился тебе, чтобы поставить тебя служителем и свидетелем того, что ты видел и что Я открою тебе…» (26:16). Эта цель заключается в том, чтобы быть служителем (греч. ὑπηρέτης, *хупэрэ́тэс*), то есть слугой или официальным представителем, самого Христа[1313]. Как официальный посланец Христа он будет свидетелем (греч. μάρτυς, *ма́ртюс*) –

[1313] Примеры использования этого слова как специального термина для обозначения служителей богов см. в BDAG. С. 1035.

очевидцем, дающим показания о ставших ему известными фактах[1314]. Содержание его свидетельства обобщено фразой «что ты видел и что Я открою тебе». Первая часть – «что ты видел», – должно быть, относится к истине о том, что распятый Иисус Назорей воскрес и пребывает одесную Бога Отца[1315]. Эта истина стала для Павла неопровержимым фактом как раз из-за того, что он увидел – из-за явления Христа по дороге в Дамаск. Вторая часть – «и что Я открою тебе», – вероятно, относится ко всем откровениям, которые апостол получит в будущие годы.

О миссии Павла возвестил ему также Анания, получивший от Христа особое откровение на этот счет. В его словах отражена по сути та же самая задача: «…ты будешь Ему свидетелем пред всеми людьми о том, что ты видел и слышал» (22:15). Хотя Павел будет проповедовать перед всеми людьми, особый акцент в его служении будет сделан на языческие народы, как указал Христос: «…язычников, к которым Я посылаю тебя, открыть им глаза, чтобы обратились они от тьмы к свету и от власти сатаны к Богу…» (26:17-18)[1316]. Поэтому Павел мог написать галатам: «…Бог… благоволил открыть во мне Сына Своего, чтобы я благовествовал Его язычникам…» (Гал. 1:15-16). И римлянам: «Как апостол язычников, я прославляю служение мое» (Рим. 11:13).

Частные повеления

Прямые повеления Христа не только открывали Павлу общую цель его служения, но и руководили им в частных ситуациях. Так, во время христофании около Дамаска Господь не только указал ему на апостольство перед язычниками, но и сказал, что ему нужно сделать в ближайшее время: «Встань и иди в город…» (9:6; ср. 22:10). Примерно в то же время Он дал повеление и Анании: «Встань и пойди на улицу,

---

[1314] Strathmann H. μάρτυς, μαρτυρέω, μαρτυρία, μαρτύριον // *TDNT*. T. 4. C. 476–477, 489–496.

[1315] Schnabel. *Early Christian Mission*. C. 940.

[1316] Местоимение «которым» (οὓς, *хус*) в оригинале согласовано с существительным «язычники» (ἐθνῶν, *этнóн*) – оба слова множественного числа. Поэтому фраза «к которым Я посылаю тебя» логичнее воспринимается как указание на язычников. Теоретически возможно также согласование по смыслу с обоими существительными, «народ» (λαοῦ, *ляý*) и «язычники» (ἐθνῶν, *этнóн*), однако этот вариант хуже согласуется с утверждениями Павла в Галатам 1:15-16 и Римлянам 11:13.

так называемую Прямую, и спроси в Иудином доме тарсянина по имени Савла...» (9:11).

Антиохийской общине было сказано Духом Святым: «Отделите Мне Варнаву и Савла на дело, к которому Я призвал их» (13:2). По-видимому, Дух Святой проговорил через пророков, которые были в этой церкви (ср. 13:1).

В Антиохии Писидийской одним из факторов, который повернул служение Павла в сторону язычников, стало Божье повеление: «...то вот, мы обращаемся к язычникам. Ибо так заповедал нам Господь: "Я положил Тебя во свет язычникам, чтобы Ты был во спасение до края земли"» (13:46-47). Нужно отметить, что Павел и Варнава цитируют текст Исаии 49:6 (почти дословно по Септуагинте). Этот текст говорит о Мессии, целью Которого, согласно пророчеству, было спасение не только Израиля, но и язычников. Поэтому, когда иудеи в Писидии отказались принять Мессию, миссионерам оставалось отправиться ко второй группе людей, обозначенных в пророчестве, – к язычникам. Таким образом, текст Писания послужил для них прямым руководством к действию, а Божье провидение проявилось через библейские повеления и принципы.

Несколько раз Дух Святой не допускал миссионеров в тот или иной регион, тем самым, по-видимому, направляя их дальше. К примеру, во время второй миссионерской поездки, «пройдя через Фригию и Галатийскую страну, они не были допущены Духом Святым проповедывать слово в Асии» (16:6). Продолжив путь на запад и дойдя до границ провинции Мисии, они хотели повернуть на север в Вифинии, «...но Дух не допустил их» (16:7). Каким образом Дух Святой не допускал их, нам не известно. Возможно, Он посылал им откровения, подобные тому, которое случилось позднее в Троаде[1317]. Почему Он не допускал их, тоже не вполне ясно. Однако можно предположить, что время для основания церквей в Асии и Вифинии еще не пришло. Церковь в Ефесе, а также, скорее всего, в близлежащих Сардисе, Пергаме, Филадельфии, Смирне, Фиатире и Лаодикии будут основаны во время третьего миссионерского путешествия. У Бога для всего свое время. Послушные Божьему запрету, миссионеры продолжили свой путь и дошли до Троады[1318]. Там Павлу ночью было видение: «...предстал

---

[1317] Conybeare, Howson. *The Life and Epistles of St. Paul*. C. 213–214.

[1318] Троадой в Деяниях апостолов (как и в некоторых других древних источниках) называется Александрия Троадская – город или окружающая его небольшая об-

некий муж, македонянин, прося его и говоря: “Приди в Македонию и помоги нам”» (16:9). Из этого служители сделали вывод, что Господь призвал их благовествовать там (16:10). Итак, прямые повеления Божьи направляли апостола в отношении того, где ему нужно трудиться.

### Ободрение

Путем прямых повелений Господь также посылал Павлу ободрение в сложные моменты служения. К примеру, после тяжелого периода в Фессалонике, Верии и Афинах, когда Павла преследовали, изгоняли из городов и высмеивали, в Коринфе ему явился Христос и сказал: «Не бойся, но говори и не умолкай, ибо Я с тобою, и никто не сделает тебе зла, потому что у Меня много людей в этом городе» (18:9-10). Сходным образом, в Иерусалиме после конфликта с соотечественниками, избиения и унижения в синедрионе и заключения в крепости ему вновь явился Христос, чтобы ободрить и утешить его: «Дерзай, Павел; ибо, как ты свидетельствовал о Мне в Иерусалиме, так надлежит тебе свидетельствовать и в Риме» (23:11). В обоих случаях утешение сопровождалось повелением: «не бойся, но говори и не умолкай» (18:9) и «дерзай, Павел» (23:11). Таким образом, Божьи повеления, обращенные к человеческой воле могут содержать элемент ободрения и выполнять утешительную функцию.

### Предостережение

В некоторых случаях Божьи повеления предупреждали Павла о грозящей ему опасности. К примеру, во время первого посещения Иерусалима после обращения[1319] Павлу было откровение в храме. Гос-

---

ласть, входившая исторически в состав Мисии, а политически – в состав римской провинции Асия (Там же. С. 214–215).

[1319] Скорее всего, в своем свидетельстве в Деяниях 22:17 Павел имеет в виду посещение Иерусалима, упомянутое в 9:26-30. Судя по всему, это был первый его поход в Иерусалим после обращения; перед этим он три года провел в Аравии. Хронологию этих событий он более подробно описывает в Послании к галатам 1:16-18. См. также Lightfoot J. *St. Paul's Epistle to the Galatians: A Revised Text With Introduction, Notes, and Dissertations*. 4-е изд. Classic Commentaries on the Greek New Testament. London: Macmillan and Co., 1874. С. 91–92.

подь явился ему и сказал: «Поспеши и выйди скорее из Иерусалима, потому что не примут твоего свидетельства о Мне. <...> Иди; Я пошлю тебя далеко к язычникам» (22:18-21). Господне повеление выйти из Иерусалима было связано с предостережением о готовящемся покушении эллинистических иудеев: «...состязался с эллинистами; а они покушались убить его» (9:29).

В других случаях предостережение об опасности не было равносильно повелению избежать этой опасности. К примеру, пророки тирской церкви «...Духом говорили Павлу не ходить в Иерусалим» (21:4; пер. Кассиана). Сходным образом чуть позже в Кесарии пророк Агав сказал: «Так говорит Дух Святой: мужа, чей этот пояс, так свяжут в Иерусалиме иудеи и предадут в руки язычников» (21:11). Казалось бы, это должно было означать, что Павлу следует изменить свой маршрут и отправиться в другую сторону. Однако в Иерусалим, на страдания его влек Дух Святой: «И вот, ныне я, по влечению Духа, иду в Иерусалим...» (20:22). Поэтому предостережения о страданиях (ср. 20:23) в данном случае должны были не остановить, а морально подготовить его.

### Условность повеления и непреложность обетования

Когда корабль Павла по пути в Рим попал в сильную бурю, находившиеся на нем люди стали терять надежду на спасение. Тогда Павел объявил о посланном ему ночью откровении:

> Теперь же убеждаю вас ободриться, потому что ни одна душа из вас не погибнет, а только корабль. Ибо Ангел Бога, Которому принадлежу я и Которому служу, явился мне в эту ночь и сказал: «Не бойся, Павел! Тебе должно предстать пред кесаря, и вот, Бог даровал тебе всех плывущих с тобою». Посему ободритесь, мужи, ибо я верю Богу, что будет так, как мне сказано (27:22-25).

Спасение всех, кто находился на корабле вместе с Павлом, было гарантировано Божьим обетованием: «...Бог даровал тебе всех плывущих с тобою». Следовательно, это было определено Божьим замыслом. Поэтому-то Павел и мог сказать с такой уверенностью: «...ни одна душа из вас не погибнет, а только корабль». Данное обетование должно было непременно исполниться, на что указывают следующие факторы. Во-первых, призыв ободриться. Этот призыв был повторен дважды – в начале и в конце слов Павла: «…убеждаю вас ободриться… <…> Посему ободритесь…» (27:22, 25). Если бы обетование могло не исполниться или исполниться не в полной мере, то призыв ободриться остался бы бесцельным: какое утешение можно получить от мысли, что кто-то обязательно спасется, но, возможно, не я? Ободрением для каждого отдельно взятого пассажира будет служить только осознание того, что и он тоже ни в коем случае не погибнет. Во-вторых, формулировка обетования. Божье обещание включало в себя слово «всех»: «…Бог даровал тебе *всех* плывущих с тобою» (27:24). Если бы часть людей могли потеряться, то эти слова были бы бессмысленными, а Божье обещание не соответствовало бы действительности. В-третьих, уточнение о корабле. Вместе с обещанием, что не погибнет ни один из плывущих на корабле людей, Господь предупредил, что сам корабль будет потерян: «…а только корабль» (27:22). Гибель корабля не была лишь одним из вариантов развития событий, она была предвещена с полной уверенностью. Если гибель корабля в данном обетовании не была гипотетической, то и спасение людей должно быть не гипотетическим. В-четвертых, последствия обнародования обетования. Если бы после этих слов Павла, провозгласившего Божье обещание, часть людей погибли, то это совершенно дискредитировало бы Бога, которому служил Павел, в глазах остальных пассажиров. В-пятых, фактическое исполнение обещания. Несмотря на многочисленные опасности, спаслись все. Ни морские волны, ни разрушение корабля, ни воины, собиравшиеся было умертвить узников, – ничто не нарушило Божьего обещания. Как подытоживает эту историю Лука: «…и таким образом все спаслись на землю» (27:44).

Итак, обещание должно было обязательно исполниться. Однако нужно заметить еще одну очень важную деталь. В определенный момент времени было озвучено предупреждение, которое, казалось бы, перечеркивало обязательность исполнения обетования. Когда корабельщики хотели бежать с корабля и спускали на море лодку, тот же самый Павел сказал сотнику и воинам: «Если они не останутся на корабле, то вы не можете спастись» (27:31). Налицо противоречие: с одной стороны, «…ни одна душа из вас не погибнет…», с другой – «если… то вы не можете спастись». Как неизбежность исполнения обетования согласуется с условностью, вносимой повелением?

Данное противоречие только кажущееся. Как уже неоднократно упоминалось в данной книге, Божий промысел должен включать в себя не только конечные цели, но и промежуточные средства, ведущие к достижению этих целей. В этом случае приближение к берегам острова было бы невозможно, если бы команда корабля убежала на шлюпке. Поэтому, чтобы обеспечить конечную цель – спасение всех пассажиров, – Господь должен был обеспечить и средства – нахождение команды на борту корабля. Он сделал это при помощи предупреждения Павла («Если они не останутся на корабле…») и действий воинов («…отсекли веревки у лодки, и она упала»). Как верно замечает по этому поводу Мак-Артур:

> …Павел ни на секунду не допускал, что Божье всевластие устраняет человеческую ответственность. Он не полагал, что если Бог объявил конечный результат, то уже неважно, что будут делать люди. Он не думал: *Если Бог хочет спасти пассажиров этого корабля, то Он спасет их без всяких усилий с моей стороны*.
>
> Павел понимал, что Бог учредил не только *результат*, но и *средства*. И в обычных условиях для совершения Своей воли Бог использует естественные средства[1320].

Итак, среди средств, ведущих к осуществлению Божьего замысла по спасению пассажиров корабля, было предупреждение Павла о возможности потерять спасение. Тем не менее, важно заметить, что это предупреждение не аннулировало предыдущего обетования. Оно выполняло иную функцию, будучи *средством*, через которое Господь достиг запланированных целей.

К той же самой цели – спасению спутников Павла – вело еще одно повеление. Обращаясь к пассажирам корабля, апостол сказал: «Потому прошу вас принять пищу: это послужит к сохранению вашей жизни; ибо ни у кого из вас не пропадет волос с головы» (27:34). Вновь мы видим повторение обетования: «…ибо ни у кого из вас не пропадет волос с головы», – и, в то же время, повеление, обращенное к человеческой воле: «…прошу вас принять пищу…» Возникает все тот же вопрос: не вносит ли наличие повеления элемент условности в первоначальное обетование? Иначе говоря, как соотносится повеление с обетованием? В том же стихе находим ответ: «…*это* послужит к сохранению вашей жизни…» То есть, повеление вкусить пищи служило спасению пассажиров, то есть исполнению Божьего замысла. Поскольку они уже около двух недель ничего не ели, они были сильно ослаблены. В

---

[1320] MacArthur J. *The Book on Leadership*. Nashville: Nelson, 2004. C. 50. Курсив как в оригинале. – *А. П.*

таком состоянии им было бы сложно проплыть даже несколько десятков (сотен?) метров, отделяющих их от берега. Чтобы никто не погиб и Божье обетование исполнилось, они должны были подкрепиться небольшим количеством пищи и дать телу еще немного времени, чтобы превратить эту пищу в калории. Таким образом, повеление Павла, обращенное к человеческой воле, было одним из средств, через которые Господь осуществил Свой спасительный замысел.

Наконец, еще два повеления, послуживших исполнению обетования, прозвучали из уст римского сотника. Во-первых, он запретил воинам умерщвлять узников, как они были готовы сделать (27:42-43). Обычно в подобных обстоятельствах воины убивали заключенных, потому что если бы тем удалось бежать, то воины отвечали бы за них своей жизнью[1321]. Однако приказ сотника удержал их от этого намерения – при этом сотник взял на себя большую ответственность. Это было важно, чтобы не погиб никто из пассажиров и Божье обетование исполнилось. Во-вторых, сотник отдал приказ всем плыть в сторону земли – самостоятельно или на досках и других обломках корабля (27:43-44). Несмотря на сложность и потенциальную опасность такого плавания, к тому же по волнующемуся морю (волны все еще были настолько сильными, что разбивали корму корабля – 27:41), это был единственный шанс к спасению. И этот шанс полностью себя оправдал. Согласно Божьему обещанию, никто не погиб: «…таким образом все спаслись на землю» (27:44).

## Синтез

Рассматривая жизнь апостола Павла, можно сделать несколько наблюдений о том, как Бог осуществлял Свои замыслы. Эти наблюдения будут дополнять то, что уже было отмечено в отношении Божьего провидения на основании ветхозаветного примера – исхода израильтян из Египта (см. **главу 6**).

Во-первых, провидение не обязательно начинает действовать в момент какого-либо значимого события – оно может начать подготавливать почву к этому событию задолго до его наступления. Ранняя

[1321] Нечто подобное произошло со стражниками, которые стерегли Петра: когда ангел чудесным образом освободил его из тюрьмы, царь Ирод велел их казнить (Деян. 12:18-19). Ср. Lenski. *Interpretation of the Acts of the Apostles*. С. 1096; Bock. *Acts*. С. 741; Shepard. *The Life and Letters of St. Paul*. С. 480.

жизнь Павла была отмечена провиденциальной подготовкой к тому нелегкому и ответственному служению, которое ему предстояло исполнять впоследствии. Эта подготовка охватывала самые разные аспекты: языки, на которых он разговаривал, знакомство с греко-римской культурой, римское и тарсянское гражданство, овладение ремеслом изготовления шатров, великолепное образование, унаследованная от родителей духовная ревность, позитивное влияние Гамалиила. Все эти факторы отразились на апостольском служении Павла и сделали его таким, каким он был.

Во-вторых, для достижения Своих целей Господь может изменять привычный ход вещей, совершая чудеса или посылая откровение. Сверхъестественные факторы проявлялись при обращении Павла и сопровождали все его служение, описанное в Деяниях апостолов. Господь использовал их для противостояния лжепророкам, заботы о физических нуждах и подтверждения благовестия.

Конечно, это не означает, что сверхъестественное провидение будет у каждого христианина проявляться так же, как у апостола Павла. Чудеса были особенно актуальны тогда, когда Бог давал новое – новозаветное – откровение (Евр. 2:3-4), и утратили столь большую значимость по завершении последней книги новозаветного канона. Конец I в. засвидетельствовал резкий спад сверхъестественных проявлений и чудес. Даже сам апостол Павел застал время, когда его ближайшие сотрудники не обретали исцеления. Если в Деяниях апостолов даже тень от апостола исцеляла болеющих, то в Послании к филиппийцам, относящемся к периоду первого римского заключения (то есть к последней главе Деяний), Павел сообщает о долгой и интенсивной болезни своего друга Епафродита. «…Потому что [Епафродит] сильно желал видеть всех вас и тяжко скорбел о том, что до вас дошел слух о его болезни. Ибо он был болен при смерти…» (Флп. 2:26-27). Епафродит болел очень долго: до филиппийцев дошел слух о его болезни и Епафродит успел узнать о том, что до них дошел слух. Это значит, что его болезнь должна была продолжаться несколько месяцев. Тем не менее, он был оставлен без чудесного исцеления. После первого римского заключения (то есть после Книги деяний) Павел не дождался исцеления Тимофея (1 Тим. 5:23) и Трофима (2 Тим. 4:20).

В-третьих, Бог управляет всеми природными факторами. Мы редко задумываемся о том, как погода или другие природные феномены влияют на нашу судьбу, однако в жизни Павла произошли весьма значимые события именно из-за природных факторов. Благодаря морским приключениям во время шторма он не только завоевал уважение римского сотника (см. Деян. 27:43) и явил мощное свидетельство об истинном Боге перед более чем двумястами семьюдесятью пассажирами корабля (Деян. 27:37), но и на протяжении трех месяцев благовествовал многочисленным жителям острова Мелита (28:1-11).

В-четвертых, Божье провидение может проявляться через свободные решения и поступки людей. Обращает на себя внимание, что чаще всего в Деяниях апостолов при описании того, как разворачивались события и что приводило к тому или иному исходу, фигурирует именно этот фактор. Причем, судя по описанию, люди руководствовались в своих решениях обычными соображениями: своими желаниями, своим видением ситуации, своим представлением о том, что правильно или выгодно в данном случае и т. д. Тем не менее, через их решения исполнялась Божья воля. Человеческий фактор проявлялся в событиях, связанных с обращением Павла, в гонениях, конфликтных ситуациях, путешествиях, а также в других аспектах его миссионерского служения. Обилие указаний на человеческие решения подчеркивает, что в большинстве случаев Божье провидение действует естественным образом, через мотивы и наклонности людей. А это, в свою очередь, подразумевает, что для того чтобы подготовить какое-либо событие, нужно с детства готовить участников этого события.

В-пятых, Бог может достигать Своих целей и осуществлять Свой замысел через повеления, обращенные к людям. Таким образом Бог открыл Павлу общую цель его служения. Путем прямых повелений Он руководил им во многих ситуациях, а также посылал ему предостережения об опасности и ободрение в трудные моменты. Разного рода повеления, запреты и озвученные условия нередко выступают как средства, ведущие к исполнению обетования.

# ЗАКЛЮЧЕНИЕ

Центральная тема данной книги – Божья воля и провидение. Как было показано во введении, одна из проблем, возникающих при обсуждении взаимоотношения Божьей и человеческой воли, заключается в чересчур узком взгляде на божественное провидение. Многие авторы не учитывают тех средств, которые Бог задействует для осуществления Своего промысла. Этот недостаток мы старались исправить в настоящей книге.

В первой главе мы рассмотрели развитие богословских взглядов в отношении Божьего промысла и человеческой воли в исторической перспективе. В частности, мы постарались продемонстрировать, что все основные позиции по данному вопросу в раннем иудаизме и христианстве можно разделить на четыре группы: (1) Бог предопределил средства, но не результаты; (2) Бог предопределил результаты, но не средства; (3) Бог предопределил как результаты, так и средства; (4) Бог не предопределил ни результаты, ни средства.

Во второй главе понятия «Божья воля» и «Божье провидение» были рассмотрены с точки зрения систематического богословия. Мы постарались свести воедино основные положения библейского учения по каждому из этих понятий. В частности, было показано, что Библия говорит о Божьей воле в двух разных смыслах: в смысле Его плана для будущей истории и в смысле Его повелений. Первый вариант мы назвали промышляющей волей, а второй – волей предписывающей. То, что у Бога есть исчерпывающий замысел для всех событий земной истории, демонстрирует, что Он предопределил результаты. Кроме того, мы увидели, что Бог знает, при помощи каких средств осуществить Свой план, следовательно, Он предопределил не только результаты, но и средства для достижения результатов. Божьи действия, направленные на исполнение Его предвечного промысла, называются провидением. В числе всего прочего мы упомянули, что для исполнения Своей промышляющей воли Господь может действовать через волю предписывающую – через Свои заповеди и повеления, обращенные к человеческой воле. Из этого можно сделать вывод, что человеческая воля находится в числе средств, через которые исполняется Божий промысел.

Третья глава рассматривала одну из популярных попыток решения парадокса свободы воли и предопределения, а именно теорию «вечное сейчас». Согласно этой теории, говорить о предопределении некорректно, поскольку Бог пребывает в вечном настоящем, и у Него не может быть ни «пред-», ни «после». А раз исчезает временно́е различие между Божьей волей и человеческим решением, то снимается вопрос о том, что первично: Божье определение или решение человека. «Предопределение» (вневременное) и человеческая воля не соперничают, а совпадают друг с другом. В третьей главе мы постарались продемонстрировать, что данная точка зрения основана на отнюдь не бесспорном представлении о природе вечности. Впрочем, даже если принять представление об атемпоральной вечности (этой точки зрения придерживались многие детерминисты), это все равно не решает вопроса по следующим причинам. Во-первых, отсутствие хронологической приоритетности не исключает логической приоритетности. Во-вторых, логическая последовательность не только не исключается отсутствием времени, но и требуется библейским богословием. В-третьих, данный подход не учитывает значимости хронологических утверждений в Римлянам 9:11-16. В-четвертых, этот подход плохо согласуется с лексическим значением слова «предопределение» как оно используется в Библии. В-пятых, такой подход делает Божье избрание излишним. В связи со всем этим, на наш взгляд, теория вечного настоящего не дает удовлетворительного решения парадоксу свободной воли и предопределения.

В четвертой главе был проанализирован один из ключевых текстов, часто упоминающийся при обсуждении вопроса о предопределении, – Римлянам 8:29-30. Мы постарались показать, что данный текст Писания как минимум не требует того, чтобы поставить Божье избрание в зависимость от предузнания человеческой веры, а как максимум – учит безусловному избранию.

Пятая глава была посвящена обзору ветхозаветных терминов, обозначающих Божью промышляющую и предписывающую волю. В числе прочего данная глава продемонстрировала, что в Ветхом Завете для описания Божьего промысла употребляются слова разных семантических доменов, обозначающие разделение, речь, письмо, мышление, планирование, желание, управление, творчество и др. Каждый термин по-своему подчеркивает тот факт, что все детали в ходе земной истории запланированы и тщательно контролируются Богом. Все термины в совокупности указывают на то, что промышляющая воля связана не с каким-то одним божественным атрибутом, а со многими. В частности, она связана с Его желаниями, силой и мудростью.

Сходным образом, в Ветхом Завете используется широкий спектр слов для описания предписывающей воли – это слова, относящиеся к устной и письменной речи, мышлению, желанию, управлению, а также некоторые другие. Божьи повеления могут быть облечены в разные формы и затрагивают различные сферы жизни. В нескольких случаях лексический обзор показал, что Бог может включать человеческую волю (побуждаемую через Его повеления) в арсенал средств и процессов, при помощи которых Он осуществляет Свой замысел.

Шестая глава рассматривала Божье провидение на примере одного из наиболее заметных событий ветхозаветной истории – исхода израильтян из Египта. В этой главе было продемонстрировано, что для исполнения Своего безусловного постановления (обещания освободить Израиль из египетского рабства) Господь действовал как прямыми, так и косвенными методами. Он действовал напрямую через всевозможные сверхъестественные события, которые не вписываются в обычные законы природы. Вдобавок к этому Он действовал опосредованно – через природные явления, человеческие решения и повеления, адресованные человеческой воле.

В седьмой главе мы рассмотрели новозаветный лексикон, связанный с промышляющей и предписывающей волей Бога. Из этого обзора мы сделали вывод, что все события происходят именно так, а не иначе, потому что у Бога в отношении этого есть желание, намерение и воля. На все, что происходит, у Господа есть заранее сформированный план и проект, движимый Божьими целями. Он относится к Своему выбору не отрешенно, а с благоволением и любовью, и Его выбор основан на бесконечной мудрости. Бог заранее знает, что хочет совершить, и усматривает наилучший вариант развития событий с точки зрения Своих целей. Когда речь идет о позитивных аспектах Божьего промысла (спасение и прощение грехов), то они сравниваются с получением жребия, который не зависит от получателя и не может быть поставлен ему в заслугу. Однако идея жребия ни разу не применяется в Новом Завете к негативным аспектам Божьего промысла (погибели или наказанию).

Это подчеркивает, что человек ответственен за свои поступки. Спасение – это жребий, а погибель – личный выбор человека. Спасение приходит к нам совершенно незаслуженно и необъяснимо, тогда как погибель и заслуженна, и объяснима с точки зрения поступков человека.

Рассматривая лексикон предписывающей воли, мы увидели, что Бог задействует разные средства, чтобы донести до людей Свои повеления. Он приказывает, заповедует, дает законы, учит, как должно поступать, открывает Свои желания, сообщает решение, делится мнением и советом, указывает на то, что Ему угодно. Нередко Он использует для этой цели Своих служителей.

Восьмая глава была посвящена новозаветному примеру Божьего провидения. За основу была взята жизнь апостола Павла как она описана в Деяниях апостолов и в его собственных посланиях. Как и в главе 6, нашей целью было рассмотреть средства, которые Господь задействовал для осуществления Своих целей. Мы увидели, что провиденциальная подготовка к будущему служению у Павла началась еще с детства – с тех обстоятельств, в которых он родился и рос. Позднее, во время обращения Павла и его апостольского служения Господь для достижения Своих целей нередко использовал сверхъестественные факторы, природные явления, человеческие решения и Свои повеления. Любопытно отметить, что чаще всего при описании событий в Деяниях апостолов фигурировал человеческий фактор, то есть решения, которые люди принимали в соответствии со своими желаниями, своим видением ситуации и т. д. Для наших целей важно обратить внимание на то, что во многих ситуациях Бог руководил Павлом и его спутниками при помощи повелений, обращенных к человеческой воле. Разного рода приказания, запреты и условия нередко выступали как средства, ведущие к исполнению Божьего обетования.

Мы надеемся, нам удалось в достаточной мере продемонстрировать, что для исполнения Своих непреложных обетований Господь иногда задействует повеления, непосредственно связанные с сутью самих обетований. Так, Он пообещал вывести израильтян из Египта, однако затем сказал сначала Моисею: «Выведи израильтян из Египта», а затем и самим израильтянам: «Выйдите из Египта». Бог пообещал, что все спутники Павла спасутся от бури, однако затем повелел, чтобы все спасались, плывя к берегу. Он также озвучил условие, что если корабельщики не останутся на борту, то все пассажиры «потеряют спасение». Это условие не отменяло первоначального обещания, а было средством, через которое обещание исполнилось.

В связи с этим можно предположить, что Господь действует подобным образом и при исполнении других непреложных обетований. К примеру, Он обещает сохранить Своих детей безопасными в Своей руке (Иоан. 10:28-29), однако это не мешает Ему дать им заповедь держаться за эту руку (1 Тим. 6:12). Он обещает надежно охранять наше спасение (1 Пет. 1:4-5), но в то же время дает повеление «…со страхом и трепетом [совершать] свое спасение…» (Флп. 2:12)[1322]. Он обещает освящать Своих детей (1 Фес. 5:23-24), но в то же время строжайшим образом заповедует: «Старайтесь иметь… святость, без которой никто не увидит Господа» (Евр. 12:14). То же самое можно сказать и о библейских предостережениях, многие из которых адресованы широкому кругу членов и посетителей церкви. Все эти повеления и предупреждения не отменяют первоначальных обетований о сохранности спасения, а служат средствами, через которые Господь сохраняет Своих детей на верном пути. Те люди в церквах, в ком живет Дух Божий, внемлют предостережениям и послушаются повелений – в результате они останутся безопасными на пути спасения. А те, кто не был рожден свыше, пропустят повеления и предостережения мимо ушей и отпадут от веры.

Вполне возможно, что «…Бог производит в вас и хотение и действие по Своему благоволению» (Флп. 2:13) разными путями – не только сверхъестественными, но и естественными, не только через внутреннее действие Духа Святого, но и через внешнее действие проповедуемого или читаемого Слова. Вполне возможно, что Он производит в нас хотение и действие в том числе и *через заповедь предыдущего стиха* – «совершайте свое спасение» (Флп. 2:12)[1323]. С другой стороны, как фараон исхода был ожесточен, среди всего прочего, посредством неприятных для него слов Моисея, так и Бог может использовать

---

[1322] Карсон отмечает (частично цитируя Джудит Гандри Вольф), что «Павел неоднократно привлекает наше внимание к “извечной божественной инициативе в спасении…” С другой стороны, для Павла “процесс завершения спасения больше похож на бег с препятствиями, нежели на гладкий спуск по склону горы к финишной черте”» (Carson D. Reflections on Assurance // *Still Sovereign: Contemporary Perspectives on Election, Foreknowledge, and Grace* / Под ред. Schreiner T. and Ware B. Grand Rapids: Baker Books, 2000. C. 261).

[1323] Джерри Бриджес делает похожее наблюдение в отношении более широкого контекста: «На нас лежит ответственность быть соработниками у Бога, потому что Господь предназначил, чтобы значительная часть Его вечного замысла исполнилась через действия людей» (Bridges J. Does Divine Sovereignty Make a Difference in Everyday Life? // *Still Sovereign: Contemporary Perspectives on Election, Foreknowledge, and Grace* / Под ред. Schreiner T. and Ware B. Grand Rapids: Baker Books, 2000. C. 297).

неприятное для неверующих «безумие» Евангелия (1 Кор. 1:23), чтобы ожесточить сердца неизбранных (Рим. 9:18).

Как может быть, что Бог одновременно обещает что-то исполнить и вместе с тем требует от человека исполнить это? Значит ли это, что Его требование отменяет первоначальное обещание или делает его условным? Не обязательно. Если Бог дает непреложное обещание, а затем выдвигает какое-либо условие, это значит, что Он непременно даст человеку сил исполнить это условие. Тогда и обещание обязательно исполнится. Мы можем сказать вместе с блаженным Августином: «Дай, что велишь, – и вели, что хочешь»[1324].

Завершая изучение Божьего промысла и провидения, уместно будет процитировать слова апостола Павла в Послании к римлянам 11:33-36:

> О, бездна богатства и премудрости и ведения Божия! Как непостижимы судьбы Его и неисследимы пути Его! Ибо кто познал ум Господень? Или кто был советником Ему? <…> Ибо все из Него, Им и к Нему. Ему слава во веки, аминь.

[1324] Augustine. Confessions // *NPNF-1*. Т. 1. С. 153 (§10.29 [40]).

# БИБЛИОГРАФИЯ


*A Greek Grammar of the New Testament and Other Early Christian Literature* / Под ред. Blass F. и Debrunner A.; Пер. и ред. Funk R. Chicago: University of Chicago Press, 1961.

*A Greek-English Lexicon of the New Testament and Other Early Christian Literature*. 3-е изд. / Под ред. Dunker F., Bauer W., Arndt W. и Gingrich F. (BDAG). Chicago: University of Chicago Press, 2000.

Ames F. דבר // *New International Dictionary of Old Testament Theology and Exegesis*: В 5 т. / Под ред. VanGemeren W. Т. 1. С. 912–915. Grand Rapids: Zondervan, 1997.

*Ancient Egyptian Literature: A Book of Readings* / Под ред. Miriam L. Berkeley, CA: University of California Press, 1973–1980.

*Ancient Near Eastern Texts Relating to the Old Testament* / Под ред. Pritchard J. Princeton, NJ: Princeton University Press, 1969.

Anselm. *Proslogium; Monologium; An Appendix in Behalf of the Fool by Gaunilon; and Cur Deus Homo* / Пер. на англ. Deane S. Eugene, OR: Wipf and Stock Publishers, 2003.

Arminius James. *The Writings of James Arminius*: В 3 т. / Пер. на англ. Nichols J. и Bagnall W. Grand Rapids: Baker Book House, 1956.

Athenaeus. *The Deipnosophists*: В 7 т. / Под ред. Gulick C. Medford, MA: Harvard University Press, 1933.

Augustine. *Confessions* // *The Nicene and Post-Nicene Fathers, First Series*. Т. 1: St. Augustin: Confessions, Letters / Под ред. Schaff P. New York: Christian Literature Publishing Company, 1886; репр., Peabody, MA: Hendrickson Publishers, 1995.

Augustine. *The City of God* / Пер. на англ. Dods M. New York: Modern Library, 1950.

Augustine. The Enchiridion of Augustine, Addressed to Laurentius; Being a Treatise on Faith, Hope, and Love // *The Works of Aurelius Augustine, Bishop of Hippo*. Т. 9. С. 173–260 / Под ред. Dods M. Edinburgh: T. and T. Clark, 1883.

Aune D. *Revelation 6–16*. Word Biblical Commentary, т. 52B / Под ред. Metzger B., Hubbard D., Barker G. et alt. Dallas: Word, Inc., 2002.

Badger A. TULIP: A Free Grace Perspective, Part 2: Unconditional Election // *Journal of the Grace Evangelical Society*. №16/2. Осень 2003.

Bagnall W. A Sketch of the Life of James Arminius // *The Writings of James Arminius*: В 3 т. Grand Rapids: Baker Book House, 1956. Электронная версия Albany, OR: AGES Software, 1997.

Barnett P. *Paul: Missionary of Jesus*. Grand Rapids: Eerdmans, 2008.

Barrick W. Ancient Manuscripts and Biblical Exposition // *The Master's Seminary Journal*. №9/1. Весна 1998. С. 25–38.

Barth K. *Church Dogmatics, Volume II: The Doctrine of God*: В 2 т. / Пер. на англ. Bromiley G., Campbell J. et alt.; Под ред. Bromiley G. и Torrance T. Edinburgh: T. and T. Clark, 1967.

Baugh S. The Meaning of Foreknowledge // *Still Sovereign* / Под ред. Schreiner T. и Ware B. Grand Rapids: Baker Books, 2000.

Bavinck H. *The Doctrine of God* / Пер. на англ. и ред. Hendriksen W. Carlisle, PA: Banner of Truth Trust, 1979.

Beale G. An Exegetical and Theological Consideration of the Hardening of Pharaoh's Heart in Exodus 4–14 and Romans 9 // *Trinity Journal*. №5/2. Осень 1984.

Beasley-Murray G. *John*. Word Biblical Commentary. Т. 36. 2-е изд. / Под ред. Metzger B., Hubbard D., Barker G. et alt. Dallas: Word, Inc., 1999.

Bechtel M. и Comfort P. Wycliffe, John // *Who's Who in Christian History* / Под ред. Douglas J., Comfort P. и Mitchell D. Wheaton, IL: Tyndale House, 1992.

Beitzel B. *The Moody Atlas of Bible Lands*. Chicago: Moody Press, 1985.

Berkhof L. *Systematic Theology*. Carlisle, PA: Banner of Truth Trust, 2003.

Beyer H. ἐπισκέπτομαι, ἐπισκοπέω // *Theological Dictionary of the New Testament*: В 10 т. / Под ред. Friedrich G., Kittel G. и Bromiley G. Grand Rapids: Eerdmans, 1964–1976.

Beza T. *The Christian Faith* / Пер. на англ. Clark J. East Sussex, England: Focus Christian Ministries Trust, 1992.

Birnbaum P. *Encyclopedia of Jewish Concepts*. Brooklyn, NY: Hebrew Publishing Company, 1979.

Blackaby H. и King C. *Experiencing God: How to Live the Full Adventure of Knowing and Doing the Will of God*. Nashville: Broadman and Holman, 1994.

Block D. *Judges, Ruth*. The New American Commentary. Т. 6. Nashville, TN: Broadman and Holman Publishers, 1999.

Blomberg C. *Matthew*. The New American Commentary, т. 22 / Под ред. Dockery D., Bush L., Garrett D. et alt. Nashville: Broadman & Holman Publishers, 2001.

Blum E. John // *The Bible Knowledge Commentary: An Exposition of the Scriptures* / Под ред. Walvoord J. и Zuck R. Wheaton, IL: Victor Books, 1983–1985.

Bock D. *Acts*. Baker Exegetical Commentary on the New Testament. Grand Rapids: Baker Academic, 2008.

Boice J. *Acts: An Expositional Commentary*. Grand Rapids: Baker Books, 1997.

Botterweck G. חָפֵץ // *Theological Dictionary of the Old Testament*: В 17 т. / Под ред. Botterweck G. и Ringgren H.; Пер. на англ. Green D. T. 5. С. 92–107. Grand Rapids: Eerdmans, 1986.

Bowling A. יָרֵא // *Theological Wordbook of the Old Testament*: В 2 т. / Под ред. Harris R., Archer G. и Waltke B. T. 1. C. 399–401. Chicago: Moody Press, 1980.

Bridges J. Does Divine Sovereignty Make a Difference in Everyday Life? // *Still Sovereign: Contemporary Perspectives on Election, Foreknowledge, and Grace* / Под ред. Schreiner T. and Ware B. Grand Rapids: Baker Books, 2000.

Brisco T. *Holman Bible Atlas*. Nashville: Holman Reference, 1998.

Bromiley G. Beza, Theodore // *Who's Who in Christian History* / Под ред. Douglas J., Comfort P. и Mitchell D. Wheaton, IL: Tyndale House, 1992.

Bromiley G. Zwingli, Huldrych // *Who's Who in Christian History* / Под ред. Douglas J., Comfort P. и Mitchell D. Wheaton, IL: Tyndale House, 1992.

Bruce F. *New Testament History*. New York: Doubleday, 1971.

Bruce F. Paul: *Apostle of the Heart Set Free*. Grand Rapids: Eerdmans, 1996.

Bruce F. *The Canon of Scripture*. Downers Grove, IL: IVP Academic, 1988.

Bruce F. *The Gospel of John*. Grand Rapids: Eerdmans, 1983.

Bryer K. Hincmar // *Who's Who in Christian History* / Под ред. Douglas J., Comfort P. и Mitchell D. Wheaton, IL: Tyndale House, 1992.

Büchsel F. Κρίνω et alt. // *Theological Dictionary of the New Testament*: В 10 т. / Под ред. Friedrich G., Kittel G. и Bromiley G. Grand Rapids: Eerdmans, 1964–1976.

Bultmann R. ἀλήθεια // *Theological Dictionary of the New Testament*: В 10 т. / Под ред. Friedrich G., Kittel G. и Bromiley G. Grand Rapids: Eerdmans, 1964–1976.

Bultmann R. γνώμη // *Theological Dictionary of the New Testament*: В 10 т. / Под ред. Friedrich G., Kittel G. и Bromiley G. Grand Rapids: Eerdmans, 1964–1976.

Bultmann R. πρόγνωσις // *Theological Dictionary of the New Testament*: В 10 т. / Под ред. Friedrich G., Kittel G. и Bromiley G. Grand Rapids: Eerdmans, 1964–1976.

Calvin J. *Commentaries on the Four Last Books of Moses Arranged in the Form of a Harmony*: В 4 т. / Пер. на англ. Bingham C. Grand Rapids: Eerdmans, 1950.

Calvin J. *Concerning the Eternal Predestination of God* / Пер. на англ. Reid J. London and Southampton, U.K.: James Clarke & Co. Ltd., 1961.

Calvin J. *Institutes of the Christian Religion* / Пер. на англ. с лат. Beveridge H. Edinburgh: Calvin Translation Society, 1845–1846; электронная версия: Oak Harbor, WA: Logos Research Systems, Inc., 1997.

Canon Muratorianus // *The Ante-Nicene Fathers*. T. 5: Hippolytus, Cyprian, Caius, Novatian, Appendix / Под ред. Roberts A., Donaldson J. и Coxe A. New York: Christian Literature Publishing Company, 1885; репр., Grand Rapids: Eerdmans, 1973–1976.

Carpenter E. and Nicole E. נזר // *New International Dictionary of Old Testament Theology and Exegesis*: В 5 т. / Под ред. VanGemeren W. T. 1. С. 847–848. Grand Rapids: Zondervan Publishing House, 1997.

Carson D. Reflections on Assurance // *Still Sovereign: Contemporary Perspectives on Election, Foreknowledge, and Grace* / Под ред. Schreiner T. и Ware B. Grand Rapids: Baker Books, 2000.

Cartledge T. שׁבע // *New International Dictionary of Old Testament Theology and Exegesis*: В 5 т. / Под ред. VanGemeren W. T. 4. С. 32–34. Grand Rapids: Zondervan Publishing House, 1997.

Cassian J. The Conferences of John Cassian // *Nicene and Post-Nicene Fathers, Second Series*. T. 11: Sulpitius Severus, Vincent of Lerins, John Cassian / Под ред. Schaff P. New York: Christian Literature Publishing Company, 1887; репр., Peabody, MA: Hendrickson Publishers, 1995.

Chisholm R. Divine Hardening in the Old Testament // *Bibliotheca Sacra*. №153/612. Октябрь 1996.

Chisholm R. *From Exegesis to Exposition: A Practical Guide to Using Biblical Hebrew*. Grand Rapids: Baker Books, 1998.

Chrysostom John. Homilies on the Epistle to the Hebrews / Пер. на англ. Keble T. and Gardiner F. // T. 14: Saint Chrysostom: Homilies on the Gospel of St. John and Epistle to the Hebrews. / Под ред. Schaff P. New York: Christian Literature Publishing Company, 1886; репр., Peabody, MA: Hendrickson Publishers, 1995.

Chrysostom John. Homilies on the Epistle to the Philippians / Пер. на англ. Cotton W. and Broadus J. T. 13: Saint Chrysostom: Homilies on Galatians, Ephesians, Philippians, Colossians, Thessalonians, Timothy, Titus, and Philemon / Под ред. Schaff P. New York: Christian Literature Publishing Company, 1886; репр., Peabody, MA: Hendrickson Publishers, 1995.

Chrysostom John. Homilies on the Epistle to the Romans / Пер. на англ. Morris J., Simcox W. and Stevens G. In // T. 11: Saint Chrysostom: Homilies on the Acts of the Apostles and the Epistle to the Romans / Под ред. Schaff P. New York: Christian Literature Publishing Company, 1886; репр., Peabody, MA: Hendrickson Publishers, 1995.

Clark G. *Religion, Reason and Revelation*. Nutley, NJ: The Craig Press, 1961.

Clarke W. *An Outline of Christian Theology*. Edinburgh: T. and T. Clark, 1906.

Clement of Alexandria. Fragments of Other Lost Books, восстановлено из текста: Maximus. Sermon 55, 661 // *Ante-Nicene Fathers*. T. 2: Fathers of the Second Century: Hermas, Tatian, Athenagoras, Theophilus, and Clement of Alexandria (Entire) / Под ред. Roberts A., Donaldson J. и Coxe A. New York: Christian Literature Publishing Company, 1885; репр., Grand Rapids: Eerdmans, 1973–1976.

Clement of Alexandria. The Stromata, or Miscellanies // *The Ante-Nicene Fathers*. T. 2: Fathers of the Second Century: Hermas, Tatian, Athenagoras, Theophilus, and Clement of Alexandria (Entire) / Под ред. Roberts A., Donaldson J., and Coxe A. Buffalo, NY: Christian Literature Company, 1885; репр., Grand Rapids: Eerdmans, 1973–1976.

Cobb J. и Griffin D. *Process Theology: An Introductory Exposition*. Philadelphia: Westminster Press, 1976.

*Confession of Faith*. Glasgow, U.K.: [s.n.], 1764.

Constable T. A Theology of Joshua, Judges, and Ruth // *A Biblical Theology of the Old Testament* / Под ред. Zuck R., Merrill E., Bock D. Chicago: Moody Press, 1991.

Conybeare W., Howson J. *The Life and Epistles of St. Paul*. Grand Rapids: Eerdmans, 1971.

Cooke G. *A Critical and Exegetical Commentary on the Book of Ezekiel*. International Critical Commentary. New York: Charles Scribner's Sons, 1937.

Coppes L. קֶדֶם // *Theological Wordbook of the Old Testament*: В 2 т. / Под ред. Harris R., Archer G. и Waltke B. Chicago: Moody Press, 1980.

Cottrell J. The Classic Arminian View of Election // *Perspectives on Election* / Под ред. Brand C. Nashville, TN: Broadman and Holman, 2006.

Cottrell J. *What the Bible Says about God the Ruler*. Joplin, MO: College Press Publishing Company, 1984.

Craig W. *The Only Wise God: The Compatibility of Divine Foreknowledge and Human Freedom*. Grand Rapids: Baker Book House, 1987.

Craigie P. *Psalms 1–50*. Word Biblical Commentary. Т. 19 / Под ред. Metzger B., Hubbard D., Barker G. et alt. Dallas, TX: Word, Inc., 2002.

Cranfield C. *A Critical and Exegetical Commentary on the Epistle to the Romans*: В 2 т. New York: T & T Clark International, 2004.

*Creeds of the Church*. Albany, OR: Books for the Ages, 1997. AGES Software, version 1.0.

Crutchfield L. Rudiments of Dispensationalism in the Ante-Nicene Period. Part 1: Israel and the Church in the Ante-Nicene Fathers // *Bibliotheca Sacra*. №144/575. Июль 1987. С. 254–276.

Culver R. *Systematic Theology: Biblical and Historical*. Ross-shire, UK: Mentor Imprint; Christian Focus Publications, Ltd., 2005.

Culver R. שָׁפַט // *Theological Wordbook of the Old Testament* / Под ред. Harris R., Archer G. и Waltke B. Т. 2. С. 947–949. Chicago: Moody Press, 1980.

Cunningham W. *Historical Theology: A Review of the Principal Doctrinal Discussions in the Christian Church since the Apostolic Age*: В 2 т. S. l., 1882; репр., Edmonton, Canada: Still Waters Revival Books, 1991.

Dabney R. *Syllabus and Notes of the Course of Systematic and Polemic Theology Taught in Union Theological Seminary, Virginia*. St. Louis, VA: Presbyterian Publishing Company of St. Louis, 1878.

Daniel C. *The History and Theology of Calvinism*. Springfield, IL: Good Books, 2003.

Delling G. προστάσσω // *Theological Dictionary of the New Testament*: В 10 т. / Под ред. Friedrich G., Kittel G. и Bromiley G. Grand Rapids: Eerdmans, 1964–1976.

Delling G. τάσσω // *Theological Dictionary of the New Testament*: В 10 т. / Под ред. Friedrich G., Kittel G. и Bromiley G. Grand Rapids: Eerdmans, 1964–1976.

Douglas J. Arminius, Jacobus // *Who's Who in Christian History* / Под ред. Douglas J., Comfort P. и Mitchell D. Wheaton, IL: Tyndale House, 1992.

Douglas J. Pelagius // *Who's Who in Christian History* / Под ред. Douglas J., Comfort P. и Mitchell D. Wheaton, IL: Tyndale House, 1992.

Drane J. *Introducing the New Testament*. Oxford: Lion Publishing, 2000.

Dulon G. ὁρίζω // *New International Dictionary of New Testament Theology* / Под ред. Brown C. Grand Rapids: Zondervan Publishing House, 1986.

Dunnam M. *Exodus*. Preacher's Commentary Series. Т. 2 / Под ред. Ogilvie L. Nashville, TN: Thomas Nelson Inc., 1987.

Duns Scotus J. *A Treatise on God as First Principle* / Пер. на англ. и ред. Allan B. Wolter. Chicago, IL: Forum Books, 1966.

Durham J. *Exodus*. Word Biblical Commentary. Т. 3 / Под ред. Metzger B., Hubbard D., Barker G. et alt. Dallas: Word, Inc., 2002.

Dyer C. и Merrill E. *Nelson's Old Testament Survey: Discover the Background, Theology and Meaning of Every Book in the Old Testament*. Nashville, TN: Word, 2001.

Eadie J. *Paul the Preacher: A Popular and Practical Exposition of his Discourses and Speeches, as Recorded in the Acts of the Apostles*. London: Richard Griffin and Co., 1859; репр. Birmingham, AL: Solid Ground Christian Books, 2005.

Edwards C. An Unchangeable Election: An Extract from Professor Giger's Translation from Turretin // *Bibliotheca Sacra*. №91/363. Июль 1934.

Eichler J. κλῆρος // *New International Dictionary of New Testament Theology* / Под ред. Brown C. Grand Rapids: Zondervan Publishing House, 1986.

Eichler J. κλῆρος // *New International Dictionary of New Testament Theology* / Под ред. Brown C. Grand Rapids: Zondervan Publishing House, 1986.

Ellison H. *Exodus*. Daily Study Bible Series. Louisville, KY: Westminster John Knox Press, 1982.

Enns Paul. The Moody Handbook of Theology. Chicago: Moody Press, 1989.

Enns Peter. Law of God // *New International Dictionary of Old Testament Theology and Exegesis*: В 5 т. / Под ред. VanGemeren W. Т. 4. С. 893–900. Grand Rapids: Zondervan Publishing House, 1997.

Enns Peter. חֹק // *New International Dictionary of Old Testament Theology and Exegesis*: В 5 т. / Под ред. VanGemeren W. T. 2. С. 250–251. Grand Rapids: Zondervan Publishing House, 1997.

Enns Peter. מִשְׁפָּט // *New International Dictionary of Old Testament Theology and Exegesis*: В 5 т. / Под ред. VanGemeren W. T. 2. С. 1142–1144. Grand Rapids: Zondervan Publishing House, 1997.

Enns Peter. עֵדוּת // *New International Dictionary of Old Testament Theology and Exegesis*: В 5 т. / Под ред. VanGemeren W. T. 3. С. 328–329. Grand Rapids: Zondervan Publishing House, 1997.

Enns Peter. פִּקּוּדִים // *New International Dictionary of Old Testament Theology and Exegesis*: В 5 т. / Под ред. VanGemeren W. T. 3. С. 665. Grand Rapids: Zondervan Publishing House, 1997.

Estep W. Стронг, Август Хопкинс / Пер. Табак Ю. // *Теологический энциклопедический словарь* / Под ред. Элвелла У. М.: Ассоциация «Духовное возрождение», 2003.

Feinberg C. אָמַר // *Theological Wordbook of the Old Testament* / Под ред. Harris R., Archer G. и Waltke B. T. 1. С. 54–55. Chicago: Moody Press, 1980.

Feinberg C. אָסַר // *Theological Wordbook of the Old Testament* / Под ред. Harris R., Archer G. и Waltke B. T. 1. С. 61–62. Chicago: Moody Press, 1980.

Feinberg J. John Feinberg's Response // *Predestination and Free Will* / Под ред. David и Randall Basinger. Downers Grove, IL: InterVarsity Press, 1986.

Feinberg J. *No One Like Him: The Doctrine of God*. Wheaton, IL: Good News Publishers, 2001.

Ferguson E. *Backgrounds of Early Christianity*. 3-е изд. Grand Rapids: Eerdmans, 2003.

Ferguson E. *Backgrounds of Early Christianity*. 3-е изд. Grand Rapids: Eerdmans, 2003.

Foerster W. εὐάρεστος, εὐαρεστέω // *Theological Dictionary of the New Testament*: В 10 т. / Под ред. Friedrich G., Kittel G. и Bromiley G. Grand Rapids: Eerdmans, 1964–1976.

Foerster W. κλῆρος // *Theological Dictionary of the New Testament*: В 10 т. / Под ред. Friedrich G., Kittel G. и Bromiley G. Grand Rapids: Eerdmans, 1964–1976.

Frame J. *The Doctrine of God*. Phillipsburg, NJ: P. and R. Publishing, 2002.

Fretheim T. רצה // *New International Dictionary of Old Testament Theology and Exegesis*: В 5 т. / Под ред. VanGemeren W. T. 3. C. 1185–1186. Grand Rapids: Zondervan Publishing House, 1997.

Friedrich G. κηρύσσω // *Theological Dictionary of the New Testament*: В 10 т. / Под ред. Friedrich G., Kittel G. и Bromiley G. Grand Rapids: Eerdmans, 1964–1976.

Fudge T. Hus, Jan // *The Oxford Encyclopedia of the Reformation* / Под ред. Hillerbrand H. Oxford: Oxford University Press, 1996. T. 2. C. 276–278.

Fuhs H. יָרֵא // *Theological Dictionary of the Old Testament*: B. 17 т. / Под ред. Botterweck G. и Ringgren H.; Пер. на англ. Green D. T. 6. C. 290–315. Grand Rapids: Eerdmans, 1990.

Gamberoni J. בָּרַח // *Theological Dictionary of the Old Testament*: B. 17 т. / Под ред. Botterweck G. и Ringgren H.; Пер. на англ. Willis J. T. 2. C. 249–253. Grand Rapids: Eerdmans, 1975.

Garcia-Lopez F. צָוָה // *Theological Dictionary of the Old Testament*: В 17 т. / Под ред. Botterweck G., Ringgren H. и Fabry H.; Пер. на англ. Stott D. T. 12. C. 276–296. Grand Rapids: Eerdmans, 1988–1989.

Garrett D. *Proverbs, Ecclesiastes, Song of Songs*. The New American Commentary. T. 14. Nashville, TN: Broadman & Holman, 1993.

Geisler N. *Chosen But Free: A Balanced View of Divine Election*. 2-е изд. Minneapolis, MN: Bethany House Publishers, 2001.

Geisler N. God Knows All Things // *Predestination and Free Will* / Под ред. Basinger D. и Basinger R. Downers Grove, IL: InterVarsity Press, 1986.

Geisler N. *Systematic Theology*: В 4 т. Minneapolis, MI: Bethany House, 2002–2005.

George T. *Theology of the Reformers*. Nashville, TN: Broadman and Holman Publishers, 1988.

Gibson E. Prolegomena // *Nicene and Post-Nicene Fathers, Second Series*. T. 11: Sulpitius Severus, Vincent of Lerins, John Cassian / Под ред. Schaff P. New York: Christian Literature Publishing Company, 1887; репр., Peabody, MA: Hendrickson Publishers, 1995.

Gilchrist P. יָעַץ // *Theological Wordbook of the Old Testament*: В 2 т. / Под ред. Harris R., Archer G. и Waltke B. T. 1. C. 390–391. Chicago: Moody Press, 1980.

Glenn D. Ecclesiastes // *The Bible Knowledge Commentary: An Exposition of the Scriptures* / Под ред. Walvoord J. и Zuck R. Wheaton, IL: Victor Books, 1983–1985.

*Greek-English Lexicon of the New Testament Based on Semantic Domains*: В 2 т. / Под ред. Louw J., Nida E, Smith R. et alt. New York: United Bible Societies, 1989.

Greeven H. δέομαι, δέησις // *Theological Dictionary of the New Testament*: В 10 т. / Под ред. Friedrich G., Kittel G. и Bromiley G. Grand Rapids: Eerdmans, 1964–1976.

Grundmann W. δεῖ, δέον ἐστί // *Theological Dictionary of the New Testament*: В 10 т. / Под ред. Friedrich G., Kittel G. и Bromiley G. Grand Rapids: Eerdmans, 1964–1976.

Grundmann W. ἕτοιμος, ἑτοιμάζω, ἑτοιμασία, προετοιμάζω // *Theological Dictionary of the New Testament*: В 10 т. / Под ред. Friedrich G., Kittel G. и Bromiley G. Grand Rapids: Eerdmans, 1964–1976.

Guhrt J. Time // *New International Dictionary of New Testament Theology* / Под ред. Brown C. Grand Rapids: Zondervan Publishing House, 1986.

Guthrie D. *The Apostles*. Grand Rapids: Zondervan, 1992.

Hagner D. Judaism // *New Bible Dictionary* / Под ред. Wood D., Marshall I. et alt.; репр. Downers Grove, IL: InterVarsity Press, 1996.

Hagner D. *Matthew 14–28*. Word Biblical Commentary, т. 33B / Под ред. Metzger B., Hubbard D., Barker G. et alt. Dallas: Word, Inc., 1995.

Hamilton V. פָּקַד // *Theological Wordbook of the Old Testament*: В 2 т. / Под ред. Harris R., Archer G. и Waltke B. Т. 2. С. 731–732. Chicago: Moody Press, 1980.

Hamilton V. שָׁבַע // *Theological Wordbook of the Old Testament*: В 2 т. / Под ред. Harris R., Archer G. и Waltke B. Т. 2. С. 899–901. Chicago: Moody Press, 1980.

Hannah J. Exodus // *The Bible Knowledge Commentary: An Exposition of the Scriptures*: В 2 т. / Под ред. Walvoord J. и Zuck R. Wheaton, IL: Victor Books, 1983–1985.

Hanse H. λαγχάνω // *Theological Dictionary of the New Testament*: В 10 т. / Под ред. Friedrich G., Kittel G. и Bromiley G. Grand Rapids: Eerdmans, 1964–1976.

Harrison R. *Introduction to the Old Testament: Including a Comprehensive Review of Old Testament Studies and a Special Supplement on the Apocrypha*.

Grand Rapids: Eerdmans, 1969; репр., Peabody, MA: Hendrickson Publishers, 2004.

Hartley J. זמם // *New International Dictionary of Old Testament Theology and Exegesis*: В 5 т. / Под ред. VanGemeren W. T. 1. C. 1112–1114. Grand Rapids: Zondervan Publishing House, 1997.

Hartley J. חשׁב // *New International Dictionary of Old Testament Theology and Exegesis*: В 5 т. / Под ред. VanGemeren W. T. 2. C. 303–310. Grand Rapids: Zondervan Publishing House, 1997.

Hartley J. יָרָה // *Theological Wordbook of the Old Testament*: В 2 т. / Под ред. Harris R., Archer G. и Waltke B. T. 1. C. 403–405. Chicago: Moody Press, 1980.

Hartley J. צָוָה // *Theological Wordbook of the Old Testament*: В 2 т. / Под ред. Harris R., Archer G. и Waltke B. T. 2. C. 757–758. Chicago: Moody Press, 1980.

Henry M. *Matthew Henry's Commentary on the Whole Bible: Complete and Unabridged in One Volume*. Peabody, MA: Hendrickson, 1991.

Hill A., и Walton J. *A Survey of the Old Testament*. 2-е изд. Grand Rapids: Zondervan, 2000.

Hodge C. *Systematic Theology*: В 3 т. S. l.: Charles Scribner and Company, 1871; репр., Peabody, MA: Hendrickson, 2003.

Holmes A. Duns Scotus, John // *Who's Who in Christian History* / Под ред. Douglas J., Comfort P. и Mitchell D. Wheaton, IL: Tyndale House, 1992.

Horton M. Hellenistic or Hebrew? Open Theism and Reformed Theological Method // *Journal of the Evangelical Theological Society*. №45/2. Июнь 2002. C. 317–341.

House H. Wayne. Doctrinal Issues in Colossians, Part 1: Heresies in the Colossian Church // *Bibliotheca Sacra*. №149/593. Январь 1992. C. 45–59.

Hughes R. и Laney J. *Tyndale Concise Bible Commentary*. Wheaton, IL: Tyndale House Publishers, 2001.

Hunt D. Response to James White's "God's Eternal Decree" // *Debating Calvinism* / Под ред. Hunt D. и White J. Sisters, OR: Multnomah Publishers, 2004.

Hunt D. Response to James White's "Unconditional Election" // *Debating Calvinism* / Под ред. Hunt D. и White J. Sister, OR: Multnomah, 2004.

Hunt D. The Central Issue: God's Love and Character // *Debating Calvinism* / Под ред. Hunt D. и White J. Sisters, OR: Multnomah Publishers, 2004.

Irenaeus. Against Heresies // *The Ante-Nicene Fathers*. T. 1: The Apostolic Fathers with Justin Martyr and Irenaeus / Под ред. Roberts A., Donaldson J. и Coxe A. New York: Christian Literature Publishing Company, 1885; репр., Grand Rapids: Eerdmans, 1973–1976.

Jacobs P., Krienke H. προγινώσκω // *New International Dictionary of New Testament Theology* / Под ред. Brown C. Grand Rapids: Zondervan Publishing House, 1986.

Jacobs P., Krienke H. προτίθημι // *New International Dictionary of New Testament Theology* / Под ред. Colin Brown. Grand Rapids: Zondervan Publishing House, 1986.

Jacobsen H. Barth, Karl // *Who's Who in Christian History* / Под ред. Douglas J., Comfort P. и Mitchell D. Wheaton, IL: Tyndale House, 1992.

Jamieson R., Fausset A. и Brown D. *A Commentary, Critical, Experimental, and Practical, on the Old and New Testaments*: В 3 т. Grand Rapids: Eerdmans, 1973.

Johnson B. מִשְׁפָּט. // *Theological Dictionary of the Old Testament*: В 17 т. / Под ред. Botterweck G., Ringgren H. и Fabry H.; Пер. на англ. Stott D. T. 9. C. 86–98. Grand Rapids: Eerdmans, 1998.

Johnson S. Antioch, The Base of Operations // *Bible and Spade*. №12/3–4. Лето–осень 1983.

Josephus. *The New Complete Works of Josephus* / Пер. на англ. Whiston W.; Комментарий Maier P. Grand Rapids: Kregel Publications, 1999.

Joüon P. *A Grammar of Biblical Hebrew*: В 2 т. / Пер. и ред. Muraoka T. Roma: Editrice Pontificio Istituto Biblico, 2005.

Kaiser W. et alt. *Hard Sayings of the Bible*. Downers Grove, IL: InterVarsity, 1996.

Kaiser W. *Toward an Exegetical Theology: Biblical Exegesis for Preaching and Teaching*. Grand Rapids: Baker Books, 2005.

Kalland E. דָּבַר // *Theological Wordbook of the Old Testament*: В 2 т. / Под ред. Harris R., Archer G. и Waltke B. T. 1. C. 178–181. Chicago: Moody Press, 1980.

Keil C., и Delitzsch F. *Commentary on the Old Testament*: В 10 т. Edinburgh: T. and T. Clark, 1866–91; репр., Peabody, MA: Hendrickson Publishers, 1996.

Kittel G. Word and Speech in the New Testament // *Theological Dictionary of the New Testament*: В 10 т. / Под ред. Friedrich G., Kittel G. и Bromiley G. Grand Rapids: Eerdmans, 1964–1976.

Kittel G. δοκέω // *Theological Dictionary of the New Testament*: В 10 т. / Под ред. Friedrich G., Kittel G. и Bromiley G. Grand Rapids: Eerdmans, 1964–1976.

Klauber M. Francis Turretin on Biblical Accomodation: Loyal Calvinist or Reformed Scholastic? // *Westminster Theological Journal*. №55/1. Весна 1993. С. 73–86.

Klein E. *A Comprehensive Etymological Dictionary of the Hebrew Language for Readers of English*. New York: MacMillan Publishing Company, 1987.

Klein W., Craig Blomberg и Robert L. Hubbard. *Introduction to Biblical Interpretation*. Dallas, TX: Word Pub., 1993.

Kleinknecht H. The Logos in the Greek and Hellenistic World // *Theological Dictionary of the New Testament*: В 10 т. / Под ред. Friedrich G., Kittel G. и Bromiley G. Grand Rapids: Eerdmans, 1964–1976.

Klooster F. Sovereignty of God // *Evangelical Dictionary of Theology* / Под ред. Walter Elwell. С. 1038–1039. Grand Rapids: Baker Books, 1984.

Klotsche E., и Mueller J. *The History of Christian Doctrine*. Burlington, IA: Lutheran Literary Board, 1945.

Konkel A. יצר // *New International Dictionary of Old Testament Theology and Exegesis*: В 5 т. / Под ред. VanGemeren W. Т. 2. С. 503–506. Grand Rapids: Zondervan Publishing House, 1997.

Kottsieper I. שָׁבַע // *Theological Dictionary of the Old Testament*: В 17 т. / Под ред. Botterweck G., Ringgren H. и Fabry H.; Пер. на англ. Stott D. Т. 14. С. 311–336. Grand Rapids: Eerdmans, 2004.

Lane E. *An Arabic-English Lexicon*. Medford, MA: Williams and Norgate, 1863.

Lane W. *Hebrews 1–8*. Word Biblical Commentary, т. 47A / Под ред. Metzger B., Hubbard D., Barker G. et alt. Dallas, TX: Word Inc., 1991.

Lawrence P. *The IVP Atlas of Bible History* / Под ред. Millard A., Siebenthal H. et Walton J. Downers Grove, IL: InterVarsity Press, 2006.

Leid K. Chrysostom, John // *Who's Who in Christian History* / Под ред. Douglas J., Comfort P. и Mitchell D. Wheaton, IL: Tyndale House, 1992. С. 159–160.

Lenski R. *The Interpretation of The Acts of the Apostles*. Minneapolis, MN: Augsburg Publishing House, 1962.

Lewis G. и Demarest B. *Integrative Theology*: В 3 т. Grand Rapids: Zondervan Publishing House, 1996.

Lewis J. חָקַק // *Theological Wordbook of the Old Testament*: В 2 т. / Под ред. Harris R., Archer G. и Waltke B. T. 1. C. 316–318. Chicago: Moody Press, 1980.

Liddell H. *An Intermediate Greek-English Lexicon: Founded upon the Seventh Edition of Liddell and Scott's Greek-English Lexicon*. Oak Harbor, WA: Logos Research Systems, Inc., 1996.

Lightfoot J. *St. Paul's Epistle to the Galatians: A Revised Text With Introduction, Notes, and Dissertations*. 4-е изд. Classic Commentaries on the Greek New Testament. London: Macmillan and Co., 1874.

Lincoln A. *Ephesians*. Word Biblical Commentary, т. 42. / Под ред. Metzger B., Hubbard D., Barker G. et alt. Dallas: Word, Inc., 2002.

Lincoln C. The Development of the Covenant Theology // *Bibliotheca Sacra*. №100/397. Январь 1943. С. 134–163.

Longenecker R. *Galatians*. Word Biblical Commentary, т. 41 / Под ред. Metzger B., Hubbard D., Barker G. et alt. Dallas: Word, Inc., 2002.

Louw J. and Nida E. *Greek-English Lexicon of the New Testament: Based on Semantic Domains*. 2-е изд. New York: United Bible societies, 1996. T. 1. C. 360.

Lund J. אמר // *New International Dictionary of Old Testament Theology and Exegesis*: В 5 т. / Под ред. VanGemeren W. T. 1. C. 443–449. Grand Rapids: Zondervan Publishing House, 1997.

Luther M. *Luther's Works*: В 56 т. / Под ред. Watson P. и Lehmann H. Philadelphia: Fortress Press, 1972.

MacArthur J. *Ashamed of the Gospel: When the Church Becomes Like the World*. Wheaton, IL: Crossway Books, 1993.

MacArthur J. *The Book on Leadership*. Nashville: Nelson, 2004.

MacDonald W. *Believer's Bible Commentary: Old and New Testaments* / Под ред. Arthur Farstad. Nashville, TN: Thomas Nelson, 1995.

Machen J. The Origin of Paul's Religion. Grand Rapids: Eerdmans, 1976.

MacRae A. עלם III // *Theological Wordbook of the Old Testament*: В 2 т. / Под ред. Harris R., Archer G. и Waltke B. Chicago: Moody Press, 1980.

Magness J. *The Archaeology of Qumran and the Dead Sea Scrolls*. Grand Rapids: Eerdmans, 2002.

Maloney G. *A History of Orthodox Theology since 1453*. Belmont, MA: Nordland Publishing Company, 1976.

Martin A. Judaism: A Restatement—Part 1 // *Bibliotheca Sacra*. №101/401. Январь 1944.

Masters D. Peter Lombard // *Who's Who in Christian History* / Под ред. Douglas J., Comfort P. и Mitchell D. Wheaton, IL: Tyndale House, 1992.

Mayhue R. The Impossibility of the God of the Possible // *Master's Seminary Journal*. №12/2. Осень 2001. С. 203–220.

McComiskey T. יָצַר // *Theological Wordbook of the Old Testament*: В 2 т. / Под ред. Harris R., Archer G. и Waltke B. Т. 1. С. 396. Chicago: Moody Press, 1980.

McConnachie J. *The Significance of Karl Barth*. London: Hodder and Stoughton, 1932.

McGee J. *Thru the Bible with J. Vernon McGee*. Nashville, TN: Thomas Nelson, 1981.

*Merriam-Webster's Collegiate Dictionary*. 11-е изд. Springfield, MA: Merriam-Webster, Inc., 2003.

Merrill E. A Theology of the Pentateuch // *A Biblical Theology of the Old Testament* / Под ред. Roy B. Zuck, Eugene H. Merrill, Darrell L. Bock. Chicago: Moody Press, 1991.

Merrill E. דרך // *New International Dictionary of Old Testament Theology and Exegesis*: В 5 т. / Под ред. VanGemeren W. Т. 1. С. 989–993. Grand Rapids: Zondervan Publishing House, 1997.

Meyendorff J. *Byzantine Theology: Historical Trends and Doctrinal Themes*. New York: Fordham University Press, 1976.

Michaelis W. προχειρίζω // *Theological Dictionary of the New Testament*: В 10 т. / Под ред. Friedrich G., Kittel G. и Bromiley G. Grand Rapids: Eerdmans, 1964–1976.

Michel O. οἰκονομία // *Theological Dictionary of the New Testament*: В 10 т. / Под ред. Friedrich G., Kittel G. и Bromiley G. Grand Rapids: Eerdmans, 1964–1976.

Michel O. οἰκονομία // *Theological Dictionary of the New Testament*: В 10 т. / Под ред. Friedrich G., Kittel G. и Bromiley G. Grand Rapids: Eerdmans, 1964–1976.

Michel O. οἰκονόμος // *Theological Dictionary of the New Testament*: В 10 т. / Под ред. Friedrich G., Kittel G. и Bromiley G. Grand Rapids: Eerdmans, 1964–1976.

Mogila P. *The Orthodox Confession of the Catholic and Apostolic Eastern Church* / Под ред. J. J. Overbeck; Предисловие J. N. W. B. Robertson; Пер на англ. приписывается Philip Lodvel. London: Thomas Baker, 1898.

Moo D. *The Epistle to the Romans.* The New International Commentary on the New Testament / Под ред. Ned B. Stonehouse, F. F. Bruce, Gordon D. Fee. Grand Rapids : Eerdmans, 1996.

Moore G. *Judaism In the First Centuries of the Christian Era: The Age of Tannaim*: В 3 т. Peabody, MA: Hendrickson, 1960.

Morris E. *Theology of the Westminster Symbols: A Commentary Historycal, Doctrinal, Practical on the Confession of Faith and Catechisms and the Related Formularies of the Presbyterian Churches*. Columbus, OH: Champlin Press, 1900.

Mounce W. *Pastoral Epistles.* Word Biblical Commentary, т. 46 / Под ред. Metzger B., Hubbard D., Barker G. et alt. Nashville: Thomas Nelson, 2000.

Mueller D. Karl Barth and the Heritage of the Reformation // *Review and Expositor*. №86/1. Зима 1989. С. 45–61.

Müller D. θέλω // *New International Dictionary of New Testament Theology* / Под ред. Colin Brown. Grand Rapids: Zondervan Publishing House, 1986.

Murphy F. *Early Judaism: The Exile to the Time of Jesus*. Peabody, MA: Hendrickson, 2002.

Murphy R. *Ecclesiastes*. Word Biblical Commentary. Т. 23A / Под ред. Metzger B., Hubbard D., Barker G. et alt. Dallas, TX: Word, Inc., 2002.

Murphy-O'Connor J. *The Holy Land. Oxford Archaeological Guides* / Под ред. Cunliffe B. Oxford: University Press, 1998.

Nel P. מלך // *New International Dictionary of Old Testament Theology and Exegesis*: В 5 т. / Под ред. VanGemeren W. T. 2. С. 956–965. Grand Rapids: Zondervan Publishing House, 1997.

*New Bible Dictionary*. 3-е изд. / Под ред. Wood D., Marshall I. et alt. Downers Grove, IL: InterVarsity Press, 1996.

Newman R. Breadmaking with Jesus // *Journal of the Evangelical Theological Society*. №40/1. 1997. С. 1–11.

Newton J. Augustine of Hippo // *Who's Who in Christian History* / Под ред. Douglas J., Comfort P. и Mitchell D. Wheaton, IL: Tyndale House, 1992.

Nicole Emile. פִּתְגָם // *New International Dictionary of Old Testament Theology and Exegesis*: В 5 т. / Под ред. VanGemeren W. T. 3. С. 714. Grand Rapids: Zondervan Publishing House, 1997.

Niehr H. שָׁפַט // *Theological Dictionary of the Old Testament*: В 17 т. / Под ред. Botterweck G., Ringgren H. и Fabry H.; Пер. на англ. Stott D. T. 15. C. 411–431. Grand Rapids: Eerdmans, 2006.

Nöldeke T. *Compendious Syriac Grammar* / Пер. на англ. James A. Crichton. Eugene, OR: Wipf and Stock Publishers, 2003.

*Novum Testamentum Graece* / Под ред. Nestle E., Aland B., Aland K. et alt. Stuttgart: Deutsche Bibelgesellschaft, 1996.

O'Brien P. *Gospel and Mission in the Writings of Paul: An Exegetical and Theological Analysis*. Grand Rapids: Baker, 2000.

O'Brien P. *Gospel and Mission in the Writings of Paul: An Exegetical and Theological Analysis*. Grand Rapids: Baker, 2000.

Oberman H. *Forerunners of the Reformation: The Shape of Late Medieval Thought*. Cambridge: James Clarke & Co., 2002.

Olson R. *The Story of Christian Theology: Twenty Centuries of Tradition and Reform*. Downers Grove, IL: Intervarsity Press, 1999.

Origen. De principiis / Пер. с лат. Rufinus // *The Ante-Nicene Fathers*. T. 4: Fathers of the Third Century: Tertullian, Part Fourth; Minucius Felix; Commodian; Origen, Parts First and Second / Под ред. Roberts A., Donaldson J. и Coxe A. New York: Christian Literature Publishing Company, 1885; репр., Grand Rapids: Eerdmans, 1973–1976.

Ortlund R. The Sovereignty of God: Case Studies in the Old Testament // *Still Sovereign: Contemporary Perspectives on Election, Foreknowledge, and Grace* / Под ред. Schreiner T. и Ware B. Grand Rapids: Baker Books, 2000.

Osiek C. The Genre and Function of the Shepherd of Hermas // *Semeia. №36: Early Christian Apocalypticism: Genre Social Setting* / Под ред. Collins A. Decatur, GA: Society of Biblical Literature, 1986. C. 113–121.

Otzen B. יָצַר // *Theological Dictionary of the Old Testament*: В 17 т. / Под ред. Botterweck G. и Ringgren H.; Пер. на англ. Green D. T. 6. C. 257–265. Grand Rapids: Eerdmans, 1990.

Owen J. *The Works of John Owen*: В 16 т. / Под ред. Goold W. Репр., Carlisle, PA: Banner of Truth Trust, 1978.

Pausanias. *Description of Greece*: В 6 т. Loeb Classical Library / Под ред. Capps E., Page T. и Rouse W. London: William Heinemann, 1926.

Peter Lombard. *The Sentences of Peter Lombard*: В 4 т. / Пер. O'Brien R. S. l.: S. a.

Pettegrew L. 'Is There Knowledge in the Most High?' (Psalm 73:11) // *The Master's Seminary Journal*. №12/2. Осень 2001. С. 133–148.

Philo. *The Works of Philo: Complete and Unabridged*. New Updated Edition / Пер. на англ. Yonge C. Peabody, MA: Hendrickson, 1993.

Picirilli R. An Arminian Response To John Sanders's The God Who Risks: A Theology Of Providence // *Journal of the Evangelical Theological Society*. №44/3. Сентябрь 2001. С. 467–491.

Picirilli R. Foreknowledge, Freedom, and the Future // *Journal of the Evangelical Theological Society*. №43/2. Июнь 2000. С. 259–271.

Picirilli R. *Grace, Faith, Free Will: Contrasting Views of Salvation—Calvinism and Arminianism*. Nashville: Randall House, 2002.

Pinnock C. *Most Moved Mover*. Grand Rapids: Baker Academic, 2001.

Pinnock C. Systematic Theology // Pinnock C., Rice R., Sanders J. et alt. *The Openness of God: A Biblical Challenge to the Traditional Understanding of God*. С. 101–125. Downers Grove, IL: InterVarsity, 1994.

Piper J. Are There Two Wills in God? // *Still Sovereign: Contemporary Perspectives on Election, Foreknowledge, and Grace* / Под ред. Schreiner T. и Ware B. Grand Rapids: Baker Books, 2000.

Piper J. *Contending for Our All: Defending Truth and Treasuring Christ in the Lives of Athanasius, John Owen, and J. Gresham Machen*. Wheaton, IL: Crossway Books, 2006.

Piper J. *Future Grace*. Sisters, OR: Multnomah, 1995.

Plutarch. *Moralia* / Под ред. Bernardakis G. Medford, MA: Teubner, 1891.

Polhill J. *Acts*. The New American Commentary, т. 26. Nashville: Broadman & Holman, 2001.

Provan I., Long P., Longman T. *A Biblical History of Israel*. Louisville, KY: Westminster John Knox Press, 2003.

Pseudo-Clement. Recognitions of Clement // *The Ante-Nicene Fathers*. Т. 8: The Twelve Patriarchs, Excerpts and Epistles, The Clementia, Apocrypha, Decretals, Memoirs of Edessa and Syriac Documents, Remains of the First Ages / Под ред. Roberts A., Donaldson J. и Coxe A. New York: Christian Literature Publishing Company, 1885; репр., Grand Rapids: Eerdmans, 1973–1976.

Putnam F. *Hebrew Bible Insert: A Student's Guide to the Syntax of Biblical Hebrew*. Ridley Park, PA: Stylus Publishing, 2002.

Rainey A., Notley R. *The Sacred Bridge: Carta's Atlas of the Biblical World* / Под ред. Ahituv S. et alt. Jerusalem: Carta, 2006.

Rauschenbusch W. *A Theology for the Social Gospel*. New York: MacMillan Company, 1918.

Rawlinson G. *Ezra*. Pulpit Commentary / Под ред. Spence H. и Joseph S. Exell. New York: Funk and Wagnalls, S. a.

Reicke B. χρηματίζω // *Theological Dictionary of the New Testament*: В 10 т. / Под ред. Friedrich G., Kittel G. и Bromiley G. Grand Rapids: Eerdmans, 1964–1976.

Rice R. Biblical Support for a New Perspective // Pinnock C., Rice R., Sanders J. et alt. *The Openness of God: A Biblical Challenge to the Traditional Understanding of God*. С. 11–58. Downers Grove, IL: InterVarsity, 1994.

Riddle M. Introductory Notice to Pseudo-Clementine Literature // *The Ante-Nicene Fathers*. Т. 8: The Twelve Patriarchs, Excerpts and Epistles, The Clementia, Apocrypha, Decretals, Memoirs of Edessa and Syriac Documents, Remains of the First Ages / Под ред. Roberts A., Donaldson J. и Coxe A. New York: Christian Literature Publishing Company, 1885; репр., Grand Rapids: Eerdmans, 1973–1976.

Ridgeley T. *Commentary on the Larger Catechism*: В 2 т. S. l., 1855; репр., Edmonton, Canada: Still Waters Revival Books, 1993.

Ringgren H. *Word and Wisdom: Studies in the Hypostatization of Divine Qualities and Functions in the Ancient Near East*. Lund, Sweden: Haken Ohlssons Boktryckeri, 1947.

Ringgren H. חָקַק // *Theological Dictionary of the Old Testament*: В 17 т. / Под ред. Botterweck G. и Ringgren H.; Пер. на англ. Green D. Т. 5. С. 139–147. Grand Rapids: Eerdmans, 1986.

Ritschl A. *The Christian Doctrine of Justification and Reconciliation* / Под ред. Mackintosh H. и MacAulay A. Clifton, NJ: Reference Book Publishers, Inc., 1966.

Robertson A. *A Grammar of the Greek New Testament in the Light of Historical Research*. Nashville: Broadman, 1934.

Robertson A. *Epochs in the Life of Paul*. New York: Charles Scribner's Sons, 1937.

Robertson A. *Word Pictures in the New Testament*: В 6 т. 8-е изд. Nashville, TN: Broadman Press, 1932.

Rogers J. *Presbyterian Creeds: A Guide to The Book of Confessions*. Philadelphia, PA: Westminster Press, 1985.

Ross A. Psalms // *The Bible Knowledge Commentary: An Exposition of the Scriptures*: В 2 т. / Под ред. Walvoord J. и Zuck R. Т. 1. С. 779–899. Wheaton, IL: Victor Books, 1983–c1985.

Ruppert L. יָעַץ // *Theological Dictionary of the Old Testament*: В 17 т. / Под ред. Botterweck G. и Ringgren H.; Пер. на англ. Green D. Т. 6. С. 156–185. Grand Rapids: Eerdmans, 1990.

Sanders J. *The God Who Risks: A Theology of Providence*. Downers Grove, IL: InterVarsity Press, 1998.

Sarna N. *Exploring Exodus: The Heritage of Biblical Israel*. New York: Schocken Books, 1986.

Sasse H. αἰών // *Theological Dictionary of the New Testament*: В 10 т. / Под ред. Friedrich G., Kittel G. и Bromiley G. Grand Rapids: Eerdmans, 1964–1976.

Schaff P. *The Creeds of Christendom, with a History and Critical Notes*: В 3 т. 4-е изд. пересм. и доп. New York: Harper and Brothers, 1919.

Schaff P. *The Nicene and Post-Nicene Fathers, First Series*. Т. 5: Saint Augustin: Anti-Pelagian Writings. New York: Christian Literature Publishing Company, 1886; репр., Peabody, MA: Hendrickson Publishers, 1995.

Schaff P. и Schaff D. *History of the Christian Church*: В 8 т. New York: Charles Scribner's Sons, 1882–1910; репр., Peabody, MA: Hendrickson Publishers, 2002.

Schmidt K. ὁρίζω, ἀφορίζω, ἀποδιορίζω, προορίζω // *Theological Dictionary of the New Testament*: В 10 т. / Под ред. Friedrich G., Kittel G. и Bromiley G. Grand Rapids: Eerdmans, 1964–1976.

Schmitz O. παρακαλέω and παράκλησις in the NT // *Theological Dictionary of the New Testament*: В 10 т. / Под ред. Friedrich G., Kittel G. и Bromiley G. Grand Rapids: Eerdmans, 1964–1976.

Schnabel E. *Early Christian Mission: Paul and the Early Church*. Downers Grove, IL: InterVarsity, 2004.

Schnabel E. *Paul the Missionary: Realities, Strategies, and Methods*. Downers Grove, IL: IVP Academic, 2008.

Schneider W. κρίμα // *New International Dictionary of New Testament Theology* / Под ред. Brown C. Grand Rapids: Zondervan Publishing House, 1986.

Schniewind J. ἀπαγγέλλω // *Theological Dictionary of the New Testament*: В 10 т. / Под ред. Friedrich G., Kittel G. и Bromiley G. Grand Rapids: Eerdmans, 1964–1976.

Schreiner T. Does Romans 9 Teach Individual Election unto Salvation? // *Still Sovereign* / Под ред. Schreiner T. и Ware B. Grand Rapids : Baker Books, 2000.

Schrenk G. γραφή // *Theological Dictionary of the New Testament*: В 10 т. / Под ред. Friedrich G., Kittel G. и Bromiley G. Grand Rapids: Eerdmans, 1964–1976.

Schrenk G. ἐντέλλομαι // *Theological Dictionary of the New Testament*: В 10 т. / Под ред. Friedrich G., Kittel G. и Bromiley G. Grand Rapids: Eerdmans, 1964–1976.

Schrenk G. εὐδοκέω, εὐδοκία // *Theological Dictionary of the New Testament*: В 10 т. / Под ред. Friedrich G., Kittel G. и Bromiley G. Grand Rapids: Eerdmans, 1964–1976.

Schrenk G. θέλω, θέλημα, θέλησις // *Theological Dictionary of the New Testament*: В 10 т. / Под ред. Friedrich G., Kittel G. и Bromiley G. Grand Rapids: Eerdmans, 1964–1976.

Schultz C. עוּד // *Theological Wordbook of the Old Testament*: В 2 т. / Под ред. Harris R., Archer G. и Waltke B. Т. 2. С. 648–650. Chicago: Moody Press, 1980.

Schultz R. שׁפט // *New International Dictionary of Old Testament Theology and Exegesis*: В 5 т. / Под ред. VanGemeren W. Т. 4. С. 213–220. Grand Rapids: Zondervan Publishing House, 1997.

Seybold K. חָשַׁב // *Theological Dictionary of the Old Testament*: В 17 т. / Под ред. Botterweck G. и Ringgren H.; Пер. на англ. Green D. Т. 5. С. 228–245. Grand Rapids: Eerdmans, 1986.

Seybold K. מֶלֶךְ // *Theological Dictionary of the Old Testament*: В 17 т. / Под ред. Botterweck G., Ringgren H. и Fabry H.; Пер. на англ. Stott D. Т. 8. С. 346–374. Grand Rapids: Eerdmans, 1997.

Shea W. The Date of the Exodus // *Giving the Sense: Understanding and Using Old Testament Historical Texts* / Под ред. Howard D. и Grisanti M. Grand Rapids: Kregel Publications, 2003.

Shedd W. *Dogmatic Theology*. 3-е изд. / Под ред. Gomes A. Phillipsburg, NJ: Presbyterian and Reformed Publishing Company, 2003.

Shedd W. *Dogmatic Theology*: В 3 т. S. l.: Charles Scribner's Sons, 1889; репр., Minneapolis, MN: Klock and Klock Christian Publishers, 1979.

Shelley B. *Church History in Plain Language*. 2-е изд. Dallas, TX: Word Pub., 1995.

Shepard J. *The Life and Letters of St. Paul: An Exegetical Study*. Grand Rapids: Eerdmans, 1956.

Shrenk G. βούλομαι, βουλή, βούλημα // *Theological Dictionary of the New Testament*: В 10 т. / Под ред. Friedrich G., Kittel G. и Bromiley G. Grand Rapids: Eerdmans, 1964–1976.

Smalley S. *1, 2, 3 John*. Word Biblical Commentary, т. 51 / Под ред. Metzger B., Hubbard D., Barker G. et alt. Dallas: Word, Inc., 2002.

Smith J. נָזַר // *Theological Wordbook of the Old Testament*: В 2 т. / Под ред. Harris R., Archer G. и Waltke B. Т. 1. С. 158. Chicago: Moody Press, 1980.

Spurgeon C. *C. H. Spurgeon's Fifty Most Remarkable Sermons*. London: Alabaster, Passmore and Sons, 1908.

*St. Paul's Epistle to the Galatians: A Revised Text With Introduction, Notes, and Dissertations* / Под ред. Lightfoot J. 4-е изд. London: Macmillan and co., 1874.

Stauffer E. ἀγαπάω, ἀγάπη, ἀγαπητός // *Theological Dictionary of the New Testament*: В 10 т. / Под ред. Friedrich G., Kittel G. и Bromiley G. Grand Rapids: Eerdmans, 1964–1976.

Steingrimsson S. זָמַם // *Theological Dictionary of the Old Testament*: В 17 т. / Под ред. Botterweck G. и Ringgren H.; Пер. на англ. Green D. Т. 4. С. 87–90. Grand Rapids: Eerdmans, 1980.

Strabo. The *Geography of Strabo: Literally Translated, With Notes*: В 3 т. / Под ред. Hamilton H. Medford, MA: George Bell & Sons, 1903.

Strathmann H. μαρτύρομαι // *Theological Dictionary of the New Testament*: В 10 т. / Под ред. Friedrich G., Kittel G. и Bromiley G. Grand Rapids: Eerdmans, 1964–1976.

Strathmann H. μάρτυς, μαρτυρέω, μαρτυρία, μαρτύριον // *Theological Dictionary of the New Testament*: В 10 т. / Под ред. Gerhard K., Bromiley G. и Friedrich G. Grand Rapids: Eerdmans, 1964–1976.

Strong A. *Systematic Theology: A Compendium and Commonplace-Book, Designed for the Use of Theological Students*: В 3 т. Philadelphia: American Baptist Publication Society, 1907.

Studebaker S. The Mode of Divine Knowledge in Reformation Arminianism and Open Theism // *Journal of the Evangelical Theological Society*. №47/3. Сентябрь 2004. С. 469–482.

Suter D. Ecclesiasticus // *Harper's Bible Dictionary* / Под ред. Achtemeier P. San Francisco: Harper and Row, 1985.

Talley D. חפץ // *New International Dictionary of Old Testament Theology and Exegesis*: В 5 т. / Под ред. VanGemeren W. T. 2. C. 231–234. Grand Rapids: Zondervan Publishing House, 1997.

Tertullian. The Five Books against Marcion // *The Ante-Nicene Fathers*. T. 3: Latin Christianity: Its Founder, Tertullian / Под ред. Roberts A., Donaldson J. и Coxe A. New York: Christian Literature Publishing Company, 1885; репр., Grand Rapids: Eerdmans, 1973–1976.

*The Apostolic Fathers: Greek Texts and English Translations*. 3-е изд. / Под ред. Holmes M. Grand Rapids: Baker Academic, 2009.

*The Babylonian Talmud: Seder Zera'im* / Под ред. Epstein I. London: Soncino Press, 1978.

*The Cambridge Paragraph Bible: Of the Authorized English Version* / Под ред. Scrivener F. Cambridge: University Press, 1872.

*The Complete Word Study Dictionary: New Testament* / Под ред. Zodhiates S., Baker W. и Hadjiantoniou G. Chattanooga, TN: AMG Publishing, 1993. Электронное издание “Libronix”.

*The Hebrew and Aramaic Lexicon of the Old Testament*: В 5 т. / Под ред. Koehler L. и Baumgartner W.; Перераб. Baumgartner W. и Stamm J.; Пер. на англ. и ред. Richardson M. Leiden, Netherlands: Brill, 1994.

The King James Version Study Bible. Nashville: Thomas Nelson, 1997.

*The MacArthur Bible Commentary* / Под ред. MacArthur J. Nashville, TN: Thomas Nelson, 2006.

*The Nelson Study Bible* / Под ред. Radmacher E., Allen R. и House H. Nashville, TN: Thomas Nelson Publishers, 1997.

*The NET Bible First Edition*. Biblical Studies Press, 2006. Электронная программа Logos 4.

*The New Brown-Driver-Briggs-Gesenius Hebrew and English Lexicon: With an Appendix Containing the Biblical Aramaic* / Под ред. Brown F., Driver S. и Briggs C. Peabody, MA: Hendrickson Publishers, Inc., 1979.

*The Open Bible*. Nashville, TN: Thomas Nelson Publishers, 1997.

*The Orthodox Doctrine of the Apostolic Eastern Church; Or, A Compendium of Christian Theology. Translated from the Greek. To which is Prefixed, An Historical and Explanatory Essay on General Catechism; And Appended, A Treatise on Melchisedec*. New York: AMS Press, Inc., 1969.

*The Pulpit Commentary: 2 Kings* / Под ред. Spence-Jones H. и Exell J. New York: Funk and Wagnalls Company, s. a.

*The Septuagint with Apocrypha: Greek and English* / Под ред. Sir Lancelot C. L. Brenton. Peabody, MA : Hendrickson, 1999.

*The Text of the Earliest New Testament Greek Manuscripts: A Corrected, Enlarged Edition of The Complete Text of the Earliest New Testament Manuscripts* / Под ред. Comfort P. и Barrett D. Wheaton, IL: Tyndale House, 2001.

Thiessen H. *Lectures in Systematic Theology* / Под ред. Doerksen V. Grand Rapids: Eerdmans, 1949; изд. испр. и доп., 1979.

Thomas Aquinas. *Summa Theologica*: В 3 т. / Пер. на англ. Fathers of the English Dominican Province. New York: Benziger Brothers, Inc., 1947.

Tomasino A. עוֹלָם // *New International Dictionary of Old Testament Theology and Exegesis*: В 5 т. / Под ред. VanGemeren W. Grand Rapids: Zondervan Publishing House, 1997.

Tomasino A. עֵת // *New International Dictionary of Old Testament Theology and Exegesis*: В 5 т. / Под ред. VanGemeren W. Grand Rapids: Zondervan Publishing House, 1997.

Toon P. Gill, John // *Who's Who in Christian History* / Под ред. Douglas J., Comfort P. и Mitchell D. Wheaton, IL: Tyndale House, 1992.

Toon P. Spurgeon, Charles // *Who's Who in Christian History* / Под ред. Douglas J., Comfort P. и Mitchell D. Wheaton, IL: Tyndale House, 1992.

Toussaint S. Acts // *The Bible Knowledge Commentary* / Под ред. Walvoord J., Zuck R. Wheaton, IL: Victor Books, 1985.

*Tyndale Bible Dictionary* / Под ред. Elwell W. и Comfort P. Tyndale Reference Library. Wheaton, IL: Tyndale House Publishers, 2001.

Understanding Christian Theology / Под ред. Swindoll C. и Zuck R. Nashville, TN: Thomas Nelson Publishers, 2003.

Van Houwelingen P. Fleeing Forward: The Departure of Christians from Jerusalem to Pella // *Westminster Theological Journal*. №65/2. Осень 2003. С. 181–200.

Van Pelt M., и Kaiser W. ירא // *New International Dictionary of Old Testament Theology and Exegesis*: В 5 т. / Под ред. VanGemeren W. Т. 2. С. 527–533. Grand Rapids: Zondervan Publishing House, 1997.

Van Til C. Karl Barth on Chalcedon // *Westminster Theological Journal*. №22/2. Май 1960. С. 147–166.

Van Til C. *The Defense of the Faith*. Philadelphia: Presbyterian and Reformed, 1967.

VanderKam J. *An Introduction to Early Judaism*. Grand Rapids: Eerdmans, 2001.

Varner W. *The Way of the Didache: The First Christian Handbook*. Lanham, ML: University Press of America, 2007.

Vincent M. *Word Studies in the New Testament*. Grand Rapids: Eerdmans, 2002.

*Vine's Complete Expository Dictionary of Old and New Testament Words* / Под ред. Unger M. и White W. Nashville, TN: Thomas Nelson, 1996.

Vos A. Molina, Louis De // *Who's Who in Christian History* / Под ред. Douglas J., Comfort P. и Mitchell D. Wheaton, IL: Tyndale House, 1992.

Vos H. *Exploring Church History*. Nelson's Christian Cornerstone Series. Nashville, TN: Thomas Nelson Publishers, 1996.

Wagner S. אָמַר // *Theological Dictionary of the Old Testament*: В 17 т. / Под ред. Botterweck G. и Ringgren H. / Пер. на англ. Willis J. Т. 1. С. 328–345. Grand Rapids: Eerdmans, 1974.

Wagner S. יָרָה // *Theological Dictionary of the Old Testament*: В 17 т. / Под ред. Botterweck G. и Ringgren H.; Пер. на англ. Green D. Т. 6. С. 339–347. Grand Rapids: Eerdmans, 1990.

Wallace D. *Greek Grammar Beyond the Basics: An Exegetical Syntax of the New Testament*. Grand Rapids: Zondervan, 1996.

Waltke B., и O'Connor M. *An Introduction to Biblical Hebrew Syntax*. Winona Lake, IN: Eisenbrauns, 1990.

Ware B. *God's Lesser Glory: The Diminished God of Open Theism*. Wheaton, IL: Crossway Books, 2000.

Warfield B. Introductory Essay on Augustin and the Pelagian Controversy // *The Nicene and Post-Nicene Fathers, First Series*: В 14 т. Т. 5: Saint Augustin: Anti-Pelagian Writings. С. xiii–lxxii / Под ред. Schaff P. Peabody, MA: Hendrickson Publishers, 1995.

Watson R. *Theological Institutes: Or, a View of the Evidences, Doctrines, Morals, and Institutions of Christianity*: В 2 т. New York: Hunt and Eaton, 1950.

Weinstein J. Pharaoh // *Harper's Bible Dictionary* / Под ред. Achtemeier P. San Francisco: Harper and Row, 1985.

Wesley J. *The Works of John Wesley*: В 14 т. 3-е изд. Репр., Grand Rapids: Baker Book House, 1978.

Wesley J. *The Works of the Rev. John Wesley*: В 7 т. 3rd American Complete and Standard Edition. New York: Methodist Book Concern, 1900.

White J. *The Potter's Freedom: A Defence of the Reformation and a Rebuttal of Norman Geisler's Chosen but Free*. Amityville, NY: Calvary Press Publishing, 2005.

White W. רָצָה // *Theological Wordbook of the Old Testament*: В 2 т. / Под ред. Harris R., Archer G. и Waltke B. T. 2. C. 859–860. Chicago: Moody Press, 1980.

Wiersbe W. *Be Satisfied*. Wheaton, IL: Victor Books, 1990.

Williams T. פקד // *New International Dictionary of Old Testament Theology and Exegesis*: В 5 т. / Под ред. VanGemeren W. T. 3. C. 657–663. Grand Rapids: Zondervan Publishing House, 1997.

Williams T. צוה // *New International Dictionary of Old Testament Theology and Exegesis*: В 5 т. / Под ред. VanGemeren W. T. 3. C. 776–780. Grand Rapids: Zondervan Publishing House, 1997.

Williamson G. *The Westminster Confession of Faith for Study Classes*. Philadelphia: Presbyterian and Reformed Publishing Company, 1964.

Williamson H. *Ezra, Nehemiah*. Word Biblical Commentary. T. 16 / Под ред. Metzger B., Hubbard D., Barker G. et alt. Dallas, TX: Word, Inc., 1985.

Wilson M. *Biblical Turkey: A Guide to the Jewish and Christian Sites of Asia Minor*. Istanbul, Turkey: Yayinlari, 2010.

Wise M., Abegg M. и Cook E. *The Dead Sea Scrolls: A New Translation*. New York, NY: HarperSanFrancisco, 2005.

Wolf H. דָּרַךְ // *Theological Wordbook of the Old Testament*: В 2 т. / Под ред. Harris R., Archer G. и Waltke B. T. 1. C. 196–197. Chicago: Moody Press, 1980.

Wolf H. זָמַם // *Theological Wordbook of the Old Testament*: В 2 т. / Под ред. Harris R., Archer G. и Waltke B. T. 1. C. 244–245. Chicago: Moody Press, 1980.

Wolters A. יעץ // *New International Dictionary of Old Testament Theology and Exegesis*: В 5 т. / Под ред. VanGemeren W. T. 2. C. 490–492. Grand Rapids: Zondervan Publishing House, 1997.

Wright D. The Testimony of Blood: The Charisma of Martyrdom // *Bibliotheca Sacra*. №160/640. Октябрь 2003. C. 387–397.

Wuest K. *Ephesians and Colossians: In the Greek New Testament*. Wuest's Word Studies: From the Greek New Testament. Grand Rapids: Eerdmans, 1969.

Zodhiates S. *The Complete Word Study Dictionary: New Testament*. Chattanooga, TN: AMG Publishers, 2000.

Zwingli U. *Commentary on True and False Religion* / Под ред. Jackson S. и Heller C. Durham, NC: Labyrinth Press, 1981.

Августин Блаженный. *Творения*: В 4 т. СПб.: Алетейя, 1998–2000.

Ансельм Кентерберийский. Прослогион / Пер. Аверинцева С. // *Антология средневековой мысли: Теология и философия европейского средневековья*: В 2 т. / Под ред. Неретиной СПб.: Издательство РХГИ, 2001.

Афанасий Александрийский. *Житие Антония Великого*. Электронная программа «Цитата из Библии».

*Библия: Книги Священного Писания Ветхого и Нового Завета канонические*. М.: Российское библейское общество, 2011.

*Библия: новый перевод на русский язык*. Международное библейское общество. Беларусь: Принткорп, 2007.

*Большой библейский словарь* / Под ред. Элуэлла У. и Камфорта Ф. СПб.: Библия для всех, 2007.

Бриджес Дж. *Можно ли в беде положиться на Бога*. М.: Триада, 2005.

Вейсман А. *Греческо-русский словарь*. Спб.: Издание автора, 1899; репр., М.: Греко-латинский кабинет Шичалина, 2006.

Вестминстерское исповедание веры // *Confession of Faith*. Glasgow, U.K.: [s.n.], 1764. / Рус. пер. Реформатской христианской миссии. Электронная программа «Цитата из Библии».

Гандри Р. *Обзор Нового Завета*. СПб.: Библия для всех, 2006.

Генри М. *Толкование книг Ветхого Завета: Бытие, Исход, Левит, Числа, Второзаконие*. Netherland: Dutch Reformed Tract Society, 2008.

Генри М. *Толкование на книги Нового Завета*: В 6 т. Dutch Reformed Tract Society, 1999.

Гонсалес X. *История христианства*: В 2 т. СПб.: Библия для всех, 2003.

Грайдер Дж. (Grider, J. K.). Арминианство / Пер. Табак Ю. // *Теологический энциклопедический словарь* / Под ред. Элвелла У. М.: Ассоциация «Духовное возрождение», 2003. С. 87–89.

Грудем У. *Систематическое богословие: Введение в библейское учение*. СПб.: Мирт, 2004.

Гудинг Д. *Верные вере*. М.: Триада, 1994. С. 142.

Дьюэл У. *Великое спасение*. СПб.: Библия для всех, 1999.

Дэгг Дж. *Руководство по богословию*. СПб.: Мирт, 2002.

Евдокимов П. *Православие*. М.: Библейско-богословский институт св. апостола Андрея, 2002.

Иосиф архимандрит. Книга Иудифь // *Толковая Библия, или комментарий на все книги Св. Писания Ветхого и Нового Завета* / Под ред. Лопухина А. Петербург, 1904–1907; репр., Стокгольм, 1987.

Иосиф Флавий. *Иудейские древности, Иудейская война, Против Апиона: Полное издание в одном томе*. М.: Альфа-книга, 2011.

Ириней Лионский. *Доказательство апостольской проповеди* / Пер. Сагарды Н. СПб.: Типография Меркушева, 1907. Электронная программа «Цитата из Библии».

Ириней Лионский. Пять книг обличения и опровержения лжеименного знания // *Сочинения Св. Иринея, епископа Лионского* / Пер. Преображенского П. 2-е изд. СПб: Издание книгопродавца И. Л. Тулузова, 1900. Электронная программа «Цитата из Библии».

Кайл Р. (R. Kyle). Умеренное пелагианство / Пер. с англ. Графова А. // *Теологический энциклопедический словарь* / Под ред. Элвелла У. М.: Ассоциация «Духовное возрождение», 2003. С. 1253–1254.

*Каноны Дортского синода* / Пер. Каширского Е.; Под ред. Лоцманова В. Электронная программа «Цитата из Библии».

Каргель И. *Закон Духа жизни: Толкование глав 5, 6, 7, 8 Послания святого апостола Павла к римлянам*. СПб.: Библия для всех, 2003.

Каргель И. *Собрание сочинений*. СПб.: Библия для всех, 1997.

Карташев А. *Очерки по истории Русской Церкви*: В 2 т. М.: Эксмо, 2006.

Корнер Д. *Вечное спасение на условии веры*. Titel Verlag, 2003.

Крейг У. *Самое начало: Происхождение Вселенной и существование Бога* / Пер. с англ. Цветкова А. Чикаго, 1992.

Лейн Т. *Христианские мыслители*. СПб.: Мирт, 1997.

Лепорский П. Благодать // *Христианство: Энциклопедический словарь*: В 3 т. / Под ред. Аверинцева С., Мешкова А. и Попова Ю. Т. 3. С. 332–337. М.: Научное изд-во «Большая Российская энциклопедия», 1995.

Лиардон Р. *Божьи генералы II: Пламенные реформаторы*. Киев: Кириченко, 2010.

Лосский В. *Богословие*. М.: Общество любителей православной литературы, 2009.

Лютер М. О рабстве воли / Пер. Каган Ю. // *Избранные произведения*. СПб.: Фонд лютеранского наследия, 1994.

Маграт А. *Богословская мысль Реформации* / Пер. Петлюченко В.; Ред. Санников С. Одесса: Одесская библейская школа «Богомыслие», 1994.

Мак-Артур Дж. *Толкование книг Нового Завета: Титу* / Пер. Рубель О. Б. м.: Славянское евангельское общество, 2004.

Макрей Дж. *Жизнь и учение апостола Павла*. Черкассы: Коллоквиум, 2009.

Нойдорфер Х. *Деяния апостолов*: В 2 т. СПб.: Свет на Востоке, 2005.

Ориген. *О началах*. Казань: Казанская духовная академия, 1899; репр., Самара: РА, 1993.

Ориген. *Против Цельса* / Пер. Писарева Л. Б. м.: Экуменический центр ап. Павла, 1996. Электронная программа «Цитата из Библии».

Пайпер Дж. *Грядущая благодать: Очищающая сила веры в грядущую благодать*. Чернигов, Украина: In Lumine, 2008.

Пайпер Дж. *Чему радуется Бог?* М.: Триада, 2005.

Пелагий. *Послание к Деметриаде*. Электронная программа «Цитата из Библии».

Пикирилли Р. *Кальвинизм, арминианство и богословие спасения*. СПб.: Библия для всех, 2002.

Прокопенко А. *Бытие: Комментарий*. СПб.: Библия для всех, 2012.

Прохоров К. *Тайна предопределения*. Idar-Oberstein, Germany: Titel Verlag, 2003.

*Пятикнижие Моисея в переводе архимандрита Макария*. Б. м., 1863; репр., СПб.: Российское библейское общество, 2000.

Райри Ч. *Основы богословия*. СПб.: Библия для всех, 2000.

Ринекер Ф., Майер Г. *Библейская энциклопедия Брокгауза*. Paderborn: Christliche Verlagsbuchhandlung Paderborn, 1999.

Сперджен Ч. *Бог Вседержитель* / Пер. Григорик В. Б. м.: Альфом, 2000.

Сперджен Ч. *Двенадцать проповедей об избрании* / Пер. Я. Г. Вязовского. Мн.: Завет Христа, 2001.

Стотт Дж. *Деяния святых апостолов: До края земли*. СПб.: Мирт, 1998.

Таттл Р. (R. G. Tuttle, Jr.). Уэслианская традиция / Пер. Графова А. // *Теологический энциклопедический словарь* / Под ред. Элвелла У. М.: Ассоциация «Духовное возрождение», 2003. С. 1280–1282.

Тенни М. *Обзор Нового Завета*. М.: Ассоциация «Духовное возрождение», 2000.

Томас Р. Переводы Библии и разъяснительная проповедь // *Возвращение к разъяснительной проповеди* / Под ред. Мак-Артура Дж. СПб.: Библия для всех, 2001.

Торбет Р., Уордин А. и Савинский С. *История баптизма* / Под ред. Голодецкого Л. и др. Одесса: Одесская богословская семинария; «Богомыслие», 1996.

Уивер Р. *Божественная благодать и человеческое действие: Исследование полупелагианских споров*. М.: Центр библейско-патрологических исследований, 2006.

*Учебная Библия с комментариями Джона Мак-Артура*. Б. м.: Славянское евангельское общество, 2004.

Уэр Т. (еп. Диоклийский Каллист). *Православная церковь*. М.: Библейско-Богословский Институт св. апостола Андрея, 2001.

Фаррар Ф. *Жизнь и труды святого апостола Павла*: В 2 т. / Пересказ на рус. яз. Лопухина А. Vancouver, WA: Hope of Salvation Mission, 2005.

Флоровский Г. *Пути русского богословия*. Б. м.: Издательство Белорусского экзархата, 2006.

Фома Аквинский. *Сумма теологии: Часть первая, вопросы 1–64* / Под ред. Лобковица Н. и Апполонова А.; Пер. Апполонова А. М.: Издатель Савин С. А., 2006.

Фрундт А. (A. H. Freundt, Jr.). Джилл, Джон / Пер. Табак Ю. // *Теологический энциклопедический словарь* / Под ред. Элвелла У. М.: Ассоциация «Духовное возрождение», 2003. С. 391–392.

Хемниц М. *Исследование Тридентского собора: Часть I* / Пер. Генке В. Duncanville, USA: Фонд «Лютеранское наследие», 2005.

Цвинли У. *Богословские труды* / Пер. Шарвадзе Б.; Под ред. Джанумова А. М.: ИКАР, 2005.

Шаповалов В. *Основы философии: От классики к современности*. Изд. 2-е. М.: ФАИР-ПРЕСС, 2000.

Шафф Ф. и Шафф Д. *История христианской церкви*: В 8 т. СПб.: Библия для всех, 2009.

Эдершейм А. *Жизнь и времена Иисуса Мессии*. М.: Духовная академия апостола Павла, 2004.

Эриксон М. *Христианское богословие*. СПб.: Библия для всех, 1999.

Интернет-публикации:

Atomic clock // Wikipedia. URL: http://en.wikipedia.org/wiki/Atomic_clock (дата обращения: 02.01.2009).

David Pratt. Einstein's Fallacies. URL: http://ourworld.compuserve.com/homepages/dp5/relativ.htm#rel3 (дата обращения: 02.01.2009).

Franciscus Gomarus // Wikipedia. URL: http://en.wikipedia.org/wiki/Franciscus_Gomarus (дата обращения: 07.07.2008).

Gabriel Biel // Wikipedia. URL: http://en.wikipedia.org/wiki/Gabriel_Biel (дата обращения: 8.06.2008).

Georg Cantor // Wikipedia. URL: http://en.wikipedia.org/wiki/Georg_Cantor (дата обращения: 19.08.2009).

Gordon Clark // Wikipedia. URL: http://en.wikipedia.org/wiki/Gordon_Clark (дата обращения: 15.07.2008).

Hafele-Keating Experiment // Wikipedia. URL: http://en.wikipedia.org/wiki/Hafele-Keating_experiment (дата обращения: 02.01.2009).

Jacobus Arminius // Online Encyclopedia; Originally appearing in Volume V02, Page 577 of the 1911 Encyclopedia Britannica. URL: http://encyclopedia.jrank.org/APO_ARN/ARMINIUS_JACOBUS_1560_1609_.html (дата обращения: 26.10.2012).

Jacobus Arminius // Theopedia: An Encyclopedia of Christianity. URL: http://www.theopedia.com/Jacobus_Arminius (дата обращения: 26.10.2012).

Jacobus Arminius // Wikipedia. URL: http://en.wikipedia.org/wiki/Jacobus_Arminius (дата обращения: 7.07.2008).

Kenneth Grider // Wikipedia. URL: http://en.wikipedia.org/wiki/J._Kenneth_Grider (дата обращения: 07.07.2008).

Laura Whitlock for Ask an Astrophysicist. URL: http://imagine.gsfc.nasa.gov/docs/ask_astro/answers/970308.html (дата обращения: 02.01.2009).

Millard Erickson // Wikipedia. URL: http://en.wikipedia.org/wiki/Millard_Erickson (дата обращения: 6.05.2009).

O'Connor, J. J., и E. F. Robertson. Infinity. URL: http://www-groups.dcs.st-and.ac.uk/~history/HistTopics/Infinity.html (дата обращения: 19.08.2009).

Rick Garlikov. Shedding Light on Time: Learning and Teaching Difficult Concepts. URL: http://www.garlikov.com/teaching/time (дата обращения: 01.01.2009).

Russ Rankinon. SBC Pastors Polled on Calvinism and Its Effect. LiveWay. 19.06.2012. URL: http://www.lifeway.com/Article/research-sbc-pastors-polled-on-calvinism-affect-on-convention (дата обращения: 13.08.2012).

Second Book of Enoch // Wikipedia. URL: http://en.wikipedia.org/wiki/Second_Book_of_Enoch (дата обращения: 12.09.2008).

Second Book of Enoch. URL: http://www.sacred-texts.com/bib/fbe/index.htm#section_002 (дата обращения: 11.09.2008).

Stewart K. The Points of Calvinism: Retrospect and Prospect // *Scottish Bulletin of Evangelical Theology*. №26/2. Осень 2008. С. 187–203. URL: http://www.covenant.edu/docs/faculty/Stewart_Ken/Points%20of%20Calvinism%20Retrospect%20and%20Prospect.pdf (дата обращения: 21.08.2012).

Time // Wikipedia. URL: http://en.wikipedia.org/wiki/Time (дата обращения: 01.01.2009).

*What is the SBC's official view of the doctrine commonly known as "Calvinism?"* URL: http://www.sbc.net/aboutus/faqs.asp#7 (дата обращения: 13.08.2012).

Zanchius, Jerom. The Doctrine of Absolute Predestination Stated and Asserted / Пер. с лат. Augustus Montague Toplady. London: Sovereign Grace Union, 1930. URL: http://www.ondoctrine.com/2zan0002.htm (дата обращения: 16.03.2009).

Боэций. Утешение философией / Пер. Уколовой В. и Цейтлина М. // «Утешение философией» и другие трактаты. М.: Наука, 1990. URL: http://ancientrome.ru/antlitr/boethius/phil05-f.htm (дата обращения: 15.03.2009).

Зайцев А. Историческое развитие христианского учения о вечности. URL: http://azbyka.ru/dictionary/03/vechnost_v_hristianstve-all.shtml (дата обращения: 24.08.2012).

Кривошеин В. Символические тексты в Православной церкви. URL: http://www.pagez.ru/olb/110.php (дата обращения: 18.07.2008).

Могила П. Православное исповедание веры кафолической и апостольской Церкви Восточной. URL: http://orthodox.org.ua/old/kateh.html (дата обращения: 18.07.2008).

Отзыв на «Православное исповедание» Петра Могилы. URL: http://orthodox.org.ua/old/otzyv.html#nekt (дата обращения: 18.07.2008).

Петр Могила. URL: http://www.voskres.ru/podvizhniki/mogila.htm (дата обращения: 18.07.2008).

Писанія Мужей Апостольскихъ / Въ русскомъ переводѣ, со введеніями и примѣчаніями къ нимъ Протоіерея П. Преображенскаго. СПб.: Изданіе второе, книгопродавца И. Л. Тузова, 1895. URL: http://tvorenia.russportal.ru/index.php?id=saeculum.i_iii.y_01_0004#001 (дата обращения: 14.08.2012).

Послание Варнавы. URL: http://www.vehi.net/apokrify/varnava.html (дата обращения: 17.08.2012).

Правление РС ЕХБ. Письмо по сотериологическим разномыслиям. URL: http://baptist.org.ru/articles/documents/597 (дата обращения: 13.08.2012).

Синичкин А. История объединения евангельских христиан и баптистов в один союз. URL: http://baptist.org.ru/articles/history/614 (дата обращения: 13.08.2012).

Страбон. География. URL: http://www.gumer.info/bibliotek_Buks/Science/strab/14.php (дата обращения: 11.06.2012).

Трактат Авот 5.21. URL: http://halakhah.com/pdf/nezikin/Avoth.pdf (дата обращения: 11.06.2012).

Трактат Бава Камма (фолио 83а). URL: http://halakhah.com/babakamma/babakamma_83.html (дата обращения: 13.06.2012).

Трактат Санхедрин, фолио 41а. URL: http://halakhah.com/sanhedrin/sanhedrin_41.html (дата обращения: 15.06.2012).

Трактат Сота 5.19 (фолио 49а). URL: http://halakhah.com/sotah/sotah_49.html (дата обращения: 13.06.2012).

Формула согласия / Пер. Комаров К.; Ред. Комаров А.; Теологические консультанты и рецензенты Маркуарт К., Шульц У., Ран Р., Бите А. Sterling Heights, MI: Фонд «Лютеранское Наследие», 1996. URL: http://www.selcu.com.ua/index/0-38 (дата обращения: 14.07.2008).

Шленкин В. Не малина, а Молина! (К вопросу о «знании Бога») // Молодежная газета «Пальма». № 3/50. 2006. URL: http://www.e-palma.ru/showarticle.php?id=243 (дата обращения: 21.06.08).

# ДРУГИЕ КНИГИ ДАННОГО АВТОРА

Прокопенко А. *Под сенью крыл: Комментарий на книгу Руфь*. Тверь: ТПК, 2014. – 310 с. ISBN 978-5-9905130-5-1

Данное издание содержит не только серию проповедей, разъясняющих смысл библейской книги Руфь, но и пособие по изучению, включающее в себя подробное обсуждение контекста книги Руфь, экзегетический комментарий, а также вопросы для обсуждения в малых группах.

Прокопенко А. *Бытие: Комментарий*. СПб.: Библия для всех, 2012. – 591 с. ISBN 978-5-7454-1332-2

Последовательный комментарий на первую книгу Библии – Бытие. Автор уделяет внимание общему содержанию библейской книги, ее структуре, используемым в ней литературным приемам и значению ключевых слов и фраз оригинала. В комментарии приводится много историко-культурной информации, а также обсуждаются основные богословские идеи книги Бытие.

Прокопенко А. *Библейское покаяние: Псалом 50*. Тверь: ТПК, 2015. – 208 с. ISBN 978-5-9905130-6-8

На примере покаянного псалма Давида – псалма 50 – автор разбирает основные характеристики покаяния человека перед Богом как о нем учит Библия. Книга будет полезна как для тех, кто еще только приближается к Богу, так и для тех, кто желает проверить серьезность своей христианской жизни или обновить свое покаяние перед Богом.

Прокопенко А. *Малые группы: библейское основание, библейские принципы, библейские стратегии*. Пенза: Откровение, 2005. – 156 с. ISBN 5-93434-083-2

В книге обсуждается библейское основание для домашних собраний христиан, а также библейские принципы этого служения.

Бахмутский Е., Трескин В., Прокопенко А., Расулов Т. *Семья: создать и сохранить*. СПб.: Библия для всех, 2013. – 217 с. ISBN 978-5-7454-1310-0

Книга освещает вопросы отношений между юношами и девушками, мужчинами и женщинами как в добрачном, так и в брачном периоде. Пособие для последовательных занятий наставника как с подростками и молодежью, так и с парами, желающими пожениться, содержащее элементы изучения Библии, практические советы, вопросы для рассуждения и задания для самостоятельного выполнения.

Алексей Прокопенко

**Замысел Вседержителя**

Библейское учение о Божьей воле и провидении

Религиозное издание

Дизайн обложки: Борисов А. С.
Корректор: Соколова Ю. А.
Верстка: Умеров П. В.

Подписано в печать 19.12.2014. Формат 70×100 1/16. Бумага офсетная.
Гарнитура Minion. Печать офсетная. Усл. печ. л. 35. Тираж 1000 экз.
Заказ № 4681.

Отпечатано с электронных носителей заказчика.
ОАО «Тверской полиграфический комбинат». 170024, г. Тверь, пр-т Ленина, 5.
Телефон: (4822) 44–52–03, 44–50–34, Телефон/факс: (4822) 44–42–15
Home page – www.tverpk.ru Электронная почта (E-mail) – sales@tverpk.